田中謙二著作集

第一巻

汲古書院

自序

わたくしが京都大學人文科學研究所の前身である東方文化研究所に入ったのは、昭和十四年（一九三九）のことであった。以來六十餘年、おもに元曲をはじめとする中國俗語文學の研究に攜わってきたのであるが、ここにこれまでの文業のうち、すでに單行本として刊行されたものを除くすべての文章をあつめ、著作集として世に問うことができるのは、數年來の病魔に苦しむこの老殘の身にとって、なににもまして大きな慰めであると言わねばならない。

わたくしのしがない研究生活のあらましと、その折々に感じたことどもについては、すでに十年前に撰した自訂年譜に述べておいたので、ここにはくりかえさない。ただ、今こうやって著作集の目次をながめて見ると、大したこともできなかったという悔恨の念と、それにしても數だけはよくもこれだけ書いたものだという感慨めいた氣持ちが、胸中交差するのをいかんともしがたい。わたくしなどの研究が、今後の學問の發展に、はたして寄與することができるのかどうか、はなはだ心もとないが、今はともかくわたくしの生きた證しとしてのこれらの文章を、もう一度あらためて學界の批判にゆだねてみたいというのが、僞らざる心境である。

本來ならば、この著作集の編輯や改訂など、みな當然わたくし自身がなすべきところであるが、はなはだ腑甲斐ないことに、現在のわたくしにはもはやそれをやるだけの氣力が殘されていない。この二十數年來、わたくしとともに元曲を讀んできた諸君にすべてを託さざるをえなかったことは、まことに心苦しい次第である。しかし研究所勤めが長く、學生をもたなかったわたくしのような者が、晩年にかえってこれらの諸君の力を得ることができたことには、人生の機縁と幸福をしみじみと感じもするのである。

最後に、このような時流にそぐわない書物の出版を快く引き受けてくださった汲古書院の坂本健彦前社長、石坂叡志現社長の心意氣と、實際の仕事を擔當してくださった小林詔子さんのご苦勞に對して、衷心より感謝と敬意をささげたい。また長年にわたり迷惑をかけた家族に對しても、この場をかりて一言禮を述べることをゆるされたい。

平成十二年七月

田中謙二識

田中謙二著作集　第一巻　目次

田中謙二著作集　第一巻

文學としての『董西廂』（上）

中國の市民生活がようやく豊かになりそめた北宋も末なる神宗・哲宗（一〇六八―九三）の頃、山西省澤州出身の藝人孔三傳によって創始された語り物に、「諸宮調」というジャンルがあり、それはつづく南宋や金元の二朝にうけつがれて、寄席の寵兒とうたわれた。ちょうどわが國の、古くしては平家琵琶、新しくしては浪花節の如きもので、歌（曲）とせりふ（白）から成り、絃樂器の伴奏で一人によって語られるが、使用される音樂の系統・歌詞の形式・用韻などの點で、つぎの文學ジャンル元雜劇（元曲）の母胎をなしたものである。それについては、靑木正兒博士の「劉知遠諸宮調考」（『支那文學藝術考』）や鄭振鐸氏の「宋元明諸宮調考」（『佝僂集』上）同氏『中國俗文學史』下巻鼓子詞與諸宮調の條、吉川幸次郎博士の「諸宮調瑣談」（『支那學』十一巻一號）などを參看されたい。

『董西廂』とは、その「諸宮調」の、最も完全な形で遺された唯一の作品であり、これはまた普通には元雜劇の長篇傑作『西廂記』の母胎として知られるが、作者については、金の章宗朝（一一八九―一二〇八）の董解元という以外、確かなことはほとんどわからない。

かつてわたくしは、この作品の歌詞の用語が、宋詞、特に俗語詞と、元曲の中間的な樣相を示す點で、中國の近世口語史上に重要な位置を占めることを述べたが[1]、なぜ「諸宮調」の他の作品が亡んだにもかかわらず、この作品のみが、最も滿足すべき形で傳わり今に至っているかは、むろんそのことのためでもなければ、雜劇『西廂記』の母胎であることのためばかりでもない。まずなによりもこの作品自體が、文學としてかなり高い水準を示したからにほかならず、ただ一篇ではあるが、この作品が完全な形で遺されたことに、わたくしは限りない歡びを覺える。
『董西廂』が文學としていかにすぐれているかを語るためには、まずこの作品は、それが取材した唐の元稹の自傳的小説といわれる「會眞記」（一名「鶯鶯傳」）から、どのように生まれ變って行ったかを跡づけねばならない。さらにそのためには、「會眞記」の梗概を紹介しておく方が、一おう便利であろう。なお「會眞記」の邦譯には、鹽谷溫博士の『晉唐小説』（『國譯漢文大成』文學部第十二巻）と、辛島驍博士の「理想の女」（『世界文學』二十三號）がある。

　唐の貞元の世、旅に出た張生という男が、蒲州東郊なる普救寺に宿を借りると、偶然そこには、歸京の途にあるおばの崔氏未亡人が、子女と共に夫なる故宰相の靈柩を守って、寄寓している。おりしも、朝廷に叛旗を翻した蒲州駐屯軍が掠奪暴行をはじめ、崔氏一家にも危險が迫るが、幸いに張生の盡力で無事なるを得たので、未亡人は謝宴を開いて、娘の鶯鶯たちを紹介する。絶世の美女鶯鶯に魅せられた張生は、その想いを女に傳えんと、崔家の小間使紅娘の買收にかかり、一度は拒絶されるが、その勸めで戀歌を作り、彼女に託したところ、やがて女からの返しとして、

　月を待つ西廂の下、風を迎えて戸（とぼそ）半ば開く。
　墻（かき）を拂いて花影の動くは、疑うらくは是れ玉人（うましひと）の來たるならむ。

という一詩を受けとる。これこそ密會を暗示するものと信じた張生は、その夜ふけ、明月の光を浴びて西がわの廂（へや）にしのびこんだが、意外にも、女からその不道德を痛罵される。しかし、數日後の獨り寢のわびしさをかこつ張生のもとには、紅娘に案內された鶯鶯が突如として現れ、たちまち彼の宿願は達成される。その後十日ばかり女の訪問を見なかったが、「會眞詩」三十韻の長詩を送ったのがきっかけで、再び密會が始まり、張生の上京で一時中斷したものの、なお、數ケ月つづく。やがて秋が來て、翌年春の科擧（官吏試驗）に應ずるために、張生

はしばしの別れを告げて都へ出發する。しかし、待望の試驗には落第し、張生はそのまま滯京することになり、女には心配せずに待つように手紙を書き、女からも固く將來を誓う返事が來るが、その頃から張生の女性觀が變化し、交渉を絶ったまま、一年後に鶯鶯は人妻となり、彼自身も他の女と結婚し、終に相見る機會もなくなった。

この元稹の小說は、張生という、二十三の年まで女の經驗をもたぬ志操堅固な書生が、友人なかまから冷笑されたのに對し、

「實は僕こそほんとの好色家で、非情の男ではないのだ。ただ、女性中の女性ともいうべき對象にめぐり會わぬまでさ」

とうそぶいたように、一たび理想の女性崔鶯鶯に會うと、たちまち禮教の戒めを忘れた行動に出て、結局は望みをとげるが、さてしばらく女から離れていると、理性が呼びさまされ、その女性觀が著しく變化を起して、

「世の最もすぐれた者は、それ自身を破滅にみちびくのでなければ、必ず他人を不幸に陷れる宿命をもつものだ。もしも、この鶯鶯を富貴の境遇においたなら、かのむかしの妖姬、褒姒や妲己のように、何をしでかすかわからぬし、僕自身にもあの女を統御するだけの力がない」

とさとり、男自身から身を引くという、めずらしい心理の變化を扱った作品である。この小說が主眼とする、理想の女性獲得への盲目的な突進、そして理性の目ざめによる女性觀の變化、そのためにはまたと得がたい理想の女をさえ捨てる張生の行動は、當時の知識人には貴く純粹なものに思われたかもしれぬし、また、その悲劇的な結末のために、この小說の餘情は著しく深められはしたろうが、そうした理想の女との戀愛を完成するためには、身も心も燒きただらせて悔ないという、もう一つの生きかたに比べるならば、なんとしてもエゴイズムの惡臭をまぬがれず、少くとも、庶民の共感を喚びおこすことは不可能であったろう。そのうえ、原來知識人のために文語で書かれたこの小說は、よ

くいえば凝縮した、悪くいえばあらけずりのまま投げ出されてあって、理解しにくい部分、或は讀者の想像にまかされた部分も少くない。それにしても、あの月明にぬれつつ墻（垣）を越えて西廂にしのびゆく張生、一たびは嚴しく責めたが、やがては自分の方から貞操をささげにゆく鶯鶯、戀のためには禮教のきびしい戒めも終にはもぎ切る男女の姿は、たしかに美しい。

董解元の語り物化も、やはりまず同じ重點から出發したにちがいない。それは、『董西廂』のクライマックスが、やはり「越墻の場」におかれて、その前後のすじの運びかたや描寫が特にすぐれていることで了解される。しかし、大衆の立場に立って、全體を通俗的な語り物に改編するためには、當然多くのストーリーの書きかえ、プロットの添加を必要とした。その點を分析するために、かくて出來あがった『董西廂』の梗概をも紹介しよう。

唐の貞元十七年二月、西洛の書生張珙（君瑞）は遊學の途次、蒲州に滞在して名刹普救寺を見物中、父宰相の柩を守って山内に寄寓する崔鶯鶯を見そめ、彼も同じ寺に寄寓を申し入れて、崔氏の泊る僧坊の鄰りに移り住む。その夜ふけ、明月のもとに垣をへだてて女と詩を應酬し、戀のほむらは一段と燃えさかるまま數日を經て、故宰相の大法要に列席した彼は、再び絶世の美女を眼のあたりに見たが、どうすることもできぬ焦燥に惱む。

一夜明けてその法要が終了すると、寺は孫飛虎が率いる賊徒五千餘人に包圍され、役僧法聰らの反撃も效なく、いよいよ鶯鶯の身に危機が迫った時、もし事が成功した曉には鶯鶯を妻にもらう約束で、張生が友人なる守備隊長杜確に援助をたのみ、ようやく難を免れる。

しかし、數日後に開かれた謝宴の席で、未亡人は娘と張生に兄妹の禮を強い、鶯鶯にはすでに鄭恆という許婚者のあることが明かされる。絶望のきわみ、張生は長安に旅だつ決意までするが、女にかしづく紅娘の勸めにより、その夜ふけ彼が奏でた琴の音は、鶯鶯の心をいたくかき立てる。翌朝、紅娘によってその報告がもたらされたので、生氣をとりもどした彼は、一詩を作って彼女に託したところ、返しに「月を待つ西廂の下」云々の詩を受けとる。

欣喜した張生は、その夜、垣をとび越えて西廂にしのび入ったところ、女から不道徳を責められ、遂に寢食もままならぬ戀わずらいの床につく。病氣と知って母と共に張生を見舞うた鶯鶯は、意外の重症に驚くが、ほどなく紅娘によって再び密會を暗示する詩がもたらされる。かくてその夜、張生の悲願はついに成就し、その後半年ほどは二人の間に樂しい逢う瀬がかさねられる。

だが、やがて二人の仲を感づいた未亡人は、紅娘をよんで實を吐かせる。しかし紅娘は逆に未亡人の違約を責めるので、遂に二人は許され、正式の結婚は翌年まわしとして、張生は科擧に應ずるため都へ出發する。

翌春、張生は見ごと第三席で及第、とりあえず吉報を女のもとに送るが、任官發令後まもなく病床の人となる。女の方は、秋に入っても音信がないので、歸りを促すたよりを下僕に託するが、そのころ崔家には鄭恆が現れて前約履行を迫り、張生の話を聞くと、彼は衛大臣の女婿におさまったと中傷し、怒った未亡人は鄭恆との婚禮の準備にかかる。おりしも、鶯鶯のたよりを見て張生も急ぎ歸って來るが、彼の辯明はきき容れられず、身を引く決心をする。だが、法聰の勸めにより、今は太守に昇進した杜確のもとへ女とのがれ、翌日告訴に來た鄭恆は、逆に杜確から責められて自殺し、晴れて結ばれた二人は任官の旅に出でたつ。

右の梗概は、なお荒けずりに示したもので、實際はさらに複雑を極めるが、まず作者の改變の要點を摘出して、さらに細部に及ぼう。

(1) 結末の團圓と科擧の成功

元稹の小説では、主人公なる張生と鶯鶯は、結局は別れてしまうが、そのような悲劇的結末が、通俗文學の通念として許されにくいことは、中國に限ったことであるまい。ことに、前述のように、張生の女性觀の變化が大衆の共感を得やすいものでないとすれば、これを「團圓式」に書き改めることに、作者はほとんど躊躇しなかったであろう。

また小説の方では、張生は科擧に失敗し、といって失敗そのものは、滞京の原因とはなり得ても、彼の女性觀の變化に直接影響したとは思えぬぐらい輕く扱われている。しかし、官僚たるを最終目的とする知識人の科擧成功が、戀愛成就のキイポイントであることは、現實がそうであったろうし、フィクションの世界の通例でもある。殊に元雜劇では、對象が知識階層の娘であっても、またたとえば妓女の如き庶民階層のものであっても、そのことに變りはない。(2) いわば「團圓式」への書きかえが、必然的に「科擧の成功」を要求したのである。ただ、「科擧の成功」から直ちに「團圓」に滑りこむ常套をふまず、ライバル出現による一波瀾を加えたところに、この作者の非凡さが認められる。

(2)　戀愛の障碍

通俗性をもった戀愛物語の興味は、いうまでもなく、その戀愛の進行がなんらかの意味で阻碍されることによって、かもし出される。もとの小説に描かれた戀愛にもむろんこの障碍はある。戀歌に胸おどらせて乘りこんだ張生を鶯鶯に手ひどく罵倒させたものは、實は鶯鶯にはめられた「禮教のかせ」であった。いや、張生の女性觀の變化でさえ、儒教倫理の命令によるといえよう。知識人の戀愛をつねに束縛するこの「禮教のかせ」は、女主人公の張生罵倒というプロットの採用だけでは、はなはだ力弱いものであったから、諸宮調の作者は、それのより明確な象徴として、「未亡人」の存在に着目し、最初の境内における見そめのくだりで、女のあとを追おうとした張生を引きとめた役僧の法聰や、少し後のくだりで、法要の打合せに來て張生の質問をうけた小間使紅娘の口を借りて、未亡人の嚴格さを洩らさせ、この戀愛のごく初めの段階において、すでに一つの不安を投ずる。また賊徒平定後においても、口約に違背して、二人に「兄妹の禮」を強いたり、二人の仲を感づいて紅娘を責め、あわよくば彼らの關係を割こうとしたり、後半鄭恆の中傷を信じて再び張生を退けるなど、「禮教のかせ」の化身ともいうべき未亡人は、終始若い二人の戀愛の障碍として立ちふさがっている。もっとも原作においても、二人の關係が成立したあとで、張生が正式の結婚にまで運びたい焦燥から、未亡人の無情を鶯鶯に責めた時、彼女は「わたくしには何ともなりませぬ」と答え、母なる未亡人がとても不義を承認しまいことをにおわせてはいるが、未亡人による密會の發見はなく、未亡人はほとんど障碍の役わりを擔っていない。なお、「禮教のかせ」の象徴としての未亡人の性格は、雜劇『西廂記』に至って一そう明確に書きあらためられ、それがさらに後續雜劇のいくつかに影響を與えたことは、別に述べておいた[3]。

作者は、戀愛の障碍に未亡人を選ぶだけで滿足しなかった。あらたに「鄭恆」なる許婚者をも創造して、この戀愛を一種の三角關係にみちびき、聽衆にまず第二の不安を懷かせる。しかも、鄭恆の方を未亡人の甥なる關係におき、かつ、最後に張生が身を引く決意をするほどに、顯官の子という隔絶した地位を鄭恆にあたえている。このライバル鄭恆は、前後の二段階においてそれぞれ重要な障碍をつとめ、この長篇を巧みにひきしめるのに役だっている。

(3) 見初めの時期と賊徒包圍事件

賊徒の包圍事件は、もとの小説では、張生の寄寓後における最初の事件であり、張生鶯鶯の初對面も、實はこの事件平定後の謝宴の席だった。ところがそれでは、この大事件が戀愛の過程から浮きあがってしまうので、作者は二人の見そめを賊徒事件の前におき、まずこの物語の最初からかすかな波をさわがせ、賊徒事件を一つのポイントにして、いきなり行きつまった張生の戀愛に光りをさしかける。代償として鶯鶯を妻にしたいという要求が提出されるのは、確かに通俗的なプロットではあるにしても、その前後の描寫の巧みさが、見ごとにその弱點を救うている。

なお、小説の方では、張生は蒲州駐屯軍の將校に知己があってその援助をうけ、杜確は十日あまり後に廉訪使として朝廷より派遣されるのであるが、『董西廂』では杜確をただちに張生の友人に擬し、最初の援助者として登場させるばかりでなく、最後の援助者の役わりをも擔わせ、鄭恆同様にこの長篇をひきしめる上に大きな効果を與えた。

(4)　兄妹の禮

實は、もとの小説においても、謝宴の席での初對面に際し、未亡人は若い二人に「兄妹の禮」をとらせているのだが、それは、救命の大恩に對する謝意を示すものに過ぎなかった。『董西廂』の作者はそれを逆用して、結婚の期待に胸ときめかす張生の前に、高々と立ちふさぐ障壁にした。一たび「兄妹の禮」をとったものは夫婦となることができないからである。

(5)　張生と未亡人との關係

もとの小説では、未亡人は張生の母方のおばと説明されているが、これはこの戀愛物語になんらの効果をあたえぬばかりか、姻戚關係にある者が時を同じうして異郷の一寺に寄寓することは、むしろ不自然を想わせる。そこで作者は、兩者の關係を他人におきかえたが、かくてこそ、「兄妹の禮」も一そう效果を增すし、この物語のスケールが急に擴大されたかの感さえおぼえる。なお、ライバル鄭恆を未亡人の甥にすえたのは、原小説の張生の位置にヒントされたことというまでもないが、前にも觸れたように反って效果的である。

元稹の小說に據りつつ董解元が試みた主なる改編は、およそ右の五條につくされ、ここにほぼ諸宮調『西廂記』の輪郭はうかびあがった。すなわち、

賊徒包圍事件と未亡人の違約

月夜越墻と鶯鶯の罵倒

宿願成就と未亡人の發見

科擧の成功と鄭恆の出現

という四つの波瀾を經て「團圓」にみちびかれる構想である。その大きな波瀾は、いずれも張生の戀愛（結婚）完成への期待ががらりと覆えされる、片刃のやいばの突起に似た波形で示しうる。つまり、この語り物のおもしろさは、張生の期待（それはまた聽衆の期待でもある）が四たびうら切られる點にある。そこで考えてみると、作者が小說「會眞記」の語り物化を想いたった動機は、實は月明に濡れながら垣をとび越えて逢引にゆく張生の姿ばかりでなく、その後に起る鶯鶯の罵倒という、大きな期待はずれに興味をいだいたことによるのである。そして、その期待はずれの回數をばさらに三たび增して、通俗的な長篇の語り物を作りあげようと企圖したのである。したがって、作者のその後の努力は、この四つの大きな波の頂きを一そうもり上げる、つまり張生（聽衆）の期待を一そう高めることと、この四つの大きな波の間をよりスムースに連接すること、つまり事件の繼起により必然性をもたせることに注がれねばならないが、あふれる泉の如きたくましい空想力と、當時の通俗文學作家としてはめずらしい合理性尊重の精神に助けられて、それらの努力をこの作者は見ごとに結實させているのである。その合理性が當時の通俗文學としてめずらしいことは、他の諸宮調のテクストとして斷片を傳える『劉知遠』に比較するとき、思い半ばに過ぎるであろう。

作者はまず、第一の波をもり上げる前に、「月夜酬吟」と「大法要」なるプロットを設定する。「見そめ」によって

起された張生の戀の期待は、まず役僧法聰から未亡人の嚴格さを聞かされて少しく不安を生みはじめ、「月夜酬吟」の反響を紅娘から確かめたことによって、はじめて急速に高まる。しかし、高まりはしたけれど、その期待を實現する手がかりもなく、彼の期待は焦燥と化してゆく。「大法要」の場は、實に彼の焦燥を一そうかきたてる意圖をもって設けられたかの感がある。そこでは、愛する女を咫尺の間に見ながら、一指も觸れ得ぬ焦燥から半ば狂人と化した張生を描き、同時に修養を積んだはずの僧正をはじめ、堂に溢れた僧侶や俗衆が、ただ一人の美女に壓倒されて、嚴肅なるべき法要が、大さわぎの中に終始するという、ユーモアに富んだ狀景も展開され、つぎの「賊徒包圍事件」のくだりの緊張と著しい對比をつくる。このプロットはまた、つぎの段階において危く賊のいけにえに供せられんとする崔鶯鶯の美しさ貴さを強調するに役だつだろう。

なお、この「月夜酬吟」と「大法要」の二つのくだりは、雜劇『西廂記』にもそのまま採られて、それぞれ一折を形成している。

このように張生の期待を焦燥に追いやる二つのプロットを經て、「賊徒包圍事件」における張生の獻策に至り、彼の戀の期待ははじめて實現の可能性を見出し、無限に高められるのだが、その過程もなかなかに複雜である。「賊徒包圍事件」は、少くとも最初の段階では、張生の期待をば焦燥からさらに絶望まで追いやったであろう。寺を包圍した賊徒は、最初は一飯を要求するだけだったのが、間もなく本性を露して、鶯鶯の提供を叫ぶというように、緊張は漸進的にもりあげられ、そこで、役僧法聰のひきいる、炊事用具などで武裝した珍妙無類の僧兵を賊徒と對陣させ、その反擊が一たびは奏效するが、結局は衆寡敵せず敗退するという一つの起伏（期待はずし）を經て、いよいよ鶯鶯が壯大な伽藍と多數の人命を救うために犧牲を決意するという、最悪の段階にもってゆく。ここで、少くとも聽衆は張生とともに絶望を感ずるであろう。ところがその時、絶望に追いやられていると信じていた當の張生が、事態收拾をかって出るのであるから、つぎに示す僧の一人ならずとも聽衆は見ごとに肩すかしを食うのである。つまり、彼は敗戰を喫した法聰を、いつの間にか杜確のもとへやっていたのである。しかも、そのくだりの歌詞に、

〔快活爾纏令〕子母正是愁、大衆情無那。忽聞得一人語言、稱將賊盜捉。一齊觀瞻、見箇書生出離人叢、生得面顏相貌有誰過。（巻二）

母子いまし憂いに閉され、みな人やるせなき時に、ふと耳にせし一人の聲、「われ賊ばらを捕えん」と。みな一齊に眼をやれば、一人の書生人垣分け、人なみすぐれしみめかたち。

とあるように、具體策はすぐもち出さずに名のり出る。そこで僧の一人はあきれて止める。

〔出隊子〕却認得是張生、僧人把他衣扯着。低言悄語喚哥哥。又不比書房裏閑吟課。你須見賊軍排列着。〇賢不是九伯與風魔。世言了怎改抹。見法聰臨陣恁比合。與飛虎衝軍惡。戰討也獨力難加也走却。

〔柳葉兒〕你肌骨似美人般軟弱。與刀後怎生掄摩。氣力又無些箇。與匹馬看怎乘坐。〇春筍般指頭兒十箇。與張弓怎發金鏊。覰你人品兒矬燸。與副甲怎地披着。

〔尾〕你把筆尚猶力弱。伊言欲退干戈。有的計對俺先道破。（巻二）

それが張さんと知れたれば、和尚かれの袖を引き、聲をひそめて「これ兄さん、書齋でのんきな詩作り、それとはちょいと違うぞい。あんたの目にも見たじゃろが、賊のつわもの列らなるを。〇おぬしは阿呆氣違いじゃなし、きっぱりいうたら取消しきかぬ。そらあの法聰が敵陣に、乘りこんでの獅子奮迅、それでも獨力じゃかなわない、やはり退却したであろ。

まるで美人もさながらの、なよなよとした體して、刀くれても振れまいが。それに力もとんとなし、馬をくれても乘れまいが。〇わか筍のごと十の指、弓をくれても矢は放てまい。そらその身だけの寸足らず、よろいく

れても着けられまい。

筆をもつさえ精一ぱい、賊退けんとおっしゃるが、計略あるならこのおれに、まずは明かしてみるがよい」。そのあとさらに、僧正もしきりと説いて彼を止めにかかる長い曲白がおかれ、やっと張生の収拾策の内容が明かされるのである。作者はつねにこうして、作中の人物ひいては聽衆に新たなる期待をいだかせる敍述の方法を用いる。なお、「僧兵出陣」の一段は、法師隊敗戰の血なまぐさい狀景をも描きながら、徹頭徹尾ユーモアにあふれた生彩ある歌詞に救われ、むしろこの戀愛物語に風變りな色彩を添えて効果をあげ、そのため雜劇『西廂記』にもほとんどそのまま採用され、荒法師立ちまわりの歌舞伎的な一幕を形成している。ただし、雜劇での法聰は一種幇間的な人物（丑・道化役）に描かれ、戰鬪に挺身する荒法師には、別に「惠明」なる僧を擬している。

さて、賊徒退散で一擧に實現の可能性をみた張生の戀の期待は、謝宴における未亡人の口約違背でがらりとはずされるのだが、この過程においても、作者はつねにいくつかの小さな起伏を創って、その期待に刺戟をあたえて一そう高め、次第に焦燥へと追いやることを忘れない。すなわち、僧正の手おちで日をとり違えた張生が、謝宴の前日に一喜一憂したり、當日も、齋時が過ぎたにかかわらず紅娘が呼びに來ないので氣をもむくだりがあり、謝宴の席でも「兄妹の禮」を強いて十分に焦燥をかきたて、許婚者のあるために結婚が許されぬことは、酒の醉いをかりた張生が未亡人をなじるまでは、明かされない。ここでも聽衆は、張生とともに期待を焦燥まで高められてはずされる。

かくて一たびゼロに歸した張生の戀に、再び芽をふかせ、第二の大きな波をもり上げるために、作者はまず「琴挑」なるプロットを創造した。元稹の小説にも、鶯鶯が琴を彈いて張生を送別するくだりがあるが、別にそれにヒントされたプロットではない。神祕な力をもつ琴の音を借りて意中を傳えることは、漢の司馬相如の故事として知られ、宋金時代の戲目（外題）中にも、そのプロットを用いたらしいものが時に見られる。したがってこの作者の獨創とはいえないが、いきなり戀歌を送る原小説よりはまさるものであろう。この場あいも作者は、琴の音が女をひきつけて室の外まで歩みを運ばせたらしいことを察した張生が、いきなりとび出してかき抱けば、それは想う人ならぬ紅娘で、彼の耳には急ぎ足でたち去る鶯鶯の佩玉の音が哀しく響くという、またしても一つの起伏（期待はずし）を加える。この「琴挑」にたたみかけるが如く、原小説にもある「戀歌送り」を經て、第二の波の頂點、この作品のクライマックスなる「月夜越墻」に進むわけだが、その間の過程は、おそらくこの作者が最も苦心したものでないかと思われる。すなわち、前夜の「琴挑」が鶯鶯にあたえたショックを、目のあたり見た紅娘が、張生から託された戀歌をば、張生と同じ期待をもって鶯鶯に傳えたところ、意外にも彼女からきびしく叱られ、叱られたすぐ後で、これを張生にとどけよと命ぜられたものだから、さだめしそれは男をとがめる拒絶の手紙かと思えば、また意外にも密會を暗示する「月を待つ西廂の下」云々の戀歌であり、その戀歌に欣喜した張生が、その夜ふけ垣をとび越えて西廂にしのびこめば、さらに意外にも女から罵倒されるという、きわめて複雑なプロットを扱い、紅娘や張生とともに、聽衆はここで三たび期待をはずされる。この作者の「期待はずし」に對する執拗さは、まったくここに極まれりといえよう。

つぎは、第三の大きな波「宿願成就と未亡人の發見」である。ところで、小説「會眞記」で最も理解に苦しむのは、鶯鶯の罵倒から數日して、突如女が望みをかなえに現れる間の斷層であり、讀者はその間の鶯鶯の心理の推移をよろしく想像するほかないが、『董西廂』では、通俗的ではあるが、それに對する説明が一おうなされている。すなわち、前夜の罵倒で再び救いがたい絶望にうちのめされた張生は、戀わずらいの重症におちいり、それを知って母と共に彼を見舞うた鶯鶯は、彼の病状のかなり重いことに驚き、彼を救うものは今や自分をおいて他にはないこと、しかもわが命はかつて張生に救われたものであることを悟り、はじめて「禮教のかせ」をもぎとるのである。ただし、決意を固めるに至ったそのようないきさつは、紅娘にとどけさせた二度目の密會暗示の詩——實はそれも藥方に僞裝して、あくまで紅娘や聽衆の耳目をくらますものであったが――に、「閑なる思想を以て、天賦の才を摧殘する勿れ」云々と簡單かつ曖昧なことばを傳えるだけで、第二夜の寢ものがたりに至らねばくわしく披露されないから、その時は聽衆に鶯鶯の眞意が十分にはわからぬまま、前に三たび期待をはずされた經驗も作用して、はたしてこのたびの密會も實現するかどうかという危惧をいだかせる。聽衆ばかりでない、作中の人物なる紅娘でさえ、二度目の戀歌を得て、たちまち病氣も忘れてたわいなく喜ぶ張生にむかい、つぎのように語るのである。

〔滿江紅〕紅娘聞語吸地笑道、一言賴語都是二四。沒性氣。閑男女。不道是啞你。你喚做是實志。你好不分曉、是前來科段、今番又再使。

紅娘聞きてくっと笑い、「みんないつわり、出たらめばかり。意氣地なしの、こまったおかた。騙されてるとはつゆ知らず、くそまじめはあんたのこと。前のやりぐち今また使う、それがあんたになぜわからん」。（巻五）

しかし、このたびは張生の期待はあっけなく實現し、それがあっけないだけに、紅娘や聽衆のいだいた危惧は、又してもがらりと覆えされるのである。なお少し前にもどるが、張生を見舞うた未亡人と鶯鶯が室を去った直後に、少くとも表面はなお冷靜な女を見て衝擊をうけた彼は、氣絕して紅娘に介抱されたり、さらに全く絕望した彼が、はりに帶をかけて自殺を企て、おりしも藥方に僞裝した鶯鶯の戀歌を持參した紅娘に危く救われるという、二つの起伏を設けて、張生を絕望の極點に追いやり、二度目の戀歌に新たなる期待をもって蘇えるプロットをひきたてている。

さて、張生の戀の期待は一おう實現し、第三の大きな波の頂點にたどりつくが、「未亡人の發見」に至るまでには、かなり長い第二夜の描寫によるさらに一だんの高めかたは見られるが、その間には時間の經過もあり、それに、未亡人の嚴格さ酷薄さは、張生も人から聞かされ、みずからも經驗したとおり、この物語の當初から暗い影を投げていたから、いわば彼とともに聽衆もそのことを半ば豫想するであろう。したがって、董解元によって考えられた「未亡人の發見」なるプロットは、いささか迫力を缺くことも、またやむを得ない。そこで作者は、未亡人の發見によって二人の上に大きな不幸が起るであろうという、作中人物乃至は聽衆の危惧をばがらりと覆すために、あらたに「紅娘の抗議」なるプロットを設定するのである。二人の密通をほぼ察知した未亡人は、まず紅娘を呼んで問いただすが、彼女が頑強に白状せぬために、未亡人の怒りを爆發させ、ついに折檻にとりかかろうとする。その時紅娘ははじめて口を開いて、逆に未亡人に抗議するのである。そこでは、主僕の秩序の逆轉と封建的な考え方に對する痛烈な抵抗というう激しく異常なものが、聽衆の危惧を見ごとに吹っとばす。むろん、この一段も雜劇『西廂記』に採られて一幕を形成し、「拷紅」と名づけられて、現在も有名な戲目の一つになっている。

かくて、張生の正式結婚への期待は、紅娘の盡力で限りなく高められるが、又しても一時の離別という現實に直面して、動搖する。一たび結ばれた男女の隔離は、由來なにかの變事の發生を豫想させて、いささか不氣味である。男ごころの移り易きを憂うる作中の鶯鶯ならずとも、當時の寄席の演藝を見なれ聞きなれた聽衆は、少くともその危惧をおぼえたろう。

このかすかな危惧にこたえる如く、科擧に合格した張生の戀の完成への期待を裏切って、第四の大きな波なる「鄭恆出現」がおしよせるのである。波のさわぎはまず「離別」の情緒纏綿たる描寫で起され、やがて處を分つべき二人が、大きな悲しみを將來に長く殘すべきことを印象づける。そしてまず、動搖を來たした張生の結婚への期待に刺戟をあたえて、またもやそれを焦燥にまで追いやるために、作者はここで「旅舍の夢」なるプロットを用いる。

すなわち、旅の第一夜、ある村里に宿をとった張生は、寂寞にたえぬまま戶外に出ると、彼のあとを追うて來た鶯鶯と紅娘の姿をみとめ、大喜びで旅舍に迎え入れるが、つづいて賊の一隊が現れて屋捜しにかかり、あわや大事に至ろうとして、はっと目ざめれば、それはかささぎの鳴く音に中斷された夢だったというのである。夢といえば、前にもどるが、かつて張生が女に罵倒されたくだりにおいても、この作者は夢のプロットを附加した。室に歸った張生は、ねむれぬ身をむりに床についたが、ふと門をおとなう女の聲に、起って迎え入れると、意外やそれは今しがた彼を罵倒した鶯鶯その人で、「さきほどきついこと申しましたは、召使の目をごまかすため」と詫びるのをかき抱きいまや歡喜に浸ろうとした時、はっと目ざめ、おりから曉を報せる鐘の音が一きわ悲しく響きわたるのである。すこしく想像をたくましくすれば、かささぎの鳴聲なり鐘の音は、伴奏の絃樂器が效果を強めたかもしれない。いずれの場あいも、覺めての後の張生の悲歎は、この一起伏を經て一そう深まり、すでに下向を示した彼の曲線はさらに低下する。

この夢のプロットも、古い戯曲や小説に時に見られ、ここと同じ效果を示しているから、作者の獨創でないまでも、右のいずれの場あいも插入がきわめて巧妙で、夢中の人物のことばも十分に現實性を帶びているため、この作品に評注を加えた明の湯顯祖も、

一路說き來たりて、渾（あたか）も眞境の如し。此（ここ）に到りて忽ち是れ夢なりと指破し、觀者をして心魂倶に眩かしむ。

と指摘しているように、聽衆は最後までそれが夢であることに氣づかず、ここでも大きく期待をはずされるのである。なお、ようやく波瀾に乏しくなろうとした時の、後者のやや複雜な夢の場は、かなり效果をあげ、雜劇『西廂記』の王實甫作といわれる部分（前四本）の、最後を飾る有名な幕（第十七折）にも採用されている。

一たび下向を示した張生の結婚への期待は、「科擧の及第」で難なく高められるが、鶯鶯と別れていることの悲しみは依然としてつづき、「張生の病氣」という突發事によって、せっかく高められたそれが、又もや焦燥へと追いやられる。そして今やこの段階においては、鶯鶯の側の悲しみや不安による焦燥も、張生のそれと同じ重みをもって聽衆に迫って來る。作者はしばらく、兩處に別れた張生と鶯鶯の一喜一憂を、あざやかな手ぎわで、交互に點出し、全たいとしては彼らの焦燥を徐々にもり上げつつ、「鄭恆出現」へと運んでゆく。なお、張生の吉報がとどけられる前

の鶯鶯の悲歎と、病臥後の音信杜絶による彼女の悲歎の背景に、晩春と晩秋のうら悲しい、しかしおのずから差異のある二様の自然をもって來たのは、ささやかながら隙のない配慮ではある。

さて、「鄭恆出現」による第四の波の急降下から、最後の「團圓」にもり上げる過程も、單純な線で示すことはできない。未亡人の強硬な態度に身を引く決意で、法聰の室にもどった張生を見て、かの荒法師はもはや勘忍ならず、出家の身をも忘れて、おっとり刀で未亡人と鄭恆の殺害に起ちあがるが、おりしも母のもとをのがれた鶯鶯が、紅娘を伴うて現れる。かつて許しあった二人の間にはすぐさま諒解が成立するが、鄭恆との婚禮の日どりまで定められた現在、女は死を決意し、男もそれに同調する。その時、法聰の腦裏をかすめたのが、かつての援助者、今はその功で鎭西將軍・蒲州太守兼關右兵馬處置使に昇進している杜確のことである。ここでも作者は、事態を漸進的に惡化させて、それがほとんど極點に達した時にがらりと逆轉させる。しかも、右の場あい、法聰はまず死ぬことの無益をさとし、

〔哨遍纏令〕……欲不分離、把似投托箇知心友。不索打官防、敎您夫婦盡百年歡偶。快准備車乘鞍馬、主僕行李、一發離門走。投托的親知不須遠覓、而今只在蒲州。昔年也是一儒流。壯歳登科不到數餘秋。方今是一路諸侯。

〔長壽仙袞〕初典郡城、更牢獄無囚。後臨邊郡、滅盡草賊猾寇。坐籌帷幄、驅馬臨軍挑鬭。十場鎭贏八九。天下有底英雄漢、聞名難措手。這箇官人不枉食君祿、扶社稷、安天下、秉文鋭武、古今未嘗曾有。

〔急曲子〕也不愛耽花戀酒。也不愛打桃射柳。也不愛放馬走狗。也不愛射生射獸。去年暫斬逆臣頭。腰間劍是帝王親授。

〔尾〕是百萬軍都領袖。天來大名姓傳宇宙。便是斬斫自由的杜太守。（卷八）

離れまいと思うなら、訴訟沙汰にするよりも、いっそ知友に頼るがよい。すれば二人はともしらが。とく車馬

の用意して、主従手荷物もろともに、すっぽりここを去りなされ、頼る知己なるその人は、遠くに求める要もなし。現在ここの蒲州にあり。かつては同じ儒學の徒、男ざかりに科擧をパス、いまだ數年ならずして、目下は一國の領主なり。

そのかみ郡城のおさとなり、獄屋につながる人も絶ゆ。のちには邊境の守備に出で、匪賊のやから掃滅す。軍幕のうち計を立て、馬上みずからも戰いて、十たびのいくさ九たびは勝つ。あめが下なるつわ者も、その名聞きては手が出せぬ。この人こそは君が祿、あだに食める人ならず、天下をささえ安定し、文武の道をかね具う、古今いまだこの人なし。

酒色にふけるを好まずば、打桃射柳(ボロやぶさめ)の遊びもいや、競馬競犬きらいなら、狩りの遊びも好まれず。去年(こぞ)には斬りぬ逆臣の首。腰におびたるつるぎこそ、天子じきじき賜いしもの。

百萬の軍の總指揮官、雷名とどろくあめが下、これぞ斬り捨て御免の杜太守。

という、長文の、しかしきわめて流暢明確な韻文で、最後に殘された方法は知友に頼ること、そしてその知友の人がら、名聲をくどくどと述べたてたうえ、最後の一句ではじめてその名を明かす手法を用いている。このような手法も、すでに湯顯祖が、

先に形容し、後に姓名を出だすは、董詞の慣(つね)なる家數なり。

と指摘しているように、他の部分においてもしばしば發見される。これも、作中の人物とともに、聽衆をつねに期待にみちびくものである。

以上によって了解されるように、元稹の小説「會眞記」に見える戀愛事件は、『董西廂』に至って、ほとんど創作に近いまでの變貌を遂げた。そして、この作者のストーリーの運びかたには、はなはだ印象的な特徴がある。すなわ

ち、作中の主人公（主として張生と紅娘）ひいては聽衆の期待はずしということで説明される四つの大きな波の、それぞれの過程においても、その期待を一そう高めるために、やはり期待はずしで説明される小さな起伏をつねに積みかさね、その期待を焦燥まで追いやり、かくて大きな波の頂點に達した時、がらりとはずすのであり、その期待は、プラスの方向への期待とマイナスの方向への期待（危惧）の二様相を示し、それが交錯して又複雑な味を見せている。かような「期待はずし」の複雑なつみ重ねによる、ストーリー推進の洗練された巧みさが、この作品の文學としてすぐれた第一の點である。

しかも、その期待のはずしかたは、すでに示したように、すべてある程度の知性にささえられている。そのことを一そう確かめるために、今まで觸れなかった四つの大きな波の連接點に眼を注ごう。まず第一と第二の波の間は、「琴挑」で連らなるが、これとて突拍子もなくもち出されたのではない。謝宴における未亡人の違背で、完全に失戀した張生は當初の目的である都への旅支度にかかる。するとそこへ前日の謝宴の失禮を詫びに來た紅娘が、彼の荷物の中に琴を發見し、瞬間琴マニアの鶯鶯のことを聯想し、「琴挑」の一策を勸める。琴は、劍と共に、讀書人が旅にも攜帶するものなのである。

第二・第三の波の連らねかたについてはすでにのべたが、第三・第四の波の間はどうかというと、紅娘の抗議によって二人の結婚は許されるが、鶯鶯には父の喪中という障碍があり、張生も本來の目的である科擧が控えている。そこで正式の結婚は翌年まわしと決まり、張生は科擧受驗のため、別離をよぎなくされるのである。

さらに細部について見るならば、まず發端においても、「會眞記」のようにいきなり寺に寄寓するのでなく、一たびは旅宿におちつき、ある日旅の無聊をもてあました彼は、宿の番頭からすすめられて附近の名刹に參詣する。そこで女を見そめ、彼女に接近したいがために、「俗塵をはなれたこの清淨境で、二三ヶ月しずかに勉強したい」と僧正に申し入れるのである。ただ、貸與された室が崔氏一家の寄寓先に鄰りあっている偶然性はやむを得ない。

つぎに、張生が大法要に列席するまでのことも、きわめて自然に運ばれている。まず、近日中に法要の行われることは、ずっとさかのぼって報らせてある。鶯鶯を見そめた張生がおもわずあとを追って館にふみこもうとするくだりで、彼をさえ切った法聰に、「崔家には處女（きむすめ）がおられるのに、なぜ驛舍（本陣）に泊らずに寺へ寄寓されたのか」と問うと、法聰はその理由として、「きわめて嚴格な家庭で、しもべたちとの區別もきびしいし、それに驛舍はむさくるしいからお嫌いじゃ」と答え、さらに「いつ歸鄉されるのか」との張生の問いに、「近日大法要が行われる豫定だが、今年はさしさわりあって埋葬できぬため、來年になる」と答えている。また、ある日張生が僧正に茶の招待をうけて雜談している時、法要の依賴を命ぜられた紅娘がやって來る。その話を聞いた張生は、それでは亡くなった自分の父の供養も便乘させてもらおうということになる。すでに最初の部分に亡父の喪も明けたので遊歷に出るという說明がちゃんと用意されているのである。

さらに「鶯鶯の罵倒」は、たしかに彼女をしばる「禮教のかせ」のしわざではあったろうが、彼女の行爲は、注意してみれば、決して唐突ではないのである。張生の「琴挑」に心ひかれた鶯鶯の心境をうたった曲に、青春の盛りなるわれわれが夫婦になれば、正に似合と述べたあとで唱う。

〔鶻打兔〕奈老夫人情性㤺、非草草。雖爲箇婦女有丈夫節操。俺父親居廊廟。宰天下存忠孝。妾守閨門、些兒恁地、便不辱累先考。○所重者奈俺哥哥由未表。適來恁地把人奚落。司馬才潘郎貌。不由我難偕老。怎得箇人來、一星星說與教他知道。（巻四）

こまるは老夫人（かあさま）根性ねじけ、手ごわいあいて、女ながらも男のみさお、父さまかつては朝廷にあり、天下治めて忠孝まもり、箱いり娘のこのあたくしに、そんなまちがいちとでもあれば、亡き父さまのつらよごし。○大じなことにあの兄さまは、いまだ科擧に通らぬおかた、いましああしてからかわれたが、才は司馬（相如）さま、みめ潘（岳）さまと、いやでも夫婦になるわけゆかぬ。そのよし誰か事をわけて、言うてきかせてくれないものか。

また、未亡人が二人の仲を感づくくだりにおいても、

〔倬倬戚〕相國夫人自窨約。是則是這冤家沒彈剝。陡恁地精神偏出跳。轉添嬌。渾不似舊時了。舊日做下的衣服一件小。眼慢眉低胸乳高。管有兀誰廝般着。我團着這妮子做破大手脚。（巻六）

宰相夫人ひそかに思案、可愛いあの子に、難くせつくべき所はないが、急にああして生彩はなち、色氣加わりむかしとは、まるで違うてしもうたわ。以前したてた服もみな、つぎつぎと小そなり、目つきとろりと眉やわらぎ、胸のお乳はもり上がる。そもそもうちの可愛い子に、けしかけたは誰であろ、察しはついた、あのあまめ（紅娘を指す）、とんでもない手びきした。

とあるように、母なる未亡人は男を知った鶯鶯の肉體の姿や彼女の放つ香氣の變化を敏感につかんでいる。

そのほか、紅娘の抗議で未亡人が結婚を許すくだりにおいても、未亡人の心變りをおそれたこの怜悧な小間使は、婚約をより確實にするために、結納金をおさめることを張生に勸めてやまず、貧書生の彼もやむなく法聰に借金しているし、ライバル鄭恆の出現も決して偶然ではない。そのころちょうど鶯鶯の服喪も明けたので、婚約履行を求めて訪れたのであるとする。また鄭恆のとっさの嘘言「張生が衞大臣の女婿におさまった」のも、十分にもっともらしい。

かく細部にわたる事件の繼起に、能う限りの必然性をもたせようとする追求のはげしさも、この作品をば、他の通俗文藝から明瞭に區別させているし、そのことのために、この物語は「讀書人」の世界をえがいているにも拘らず、聽衆はそれを甚だしくは遠からぬ出來ごとと感じたであろう。そして、それを助けるものは、この物語の最初から

「禮教の假面」をとり去った張生が、徹頭徹尾何人にも理解しうる人間性を發揮して、その戀愛の期待に一喜一憂をくり返す如くに描かれていることであろう。

ところで、以上說き來たった『董西廂』の構想は、それを作者董解元一人の功に歸すことに、異論があるかもしれない。なぜならば、かの北宋末の趙令時が、「會眞記」の本文に、「商調蝶戀花」の數曲を附加するだけで、そのプロットを動かしていないのは別として(『侯鯖錄』巻五)、「會眞記」を演劇にし組んだものに、宋雜劇「鶯鶯六么」の名が『武林舊事』後集四に見え、それはどうかすると『董西廂』に先行するかもしれないからである。しかし、北宋の演劇はなお茶番狂言の域を出なかったといわれるから、おそらくそれは「會眞記」に出る「月夜越墻」を中心とした短い脚本に過ぎなかったろう。すでにのべた如き、期待の徐々なるもり上げと急激な落下のつみ重ねにおけるあの印象的な執拗さは、やはりこの作者獨自のものでなければならない、とわたくしは思う。

つぎに、わたくしは、『董西廂』の文學としてすぐれている第二の點、すなわち表現面、主として歌詞に見られる新しさ、潑剌さについて語らねばならないが、それは下篇にゆずることにする。

注

(1)『東方學報』京都第十八册「董西廂に見える俗語の助字」。のち『ことばと文學』(汲古書院)所收。

(2)(3)『東光』第三號「元人の戀愛劇における二つの流れ」。

文學としての『董西廂』（下）

上篇においてわたくしは、『董西廂』の作者の、いわばストーリー構成に示された創造的空想力のたくましさについて述べた。作品の骨骼ともいうべき構成に、あのように執拗な追究を重ねた作者が、それの血肉ともいうべき敍述描寫の文字を、おろそかにするはずはない。わたくしは、『董西廂』が文學としてすぐれる第二の點として、その表現面に見られる新鮮さ潑剌さを擧げよう。そして、その新鮮さ潑剌さは、また作者の眞實に迫ろうとするはげしい意慾に本づくものであり、それを助けるものは、彼の鍛錬された口語驅使の能力であることを指摘しよう。

諸宮調という語り物は、最初に紹介したとおり、うた（曲）とせりふ（白）の連鎖より成るとはいえ、歌詞は通常せりふの部分をくり返して、敷衍しつつ物語を展開し、兩者の關係はまた元雜劇の歌詞とせりふのそれにも似ている。したがって諸宮調の歌詞には、狀況の變化や心理の推移はもちろん、あらゆる會話をもよみこまねばならず、それはあくまでせりふの部分に優先して、諸宮調の中心をなすから、ここでも歌詞の部分がより多く問題にされるであろう。

ちなみに、『董西廂』のせりふの部分は、大たいにおいて簡淨雅潔な文語的表現から成り、殘缺テキストを傳えるかの『劉知遠諸宮調』が、淺俗な口語的表現を基調にするのとは、よほど趣を異にする。その理由はおそらく、『董西廂』のせりふの部分の隨處に、それが據った元稹の文語小說「會眞記（鶯鶯傳）」の文章を收容したためでもあろう。そして作者の筆は、元稹の流麗な文章とみごとに調和する力量を具えてもいる。

ところで、諸宮調の中心をなす歌詞は、今體詩や詞（詩餘）と同じく、各句の抑揚（音律）がおよそ規定され、かつ一組（套）の歌詞は一類の韻字で一貫せねばならない。かく規定された枠内に、自由奔放に伸びゆく意想をはめこむことは、實は容易なわざではない。もっとも、用韻については、後の元曲と同じく、すでに入聲の消滅した當時の北方音を基準にしており、かつ四聲の通押も許容されてはいる。また、一句の字數や抑揚の束縛についても、例えば、

凜凜地身材七尺五。一隻手把秀才捽住。吃搭搭地拖將柳陰裏去。（巻一、大石調〔尾〕）

りりし體軀は七尺五寸、片手で書生をわしづかみ、だだっと引きゆく柳のかげ。

の傍線で示したような「襯字（しんじ）」、すなわちメロディにのらぬ添えことばの使用が許容されていることも、元曲と變りはない。しかしながら、その襯字とても、おそらく音樂方面の制約によるのであろう、元曲ほどに伸びることはなお許されず、詞のふし（詞調）を用いた場あいなどは、むしろ襯字の使用が拒否される方向にある。例えば、

〔惜奴嬌〕絶早侵晨、早與他忙梳裹。不尋思虛脾眞箇。你試尋思、秀才家平生餓。無那。空倚着門兒嗛唾。○去了紅娘、會聖肯書幃裏坐。坐不定一地裏篤麽。覷着日頭兒、暫時間齋時過。殺剁。又不成紅娘鄧我。（巻三）

朝もまだきにあわてこみ、きみがために化粧して、僞り眞（まこと）もせんさくせぬ。お察しなされみなの衆、日ごろお腹をすかしづめ、その書生さん戸口により、つばきのみこみ待ちぼうけ。○紅娘歸ったその後は、いっかな書齋に落ちつかず、堂堂めぐりのくり返し。お日さま見ればしばしばしあり、晝めし時も過ぎ去りぬ。「畜生めあの紅娘、まさかたばかったであるまいな」。

の如きは、口語的表現を用いながらも（元曲の場あい、口語的表現に近づくほど襯字の使用度は増大する）、ほとんど襯字を使っていない。さらに、四聲の通押は許されていても、各句末の韻字の平仄（抑揚）は、おのずからにして定まっている。しかも、作者は一つの作品において、そのような歌詞をば、幾十幾百とたゆみなく綴りゆかねばならないのである。

他に比較すべき作品がないので、ふたたび『劉知遠諸宮調』をもち出すが、同じジャンルに屬しながらも、これなどは醜い骨骼に貧弱な血肉をつけた作品といってよい。試みに、この二作品の作者の制作意欲がいかに違うかを知るために、必ずしも適切な例とは思わぬが、いずれも美人をよんだ歌詞を引いて、比較してみよう。まず『劉知遠』の歌詞を擧げると、

〔安公子纒令〕雖是箇莊家女、顔貌傾城誰堪竝（疑叶）。洛浦西施共妲己、也難似這佳人。年紀方當笄歳、未曾有良婚。柳眉排臉朱櫻口、似玉肌膚、腰細金蓮歩穩。（第二）

農家の娘といいながら、城をも傾くかんばせは、彼女にならぶものもなし。洛神・西施や妲己(だつき)とて、この美人にはまさるまじ。年は十五の花ざかり、いまだ夫は定まらず。顔には柳なす眉・櫻桃の口、玉なす肌えかぐわしく、腰細くして金蓮の、歩みもまことふさわしや。

これは、流落の身をさる農家に雇われた劉知遠（後の五代漢の高祖）が、その家のむすめ李三娘に見そめられる一段の歌詞で、彼女の容姿をよんだものであるが、つぎに引くのは、『董西廂』における、張生が初めて鶯鶯に逢うくだりの、同じく鶯鶯の姿態をよんだ歌詞である。

〔香風合纒令〕……朱櫻一點襯腮霞。斜分着箇龐兒鬢似鴉。那多情媚臉兒、那鶻鴒淥老兒、難道不清雅。見人不住偸睛抹。被你風魔了人也嗏。風魔了人也嗏。

〔墻頭花〕也沒首飾鉛華。自然沒包彈、淡淨的衣服兒扮得如法。天生更一段兒紅白、便周昉的丹青怎畫。〇手托着腮兒、見人羞又怕。覷擧止行處、管未出嫁。不知他姓甚名誰、怎得箇人來問咱。（巻二）

霞なすほほひきたてて、ぽつり一點さくら桃、おもてをはすにへだてたる、鬢は烏の羽のごと。情に富んだあのお顔、お悧巧そうなあのお眼め、これぞ清雅といい得べき。前なる人にぬすみ見の、ひとみをたえず投げか

ける、おかげでこちらは氣も狂う、氣も狂う。

髪飾りやべにおしろい、施さずして生地のまま、非のうちどころ絶えてなし。むくの服をぱぴたりと装い、天與の美貌に加うるに、つややかなその姿態、さすがの周防もえがけまい。〇頬づえついて人まえを、羞じらいつはばかりつ、あのものごしから察するに、さだめし未婚の女であろ。はてその姓名は何という、いかでか人に尋ねばや。

ことわっておくが、これらは内容が同じいために、比較の便宜に引いたに過ぎず、決してそれぞれの作品のすぐれた個處というわけではない。少くとも『董西廂』のそれは、この作品に評點を加えた明の湯顯祖にも、全く無視されたものである。それにもかかわらず讀者には、一見して兩作者の意慾の懸隔が了解されるであろう。翻譯に際しての、わたくしの經驗を告白すれば、『劉知遠』の方は邦文の口調をととのえる以外に、ほとんど困難を覺えなかったが、『董西廂』の場あいは、全く翻譯不可能の幾つかの句に遭遇したし、結局はまずい譯文をさらすほかなかった。

まず『劉知遠』の歌詞は、いたずらにストーリーの進展をのみ急ぐこの作者の常として、敍述描寫が至って簡單であり、從って短いのに對し、『董西廂』のそれは、槪して克明であり、從って長く、ここでも三曲を費やしている。さらに全體について説明を加えると、前者は單に音律に合せて文字を排列したに止まる（しかも第二句は誤っている）。例えば第七句の「柳なす眉は臉に排び朱櫻の口」は、どうも不十分な表現に思われる。かく用語の不調和とか、句を構成する語の結びつきのあいまいさとかいった例は、この作品を通じて時おり見られる。第三句「洛浦西施共妲己」の破綻もそれであって、おそらく音律的な完全をめざした無理からでもあろうが、この句は二つの不調和を含む。「洛浦」は周知の如く、曹子建の「洛神賦」に出でる洛浦の神女を指し、しばしば美女の形容にもち出されるが、地名である「洛浦」をば、二つの人名と列擧したことの不調和が一つ、いま一つは、これも美女の對比に使われぬではないが、むしろ淫亂の女性として知られる殷の紂王の寵姫妲己をば、この素樸純良な田舎娘の比較の對象に選んだことの不調和であって、ともに作者の粗雜さを物語るに十分であろう。

それに對して後者は、その大半の句に、作者の新しいものを生まんとする氣魄がうかがえる。第一の歌詞の首句は、全く文語的表現であるが、朝やけか夕やけの空の如く、ほんのりと淡紅色にぼかされた頬に、ぽつりと櫻桃なす口が一點、という表現は凡庸でないし、その顏を斜めに分つ烏なす髮というのもよい。「鶻鴒」(guling)は知性をたたえた眼を形容する口語であるが、眼を意味する口語「淥老兒」(lulaor)と結合して、それは怜悧にくるくる動く眼を想わせる。さらに「見人不住偸睛抹」の句は、相手を直視することを羞じらう若い女性が、ちらちらとぬすみ見の視線を投げる、一種なまめかしいさまを捉えたもので、それをよそながらに眺める張生は、氣も顚倒する思いなのである。「抹」なる口語は原來入聲(mat)で、ちらちら視線を投げかける感じを十分に出して効果的である。さらに第二の歌詞は、化粧も裝飾も一切施さず、しかも喪服なる白裝束をまとうて、完全に虛飾を去った鶯鶯の、常ならぬ美しさを描いたものである。「天生更一段兒紅白」の句はやや難解だが、「紅白」は榮養に惠まれた血色の良さをいい、彼女のもって生まれた美貌に加えて、つややかな肢體をいうのであろうか。「一段兒身材」という用法があるからである。色彩に富んだ美女ならばともかく、生地のままの健康な美女なるがゆえに、繪の名手、唐の周昉も畫けまいというのである。さらに第三の歌詞では、彼女がなお深閨の處女であることを、人まえを羞じらう初い初いしさやものごし動作から想像する、張生の印象を通して、聽衆乃至は讀者に教えており(いや、これらの歌詞全體が、張生の眼と心に映じたものである)、『劉知遠』に「未曾有良婚」と作者自身が説明するのと、著しく對比する。

さて、この二つの歌詞を比較してみてさらに氣のつくことは、『劉知遠』の描寫が幻燈のように靜止的なのに對して、『董西廂』のそれは映畫のように躍動的だということである。つまり、『董西廂』の作者は、たえず生きた人間を描こうと努める。だからして彼はまた、どこかの異常な人間がかつて別の時間と空間において、異常な事件を起したと語るすげない態度ではなく、あたかも現實に生きる人間の間にいまその異常な事件――實はなにびともその異常を犯しかねない――が進行しつつあるが如くに、描こうという誠實を示す。

　そのことを確かめるために、すでに上篇において觸れた、張生が結納を送る一段を紹介しよう。未亡人の許可を一そう確實にするために、わざわざ紅娘の勸告があったわけだが、今や無一文に等しい張生は、如何ともし難くて困じはてていると、怜悧な紅娘は更に一策を授ける。以下しばらくはせりふで綴られる。

　紅娘曰、先生平昔與法聰有舊。法聰新當庫司。先生歸而貸之、何求不得。

　紅娘「あなたは平生、法聰さんとなじみの仲。法聰さん近ごろ勘定方になられましたゆえ、あのかた頼ってお借りなされば、なんでも叶えてくれましょう」。

その忠告に従って、法聰に借金を依頼すると、

聰曰、常住錢不敢私貸。貧僧積下幾文起坐、盡數分付足下、勿以寡見阻。取足五十索。聰曰、幾日見還。生指期拜納。

　法聰「寺の經常金は、かってに貸すわけにまいらぬ。拙僧いささか小遣い錢を貯えたれば、そっくり貴殿にさしあげよう。些少ではござるけど」と、とりそろえたる五十さし。法聰「いつ返却してくださる」。そこで張生、返還の時期をばとり決めぬ。

とあり、さらに同じ内容を歌詞によって敷衍する。

〔**雙調・茇荷香**〕忒孤窮。要一文錢物、也擘劃不動。法聰不忍、借與五千貫靑銅。幾文起坐、被你個措大倒得囊空。三十五十家攛來、比及儹到、是幾箇齋供。〇君瑞聞言道多謝、起來叉手、着言倍（陪）奉。若非足下、定應

難見花容。咱家命裏、算來歳運亨通。多應魚化爲龍。恁時節奉還、一年請俸。

（巻二）

〔尾〕法聰笑道休打鬨。不敢問利息輕重。這本錢苟（狗）年得用。

（張生）「どえらい貧乏、よし一文のお金さえ、拙者にくめんはつきかねる」。法聰見かねて貸しあたう、五千貫の青銅銭。「わずかぽっちの小遣い銭、書生のおぬしにまきあげられ、おかげで財布はからっぽじゃ。四十・五十とかき集め、さて集まってみたところ、たかが知れた數度の齋供（とき）」○君瑞聞いて「かたじけなし」と、立ちて手をば組みあわせ、おじょうずならべて機嫌とり、「おぬしの助けもしなくば、花のかんばせふいにした。どうやら拙者の運勢も、年のまわりが開けそう、きっと魚が龍になろ。そのあかつきに俸祿の、一年分を返しましょう」。

法聰笑うて申すよう、「じょうだん言っちゃいけませぬ。利息のたかはともかくも、元金だけは拙僧の、くさり年に入り用じゃ」。

この一段の描寫、口語的表現をかり素朴なかたちで綴られてはいるが、現實に生きる人間の心の弱點がさらけ出されて、かなりに生動している。その弱點とは、公金をあてにする紅娘や張生のずるさ、豪快僧法聰にはめずらしい萬一に備えた貯蓄の心がけ、そして一たび投げ出した零細な金に對するみれん執着などであるが、それらがかもす小さな眞實のかみあいが、また巧みに隱されている。

まず、金庫をあずかる法聰に眼をつけた紅娘も、彼女なりにいかにも眞實であるし、公金は貸せぬという法聰も、硬骨の彼としてはまた當然であって、この二人の相反する眞實のかみあいが一つ。結局法聰は、友情のために個人の貯えをそっくり提供するが、すでに觸れた法聰にみられる豪放洒脱の性格と、萬一の用意ある細心、これまた法聰一人における相反する二つの眞實のかみあいである。さらに、いかにも豪快の彼にふさわしくおどけて吐いた言葉（歌詞に見える）によって、彼が惜しげもなく提供した銅貨は、實は四十文・五十文と、お布施か何かをこつこつ集めた零細な貯えであることが知らされる。「三五十家」の「家」を、わたくしは副詞を形成する語助と見たが、或は檀家を數えることばと見ても、大差あるまい。また「比及儹到、是幾箇齋供」は、前のせりふの部分の「勿以寡見阻」をうけて、彼の蓄えた零細な金を總計してみても、僅かに數度のお齋代にしか値せぬという意味であろうが、それはまた役僧の餘得の些少さ、したがってへそくりの苦勞をにじませた言葉とも受けとれる。そこで聽衆乃至讀者は、實は法聰が金額の些少の申しわけにおどけていった言葉から、苦勞を伴った零細な貯えに對する法聰のみれん愛着らしきものをかってに想像し、その義俠的行爲との間に、また第三の眞實のかみあいを感ずるのである。後に法聰が返金の時期を確かめることが、ますますこの第三の眞實のかみあいを覺えしめる役わりをさえ擔っている。

さて、法聰の言葉に對する張生の態度・返答がまたおもしろい。魚が龍に化すとは周知の如く、科擧に及第することであるから、甚だ心もとない返却の期限でふざけてはいるが、この際の彼の心境を照射してむしろ自然である。戀のために今までは完全に忘れ去られていた科擧が、戀愛の達成とともに急激に彼の念頭に浮びあがって來たわけである。このような張生にはもはや齒がたたぬ法聰であったが、その返事の最後の句は、なお甚だ現實的である。「苟年」はおそらく「狗年」の誤りであって、「くさり年」といった言葉であろう。或は「死ぬ年」を意味し、へそくりは實は葬式代の備えということになるのかもしれない。作者はなおせりふの部分に、張生がかくて借用した零細な銅貨をば、結納金にふさわしく黃金（或は白金すなわち銀）に兌換する、「生以錢易金」なる説明を附け加えることも忘れなかった。

右の一段における各人物、特に法聰はいかにも現實に生きる人間らしく描かれて、その歌詞も素朴ながら生彩に富む。そもそも結納を送るというプロットそれ自體が、すでにこの物語の本筋にさしたる影響をあたえるものではなく、結納をいれてあっても、のちに未亡人は違約を犯しているし、現に『董西廂』を全面的におそった王實甫の元雜劇『西廂記』にも、この一段は採用されていない。かく本筋にあまり關係しないプロットをも、この作者は掘り起し、それを克明に描くことによって、物語全體の眞實さを一そう強調しようと努める。

さらにこの作者は、登場人物の心理における微妙なあやを描き出すことが巧みである。それによってその人物がいよいよ生動するこというまでもない。次にはそのような例を擧げよう。

〔**般涉調**・沁園春〕是夜鶯鶯、半餉無言、兩眉暗鎖。多時方喚得鶯鶯至、羞低着粉頸、愁斂着雙蛾。桃臉兒通紅、櫻唇兒靑紫、玉筍纖纖不住搓。不忍見盈盈地粉淚淹損鈿窩。○六十餘歲的婆婆。道千萬擔饒我女呵。子母腸肚終須熱。着言方便、撫恤求和。事到而今已裝不卸。潑水難收怎奈何。都閑事、這一場出醜、着甚達摩。

〔尾〕便不辱你爺、便不羞見我。我還待送斷你子箇。却又子母情腸意不過。歌戈韻

夫人曰、事已如此、未審汝本意何似。願則以汝妻生、不願則從今斷絕。鶯鶯待道不願來、是言與心違。待道願來後、對娘怎出口、卒無詞對。夫人又問。

〔**雙調**・荳葉黃〕我孩兒安心、省可煩惱。這事體休聲揚、着人看不好。怕你箇室家是厮落。你好好承當、咱好好的商量、我管不錯。有的言語對面評度。凡百如何老婆斟酌。女孩兒家見問着。半餉無言、欲語還羞把不定心跳。

〔尾〕可憎的媚臉兒通紅了。對夫人不敢分明道。猛吐了舌尖兒背背的笑。蕭豪韻　（卷六）

（うた）この夜ふけ、鶯鶯しばしことばなく、雙の眉はくもりたり。母に呼ばるるもそのすがた、現すまでにひまどりぬ。白きうなじ羞じらい垂れ、眉ね憂いにひそめつつ、桃なす頰をあけに染め、櫻桃の口いろあせぬ。なよ筍（たけ）の指もじもじと、あふる淚に白粉とけ、花鈿（かでん）のくまを、浸すもあわれ、○六十路（むそじ）越したる老婆はいう、「ゆめゆめむすめ許さんや」。されど血を分く親子の仲、言葉やわらげよきよにはかり、いたわり深くおさめに

かかる。「事ここに至りては、乗りかかった馬じゃもの。せんなきものは覆水の、盆に返らぬ喩えとか、すべてはあだじゃ、このいかい恥さらし、なにによりて拭わばや。

亡き父さまの面目つぶし、わたしに會わす顔もあるまい。そなたの一生葬りたいが、それもかなわず、親子の情にほだされる」。

（せりふ）奥がた「かくなりたる上は、そなたの本心如何が問題。望みとあらば、そちを張生に嫁がせましょう。いやとあらば、今後はきっぱり縁切りましょう」。鶯鶯いやといわんには、口と胸とがうらはらなり。

もしも望むといわんには、母さま前にいいかねる。かくて終にはいらえなし。奥がた又も尋ねたり。

（うた）「むすめや心安らけく、なにも心配いらぬこと。このこと表ざたとなり、世間に知れてはまずかろう。

ゆくすえ夫となる人に、さげすまれても困ります。そちがちゃんとうち明けりゃ、あたしもちゃんと話に乗ろ、

きっと悪くははかるまい。言いたいことがあるならば、顔つき合せ相談しよう。こみ入った、事情がたとえあろうとも、このかあさんが何とかしましょう」。問われて娘、しばしは無言、いわんとするがおもはゆく、胸のさわぎもおさえかぬ。

可愛いかんばせまっ赤にし、母に面と向かいては、はっきりいうもはばかられ、舌の尖をつと出して、うしろをむいてうち笑う。

この一段は、紅娘の抗議によってやむなく結婚を承認した未亡人が、親しく娘を呼んで本心を確かめるくだりである。一たびは二人の結婚を認めたものの、前宰相の夫人として、何らの疑問もいだかずに、その長い生涯を禮教の世界に送った未亡人にとっては、娘の密通は何としても許しがたく、悔んでも悔みきれず、いっそ娘の生命をも絶ちたい氣さえしたのである。作者はまず、しばしば用いて來た「夫人」という呼稱をば、「六十餘歲的婆婆」と、一見な

に氣ないことばに置きかえたが、これこそは曲の常用語でいえば「積世的」（こうを經た）で修飾される頑固な老婆をも意味しようし、すでに老い先短くて賴り少い老婦人という意味をも含むであろう。かくて結局は、血につながれる親子の情愛が、封建的なものへのすべての顧慮にうちかつわけであるが、作者は、そのいずれもが眞實なる二つの矛盾した心の闘いをば、ここでも未亡人の言葉と心理をのべた〔般涉調〕の歌詞に、やや前後矛盾した句を混えつつ直寫し、老婆のみれんさ、くどさを示す。

そこまでは或は凡庸の表現でもあろう。いよいよ娘の本心を確かめようとする〔雙調〕の歌詞に移る。未亡人の心がようやく諦めにおちついたことは、まず音樂と用韻の種類を換えることによって示される。かくて未亡人の言葉は、その諦めの心境を反映して、むしろ娘への思いやりが色濃くなる。ところが、そのようないたわりさえ示した言葉の中に、彼女の諦めの心とは矛盾した「怕你箇室家是厮落」という、いまやその必要のなくなったはずの婚約者鄭恆への顧慮を反映した一句が、ふと飛び出すのである。「厮落」の「落」は「傒落」（けなす、輕蔑する）を意味するか、または「厮落」が直ちに「傒落」であろう。或は「是厮落」が「厮傒落」の誤りでもあれば、一そう理解しやすい。また「怕」は「不怕」の意にも讀める（とすれば一句の意は逆轉する）が、上に「這事體休聲揚、着人看不好」とあるから、わたくしは上記の如く、未亡人の胸奥になお殘るみれんの擡頭を寫したものと見る。

さらに鶯鶯の態度を見よう。すねに傷もつ身であれば、母を前にして一言も答え得ないのは、嚴格な家庭に生い立った彼女として、また眞實のすがたである。しかし、母の言葉が進むにつれて、次第にその胸奥をよみとって安堵し、はては「舌を出してそれと知られずうち笑う」。それにはまた、宰相の長女として、再び曲のことばを借れば、「嬌慣」（甘やか）された彼女の半面が示されて、みごとに眞實に迫っている。

ところで、すでに擧げた例でも察せられるように、この作者はまた會話の韻文化に最も巧みであり、また甚だ寫實的である。以下さらに數例、會話を直寫してすぐれた歌詞を擧げよう。

〔木蘭花〕店都知説一和。道國家修造了數載餘過。其間蓋造非小可。想天宮上光景、賽他不過。説謊後小人圖其麽。普天之下、更沒兩座。張生當時聽説破。道譬如閑走與你看去則箇。（巻一）

やどの番頭まくしたて、「おかみの手により、建立されたは何年か前。あたりの建物、いやもうみごと、天の宮居も及びはつかぬ。嘘をついても何になろ。廣い天下に、又と二つはありませぬ」。張生その時まくしたてられ、「そんならちょっと一はしり、見物させてもらいましょう」。

この物語の發端、蒲州の宿屋で無聊にくるしむ張生が、ふとへやを訪れた番頭に、どこか珍しい見物場所はないかと尋ねると、さっそく番頭が名刹普救寺を教える一段である。まず注意すべきことは、常ならぬことを誇張した表現「非小可」の句末をはじめ、この一曲に使われた撮合口の韻尾（o又はuo）は、お國自慢に熱中する番頭の口を、眼前にほうふつさせさえすることである。そしてまた、「説謊後小人圖甚麼」（嘘をついたとてとくにはならぬ）という句は、いかにも番頭風情の口にのぼりそうな言い草であって、この一句の插入のために、彼のせりふは一だんと生彩を増す。さらに張生の返答であるが、「譬如閑」（匹如閑・疋似閑ともいう）なる語は、宋代の詩詞に見える口語であり、ほぼ「等閑」に近似するが如く思われ、ここでは「大きな期待をもたず、くたびれもうけを覺悟で」といったニュアンスをもつであろうし、「與你」（現代語の「給你」）の添わった表現は、その下に來る動作を相手にプラスする意を示し「……してあげる」「……して見せる」といったニュアンスが附隨する。ここでも、「そんなに賞めるなら、おまえさんの顔を立てるためにも見物に出かけよう」と、解すべきであろう。きわめて丁寧な語氣を伴いがちの句末の助字「則箇」（現代語の「吧」）とともに、張生の諧謔に富んだ應待を示すものである。かくて、あまり氣も進まぬままに見物に出かけた張生であったが、その普救寺には、かつてめぐり逢ったこともない理想の女性を發見するという、幸福が待ちうけていた。この張生の氣のりせぬ返答を表した何氣ない一句にも、實は作者の深い配慮がこらされていたのである。

〔牧羊關〕夫人堂上高聲問。爲何私啓閨門。你試尋思早晩時分。迤逗得鶯鶯去、推探張生病（疑叶）。恁般閑言語教人怎地信。○思量也是天教敗、算來必有私情（疑叶）。甚不肯承當、抵死諱定（疑叶）。只管厮瞞昧、只管厮咭啐（疑叶）。好教我禁不過這不良的下賤人。

〔尾〕思量又不當口兒穩。如還抵死的着言支對、教你手托着東墻我直打到肯（疑叶）。（巻六）

ざしきの上より奥がたさま、聲高らかに尋ねたり、「なにがゆえに閨（へや）の戶を、しのび出でて行きやった。考えてもみやれこの刻限、鶯鶯をば誘い出し、張どの見舞とことよせる。さようなうまい言いぐさを、誰がまことと思いましょう。○どうやらこれも天罰てきめん、まずはいたずらに相違ない。なぜまた白狀いたさずに、あくまでがんばりしらをきり、ごまかしとおし、ばかにしとおす。ええもうこのうえ、承知はならぬ、このあばずれのろくでなし。

思えば初めこのあたし、やさしう言うたがまちがいじゃ。もしもあくまで口さきで、ごまかしとおすおまえなら、東の塀に手をつかせ、うんというまで打ちつづけん」。

張生と鶯鶯の密會が露見して、まず呼び出された紅娘に對し、未亡人の怒りが爆發する一段である。最初の歌詞では、ま夜中に張生の病氣見舞いに行ったという、紅娘の見えすいた口實を靜かにたしなめ、かんで含める調子がかなりにじみ出ている。しかし、依然として言いのがれんとする執拗な紅娘に、ごうを煮やした未亡人は、第二の歌詞のはじめから冷やかな態度に變り、「甚不肯……」から次第に興奮して「只管厮瞞昧、只管厮咭啐」と同じ句形を重ねつつその語氣を切迫させ、かくて「好教我……」に至って、その怒りを炸裂させる。そして最後の歌詞では、この頑強な相手にはもはや問答の無益なることをさとった彼女が、おだやかにたしなめたことの後悔をもらし、拷問を宣言するのである。次第に激する未亡人の口吻にしたがって、あざやかに韻文化した例である。なお、笞罰の準備姿勢としての手の支え場所を、張生の假寓と隔てる問題の塀、「東墻」に擬したのも、また作者の心にくいばかりの配慮である。

〔滿江紅〕……僕使階前忙應諾、骨子氣喘不迭、滿面征塵。呼至簾前、夫人親問。道張郎在客、可煞苦辛。想見彼中把名姓等（疑叶）。幾日試來那幾日唱名（疑叶）。得意那不得意、有何傳示、有何書信。那廝也不多言語、覷着夫人賀喜、喚鶯鶯做縣君。（巻七）

使いのしもべ縁さきに、あわてて控え挨拶す、いまだ息つく間もあらず、顔は旅塵にまみれしまま、呼ばれて進むみすの前、夫人じきじきのおん尋ね、「旅の空にて張どのは、さぞやえらい苦勞した。おおかたあちらで發表を、待ちあぐねたことであろ。試驗はいつじゃった呼び出しは、して受かったか、だめなのかえ。何かことづて、それともふみは」。きゃつめよけいな口きかず、夫人めがけて「御祝ちゃく」。鶯鶯さして「縣君（おくがた）さま」。

張生の科擧合格をもたらした、下僕到着の一段である。未亡人としてはめずらしく女婿へのいたわりをこめた言葉につづく、「幾日試來那云云」以下の四句には、およそ尋ねたいことのすべてが壓縮されて、また老人のくどさが示されているが、疑問文の句形にも多少の變化をもたせつつ、せきこんだ未亡人の口吻をみごとに傳える。しかしながら、このたてつづけのくどい質問に對して、下僕はその一々に答える必要はなく、この際の最大關心事である、科擧の結果のみを報告すれば、それで十分であった。そこで作者はさらに一考して、合格の報を最も效果的に傳達する返答を創造した。下僕はまず未亡人に「おめでとう」を浴びせ、鶯鶯には、張生の及第任官によっておのずから妻なる人に與えられる稱號「縣君」で呼びかけたのである。未亡人の質問がくどいだけに、この簡潔な一言は、一だんの冴えを示し、作者の創造的意欲をうかがうに十分であろう。

さらに、韻文化された會話の潑剌さについて注意すべきことは、すでに擧げた例にも見られる「則箇」「那」の如き、口語の句末助字が、『董西廂』ではきわめて豊富に驅使されていることである。以上のほかにも、張生から寄寓を申しこまれた僧正の應待の歌詞、

〔吳音子〕太師曰先生錯咱。儒釋何分別。若言着錢物、自家齋舍却難借。況敝寺其間、多有寮舍。容一儒生、又何礙也。（卷一）

僧正さまの仰せには、「それはお心得違いじゃ。儒佛の道にへだてなし。もしぜに金での話なら、こちらのやかたは貸しかねる。ましてや當山山内は、客舍がうんとござるから、たかが一人の書生どの、何の不都合ござろうや」。

に見える「咱」「也」、さらに張生が奇寓した最初の夜、明月に祈る鶯鶯を紅娘が呼びに來るくだりの歌詞、

〔賞花時〕百媚鶯鶯正驚訝。道這妮子慌忙則甚那。管是媽媽使來吵。紅娘低報、教姐姐睡來呵。（卷一）

豔もしたたる鶯鶯は、いましうち驚いて、「このひと何を慌ててる。きっと母さまのお使いでしょ」。紅娘こごえで報せたり、「はいお嬢さま、もうおやすみなさいませとね」。

に見える「那」「吵」「呵」、その他「嘛」「嘏」「啞」「囉」「咳」「麼」など、現代語はもちろん、後の元曲に見える以上にも分化した句末の助字が使用され、その人物・その狀況に應じた口吻のはしばしを描き分けている。全體の約三分の一を留める殘缺本ゆえ、十分な比較の對照にはなりかねるが、かの『劉知遠諸宮調』では、それがわずか二三種に止まるのと、甚だしい差違である。

句末の助字に觸れたついでに、ここでさらに『董西廂』の用語について一言する。かつて吉川幸次郎博士は、元雜劇の用語の新しさについて、三音の助字（多くは形容詞的副詞的である）の簇生を指摘され、三音なるがゆえにスピー

ドを呼び、流動感の強調を助けることを説かれた（『元雑劇研究』四一八頁以下及び四六四頁以下）が、すでに『董西廂』においても、それら三音語の繁殖が十分に認められる。ここには煩をいとうて一一の例は擧げないが、それらのうち、「撲碌碌」（はらはら）「骨轆轆」（ごろごろ）「破設設」（ぼろぼろ、ずたずた）「吃搭搭」（むんず、がっし）「溜刀刀」（くるくるした眼の形容）「勃騰騰」（ぱっと土煙のあがる形容）など、より多く音聲にたよって實感を傳える形容語も少からず現れ、それも作者の寫實を助けたことは、注意すべきであろう。しかし、その他の、例えば「三停來」（三分どおり）「積漸裏」（次第に）「俏一似」（げにも……似たり）「不隄防」（はからずも）の如き三音語は、前にも觸れた襯字の制限があって、三音ともが襯字にあてられることは比較的少いために、なお十分な繁殖を遂げえず、三音に伸びる以前の二音語（上に列擧した例では圏點の字を除いた形）と併存の狀態である。このことについては、拙稿「董西廂に見える俗語の助字」（『東方學報』京都第十八册、『ことばと文學』（汲古書院）所收）を參看されたい。

さらにまた、元雑劇の歌詞がひろく民間に行われる故事や慣用語などを巧みに利用して、傳統文學で見られなかった斬新活潑な表現を生んだことも、吉川博士が詳述されるところである（前掲書四二四頁以下）。その同じことが、やはり『董西廂』においても指摘され、しかも、元雑劇に比較して、決して劣らぬ効果を擧げさえしている。慣用語については、別に引く例で示すから、ここには、民間に用いる比喩や故事を巧みに利用した例を擧げよう。

〔惜黄花〕……君瑞道莫胡來、便死也須索看。這裏管塑蓋得稀罕。
〔尾〕莫推辭、休解勸。你道是有人家宅眷。我甚恰纔見水月観音現。　（巻一）

……君瑞はいう「よけいなじゃまだて。よし殺されても見んではおかぬ。ここなる佛像・建築は、きっとみごとな出來榮じゃ。
いやごまかすな、忠言無用。どこかの家族がござるというが、そんならなにゆえ今しがた、水月観音が現れた」。

普救寺見物中に女を見そめた張生が、おもわず夢中になってあと追い、女の館にふみ入ろうとするのを、案内役の法聰から、「ここはもと僧院でしたが、ただ今は客舍として、崔相國の御家族がお住まいじゃ」とひき止められたのに對する應酬である。これらの歌詞にさきだつせりふに、

生曰、本來隨喜、何往不可。

張生「もともと參詣に來たからには、いずこへ參ってもよかろうが」。

とあるように、水月觀音、實は鶯鶯が座しますこの僧院を、見せぬ法はなかろうというのである。この世ならぬ美女を觀音に喩えることは、元雜劇にもしばしば見え、それはむしろ民間に行われる比喩であるが、これほど警拔な用例はちょっと見あたるまい。かの王實甫の雜劇『西廂記』にも、

你道是河中開府相公家、我道是南海水月觀音現。（第一本第一折〔寄生草〕）

そちにいわせりゃ河中の大名、宰相さまの住まいとか、わしにいわせりゃ南海の、水月観音のお出ましじゃ。

と使われているが、『董西廂』の彈力あるに遠く及ばない。

〔墻頭花〕……賊軍俏似兒、來兵俏似爺。來兵勢若龍、害怕的賊軍俏似鼈。來兵似五百箇僧人、賊軍似六千箇行者。（卷三）

賊軍はさながら小僧っ子、援軍はさながらおやじ。援軍げにも龍のごと、おっかな賊軍すっぽんみたい。援軍五百の法師とすれば、賊軍六千の行者のごと。

この歌詞は、杜確の率いる援軍の前に、一たまりもなく屈した賊徒を形容したもので、「賊軍」「來兵」の句の位置を交互に顚倒させたことの外、一見何の奇もない表現の如く感ぜられる。しかし、最後の二句に見える「僧人」とは、實は『西遊記』傳說における三藏法師であり、「行者」とは、同じく孫行者——孫悟空であることを知る時、この二

句は俄然重量を増す。すなわち、現存する小説『西遊記』にも隨處に語られているように、あの天下無敵の亂暴者悟空も、その師三藏には手も足も出ないこと、さらにしては、その孫悟空が強敵と鬭うために、妖術を用いて自分と同形の無數の猿人を作ること（第二十一回など）をも想起するからである。

さて、わたくしがこれまでに擧げ來たった例は、そのほとんどが口語的表現であった。しかしながら、『董西廂』の歌詞には、文語色の濃厚な表現も時おり見られる。例えば「月夜酬吟」の語り出しに、

〔鶻打兎〕對碧天晴。淸夜月如懸鏡。張生徐步、漸至鶯庭。僧院俏、廻廊靜。花陰亂、東風冷。對景傷懷、微吟步月、淘寫深情。○詩罷躊躇不勝情。添悲哽。一天月色、滿身花陰、心緒惡、說不盡、疑惑際、俄然聽。聽得啞地門開、襲襲香至、瞥見鶯鶯。

〔尾〕臉兒稔色百媚生。出得門兒來慢慢地行。便是月殿裏嫦娥也沒恁地撑。（巻一）

おりしも紺靑の空晴れて、すがすがし夜に、月は吊るせる鏡のごと。張生しずしず步を運び、鶯鶯の庭に近づきぬ。僧院はしめやかに、廻廊は靜けわたり、花かげいりみだれ、春風うそ寒し。うまし環境に歌ごころ搖さぶられ、月かげ踏みつつこごえで吟じ、胸のおもいを吐露したり。○歌いおわりては、しばし思いにたえがたく、悲しみ歎きいやましぬ。滿天の月あかり、花かげを身に浴びて、心の亂れいいしれず。いまし思い惑える時、ふと耳に入りしは、ギーととびらの開く音、かぐわしき香り鼻つきて、鶯鶯の姿ちらり見ゆ。

めでたきかんばせに媚のあふれ、戸口たち出でそろそろ步む。月の宮居の嫦娥とて、かくまでの色香あるまじ。

とあるのを始め、「琴挑」「月夜の密會」「應試のための離別」などのくだりにおいては、より多く文語的表現にたよっている。そして、ヴェールに包まれた裝飾的な語彙を用い、より頂點的なものを指摘することによって、さまざまの聯想作用をよび起し、著しく詩情をかきたてる效果をねらう。この作者の文語を綴る能力がなみなみならぬことは、

すでに觸れたし、また、ある程度文語をあやつる能力がなければ、いかに口語といえども、それを韻文化してかくまでの調和と流暢を致すことは、不可能であったろう。しかしながら、この作品のように男女の幽情をえがき、詞の名作に見られるようなみずみずしい抒情味をかもすには、この作者の文語の語彙や表現には限界があり、右に擧げた例で見られる如く、むしろ常套に墮して迫力を缺くかに、わたくしには感ぜられる。ちょうど同じケースが、元雜劇隨一の作家（とわたくしは信ずる）關漢卿に見られる。彼の雜劇作品には、常に新鮮なものを生まんとするたくましい力がみなぎっているのに反し、より多く文語的表現を用いた（ふしぎにそうしたものしか殘っていない）、彼の散曲がある感動は薄弱である。『董西廂』の場あいは、或は諸宮調の庶民性を顧慮した作者の老婆心が、彼のほしいままなる文語の驅使を抑制したのであるかもしれないが、わたくしはむしろ、彼の現實主義が文語による韻文に對する興味をそぎ、その方面の修錬を怠らせたのでないかと、考えている。さればこそ、張生の琴の修業をよんだ歌詞に、

〔文如錦〕……若論着這彈琴、不是小兒得寵。從幼小撫絲桐。啼烏怨鶴、離鸞別鳳。使了千百貫現錢、下了五七年墝功。曾師高士、向焚香窗下、煮茗軒中。對靑松。彈得高山流水、積雪堆風。（卷四）

……もしも琴の話となら、子どもの手慰みにあらずして、幼き頃よりかきならし、親子の仲を割かれたる、烏や鶴の歎きの曲、はたまたつれあい失うた、鸞鳳の曲ども修業して、あまたのもとでつぎこみて、五六年の年期もいれぬ。かつては名手を師と仰ぎ、香たきしめし窗の下、茶の湯たぎらす軒さきで、靑き松を前にして、かきならしたるその曲は、かの高山流水や、積雪堆風なりき。

に、傳統文學なら明らかに拒否されたであろう「使了千百貫現錢」という現實的な句が容赦なくとび出しもするのである。なおこの問題は、さらに深く掘りさげる必要があるが、今はそのいとまもないので後日にゆずり、ここには、作者が狀況を判斷し、夢幻的な效果を必要とするくだりでは、ヴェールを通して感動をよぶ文語的表現をより多く用

い、現實的な效果を必要とする場あいは、より直接的な感動を傳える口語的表現を用いて、二つの表現の使い分けをしたという、現象のみの指摘に止めておく。つぎには、そのような二つの表現を巧みに混えて、一おうの成功を収めたと見られる歌詞を紹介しておこう。それは、この語り物のクライマックス、「明月三五夜」の戀歌を受けとった張生が、月明を浴びて垣を越え、女の住まう西の廂（むね）にしのびゆく一段である。

〔**中呂調**・碧牡丹〕夜深更漏悄。張生赴鶯期約。落花薫砌、香滿東風簾幕。手約青衫、轉過闌干角。見粉墻高。怎過去、自量度。○又愁人撞着。又愁怕有人知道。見杏梢斜墮。搦手觸香、殘紅驚落。欲待踰墻、把不定心兒跳。怕的是月兒明、夫人劣、狗兒惡。

〔尾〕照人的月兒怎得雲蔽却。看院的狗兒休唱叫。願劣相夫人先睡着。　蕭豪韻

〔**黃鐘宮**・黃鶯兒〕君瑞君瑞。墻東裏一跳在墻西裏。撲地聽一人高叫道兀誰。生曰天生會在這裏。○聞語（疑叶）。紅娘道踏實了地。兼能把戲。你還待教跳龍門、不到得恁地。　齊微韻　（巻四）

夜は更けゆきて漏刻の、音（ね）もしめやかになりし頃、張生いでたつ、逢いびきの約。落花はかおる石だたみ、香り含みし春風に、搖らぐ垂れ幕おし上げつ、手もて青衫（さん）たくしあげ、おばしまの角まがりゆけば、白き土塀のそびえ立つ。いかでこれを越えゆかん。胸にめぐらすはかりごと。○人に逢うも氣づかわし、人に知らるるも愁わしや。ふと見えたるは杏の梢、すじかひに垂れさがりたり。やわき手は觸る花の枝、うつろいし花のはらり落つ。いざ垣こえんと思えども、しずめやらぬは胸の波。げにおぞましきは月あかり、奥がたどのの刻薄さ、守りする犬のむくつけさ。

人かげうつす月光を、いかでか雲のおおわばや、庭守る犬も聲たてな、願うは意地わるき奥がたの、先に睡りに入れよかし。

やよ君瑞よ君瑞よ、垣の東を一とびに、下り立ったは垣の西。やにわに聞くは高らかな、「だあれ」と叫ぶ人の聲。張生はいう「うましのきみ、果たしてここにおわせしか」。○こえを聞きて紅娘いう、「しかと大地を踏みながら、兼ねてたくみな輕業師。あなたに龍門とばすとて、かくまでみごとにゆくまいに」。

まず、この一段の歌詞における作者のこまかい配慮は、逢いびきの約束に半ば夢心地で垣を越えるまでの張生を描くには、時に文語的表現を用い、垣を越えた後の彼が、人違いによっていきなり現實にひきもどされる部分は、主に口語的表現にたよった點に、認められる。

まず冒頭の文語的な二句は、張生の行動の時刻と目的を略敍して、やはり凡庸である。殊に第一句は、實は少し前の歌詞にも使われている。つづいては、張生がおそるおそる一歩を踏み出した時の環境を描き、再び文語的表現をかりているが、また常套のそしりを免れないであろう。さて、張生は青衫をたくしあげて行動に移るが、欄干の角をまがると、忽ち障碍にぶつかる。月明りに一きわくっきりとそびえる白壁の塀、やさ男の彼にはとても尋常では越せそうもない。いろいろ思案をめぐらすが、良い方法も浮ばぬまま、いたずらに時は遷延する。ここで事態のよどみを示すかの如く、再び同じ曲調がくり返される。すると、誰かに逢いはしまいか感づかれはしまいかとの不安が、つぎつぎと湧く。その時、ふと彼の眼にとまったのが、斜に垂れさがった杏の梢である。塀をとび越す手がかりとして反射的に感ぜられると、すかさず彼の手はそれをつかむ。かつてそのような冒險など試みたこともない、女にもまがう柔軟な白い手がその梢にふれると、さかりをすぎた杏の白い花が、やがてわが手に落ちる鶯鶯を象徴するかのように、月明りに一きわ鮮明に、はらはらとこぼれる。この狀景、繪畫的な美しさに充滿して、まことに愛すべきものがある。それに、本來女性の手に用いられる「嫋手」が、形體なき「香」りに「觸」れるといい、人間の感覺をもたぬ花が「驚」くという、「嫋手觸香、殘紅驚落」なる、抑揚もシンメトリカルな文語の二句は、まことにみずみずしい。さて、いざ跳びこえようと身構えるが、胸は早鐘を打つように高鳴る。「跳」するのは、その人ならぬ「心兒」である。作者が意識してかどうかは知らぬが、慣用句「把不定心兒跳」は、ここでは意外な効果を示す。ところで胸の高鳴りは、杏の枝による方法が生まれたいま、塀を越すことの恐ろしさではない。次なる段階、西廂に下り立った時の不安、すなわち、意地悪いまでに皓皓と照らす月の光、噂にも聞きみずからも體驗したあの冷酷無情の未亡人、そして庭をうろつくどうもうな番犬に對する不安である。しかし、今はもう後へ引けぬ張生であれば、この三種の鬼門の祟りなからんことを祈念するほかない。前に三字三句で列ねたものを、このたびは七字の三句にひき伸ばして、彼の祈りの鄭重さを素朴にうつしとる。

決心がついていよいよ行動に移ったことは、ここでも音樂と用韻の種類を換えて示される。冒頭の「君瑞君瑞」は、張生がみずからひるむ心に鞭うったとも、彼をはげます作者の聲援ともとれよう。それをすぐ承けた「墻東裏一跳在墻西裏」こそは、目にもとまらぬ速さで塀の西側に下り立った彼を表現して、素朴ながらまたみごとである。

西廂の前に現れた張生は、そこでだしぬけに誰何されるが、興奮した彼は聲の主を鶯鶯とかん違いし、「天生會在這裏」と、期待の外れなかった悦びを洩らすのである。「撲地」(puk-di)はその音が示すように「ぷっと」「ぱっと」といった激しい語氣を伴う副詞で、すでに彼の鋒先に抵抗をあたえるものを感ぜしめ、少くとも「兀誰」という誰何のことばの、きびしさを思わせるものである。ところで「天生」の二字は尋常の用法でないらしく、前の例で解したごとく「天生の美人」という意か、或は「恰巧」(ちょうど)を意味する副詞的なことばか、譯文はあてずっぽうである。いずれにしても、この歌詞につづくせりふの部分に「見其人、乃紅娘也」とあるから、張生が聲の主をばめざす鶯鶯と思いこんだことに誤りはなかろう。

さて、それを聞いて浴びせかけた紅娘の皮肉は、またあざやかである。着實な行動・性格を喩える慣用語に「脚踏實地」があるから、「踏實了地」の實・了二字は、或は誤って倒置した疑いもたれる。とにかく、この句はここでは、輕率な行動をせぬはずの知識人に對する諷刺を含んでいるし、「龍門」は周知の如く、科擧なる難關に喩えられる。近き將來科擧に應ずるべき書生にとって、これほど辛辣な比喩はないであろう。かくて張生は、人違いの失望に加え紅娘の痛烈な皮肉を浴びて、まず夢心地から呼び醒まされ、續いて紅娘に呼ばせた鶯鶯から、さんざんに罵倒されるのである。

さて、わたくしは以上において、いささか雜然とではあったが、『董西廂』の作者の眞實を寫しとらんとするはげしい意欲と、かくて綴られた文字の新鮮さ潑剌さについて、一おう說き盡くしたつもりである。つぎには、それらとも關聯することであるが、『董西廂』が文學としてすぐれた第三の點についてのべる。それは、この語り物に登場する人間の、それぞれに異なった性格の強調と、それらの對比が、人生の皮肉なる眞實を描き出していることである。

まず、宰相未亡人は、かなりに徹底して、典型的な封建社會の冷酷頑迷な老婆に描かれ、時としては紅娘に、

做箇夫人做不過。做得箇積世虔婆。（卷四、黃鐘宮〔尾〕）

奥がたさまとはあつかましい、こうを經た、やはり手婆なら性に合おう。

と憤慨させる。妓女に對する義母と選ぶところない人間、もはや他の力では變化させることの不可能に思われる性格、後には鄭恆の誣告を一方的に信じて變改し、法聰に殺害を決意させるほどの頑迷な人間、それが娘への情愛の前に一時は屈する弱味をもつこと、それらが人間の眞實を寫しとっていることは、ここではあまり問題にしない。

この語り物において、より多く關心をよぶのは、いうまでもなく若い三人の主役、張生・鶯鶯及び紅娘の性格であろう。

まず、戀の當事者張生と鶯鶯についていうと、同じく禮教の世界に生いたちながらも、これはまた全く異なる描き

かたがされている。性の差別とか、一方は傍に母がひかえ一方は旅先にある孤兒という、環境の相違とかにも因ろうが、張生は鶯鶯を一め見た時から、なんらの躊躇もなく「禮教のかせ」をもぎはらい、ただひたすら鶯鶯への求愛に邁進し、一度の反省の機會さえもつでなく、法要の場にあっては狂態を示したり、責任のない紅娘にわめいたり泣いたり、寝食もままならぬ戀わずらいのはて自殺を企てたり、理性を全くおき忘れてヒステリックな、常識的にはむしろ女性的な人間に描かれている。作者はしばしば誇張のはて、彼を戲畫化しさえする。それに對して鶯鶯の方はどうであろう、家門乃至父宰相の面目とか母への顧慮、世間態への恐れ、時としては自分にかしづく小間使への警戒などに、がんじがらめに縛られて、なかなか假面がぬげない。それでも、張生から琴で誘われてから後は、人知れず戀の虜となって、女の本性を見せはするが、紅娘の前ではとりすましたきびしい女主人に返る。例えば、紅娘が張生に託された結び文を、ひそかに鶯鶯の鏡臺の上に置いておくと、それを發見した鶯鶯は、女だてらに鏡まで投げつけて怒りちらすのである。

〔繡帶兒〕……低頭了一餉、把龐兒變了眉兒皺。道張兄淫濫如猪狗。若夫人知道、多大小出醜。〇不良的賤婢好難容、要砍了項上顱頭。多應是你厮迯厮逗。兀的般言語、怎敢着我咱左右。這回且擔免、若還再犯後。孩兒多應沒訴（素）休。如今俺肯推窮到底胡追究。思量定不必閑合口。且看當日把子母每曾救。

〔尾〕如還沒事書房裏走。更着閑言語把我挑鬬。我打折你大腿縫合你口。（巻四）

……鶯鶯しばしうつむきて、面相かわり眉ひそめ、「犬畜生にもまさりたる、張どのの淫亂さ。もし母さまに知られたら、いかばかりかの恥さらし。〇ふらち極まるはしためよ、もはや容赦はなりませぬ。そのそっ首を切りくれよう。誘いかけたはそちであろ。あのようなつけ文を、あたしのもとによくもまあ。――こんどだけは一まず勘辨。もしもう一度犯したら、そちもただではすみませぬ。どこどこまで問いつめたく、思わぬでもないけれど、思い返せばよけいな口論。そのかみ親子が救われた、義理に免じて止めましょう。用なく書齋に出かけたり、けがらわしい言葉もて、このあたくしをからかえば、そちのその足たたき折り、そちのその口縫いあわそう」。

さらに彼女は、みずから誘いかけておきながら、垣を乗り越えた張生に對し、手きびしい罵倒をも浴びせかける。つまり彼女は、張生と全く逆なる、感情をむりにおしころした、かなりに冷静な性格、常識的にはむしろ男性的な人間に描かれている。それが、張生の宿願達成以前における二人の性格であって、この著しい對比が興味の焦點になる。ところが、この男女が最後の一線を越えてしまうと、二人の位置はほぼ顚倒する。張生は概して正常の知識人にもどり、作者ももはや彼を戯畫化することをさし控える。それに反して、假面をぬいだ鶯鶯は、全く別人の如き感があり、このたびは、ただ一すじに張生への愛慕の流れに身をまかせる。張生との逢いびきの第二夜が明けた早朝の彼女を描いた一段を紹介する。

〔戀香衾〕……君瑞鶯鶯越偎的緊、紅娘道起來麽娘呵、戴了冠兒把玉簪斜插。欲別張生臨去也。偎人懶兜羅襪。我而今且去、明夜來呵。

〔尾〕懶別設的把金蓮撒。行不到書窗直下。兜地回來又說些兒話。（巻六）

君瑞と鶯鶯は、いよよぴたりと寄り添いぬ。紅娘の聲ありて、「起きた起きたわか奥さま」。冠いただきすじかいに、玉のかざしをさし插み、別れんとして去りぎわに、より添いながらうす絹の、靴下はくもものうげなり。「あたくしまずは歸ります、また明晩參ります」。

金蓮の足けだるげに、はこぶ書齋の窗下を、行きもやらぬにつともどり、またも交すは幾ことば。

さらに都へ去った張生を戀いこがれる彼女を描いては、次のとおりである。

〔風合合纏〕煩惱無何限。悶答孩地獨自淚漣漣。身心俏似顚。相思悶轉添。守着燈兒坐猥、收拾做些兒閑針線。奈身心不苦懽。不苦懽。〇一雙春筍玉纖纖。貼兒裏拈線。把綉針兒穿。行待紝針關却便紝針尖。欲待裁領衫兒段、把繋着的裙兒胡亂剪。胡亂剪。

〔石榴花〕覰着紅娘認做張郎喚。認了多時自失笑、不惟道鬼病相持、更有邪神繳纏。〇苦苦天天。此愁何日免。鎮日思量彀萬千遍。算無緣得歡喜存活、只有分與煩惱爲冤。〇譬如對燈悶悶的坐、把似和衣強強的眠。心頭暗發着願。願薄倖的冤家夢中見。爭奈按不下九曲回腸、合不定一雙業眼。

〔尾〕是前世裏債、宿世的冤。被你擔閣了人也張解元。（巻六）

悩みはてなくもだしげに、獨りさめざめ泣き濡れぬ。身も心も狂いしごと、戀のもだえのいや增して、しょんぼりといる燈しのもと、氣をとりなおし針しごと、それでも晴れぬは胸のうち、胸のうち。〇なよ筍のごと細き指、針ばこのうちより絲つまみ、刺綉の針に通すつもりが、通るは針の孔ならずして針のさき。肌着したてる反物を、裁たんとしてはみずからの、着けたるスカートうかうかと、裁ち鋏もてたちきりぬ。たちきりぬ。

紅娘を見て張さまと、おもうて呼びかけしばしあり、われとわが身をあざ笑う。得體の知れぬいたずきに、まがつ神にもとりつかる。〇神よほとけよこの愁い、いつの日にか免かるる。明け暮れにあの人を、想うて千たびよろずたび、おもえば樂しい日日を、送るさだめはこの身になく、あるはただ、悩み恨みの定めなるべし。〇燈しに向いふさぐより、まる寢の夢に、むりに入らんかな。心ひそかに願かけて、「あの薄情なにくいお人、夢に現れ出でよかし」。されど亂れしこの心、しずめかぬればええしゃくな、雙のまなこがふたがらぬ。

これぞ前なる世の借りか、宿世のかたきか張さまに、あたしゃすっかりじらされる。

これはひどい變化である。もはや昔の顧慮は跡かたもなく、都にある張生の心まで信じかねて、はては疑心暗鬼を生じ、かくて出現したかつての婚約者鄭恆にも乘ぜられる結果となる。嚴密にいうなら、必ずしも前の對比とは同じでないが、鶯鶯の變化がかくも激しいために、聽衆乃至讀者は同じ對比の如き印象をうけるのである。

こうした對照的な男女二人の間にあって、蔭の協力者である小間使紅娘は、徹頭徹尾冷静で理智的であり、客觀的に事態を觀察してたえず張生にいれ智慧もする、最も怜悧な人間に描かれ、それがまた戀の當事者なる二人の、前後はげしく變化するいずれも異常な性格と對比する點も、興味をそそる。

つまり、作者董解元は、この三人の主要人物を拉し來たって、そのうち知識人としては最上位にあるべき張生や、彼に次ぐはずの鶯鶯をば、その特質である理性を缺いた、きわめて不完全な人間に描き出し、知識人としては最下位に位置するか、或は非知識人とさえいえる小間使紅娘をば、きわめて理智的な、最も正常な人間に描くことによって、封建社會の裏側なる、眞實の人生における人間の、皮肉な姿を寫し出したのである。

このことは、實はつぎの時期に演劇文學の黄金時代を現出した元雜劇への影響という點でも、最も重要である。元雜劇の戀愛劇においては、男性の方は常に知識人が選ばれるが、それが程度の差こそあれ、大ていこの語り物に見られる張生のタイプに描かれ、女性の方は妓女または良家の令嬢の二つの場あいがあるが、通常は『董西廂』の場あいの如き戀の媒介者は不要だから、多くは紅娘のタイプか前半における鶯鶯のタイプに描かれて、對比する。その著しい例は、關漢卿の作品「謝天香」における柳永と謝天香、「金線池」における韓輔臣と杜蘂娘、「玉鏡臺」における溫嶠と劉倩英、その他の作者では喬夢符の「金錢記」における韓飛卿と王柳眉などがそれである。

しかし、このことについては、諸宮調『董西廂』が誕生する以前に存在した北宋の「雜劇」や、それと本質的に同じい金の「院本」などの、滑稽寸劇の影響も考慮に入れねばならない。現實社會の急所を鋭くつくことを目的とした、それらの諷刺劇においては、支配階級たる知識人の假面が剝がされる内容も、おそらくしばしば上演されたであろう。

しかしながら、その一つをばこのような大きな構想のもとにまとめ、克明に描きあげた董解元の功績は、やはり高く評價されて然るべきであろう。

（一九五五・二・二八）

院本考

——その演劇理念の志向するもの——

一

ここにいう「院本」とは、金・元・明三朝に行なわれた特定の演劇形體を指す。この名稱については、明・朱權（寧獻王、一三七八—一四四八）の『太和正音譜』に「行院の本」、すなわち「行院」の脚本とする説明がみえる。この説明自體に異論はないが、「行院」がなにを指すかについては、諸家の意見が分かれる。まず、早くに王國維氏が「倡妓のいるところ」、すなわち官營の歌舞練場ないし遊廓——教坊を指すという説（『宋元戯曲史』）を提出したのに對し、鄭振鐸氏は移動歌舞團だといい（『中國俗文學史』収「行院考」）、さらに近人胡忌氏はひろく用例を蒐集検討して、妓女・樂人・伶人・乞者などを指すと結論した（『宋金雜劇考』一〇ページ）。胡氏の新説はおそらく正しいであろうが、ではなぜ「行院」というかが説明されていない。「行」（音 hang）のほうは同一職業の組織をさすと理解されても、なぜ「院」（衏にも作る）というかが不明なので、なお疑念が残る。だが、教坊であるにせよ、そこの妓女・樂人であるにせよ、藝能人が扱う劇本を意味する語が、ただちに演劇形體をも指したことだけは、たしかであろう。南方系の歌劇形體をふるくは「戯文」というのに類似する。

ところで、この金・元・明三朝で「院本」と呼ばれるこの演劇形體が、それに先立つ宋朝の治下で「雜劇」と呼ばれるそれと異名一體であることも、すでに先人が說いている。實は、この兩形體ともに外題を殘存するだけで、脚本そのものはすべて散佚している。それにもかかわらず、兩者が同一形體だとされる根據は、およそつぎの二點にある。
第一は、どちらの形體も登場する脚色が限定され、その種類が一致する點である。後述のことにも關係するので、ここに「雜劇」に關する宋・吳自牧『夢粱錄』卷二十の說明と「院本」に關する元・陶宗儀『輟耕錄』卷二十五のそれを對照して引用しておく。

　雜劇では末泥が長となり、一狂言ごとに役がらは四または五。まず、おなじみの狂言が一段〔豔段とよぶ〕、つぎが正雜劇〔通じて兩段と名づける〕。末泥色が主張して、引戲色が分付し、副淨色が發喬けて、副末色が打諢する。もうひとり裝孤というのが加わることもある。雜劇で曲破斷送の曲を吹くもの〔原文の「先」は草體の近似による「其」の誤り〕を把色という。だいたいみな故事形式をとり、滑稽な唱と念で應對して終始する點がねらいである。これはがんらい鑒戒とされるもので、また諫諍の意圖をふくみ、だからその場の都合しだいで跣露にやり、無過蟲〔罪のないものの意〕といわれる。……また雜扮があり、雜班とも紐元子とも拔和ともいう。これが雜劇の後散段なのである。　（『夢粱錄』ただし、その大半は、南宋・耐得翁『都城紀勝』の雜劇についての文章をおそう）

　院本は五人、一は副淨〔むかしは參軍という〕、一は副末〔むかしは蒼鶻という。鶻は鳥類を擊っつける力がある。末は副淨を打ってもよいからかくいう〕、一は引戲、一は末泥、一は孤裝〔裝孤につくるべきだろう〕、また五花爨弄という。……また餤段がある。やはり院本の意で、少し簡單なだけである。火焰のようにパッと明るくなりパッと消える點から名づけられた。上演の際、副淨には散說があり、道念〔韻文すなわち詩・詞をいう〕があり、筋斗があり、科汎がある。　（『輟耕錄』）

第二は、現存する兩形體の題名中に共通するものが少なくない點である。どちらも脚本こそ散佚しているが、宋・

周密の『武林舊事』巻十には南宋宮廷に殘る「雜劇」の脚本名（官本雜劇段數）二八〇篇が、一方『輟耕錄』巻二十五には金の「院本」のそれ（院本名目）の七四八篇がみえ、どちらも貴重な資料を提供していてくれる。むろん、兩者のあいだには宮廷・民間という用途の差違とか、地域・時代による差違とかはあるはずだが、しかもなお六六篇の題名がほぼ一致する。

要するに、宋の「雜劇」と金・元・明の「院本」とは、諧謔問答を主にした、本邦の「能狂言」に類似するファルス（笑劇）形體の異稱にほかならない。それはまた、金朝において「雜劇」「院本」の兩呼稱が同じ形體を指していたことによっても明らかだろう。『輟耕錄』にいう。

宋には戲曲・唱諢（うたいもの）・詞説（こうしゃく）があり、金には雜劇・院本・諸公（かたり）〔宮〕調（もの）がある。院本・雜劇はその實同じものである。

國朝（元）では院本・雜劇が始めて二つに整理區別された。

すなわち、つぎの元朝に至ると、「院本」「雜劇」というふたつの名稱は、それぞれ實質を異にする演劇形體を指し、「雜劇」がもっぱら四部（折）構成と主役ひとりの獨唱を條件とする本格的な演劇形體を指すのに對して、これに先行するファルス形體のほうは「院本」とよばれた。おそらく金朝では、當初この北宋のファルス形體を「雜劇」という名稱とともに繼承し、それをのちに「院本」と改稱したのが、そのまま元朝以降に繼承されたのであろう。では、このように改稱をよぎなくされた原因は、いずれにあるのだろう。

讀者もすでに察せられたであろう、金朝のある時期に、このファルス形體のほかに四部構成と主役ひとりの獨唱を條件とする歌劇形體が誕生し、この形體に「雜劇」という呼稱を專有されたからではなかったか。それに類似する「雜戲」などとともに、その字面が示すように、特定の演藝形體が專有するものでなく、さまざまな演藝を指すことばであった。とすれば、「雜劇」という名稱が新興の演劇形體を指して用いられたとしてもふしぎでない。そして、その新興の形體が中國最初の本格的、しかも滿足すべき演劇であるため、やがて世俗の間に壓倒的人氣を博すると、はじめてそこに區別の必要が生じ、おのずからファルス形體のほうが改稱を迫られた。ファルス形體の側からいえば、〝庇を貸して母屋を取られる〟現象が起こったわけである。

筆者はかく、四部構成と主役ひとりの獨唱を條件とする「元雜劇」の形體は、金朝にすでに誕生していたと想定する。われわれにとって、「元曲」文學の出現はあまりにも唐突であり、ことに、直前の演劇形體が單純なファルスであっただけに、それとはおよそ似ても似つかぬ完全な歌劇形體が、誕生して間もなくあの絢爛たる開華を實現したことには、なにか奇異を覺えさえする。もしもこの假說のとおりなら、そこに育成乃至鍛錬の一定期間が横たわり、われわれもよほどなっとくし易いし、さきの唐突感もいくらかは拭われる。ただ、みぎの想定はあくまで消極的な根據によるものであり、金朝の文化や藝術に關する資料の大半が國家と運命をともにした以上、現在ではこの想定を支持してくれる證據は遺憾ながら他に發見できそうもない。

さて、金・元・明の「院本」、したがって宋の「雜劇」という演劇形體は、單純なファルスであることや、脚本が殘存せぬことも關係して、戰前の學界ではほとんど問題にされず、わずかに馮沅君(『古劇說彙』)・鄭振鐸兩氏に小論があるだけだった。ところが、解放後に至って二人の學者の專著、李嘯倉氏の「宋金元雜劇院本體製考」(一九五三年、上雜出版社刊『宋元伎藝雜考』收)と胡忌氏の『宋金雜劇考』(一九五七年、古典文學出版社刊)が出現し、なお若干粗漏の點はあるにしても、體製や脚本の解明などにおいて劃期的なしごとがなされた。ことに胡忌氏の、資料を網羅した(そのために論述の散漫を缺點とするが)精密な論考は、たしかにこの分野の研究を大きく前進させた(この書については、わが岩城秀夫氏にきわめて適切な書評があるから、ついて見られたい。一九五八年『中國文學報』第八册)。

實は、筆者も十數年まえから、このファルス形體には少なからぬ關心をもっていた。ただし、筆者の關心の中心は、それの體製とか演出面を説く難解な資料の解明などにはなく、それが元雜劇（元曲）の誕生前夜の同じジャンルであるがゆえに、たとえ單純なファルスであっても、文學史に劃期をもたらした元雜劇に、必らずなんらかの影響をあたえたに違いない、という想定と期待であった。だから、體製を把握することもむろん重要ではあるが、それよりも、この演劇形體の理念といったものを知りたく思った。いわば、「元曲」文學の精神的系譜をこの形體に探ることにのみ興味があった。先人たちの研究は、この點についてはほとんど無關心なのである。本稿では、「院本」（以下には宋雜劇をふくめてこの呼稱を用いる）とよばれるファルス形體のもつ性格をたずね、それの演劇理念が中國演劇に傳統的なものであり、やがて元雜劇にも繼承されてゆくことを明らかにしようとおもう。

二

既述のとおり、院本形體には一篇の脚本さえ殘されていない。眞に藝術化されずに終ったジャンルの、これが運命というものであろうか。しかし、筆者の關心と希望をつないでくれる手がかりが、實は最初からわかっていた。それは元雜劇（明代の作品を含む）の中にしばしば院本が插演されるという現象である。たとえば、明・朱有燉（周憲王、一三七九―一四三九）の「呂洞賓花月神仙會」劇の第二折には、

> 淨に辦〔扮〕し捷譏・付末・末泥とともに登場、（正末と）顏をあわせて、院本「長壽仙獻香添壽」を演ずる。院本上演。

というとがきがあり、以下にその內容らしい四人のせりふと歌の應酬がくり返されている。また、明・劉東生の『嬌紅記』劇のとがき七ヶ處にも、院本を插演する指示がみえ、そこでは內容自體は省略されている。たとえば、その越

調闘鶻鶉一套の前の「院本『店小二哥』を演ずる」というとがきがそれである。

また、元曲の代表作、王實甫『西廂記』の第三本第四折で、明・凌初成の刻したいわゆる卽空觀本と新發見の弘治刊本の兩テクストにだけ次のとがきがみえる。

潔（僧を示す脚色）が太醫をつれて登場、「雙鬭醫」の科範（こなし）をみせる。

これも院本の插演であることを想わせていたが、胡忌氏の指摘を待つまでもなく、元・劉唐卿の「降桑椹」劇第二折の一段、やぶ醫者二人の長い問答應酬がそれの内容であることが、新らしいテクストの刊行で判明した（『孤本元明雜劇』また『古本戲曲叢刊』第三集收）。それらの詳細については、胡氏の前掲書を參照されたい。

このように元雜劇形體にときおり院本が插演される慣習があるからには、みぎの三作品のように明確な指示がなくても、その他の元雜劇作品（明代のものも含む）中に院本の插演個處を發掘できぬはずがない、と筆者は考えた。そして、それを發掘する一つの鍵としてただちに想到されるのは、主役ひとりの獨唱を條件とする元雜劇の作品中にあって、ごく稀にではあるが、主役（嚴密にはその一折の）以外の脚色（やくがら）が若干の歌をうたうケースのあることだった。筆者はかつてこれを「參唱」と假稱した（一九五一年『ビブリア』一輯收「『西廂記』板本の研究」、（本巻一七三頁））。

主役ひとりの獨唱を原則とする元雜劇にあって、他の脚色が參唱するケースは、およそ次の三類に分かたれる。

㈠ 第四折（最終幕）に至って、主役である獨唱者が交替し、その一套曲を歌い終ったあとで、第三折までの獨唱者、すなわち一劇の主人公が再登場して、數曲を參唱するという、やや複雜なケースである。

㈡ 酒宴のシーンなどで、歌妓（脚色は旦兒）を主とする女性が參唱する。

㈢ 道化役でありしばしば悪役でもある「淨」、またはそれの女性「搽旦」、時としては類似の脚色でやや輕い、したがって道化的要素がより多い「丑」が參唱する。

參唱曲のもつ一般的特徴および、㈠㈡の參唱例とその意義については註にゆずる。ここでは當面の問題――院本插演に直接關係する㈢の場合についてのみ詳説する。なぜなら、ファルス形體である院本では、道化的性格の比重が最も大きいからである。幸いにも、この一類の參唱例は三類のうち最も多きを占めている。以下にそれらを列擧しておこう。それぞれ初めに、その一折の宮調と唱者を、つぎに參唱曲のそれらを示す。

○關漢卿「望江亭」劇・第三折越調套（正旦＝譚記兒唱）のあと……南曲・馬鞍兒（淨＝楊衙内および李稍・張千の互唱。元曲選本はあとの二人の脚色を示さぬが、息機子雜劇選本は親隨・張稍に作り、張梢は淨）

○前人「蝴蝶夢」劇・第三折正宮套（正旦＝王氏の妻唱）のあと……正宮・端正好、滾繡毬（丑＝王三唱）

○前人「單刀會」劇・第二折正宮套（正末＝司馬徽唱）のあと……南呂・隔尾（道童唱。脚色を示さぬが、せりふからみて淨または丑。ただし、元刊本にはない）

○王實甫「破窰記」劇・第一折仙呂套（正旦＝劉月娥唱）の中間……南曲・金字經（二淨＝左尋・右趓唱）

○楊顯之「瀟湘雨」劇・第二折南呂套（正旦＝翠鸞唱）のまえ（ただし顧曲齋本では第一折仙呂套のあと）……正宮・醉太平（淨＝試官唱。顧曲齋本は貢官に作る）

又　第四折正宮套（正旦唱）の中間……正宮・醉太平（搽旦＝試官のむすめ唱。ただし顧曲齋本にはない）

○劉唐卿「降桑椹」劇・第一折仙呂套（正末＝蔡順唱）の中間……雙調・清江引（淨＝白廝賴唱）

又　第二折商調套（正末唱）の中間……南曲・靑哥兒（正淨＝太醫・二淨＝糊突蟲の互唱）

○李文蔚「圯橋進履」劇・第一折仙呂套（正末＝張良唱）の中間……中呂・上小樓四曲および朝天子（喬仙唱。その脚色は内容よりみて淨）

○戴善甫「翫江亭」劇・第二折南呂套（正旦＝趙江梅唱）の中間……中呂・十二月、堯民歌および雙調・錦上花、淸

江引三曲（浄＝牛員外唱）
○張國賓「薛仁貴」劇・第二折中呂套（正末＝伴哥唱）のまえ……雙調・豆葉黄（丑＝禾旦唱。ただし元刊本にはない）
○前人「羅李郎」劇・第三折商調套（正末＝羅李郎唱）のまえ……商調・金菊香（浄＝孛籃唱。ただし古名家雜劇選本は脚色を外に作る）
○鄭德輝「智勇定齊」劇・第二折中呂套（正旦＝無鹽女唱）のまえ……南曲・撼動山（搽旦＝鄒氏唱）
○范子安「竹葉舟」劇・第四折正宮套（正末＝呂洞賓唱）のまえ……仙呂・村裏迓鼓、元和令、上馬嬌、勝葫蘆（外＝列禦寇唱。元刊本にはない。この四曲は、實は『雍熙樂府』巻五に收める王仲文「張良辭朝」劇の佚文にみえる）
○朱凱「黄鶴樓」劇・第二折正宮套（正末＝禾俫唱）のまえ……雙調・豆葉黄、禾詞（浄＝禾旦唱）
又　正宮套のあと……雙調・楚天遙（同前）
○作者不明「硃砂擔」劇・第三折正宮套（正末＝太尉唱）のあと……煞尾の么篇（浄＝地曹唱）
○作者不明「小尉遲」劇・第二折中呂套（正末＝尉遲恭唱）のまえ……雙調・清江引（浄＝李道宗唱）
○作者不明「昊天塔」劇・第三折正宮套（正末＝孟良唱）の中間……正宮・滾繡毬（丑＝和尚唱）

さて、みぎの參唱例から、院本の遺響を探り出してみよう。

○劉唐卿「降桑椹」劇と王實甫「破窰記」劇

この二劇を採りあげた理由は、どちらも參唱者が二人の「浄」だという點にある。「降桑椹」劇は、重病にかかった蔡順の母が季節はずれに桑の實を食べたがったとき、かれは天の加護によってそれを入手し、母を快癒させるという孝子劇である。その第二折の母の病臥シーンには、二人のやぶ醫者――太醫・糊突蟲が登場して、長いせりふを應酬し、最後に二人が一曲を互唱する。既述のとおり、この「二淨」の問答部分が、『西廂記』劇で張生が戀わずらいに臥すくだりのとがきにみえる、「雙鬭醫」院本の内容であること、すでに胡忌氏が指摘するとおりである。そこでは、あたかも本邦の漫才に類するだじゃれの應酬が、劇の本筋とほとんど無關係に展開され、二人の諧謔問答に舞臺裏から時おり聲がかかる（とがきに「外呈答」とあり、ごく簡單なせりふが語られる）。

このような「二淨」の參唱曲をふくむ問答は、同じ劇の第一折にもみえている。ある降雪の日、蔡長者の家では、城内の長者なかまを招待して雪見の宴をひらく。その宴席に、招かれざる客としてやはり二人のよたもの――王伴哥・白厮賴がのりこみ、だじゃれの應酬をかわす。やがて酒令が始まると、王伴哥はふざけた詩をよむが、白厮賴のほうは次の〔清江引〕曲を參唱する。

　この雪は白さも白し　白厮賴（おれさま）（かたりを意味する）みたいだ　白い綾子の夜被もさながら　あったかいおんどるの
　上にしき　ひっかむってごろ寝すりゃ　お眼めがさめて全身ぐっしょり

この一段でも、宴席にもぐりこんだ二人の「淨」は、隙をねらって貪欲に飲食するが、蔡家の家族や招待客たちとは、せりふの應酬もほとんどなく、二人の諧謔問答はやはりこの劇のストーリの外側で終始される。そのことが「雙鬭醫」の場合と同じく、院本の插演であることを想わせるのである。

つぎに「破窰記」劇は、宋の宰相呂蒙正の苦學時代を描き、その第一折には長者のむすめ劉月娥の婿えらびシーンが當てられる。そこでは、俗文學にのみ殘る上流階級の婿えらび習俗が使用され、綵樓の上からむすめの投げた繡毬が呂蒙正にあたり、乞食のかれが長者の女婿になることから事件が紛糾する。このシーンにやはり二人のよたもの――左尋・右趓が登場して、花婿の座をねらうが果たさず、滑稽な參唱曲を二人で互唱して退場する。かれらの諧謔問答も二人の間だけで處理され、この一段もやはり院本の插演であると考える。

このように「二淨」を主題にした院本は、實は「雙鬬醫」だけでなく、現存戯目のうちになお少なからず指摘される。そういえば、本邦の能狂言にも、「二人大名」「二人座頭」があり、類似の現象として注目される（〰〰線を付したのはメロディの名）。

雙攔哮六么・雙哮新水・雙旦降黃龍・雙拍道人歡・雙哮采蓮・雙搭手・雙厥送・雙厥投拜・雙打毬・雙頂戴・雙園子・雙索帽・雙三教・雙虞候・雙養娘・雙快・雙捉・雙禁師・雙羅羅啄木兒・大雙頭蓮・小雙頭蓮・大雙慘・小雙慘・小雙索・雙排軍・雙賣妲・雙孤慘（『武林舊事』官本雜劇段數）

雙判孤・雙捉壻・雙藥盤街・雙鬬醫・雙揭榜・雙防送・雙福神・雙女賴飯・雙揲紙爨（『輟耕錄』院本名目）

ファルス形體の院本においても、純粋に道化的性格を賦與されたものとしては、もともとひとりの「副淨」しかなかった。この「副淨」は、『武林舊事』巻四において「次淨」とも呼ばれている。「副」（付にもつくる）といい「次」とはいっても、別に「淨」という脚色があって、それに對していうわけでない。それの副次的位置は、あきらかに院本のリーダーである「末泥」に對してである。だから『夢粱錄』において脚色をのべる順序は「末泥・引戯・副淨・副末・裝孤」であり、『武林舊事』において一座の俳優名を脚色とともに紹介するところでも、「戯頭（おそらく末泥と同じだろう）・引戯・次淨・副末・裝旦」という順序が守られている。また、一九五九年に山西省侯馬市郊外で發掘された、董氏墳基の副葬品である舞臺と俳優人形のミニァチュアにおいても、「副淨」は副次的位置に列んでいる（『戯劇研究』一九五九年第二期、劉念茲論文の插圖）。すなわち、「副淨」は元雜劇などにおける「淨」であり、「副」は「院本」という演劇組織における「淨」の屬性であるにすぎない。もしも演技の面からいえば、ファルスである院本の重點は、發喬（おどけ）る「副淨」と打諢（かるぐち）する「副末」におかれていたはずである。だから、『輟耕錄』の説明のほうではかれらがまっ先に紹介されている。ふたりはあたかも本邦の漫才における「ボケ」と「ツッコミ」の關係にあり、當然

「ボケ」にあたる「副淨」のほうに演技の熟練がより要求されたことであろう。

その「副淨」がやがて二人に分かれ、脚色としては「大淨」「二淨」（破窰記）・「正淨」「淨」（降桑椹）、あるいは「淨」「貼淨」（『水滸全傳』八十二回）などという輕重も生じたが、二人の「淨」は本來ひとりの分身であり、いわば二人で「ボケ」的性格を分擔して、「副末」を相手に諧謔問答をかわすのが、おそらく原初形態であったろう。また、たとえ「二淨」に輕重の差が生まれたとしても、たとえば前に引いた太醫と糊突蟲、左尋と右趖、王伴哥と白厮賴のように、ふたりは同じ身分であることが要求された。「雙××」の外題をもつ院本は、すべてそういう「二淨」によって演ぜられたと推定されるのである。

このような同じ性格の「二淨」は、實は、元雜劇の他の作品中にもときおり現われる。たとえば、「殺狗勸夫」「東堂老」「冤家債主」などの諸劇で放蕩むすこに寄生するよたもの柳隆卿・胡子轉、「陳州糶米」劇の悪代官楊金吾と小衙内、「兒女團圓」劇における下僕の福童・安童などがそれである。參唱こそしていないが、かれらの科白の應酬にも、院本の投影を見いだす可能性がなくはない。

そこで、これらの「二淨」を主題とする院本の特徵を考えてみよう。すでに二劇の場合であきらかなように、「やぶ醫者」といい「よたもの」といい、「二淨」にはすべてにせものがえらばれている。すなわち、この一類の院本は人間の虛僞の姿を強調するものといえよう。かの「破窰記」劇のヒロイン劉月娥が、綵樓のうえで生涯の伴侶を物色していたとき、かの女に侍る腰元がいった。

お孃さま、ほらあの二人をごらん遊ばせ。お召し物は錦の刺繡ですよ。あんな漬物くさいやつよりずっとましじゃありませんこと。

それに對して月娥は、あたしの理想とする男性は、たとえ貧乏暮しをしていても、學問教養を修めたかた、と歌でたしなめる。二人のにせものはきらびやかな服装をつけていたのである。すなわち、ここではやがて登場するほんものの——乞食姿の呂蒙正との對比が意圖されているのである。

○朱凱「黃鶴樓」劇と張國賓「薛仁貴」劇

この二劇を採りあげたのは、同じ内容の參唱曲〔豆葉黃〕を共有するからである。「黃鶴樓」劇は、周瑜の奸計にかかって黃鶴樓に招かれた劉備を、諸葛亮が關平らをさしむけて脱走させる歷史劇であり、その第二折は、使命を託されて旅する關平が山村の農民に道をたずねるシーンを當てている。まず、諸葛亮が關平をよんで使命を託する短いシーンが終ると、たちまちこの一折の中心舞臺、山村のシーンが設定される。

〔淨・伴姑兒が登場〕

〔うた・豆葉黃〕どこじゃどこじゃ　なつめ林の西（にーし）　早うおうちへ歸るよう　あんたのおっ母のいいつけだろ　狼に食われちゃたいへんだ　なつめ取りなつめ取り　なつめ取らぬというけんど　お口の核（たね）はどっから來た　氣をつけな氣をつけな　狼に逢うたら垣ねこえ　あんたのおっ母きもつぶぞ

〔せりふ〕〝おらは百姓、じまんじゃねぇが、町の金持ちくそくらえ。たら腹めし食べ行くとこなけりゃ、溝にはいって蝦蟆（がま）つかみ〟。

〔うた・禾詞〕春の景色はいちばんみごと　綠の川みずお庭をめぐり　火より紅い桃と杏のさき競べ　田吾作どんは手持ちぶさた　牛のお背なにさかさ乘り　介添うわらべはねぶたまなこ　なぜに百姓は樂しみ多い　まぁまお天道さまは律義者をうらぎらぬ

〔せりふ〕おらは田舍むすめだ。朝もとうから起きて、髪もすかねば顏も洗わねぇ、五六ぱいのお茶のんで、ほらあのでけぇ燒餅、あいつを七つ八つたいらげ、それでやっと腹がくちただ。これから田んぼの番に行くべぇ。こぞうっ子のはなしだと、あすこの田んぼには狼が出るそうな。おらぁ娘っこだもん、けものはおっかねぇ。どれ、あんちゃを呼んでいっしょに行くべぇ。あんちゃ、出かけるべぇよ。

〔正末が禾倈に扮して登場〕　ねぇちゃ、ちょっくら待ってけれ。

〔うた・端正好〕　聞けば二姑が三哥と呼ぶ聲

〔禾旦〕　おらたち稲の番に行くべぇよ。

〔正末うた〕　ひんがし村へ稲の番とさ　山賊さ　おらが山里めぐるでねぇぞ　おらたちまっすぐ近道えらぶ

〔禾旦〕　おらの江南は、山は青いし水は綠。ほら、あのいさり舟のよべの歌が、彭蠡の濱べにこだまする。寒さにおどろく雁の聲が、衡陽の浦に消えてゆく。家いえは茶つみ、ほととぎす鳴く春のあけぼの、夏蟬こずえに鳴きさわぎ、綠の柳に秋蟬さわぐ。おらが百姓はほんに樂しい。

〔正末うた・滾繡毬〕　おらがとこさは　繪にもかきたい青い山なみ　まことめでたい眺めかな　ほら　もみじの梢に秋蟬さわぎ　おらが家いえ茶つみする

〔禾旦〕　おらが江南はほんにあったけぇ。

〔正末うた〕　この江南は寒さ知らずの天國　春夏秋冬くさは枯れず　綠の水が千すじ流るる

〔禾旦〕　ほら黃菊は東のまがきに近く、爺ちゃはせかせかびっこのろば驅り、熊さ八さがつきそうて歩く。へべれけに醉いぐでんぐでん。この樂しさは誰も知るめぇ。紫袍金帶やんごとないが、たくあん茶漬けに素木綿まとう、おらが暮らしにゃかなうめぇ。あんちゃ、おらぁ東村を通って來て、いろんなお神樂みただよ。笛吹くもん踊るもん、太鼓をたたくもん。おらぁ頭がええだろ、一つずつ想い出しただ。

〔正末〕　ねぇちゃは、さっき東村を通っていろんなお神樂を見ただと。おらもやつらのまねをするべぇ。
〔禾旦〕　あんちゃ、おらは知んねぇ。一つまねしてけれ。
〔正末〕　さあ話して聞かせるべぇ。
〔うた・叨叨令〕　禿（はげ）の二姑が井戸端で　つるべクルクル回してる
〔禾旦〕　めくらの伴姐（ねえさ）は麥打ち場で、石臼ひいていたっけ。
〔正末うた〕　めくらの伴姐（ねえさ）は麥打ち場　石臼ガタゴト引いている
〔禾旦〕　こぞっ子どもは鞭を手にして、口笛をならしてたっけ。
〔正末うた〕　こぞうは鞭ざお手に持って　ヒューヒュー口笛ならしてる
〔禾旦〕　牛飼わらべは水牛にさかさ乘りして、大聲たてていたっけ。
〔正末うた〕　牛飼わらべは水牛に　さかさ乘りしてやいやい叫ぶ
〔禾旦〕　おらたち百姓はほんに樂しい。
〔正末うた〕　あーら樂しやな樂しやな
〔禾旦〕　おらたち百姓は五穀もとれたし、ほんに氣樂だべぇ。
〔正末うた〕　いましめぐり會うたは　雨かぜ順調で　民は安樂

ここに登場する禾倈・禾旦は身分を示す脚色であり、すでに胡忌氏が考證するように、「禾」は農民を指し（『宋金雜劇考』一四二ページ）、倈は子役、旦は女性役を示す。元刊本「薛仁貴」劇第二折には別に「拔禾」という脚色が、薛仁貴の父である農民を指して使われている。禾は稻であり、「拔禾」は稻を刈るものの意であろう（現代語で麥を刈ることを「拔麥子」という）。

さて、この禾倈・禾旦の卑俗な歌をまじえたかけあい形式そのものが、すでに院本の遺響を想わせる。もっとも、ふたりの歌とせりふの内容は、江南風景と農民生活の謳歌にすぎず、諧謔の要素はきわめて乏しいが、われわれは二人の滑稽なゼスチュアをも想いえがくべきだろう。このような應酬のあとに、いよいよ關平が登場して黄鶴樓への道を問い、それに對しては主に一折の歌唱者――正末である禾倈が歌とせりふで教える。ところがその次の段階で、われわれの注目すべき問答がかわされるのである。

〔關平〕　そこなる百姓、そちどもの江南の地では、一年四季のめぐり、春は植えつけ夏は鋤き、秋は穫り入れ冬は倉入れ、さてどんなぐあいにやるのか、一部始終をゆっくり話して聞かせい。

〔正末うた・尾聲〕　おらがとこさ　雨かぜ順調で民は安樂　鼓腹謳歌するみ代の春　青い山なみ繪にもかきたや　よもの田畑はめでたき眺め　まことさがなし

〔關平〕　いや迷惑かけたぞ。では氣をつけて行けい。

〔正末うた〕　樂し樂しで年老いるまで〔退場〕

〔禾旦〕　お武家さま。いましあんちゃは歌うて行きました。おらも一つ歌をきかせるだ。

〔うた・楚天遙〕　かさなる山なみ　うねる川みず　山と川とが連らなりて　そなたを送る十萬里　はてお帰りはいつのこと　ハラハラ流れる雙の涙　百姓たのしや　甘うり枕にひる寝する

〔せりふ〕　お武家さま。お急ぎならしかたねぇだが、もしおひまなら家へござらっしゃれ、だんごでも作ってあげるべぇ。

筆者が注目すべき問答といったのは、急命をおびて前途を急ぐはずの關平が、ここでいわばのんきな質問を發するプロットの、不合理ないし非現實である。これはあきらかに、この一折ぜんたいが農民生活の謳歌という、もう一つのテーマに引きずられていることを物語っている。

すでにふれたように、農民を示す脚色として「拔禾」というのがあったが、それが院本の切狂言に用いる雜扮（雜班）の一名「拔和」と同じいことも、すでに胡忌氏が指摘している（胡書二九四ページ）。ところで、雜扮という一類がなぜ「拔和」とも呼ばれたのであろうか。胡氏は演技者の出身が農民だからだというが、そうではあるまい。宋・耐得翁『都城紀勝』にいう。

雜扮は雜班ともいい、紐元子とも拔和ともいう。これが雜劇の散段（きり）である（この部分は、既述のように『夢粱錄』がもとづく）。京師（北宋の首都開封）にあったころ、鄉村のものはめったに城内に來なかったので、この部類の作品がつくられた。たいてい山東・河北の田舍ものを演じて、それを笑いの對象にした。今の打和鼓・撚梢子・散耍がそれである。

筆者は、この記述における〝京師云々〟以下のことばこそ、「雜扮」を「拔和」ともよぶことの説明だと考える。すなわち、「雜扮」一類の脚本では、農民を主題にしたものが大半を占め、だから「百姓もの」といった語「拔和」がそれの別名になったのではないか。現存する「院本名目」中にも、たしかに農民を扱ったらしい外題がみえる。たとえば、その「諸雜大小院本」の部の、「禾哨旦」「田牛兒」「趕村禾」などがそうだし、「打略拴搐」の部には「禾下家門」の一項があって、「萬民快樂」「咬的響」「莫延」「九斗一石」「共牛」の五篇を列擧する。それらの脚本にあってはおそらく、都會人の眼には奇異で滑稽にもうつる農民の服裝・習俗・言動などが扱われるとともに、たとえば「萬民快樂」などでは農民の快適な生活を謳歌し、ふつうのファルスとやや趣を異にする脚本もあったであろう。そういえば、「四方和」（諸雜大小院本）「豐稔太平」（諸雜院爨）「天下太平」（拴搐豔段）なども、「萬民快樂」と類似の脚本であることを想わせる。闞平の旅途を描く「黃鶴樓」の第二折には、おそらくこの一類の院本が適用されたと考えられる。

つぎに「薛仁貴」劇は、貧しい兩親を郷里に殘して義軍に投じた唐の薛仁貴が、やがて出世して故郷に錦を飾る經過を描き、その第三折には寒食の日ののどかな農村シーンを設定する。まず丑色の禾旦が登場して、「黃鶴樓」劇の參唱曲とまったく同じい〔豆葉黃〕を歌い、正末の伴哥をさそって墓參にでかける。その正末の道行き歌の二曲でも、やはり陽春ののどかな日に醉いしれる農民たちの姿がおもしろおかしく詠まれ、そこへ薛仁貴一行が登場して、正末の伴哥から留守する兩親の慘狀を聞かされる。この冒頭部分も「黃鶴樓」劇と同じく、農民生活を謳歌する院本の插演乃至適用を想わせる。

そこで、この一類のかなり單純な院本の意義を強いて考えてみると、それは安定した人生の悅びをテーマとし、いわば人間乃至人生の眞實のありかたを主張するといえるであろう。もちろん、それの前提として、人間乃至人生の安定・幸福は、天意や人爲によりしばしば崩壞させられるということが潛在する。そのことは「黃鶴樓」劇の場合から導き出すことができる。作者はこの劇に農民生活の謳歌という新たなテーマを織りこんで、それをば明日知れぬ武士の不安定な境遇に對比させた。末尾にみえる禾旦の參唱曲には、武士に對する憐愍にも似た感情がほのかに顏をのぞかせている。やや誇張した表現を用いるなら、權力の爭奪に生命をかける武士の雜劇に、パステル・カラーのファルスを持ちこんだのである。

さて、元雜劇の參唱個處よりする院本の發掘は、一まずこれで止めよう。ここに發掘した院本の遺響はごく單純なものにすぎないが、それでも院本のもつ二つの志向を探りえた。すなわち、一は人間乃至人生の歪められた姿、虛僞の強調であり、一は本來あるべき眞實の強調である。次章以下にはさらに別の面よりする院本の發掘を試み、みぎの二つの志向を確かめてみよう。實は㈢の參唱例にはなお筆者にとって重要な資料が殘されているが、それらはつぎの工作過程でおのずからたぐり寄せられるはずである。

三

元雜劇作品をすこし多量に讀めば、類似のプロットが特にせりふの部分に少なくないことに、氣づかれるはずである。そのような部分の「淨」または「丑」を主體とする一段にも、院本の插演乃至適用の疑いをかけうる、と筆者は考える。

類似プロットといえば、まず、裁判劇における告訴とインチキ裁判のシーンをあげねばならない。元雜劇作品には、庶民の哀歡を描いた、いわゆる「世話物」の一類がある。この一類は、元雜劇においてもっとも特色ある重要な作品を網羅している。しかも、血緣の離合集散を扱う數篇を除けば、そのほとんどが殺人事件に關する裁判劇で占められている。あわせて十二篇を現存する裁判劇では、たいてい殺人犯自身がかれの意に從わぬ善良な女性に罪をきせて告訴し、賄賂にものいわせた不正裁判の結果、あわれな被告は死刑の宣告をうけるが、やがて名判官が現われて、かの女の冤をそそぐという經過をたどる。といえば、類型化してつまらぬ作品が多いようにみえるが、決してそうではない。特に事件を形成する過程などには、庶民の率直な感情のあやなす人生模樣が、元曲の本色とされる俗語的表現を用いていきいきと描かれ、それぞれに新鮮な作品となっている。この裁判劇における告訴と裁判シーンに、類型が指摘されるのである。まず、それの典型として、孟漢卿の「魔合羅」劇第二折の一段を紹介する。

〔淨が孤(ちじ)に扮し、張千(ともまわり)をつれて登場〕〝わしは官人おさつが好物、原告被告をえらばずもらう。文書あらために上司が來れば、白洲で雞打ち聲あげさせる〃。拙者は河南府管下の縣知事でござる。今日は午前の事務をとる。張千、告訴人があれば入らせい。

〔張千〕かしこまりました。

〔李文道が旦(おんながた)と登場〕さぁいっしょにお役人さまのところへ行こう。——お訴えです。

〔孤〕召しつれてまいれ。

〔張千〕おもてをあげい。

〔孤が土下座する〕

〔張千〕殿さま、やつらは告訴人ですぜ。なぜやつらに土下座なさいます。

〔孤〕そちは知らん、告訴して來るものはみな飯びつ（原文は衣食父母）じゃ。〔張千どなる。旦が土下座する〕

〔孤〕そちどもふたり、何の訴えじゃ。

〔李文道〕てまえは當地のもの、家族五人ぐらしでございます。これは兄嫁で、てまえは李文道でございます。兄の李德昌は南昌へあきないにまいってもどり、百倍のもうけをおさめて當日歸宅いたしましたところ、間男をこしらえておりました義姉(あね)が、毒を盛って夫を殺しました。お殿さま、どうかよろしくお取りはからい願います。

〔孤〕そちにきくが、そちの兄は死んだのじゃな。

〔李文道〕死にました。

〔孤〕死んだのならそれでええ、何を訴える。

〔張千〕殿さま、あなたが裁きをおつけなさるんですぜ。

〔孤〕わしの手には餘るわ。たのみじゃ、外郎を呼んでくれい。

〔張千〕　外郎どの、いずれに。
〔丑が令史に扮して登場〕　〃官人は水より清く、外郎は小麦粉より白い。水と小麦粉こねあわせ、いい加減にまるめあぐ〃。それがしは蕭令史、胥吏べやで書類を作っているさい中に、それがしを呼ぶでかい聲。おおかたまた官人どのが持てあましたのだろ。どんな訴訟か見にまいろう。〔犯人を見て〕こいつどっかで出會うたやつだぞ。おぅ、こいつはあの賽盧醫だ。きのうやつの門前で床几を借ろうとして貸してくれなんだ。今日はぬけぬけこの役所に來おったわ。張千、ひきすえて打てい。
〔張千、召しとる。李、三本の指をまっすぐにする〕　令史さん、これをあげますよ。
〔令史〕　そちの三本の指は曲り病かな。
〔李文道〕　親方、この事件を裁いてくだされ。
〔令史〕　こころえた、物言うな。そちは何を訴えるのじゃ、原告は誰だ。
〔李文道〕　てまえが原告です。
〔令史〕　そちが原告か、申し分をのべてみい。〔李文道の申し立ては省略〕
〔令史〕　やっぱり打たんと白状せん。張千、打ってくれい〔張千、打つ〕さあ白状してしまえ。
〔旦〕　あたくしけっして間男などありませぬ。
〔令史〕　打たんと白状せんわ。張千、打てい。〔張千、また打つ〕
〔旦〕　やれまあ、白状しまいとすれば、こんなきつい拷問には耐えられまいし、まあいい加減に白状しちまおう。あたしがうちの人を毒殺いたしました。
〔孤〕　白状いたすでない。白状すれば命がないぞ。

〔令史〕やつめ、白状いたしたからには、枷をはめて、死刑囚の牢屋に入れろ。
〔孤〕張千、枷を取って來てはめい。
〔張千〕枷ははまりました。牢屋に入れましょう。
〔旦〕あーあ、だれかあたしの味方になってくれないかなぁ。〔退場〕
〔孤〕令史、ちょっと。先刻あの男が指をまっすぐにして、そちに小判をなん枚くれたんだ。ありていに申せ。
〔令史〕つつまず申しますと、五枚くれました。
〔孤〕わしに二枚分けてくれるんだな。

この雜劇の內容は、易者が豫言した百日以內の災難を避けるために、商用をかねて鄕里を離れた李德昌が、歸鄕寸前の郊外で、かれの妻に懸想するいとこ李文道に殺され、事件は一時迷宮入りするが、七夕人形が鍵となってぶじ解決される。李文道はいとこを殺害したあと、その罪をいとこの妻にきせ、訴訟がいやなら女房になれと迫るが、かの女はそれを拒絕して結局おかみにつき出される。みぎの一段はその部分にあたる。「孤」は官人、すなわち、中央廳より任命される地方長官を指す、身分に關する脚色名であり、「外郎」は行政・司法の實務を掌る胥吏の長、令史の俗稱である。ふたりは性格を示す脚色では、ともに「淨」に當てられる。

さて、みぎの裁判のシーンを後述の便宜をも考慮しつつ分析すると、およそつぎの三つの手續きに分かちうる。

㈠　官人〈孤〉が告訴人にむかって土下座〈跪〉し、部下の廷吏にたしなめられる。

㈡　官人は無能のため、外郎〈令史〉を呼んで裁判を委任する。

㈢　裁判を委任された外郎は原告から賄賂をとり、拷問によって被告に無實の供述を強い、死刑を宣告する。

この三つの手續きを尺度としつつ、つぎに類型を紹介する。

○關漢卿「竇娥冤」劇における類型

この作品は元曲有數の悲劇として知られる。姑と嫁ふたりの寡婦家庭に、やもめ暮しの農民父子が押しかけ婿として入りこみ、嫁のほうがあくまで抵抗するので、むすこはじゃまな義母の毒殺を企んで、うっかり自分の父を殺すという事件がおこる。するとかれは嫁に罪をきせて、終に死刑に追いやってしまう。その第二折でも、無實の嫁は「魔合羅」劇と同じく、むすこから犯人に問われるのがいやなら自分の妻になれと迫られ、それを拒んで告訴される。その告訴・裁判シーンで、㈡の手續きが省略されて、官人自身がでたらめの判決を下すほかは、「魔合羅」劇の場合とほとんど同じせりふが用いられている。

○李行道「灰闌記」劇における類型

この裁判劇では、奸夫と示し合わせて夫を毒殺した本妻が、妾の子を奪おうとたくらんだ結果、一子を兩母に引っぱらせて解決する、わが大岡政談にも輸入された包拯の名判決をしくむ。その第二折の告訴シーンでは、㈠の手續きがつぎのごとく變形されている。

〔原告と被告が分かれて土下座する〕

〔孤〕原告を呼べい。そのほう申し分をのべよ。よきよう取りはからってつかわそう。

〔搽旦〕あたくしは馬均卿員外の奥でござりまする。

〔孤、おどろいて椅子から立つ〕さようの儀ならば、奥がたさま、身をお起こしくだされ。

〔祗從（ともまわり）〕あれは訴訟人ですぜ。殿さまはなぜ身を起こすよう申されます。

〔孤〕　あのかたは馬員外どのの大奥さまじゃろ。
〔祇従〕　員外（注・員外郎、官名をさす）なんかじゃありません。われわれのとこでは、小金のあるものをみな員外とよぶのです。たかが地方の物持ちです、位階勳等などありません。
〔孤〕　それじゃやつを土下座させよう。
また、㈡の手續きにおいても、原告の搽旦が申し立てをすませたあとに變形がみられる。
〔孤〕　このおなご、口がたっしゃじゃ。おおかた訴訟ずれしとるんだな。ベラベラまくしたておって、わしにはさっぱり分からん。早う外郎に出てもろうてくれ。
かくて令史の登場となるが、この劇の場合は、令史が奸夫に當てられている。

○作者不明「神奴兒」劇における類型

この劇はこども殺しの事件を扱うが、その第三折の告訴シーンでは㈠の手續きを缺き、㈡の手續きに變形がみられる。すなわち、原告から甥殺しの告訴をうけた官人（孤）は、「れいの人殺しなら、わしにはとても裁けんわ」といって、外郎（令史）に援助を求める。ところが、外郎が登場するくだりに至って、省略された㈠の類型が用いられている。

〔孤、外郎を見て土下座する〕　外郎どの。用がなけりゃ呼びはせん。人殺しを訴えたやつがおり、わしには裁きかねる。そなたに代って裁いてもらいたいのじゃ。

〔外郎〕　お立ちくだされ。外のものに見られたらみっともないですぞ。

なお、これに續く部分で原告を訊問するくだりも、つぎのごとく「魔合羅」劇に類似を示す。

〔外郎、李二を見て〕うむ、こいつどっかで出會うたぞ。うむうむ、あの日街へ巡察に出てやつの門口までゆき、一ぷくしようと床几をたのんだら、やつめ持ちだすのを拒みおった。やっこさん、今日はぬけぬけおいらの役所へ來おったわ。張千、ひきすえろ。

〔張千〕かしこまりました。

〔李徳義、小判をわたし、指をのばす〕

〔外郎、それを見て〕そちの指二本は曲り病じゃな。晩にとどけるんだぞ。……

○孫仲章「勘頭巾」劇における類型

この劇は、道士と姦通する長者の妻が、情夫に夫を殺害させ、その罪を日ごろ夫をわずらわせていた貧しいよたものに着せる事件を扱う。その第二折の告訴シーンでは、(一)の手續きを省くが、長者の妻の訴狀をきいた「孤」は、「灰闌記」劇と同様に、「やつめずいぶん長いことべらべらまくしたておって、わしには一言もわからん」といって外郎(令史)の出馬を乞う。また、外郎が登場すると、「兄貴、あんたには一日中酒のめいわくをかけて、一晩中腹痛みやしたぜ」といって、感謝のこなしをする(做謝料)。つづく外郎のせりふに「殿さま、おかけなさい。人民どもが見ておりますぞ」とあるから、「神奴兒」劇の場合のごとく「孤」が外郎に對して跪いたのであろう。

○作者不明「硃砂擔」劇における類型

告訴・裁判シーンの類型は、現世の裁判劇だけでなく、冥界のそれにも見いだすことができる。標記の劇は「魔合羅」劇に類似する殺人事件を扱い、旅商人を殺害した犯人の白正が被害者の留守宅にまで乗りこみ、父親をも井戸につき落して殺したうえ、被害者の妻まで奪おうとたくらむ。その第三折には、殺された父親の亡靈が冥界の廳に告訴する、めずらしいシーンがあてられている。この一段には、みぎの類型が少しずつ變形して發見される。

〔淨、地曹に扮し、鬼力をつれて登場〕おれさまは地曹と申すもの、今日は森羅殿にて裁判に立ち會う。いまひとり天曹どのがおられるが、いっこうお見えにならん。鬼力、おもてに氣をつけておれ、天曹どのが見えたら取り次ぐんだぞ。

〔鬼力〕かしこまりました。

〔孛老(ふけやく)登場〕わしは王文用のてて親です。けしからぬは白正のやつ、せがれの文用をあやめるわ、このわしを井戸につき落すわ、そのうえ嫁を女房に寝取ろう算段。非業の死をとげたこのわし、今日は地曹さまに訴えにまいります。〔淨を見て土下座する〕神さま、てまえおりいって訴えごとがござります。

〔淨、土下座する〕大旦那さま、さあ身を起こしてくだされ。

〔孛老〕あなたは地曹判官さま、てまえは浮かばれぬ亡者です。さあ、身を起こしてくだされ。てまえが告訴人ですぞ。

〔淨〕そちは告訴人だったか。わしはうっかり伯父上かとおもうた。して訴訟のあいては誰じゃ。〔父親は白正の悪事を告げる、省略〕

〔淨〕やつが井戸につき落したというのに、なぜきものが濡れておらん。

〔孛老〕濡れはいたしましたが、からだの熱で乾きました。

〔淨〕そちはほんまに死んだんかいな。

〔孛老〕死にました。

〔浄〕　死んだのなら、それでええ。いまさら訴えてどうする。

〔孛老〕　神さま、神通力を使ってやつめをひっ捕え、つきあわせて訊問してくだされ。

〔浄〕　わしの力じゃあかん。まぁ、そこにひかえておれい。天曹どのが見えたら申しあげろ。わしにひっ捕えというても、わしまで殺されちゃかなわんでな。

〔孛老〕　こんな神さま、てんで見たことないわい。

この一段にすぐ續いて、東嶽太尉（天曹）に扮した正末が判官と小鬼をつれて登場し、浄（地曹）の提出した文書を點検するうち、白正の殺人事件を發見して、みずから事件の解決にのり出すのである。この一折の主要部分を占める東嶽太尉の歌とせりふは、すべて浄をあいてに交され、かくて末尾に至って浄が一曲參唱する。いまそれらの一段をも紹介しておく。

〔正末〕　鐵の旛竿（はたざお）白正にこんな犯罪があるのに、そちはなぜ鬼力に拘引させて取調べん。

〔浄〕　閣下はごぞんじない、拙者も何度か鬼力をやってしょっ引こうといたしやしたが、やつめなかなか兇暴で、近づくわけにまいらんのです。

〔正末〕　わしがひっ捕えに行くわ。

〔うた・煞尾〕　このがしっとした指をもて　やつの頭を引きよせて　このごわごわの麻縄もて　やつの首を引っくくり　脳天うち割り腕（かいな）たち　極刑に處し痛いめ見せよう　鐵の旛竿（はたざお）とあだ名する　暴れん坊もなんのその　わが一對のカンヌキ腕　これさえあればやつめをば　のたれ犬めと引きずって　お目にかけようそちどもに〔退場〕

〔浄〕　閣下は行ってしもうた。わしも後について駈けつけ、おおぜいに紛れて白正逮捕に行こう。

〔うた・么篇〕　ジャラランと鳴る鎖もて　やつの肩をふんじばり　ずっしり重い鐵棒（かなぼう）で　やつの腕をきかなくさ

せ　まぶたもろとも脳天くだき　ずんどう腰を蹴あげて脳みそ和えじゃ〔顔をひんまげてみえを切る〕

〔鬼力〕　なんでそんなつらをなさる。

〔淨うた〕　やつめを地獄に召しつれて、そこでゆるゆる思案させよう。〔退場〕

この參唱例はむろん第三類の中に引いておいた。淨の參唱曲は〔公篇〕とあるから、正末＝東嶽太尉が歌う套曲の末尾のうた〔煞尾〕と同じメロディを用い、かつ内容からみても、完全なパロディである。胡忌氏はこの形式の參唱曲が、「劉弘嫁婢」劇の第二折末にみえる例などとともに、「院本名目」中の「唱尾聲」（打略拴搐の條）の實例であろうという（『宋金雜劇考』二五一ページ）。筆者も早くよりそのことに氣づいていたが、單獨の院本としての「唱尾聲」がどういう形式のファルスなのか、まったく想像がつきかねていたし、胡氏もその點には言及していない。いまあらためて考えてみると、院本には元雜劇形體の發生以後において、それに插演するための脚本も生まれたのではなかろうか。單にせりふの應酬だけで終始して、最後になんらかの套曲の尾聲だけを歌うことには、特別の效果を期待できそうもないからである。

それはともかく、この「硃砂擔」劇第三折の一幕が院本形體を適用したことは、淨色の參唱曲まで加わっていることで明らかだろう。といっても、參唱曲をも含めてその歌詞が作者の創作であることまで否定するわけではない。

ところで、この一折が利用または適用した院本の原型は、どのようであったろうか。まえにあげた告訴・裁判シーンの類型を通じてみれば、ほぼそれの輪廓を描けそうにおもわれる。すなわち、筆者が典型として示した「魔合羅」劇の三つの手續きを含むものがそれである。もともと滑稽諧謔に重點をおく「院本」では、孤（官人）から外郎（令史）にバトンをわたす段階だけで十分目的を達するわけであるが、あるいは人民の夢を實現するために、元雜劇の裁判もののごとく、幕切れに嚴正公平な判官が現われる形式も、すでに生まれていたかもしれない。

四

本章では、あらたに院本の遺響と想定された告訴・裁判シーンについて院本の性格を考察する。

くりかえしていうが、ファルス形體である院本では、劇の進行は末泥にリードされても、演技面における主役は副浄と副末であり、かれらの諧謔問答がつねに中心となる。だから、その脚本のおおむねは、現在の本邦における輕演劇のように、言葉のもじりとふざけたゼスチュアによって、ほとんど無意味な笑いをまねくものであったろう。しかし、院本の主旨は『夢粱錄』にいうように「鑒戒」にあり、しばしば諫諍の用にも供せられ、その意味で露骨にわたっても、問責させることはなかった。『夢粱錄』にはつづけていう、

> もし天子の御前で御用をつとめてもお咎めはなく、つかの間の聖顔の笑いをかたじけのうした。およそ諫めたい事があって、諫官が陳述したのでは天子が聞きいれぬ場合、この連中が故事にしたてて上演し、事實をほのめかして諫めると、天子の顔にも怒りの影はないのである。

院本がかく國家の最高權威者に對してさえ絶對的な力をもちえたのは、「鑒戒」というそれのいわば崇高な任務が公認されていたことと、いま一つフィクションという隠れ蓑をもっていたからである。したがって、院本の脚本中には、滑稽諧謔を眞摯な諷刺にまで高めた作品も生み出されたに違いない。みぎに想定した告訴・裁判シーンの原型も、そうしたものの一つではなかったか。あくまで嚴正公平であるべき裁判、正義が勝つべき裁判が、現實には必ずしもそうでない。賄賂の横行によって本來あるべきすがたはしばしば歪曲される。ひとり裁判にかぎらず、官吏の汚濁は庶民にとってもっとも切實な現實であった。この切實な問題が「鑒戒」を標榜するファルスに採り上げられぬはずはな

い。

みぎの告訴・裁判シーンで不正に積極的役割りをはたすのは、胥吏（令史）である。胥吏は官人のもとにあって行政・司法の實務に從う役人である。官人は政治の實際にうというえ、一定の任期をもって交替するのに反して、かれらは世襲でありかつ實務を扱うために、地方政治の實權はしばしばその掌中に壟斷された。近世中國の舞臺裏にあって、かれら胥吏がいかに隱然たるそして巨大な存在であったかは、近世史を對象とするものが一刻も無視しえぬところである。元雜劇作品のうちにも、もっともあくの強い人間の代表として、かれらはしばしば題材にえらばれた（吉川幸次郎『元曲酷寒亭』はしがき二ページ以下參照）。しかし、胥吏は正統の學問を修めたインテリではない。それに對して官人は、科擧のどの階梯かを上りきった正眞正銘のインテリであり、したがって理知の鏡がもっとも明澄なるべき人間として、一行政區の全權を委任される。ところが、そのかれが政治の實際には意外に無知無能であり、重要任務を胥吏の手にゆだねて、不正にさえ加擔する。身分と行爲、看板と實質の落差がこれほど大きな人間はない。まさにファルスにとって恰好の素材なのである。だから、もともと四種の脚色をたてまえとしたであろう院本形體に、早くから「裝孤」（裝は扮裝の意）という特殊な脚色が附加された。なぜ特殊かといえば、他の四種には性格の規制はあっても身分のそれは認められぬからである。院本において官人（孤）がいかに好んで扱われたかは、現存の戲目が物語っており、それはまた、本邦の能狂言において「大名もの」が一類をなす現象に類似する。

孤奪旦六公・孤和法曲・老孤嘉慶樂・思鄉早行孤・睡孤・迓鼓孤・論禪孤・諱藥孤・大暮故孤・小暮故孤・老孤遣妲・孤慘・雙孤慘・三孤慘・四孤醉留客・四孤夜宴・四孤好・四孤披頭・四孤擂・病孤三鄉題・泥孤（官本雜劇段數）

喬記孤・旦判孤・計算孤・雙判孤・百戲孤・哨咭孤・燒棗孤・孝經孤・菜園孤・貨郞孤・老孤遣旦・眼藥孤・同

官不睦・同官賀授・朕聞上古・刁包待制・絹兒來（院本名目、末尾の三つは孤下家門にあげる）

ここに掲げたものは、「孤」とか官を標榜するものばかりだが、たとえば「老孤遣妲」は白居易の侍姫解放を扱うといわれ（譚正璧『話本與古劇』一六七ページ）、もしもそれに誤りなければ、特定個人に關する故事を演じたものも含まれることになる。だが筆者の考えでは、みぎの脚本類のおおむねは、任意の官人を拉し來たって、なんらかの意味で官人にあるまじき行爲・狀態を演じさせ、觀衆の笑いをよぶ内容をそなえていたと推察される。たとえば、「百戲（かるわざ）孤」「貨郎孤（こまものうり）」「菜園孤（はたつくり）」などは、威嚴を保つべき身が下賤のわざをまねたり、「旦判孤」「雙判孤」などは、裁くべき身が逆に裁かれるといった類である。そうした一類に、告訴人に土下座して「わしの飯びつじゃ」（衣食父母）という官人のファルスがあったのであろう。もしも官人自身がこのファルスを見ていたら、かれの笑いは中途で硬直したであろう。これらの一類はあきらかに庶民のものであることに注意されたい。なお、問題の脚本を現存外題中に求めれば、「大暮故孤」「小暮故孤」（暮故は暮古・慕古にもつくり、模糊・糊塗に類する俗語）などがそれではなかろうか。

ここで官人（孤）を主題とする脚本類に例を借りつつ、あらためて院本における道化の意義を考えてみよう。それはただちに院本自身の性格を明らかにすることにもなろう。すでに説いたように、「孤」を主題とする脚本では、官人の演ずる道化は「官人」という人間にはあるまじき行爲・狀態であった。換言すれば、それは官人の本來あるべきすがた（眞）が歪曲されたもの（假）、すなわち虚僞のすがた、にせものにほかならない。實質のないにせものであるから、笑いをまねくのであり、觀衆の笑いには冷かなものが混るであろう。

ともかくも、第二章で探りえた院本の志向の一つは、それが最も明確かつ辛辣に實現された院本の遺響によって確かめることができた。もっとも、院本形體がもつこの志向は誰にも豫想されるところであろうし、實は、この形體の道化を意味することば「發喬」自身が、そのことを表明している。

「發喬」はもっぱら科（こなし）についていわれ、元雜劇のとがき中にも「發喬科」あるいは略して「發科」とみえる。「發」は發揮・發散の意で、それの入聲音が示すように、勢いよく、かつ他を顧慮するよゆうもなく、目的格の行爲・狀態を發揮する場合に用いる（たとえば發笑・發昏・發紅）。とすれば、「喬」は道化る狀態を指すはずだが、このことばが道化を意味するにいたる過程には、一つの屈折がおかれる。俗語としての「喬」の用法を端的に敎えてくれるのは、むしろ現代語である。現代語では假裝・變裝することを「喬裝」、やせがまんを「拿喬」というし、宋元期まで遡りうる成語で、學をぶったり知識をひけらかすことを「喬文假醋」という。すなわち、俗語の「喬」は、實質のない見せかけ、にせもの（假）を意味することばなのである。「喬」「假」は一聲の轉でもある。

現代語における「喬」のこの訓詁「假」こそ、この俗語の本義であり、それはまた、この語が突如として出現した宋元期におけるすべての用法にも適用しうる。たとえば、單に見せかけだけで實質のない人間（ちゃちな男・いんちき野郎・キザな奴）を指す「喬人」「喬才（材）」「喬男女」があり、輕薄な行爲・態度を「喬模樣」「喬聲勢」「喬樣式（勢）」「喬勢煞」「喬行止」「喬行徑」、あるいは成語化して「喬做胡爲」「喬爲胡做」などという。念のために附言すれば、文言としての「喬」はおおむね「高」と訓ぜられて、俗語の「喬」とはほとんど無緣のごとくにみえる。しいて兩者の關聯を求めるなら、許愼の『說文解字』に代表される「高くて曲る」という訓詁の、屈曲（qiao という屈折音にも關係する）のニュアンスであろう。眞實が曲げられたもの、それが虛僞（假）だからである。あるいは曲がりつつ高かろうとする形容と解しうるなら、いよいよ共通點がなくはない。

院本がにせもの・虛僞の強調に重點をおくことは、さきにわざと言及をさけた、李文蔚の雜劇「圯橋進履」中に插演された院本によっても證明しえよう。この劇は漢の高祖のブレーン張良の出世物語を、かの下邳におけるふしぎな老人黃石公との邂逅（『史記』留侯世家）を中心に描く。その第一折には、始皇帝の狙擊に失敗してきびしい追及をのがれる張良が、天界の太白金星から下邳に行くよう指示される（この部分は虚構である）シーンを當てている。
作者はこの場合、いきなり太白金星を登場させても、なんら不都合なかった。にもかかわらず、まず喬仙という大羅活仙（仙界を意味する大羅天のいき仙人）を登場させて、雪のなかを道（抽象的な意味をも含む）に迷う張良（正末）と問答する一段を設けている。喬仙はまず登場詩らしい（原本は巻頭の四葉を缺く）長い七言の韻文を念誦したあと、〔上小樓〕調の四篇を參唱し、かくて張良との出合いとなる。張良は喬仙がしたがえる虎におびえて、かれに救いを求めるが、喬仙はすこぶる頼りにならない。以下、參唱曲をふくむ兩人の問答の一段を紹介する。

〔喬仙うた・朝天子〕　わしは道童（こぞう）　道法（みち）にはくらい　山の中をそぞろ歩き　ふわふわうかうか足のむくまま　虎狼のたぐいが道づれだ

〔せりふ〕　そなたは山中を歩いて、道に迷うたんだろ。

〔うた〕　虎のやつめ爪をふるい牙をむき　そなたの行くてに立ちふさがる

〔せりふ〕　張良、命がないぞ。

〔うた〕　そなたのきもっ玉いよよびっくり　そなたの骨　肉もろにしてそなたの太ももかみくだく

〔せりふ〕　張良、助けてほしいかい。

〔正末〕　むろん、お師匠さまに助けていただきたい。

〔喬仙〕　おいらには手だてがねぇ、助けられんよ、張良。

〔うた〕　ひょんなところで犬死にだろぜ

〔正末〕　お師匠さま、憐れとおぼしめしてわたくしの命を助けてくだされ。

〔喬仙〕　これは虎じゃねぇ、おいらが飼いならした小猫でな、善哥ともよぶ。ここで一こえ善哥と呼ぶと、耳を垂れ足を合わせて地べたに伏せるぞ。さあ三こえ呼んでみるぜ。はじめの一聲でおいらの側に跪まづく。二こえめでやつの脊にうち乗り、三聲めで雲に乗って飛びあがるぜ。

〔正末〕お師匠さまにそんなお手なみがございますか。

〔喬仙〕嘘とおもうなら呼んでみる、善哥。

〔虎、喬仙を打つ〕善哥。〔虎、また喬仙を打つ〕

〔正末〕お師匠さま。やつは猛獸ですよ、からかっちゃいけません。

〔喬仙〕かまわん。おいらが飼いならした善哥だ。〔虎、喬仙をつき倒す〕

〔正末〕お師匠さま、あなたは神仙だというのに、虎はなぜ打ち倒すんです。

〔喬仙〕かまわん、よう飼いならしてあるのだ。〔虎、喬仙をひきずって退場〕

この一段は、喬仙の登場詩らしい七言韻文の末尾に「我は是れ清閑眞道本」とあることによって、「院本名目」中にみえる同名院本（打略拴搐類の「先生―道士をいう―家門」の條）の插演であることが、胡忌氏によって明らかにされた（胡書二四九ページ）。ここにみえる喬仙は、その名の示すようにまさに神仙のにせもの（假）である。この一折で作者がいきなり太白金星を登場させず、わざわざ「清閑眞道本」院本を插入して喬仙に一場の道化を演じさせたのは、太白金星というほんもの（眞）との對比を企圖したものである。おそらくほんものとにせもの、眞・假の對比は、元雜劇のドラマツルギーとして常に作家たちを支配していたのであろう。

五

前章においては、院本における道化の意義を考えて、それはやはり人間乃至人生における虛僞の強調であることを確かめた。しかし、ことがらはそのように單純ではない。笑いを目標とする限り、道化の基本的意義はそうであっても、それだけで道化のすべてを語りえたことにはなるまい。なぜなら、眞といい假といっても、それの認識・評價そのものはつねに相對的だからである。さきに問題にした「官人」に例をとって考えても、もしもかれを一個の人間として見るとき、體制下における既成の秩序・モラルに縛られたかれは、たとえば百戲や貨郎に象徴される庶民のわざをまねたい、いわば人間性の解放を求める衝動も、時としては免かれがたいだろう。そのような理解のうえに立てば、「官人」の身分としては威嚴を失墜すべき行爲も、觀劇する庶民の眼には、「孤」にみずからと同じい人間を感じて、むしろ親近なもの・好ましいものとして映じ、かれらの笑いは冷かさを失うだろう。とすれば、道化のもう一つの意義は、人間があるべくしてなかなかにありえない本來の姿の強調であるともいえる。まえに探りえた院本のもう一つの志向は、このことと關聯するであろう。院本の性格を抽出する「喬」は、あくまで虛僞（假）の姿を示しつつ、時としてあるいは同時に、まったく反對の眞實（眞）の姿にも轉化する。そして、このたびは眞實のありかたを妨げる虛僞、たとえば既成の秩序とかモラルとかに挑む諷刺の役わりをになう。院本における「孤」の一類やわが能狂言における「大名もの」の一類も、多くは觀衆からむしろそのように受容されたのではあるまいか。

道化のもつこの二面的意義をより活用したのが、院本の戲目で「孤」に次いで題材にえらばれることの多い、「酸」という脚色である。

檻哮負酸・秀才下酸擂・急慢酸・眼藥酸・食藥酸（官本雜劇段數）
四酸逍遙藥・合房酸・麻皮酸・花酒酸・狗皮酸・還魂酸・別離酸・三纏酸・謁食酸・三揲酸・哭貧酸・插撥酸・
酸孤旦・四酸擂・四酸諱偌・四酸提候・酸賣徠・是耶酸・怕水酸・秀才家門——大口賦・六十八頭・拂袖便去・
紹運圖・十二月・胡說話・風魔賦・療丁賦・捽著駱駝・看馬胡孫（院本名目）

「酸」も「孤」と同じく身分を示す脚色であって、科學受驗の準備過程にある書生——秀才を指す。明・胡應麟『莊嶽委譚』巻下にいう。

世に書生のことを措大という。元の人は書生を細酸といった。……いまなお民間にこの呼び方がある。

元雜劇作品などに書生を指す「窮酸餓醋」という成語的表現もみえるように、受驗生にはとかく窮乏生活が連想された。「酸」とはおそらく、かれらが漬物ばかり食うか、うす汚れた衣服をまとうかして、酸臭を發するという罵稱であろう。この書生が院本の題材にえらばれたことにも、十分な理由が認められる。

書生はすなわち未完成の官人であり、いわば「孤」の卵である。身分的には知性・自主性をそなえるインテリ階層に屬しながら、未完成であり卵であるがゆえに、かれらの行爲には失敗が伴ないがちである。それにかれらは官途の束縛がないからきわめて自由であり、人間性のままなる行動も容認される。なによりもかれらは若さというプラスにもマイナスにも評價される條件をそなえている。このようにさまざまの矛盾をふくむ書生「酸」も、ファルスの好題材であった。みぎに掲げた外題だけでは、「酸」がどのように描かれていたかを想像することはむつかしい。おそらく「孤」の場合と同様に、インテリという身分とその行動との矛盾（假）を描きながら、かれらの場合はむしろ人間性を抑壓するものをはねのけようとする、「孤」の場合よりはるかに大膽かつ自由な行動（眞）を描くことに重點をおいて、観衆を笑わせたであろう。實は、そのような「酸」の描かれかたが、元雜劇における書生の人間像に色濃く投影したのではないか、と筆者は考えている。

元雜劇において一類をなす戀愛ものでは、奇妙なことに、戀愛の當事者のひとり女性が良家の令嬢と妓女の二種に分かれるのに、男性のほうはすべて書生に限定されている。筆者はこのこと自體に、院本の「酸」に賦與された庶民的性格の影響を直感するのだが、それの描きかたに至って、この直感が誤りでないことをいよいよ確信する。すなわち、いずれの戀愛劇においても、主人公のインテリ青年は、すべて當初から理性や自主性を喪失し、かつ感情の振幅が大で（假）、既成の秩序やモラルに對する一片の顧慮もなく、ひたすら目的の達成に盲進する（眞）、コミカルな人間像を共有して、しばしば「風魔漢」とさえ呼ばれる。王實甫の『西廂記』における張君瑞はその典型（もっともこれは語り物『董西廂』から繼承されたもの）であり、そのほか關漢卿の「謝天香」における柳永、「金線池」における韓輔臣など、一一あげきれない。かれらはその行爲よりすれば道化的性格「淨」を賦與されるにふさわしい。そのようなかれらの人間像は、女性と對比されるときに、いとも鮮明なコントラストをなす。しかも、對比される女性の多くは妓女であり、小間使い（戀のブレーンとして）である。インテリならぬ女性とかれらの位置はしばしば顚倒するのである。

ついでに院本において女性「旦」（妲）を扱う外題を拾っておこう。

孤奪旦六公・雙旦降黃龍・偌賣妲長壽仙・老孤遣妲・襤哮店休妲・雙賣妲（官本雜劇段數）

旦判孤・毛詩旦・老孤遣旦・纏三旦・禾哨旦・哮賣旦・貧富旦・偌賣旦・酸孤旦（院本名目）

ファルスといえども演劇に女性は缺きえまいし、『武林舊事』巻四では、固有の四脚色のほかに「裝旦」が加わり、かえって「裝孤」がみえない。しかし、みぎの外題をみても、女性を主題にしたと見なされるものは、意外に少なく、「旦判孤」「毛詩旦」「纏三旦」「禾哨旦」「貧富旦」などがそれに當るのではなかろうか。

いったい、女性がファルスの主題になりうるには、どういうケースが考えられるだろうか。その屬性である豔麗・柔弱・可憐とかは、それのみでファルスの對象になりそうもない。もしも觀衆の笑いをかち得ようとすれば、そのような屬性を失わず、しかも男性を壓倒する能力——辯舌・腕力・機智などを發揮する場合であろう。それも男性と對比されて始めて一〇〇パーセントの効果をあげうること、本邦の漫才形體に徵してみれば明瞭である。その場合、院本の主役である道化的脚色「副淨」は、むしろ對比される男性のほうに與えられ、女性はいわば「副末」側にまわることが多かったのではないか。院本の外題に「旦」を標榜するものが意外に少ない理由は、こうした點にもとづくかもしれない。

ここでいちおうの結論をくだしておこう。院本というファルス形體は、主として人間乃至人生における虛僞の姿を強調するとともに、時としてあるいは同時に、それの本來あるべき眞實の姿をも強調する志向をもつ。二つの志向は相反するがごとくみえるが、實は楯の兩面であり、作者や觀衆の意識の如何によって、重心のあり方や受容のされ方が二つの志向の間を浮游する。いずれにしても、このファルス形體は基本的には眞實を見失うまいとする銳い眼を具えていたといえるだろう。

中國におけるファルスの起源は古い。現存の資料はすべて王侯の宮廷におけるものだが、遠く春秋時代にまで遡りうる。かれらのもとには「優某」という一種の俳優が召し抱えられ、滑稽諧謔の言動で君主たちのとぎをした。なかには『史記』の「滑稽列傳」に語られる楚の莊王に仕えた優孟のように、時としては生命を賭して、君主の迷妄を覺醒するために職掌を活用した。「滑稽列傳」が語る俳優はむしろ例外ではあったろうが、いわば眞實を見失うまいとするこの演劇理念は、斷たれるがごとく見えて實は連綿と後世に傳えられ、われわれは唐・宋期の宮廷に、それを再確認することができる。事例の多くは、王國維氏『宋元戯曲史』や任半塘氏『唐戯弄』（一九五三年、作家出版社刊）に集められている。そのファルスの民間進出は北宋期の「雜劇」に至ってであろうが、そのうちにも、さきに採りあげた告訴・裁判シーンのような傳統の演劇理念による作品が生まれていた。筆者は、中國演劇におけるこの傳統の理念は、やがて元雜劇にも繼承されてゆくと考えているが、それを説くいとまはいまはない。

注

元雜劇における參唱の第一

○尙仲賢（?）「氣英布」劇第四折・黃鐘套（正末＝探子唱）のあと……雙調・側磚兒、竹枝兒（兒は歌の誤り）、水仙子（前折までの正末＝英布參唱。ただし元刊本にはない）

○孔文卿・金志甫（?）「東窗事犯」劇第四折・正宮套（正末＝何宗立唱）のあと……仙呂・後庭花、柳葉兒（前折までの正末＝岳飛の亡魂）

まず、「氣英布」劇は、隨何に説得されて漢の高祖に歸屬した英布が、いきなり高祖より恥ずかしめられるが、結局その優遇に感じて、項羽討伐に貢獻するという、史實にもとづく講談の劇化。その第四折は高祖に對する誤解も霧消して項羽戰に活躍する英布の奮戰ぶりを、戰場より歸來した探子（斥候）に歌わせる。その探子が退場したあと、第三折までの正末英布が凱旋の歌三篇を參唱するのである。元刊本にはこの三篇がみえないので、王國維氏は後人が增入したと斷定する（『宋元戯曲史』第十一章）。「探子」を正末にしたてて戰況を歌わせる手法は、實は尙仲賢の「單鞭奪槊」、作者不明「鴈門關」「鎖魔鏡」「存孝打虎」のそれぞれ第四折、同じく「老君堂」「衣襖車」「飛刀對箭」の第三折、そのほか明代の作者不明作品「暗度陳倉」「陰山破虜」の第三折、「定時捉將」の第四折などの諸劇本にみえる。しかも、「衣襖車」「飛刀對箭」を除いて、探子報告の套曲にはみな「氣英布」劇と同じ〔黃鐘宮〕のメロディがえらばれている。ところで、「飛刀對箭」その他の二劇が探子報告の場を第三折に當て、第四折に至ってふたたび當初の主役を登場させた意味を考えてみる必要があろう。これらの雜劇は、すでに觀衆の興味をひくべきしかとしたテーマをもたず、強いていうなら戰闘のみを賣り物にし、だから一劇のクライマックスが置かれる第三折を探子報告の幕に擬したのであろう。「氣英布」劇の場合はそうでない。歸順した英布に對して、高祖はわざと足を濯ぎながら面會し、かくて英布はしばし怒りと悔いに惱む。その直後に高祖から意外な優遇をうけ、だからひとしお感激したかれは項羽討伐に奮起する。そのような抑揚が中心テーマであるから、英布の奮戰ぶりは探子の報告だけで十分であり、凱旋する英布の再登場は必要であっても、かれ自身の歌によるくり返しは蛇足である。筆者も王國維氏の意見に同意するが、この補作は元代においてすでに行なわれたとおもう。やがて後にふれる「倩女離魂」劇がそのことを證明するであろう。なお岡晴夫教授の指教に據れば、「柳毅傳書」第二折・正旦＝電母唱（越調套）、「哭存孝」第三折・正旦＝莽古歹唱（中呂套）、「獨角牛」第四折・正末＝出山彪唱（雙調套）などは、いずれも「探子」の變形である。

つぎに元刊テクストによる「東窗事犯」劇の場合を檢討しておこう。元刊の『古今雜劇三十種』は、いずれもきわめて簡略な脚本であり、だから觀劇用のそれだといわれている。さいわい「東窗事犯」劇は、歌詞のほかにわずかながら科・白の殘骸をとどめるが、それでも若干の不明個處あるを免がれない。

この作品がもとづく故事は、宋・洪邁『夷堅志』にみえ、また明・褚人獲『堅瓠集』甲集四に引く『江湖雜記』にもみえるほか、小說『說岳全傳』六十一―七十三回にも類似の話が語られ、京劇「風波亭」「瘋僧掃茶」「罵閻羅」にもしくまれている。

參唱曲の解明にも關するので、この雜劇のすじを略敍する。――朱仙鎭を守る岳飛は、金と通ずる秦檜の讒言にあい、召喚されて獄舍に入れられる。秦檜はある日、妻の王氏と東廂の窗邊で密議をこらし、妻の入れ智恵で岳飛・岳雲・張憲の三將を殺す（以上楔子と第一折、岳飛唱）。良心の苛責にたえぬ秦檜は、ある日靈隱寺に參詣して、うすのろ行者、實は地藏王の化身に會う。行者はかれの惡事をならべたてて罵倒した（第二折、呆行者唱）ので、歸宅した秦檜は行者逮捕に何宗立をやると、「丞相　我が何處に歸すると問わば、家は住む東南第一の山」という詩が殘されている。そこで再調査を命ぜられた何宗立が、易者の指示による山を訪ねると、地藏王によって秦檜が裁判される狀景にぶつかり、被告の秦檜から「東窗の事は發れた」という夫人への傳言を託される（楔子、何宗立唱）。一方、岳飛ほか三將の亡靈は高宗の夢枕に立ち、かれらの無實と秦檜への恨みをのべる（第三折、岳飛亡魂唱）。さて何宗立が歸ると、すでに二十年が經過しており、かれは夫人に會うて冥界の一部始終を報告する（第四折、何宗立唱）。

みぎが、參唱曲に至るあらすじだが、亡靈が天子の夢枕に立った結果、秦檜がどう處置されるのかはよくわからない。『夷堅志』では、秦檜が西湖に遊んで急病におそわれ、岳飛の天に訴える聲を夢うつつに聞き、怏怏と日を過ごして死んだという。

さて、第四折で何宗立の歌う一套がすむと、すぐに參唱の二曲がつづく。

〔後庭花〕見一日十三次金字牌。差天臣將宣命開。宣微臣火速臨京闕、以此上無明夜離了寨柵。馳驛馬踐塵埃。度過長江一派。臣到朝中怎掙揣。想秦檜無百劃。送微臣大理寺問罪責。將反朝廷名□（強）揣。屈英雄淚滿腮。臣爭戰了十數載。將功勞番做罪責。

〔柳葉兒〕今日都撒在九霄□（天・雲）外。不能勾位三公日轉千階。將秦檜三宗九族家族壞。毎家□（冤）讐大。將秦檜剖棺槨、剉尸骸。恁的呵恩和讐報的□（明）白。

日に十三たび金字の牌、朝臣つかわさる敕命の、急ぎ都に來れの御諚。さればとりでを離れて晝夜兼行、驛馬をはせて砂塵けり、長江をも渡り來ぬ。朝（ちょう）に至れば抗辯もならず。これは始末わるしと見て秦檜、大理寺に送り罪の訊問、むりやり着せる謀叛の罪名、無念や英雄のなみだもしとど。いくさに賭けた十數年、功勞轉じて罪人あつかい。

すべてが今は雲居のかなたに打っちゃられ、三公に出世もかないませぬ。にくき秦檜の九族を、みな殺しにせでおかぬ。

みたりの怨み大なれば、秦檜めの柩をうち割り、かばねを刻まんその時こそ、恩讐ともに晴れんさっぱりと。

實は、この參唱二曲の歌い手を指示するとがきはない。しかし、歌の内容からすれば、それが岳飛の亡靈であることは明らかである。それはまた、この二曲に續くとがきに「等地藏王隊子上」とあることとも關係しよう。

この一類の參唱が元雜劇に許されたことは、また、それを巧みに利用した鄭德輝「倩女離魂」劇によって證明しうる。この雜劇は、唐の傳奇「離魂記」を劇化したもので、科學受驗の旅に出る戀人を思慕するあまり、病臥中の倩女の魂が肉體を脱して男に同行し、やがて及第した男と歸省すると、離魂は病床にある女と合一するという、まことに奇怪な事件を扱う。その第一・三折の唱者は倩女、第二・四折のは倩女の離魂（魂旦）であるが、終幕に近く魂旦が黄鐘宮の一套曲を歌いおわると、病床の正旦と合一して退場、そのあと正旦がさらに三曲を歌う。しかも、三曲のメロディは雙調〔側磚兒〕〔竹枝歌〕〔水仙子〕である。一折の套曲に黄鐘宮を用いたことといい、この三曲といい、さきの「氣英布」劇第四折とまったく同じである。これも一種の參唱ケースと見なしてよかろう。その演出については、おそらく倩女（正旦）と離魂（魂旦）とは聲質の相似る俳優が扮したことが想像される。

元雜劇における參唱の第二

○賈仲名「金安壽」劇第一折・仙呂套（正末＝金安壽唱）の中間……商調・滿堂紅、雙調・大德歌、魚游春水、商調・芭蕉延壽（歌兒唱）

○史九散僊「莊周夢」劇第二折・南呂套（正末＝李府尹唱）のあと……南曲・柳搖金四曲（旦＝四仙女唱）

○吳昌齡「東坡夢」劇第二折・南呂套（正末＝佛印唱）のあと……南曲・月兒高四曲（旦兒＝四友姉妹唱）

○作者不明「黃花峪」劇第一折・仙呂套（正末＝楊雄唱）のまえ……南曲・駐雲飛（旦唱）

○作者不明「連環計」劇第二折・南呂套（正末＝王允唱）の中間……雙調・折桂令（旦兒＝貂蟬唱）

又　第四折・雙調套（正末＝金安壽唱）の中間……雙調・靑天歌八曲（八仙唱。脚色は不明）

これらの例は、いずれも酒宴の場であり、ここでストーリは停滯するから、いわば一種の遊びである。しかし、この一類の參唱も、おそらく元雜劇形體の發生當初から許されていたであろう。そして、時には未完成の俳優に試唱の機會をあたえたでもあろう。また、ここにあげた諸例は、歌詞を揭げているけれど、この一類の參唱曲は、脚本ではしばしば省略されるらしい。たとえば、王實甫「麗春堂」劇の第三折で、流謫中の宰相を慰安するために、歌妓を伴うて訪ずねる舊友の濟南府尹が、歌妓に一曲所望する場では、「かしこまりました（理會的）」という答えと「做唱科」のとがきしかない。そのほか喬夢符「揚州夢」劇第二折で、杜牧の夢に張好好が四人の歌姫・舞姫を伴うて登場するくだり、作者不明「誶范叔」劇第一折で、齊の騶衍が范睢を酒宴に招いて二人の歌姫と舞姫を登場させるくだりなどでは、みな歌詞は揭げられていない。

さて、參唱例の三類を通じていえる特徵は、參唱曲の宮調（音階）と用韻が、一折の套曲のそれらと種類を異にすることである。もっとも例外がないわけでなく、第三類にあげる「昊天塔」劇のそれだけは同調同韻である。しかし、作者不明「硃砂擔」劇第一折で、正末の旅商人王文用が道中稼ぎと同宿して飲酒する場で、あいてに強要されてうたう歌（大石調・喜秋風、蕭豪韻）さえ、その一折でかれがうたう套曲（仙呂調、庚靑韻）と宮調・用韻を區別する嚴重さからみれば、「昊天塔」の參唱は後人の誤りとみてよかろう。

宮調を異にするだけではない。第二・三類では南曲を用いたものも少なくない。南曲を用いたからといって、參唱の發生が南宋滅亡による元雜劇の中心が杭州に移った元曲後期、十四世紀初め以後のことと考えるのは、性急であろう。用いられた南曲のメロディを檢討する必要があろうが、まだ果たしていない。それはともかく、參唱曲にみられるみぎの特徵は、元雜劇形體の條件の一、主役獨唱がかなり嚴しいことを想わせるに足りよう。

（追記）　匆忙のうちに執筆したため、なお粗漏あるまま提出せざるをえなかった。若干の追記を行なって讀者の諒承を乞いたい。

院本の條件は、淨色（道化役）の諧謔問答が中心となり、最後にユーモラスな歌が加わることである。第三章で筆者が院本の遺響とみる告訴・裁判シーンの大半は歌を缺くが、「硃砂擔」劇に至ってはじめてこの條件が滿たされることに注意されたい。

また、院本を插演する慣習は、雜劇だけでなく南戯にも認められる。その科擧受驗のシーンなどでは、「考試照常科」と記して本文は省略されている（六十種曲本『尋親記』など）。これなどは、院本の插演と見なしていいのではないか。

元雑劇の題材

抑ゝ支那の戯曲に對する本國の批評なるものは、專ら歌辭のみを問題にして來たといっても過言でない。それは支那劇のすべてが歌劇であるために、その生命とするところが歌辭にあることに因る。而して元劇もこの例に洩れなかったのである。しかし、苟くも劇と呼ばれる以上、それのみを評價の尺度とすることは、やはり謬見と言わねばならない。劇に於て最も重要なるものは、いうまでもなく筋であって、作家は、題材・構成（大體この二者を含めた意味で關目なる用語を使っているらしい）に就いても、また歌辭と相助けて筋を推進する賓白（せりふ）に對しても、その他戯曲的效果一般に對しても、それに劣らぬ苦心が拂われていたと考えられる。殊に元劇はそれ以前に存した準戯劇的なるものの殻を脱して、初めて純戯曲の體裁を完備し、しかも後世の追隨を許さぬ底の劇文學と稱えられるからには、これが全貌を明かにするためには、歌曲の研究に平行して、以上の諸點に就いても、一應探究の斧を入れる必要があろうと思う。

本項はまずその元劇創作過程の初に位する題材に就いて、如何様の相貌を呈するかを紹介せんとするものである。ただ、遺憾なことには、元劇の劇本として曲錄（錄鬼簿・續錄鬼簿・太和正音譜・也是園書目の類）その他に據り、外題（げだい）（題目正名、簡稱して題名という）を知り得るもの凡そ九〇〇本のうち、今日テキストを存するもの二八八本（そのうちほぼ元代の作と信ぜられるもの僅かに一六七本）、曲辭の佚文を存するもの五一本（うち一套以上を存するもの二十二本）という、甚だ心もとない實情では、全元劇の題材を究めることが實は極めて困難な點である。從って吾人が他の文獻にはあまり跡を留めぬ一類、例えば後に觸れる世話物の如きに就いては確實な推論すら許されぬこともあり、この點あらかじめ諒解を乞うておく。

まず元劇の題材には如何なるものがあるか、幸いに明初の雜劇作家であり、同時に批評家でもあった寧獻王朱權（太祖の第十七子）の『太和正音譜』に雜劇十二科として、左の如く分類されている。

一曰神仙道化　二曰隱居樂道（亦曰林泉丘壑）
三曰披袍秉笏（卽君臣雜劇）　四曰忠臣烈士
五曰孝義廉節　六曰叱奸罵讒
七曰逐臣孤子　八曰鏺刀趕棒（卽脫膊雜劇）
九曰風花雪月　十曰悲歡離合
十一曰烟花粉黛（卽花旦雜劇）　十二曰神頭鬼面（卽神佛雜劇）

これらに就いては、すでに青木正兒博士により詳細なる解說と擧例に、加うるに補足が試みられているが（『元人雜劇序說』三九頁）、要するにこの分類は個々の計量器の性質が異なるため、一劇が二科又は三科のいずれに屬するか、異なる面の性質を同程度に含むに迷うたり、ある一類はさらに細かい分類を要求したり（例えば第八科は武士の戰爭ものと綠林の鬪爭ものとに）、また重要なる一類（公案劇とよばれる斷獄もの）を分出しなかったりしている。題材の種類に就いての詳細は青木博士の著作を參看されたい。

さて右の如く大別される元劇の題材は、果して作家自身の腦裡に構想されたものであったろうか。

元劇はいかにも劇文學として最初のしかも最高のものではある。しかしそれは形式的にもそうであったように、これを題材に就いてみる時にも、決して獨創的なものとは言えないのである。すでに宋の雜劇や金の院本に於ても推察せられる現象であるが、元劇もまた多くは前代の故事に素材を借りている。しかもその故事たるや、むしろ大衆の誰もが知悉しているものであって、そこになによりもまず民衆を主なる對象として勃興した元劇の題材選擇に於ける特色が看取される。

いまこの取材の方面を大別して、一　通俗的なる記載物、二　先行の演藝、の二つとし、以下これが詳説を試みる（曲目は天一閣鈔本錄鬼簿に據り、その間曹楝亭本錄鬼簿〔曹〕、也是園書目〔也〕元曲選目〔臧〕太和正音譜〔正〕をまじう）。

一　通俗的なる記載物

これには『蒙求』『列女傳』の如き童蒙婦女用の教訓書及び一般大衆の教養書日用便覧書としての諸種の故事集が擧げられるが、今日からくも存する元人撰以前の文獻により元劇の取材を探究してみよう。

『蒙求』に取材せるもの　七十五種

伊尹扶湯 鄭德輝	比干剖腹 鮑吉甫	周公攝政 鄭德輝
抱子攝朝 金志甫	絕纓會 白仁甫	駟馬奔陣 鄭廷玉
史魚尸諫 鮑吉甫	范蠡歸湖 趙明道	豫讓呑炭 楊梓
醜無鹽破環 鄭德輝	馮驩燒券 鍾繼先	廉頗負荊 高文秀
田單復齊（正音譜田單火牛）屈子敬	屈原投江 睢景臣・吳仁卿	韓信乞食 王仲文
登壇拜將 武漢臣	圯橋進履 李文蔚	相如題柱 關漢卿・屈子卿

題橋記無名氏〔也〕
斬鄧通費唐臣
蘇武還朝周仲彬
漁樵記無名氏
于公高門王實甫・梁進之・王仲元
陵母伏劍顧仲清
東門宴劉君錫
孟光擧案無名氏
蔡順摘椹劉唐卿
范張雞黍宮大用
高鳳漂麥關漢卿
欒巴噀酒李取進
臥龍岡王日新
糜竺收資趙文寶
孟宗哭竹屈子敬
潘安擲果高文秀
錢神論鍾繼先
玉鏡臺關漢卿

私逩相如寧獻王
泛浮槎王伯成
牧羊記馬致遠〔曲品〕
問牛喘李寬甫
鑿壁偷光關漢卿
郝連留錢姚守中
七里灘張國賓
董宣強項王仲文
逢萌掛冠姚守中
悞入桃源馬致遠・陳伯將・汪元亨（正音譜劉阮天台）王子一
楊震畏金鮑吉甫
郭巨埋兒無名氏〔也〕
七步成章王實甫
試玉郎（曹本何郎傅粉）趙天錫
酒德頌馬致遠
綠珠墜樓關漢卿
剪髮待賓秦簡夫
東山高臥趙公輔・李文蔚

卓文君駕車無名氏
汲黯開倉宮大用
買臣負薪庾吉甫
張敞畫眉高文秀
伯瑜泣杖戴善父
韋賢籯金費唐臣
釣魚臺宮大用
宋弘不諧鮑吉甫
郭況遊春無名氏〔也〕
姜肱共被趙文寶
陸績懷橘王實甫
管寧割席關漢卿
袁盎卻座王仲元
韓壽偷香李子中
周處三害庾吉甫
伯道棄子李直夫
歸去來兮尚仲賢

東籬賞菊無名氏〔也〕　孫康映雪關漢卿　王祥臥冰王仲文

かくも多數に上ることは、『蒙求』が何よりも普及していたことを物語り、しかも右の中傍點を施せる二十五種は、外題の略稱も『蒙求』の四字句をその儘使用しており、さらに五種は一の題材に對して二本乃至三本の作が見られるし、他面劇本とはならぬまでも、元劇の唱白中に屢々引用せられる故事に右の外なお七八十種の『蒙求』中の故事が見られ、如何に該書が元劇作家の關心を惹いたか窺い知られる。

『列女傳』に取材せるもの　八種

孟母三移無名氏〔也〕（巻一　鄒孟軻母）　秋胡戲妻石君寶（巻五　魯秋潔婦）
魯義姑武漢臣（巻五　魯義姑姊）　王孫賈王仲文（巻八　王孫氏母）
陵母伏劍顧仲清（巻八　王陵之母）　送寒衣鄭廷玉〔曹〕（巻四　齊杞梁妻）
無鹽破環鄭德輝（巻六　齊鍾離春）　擧案齊眉無名氏（巻八　梁鴻之妻）

『列女傳』が一般女子の教訓書であったかいなかには、一應疑問を懷かれるであろうが、それはこの書の古板本に、本文の上欄に毎葉插圖を付した、恰も全像小說の如き體裁を備えたものが存することに據り解消すると思う。無論より通俗なる書が存したことは想像されるが、それは遺憾ながら今日知る由もない。

『羣書類編故事』に取材せるもの（蒙求・列女傳と重複せぬもの）　二十種

趙氏孤兒紀君祥（巻六　存趙孤兒）　馬陵道無名氏（巻十七　報刖足讐）
歎骷髏李壽卿（巻八　鼓盆而歌）　李夫人李文蔚（巻四　臨終固寵）

漢宮秋馬致遠（巻四　畫王昭君）　班超投筆二本高文秀・鮑吉甫（巻十七　投筆而歎）
曹娥泣江鮑吉甫（巻二　曹娥溺濤）　剪髪待賓秦簡夫（巻六　剪髪供賓）
幸月宮白仁甫（巻一　遊廣寒宮・銀橋升月宮・月宮秦樂）　薦馬周庾吉甫（巻五　賞馬周）
賈島破風詩無名氏（巻十五　賈島推敲）　黄粱夢馬致遠外・枕中記谷子敬（巻九　枕中記）
岳陽樓馬致遠（巻十　洞賓遊岳陽）　竹葉舟范子英（巻二十　仙翁葉舟）
陳摶高臥馬致遠（巻十八　希夷入對）　薦福碑馬致遠（巻十四　雷轟薦福碑）
三喪不擧劉君錫（巻十二　贈以麥舟）　待子瞻楊景賢（巻十一　東坡問禪）
孫恪遇猿鄭廷玉（巻二十四　孫恪娶猿）　托妻寄子喬夢符（巻四　託以妻子・賑其妻子）

この書は元人王罃（傳記未詳）の手になり、羣書中に見える故事を類別して撰んだもので、果してどの程度に普及していたか不明であるが、やはり童蒙婦女子を含む大衆に對する教養書であって、ために意外に多く元劇に採られたのでもあろう。

『書言故事大全』に取材せるもの（上の三書に重複せぬもの）　六種

羊角哀鬼戰荊軻無名氏（死友）　越王嘗膽宮大用（臥薪嘗膽）
三田分樹楊景賢（紫荊花）　九世同居無名氏（九世同居）
燕子樓侯正卿（燕子樓盼ゝ）　流紅葉白仁甫・題紅怨李文蔚（紅葉）

これも元人胡繼宗（傳記未詳）の撰になるというが、むしろ手紙を書く際の便覧書である。これに類する故事集は、明代刊行のそれが簇出している事實に鑑み（『書誌學』十六の二、長澤氏「元明編刊の故事集について」を看よ）必ずや數多く存在したことと推察されるが、それらはあまりに通俗的であったために、今日までその版本が殘り得ないし、藏書目にも載錄せられなかったものである。以上の外元代に確かに存したものとして『全相二十四孝詩選』（郭居敬輯）と『君臣故事』（撰者不詳）があり（上記長澤氏論文）容易に披見し難い書であるが、幸いにして前者は明代編選の『日記故事大全』の巻首に收められたものと同じらしく（長澤氏說）、これに據って元劇の取材を拾って置く。

陸績懷橘王實甫（懷橘遺親）　郭巨埋兒無名氏（為母埋兒又は郭巨埋子）
蔡順分椹劉唐卿（拾椹供親又は拾椹感盜）　楊香跨虎無名氏（搤虎救親又は打虎奪父）
王祥臥冰王仲文（臥氷求鯉又は剖氷鯉出）

附　筆記小說に取材せる元劇

前述の記載物が平民をも對象としたのに對し、主として讀書人を對象とする漢魏六朝以來の筆記小說に取材したと思われる元劇が數多く見うけられる。そう言えば前記の故事集などは、すべてそうした記載より選擇されたものであった。勿論、中には正史の列傳に見える故事もあるにはあったが、さようなれっきとした故事よりも文人の筆のすさびに捏造された故事の方が、より通俗性を有したために、元劇の作者にも鑑賞者にも均しく歡迎された。いまここには唐宋傳奇のみに止め、他は整理を俟って追補するつもりでいるが、ここに注意すべきことは、これらのものすら必ずしも一般大衆には未知のものではなかったろうということである。すなわち、恐らくこの一類のものも後に說く先行の演藝によって、すでに大衆に紹介されていたろうと思われる。それは先行の演藝中に多くこれらに取材したものが存することでも了解されよう。

賈充宅韓壽偸香李子中　唐王彬　賈午記（剪燈叢話）一、（情史）三

石崇妾綠珠墜樓關漢卿（曹）金谷園綠珠墜樓	宋　綠珠傳（情）一
寄情韓翃章臺柳鍾繼先	唐許堯佐章臺柳傳（剪）七、（五朝小説）
裴航遇雲英庾吉甫	唐裴鉶　裴航（太平廣記）五十、（醉翁談錄）辛集
張君瑞待月西廂記王實甫（曹）崔鶯鶯待月西廂記	唐元稹　會眞記
杜牧之詩酒揚州夢喬夢符	唐于鄴　揚州夢記
洞庭湖柳毅傳書尙仲賢	唐李朝威柳毅傳
韓翠蘋御水流紅葉白仁甫	流紅記（青瑣高議）前五、（剪）一、（情）十二
金水題紅怨李文蔚	
迷青瑣倩女離魂二本　趙公輔・鄭德輝	唐陳玄祐離魂記（情）九
玉簫女兩世姻緣喬夢符	玉簫傳（剪）一、（情）十
春風燕子樓侯正卿（曹）關盼盼春風燕子樓	宋王惲　燕子樓傳（剪）三、（情）一
香山廟裴度還帶二本　關漢卿・賈仲明	唐　還帶記
李亞仙花酒曲江池二本　石君寶・周憲王	唐白行簡李娃傳
鄭元和風雪打瓦罐高文秀	
開壇闡教黃粱夢馬致遠外	唐　枕中記
邯鄲道盧生枕中記谷子敬	
杜秋娘月夜紫鸞簫孫子羽	唐杜牧　杜秋傳
十六曲崔護謁漿二本　白仁甫・尙仲賢	唐孟棨　崔護傳（剪）一、（情）十、（豔異編）

嬌紅記四本　王實甫・湯舜民・劉東生・金文質　｝宋　嬌紅記（剪）一、（情）、（豔）
死葬鴛鴦塜郗仲誼
謝金蓮詩酒紅梨花張壽卿　　趙汝舟傳（情）
王魁負桂英尚仲賢　　元柳貫　王魁傳（剪）二、（豔）
雷澤遇仙記無名氏（也）　　唐薛瑩　雷澤龍女傳（剪）五

なお今日書目に名を止むる傳奇小説に、元劇と同一題材のもの若干を採り得た。左に記して參考に供する。

招涼亭賈島破風詩無名氏（也）　　寶文堂書目（子雜）、「賈島破風詩」
蘭昌宮庾吉甫　　前　同、「蘭昌幽會」
月夜海棠亭楊景賢　　前　同、「崔淑卿海棠亭記」
上林苑梅杏爭春賈仲明　　前　同、「梅杏爭先」「梅杏爭春」
紅白蜘蛛湯舜民　　前　同、「紅白蜘蛛記」
陳季卿悟道竹葉舟范子英　　前　同、「陳季卿悟道竹葉舟傳」

二　先行の演藝

前記の一が眼より獲得する民衆の知識であるに對して、ここに述べるは主として耳を通して獲られ、從ってこれぞ眼に一丁字なき者にも理解し得る、いわば最も普遍的なるものといえよう。

(1) 講釋

講釋すなわち當時の語をかりれば説話であるが、これは文獻的には宋代を以て始めとする。いかにも民衆勢力の進展を見せたこの時代にこそ隆昌を極めたであろうし、爾來民衆娯樂の雄たるものとして、元代に至ったことは想像に難くない。

講釋に如何なる種類があったかは、宋代の文獻に據り、靑木博士以下の詳細に亙る研究があり、且つその説も紛々として一致せぬが、それはとにかくここには省略して、私は便宜上しばらく講釋師の臺本の流れを汲む文獻によって、元劇の取材を探ろう。

それには、人情噺の類を語る小説家の話を筆録した話本と、軍談の類を語る講史書家の話を筆録した平話及びこれが發展した演義小説がある。

但したまたま話本や平話・演義と一致する元劇題材が見出されても、古い文獻に乏しい今日では、果して元劇がそれに基くか、彼らが元劇に基くかは、極めて重要な而も極めて困難な、時としては識別不可能な問題でもある。殊に當の元劇たるや多くは題目を止めるに過ぎないからである。

話本に取材せる雜劇

羊角哀鬼戰荊軻無名氏〔也〕　欹枕集「羊角哀死戰荊軻」、古今小説七「羊角哀舍命全交」

從赤松張良辭朝王仲文〔曹〕　漢張良辭朝歸山　淸平山堂話本「張子房慕道記」

瑞仙亭湯舜民〔正〕風月瑞仙亭　淸平山堂話本「風月瑞仙亭」

死生交范張雞黍宮大用　雨窗集「死生交范張雞黍」、古今小説十六「范巨卿雞黍死生交」
裴航遇雲英庾吉甫　清平山堂話本「藍橋記」
好酒趙元遇上皇高文秀　寶文堂書目（子雜）「趙旭遇仁宗傳」、古今小説十一「趙伯昇茶肆遇仁宗」
看錢奴買冤家債主鄭廷玉　拍案驚奇三十五「看錢奴刁買冤家債主」
柳耆卿詩酒翫江樓戴善夫　清平山堂話本「柳耆卿詩酒翫江樓記」
西湖三塔記鄁仲誼　清平山堂話本「西湖三塔記」
月明三度臨岐柳李壽卿〔臧〕月明和尚度柳翠　古今小說二十九「月明和尚度柳翠」
孝壬貴救鬧法場無名氏　古今小說三十八「任孝子烈性爲神」
燕山逢故人沈和甫〔曹〕鄭玉娥燕山逢故人　古今小說二十四「楊思溫燕山逢故人」
散家財天得老生兒武漢臣〔元刊本臧本共に得を賜に作る〕　今古奇觀三十「念親恩孝女藏兒」
曹伯明錯勘贓二本武漢臣・紀君祥　雨窗集「曹伯明錯勘贓」
生死夫妻楊景賢〔正〕史教坊斷生死夫妻　醒世恆言九「陳多壽生死夫妻」
紅白蜘蛛湯舜民　醒世恆言三十一「鄭節使立功神臂弓」、寶文堂書目（子雜）「紅白蜘蛛記」
朱蛇記沈和甫〔曹〕祈甘雨貨郎朱蛇記　古今小說三十四「李公子救蛇獲稱心」、攲枕集「李元吳江救朱蛇」
鴛鴦牡丹記睢景臣　警世通言二十九「宿香亭張浩遇鴛鴦」（趙景深『小說戲曲新考』一〇頁參看）

なお小説家の講釋に屬するものとして、裁判事件を取り扱った一類がある。善惡入り亂れて悲喜交〻よび、波瀾重疊せるこの種の說話が大衆の意に投じたことは、わが大岡政談の例を見ても想像されよう。元劇作家も競うてこれを劇化したらしく、この種の雜劇がかなり存する。元劇では主として包拯なる判官に歸せられている。

包拯　○胡蝶夢二本關漢卿・蕭德祥　○灰欄記二本彭伯成・李行甫（風俗通に基く——趙景深『小説閒話』一〇九頁）

○魯齋郎關漢卿　○煙花鬼張鳴善　○生金閣武漢臣　○開倉糶米陸仲良〔臧〕陳州糶米　○包待制汪澤民

○悞元宵曾瑞卿〔臧〕留鞋記　○後庭花鄭廷玉　○替殺妻無名氏　○嫪件寶無名氏　○盆兒鬼無名氏

○開封府無名氏〔臧〕神奴兒　○風雪包待制無名氏　○合同文字無名氏（清平山堂話本「合同文字記」）

○雙勘丁無名氏（『輟耕錄』五にこの事件見ゆ）

張鼎　○勘頭巾二本李仲章・陸仲良　○魔合羅益漢卿（益一作孟）

王脩然○殺狗勸夫無名氏　○救孝子王仲文

錢大尹○緋衣夢關漢卿　○謝天香關漢卿（但しこれは純粋の裁判事件ではない）

平話・演義に取材せるもの

（イ）列國志系（全）は全相平話、（列）は列國志

○伊尹扶湯鄭德輝（?）　○比干剖腹鮑吉甫（全・列1）　○武王伐紂趙敬夫（列1）　○周公攝政鄭德輝（列2）　○抱子攝朝金志甫（列2）　○鄭莊公二本李直夫・鍾繼先（列2）　○火燒介子推狄君厚（列5）　○絶纓會白仁甫（?）　○弑齊君李子中（列6）　○趙氏孤兒紀君祥（列6）　○哭晏嬰鄭德輝（?）　○駟馬遊陣鄭廷玉（?）　○伐晉興齊無名氏〔也〕（?）　九合諸侯寧獻王（?）　寶文堂書目（戲文）に「齊桓公九合諸侯」とあり　○史魚尸諫鮑吉甫（?）　○鬼戰荊軻無名氏〔也〕（?）　○鞭伏柳盜跖無名氏〔也〕（列7）　○臨潼鬪寶無名氏〔也〕（列7）　○秋胡戲妻石君寶（列7）　○漁父辭劍鄭廷玉（列7）　○浣花女抱石投江吳昌齡（列7浣紗女抱石投江）　○伍員吹簫李壽卿（列7）　○教女兵二本周仲彬・趙文寶（列8）　○踈者下船鄭廷玉（列8）　○越王嘗膽宮大用（列8）　○興兵完楚無名氏（列8）　○進西

施關漢卿（列9）○范蠡歸湖趙明道（列9）○豫讓吞炭楊梓（列9）○捉袁達無名氏〔也〕（列10）○馬陵道無名氏（列10）○醜無鹽破環鄭德輝（列10）○衣錦還鄉無名氏（臧目）凍蘇秦（列11）○雞鳴度關庾吉甫（列11）○馮驩燒劵鍾繼先（列11）○樂毅圖齊無名氏〔也〕（全・列11）○黃金臺喬夢符（全）○廉頗負荊高文秀（列11）○澠池會高文秀〔也〕（?）○田單復齊屈子敬（全・列11）○元宵宴無名氏〔也〕（?）○掛帥印無名氏〔也〕（?）○走樊城高文秀（?）○誶范叔高文秀（?）

（ロ）東西漢演義系（全）は全相平話、（西・東）は東西漢演義

○坑儒焚典王廷秀（全）○醉遊阿房宮吳仁卿（?）○火燒阿房宮無名氏〔正〕（西2）○火焚紀信顧仲淸（西5）○霸王垓下別虞姬張時起（西7霸王帳下別虞姬）○九里山十面埋伏無名氏〔雍熙樂府に據る〕（西7九里山十面埋伏）○斬白蛇白仁甫（全・西1）○高祖歸莊白仁甫・高祖還鄉張國賓（?）○秦趙高指鹿道馬鄭德輝（西?）○漢高祖詐遊雲夢鍾繼先（全・西7漢高帝僞遊雲夢）○氣英布尙仲賢・騙英布無名氏〔也〕（西5）○醢彭越石君寶（全・西8）○斬韓信李壽卿（全・西8）○餓劉友于伯淵（全）○祭滏水李壽卿（全）○鑑湖亭李壽卿（?）○韓信乞食王仲文（西1）○陰度陳倉無名氏〔也〕（西4）○登壇拜將武漢臣（西3）○斬陳餘鍾繼先（?）○韓太師金志甫（?）○蕭何月下追韓信金志甫〔元刊本月夜に作る〕（西3蕭何月夜追韓信）○哭韓信鄭廷玉〔曹〕（?）○圯橋進履李文蔚（西1）○子房貨劍吳仁卿（西3）○張良辭朝王仲文（西8）○救周勃關漢卿（?）○智賺蒯文通無名氏〔正〕（西5）○衣錦還鄉無名氏〔也〕（?）○細柳營二本王廷秀・鄭德輝（?）○打陳平無名氏〔正〕（?）○七里灘張國賓・釣魚臺宮大用（東1）○定時捉將無名氏〔也〕（?）○捉彭寵無名氏〔也〕（?）○昆陽大戰無名氏〔也〕（?）○大戰邳仝無名氏〔也〕（?）○聚獸牌無名氏〔也〕（?）○雲臺門無名氏〔也〕（?）○策立陰皇后無名氏〔正〕（?）

（ハ）三國志系（全）は全相平話、（弘）は弘治本通俗三國志演義、（三）は今本三國志演義

○桃園三結義無名氏〔也〕（全上）（弘1）（三1）　○杏林莊無名氏〔也〕（全上）　○虎牢關三戰呂布二本武漢臣・鄭德輝（全上）三戰呂布（弘1）虎牢關三戰呂布（三5）　○老陶謙三讓徐州無名氏〔也〕（三12）陶恭祖三讓徐州　○張翼德單戰呂布無名氏〔也〕（全上）張飛獨戰呂布（三14）　○連環說無名氏〔臧本〕連環計（全上）（弘2）（三8）　○張翼德三出小沛無名氏〔也〕（全上）張飛三出小沛　○白門斬呂布于伯淵（全上）白門斬呂布（弘4）白門曹操斬呂布（三19）　○相府院曹公勘吉平花李郎（全中）曹操勘吉平（弘5）曹孟德三勘吉平（三23）　○關雲長義勇辭金周憲王（三25－27）　○刺顏良無名氏〔雍熙樂府に據る〕（全中）關公刺顏良（弘5）（三25）　○關雲長千里獨行無名氏〔正〕〔也〕（全中）關公千里獨行（弘6）關雲長千里獨行（三27）　○壽亭侯五關斬將無名氏（弘6）關雲長五關斬將（三27）　○斬蔡陽無名氏（全中）關公斬蔡陽（弘6）雲長擂鼓斬蔡陽（三28）　○關雲長古城聚義無名氏〔也〕（全中）古城聚義（弘6）劉玄德古城聚義（三28）　○襄陽會高文秀（弘7）（三34）　○臥龍岡王日新〔曹本〕（全中）（弘8）（三27）　○隔江鬭智無名氏〔臧本〕（全中）（弘）（三54－55）　○諸葛亮博望燒屯無名氏（弘8）諸葛亮博望燒屯（三39）　○七星堂諸葛祭風王仲文〔曹本に據る〕〔天〕破曹瞞諸葛祭風（全下）（弘10）七星壇諸葛祭風（三49）　○謁魯肅高文秀（全中？）　○黃鶴樓朱士凱（全中）　○哭周瑜石君寶（三57）　○龐統掠四郡無名氏〔也〕（全下）（三57－60）　○關大王單刀會關漢卿（全下）關公單刀會（弘14）關雲長單刀赴會（三66）　○五馬破曹無名氏〔也〕（三71－72）　○夜走陳倉道無名氏〔也〕（三98）　○曹子建七步成章王實甫（弘16）曹子建七步成章（三79）　○諸葛亮石伏陸遜無名氏〔也〕（弘17）八陣圖石伏陸遜（三84）　○諸葛亮秋風五丈原王仲文〔曹本に據る〕〔天〕諸葛亮軍屯五丈原（全下）西上秋風五丈原（弘21）孔明秋風五丈原（三103）　○司馬昭復奪受禪臺二本李壽卿・李取進（弘24）司馬復奪受禪臺　○氣張飛無名氏〔也〕（？）　○萬花堂關漢卿（？）　○娶小喬無名氏〔也〕（？）　○單刀劈四寇無名氏〔也〕（？）　○米伯通無名氏〔也〕（？）　怒斬關平無名氏〔也〕（？）　○大鬧相府院花李郎〔曹〕（？）　○斬貂蟬無名氏〔也〕（？）　○雙赴夢關漢卿（？）　○紅衣怪戴善夫（？）

（ニ）說唐隋唐系（說全）は說唐全傳、（說後）は說唐後傳、（隋唐）は隋唐演義

○宣花妃關漢卿（隋唐19－20）○捽龍舟關漢卿・錦帆舟庾吉甫（隋唐29）○七德舞趙文寶（?）○梧桐雨白仁甫（隋唐91）○幸月宮白仁甫（?）○霓裳怨庾吉甫（?）○華清宮庾吉甫（?）○王皇后關漢卿（?）○鼎鑊諫金志甫（?）○楊貴妃岳伯川（?）○擲笏諫趙文寶（?）○立中宗姚守中（?）○薦馬周庾吉甫（?）○薛仁貴張國賓（說後15－）○跨海征東無名氏〔正〕（前同）○龍門隱秀無名氏〔也〕（前同）○飛刀對箭無名氏（說後28－）○敬德降唐關漢卿・單鞭奪槊尙仲賢・鞭打單雄信無名氏〔也〕（隋唐說唐51）○三奪槊尙仲賢（?）○打李煥鄭廷玉（?）○敬德撲馬屈子敬〔曹〕（?）○敬德不伏老楊梓（?）○摑怨鼓無名氏（?）○小秦王于伯淵（?）○小尉遲無名氏〔臧本に據る〕（?）○狄梁公關漢卿（?）○武三思于伯淵（?）○刀劈史鴉霞無名氏〔正〕（?）○程咬金斧劈老君堂無名氏〔也〕（說全43程咬金斧劈老君堂）○魏徵改詔無名氏〔也〕（?）○智降秦叔寶無名氏〔也〕（?）○四馬投唐無名氏〔也〕（說全43）○陰山破虜無名氏〔也〕（?）○流星馬無名氏〔也〕（?）○慶賞端陽無名氏〔也〕（?）○登瀛洲無名氏〔也〕（?）

（ホ）殘唐五代系（平）は五代史平話、（五）殘唐五代演義

○劉夫人關漢卿（?）○救啞子關漢卿（?）○悞入長安陳存父（五）○唐莊宗周仲彬（?）○哭存孝關漢卿（五）○存孝打虎無名氏（五）○李三孃劉唐卿（平五）○午時牌無名氏〔也〕（五）○紫泥宣無名氏〔也〕（五）○葛從周無名氏〔也〕（五）○困彥章無名氏〔也〕（5）○五侯宴關漢卿〔也〕（?）○箭射雙鵰白仁甫〔北詞廣正譜に據る〕（五）

（ヘ）南北宋志傳系（北）（南）は南北宋志傳、（楊）は楊家將演義

○石守信二本趙子祥・王仲文（?）○風雲會羅貫中（?）○陳摶高臥馬致遠（南6）○趙太祖關漢卿（?）○金鳳釵鄭廷玉（?）○醉冬凌陸顯之（?）○鳳凰樓宮大用（?）○托公書宮大用（?）○符金錠無名氏〔也〕（?）

○天子班武漢臣（?）　○姻緣簿關漢卿（?）　○李師師屈子敬（宣和遺事5に見える）　○仁宗認母汪元亨（?）　○鎮凶宅李好古（?）　○射柳蕤丸無名氏〔也〕（?）　○岳飛精忠無名氏〔也〕（說岳全傳）　○趙匡胤打董達無名氏〔也〕（南16匡胤途中打董達）　○進梅諫二本王實甫・梁進之（?）　○打韓通無名氏〔也〕（?）　○下江南無名氏〔也〕（南50）　○救忠臣無名氏〔也〕（北61）　○盜骨殖朱士凱〔曹〕〔臧本は昊天塔に作る〕・孟良盜骨關漢卿（北楊）　○私下三關王仲元〔曹〕〔臧本は謝金吾に作る〕（北33楊）　○活拏蕭天祐無名氏〔也〕（北24楊）　○破天陣無名氏〔也〕（北楊）

ところでこれらの雜劇のすべてが、果して講釋を劇化したかとなると、それが斷定は古いテキストの乏しい今日では殆ど不可能と言ってよい。しかしながら、就中演義ものにあっては、古いテキストほど元劇の內容に近く、中には注記した如く、その篇名が元劇の外題と一致するものすらあることを思えば、兩者の間に密接なる關係の存したことは、疑う餘地もない。さすれば元劇の發生過程がそうであった如く、語り物は演劇へ流れるという常例よりして、右の元劇も多くは講釋師の臺本に取材したと考えてよかろう。そのことは元劇の取材した話本がいずれも古いものに屬することからも察せられる。

なお講釋師に取材したと考えられるものに水滸もの・西遊記の一類がある。

水滸故事に取材せるもの

現在の『水滸傳』が如何にして形成されたかも諸家の考證が具わり、ここで詳しく論ずる遑はないが、要するに『宣和遺事』に源を發したこの一類の說話が、當時の民衆の心を強く捉えて、或は講釋として或は傳說として、普く語り傳えられて發展したものが、整理統合されたといってよい。從って、なお發展過程にあった水滸物語に取材した元劇が、今日の『水滸傳』と一致せぬことも不思議ではない。今日存する水滸戯は三十四本に上るが、現在の『水滸傳』中に探源し得るものは僅かに九本に止まる。なお水滸劇では作家も限定されていること、作中の主人公も性格的に面白い、李逵や燕青等に限られていることは見のがしてはならない。

＊（ ）内の數字は忠義水滸全書の回數

○窮風月高文秀　○雙獻頭前人（73）　○借屍還魂前人　○敷演劉耍和前人　○鬪雞會前人　○喬教子前人　○牡丹園前人　○武松大報讐前人（26）　○麗春園三本高文秀・王實甫・庾吉甫　○病楊雄紅字李二　○窄袖兒武松前人　○黑旋風前人　○武松打虎前人（23）　○老收心康進之　○杏花莊前人（73）　○燕青撲魚李文蔚　○燕青射雁前人（62）　○喬斷按楊顯之（74）　○還牢末李致遠　○還牢旦無名氏　○消災寺無名氏　○三虎下山無名氏　○黃花峪無名氏　○水裡報冤無名氏（65）　○大劫牢無名氏　○鬧銅臺無名氏　○喜賞新春會無名氏　○九宮八卦陣無名氏（76）　○劫法場無名氏（40?）　○大鬧元宵夜無名氏　○大鬧東平府無名氏　○仗義疎財周憲王

西遊故事に取材せるもの

宋人說話の一門に佛書を語る說經なる流派があったが、『西遊記』はこの流派の講釋師にすでに語られており、その臺本なる宋槧本が存している（『大唐三藏取經記』及び『大唐三藏取經詩話』）。無論今本の體裁を備えるまでには、民間說話等を附加して幾多の變遷を重ね來ったのであろうが、水滸戯と同じく發展過程にあった西遊說話からも多く取材せられているに相違ない。しかし私の探原では左記の七劇に止まる。或は吳昌齡・楊景賢の作の如きかなり纒まったものが現われて壓倒せられたのかもしれぬ。

○唐三藏西天取經吳昌齡（正音譜には西天取經六本とあり）　○西遊記楊景賢　○劉泉進瓜楊顯之　○鬼子母揭鉢記吳

昌齡〔曹〕　○水簾寨無名氏〔正〕　○□場廟四聖歸天無名氏　○齊天大聖無名氏〔也〕

(2) 諸宮調

元劇が形式的に最も大きな影響を受けたのは諸宮調と院本であったろう。諸宮調とは唱白を具えた一種の語り物で、これを戯場に上し個個の俳優に演ぜしめるならば、そのまま元劇と化する底のものである。元來北宋に發生した演藝ながら、宋の南渡にも拘らず、北支にも殘留して金の治下にも隆盛を極めたらしく、さらに元代に於ても依然製作（王伯成に『天寶遺事』あり商正叔に張五牛作『雙漸小卿』の再編あり）と扮演が續行されていた。隨ってそれは元劇の題材にも大きな影響を與えたことは疑いを入れない。元劇初期の傑作『西廂記』（王實甫撰關漢卿續補）が結構は申すまでもなく、歌辭の一部までも、『董西廂』（金董解元撰）に採っていることでも明かである。ただここでも遺憾なことには、今日そのテキストが殆ど傳わらず、前記『董西廂』『天寶遺事』（曲辭のみ略〻完全な逸文が『雍熙樂府』『九宮大成』等に見える）の外には、『劉知遠』（首尾は完全だが中ほどが逸する）が存するばかりである。しかし『董西廂』及び「諸宮調風月紫雲庭」雜劇（石君寶撰）の冒頭の一段その他により、かろうじて十種に餘る名目を知り得る。その中元劇の取材せるものは左記の通りである。なお七國志・三國志・五代史等の諸宮調が存したらしい故、既述の演義系の元劇は直接これらに取材したものもあったかもしれぬ。

○西廂記王實甫・關漢卿（董西廂）　○柳毅傳書尚仲賢（柳毅傳書）　○崔護謁漿二本白仁甫・尚仲賢（謁漿崔護）　○倩女離魂二本趙公輔・鄭德輝（離魂倩女）　○販茶船二本王實甫・紀君祥・豫章城人月兩團圓無名氏（雙漸小卿）　○李三孃劉唐卿（劉知遠）　○別虞姫張時起（霸王諸宮調が武林舊事に見ゆ）

(3) 院本

院本とは北宋の雜劇が繼承されて、全國に行われた戲劇であり、諸宮調と共に元劇へ最も大きい影響を與えた元劇發生直前の演劇である。そして元劇發生後も依然として行われ來ったことは、院本が插演される雜劇（劉東生撰『嬌紅記』及び周憲王撰「呂洞賓花月神仙會」）が存したり、散曲（例えば杜善夫撰「莊家不識构欄」）等の資料より明かだが、これは『輟耕錄』（廿五）に名を留めるのみで、今日そのテキストが全く存せず、いかなる結構であったかさえ、十分にはわからない。ただ雜劇の中に插演されるより見て、極めて小規模なもので（青木博士『元人雜劇序說』六頁）、やはり茶番狂言の域を出ないものであったらしい。前述の如くこれは元劇勃興直前の演劇であるために、題材への影響は勿論、諸宮調とは異なり元劇の戲劇的效果の上にも大きい影をひいたことが推察される。例えば多くの元劇に見られる淨丑が道化る場面は確かに院本の影響であるし、男女の情事を描く雜劇殊に妓女とのそれでは、男役が大てい軟弱に描かれて笑いをかもす點も確かにそれである。ゆえに劇全體が院本より取材されているものは左記の五十八本であるが、個々の場の趣向には往々院本のそれが採られていることを忘れてはならない。

○范蠡歸湖趙明道（范蠡）○水渰藍橋李直夫（渰藍橋）○莊周夢史九散僊・蝴蝶夢二本關漢卿・無名氏（莊周夢蝴蝶夢）○送寒衣鄭廷玉（孟姜女）○蘇武還朝周仲彬・牧羊記馬致遠（蘇武和番）○連環說無名氏（罵呂布刺董卓）○蘭昌宮庾吉甫（蘭昌宮）○悞入桃源二本馬致遠・陳伯將・劉阮天台王子一・桃源洞汪元亨（入桃園）○襄陽會高文秀（襄陽會）○搾龍舟關漢卿・錦帆舟庾吉甫（搾龍舟）○藏鬮會關漢卿（藏鬮會）○王皇后關漢卿（武則天）○滕王閣無名氏（滕王閣入妝）○杜甫遊春范子英（杜甫遊春）○墻頭馬上白仁甫（鴛鴦簡墻頭馬）○月夜聞箏鄭德輝（月夜聞箏）○封陟遇上元楊文奎・罵上元庾吉甫（封陟）○西天取經吳昌齡・西遊記楊景賢（唐三藏）○衣襖車無名氏・

狄靑撲馬吳昌齡（說狄靑）○紅梨花張壽卿（紅梨花）○瀟湘夜雨楊顯之（張天覺）○打毬會無名氏（打毬會）○搬運太湖石無名氏（太湖石）○翫江樓二本戴善甫・楊景賢・謝天香關漢卿・欒城驛鄭廷玉（變柳七爨）○秋蓮夢李壽卿（船子和尚四不犯）○瑤池會無名氏（瑤池會）○蟠桃會三本鍾繼先・周憲王・無名氏（蟠桃會）○八仙慶壽周憲王（八仙會）○雙林坐化無名氏（坐化）○張生煮海二本李好古・尚仲賢（張生煮海）○漁樵閑話無名氏（漁樵閑話）○雙鬭醫無名氏（雙鬭醫）○芙蓉亭王實甫（芙容亭）○鬧荊州關漢卿（劉盼盼）○偃時救駕湯舜民（救駕）○師婆旦楊顯之（師婆兒）○石州慢李文蔚（蔡消閑）○諸葛論功二本尚仲賢・無名氏（十様錦）○戲白牡丹無名氏（白牡丹）○糊粽包待制無名氏（刁包待制）○販茶船二本王實甫・紀君祥・兩團圓無名氏（調雙漸）○待子瞻楊景賢（佛印燒豬）○凍蘇秦無名氏・衣錦還鄉無名氏（衣錦還鄉）○張天師吳昌齡（風花雪月）

(4) 南戲

南戲の起源に就いては、これまた諸說紛紛として一定しないが、わが靑木博士は南宋の雜劇が諸宮調の影響を受けて形態を改めたものとし、これを戲文というのは、恰も元の雜劇が院本と區別するために名づけられた如く、元劇の隆昌に壓倒された宋の雜劇が元劇と區別するために戲文と稱したのだろうと說かれる（『支那近世戲曲史』五七頁）のは妥當に思われる。但しそれが現存の戲文の形態を得るに至ったのは、南宋末か宋元の間か不明であるが、元劇の中心が大都（北京）より南方杭州に移され直接杭州・溫州に行われていた南戲に接觸するや、すでに作者も南人が占むるに至った當時、この元劇が題材的に南戲の影響を受けたことは否めない。とともに南戲も元劇に影響されたに相違ない。いかにも今日殘存せる戲文及びその目には、元劇と題材を同じくするもの、特に題目の全く一致するものが數多く存する。ただいずれが影響を受けたか確言は憚られるが、靑木博士も說かれる如く（『支那近世戲曲史』一〇九頁）金末元初人の有名元劇は、南戯の振わなかった點より見てむしろ元劇の影響が大きかったものと信ぜられる。而して元末明初にかけて漸く衰え初めて南戯に壓迫せられた際には、逆の現象を示したと考えてよかろう。

元劇と南戯との題材上の交渉は、青木博士の一覽表（『支那近世戯曲史』一〇二頁以下「古南戯目對照表」）によって窺えるが、その後新資料の出現もあり、若干これを補い得るゆえ、僭越ながら右の表を借りつつ、その中兩者の關係あるもののみを表示しよう。

元雜劇	宦門子弟錯立身傳奇名	散曲傳奇名	永樂大典戯文	南詞敍錄	南九宮詞譜	南曲九宮正始
尙仲賢 海神廟王魁負桂英	負心王魁	王魁負倡女亡身		王魁負桂英	王魁舊傳奇	王魁
鄭廷玉(曹) 孟姜女送寒衣 無名氏 孟姜女千里送寒衣	孟姜女千里送寒衣		孟姜女送寒衣	同上	孟姜女	同上
關漢卿・屈子敬(二本?) 昇仙橋相如題柱 無名氏(也) 司馬相如題橋記 李仲章 卓文君白頭吟 寧獻王(正) 私逩相如 無名氏(正) 卓文君駕車	鴛鴦會卓氏女			司馬相如題橋記	司馬相如	司馬相如 卓文君

范冰壺(正) 鷫鸘裘 湯舜民 風月瑞仙亭						
曾瑞卿 才子佳人悞元宵 無名氏 王月英元夜留鞋記	郭華買胭脂			王月英月下留鞋		郭華 留鞋記
楊顯之 臨江驛瀟湘夜雨	瓊蓮女船浪學 臨江驛内再相會					張文學 張瓊蓮
關漢卿 薄太后走馬救周勃	周孛太尉?					
白仁甫・尚仲賢(二本) 十六曲崔護謁漿	崔護覓水				崔護 覓水記 即崔護	崔護
石君寶 賢丈夫秋胡戲妻 魯大夫秋胡戲妻(曹)	秋胡戲妻					
關漢卿 關大王單刀會	關大王獨赴單刀會					
鄭廷玉 子父夢秋夜欒城驛	柳耆卿欒城驛			秋夜鑾城驛		子父夢欒城驛

王實甫 張君瑞待月西廂記 崔鶯鶯待月西廂記(曹)	張珙西廂記		崔鶯鶯西廂記	同上		西廂記
蕭德祥(曹) 王脩然殺狗勸夫 無名氏(天) 賢達婦殺狗勸夫	殺狗勸夫壻		揚德賢婦殺狗勸夫	殺狗勸夫	殺狗記	殺狗記
彭伯成 月宮金娘怨 郭安道 四不知月夜京娘怨(曹) 無名氏 三不知荊娘怨	京娘四不知			京娘怨燕子傳書		京娘怨
沈和甫 徐駙馬樂昌分鏡記	樂昌公主		樂昌公主破鏡重圓	同上	破鏡記 分鏡記	樂昌公主
白仁甫 裴少俊墻頭馬上	牆頭馬上擲青梅	馬上牆頭		裴少俊牆頭馬上	墻頭馬上	裴少俊
王仲文 孟月梅寫恨錦江亭(曹) 錦香亭(天)	錦香亭上賦新詩		孟月梅寫恨錦香亭	孟月梅錦香亭	孟月梅 錦香亭	孟月梅 錦香亭
關漢卿・王實甫(二本) 呂蒙正風雪破窰記 馬致遠 呂蒙正風雪齋後鐘	呂蒙正風雪破窰記		同上	呂蒙正破窰記		呂蒙正 瓦窰記

紀君祥 冤報冤趙氏孤兒	冤冤相報趙氏孤兒	趙氏孤兒恩讐岸 賈公孫	趙氏孤兒報冤記	趙氏孤兒		趙氏孤兒
高文秀 劉先主襄陽會	劉先主跳檀溪					
馬致遠 半夜雷轟薦福碑	雷轟子薦福碑					
關漢卿 丙吉教子立宣帝	丙吉殺子立起宣帝					
陸仲良 開倉糶米（曹） 包待制陳州糶米（臧）	包待制上陳州糶米					
無名氏 守貞節孟母三移（也）	孟母三移					
關漢卿 風流郎君三負心（天） 風月狀元三負心（曹）		叔文翫月謀害 蘭英	三負心陳叔文	陳叔萬。三負心 林招得三負心？	陳叔文 林招得	陳叔文 林招得 蔣蘭英
沈和甫 歡喜冤家		歡喜冤家		歡喜冤家		
關漢卿 詐妮子調風月		鶯燕爭春	鶯燕爭春詐妮子 調風月	詐妮子鶯燕爭春	詐妮子	同上

孔文卿・金志甫（二本） 地藏王證東窗事犯（天） 秦太師東窗事犯（曹）		前朝太師東窗事犯	秦太師東窗事犯	秦檜東窗事犯		東窗事犯
李子中 賈充宅韓壽偸香		賈充宅偸香韓壽			韓壽	韓壽
楊景賢 魔勒盜紅綃		寧王府磨勒通神			盜紅綃	磨勒盜紅綃
鄭德輝 崔懷寶月夜聞箏 白仁甫 薛瓊瓊月夜銀箏怨		月夜聞箏				崔懷寶
王仲文 孝繼母王祥臥冰 感天地王祥臥冰（曹）			王祥行孝	王祥臥冰	臥冰記	王祥
武漢臣・紀君祥（二本） 曹伯明錯勘贓 鄭廷玉 曹伯明復勘贓 別列 蕭丞相復勘贓（曹）			曹伯明錯勘贓			曹伯明
王實甫・紀君祥（二本） 信安王斷沒販茶船 蘇小卿月夜販茶船（曹） 無名氏 豫章城人月兩團圓			蘇小卿夜月泛茶船	蘇小卿月下販茶船		雙漸 蘇小卿 馮魁

無名氏 逞風流王煥百花亭（臧） 陸進之 血骷髏大鬧百花亭			風流王煥賀憐憐	賀怜怜烟花怨 百花亭	王煥	同上
戴善夫・楊景賢（二本） 柳耆卿詩酒翫江樓			同上	柳耆卿花柳翫江樓	翫江樓	柳耆卿
白仁甫 董秀英花月東墻記			同上	同上	東墻記	董秀才 薛芳卿
無名氏 包待制斷丁丁當當盆兒鬼			包待制判斷盆兒鬼			
鄭廷玉 奴殺主因禍折福（曹）			唐伯亭因禍致福	唐伯亭八不知音	唐伯亭	
楊顯之・花李郎（二本） 鄭孔目風雪酷寒亭			同上		鄭孔目	同上
關漢卿 閨怨佳人拜月亭 王實甫 才子佳人拜月亭（曹） 多　月亭（天）			王瑞蘭閨怨拜月亭	蔣世隆拜月亭 多　月亭	拜月亭	拜月亭
李致遠 都孔目風雨還牢末（臧） 無名氏			鎮山朱夫人還牢末			朱夫人

鎮山夫人還牢旦						
蕭德祥(曹)無名氏(天) 犯押獄盆吊小孫屠			小孫屠			
李直夫・趙敬夫(二本) 宦門子弟錯立身			同上			
吳昌齡 唐三藏西天取經 楊景賢 西遊記				陳光蕊江流和尚	陳光蕊 (江流記) ※古傳奇と注す	(陳光蕊) ※明傳奇と注す
庾吉甫 會稽山買臣負薪				朱買臣休妻記	朱買臣	同上
王實甫・梁進之(二本) 趙光普進梅諫				趙普進梅諫	進梅諫	趙光普
關漢卿 劉盼盼鬧衡州(曹) 鬧荊州(天) 鬧邢州(正)				劉盼盼	同上	同上
鄭廷玉 崔府君斷冤家債主 無名氏 看錢奴冤家債主(臧)				冤家債主	同上	冤家債主 看錢奴
楊景賢 史教坊斷生死夫妻				生死夫妻	生死夫妻	

周仲彬 持漢節蘇武還朝				蘇武牧羊記	（蘇羊記）	蘇武牧羊記？
庾吉甫 善蓋厲周處三害				周處風雲記		
馬致遠外 開壇闡教黄粱夢				呂洞賓黄粱夢		
馬致遠 呂洞賓三醉岳陽樓				呂洞賓三醉岳陽樓		呂洞賓（岳陽樓）
張時起 沈香太子劈華山 李好古 巨靈神劈華岳				劉錫沈香太子？		
尙仲賢 洞庭湖柳毅傳書				柳毅洞庭龍女		
鄭廷玉 賣兒女從倖王公綽（曹）				王公綽		
無名氏 凍蘇秦衣錦還鄉				蘇秦衣錦還鄉		（凍蘇秦） ※明傳奇と注す
侯正卿 春風燕子樓					燕子樓	同上

張壽卿 謝金蓮詩酒紅梨花					紅梨花	詩酒紅梨花
關漢卿 柳花亭李婉復落娼					復落娼	李婉 復落娼
賈仲明 度金童玉女						金童玉女
無名氏 玉清庵錯送鴛鴦被						玉清庵
戴善夫 陶學士醉寫風光好						陶學士
吳昌齡 浣花女抱石投江						浣紗女
王仲文 遇漂母韓信乞食						淮陰記
關漢卿 荒墳梅竹鬼團圓						梅竹姻緣?
無名氏 賽金蓮花月南樓記						賽金蓮
顧仲清 知漢興陵母伏劍						王陵

無名氏 薛包認母（也）	關漢卿 溫太眞玉鏡臺	吳昌齡 鬼子母揭鉢記（曹）	庾吉甫 玉女琵琶怨	王實甫 韓彩雲絲竹芙蓉亭	鍾繼先 宴瑤池王母蟠桃會 周憲王 群仙慶壽蟠桃會 無名氏 衆神仙慶賞蟠桃會	石君寶・周憲王 李亞仙花酒曲江池 高文秀 鄭元和風雪打瓦罐
薛苞	溫太眞	鬼子揭鉢	琵琶怨	韓彩雲	王母蟠桃會	李亞仙

附　宋雜劇に關聯せる元劇

南戲が果して宋雜劇の後身であるや否やはしばらく措くとしても、元劇の發生に宋の雜劇が間接的に影響を與えているであろうことは、疑いなき事實である。ゆえに私は『武林舊事』（後四）によってからくも知り得る雜劇名から、元劇と關係あるものを拾っておく。

○崔護謁漿二本白仁甫・尙仲賢（崔護六么・崔護逍遙樂）○柳毅傳書尙仲賢（柳毅大聖樂）○裴航遇雲英庾吉甫（裴航相遇樂）○墻頭馬上白仁甫（裴少俊伊州）○遇上元楊文奎・罵上元庾吉甫（封陟中和樂）○巫娥女楊景賢・楚臺雲王子一・陽臺夢無名氏〔也〕（夢巫山彩雲歸）○西廂記王實甫（鶯鶯六么）○相如題橋二本屈子敬・關漢卿・題橋記無名氏〔也〕（相如文君）○王魁負桂英尙仲賢（王魁道人歡）○越娘背燈尙仲賢（越娘道人歡）○張天師吳昌齡〔臧〕・辰勾月周憲王（風花雪月爨）○敎女兵二本周仲彬・趙文寶

以上元劇の作者がその題材を他より借り來ったものに就いて述べたが、それでは作者自身の構想になるものは如何というに、現在全本を存するものをみても、そうしたものは極めて少いように思われる。たまたま作者自身の構想に成るかと思われたものでも賓白（せりふ）の中に出て來る地名又は人名によって、ある時代の話に本づくことが往々にして曝露される。例えば汴梁のことを南京と呼んでいることにより、それが金代の說話に取材しているらしいことがわかる。

それでは當時の事件を劇化したものは如何というに、それも極めて少い。ただ元刊本の存する無名氏撰「小張屠焚兒救母」雜劇の話は、『元典章』（五十七）に見える事件と一致することが、王國維氏に指摘せられている。この外にも若干はあろうと思われるが、不幸にして探源できぬ。いずれにせよそれは極めて少數なることは事實であって、私たちはむしろかれら作家が前代の故事に取材しながら當代の姿を描いているものにより、かろうじて滿足しなければならないだろう。

では前記の中に取り上げなかったものは如何というに、それは多くは外題のみを存するものだが、僅かに三字乃至は十數字の外題よりする困難さに阻まれて、故事を探源し得ぬというだけで、いずれも基く所がありそうである。たとえ他の文獻に見出されなくても、それは先行の戯劇を換骨奪胎したと見られるものが甚だ多いからである。

要するに元劇の題材は獨創的なものが極めて少く、而もそれは民衆に最も親しみ深い故事より選擇せられている。然しながらその事は必ずしも元劇の作者の教養が低かったことを意味しない。元劇の作者の中には教養の高い名士が存したことは、吉川主任がすでに說かれている（東方學報「元雜劇の作者」）その名士の一人である白仁甫の作品を、取材に就いて見よう。

絶纓會	（曹本）楚莊王夜宴絶纓會	蒙求「楚莊絶纓」、羣書類編故事十七「絶纓報恩」
東墻記	馬君卿寂寞看孝堂董秀英花月東墻記	『西廂記』の模倣
賺蘭亭		唐小說何延之撰「蘭亭始末記」
斬白蛇	漢高祖澤中斬白蛇	西漢演義一、芒碭山劉季斬蛇
赴江々	（曹）閻師道趕江（正）閻師道趕江江	不　明
梁山伯	馬好兒不遇呂洞賓祝英臺死嫁梁山伯	古今小說二十八「李秀卿義結黃貞女」入話
銀箏怨	（曹）薛瓊月夜銀箏怨	院本「月夜聞箏」鄭德輝「崔懷寶月夜聞箏」
梧桐雨		長恨歌傳・太眞外傳・漢宮秋と同一趣向
幸月宮		群書類編故事一、「遊廣寒宮」その他
錢塘夢	司馬槱詩酒蝶戀花蘇小小月夜錢塘夢	侍兒小名錄
鳳皇松	（曹）秋江風月鳳凰船（正）燈月鳳凰船	不　明

流紅葉　于祐之金溝送情詩韓翠顰御水流紅葉　太平廣記　北夢瑣言　青瑣高議
崔護謁漿　四不知佳人訴恨十六曲崔護謁漿　本事詩（情感）宋官本雜劇・諸宮調
高祖歸莊　西漢演義？　張國賓撰「歌大風高祖還鄕」
墻頭馬上　千金女眼角眉尖裴少俊墻頭馬上　院本「墻頭馬」

それは故事に取材したものでなければ、先行劇の焼直しに過ぎない。

では何故こうした取材に限定せられたのであろうか。

まず第一に雜劇の聽衆はなによりも一般民衆が中心をなしたために、それらの民衆が先刻承知している故事を採用して、そこに一種の安定感を持たせ、かれらがかつて書物で讀み或は他の演藝で觀聽きした物語が、この新興演劇では如何に表現せられるかという興味、そこに雙方の關心があったに違いない。いわばそれは表現への關心である。そういえば支那のものはすべてそうであった。詩にしても詞にしても、人々の努力の中心は一つのものを如何に表現するかにあったといえる。そのことは元劇中には、一つの題材が異なる作者により二本乃至四本作られていることでも了解されよう。尤も中には、元劇は四折に限られているために、續編として作られたものもあろうが、元劇では歌者が一人に限定されている以上、おのずから他の役割の性格描寫が足りなくなり、歌者を代えその強調點を換えることによって、全く別な趣を出すことを易からしめたのもその一因であろう。また元劇作家には本來素樸な味わいを特色とする本色派と文辭の彫琢を事とする文采派とが對立するが、同一題材で數本存するものの中には、左の如く往々兩派の競作が見られて興味深い。

裴度還帶　關漢卿（本）　賈仲明（文）　　三戰呂布　武漢臣（本）　鄭德輝（文）
破窰記　關漢卿（本）　王實甫（文）　　販茶船　紀君祥（本）　王實甫（文）

麗春園　王實甫（本）　蕭德祥（文）

玉壺春　武漢臣（本）　賈仲明（文）

題紅怨・流紅葉　李文蔚（本）　白仁甫（文）

漢宮秋・哭昭君　馬致遠（文）　關漢卿（本）

雙渠怨・竝頭蓮　王實甫（文）　高文秀（本）

黑旋風詩酒麗春園　高文秀（本）　王實甫（文）　庾吉甫（?）

拜月亭　關漢卿（本）　王實甫（文）

高祖歸莊・高祖還鄉　白仁甫（文）　張國賓（本）

七里灘・釣魚臺　張國賓（本）　宮大用（文）

次に注意すべきは、かく月なみな題材を用いることにより、表現の上に全力を注ぐだけで、彼らの仕事は終ったのではない。それだけの努力ならば從來の詩や詞或は散曲等の製作とさして變るところはない。彼らにはさらに重要な苦心、この初めて演劇の體裁を完備した元劇に於ける結構・排場その他あらゆる戲曲的效果に對する努力が殘されていたはずである。そして果せるかなこの方面への努力の跡が歴然と看取できるのは初期のものに多く、本色派に於てはより效果的になされている。概して文采派はこの點では稚拙にすら見えることは既に靑木博士も說破されている。いたずらに歌辭の彫琢にはしりやがてこの努力は忘れられるか、いたずらに筋の複雜冗長さを加えて反って效果的ならざる方向に落ち行くかして、支那の戲劇は眞の光彩を失ってゆくのである。このことは一々例を擧げて示せばいいのであるが、結構・排場に就いては別に說くところもあろうから一まずここで稿をおく。

元劇に於ける布置の一例

元人の雜劇が形態上の特色の一つとして、通常四折すなわち四つの幕から成ることは、周知のとおりである。これに就いては、青木博士の一説にあるように、同じく四つの段落から成る先行演劇の、宋金の雜劇院本を踏襲したであろうことは大體うなずかれるが、さらに遡れば、四句または四聯より成る近體詩にもとづくといえるのではなかろうか。

中國では古來あらゆる面で偶數的なものが好まれることは、一一例を擧げるまでもない事實であるし、一つの意思を表現する詩に於て、とにかくも首尾を全うし得る最も簡單な形式として四句または四聯が選ばれたと同じ意味で、一つの事件を表現する戲劇形式として四折が要求されたのであろう。また、元劇の聽衆の大半を占める大衆にとっては、四折に定められた元劇の作者が常用する、第一折より第三折へと次第に事件を盛りあげて緊張にみちびき、第四折で輕くそれをほぐす手法は、極めて納得し易いものであったろう。

ところで、こうして幕數に制限を受けるとなると、そうでなくても戲劇に於て重要な布置の問題が、より強く作者の頭を惱ましたはずである。ただ、同じく句數に制限を受けた詩の「布置を謹しむ」べきことは、しばしば說かれているに反して、戲劇の評論ではその問題にほとんど觸れるものなく、事件の運びかたを意味する「關目」という語がわずかにそれを含むものと見なしても、あくまで曲辭を重視する中國の戲劇では、これは從的な問題でしかなく、元劇全般に就いては、淸の李漁（字は笠翁）に至って、「元人は曲にまさり、賓白と關目におとる」と斷ぜられているにすぎない。しかし、この四折とか、四折を通じて歌者は一人とかの主觀的な制約や、主なる對象が大衆であるとかの客觀的な制約をうけつつも、元劇は元劇としての獨自の配慮がその方面にもなされていることが、認められる。ことに四折という形式は、對照的な布置を施す場合、南戯が陥り易い過剩な夾雜物を拒んで、最も單純で極めて印象的な劇效果をもたらすものである。たとえば第二折と第四折とを承應させて、第二折で逆境に置かれた人間を第四折でがらりと順境におき換える技巧である。いま、その一例として、元劇の作者が好んで用いる「侮辱」と「復仇」の手法が擧げられる。それには、純粹の復仇劇もあるが、元劇の全體からみればむしろそれは例外で、有爲の才を抱きながら機を得ぬ人間を發奮させるために、故意に侮辱を加えて激勵し、一方ひそかに手を廻して援助を與え、やがて目的を達した相手は事情を知らぬため、かつて受けた恨みを晴らすが、有名無實の恩人が仲に入って團圓するのが通例である。

例えば、無名氏の「朱太守風雪漁樵記」劇を擧げよう。この雜劇は天一閣本錄鬼簿には「王鼎臣風雪漁樵記」とあり、現に息機子雜劇選本が存し、原作は主人公が王鼎臣であるのを、題材が『漢書』に見える朱買臣の故事であるため臧晉叔が改竄したものと思われる。會稽の人朱買臣は學友楊孝先と樵夫となって讀書しながら、一こう出世の見こみもないので、ある風雪の日彼の岳父劉二公はわざと娘に迫って買臣を離縁させ、ひそかに鄉中の讀書人王安道に旅費旅裝を托して買臣を都へ赴かせる。やがて彼はかつて嚴助に手交した論策が認められて會稽の太守に赴任するが、かつての恨みを含んで劉父娘を認めないのを、王安道が事情を明かして團圓するというのが略筋である。この雜劇の第二折に於ては、風雪のため採薪も思わしくなく寒氣にうち顫えつつ歸宅した朱買臣に、妻は惡罵の限りを盡くして離縁を迫り、遂に雪中へ逐い出す。これに對して第四折では、功成り名遂げた買臣が、復縁を迫る劉父娘に昔日の恨みをぶちまける、しかもかつて浴びせられた惡罵がそのまま曲辭に用いられる。特に第三折に張㒙古なる行商人を登場させて出世した朱買臣の威風を唱わせ、劉父娘をかつ欣びかつ不安がらせて第四折の復仇の場にうつる技巧は効果をあげている。

さらにこの手法は純粋の復仇劇である無名氏の「龐涓夜走馬陵道」劇や同じく無名氏の「須賈大夫誶范叔」劇にも用いられている。前者の筋は、かつての兄弟子孫臏を魏王に薦めたものの、自分を凌ぐ才腕に畏れをなし、面目を失わせようと試みさせた迷魂陣でかえって自分が面目を失いかけたのを恨んだ龐涓は、彼を陥れて讒言し刖刑に處したが、風狂を装うて巧みに魔手を逃がれた孫臏は、馬陵山下で復仇するのであり、後者の筋は、かつて齊に伴い、その辯舌によって使命を果し得た功を忘れた魏の大夫須賈は、范雎が魏の祕密を漏らしたと猜疑し、ある降雪の日私邸に范雎を招いて勘問のあげく、毆殺して糞壺に遺棄するが、危く蘇生した范雎は家令のおかげで秦に奔り、宰相張祿となりすまし、その就任祝賀に來國した須賈に五國の使臣の前で復仇するのである。この兩劇でも侮辱の場は第二折に、復仇の場は第四折におかれ、前者では龐涓の浴びせる悪罵のかずかずが、やがて孫臏の曲辯で報いられ、後者では寒中に衣服を剝いだり馬料を與えたり毆打する須賈の虐待が、やがて張祿なる范雎から順を逐うて返され、同じく復仇の曲辯が侮辱の賓白を襲うて、おそらく聽衆の胸をすかせたであろうことが想像される。

その他、王實甫の「呂蒙正風雪破窰記」劇や石君寶の「李亞仙花酒曲江池」劇なども同じ布置を用いているが、といってそれは必ずしも一定されていたわけで無論ない。おそらく「侮辱」と「復仇」劇の祖であろうと推定される無名氏の傑作「凍蘇秦衣錦還鄉」劇では、第三折に張儀の故意にする冷遇の場をおき、第四折で一一の科白が前場を襲うた蘇秦の復仇をおいている。もっとも、第二折では蘇秦が家族より冷遇される周知の場を出し（やはり第四折で復仇する）、それにたたんで彼の不遇をより深刻にするために、おそらく作者自身の構想から生まれたと思われる「氷雪堂」の趣向を、元劇で常に最高潮の場がおかれる第三折に擬したからであろう。また、明らかにこの雜劇を摸したと思われる鄭德輝の「醉思鄉王粲登樓」劇では、王粲の才に傲る風を矯めんと蔡邕が故意に加える冷遇を第一折におき、これまた一一の科白に至るまで前者を踏んだ復仇の場を第四折においているのも、強いていえば、王粲の鬱屈をいやますために荆王に斥けられる場を第二折におき、それが因となって登樓作賦するこの劇の最高潮を第三折にふり當てたからであろう。

要するに、侮辱と復仇の布置は、第三折の一幕をへだてて第二折と第四折におかれることによって、その對照が一そう冴え返ることは確かであるが、それはまた四折という形態をもつ元劇に於てこそ、最も印象深く感得される題材であろうと考える。

元人の戀愛劇に於ける二つの流れ

元人の雜劇いわゆる「元曲」は、ともかくも戯劇としての體容を整備した、中國に於ける最初のものであり、しかも最もすぐれた劇文學であることは、いまさら説くまでもない。しかし、過去に於ける中國の戯劇鑑賞は、大てい措辭の面に於てのみ行われ、たとえば構成とか局面とかいった戯劇的技巧については、ほとんど無關心であったといえる。なるほど元劇が、そういう面でなお幼稚の域を脱していなかったことは、まぎれもない事實であるが、それだけ清純なものをもっていることも忘れられてはならない。

わたくしは戯劇の專家でないから、細い分析をする上の知識も乏しければ、また能力もないが、あらけずりのままにでも、わたくしなりの「元人雜劇技巧論」を書こうと思う。本稿はいわばその覺え書の一つである。

元劇の作者が曲辭の中にきわめて巧みな「故事」の象嵌を施すことは、「成語」「成句」の驅使や、また元劇の題材がほとんど故事に求められていることと共に、その著しい特徴の一つといえる。この「故事」の象嵌はわれわれが元人の戀愛劇をひもとく時には、特にしばしばぶつかるのであるが、わけても頻繁に現れるのは、「西廂記」と「販茶船」の二つの故事である。これは雜劇のみに見られる現象ではなく、ままならぬ戀を歎く「散曲」（端唄）中にもしばしば引用されている。前者は唐の元稹が自己の祕めた戀の經驗を洩らしたと傳えられる有名な傳奇「會眞記」の故事であり、後者もおそらくは宋代の實事を脚色した傳奇小説にでも出るのであろう。しかし、この二つは一片の故事として曲中に引かれるだけではなくて、すでに前代の演藝に仕組まれている。すなわち、宋の周密の『武林舊事』（後四）に擧げた宋雜劇名中に「鶯鶯六么」とあるのは、前者を劇化した最初のものであったろうし、諸宮調の完本として今日われわれが目にし得る唯一のテキスト『董西廂』は、それを語り物化したものであるし、時代は或は前後するかも知れぬが、「南戲」にもこれを仕組んだ作があったらしいことが、戲文『宦門子弟錯立身』中に羅列された傳奇名にも見えるし、「永樂大典戲文目」や『南詞敍錄』中にも見えている。また『董西廂』の冒頭で、ここに語りまする物語はあれでもないこれでもないとて、幾つか擧げた諸宮調の外題中に「雙漸豫章城」とあるのや、『水滸傳』五十一回に白秀英という女藝人が唱演する「豫章城雙漸趕蘇卿」は、後者が諸宮調に仕組まれていたことを示し、元の陶宗儀の『輟耕錄』（二十五）に引かれた院本名目中に「調雙漸」が見え、それが「院本」に仕組まれて簡單な劇構成をもったことがわかるし、前に擧げた同じ資料に據って「南戲」にも上演されたことがわかる。それのみでない、この二つの故事は、すでに初期の元劇にも仕組まれており、この故事を元曲中に引用した作者の意識にあったのも、むしろこの二つの雜劇であろうと思われる。作者は奇しくも二劇とも、最も初期に屬する豔麗派の驍將王實甫であり、前者は元劇中の一大雄篇『張君瑞待月西廂記』（「崔鶯鶯待月西廂記」ともいう）、後者は「信安王斷復販茶船」（「蘇小卿月夜販茶船」ともいう）である。もっとも、前者は末尾の部分が豪放派の關漢卿の手で補足されたと傳えられるし、後者にはやはり初期の豪放派作家紀君祥の筆になる同名の雜劇や、同じ故事を扱った作者不明の「豫章城人月兩團圓」劇もあったらしい。しかし『西廂記』劇の主な部分は王實甫の手になるし、「販茶船」劇の方も、『盛世新聲』および『雍熙樂府』（七）に遺る佚文一套が孟稱舜本『錄鬼簿』の注記の庫織韻を用いていることで、王作が他を壓していたことは疑いを容れない。いやなによりも、こうした美しい戀物語を劇化するには、豔麗派の作家が最も適していたことはいうまでもない。

それはともかく、この二つの戀愛故事は右に擧げた諸種の事實により、宋金元にかけていかに人人の胸奥にくい入っていたか想像に難くない。そして、この二つの故事を仕組んだ王實甫の二劇は、その後の元人の戀愛劇に於ける二つの大きな流れの源泉として、戲劇技巧のさまざまな面で影響を與える結果をもたらした。すなわち、『西廂記』劇は「書生と良家の娘の戀愛」の典型であり、「販茶船」劇は「書生と妓女の戀愛」のそれであって、あたかも、元劇の題材を分類した明初の寧獻王の「雜劇十二科」(『太和正音譜』所載)に於ける「風花雪月」と「煙花粉黛」の二科をそれぞれ代表するものである。

『西廂記』劇は前述のとおり唐の傳奇「會眞記」にもとづくとはいえ、事件の運びはすでに多少の變改を遂げている。といっても、その變改は雜劇『西廂記』に始まるわけではなく、すでに指摘されたように、王氏の雜劇は曲辭をはじめ構成局面などに於て諸宮調を襲うた跡が濃い。梗概を略敍すれば、

洛陽の書生張君瑞は受驗におもむく途中、蒲關の守備にあたる同鄉の學友杜確をたずねようと河中に滯在し、ある日、旅の無聊を慰むべく名刹普救寺を見物した。その寺には宰相の娘崔鶯鶯が母と共に父の柩を守って滯在していたが、行き逢うた二人は互に心を動かす。やがて張生は鶯鶯の侍女紅娘をとらえて自分の身もとを明かし、かたわら住持に賴んでその寺の西廂に寄寓させてもらう。ほど經たある日、鶯鶯を掠奪しようとする賊徒孫彪によって普救寺は包圍された。驚愕した鶯鶯の母は、この危機を救うてくれた者に娘を與えることを約したので、張生は友人杜將軍に書を送って救援をたのみ、ようやく賊圍は解かれて事なきを得た。ところが鶯鶯の母は、慰勞の宴の席上二人に兄妹の禮を行わせたので、張生が違約をなじると、彼女は鶯鶯にはすでに婚約者がある由を告げて、貴下は別に貴顯の娘をめとられたいと勸め、謝禮の金帛を贈ろうとした。張生は憤然として席を辭した

が、鶯鶯をあきらめきれず、紅娘にとり入って戀の成就をはかる。一夕、明月の下に鶯鶯は紅娘をつれて花園で香を焚く時、張生のかき鳴らす「鳳求凰」の一曲にいよいよ胸の火は燃え、張生もその夜から戀わずらいに臥せった。傳え聞いた鶯鶯は見舞に紅娘をやると、張生は彼女に托して一詩を書き送って戀情を訴えたところ、やがてその返事に、

月を待つ西廂の下(もと)
風を迎えて戶(とぼそ)半ば開く
墻(かき)を隔てて花影の動くは
疑う是(ら)くは玉人(あでびと)の來るならむ

の一詩が記されてあったので、張生はさてこそと、その夜、塀を越えて花園にしのび、香を焚く鶯鶯をかき抱けば、意外にも彼女からその不義を罵られ、彼の病氣はいよいよつのる。しかし鶯鶯も思いは同じで、彼が重病と聞くと紅娘に命じ、この處方をとどけよと再び一詩をおくり、暗に翌晩の密會をほのめかした。かくて二人はついに契りを交すに至ったが、それはやがて鶯鶯の母に感づかれ、紅娘は呼ばれて叱責をうける。しかし紅娘は逆に母親の不信を責めて辯護につとめたので、母親は張生と鶯鶯を呼び出し、わが家は無官の書生を婿にすることはできぬと、科擧に應ずることを強要する。意を決した張生は、秋の一日、鶯鶯と哀しい別れを告げて應試の途につく。やがて彼は目的を達し、河中府尹に任命されて歸任するが、おりしも鶯鶯の許婚者鄭恆が現れ、張生は都で衛尙書の女婿に迎えられたと誣告したので、又もや悶着がおきるが、住持や杜確の證言で疑いは晴れ、めでたく團圓する。

これを「會眞記」に比べると、傳奇では張生鶯鶯の兩人が最後にそれぞれ配偶を得て、ついにめぐり逢わず、一抹の

餘情を留めているに反して、雜劇がいわゆる「團圓」に終らせた點は、最大の書きかえといえよう。しかしそれは『董西廂』に始まる小細巧であり、あらゆる元劇が好んで用いる常套手法でもあって、單純素樸な聽衆を滿足させることしか知らぬ元劇作家の、安易な戯作態度を露呈するものにほかならない。また鄭恆という戀の競爭者を點綴して波瀾を起させるのも、『董西廂』に始まるが、この波瀾はむしろ附加的なものである。われわれにとって最も重要なのは、この戀愛事件に於ける母親の立場である。この戀愛の進行に於ける障碍は、戀の競爭者より何よりも「禮教の桎梏」である。「禮教の桎梏」の下に育てられた娘の二重性格は、侍女と男に對する行動にたえずうかがわれて、それもたしかに一つの障碍となってはいるが、常に「禮教」の象徵としてこの戀愛に暗雲を投げかける者は母親である。「會眞記」に於ける母親は、賊亂平定の後に設けた慰勞宴で娘を兄妹の禮もて男に會わせはするが、實は、二人の男女はその席ではじめて逢い胸を燃やすのであるから、「兄妹の禮」は必ずしも戀愛の防塞ではなかったし、契りを交した後も母親は、心理的にはともかくも實際的には二人の戀に對する強力な障壁ではなかった。賊を退けた者に娘をくれる言質を與えながら、それに違背して兄妹の禮を強い、二人の胸をますます焦がす技巧も、實は『董西廂』に始まる。しかしその『董西廂』でも、二人の仲を嗅ぎつけて侍女を責め、逆に侍女から詰られると、非は己に在りと反省して潔く彼等の結婚を認め、むしろ應試の話は男の側より提出される。ところが、その母親が雜劇に於ては徹頭徹尾戀の妨碍者となり、情意の片影すら見えぬ冷嚴な性格に描かれている。かくて雜劇『西廂記』に於ける母親の性格は、濃淡の差こそあるが、元人の「書生と良家の娘の戀愛劇」に於ける娘の母親の劇的性格として定着してしまった。そして、その「母親」は常に娘との結婚が許されぬ理由として、雜劇の常套せりふを借れば、

「わが家は三代にかけて無官の婿を迎えませぬ」

と昂然うそぶき、即刻科擧に赴くことを男に要求する。かくて、書生の戀愛の成就には、科擧に及第することが絶對

条件となるのである。

雑劇『西廂記』が世に送られると、王氏の麗筆と破格の長篇は喝采をよび、「書生と良家の娘の戀愛劇」はなんらかの點で『西廂記』の技巧をとり入れ、中にはほとんど劇情の一致した作まで生れるに至った。

「董秀英花月東墻記」（白仁甫作）の梗概

臨陽の書生馬文輔は遊學の途次、亡くなった父親どうしが婚約した董秀英をたずねて松江府に寄り、董家に鄰接した旅店に泊る。ある日、花園を散歩する秀英は東墻のかなたに馬生を見つけて互に戀情を懷き、秀英の侍女の斡旋で詩の應酬を交すうちある夜ついに東墻を乘りこえて密會する。しかし突然現れた秀英の母に發見され、侍女の實情を明かしての辯護にもかかわらず、母親は無官の人は婿にできぬと、卽刻馬生を應試に立たせる。やがて目的を達した彼は、秀英を迎えに松江へ歸って團圓する。

右によって明らかなように、この劇は「西廂」を「東墻」におき換え、相愛の男女を元來許婚の關係に置いた以外に、何らの異曲も出さず、各人の性格描寫も足らねば、附隨的な波瀾もなく、曲辭もいたずらに冗漫で、凡作に墮している。作者白仁甫はやはり豔麗派に屬する初期の有名作家である。元來文采派の作者は措辭以外の戯劇的技巧に關心がうすい通弊をもつが、わけても彼は獨創性に乏しく、「東墻記」はまさに彼のそうした缺點を暴露するものであって、題名までが王氏の作を模しているばかりでなく、必ずしもその必要は認められぬのに元劇の特例である五折を擁しているのも、『西廂記』の五本に倣うたとしか考えられない。

「㑳梅香騙翰林風月」（鄭德輝作）の梗概

白樂天の弟白敏中は應試の途次、亡父どうしが婚約をかわした裴度の娘小蠻をたずねたが、小蠻の母は兄妹の禮で彼を遇し、後園の一房を與えて滯在させる。若い二人は互に思慕の情をつのらせて惱むが、ある夕べ小蠻は白生の彈ずる琴に誘い出され歸りぎわにわざと一詩を認めた香嚢を捨ててゆく。白生からたのまれた小蠻の侍女樊素は學識の深い怜悧な女で、ある夜二人を密會させる。小蠻は最初手きびしく白生をたしなめたものの、それは禮教のいましめにかためられた女の虚勢であった。しかし二人の逢瀬は突然現れた母親に妨げられ、樊素も博學を驅使して母親を詰問するが、應試に專念せず女色に留戀するのをたしなめられて、白生は憤然と裴家を去って受驗に赴く。やがて白生は科擧に及第し、李尙書は裴家の母子を都に呼び團圓させようとするが、白生はかつての冷遇をふくみ肯じないのを、樊素の機轉でようやく和解させる。

この劇が『西廂記』の燒き直しであることは、既に明の王世貞の『藝苑巵言』や淸の梁廷枏の『藤花亭曲話』（二）に指摘されている。その模倣は實に細部にわたって行われ、梁氏はわざわざ戲劇的技巧の『西廂記』と一致するもの二十條を列擧しているが、二人を許婚の關係においたのも、或は「東墻記」を模したものかもしれない。作者の鄭德輝はやはり豔麗派に屬する後期の大家であって、その目も眩する錦繡の文字は人人に喜ばれるものの、彼も戲劇的技巧に於ては何らの能力も認められぬ作家である。そのことは、この「㑳梅香」劇をはじめ「王粲登樓」「倩女離魂」等の現存のすべての作品が明瞭に語っている。この作は「儒を以て」官途に仕えた作者が、自己の博學を誇示しようと、あまりにも博識な現實ばなれした侍女樊素を表面に推し出した野心作である。なお、彼の「倩女離魂」劇も、唐の陳玄祐の傳奇「離魂記」に取材しながら、前半の劇情は「㑳梅香」と酷似している。

そのほか雜劇『西廂記』の技巧中、後來の作者によって常套化したものが、少しくある。戀に惱む男女のいずれかが病臥して食事も通らず戀情を唱う局面、戀人を想うあまりついに夢み、醒めていよいよ恨みは盡きぬ局面（「漢宮秋」や「梧桐雨」の帝王の戀愛劇にも用いている）、科擧に及第した書生の任官地が偶然にもかつて戀愛の生じた女の住む土地であること（戀愛劇に限らず）、また琴を彈じて相手の心を惹く局面（これは司馬相如と卓文君の故事乃至はそれを劇化した數作にもとづくのであろう）は、すべてそれである。

次は雑劇「販茶船」であるが、實はこの劇のテキストはすでに佚しており、遺憾ながらその全貌の詳細を知ることは不可能である。しかし、趙萬里氏の指摘に據れば（『北京圖書館月刊』三の一）、さいわい明の梅禹金の『青泥蓮花記』（七）にこの故事の簡單な記載が見える。また、前述のとおり佚文の一套も殘存するし、他劇の曲辭や散曲におびただしく引用された故事の斷片が見られるので、それらの殘柱遺石によっても「販茶船」劇の殿堂を再建できぬことはなく、それにはすでに趙景深氏の企てがある（『小説戯曲新考』所收「雙漸與蘇卿」）。趙氏の考證にはなお多少疑問をさし入れる餘地がないでもないが、黄肇（黄召黄詔にも作る）とか柳青とかの人物も參加して、雑劇「販茶船」の構想はいま少しく複雑であったようである。右の二人の人物の役わりに就いてはなお疑問を殘すので、一おう彼等を抹殺して、王實甫の作の梗概を想定してみよう。

書生雙漸（字は通叔）は帝都に游學して、妓院麗春園の名妓金斗郡の蘇小卿と深くなじみ、受驗を放棄して久しく留連するが、やがて雙生の嚢中も乏しくなった時、江西の茶商馮魁が三千引の茶を餌に誘惑の手を伸ばす。小卿は相愛の雙生を守って他の客をとらぬため、彼女の母蘇三婆は雙生を邪魔に思い、惡罵を浴びせて追い出し、ひそかに馮魁に計って小卿を落籍させる。小卿はやむなく馮魁に伴われて茶船で江を上るが、雙生を想うのあまりある夜彼を夢み、さめての後はいよいよ忍えがたく、金山寺に停船の際、馮魁の酩酊に乘じて船をぬけ出し、寺壁に次の一詩をかきつける。

　昔を憶うに當(か)の年鳳凰は拆(さ)かれ
今に至るまで消息は兩(たがい)に茫茫たり

棺を蓋ずるも金を横る婦とは作らじ
地に入るも桂を折る郎を尋ぬ當し
彭澤の曉煙は宿夢を迷わし
瀟湘の夜雨は愁腸を斷つ
新詩をば寫き記くる金山寺
高く雲帆を掛げて豫章に上る

一方、蘇三婆に罵られて憤然麗春園を去った雙漸は、間もなく科擧に應じて及第し、臨川縣令に赴任する途中、金山寺にたち寄って小卿の題詩をよみ、ただちに彼女の跡を追うて豫章に至り、官に訴えてめでたく團圓する。

この劇が前の「書生と良家の娘の戀愛劇」に對してもつ特色は、著しく庶民的な色彩を帯びる點である。『西廂記』劇一類の戀愛では、戀の當事者はじめすべての參與者が讀書階級ばかりであって、庶民にはおよそ緣遠い「禮教」に對する相剋が興味の中心であったが、「販茶船」劇は主役の男を除き、他はすべて庶民階級であって、そこには「色」をめぐる「名」と「金」の軋轢が大きく浮び上っている。妓女の「母親」（義母の場合もある）は男に存分金を費させた恩義も、娘の愛情もあったものでない、金の盡きめが緣の切れめは妓女ならぬ母親によって實現され、たちまち男の放逐に腐心する。從って、この戀愛の進行に於ける最大の障碍も母親であって、妓女からは一顧も與えられぬ競爭者は、やはり附加的な存在に過ぎない（だから「曲江池」「兩世姻緣」等の劇では競爭者は現れぬし、「販茶船」の類似劇でも彼の出現は大てい書生放逐後である）。また書生にとって最大の目的は「科擧」であるから、書生を女から隔てるためには、翻然この本來の目的を想起させることであり、妓女の母は常に「受驗を忘れて女に留戀する意氣地なし」と罵る。かくて科擧を通った彼はこのたびは官力で戀を成就するのである。

庶民的な色彩をもつ「販茶船」劇の好評は、またしても安易な文采派の戯作者による類似の「書生と妓女の戀愛劇」を簇出させた。この場合もおそらくは「販茶船」劇のあらゆる戯劇的技巧が模倣されたであろうが、テキスト散佚の現在はそれを窺うよしもない。しかし、われわれはこれら類型的な「書生と妓女の戀愛劇」に見える類似技巧から、逆に「販茶船」劇に用いられた技巧の幾つかを類推していいのかもしれない。

「江州司馬靑衫泪」（馬致遠作）の梗概

長安の名妓裴興奴は吏部侍郎の白居易となじんで以來、他の客をとらぬため、彼女の母は白をうとんじ始めた。たまたま江州司馬に左遷された白は女をたずね、貶所到着後に女を迎える約言を與え、女も終生を託することを誓ったが、江西の茶商人劉一郎が三千引の茶で落籍しようとしたので、母は一策を案じ、白居易は貶所で死亡したと僞の使者を作り、ついに娘をむりに劉に嫁がせた。劉に伴われた裴興奴は江州に夜泊した時、白を想うて琵琶を彈じていると、江南巡視の元稹を迎えて舟上に酌む白はその音を聞いて彼女と知り、女の舟を訪れて一部始終をきき、「琵琶行」を作る。かくて劉の醉臥に乘じて女を伴い歸った白は、やがて元稹の奏請で都に返され、天子の斡旋ではれて裴興奴をめとる。

作者馬致遠は初期に屬する、文彩派でもその淸奇輕俊で知られている。この劇は題名が示すとおり白樂天の「琵琶行」にもとづくが、全劇の構想は「販茶船」を一歩も出ない。「書生」の代りに「朝吏」をおき、男が身を引く理由に左遷の事實を以てしたり、僞手紙の狂言に異曲を出しているに過ぎない。

「逞風流王煥百花亭」（作者不明）の梗概

多才多藝で「風流王煥」の浮名を流す汴梁の王煥は、淸明節の日郊外の陳家園に遊び、妓女賀憐憐を見そめ、果物賣りの斡旋で兩人は百花亭に歡をつくす。爾來なじみを交わすこと半歲、憐憐の母は軍需收買に來京した西延の将高常彬の甘言に乗り、王煥を追い出す。高に落籍された憐憐は、收買のすむまで承天寺に監禁されていたが、王煥逢いたさのあまり一計を案じ、果物賣りにたのんで王煥をその服装に變えて導き入れ、延安府の徵募に赴くよう激勵して装飾品一切を路用に贈る。やがて王煥は徵募に應じ、西涼の亂平定に偉功を立てたかどで西涼節度使を拜命すると、高將軍がかつて公金を費消して女を落籍した件を訴え、憐憐と團圓する。

この劇も「科擧」が「募軍」に、「旅商」が「軍需收買の軍人」に置きかえられたに過ぎない。清明節での見そめや装飾品の餞別も類型技巧である。ただ、果實賣りに變装して女に逢う局面は、元劇としては新鮮な感をあたえている。

「鄭月蓮秋夜雲窗夢」（作者不明）の梗概

汴梁の妓女鄭月蓮は書生張均卿となじんで以來、他の客をとらず、そこへ別に江西の茶商人李という好客がついたので、月蓮の母は張生を追い出す。科擧に赴く決意を固めた男を勵まして装飾品一切を與えた月蓮は、その後も操を立てて客を取らぬため、ついに洛陽の張媽媽の處へ鞍がえさせられるが、男戀しさに日夜愁いに鎖され、中秋の夜、張生を夢見て悲しみはいや增す。一方科擧に及第した張生は、洛陽府判の女婿に選ばれる。その婚禮の席に呼ばれた歌女があたかも戀人の月蓮で、兩人はふしぎな再會に喜ぶが、そこへ執拗にも女を得たく叔父の府判をたよって來た李も來あわせ、結局府判の計らいで相愛の二人は團圓する。

この劇では「妓女は旅商人に落籍される」常套を破り「鞍がえ」させた點と、男とのめぐり會いに異曲を出している。

「荊楚臣重對玉梳記」（賈仲明作）の梗概

廣陵の書生荊楚臣は遊學の途中松江府を訪れ、妓女顧玉香となじむこと二年、ようやく囊中もつきて、玉香の母から惡罵をうけて放逐され、憤然として應試に向うが、別れる際、女は装飾品一切を路用に提供し、かつ玉梳を折って各各一半をもち、及第の曉を期した。母親はかねて二十載の棉花で玉香をもとめる東平の豪商柳茂英を迎えようと娘に迫るので、玉香はついに家出するが、上京の途中、ある林の中で待ち伏せていた柳に迫られて危い時、すでに科擧に及第して句容縣へ赴任の途にある楚臣に救われて、めでたく夫婦になる。

「李素蘭風月玉壺春」（賈仲明作）の梗概

遊學の書生李玉壺は嘉興に來て、清明節の郊外で妓女李素蘭を見そめ、留連すること一年、玉壺に素蘭を插した圖に「玉壺春」の一詞を題して二人の仲はいよいよ濃かである。しかし生計の立ちゆかぬ素蘭の母は、三十車の羊絨潞紬で素蘭を求める山西の旅商人甚舍を迎えようと、同姓不婚を理由に李生を追い出す。素蘭は操を守って斷髮し、妹分の陳玉英の力で男と逢瀬を重ねるので、ついに母親から告訴される。ところが告訴を受けつけた官吏は、かつて李の論策を天子に斡旋しそれが認められて李が嘉興府知事に任命された報せを攜えた舊友の陶伯常であった。そして素蘭の實子でない事實もわかり、兩人は晴れて夫婦になる。

この二劇の作者賈仲明は元劇の末期に現れた豔麗派の大家であるが、實は、彼の作品はむしろ南曲への推移を示す點でしかその意義が認められぬのでないかと思う。彼はなかなか凝り性の才人であり、この二劇もそれぞれに異曲を出しはしているが、明らかに「販茶船」を模したもので、局面の配置にゆるみがあり、單に綺麗で迫力を缺いた曲辭と相俟ち共に愚作のそしりを免れぬ。なお『百種曲』に收められた「玉壺春」劇の作者は素樸派の武漢臣となっているが、『錄鬼簿』の賈仲明作とする說は、文風から言っても正しい。編者臧氏は、おそらく武漢臣に「玉堂春」劇があるのを誤認したに相違ない。

なお、明初の周憲王の作「慶朔堂」雜劇も「販茶船」型に屬するが、ここには省略する。

以上、わたくしは元人の戀愛劇を縫う二つの流れについて敍べたが、この二つの型に於て、戀愛する男がともに

「讀書人」であるということは、少しく注意されてよい。これは現存する二十數種の戀愛劇のすべてに通ずる現象で、帝王の戀はあっても純粋に庶民の戀はない。このことは、元劇の聽衆が庶民を主としていた事實を思いあわせる時、いささか諒解に苦しむが、そこに元人の戀愛劇の一つの特徴を見出すのである。

また、元劇を知らぬ讀者は、ここに擧げた數種の作があまりに類似していることに驚かれるであろう。しかし、元劇では單に戀愛劇のみでなく、あらゆる部類に於て、またあらゆる戯劇技巧に於て、多くの類似型が指摘される。それは、元劇のもつ形態上の制約および戯劇評價の焦點が曲辭にあったことに起因する。すなわち、元劇が通常四つの折（幕にあたる）から成り、歌者が四折を通じて一人に限定されていたことが、筋の複雑化を避ける傾向に導いた。それよりも、曲辭の彫琢を念願する作者は、その他のあらゆる技巧を犠牲に供しさえした。それはここに敍べた模倣作が、すべて文采派に屬する人たちの筆になることで、明瞭であろう。

もっとも、本色派のうちにも戀愛を取り扱った作家がいないわけではない。一般傾向としてはむろん本色派でも比較的文采を重んずる溫潤明麗派（青木博士の分類に據る）に屬する作家に多く、作劇意識の濃いかれらは、やはりその方面の配慮を忘れていない。

ところで、さらに注意すべきは初期の豪放派の重鎭關漢卿である。元來彼はあらゆる題材を自由自在にこなし得る作家であるが、このつやものの世界に於ても、驚異すべき手腕を示している。彼には現存のものだけでも「救風塵」「謝天香」「金線池」「拜月亭」等の數種の戀愛劇があり、同じく書生と妓女または良家の娘との戀愛を描きながら、それぞれに特異な戯劇的趣向を案出し、曲辭の躍動性はいうに及ばず、構成に於ても、性格描寫に於ても、心理の推移の表現に於ても、すべて元劇の傑作たるの名にそむかぬものである。もっとも彼の作は單に豔麗を缺く點で、傳統文學の主流に容れられぬものであったかも知れない。（關漢卿に還る作家が皆無に近かったことが、南曲が北曲と位地を換えた主原因であろう。だがそれが、中國文學の宿命なのである。）

ただ、關漢卿の文學は單に戀愛劇のみで論ぜらるべきでなく、それはさらに廣く深く細かい分析が要求され、本題とも離れるから、他日を期したい。

元曲に於ける險韻について

元曲を讀んで少しく數にあたるとき、その用韻についてまず感ずることがある。それは、元曲の韻書たる周德清の『中原音韻』では十九部の韻類を有しながら、實際にあっては、ある一部の韻があまりにも頻繁に使用せられているに反し、他の一部の韻がほとんど姿を見せないことである。この漠然たる印象を確かめるべく、私はまずわれわれが仕事を進めつつある元曲の一大寶庫『元人百種曲』（明臧晉叔編、いわゆる元曲選）について、その用韻の狀態をしらべてみた。そしていよいよ奇異なる現象に一驚を喫したのである。

すなわち、『中原音韻』十九部の韻類中、⑵江陽・⑷齊微・⑸魚模・⑺眞文などの韻がはげしく使用されているのに、⑼桓歡・⒄侵尋・⒅監咸・⒆廉纖の四韻は、實に『百種曲』中の一曲を除いては、全くその使用例が見出せない。しかもこの四種の韻は、その一曲――賈仲名（『錄鬼簿續編』では賈仲明に作る）撰「蕭淑蘭」雜劇――の全四折にそれぞれ配當せられていることである。なおこの曲の作者賈仲名は明初の人であるから、單に百種曲に關するかぎり、純粹の元人の手になる曲で、この四種の韻を一つでも用いているものは、皆無というわけになる。且つこの四韻のみで出來た曲が、こうして元曲末期の人の手に成っていることからしても、この四種の韻が元代では、いかに作家たちより厄介視され、忌避されていたかが窺い知られる。すなわちここに一應これらの四韻は元曲に於て、いわゆる險韻と目されていたことが想像されてよい。このことは、實は王伯良が險韻を論じて、「國初人蕭淑蘭劇、全押廉纖監咸侵尋桓歡四韻」と指摘している。[1] いわばこの「蕭淑蘭」雜劇こそは、元曲に於ける險韻への挑戰と、元曲作家たちの用韻上の好惡に對する抗議とをめざした、賈仲名の大野心作であって、私はこの曲の存在がなんとなく微笑ましくおもわれてならない。

かくして私は元曲に於ける險韻の問題に驅りたてられたわけであるが、これに拍車を加えるいま一つの理由があった。すなわち、この元曲（後にもいう如く、主として套曲を指す）なるものは、詩・詞その他の韻文學と形式・内容ともいささか異なり、曲辭が主として音樂に合せて唱われるものであり、したがってそれは何よりもまず耳から聽く文學であるし、また廣く大衆に開放された俗語文學であり、しかもそれは「元曲」という支那文學史上に一時期を劃した空前絶後の文學なるがために、そこには何らか特異なる險韻の形態が見られはせぬかという好奇心からでもあった。

さてこの桓歡・侵尋・監咸・廉纖の四韻が、元曲に於て險韻と見做されていたことは、略ゝ察せられるが、單に百種曲に止まらず、さらに歩を進めて、他の元曲の資料について査べてみよう。元曲は通例雜劇と散曲とに分類され、散曲にはさらに套數と小令の別がある。周知の如く、雜劇は一の故事を演ずるもので、賓白と曲辭より成る劇曲をいうに反し、散曲は故事を演ずるものではなく、したがってそれは賓白をもたず、曲辭のみより成る。その中套數とはいくつかの短曲より成る一連の套曲で、恰も雜劇の一折に於ける聯曲の如きもの、また小令とは短曲をいう。いわば雜劇の套曲や散曲の套數は、この小令を一定の順序で聯ねたものといってよい。

そこでまず雜劇について、前の四韻の使用例を求めると、左の五劇が擧げられる。

『西廂記』（王實甫撰）第二本第一折又は楔子に作る・監咸韻　第三本楔子・廉纖韻　同第四折・侵尋韻

「蘇小卿月夜販茶船」（前人撰）第?折中呂宮一套・廉纖韻　盛世新聲・詞林摘豔・雍熙樂府七（題思怨）

「好酒趙元遇上皇」（高文秀撰）第四折・監咸韻　元槧古今雜劇三十種本

「王嬌春」（朱經撰　續錄鬼簿朱を邾字に作る）第?折黃鐘宮神仗兒・廉纖韻　北詞廣正譜

「死葬鴛鴦塚」（前人撰）第二折黃鐘宮一套・廉纖韻　第?折南呂宮一套・監咸韻　詞林摘豔・雍熙樂府一（題春思）・盛世新聲六・詞林摘豔・雍熙樂府八

但しこれらの例では、四韻中の三韻に限られており、結局險韻の一なる桓歡韻は、前の「蕭淑蘭」劇を除くと、題名判明の現存雜劇中には、その使用例が見あたらぬことになる。これは桓歡韻が四種の險韻の中でも、その尤なるものであるということを含めて、いささか注目すべき事實ではなかろうか。

次に散曲方面についてみる。ここでは套數よりも小令に多く使用されていることが、まず豫想せられる。なぜならば、小令では多くとも十個處、少い場合には四・五個處も押韻すればこと足りるに反して、雜劇の一折に似たる套數では、押韻の個處が甚だ多く、しかもそれを一韻で到底せなければならぬからである。いかにもこの豫想に違わず、これらの險韻もほとんど險韻といった感を受けぬまでに、多く散見する。とはいえ、その總數との對比から、或はそれらを試みている作家の數から考えて、少くともさきの四韻は險韻と視られていたことに疑を容れない。つぎに套數はいかにというに、雜劇の場合と同じくきわめて使用例に乏しい。またさきに問題にした桓歡韻であるが、これは散曲に於ても比較的使用されることが少く、殊に套數にあっては僅かに數例を見出すのみで、これも亦雜劇の場合に似ている。

左に參考に資するため、散曲に於て、この險韻に挑める曲家とその曲數を示そう。

○捜覽せる資料は陽春白雪・太平樂府・樂府新聲・樂府群玉・自然集・太和正音譜・雍熙樂府・詞林摘豔・北詞廣正譜などに個人の集を參し、重複せるものを省く。

○細字は小令・太字は套數を示す。括弧内は上より順次に桓歡韻・侵尋韻・監咸韻・廉纖韻の曲數を示す。呼稱は曲集に見えるところに從う。

張小山	33（8 6 9 10）	4（0 1 1 2）
喬夢符	24（3 9 6 6）	1（0 0 1 0）
曾瑞卿	7（1 1 2 3）	5（1 0 1 3）
王仲誠		2（0 0 2 0）
呂止庵	4（0 3 1 0）	1（0 0 0 1）
王和卿	3（0 1 1 1）	1（0 0 0 1）
趙顯宏	2（0 0 1 1）	1（0 0 0 1）
吳仁卿	1（0 1 0 0）	1（0 0 1 0）
朱庭玉	1（0 1 0 0）	1（0 1 0 0）
王伯成	1（0 1 0 0）	1（0 0 0 1）
鄧玉賓		1（0 0 1 0）
睢景臣		1（0 0 0 1）
陸仲良		1（0 1 0 0）
呂止軒		1（0 0 1 0）
王子一		1（1 0 0 0）
劉庭信		1（0 0 1 0）
汪元亨	16（5 3 4 4）	
貫酸齋	6（0 1 0 5）	

馬東籬	4（0 4 0 0）
吳西逸	4（1 2 0 1）
徐甜齋	4（0 3 0 1）
張雲莊	3?（? 1 2 0）
劉時中	3（0 1 2 0）
白仁甫	3（0 1 0 2）
孫周卿	3（1 0 0 2）
馬謙齋	2（0 1 0 2）
馬九臯	2（0 0 2 0）
查德卿	2（0 0 0 2）
曹明善	2（0 2 0 0）
李致遠	2（1 1 0 0）
周德清	2（0 1 0 1）
劉太保	1（0 0 0 1）
楊西庵	1（0 1 0 0）
王愛山	1（0 1 0 0）
衛立中	1（0 1 0 0）
丘子元	1（0 1 0 0）

陳德和　1（0　1　0　0）
趙文寶　1（0　0　0　1）
任則明　1（0　0　1　0）

さて　以上に於て、桓歡・侵尋・監咸・廉纖の四韻が元曲に於ける險韻なることを明かにしたが、しからばこの四韻が何故に險韻視されるに至ったかを考察しよう。

まず原因の第一として、最も常識的に考えられることは、それらの韻に屬する字數の寡少ということで、曲家はこれを狹とか窄とかよんでいる。そこでいまこれら四韻に收める字數を『中原音韻』（下の數字は王文應增補本による）によって擧げてみる。

桓歡（130－184）　侵尋（133－152）　監咸（163－223）　廉纖（120－174）

それは果せるかな、『中原音韻』十九部の韻類中、最も字數の少いものの四つである。このことは、元曲に於てしばしば用いられる韻類が、概して收容字數に富む（多いものになると右の諸韻の五六倍もある）事實と相俟って、最も平凡ながらも、最も有力なる原因となっているようにおもわれる。

しかしながら他面、われわれは單に收容字數の多寡のみでこの問題を一蹴し得ないことに氣づく。それは、收容字數の點では右の四韻に比してさほど隔たりないにもかかわらず、使用の數から見ても、使用作家の範圍からいっても、さきの四韻とは比較にならぬ韻類が、他にも存するからである。例えば(3)支思韻（170）・(8)寒山韻（210）の如きがそれである。

そこで次に考えられることは、略ゝ同數の字を包有しながらも、實際上曲辭を形成するに堪える文字の多寡が、問題になるのではなかろうか。曲辭を形成する際には、專ら耳で聽かせる文學であるがために、それは韻脚として、文學的にも、音樂的にも、より良き效果を舉げるものでなければならない。かかる險韻を用いることに因り、曲辭全體が毫もわざわいされることなく、言葉の構成からいっても、語感・音感からいっても、よりすぐれた美的效果を舉げるのでなければ、わざわざ好んで險韻に挑戰する意義もなければ、必要もない。世の險韻好みに與えられる非難は、このいわば融通性に乏しい韻を用いたがために、十分意を盡し得なかったり、あるいは一定の型に墮する點にある。かの王伯良が、「須韻險而語則極俊、又極穩妥、方妙」と注意しているのも(2)、まさしく前の意味にほかならぬ。

こうした點より觀察して來ると、險韻と目される四韻は、いよいよその實質的な字數を減ぜざるを得なくなろうし、私のいう良き意味で使用に堪える文字という點では、比較的めぐまれている支思・寒山の兩韻が、これらよりはるかに多く用いられることも肯けるわけである。

ところで、かかる狹窄な韻を用いる時には、いかなる結果を招くか、そのことについて少しく述べておかねばなるまい。

まず第一には、諸種の曲禁を犯さざるを得ないことである。中でも最も顯著に見られるのは重韻で、本來は一曲中の韻脚に字を重用することであるが、王伯良は曲禁の筆頭にこれを舉げ、「一字二三押、長套及戲曲不拘」(3)と說明する如く、短曲一闋中の重韻はいうまでもなく、套曲中のそれをも禁じている。もっとも、この四十條よりなる王氏の曲禁は極めて苛峻(4)なるもので、曲家を身動きならぬものにし、時としては曲の特徵をすら奪う嫌いがある。なるほど重韻はあらゆる韻文學にあって戒むべき常識には違いないが、それにしても、套曲に於て一字を全く重用せずに作詞することは不可能に近く、また同じ一套中でもこれを隔てて用いるならば、鑑賞の側よりしても、決して苦しくないはずである。ゆえに吳梅氏は王氏の重韻を緩和して、一字の使用が三四度に及ぶか、或は一曲中に重見する場合のみに限っている。この吳氏の說はまことに妥當であって、かかる重韻の煩わしさばかりは何人も否めぬだろう。さればこそ臧晉叔らの元曲改竄の主眼の一はここにあった。すなわち、かれらの改竄をうけた『百種曲』では、すでに重韻の現象が少くなっているが、原形に近い元槧古今雜劇三十種本や、かなり古いテキストを傳えると信ぜられる息機子雜劇選本・新續古名家雜劇選本等にあっては随處にこれが見られる。そして特にそれらの古いテキストで、近接した曲に同じ字が重見する場合、臧本では必ずそのいずれかを、或は一句全體を、他の字他の句に置き換えている。しかるに、かような改竄を經ているはずであるにもかかわらず、かの「蕭淑蘭」劇のみは、全折に亙ってなおかなりひどい重韻が見られるのである。左に、それが特に甚だしい第一折及び第四折の押韻字を列べて示そう（數字は使用回數の順序を示し、○を施せるものは近接曲の重韻を示す。なお重用しながら符號をつけてないのは、同句のくりかえしなるためである）。

《第一折》廉纖韻（八聲甘州）染[1]懨[1]漸粘簾奩（混江龍）厭[1]尖[1]占①纖[1]欠[1]鈴（油葫蘆）忺[1]甜[1]檐塹念謙[1]占②撏[1]（天下樂）拈尖[2]纖[2]點①簽臉①（那吒令）覘臉②臉颭颭點②欠[2]謙[2]（鵲踏枝）炎髯[1]巖[1]廉[1]掩[1]潛（寄生草）瞻臉[3]欠[3]儉店（金盞兒）忺[2]嫌談撏[2]沾嚴[2]（後庭花）險諂臉[4]呫[1]厭[2]醫（醉中天）塹尖③添驗掩[2]漸[2]潛[2]（賺煞）斂尖④呫[2]廉[2]苫甜[2]臉[5]黶鹽

《第四折》桓歡韻（醉花陰）滿①短[1]圞貫寬管[1]（喜遷鶯）段[1]盤[1]觀滿②攢[1]攛漫（出隊子）判完端①鸞[1]管[2]（刮地風）端②酸亂[1]攢②緩幔[1]暖[1]般（四門子）換攢③煥團①拵短[2]拵館（水仙子）盤[2]碗亂[2]團②鸞②垣幔[2]歡①（古寨兒令）歡②端[3]煖[2]鸞③伴（神仗兒）團[3]拌欵段[2]潘冠

これによれば、相接する曲に重用した字も、一二に止まらない。このほか第二折・第三折[5]についても、これに近き現象が見られ、さすがの臧氏らも險韻使用の曲には手をやいたらしいことが察せられる。なお『西廂記』（第三本第四折・侵尋韻）や套數「志士未遇」（雍熙樂府四）など、一字を六七用せる例も決して珍しくないのである。

重韻に次いで犯しがちな曲禁は借韻であって、王伯良は曲禁の第二にこれを擧げ、「雜押傍韻、如支思又押齊微韻」と説く如く、音の類似せる傍韻を借用するの禁をいう。これにはその作家が知音の士たる前提を要し、さもなければ韻の混用と見なさねばならぬ。われわれは數多き混韻の例を見るが、その作者が他の作品より見て、大體知音の士であると認められ、しかも傍韻の一字を末句ならざる韻脚に混えている場合には、それを借韻と認めてさしつかえなかろう。そしてこの曲禁も韻字の不足に主因すること論を俟たず、したがって前の四韻の使用曲には、ほとんど數えるに堪えないくらいにこれが指摘せられる。ここでは擧例の煩を避け、この四韻を使用した場合に犯す借韻のしかたを圖示するにとどめよう。但し韻の混用もこれと同じ方向をとること亦いうまでもない。

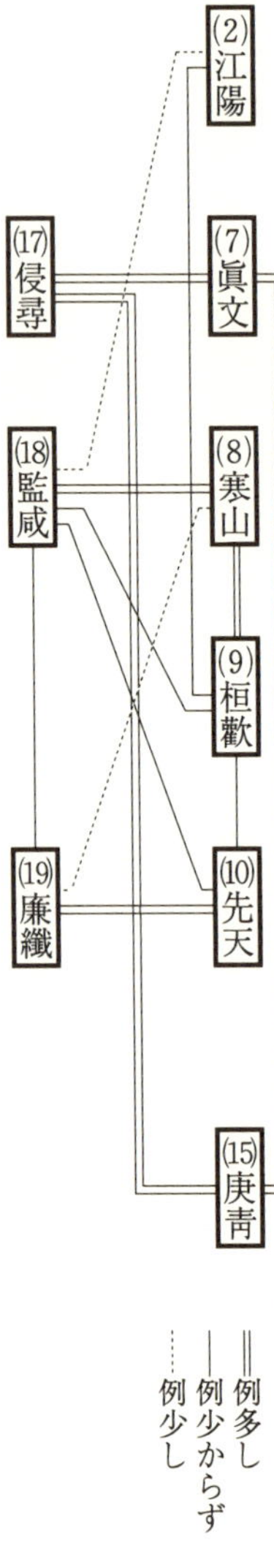

以上の外にも曲禁を犯す場合が指摘せられるが、それは時として豊富な韻類を用いながら犯す場合と、程度の差異を認め難いこともあるから、ここには省略する。

さて狹窄なる韻を用いる結果の第二に擧げられるのは、通例句末に置かれる成語・謠諺・故事・詩句・詞句の引用に不自由を感ずる點である。一體、成語故事などを巧みにとり入れることは、近世支那文學の一の特徴であり、とりわけ大衆を對象とする俗語文學の元曲では、この傾向が甚だしい。いかなる曲を繙くとも、そこには成語が充ち滿ち、それとなく詩句詞句が利用され、またきわめて巧妙に故事が適用されている。しかもそれらは元曲の曲辭の獨創性を損うものではなく、要はそれらの織り込みかたの巧妙さにあって、そこにわれわれは一の變化を覺え、興味を感ずる。

しかるに「販茶船」にせよ「蕭淑蘭」にせよ、険韻を用いた曲に一歩踏み入ると、たちまちこの點でものたりなさを覺える。詩句詞句又は謠諺の引用など皆無とさえいえるし、故事に至っては、一二のものがほとんどの曲にきまって採用せられている。例えば廉纖韻の曲では蘇卿雙漸とか歸去陶潛とかの故事、侵尋韻の曲では織回文錦の故事がそれである。また比較的使用される成語ですら、浪靜風恬・桃腮杏臉・君子謙謙（以上廉纖韻）香消玉減・地北天南・虎窟龍潭・紅愁綠慘（以上侵尋韻）とかの融通性なき數語にとどまる。しかもこの僅かな成語・故事が多少とも曲の内容を制約しているようにさえ思える。後にもいう如く、「販茶船」「蕭淑蘭」「鴛鴦塚」等の曲が類型的な内容をもつのも、一因はここに在るのではなかろうか。ところでかように成語・故事を存分に驅使し得ないことは、やはり韻の狹窄に基因する。韻字の乏しいことと忌避されること、及び後述の韻自體の缺陷が、たがいに因果しあい、それらに屬する字が成語などを形成する機會にめぐまれないのである。

次に韻の狹窄がもたらす第三の結果として、かかる韻を用いるの效果が考えられる。そしてこれは一の長所であると共に、一の短所ともいえよう。それはきわめて韻字に乏しいがために、その表現をいとも尋常ならざるものとなし得るし、そうならざるを得ないことである。よき意味で使用に堪える字に貧弱なこれらの韻、したがってその僅少な字の形成する語彙はきわめて乏しいわけである。或は名詞に乏しいともいえようし、或は常用の語彙に缺けているともいえよう。なによりも支那語の特徴とする二字の語に貧しいといえる。これらが表現の上にいかに影響することか。例えば名詞に乏しいために、韻脚には動詞・形容詞が目だって用いられ、しかもそれは一字のものが多い。そうした結果動詞の場合など、

「壯行者將捍棒钁叉擔」（監咸韻　西廂記第二本楔子「白鶴子」）「我將這古往今來事覽」（監咸韻　詞林摘豔・雍熙樂府六散套（歸隱）「十二月」）

の如き頭の重い表現を生みがちである。かくて四字句又は七字句の下四字は、通常上二下二の句づくりを形成するのだが、已むなく上三下一の破格を犯さざるを得なくなる。さらに形容詞の場合など、敢て一字の單調を破るために、病懨懨・弱纖纖・陰陰・森森・漫漫等の重語で終ることが多い。また韻字にこと缺くあまり、比較的融通性に富む俺（監咸韻）您（侵尋韻）の代名詞、本來句末に來るべきでない敢・堪（監咸韻）・甚（甚麼の甚、侵尋韻）などの字を韻脚に用いる場合には、特に異常な表現をもたらしているようである。以上はほんの一二の例に過ぎないが、こうした尋常ならざる表現は、尋常ならざるがために、新鮮な表現となり得る場合があり、恰も韓退之の詩文が當時尋常ならざる手法を用いたがために新鮮であったことに似ている。孟稱舜（字子若）が「蕭淑蘭」の評に「賈仲名曲雄莽處、極類韓吏部詩[6]」といい、毛西河が西廂評に「元曲少監咸韻、故其下語頗險峻」と述べているのは、この尋常ならざる表現の一面を物語るものであろう。しかしながら、この尋常ならざる表現によって新鮮なる効果を擧げるためには、よほどの名手たるを條件とする。さもなければ、それは不自然極まるものとなり終る危險が多分にひそむ。またいかなる高手といえども、再三これを企てる場合には、新鮮が新鮮たり得ず、いかに努力しても己が前作または他人の作と類似せるものとなることは、僅かに殘存する雜劇乃至套數の實例が明かに示している。このことはやはり毛西河が『西廂記』第十六折（すなわち第四本第四折）の車遮韻（この韻も比較的使用されることが少い）を用いた雙調一套の評に、「元劇車遮韻、多與此折語同」といっていることからも、一半は察し得るだろう。

かくて勞多くして功少き狹窄なる韻は、險韻とならざるを得なかったのであろうが、險韻視される原因は、さらにこれら四韻の性質そのものにも負わせ得るように思われるから、しばらくこの方面の探索にかかろう。

まず桓歡韻であるが、この韻は主として廣韻桓韻の系統を引く。そしてこれは廣韻の寒・刪・山・凡諸韻の系統を引く寒山韻とは、性質上合口・開口によって區別せられるものである。今日の北京官話でいうと、寒山韻に屬するものは大略 an の韻尾を有し、桓歡韻に屬するものは大略 uan で終る音である。故にこの二つの韻は an の韻尾で統べ得るわけだし、今日皮簧戯の曲韻では正に一韻となっている。また今日の發音では寒山韻に屬する關・還・環・鬟・寰・鐶・慣・譔・饌・患・宦等の字は uan を韻尾にもつ音になっているし、一方桓歡韻に屬する搬・潘・瞞・漫・饅・鏝・盤・胖・滿・判・半・泮・畔等の字はいずれも an にて終る音である。のみならず絆・謾・般の如きは、『中原音韻』にあっては、寒山・桓歡の兩韻に共有されている。これらに依ってもわかる如く、この二つの韻は極めて密接な關係にあったことはいうを俟たない。しかるに『中原音韻』では部を接しながらもこの兩韻を嚴別している。ここに於てわれわれは、果して元代ではこの二つの韻の間にいかなる差異があったかを知る必要がある。

それにはさらに、元曲と最も關係の深い詞の韻に溯らねばなるまい。概して言えば詞韻の分部は詩韻に似て嚴なる一面と、曲韻に似て曲韻より寛なる一面とをもつものである。まず宋詞についてみるに、大略十九部（入聲の五部を除けば十四部となる）の韻類に分ち得る。宋詞の用韻に徴して編した戈載（字順卿）の『詞林正韻』に掲げる分部がこれであるが、その第七部に通用すべき一類の韻が擧げられている。

第七部（平）22元・25寒・26桓・27删・28山・1先・2仙（上）20阮・23旱・24緩・25潸・26産・27銑・28獮（去）
25願・28翰・29換・30諫・31襇・32霰・33線

これに據れば、「中原音韻」の寒山・桓歡の兩韻は、通用されていたばかりでなく、先天韻もこれらと一類に見なされていたのである。この現象は、中田勇次郎氏が詩韻に近いといわれる唐五代の詞についてもすでに見られる。いま、親しく唐五代の詞に徴して分類された同氏の勞作「唐五代詞韻考」(8)によれば、その第八部（中田氏は唐五代の詞韻を、大略二十四部に分類される。ここでも入聲のみの七部を除けば十七部となる）にはやはり通用の韻を一括されているが、それはさきに掲げた『詞林正韻』第七部の内容と全く一致する。かように唐から宋に及ぶ詞に於て、寒山・桓歡兩韻が久しく通用されて來たその後で興ったものが元曲であり、その元曲の韻書として作られた『中原音韻』では、二つの韻が嚴別されているのである。しかもこの書がはじめて世に出たのは、泰定元年[9]に遲れること數年であるから、われわれは元初より『中原音韻』の誕生期に至る、韻書なきかなりの期間に思いを致さねばならぬ。

私はさきに、元曲に於ける険韻の一つとして桓歡韻を擧げ、且つ用例が極めて僅少な點よりしても、険韻中の尤なるものの如き觀あるを述べた。がそれは現在殘存せる元より明初にかけての、いわば元曲の全時代に亙る資料を概觀して、その結果から推してかく見なさざるを得なかったのである。

ところで雜劇に於てひとり桓歡韻を使っているとも言える「蕭淑蘭」の撰者賈仲名は、實は明初の人であった。一方散曲に於て稀に見出せる桓歡韻使用の作家も、判明し得るかぎりは、いずれも元の中期以降の人なのである。[10]さらにまた、前にも觸れた如く、寒山・桓歡兩韻を混用した例（借韻と見られるものも多いが）はきわめて多く、[11]なお驚くべきことには、この混用を犯せる作家はほとんど元代初期に屬する人たちなのである。

これらの諸點を併せ考えるとき、われわれは原來元曲に於て寒山・桓歡兩韻が果して嚴別されていたろうかとの疑問に到達せざるを得ない。初期の作品として何人も疑いを挾まぬかの『西廂記』が、二十に餘る用韻の機會をもちながら、この桓歡韻のみはどこにも採用されていないこと、ことに詩家にさえ敬遠されていたらしい閉口音が、三韻とも用いられていることは、われわれの疑いをますます深めるばかりである。そこでもしも大膽なる臆測が許されるならば、元曲の初期、少くとも周德清が『中原音韻』の最初の稿を完成したという泰定甲子（元年）を溯るあまり遠くない時期までは、寒山・桓歡の兩韻が一類視されていたのではなかろうか。初期の作家には詞家より曲家に轉じたものもあろうし、一人で詞・曲の兩刀を使うものもあったろう。要するに、その時代には「詞の變」といわれる曲の韻に、詞韻の浸潤が大いにあったものと想像してよい。これは張雲莊その他の作に、先天韻をも混用した例がいくらも見られることでも明らかである。

以上の如く觀來れば、桓歡韻は他の三韻より、はるかに厄介な險韻であると、一槪には言えぬことになる。しかし、それが寒山韻と別離して、獨立した一類を成してからは、既述のよき意味で使用に堪える字に減少を來し、おのずから險韻となってしまったことには誤ない。それでは、周德淸は何故に桓歡韻を寒山韻から分離させたのであろうか。恐らく元曲の隆盛を極めた大都一帶の發音では、兩韻の間に少からざる差異が存したからだろうとは思うが、曲韻の書として專ら實用的であるべき『中原音韻』が、なお從來の韻書（それは古韻の拘束をうけ、一方で實際を考慮しつつも、あくまで理論にはしったものである）の絆を斷ちきれず、實際を無視したところに、この無理が生れたのでなかろうか。すなわちこの『中原音韻』は元代の曲韻のありのままの世界に人爲の斧を加えたものといい得る。それは一種の標準語化運動であったかもしれない。それはともかく二つの韻部に分つ以上、その兩者に屬する字に發音の全く同じものがあっては意味をなさない。一たい韻書をかたえに作詞する大家が存在しただろうか。

ここに於てわれわれは、元代標準語の實際を知る必要に迫られる。幸にして、今日元代の音を知る有力な手がかりとして、元初世祖の知遇を受けた西藏人八思巴が、西藏文字に基いて制定した一種の表音文字、いわゆる八思巴文字なる資料が存する。かつて鴛淵一氏がそれらの資料に據り『中原音韻』中の一部文字の音釋を試みられた研究[12]がある。それによると、寒山韻は今日と同じく an を韻尾とし、桓歡韻は今日と異なり on を韻尾としている。はたしてしからば、二者の間にはやや顯著な差異があったわけである。私はさらに兩韻の詳細を知り、あわせてこの兩部に關する『中原音韻』の分類を檢討するために、恩師倉石博士から貸與を忝うした『蒙古字韻』の景鈔により、元代の實際を窺おう。なおこの『蒙古字韻』は、鴛淵氏が高く評價しつつも、その八思巴字音價の認め方に承服し難きものがあるとて、同氏の研究には割愛せられている。この書は元人朱宗文（字彥章）の手になり、まず十五部の韻類に分ち、發音を表す八思巴字の下に、その音で示される漢字が列ねられている。左にその十五部の韻類を『中原音韻』と對照させておく。

蒙古字韻	中原音韻
1東	1東鍾
2庚	15庚青
3陽	2江陽
4支	3支思 4齊微
5魚	5魚模
6佳	6皆來
7眞	7眞文
8寒	8寒山 9桓歡
9先	10先天
10蕭	11蕭豪
11尤	16尤侯
12覃	18監咸 19廉纖
13侵	17侵尋
14歌	12歌戈
15麻	13家麻 14車遮

これに據ると、問題の寒山・桓歡兩韻はまさに一類になっており、兩者の間にさほど距離のないことを示している。しかし寒韻の内容について見ると、『中原音韻』の二韻は異なる八思巴字で截然と分たれている。いま韻尾のみを示し得ぬために一例を擧げれば、寒字の音は [illegible]、桓字の音は [illegible] で表す如きである。Wylie[13]や鴛淵氏の表によると [illegible] はhを示す（桓字の場合）とともにhaをも示す[14]（寒字の場合）。[illegible] はnを示し、[illegible]（[illegible] は連繫の形）はoを示すが、[illegible] はいずれの表にも見えない。ただこれは南・那などの頭音に用いられているから、やはりn（嚴密にいえば性質の異なるmであろうが）を表す。至順二年の署名ある孟子追封の聖旨の刻文では、桓歡韻の端字を [illegible]（[illegible] はdを示す）で示すよりして、この場合二つのnには發音上の差異なく、單に寒山・桓歡の區別を意識したものに過ぎぬだろう。とすれば [illegible] はhanとなり、他の字も一部を除き、頭音たる子音にanの韻尾を附して表し得る。一方 [illegible] は正にhonとなって、鴛淵氏の結論に合致する。なお [illegible] は『蒙古字韻』に於ては[14]、歌韻の韻尾に使われているから、oたるに略ゞ疑いない。そしてこの [illegible] なる韻尾は『中原音韻』の桓歡韻に屬する全字を統べている（今日の北京音の如き差異はない）。但し(9)先韻の中には [illegible]（[illegible] はeを示すが、鴛淵氏は [illegible] でoの弱音といわれる）の韻尾をもつものが若干ある。また『中原音韻』の寒山韻に屬する字にはaを含んだ子音と [illegible] で示す以外に、[illegible]（[illegible] は鴛淵氏の表では子音に連接する特殊のWと注記され、Wylie 氏のではoとなっている）とか [illegible] で示される韻尾をもったものがある。しかもこの二つ

の韻尾は(9)先韻の半ばの韻尾を示すに使われている。ここに『中原音韻』の分類の不自然さが見られるし、詞韻に於て、寒山・桓歡・先天の三韻を一類に扱ったことも了解せられる。ところで on なる韻尾であるが、われわれは八思巴字が示すままにこれを信じてよいものであろうか。由來いかなる表音文字を以てしても、言語の發音をのこらず正確に表示することは不可能であることをわれわれは忘れてはならない。一國の人間が他國の言語の發音をうつす際には、その表音文字を綴る上の約束があろうし、その國人自身の言語の性質よりする影響も考えなければならぬ。大よそ今日の北京音の基礎をなしたとさえいわれる元代中原音が、今日より單純なる音をもつことには、強いて疑をもたざるを得ないものを含んでいるようにおもわれる。

次に侵尋・監咸・廉纖の三韻であるが、これらは性質を相同じくするものゆえ、一括して論ずる必要がある。すなわち、これらの韻は閉口音と稱せられ、古韻このかた他の韻類とは嚴別せられて來たものである。まず三韻の系統をいうと、侵尋韻は廣韻侵韻より、監咸韻は覃・談・咸・銜の諸韻より、廉纖韻は鹽・添・嚴の諸韻より來ている。この閉口音と稱せられるものは、今日なお福建・廣東地方に命脈を保つ、mで終る音であるが、今日右地方に行われる閉口音は、われわれが想像するほど重くないそうで、この元代の閉口音は果していかなるものであったか今日その實際を知るよしもないが、さきに擧げた『蒙古字韻』に據ると、この三韻の字は明らかにm（ꡏ これは頭音にも用いられ、mを示すに疑いない）の韻尾を有している。したがって地方的にはともかく、少くとも官話としては、立派にm音を存していたに相違ない。しかしながら、この三韻を用いた作品中に、眞文・寒山・先天の諸韻と通押しているかなり豐富な例[15]が存することは、當時これら閉口音のm韻がすでにnに移りつつあった傾向を、われわれに語っている。さらにこの閉口音は南曲の榮えた明代に至って、著しく衰微を來したことが想像せられる。すなわち、散曲集や曲譜[16]を刊する際に、わざわざ閉口音の字に圈して、注意を促さねばならなかったほど、知音の士以外には區別が困難となっていたのである。

ところでこの閉口音であるが、mの收音なき今日の北京官話から察すると、發音上少からぬ努力を要したのでないか。この支障、これが險韻たるに至った一原因であろうと推察せられる。そして特に閉口音をすでに失った地方のものには、この發音上の不自由さは相當大きかったに違いない。こうした發音しにくい音なればこそ、かつて支那全土に擴がっていたものが、今日わずかに南海の一隅に餘命を保つ結果にたち到ったのでもあろう。ただ當時の閉口音がきわめて輕く發音せられたろうとの異論があるかもしれぬが、少くとも次のことはいえるだろう。これが歌曲として高らかに唱われる場合、殊にその心臓部ともいうべき韻脚に用いられる時には、他の韻に比して歌者に少からざる困難を覺えさせるものであり、それが作家にこれらの韻を敬遠するに至らしめたのではなかったろうか。

第二に閉口音について考えられることは、この音の與える感じの問題であるが、それは明るさに缺け哀調を含んだものといえよう。またこの三韻は陰にこもった音感を與えるばかりでなく、それらに屬する字は意味に於ても陰暗なものをもつ。これはいうまでもなく字義字音が發生的に既に相關關係をもつことによるので、同韻の字、同聲の字、或は廣く部を同じくする字、聲質を同じくする字は、義に於てもきわめて相近きことは、劉師培以下の考證(17)がある。それによれば數かぎりなき文字の音義は、きわめて複雑な必然の絲にあやつられていることがわかる。今は韻のみを問題にすれば、恰も劉氏の言葉があるからそれを借りよう(18)。

談類之字、義亦相近、均含有隱暗狹小之義。

陽韻之字、義多相近、均有高明美大之義、

これはその一部に過ぎないが、隱暗狹小の義をもつ監咸韻が忌避され、高明美大の義をもつ江陽韻が多く使用される理由を示すものである。かように哀調に富む音と陰暗な意味とを具える閉口音の三韻は、きわめて用途が狹く、極言すれば、それは悲劇的なるものに於て最大の効果を擧げ得るものであろう。元曲に於てこの三韻を用いている曲（雜劇乃至套數）に、怨恨をのべ憂愁を訴えるものが多いことは、これを證している。例えば王實甫撰「販茶船」の中呂一套、朱經撰「鴛鴦塚」の黃鐘・南呂の二套、及びかの「蕭淑蘭」の前三套（第四折は團圓の場であり、桓歡韻を用いている。作者の用韻の配當にここでも敬服させられる）などは、或は裏切られた女の怨を吐き、或はつれなき溝に男と隔てられた女の哀愁を訴え、或は鐵石心の男のつれなさを歎いている。散曲にしても、「風情」（雍熙樂府九、監咸韻）とか、「別恨」（雍熙樂府十三、同韻）とかは男女の離隔を詠み、「自述」（雍熙樂府十、廉纖韻）は有能の才を抱きながら志を遂げ得ぬ鬱屈を洩らしている。要するに作家は作詞にあたっておのが盛らんとする内容の性質によって、用韻を選擇しなければならない[19]。とすればこの閉口音の三韻の如く、應用範圍の狹い韻は、おのずから用いられる機會も少いわけである。

以上私は閉口音の三韻が、大して自覺的でないまでも、本質的に發音の困難を覺えるものであることを強いて疑い、險韻たるの一因と想像してみた。がこれは決して一般曲家に通じていえるとは思わない。ただ歌場に上って、當時の官話で歌者に唱せられるを豫想した上のことで、そのためには自分たちのもつ方言を矯正される苦痛を感じた曲家があったかもしれぬ。そこで私は、險韻を好んで用いた作家の籍貫を知る必要を感じたのであるが、この險韻の地理性については、何ら特徵を發見するに至らなかった[20]。すなわち、かれらの出身地は各處に散在しているからである。もっとも、言語的にかれらが育った土地を知るには、支那のものはとりわけ曲家の傳記に乏しくて、詳しいことはわからない。ここではそうしたことも多少は影響していようということを指摘するにとどめておく。

最後にこの險韻は作家の性格を反映するものと私は見たい。すなわち險韻を好む曲家は、一體にいわゆる器用な作家といえよう。したがって、かれらの中で純粋の文學人を見出そうとすれば、いささか躊躇される。意を盡すにはあまりにも融通性を缺くそれらの韻を、強いてしばしば採用することは、奇を衒う性情の表れであり、時としてはこれを悪癖と稱してもさしつかえなかろう。左に私はかれらの傳からその共通面を拾ってみよう。もっとも前述の如く曲家の傳については極めて材料が少く、左に掲げるものはかれらの一部に過ぎないが、幸にしてそれは重要な險韻作家を包含している。

○貫雲石（字酸齋）……神采秀異、年十二三、膂力絶人、善騎射、稍長折節讀書、爲文不踏襲故、常簡峭有法、……一日、雲石忽喟然嘆曰、辭尊居卑、昔賢所尚、今侍從之官、與所讓軍資孰貴、人將議吾後矣、乃移疾去官、賣藥於錢塘市、變易姓名、人無識者、嘗過梁山濼、見漁父緝蘆花絮爲被、愛之、欲易以紬、漁父曰、君欲吾被、當更賦詩、雲石援筆立就、忻然持被而去、遠近傳之、稱爲蘆花道人、……（新元史列傳第五十七）

○曾瑞（字瑞卿）……自北來南、喜江浙人才之多、羨錢塘景物之盛、因而家焉、神采卓異、衣冠整肅、優游於市井、灑然如神仙中人、志不屈物、故不願仕、自號褐夫、江淮之達者、歲時餽送不絶、遂得以徜徉卒歲、臨終之日、諸門弔者以千數、余嘗接音容、獲承言話、勉勵之語、潤益良多、善丹青、能隱語小曲、……（錄鬼簿下）

○喬吉甫（字夢符）……號笙鶴翁、又號惺惺道人、美容儀、能詞章、以威嚴自飭、人敬畏之、……（錄鬼簿下）

○張可久（字小山）……又有吳鹽蘇堤漁唱等曲、編於隱語中、……（錄鬼簿下）

○徐再思（字德可）……好食甘飴、故號甜齋、……（錄鬼簿下）

○邾經（字仲誼）……號觀夢道士、又西清居士、……丰神瀟灑、文質彬彬、爲文章、未嘗停思、[21]八分書極高、善琴操、德隱語……（錄鬼簿續編）

○賈仲明……天性明敏、博究群書、善吟咏、尤精於樂章隱語……公丰神秀拔、衣冠濟楚、量度汪洋、天下名士大夫、

咸與之相交、……（録鬼簿續編）

これによってみると、かれらのあるものは、新奇を求むるしゃれものを以て呼びうるし、またあるものは奇矯を奉ずるすねものを以て呼びうる。たとえばかれらが隠語（しゃれことばの一種である）を好んだ點、風流文化の地に移り住み廣く知名の人士に交った點、及びいずれも風采のすぐれた人士であったというふしぎな一致などは、前者の新奇を求むる才人の性格を示すものだし、一方貫酸齋の插話や、徐再思が甘飴を好んだゆえに甜齋と號した瑣事も、奇矯を求むる後者の全貌を語るものであろう。そしてこの二つの性格は、一見相反する如く見えるが、いずれも奇を好む點で共通面をもつものである。

なお險韻が文才に長けた、いわゆる器用な作家に弄ばれたことを裏書する現象がある。その一は、閉口音を用いることの誇示であって、押韻するを要せぬところにまで、他韻の閉口音を用いていることである。例えば廉纖韻を用いた「蕭淑蘭」第一折の「八聲甘州」第二句末沈字（侵尋韻）「混江龍」第五句末淡字（監咸韻）「天下樂」第四句末劖字（監咸韻）「賺煞」第一句末心字（侵尋韻）の如き、さらに甚だしい例を擧げれば、監咸韻を用いた套數「風情」（雍熙樂府九、誠齋樂府より引く）で、左の如く韻をふまざる八句中五句まで他の閉口音を置いている。

心（侵尋）　慣（寒山）　禁（侵尋）　懍（同上）　樂（歌戈）　歆（侵尋）　攢（桓歡）　嚴（廉纖）

この現象は器用さの誇示のみではなく、用いた閉口音の韻に收音を合せようとする目的がひそんでいたかもしれないが、とにかく一應は前の如く考えられる。次にいま一つは、既にわれわれが「蕭淑蘭」劇で見る如く、險韻を連用することである。もっとも「蕭淑蘭」劇は、全折險韻のみを採用しているから、極端な例であろうが、この曲は既述の如く、元人作家に忌避されつづけた險韻への挑戰作であり、内容にもまず大きな破綻をみとめられぬから、少からざる意義をもつのであるが、この極端な例は散曲に於ても見られる。例えば、

○罵玉郎（帶過）感皇恩採茶歌「四時閨怨」　曾瑞卿撰

同調の小令四関の中、「春」（侵尋韻）・「夏」（廉纖韻）・「秋」（桓歡韻）の三関まで險韻を用いている。

（太平樂府五）

○南呂套數「春景」「夏景」「秋景」「冬景」　張小山撰

いずれも「一枝花」・「梁州第七」・「尾聲」の三関より成る套數であるが、「春景」（監咸韻）・「夏景」（侵尋韻）・「秋景」（廉纖韻）・「冬景」（同上）の四套とも險韻を用いている。

（盛世新聲・詞林摘豔）

の如く、險韻如きにはみじんも痛痒を感ぜぬといわんばかりの作品を見せられる時、われわれはかれらの器用さに感服するよりは、むしろ反感をさえ覺える。勿論これらはその作家の性格を物語るものとしては、興味深くおもうのだが。それはともかく、かように險韻を連用することが、新奇を衒う一部曲家の趣味の極端なあらわれと見られるなら、前に擧げた朱經撰「鴛鴦塚」[22]劇についても、同じ想像が許されるのではなかろうか。今日この雜劇はともに閉口音を用いた逸文[23]二套を存するのみだが、殘る二折についても、そのいずれかにいま一つの閉口音の侵尋韻が使用されていたのではないかと思う。なぜならば、この劇が取材せる『嬌紅記』の筋から察し、また逸文二套の內容から推して、たしかに元曲の通例に見る如き才子佳人の完全なる團圓に終ったのではない、この全曲哀怨に充ち滿ちたらしい曲こそ、怨を訴えるによく、愁を吐くによき、閉口音の韻が最も適していたと信ずるからである。

以上私は、元曲に於ては十九部の韻類中、桓歡・侵尋・監咸・廉纖の四韻が極度に險韻と見なされていたこと、及びそれらがかくも險韻視されるに至った原因を、主として韻の狹窄と韻の性質自體の缺點に歸して說いた。が結局元曲の如く押韻の個處多きものにあっては、それはあまりしばしば試みらるべきものでないという結論に到達せざるを得ない。それを一そう明瞭にするためには、險韻使用の曲の内容に深く喰い入らねばならなかったのであるが、私の不才はこれを躊躇させたことを愧じている。また險韻の研究は、好んで用いられる方の韻類のそれが竝行して、はじめて滿足な結果が出ると思うし、そうした意圖も抱いてはいるが、それは後日を期したい。この拙論を閉じるにあたり、いろいろ御援助を賜わった倉石・吉川兩先生をはじめ藤枝・入矢兩兄に謹んで謝意を表する次第である。

注

(1)(2)『曲律』第二十八論險韻。
(3) 同書第二十三論曲禁。
(4) 呉梅氏も、王氏の曲禁中には必ずしも作曲の戒とならぬものを含むことを指摘している(曲學通論十一)。
(5) 第二折では慘・膽・三を三用、第三折では心字を四用、金・侵・禁を三用している。
(6)『新鐫古今名劇柳枝集』。
(7)『毛西河論定西廂記』卷二、正宮「端正好」闋の後に掲げる評。
(8)『支那學』八の四。
(9)『中原音韻』の周德淸の後序に、「泰定甲子秋予既作中原音韻……」とある。
(10) 曾瑞卿・喬吉甫・張小山はいずれも錄鬼簿下に掲ぐ。王子一・汪元亨は續錄鬼簿に掲げる明初の人。
(11) いま私の見た主なる例を擧げ、それらの作者を錄鬼簿に徵しておく。○印を附せるは桓歡韻に屬するもの。又( )内の字は押韻せぬもの。無論この中には借韻と見なすべきものも含むが、一字の混用にすぎない百種曲の例を擧げたのは、特に臧氏らの手が入っていながらなおかくの如きを示さんがためである。
○鄭玉賓『錄鬼簿』上 前輩已死名公有樂府行於世者第二十七番目に列す。
鴈兒落帶過得勝令「閑適」第二闋(太平樂府三)
丸°箭(場)變關灘(近)難干漢看斑 なお箭變は先天韻。

○貫酸齋　同上第二十九番目に列す。

水仙子「田家」第一・四闋（太平樂府二）

間山限眼閑伴盞乾（第一闋）寒間幻閑山伴椀乾（第四闋）

○張雲莊　同上第三十番目に列す。

沽美酒（實は沽美酒兼太平令）「無題」（雲莊樂府）

間官看歡難畔冠漢（相）般安安誕

殿前歡「登會波樓」（同上）山干間間寒綻散官

雁兒落兼得勝令「無題」第五・六闋（同上、第五闋のみ太平樂府三に見え「退隱」と題す）。

冠患（吟）伴安關（鬧）看山岸觀寛（第五闋）

灘岸（湖）澗閒竿（鬧）看安患觀寛（第六闋）

水仙子「無題」第三闋

官看戀寛歡患端冠　なお戀字は先天韻。

沈醉東風「無題」第五闋（同上）

間竿（村）澗斷閒嬾

十二月兼堯民歌「遂閒堂卽事」第一闋（同上）

間間（圍）竿寛摶欄寒湲乾安關散

朝天曲（太和正音譜の朝天子にあたる）「無題」第一・四闋（同上）

冠官棧間岸（雲）散山灘壇患

田煙喚天散（光）玩仙然邊亂　なお田煙天仙然邊はみな先天韻。

寨兒令「秋」（同上及び太平樂府三）

寒殘闌觀山斑關閒（些）顏間鄲

寨兒令「赴詹事丞召至通州感疾還家」第二闋（同上）

冠安閒干關間蠻翻（丈）灘竿仙　なお仙は先天韻。

天淨沙「無題」第二闋（同上）
安殘看散歡。

西番經「無題」第一・三闋（同上）
（使）番山檀山慙官（第一闋）（至）難官看斑歎間（第三闋）なお慙字は監咸韻。

○關漢卿『録鬼簿』上　前輩已死名公才人有所編傳奇行於世者の筆頭に擧ぐ。
「望江亭」雜劇第一折「村裏迓鼓」寒山韻（百種曲本）
（靜）誕（後）伴（嘗）（破）絆（眉）（臉）餐飯

○白仁甫　同上第四番目に列す。
「梧桐雨」雜劇第二折「紅綉鞋」寒山韻（盛世新聲・詞林摘豔）
看看丸（地）藩罕　但し臧本では丸字を寒に作る。

○庾吉甫　同上第五番目に列す。
「風光好」雜劇第一折「混江龍」寒山韻（百種曲本）
散番（宴）關（所）山盤憚（舊）殘　但し『北詞廣正譜』に引く同調の「油葫蘆」は、先天韻を用い、曲辭も全く異なる。この折或は臧氏の改作か、それとも『北詞廣正譜』の誤か。

○李取進　同上第三十五番目に列す。但し『録鬼簿』は李進取に作る。
「欒巴噀酒」雜劇第?折「草池春」寒山韻（北詞廣正譜）
（論）攤奸攢販（踏）慳扮閑炭瞞揀晩旦（了）爛難炭關頑（鐵）看

○馬九皐『録鬼簿』上　方今名公第七番目に馬昂夫總管あり。王國維は『元草堂詩餘』上に九皐司馬昂父とあるに據り、同一人なりとする。但し『太和正音譜』では別人視し、異なる評語を與えている。
蟾宮曲「快閣懷古」（太平樂府一）
桓（江）山（題）（筆）闌還閑間干（人）關

山坡羊「憶舊」（太平樂府四）
畔畔慣偏寬看殘（鸞）眼（花）眼

○鄭德輝『錄鬼簿』下　方今已亡名公才人第二番目に列す。

「王粲登樓」雜劇第一折「混江龍」寒山韻（百種曲本）

犯斑關亂乾（零）（成）限間

○喬夢符　同上第十六番目に列す。

套數「題情」（太平樂府六）「小陽關」（食）散山關寬番慳難

套數「別情」（同）「沈醉東風」（彎）環（鑾）攢（牙）瓣顏閑板

(12) 小川博士還曆記念『史學地理學論叢』。

(13) Alexander Wylie: Chinese Researches

(14) 元來aを示す八思巴文字あるも、子音と合する時は、これを省略し子音のみを掲ぐ。その點西藏字も同じ。

(15) 侵尋韻を眞文韻と通押せる一例……無名氏套「駐馬聽」（北詞廣正譜）、なお庚青韻をも通押した例は多し。

監咸韻を寒山韻と通押せる一例……顧君澤「醉高歌」（太平樂府四）、董君瑞哨遍套「硬謁」（同九）

廉纖韻を先天韻と通押せる一例……無名氏套「喬牌兒」（陽春白雪後五）、曾瑞卿哨遍套「古鏡」（太平樂府九）

(16)『太霞新奏』『欽定曲譜』等。

(17) 代表的な論文は、劉師培「古韻同部之字義多相近說」（左盦集四）、劉賾「古聲同紐之字義多相近說」（制言九）。

(18)「正名隅論」（國粹學報二十二）前項論文を詳說せるもの。

(19) 劉熙載撰『藝概』四にもいう、「曲以六部收聲……六部既明、又須審其高下疾徐、歡愉悲戚、某韻畢竟是何甚理、庶度曲時、情韻不相乖謬」。

(20)『錄鬼簿』竝『錄鬼簿續編』により、曲家の出身地を示す。

王和卿（大名人）　楊西庵（蒲陰人）　劉時中（南昌人）　高文秀（東平人）　白仁甫（眞定人）　庾吉甫（大都人）

馬致遠（同上）　王實甫（同上）　王伯成（涿州人）　曾瑞卿（大興人）　喬吉甫（太原人）　睢景臣（維揚人）

張小山（慶元人）　徐再思（嘉興人）　陸仲良（維揚人）　郕仲誼（隴人）　賈仲明（山東人）　汪元亨（饒州人）

(21)『國立北平圖書館刊』第十卷第四號に引く『錄鬼簿續編』には賞字に作っている。今意を以て改む。

(22) この雜劇は宋元間の短篇小說「嬌紅記」（青木博士『支那近世戲曲史』に據れば、『繡谷春容』五に見ゆという）に取材せるもので、小説と同名の雜劇・傳奇も數本見える（王實甫・沈壽卿・劉東生等）。また孟稱舜撰の『鴛鴦塚傳奇』も現存する（長澤規矩也氏藏）。小説では、宋宣和年間のこと、蜀人王通判の女嬌娘は、父の義兄弟申晉の二男申純とはからずも相思の仲となるが、女の兩親はこれを許さず、他の縁談に迫られて女が憂死するや、男もこれを痛んで世を去ったので、終に二人を合葬したところ、清明節にあたり、その墳上に鴛鴦が飛來し、因って鴛鴦塚と名づけたとある。おそらく「鴛鴦塚」劇もこれと同樣な筋であったろうが、『嬌紅記』劇は必ずしもかかる悲痛な結末を告げたとは限らない。現存する劉東生のそれでは、度脱劇の體裁を借りつつも、才子佳人のめでたき團圓に終っている。なお朱經には、前揭の如く廣正譜中の一闋により、「王嬌春」なる作が存したらしいが（但し『錄鬼簿續編』には著錄されていない）、顧隨氏の説に據れば、王嬌春は王嬌娘を指し、この雜劇は「王嬌春死葬鴛鴦塚」と題したろうと推定し、問題の一闋こそ、次注にのべる第二折の逸文黄鐘宮中の、今日缺くところの「神仗兒」（いずれも廉纖韻であるから）でないかといっている。實は馬廉氏が『廣正譜』によって『錄鬼簿續編』に補われたものには、「玉嬌春」とあり、顧氏は玉字は王の誤と推定した上で、右の説をなしているが、私の見た二つの原刊本ではまさに王字に作っている。とにかくこの説は大いに傾聽するに足るものと信ずる。

（23）この逸文二套についても少からぬ問題がある。この雜劇は趙景深氏によって探索の緒がつけられたが、同氏は『詞林摘艷』に「鴛鴦塚雜劇第二折無名氏」と題し、「羞對鶯花綠窗掩」で始まる黄鐘套（廉纖韻――『雍熙樂府』一にも見え「春思」と題す）を指摘され、同時に『北詞廣正譜』に「朱仲誼撰鴛鴦塚」と題せる同韻の一闋「古寨兒令」を、右黄鐘套中の「古水仙子」の次に加えた。それは廣正譜に見える套數分題（套數を組成する小曲の牌名とその順序を示せるもの）に據ったもので、他になお「神仗兒」「節節高犯」「掛金索」の三闋を逸することをも指摘された（『元人雜劇鈎沈』）。次いで鄭振鐸氏（『暨南學報』二の二）と顧隨氏（『燕京學報』二十二）とは殆ど同時に、『盛世新聲』六・『詞林摘艷』・『雍熙樂府』八等に見える南呂宮一套（監咸韻）の逸文を指摘せられた。これは右套中の「哭皇天」（廣正譜では「玄鶴鳴」となっているが、その題下に「一名哭皇天」と注記す）・「烏夜啼」の二闋が、同じ『廣正譜』に「無名氏撰鴛鴦塚」として揭げられているに由る。なお鄭氏は『詞林摘艷』の原刊本に據り、「行色匆匆易傷感」で始まる黄鐘宮一套（監咸韻――『雍熙樂府』一にも見え「懷離」と題す）も亦同劇の逸文として附加し、且つ一の雜劇中に宮調を同じくする套曲が併存することに疑問を放っている。この疑問に對しては、顧氏が元曲中にも他に類例ありとて、「虎頭牌」を擧げているが、この黄鐘套は廣正譜にその三闋が引かれ、曾瑞卿の散套とせられているから、おそらく編者張祿の誤と思える。故にこれを除くとしても、この雜劇は既に全曲の半ばをわれわれに曝すわけだが、ここにまた一つの問題に逢着する。

それは『廣正譜』では、黃鐘宮の一関「古寨兒令」の場合には朱仲誼撰とせるに反し、南呂宮の二関「哭皇天」「烏夜啼」の場合には無名氏撰としていることである。それからまた、『詞林摘豔』では無名氏撰となっている黃鐘套中に、『廣正譜』に掲げる一関竝に套數分題に見える前記の三関を缺いていること、さらにまた、『廣正譜』では「無名氏撰鴛鴦塚」と題せる「烏夜啼」一関を掲げているが、これには先天韻が使われていることなどである。ここに於てわれわれは、「鴛鴦塚」雜劇に二本が存したのではなかろうかとの疑問に到達する。かかる有名な故事であるから、或は二本說が成立つかも知れぬが、私はこれらの逸文がいずれも險韻も用いている點からのみ、少くともこの二套はいずれも朱經の撰に歸したい。われわれは既に、元曲の全時代を通じて、雜劇乃至套數に險韻を驅使し得る曲家が幾人とないことを見て來た。また顧氏の說が萬一誤っているとして、「王嬌春」なる雜劇が別に存したとするなら、これは「鴛鴦塚」劇の朱經撰說へのより有力な根據となるかと思う。

『西廂記』板本の研究（上）

序　説

本稿は戲曲『西廂記』の數多い板本について、板式とか紙質とか印刻の精粗とかの皮相的な面の紹介ではなくて、諸板本のもつ性質の分析檢討に重點をおく。したがって、單に骨董的な意味しかもたない板本に關しては、資料の入手難に妨げられることというまでもないが、しぜんあまり觸れぬことになろう。要は、久しい年月あまたの人の手を轉轉した、この『西廂記』という古玉をおおうしみやくもりをとり除き、できる限りもとの光をとり戻させるとともに、レーゼドラマ化した古典戲曲の板本がたどった道をば、種々の角度から照らし出そうと意圖するものである。

『西廂記』とはいまさらいうまでもなく、中國元朝（一二七一－一三六七）に隆盛をきわめた戲曲の代表的作品であって、正しくは『張君瑞待月西廂記』または『崔鶯鶯待月西廂記』といい、時代を唐朝にとったある士人階級の男女のうるわしい戀愛繪卷である。作者については古來諸說紛紛として定まらず、今なお續作の部分に多少議論の餘地を殘してはいるが、最初の五分の四が王實甫の手に成り、殘りは關漢卿に補われたことが、現在ではほぼ定說となっている。この二人はともに前朝金の遺民といわれるから、『西廂記』はまたかなり初期の作品だと推定される。元代の戲曲、われわれの言葉でいえば元人の雜劇が中國文學史上に占める位置については、すでに青木正兒博士の先覺的な論考（弘文堂刊『元人雜劇序說』）と吉川幸次郎博士の銳細な分析（岩波書店刊『元雜劇研究』）が存するから、ここにはすべて省略するが、その雜劇中にあって『西廂記』がなにゆえ重要であるかは、少しく觸れておかねばならない。

まず『西廂記』は雜劇文學のもつ掬めども盡きぬ美しさの頂點を示す傑作である。それは周知の如く唐の元稹の撰にかかる傳奇小説「會眞記」に源をひき、直接には金の董解元の作った諸宮調（金元にかけて行われた、曲白を具える語りもの）いわゆる『董西廂』をおそうているにも拘らず、ことにその曲辭さえ時には採用しながら、これはまた出藍的な異種の魅力を發散し、なにびとの追隨をも許さぬ成果を擧げている。言々句々の美しさは、その後の文采派作家の作品が陷りがちな浮薄な美しさとは異なり、ほとんど人工によることを忘却させるほどに高度の調和を得た、なにか犯しがたい靈を包藏するかに見え、むしろ諸宮調を全面的に襲用したがために、かえって作者の鏤骨の勞苦がしのばれさえする。

つぎに『西廂記』は、おびただしい元劇のうちの、文字どおり破格の大作である。雜劇は形式上、四幕すなわち「四折」に構成されねばならない。むろんこれは原則であって、多少の例外は認められる。しかし、『西廂記』はその例外中の例外ともいえる長篇である。それは諸宮調をおそうた當然の結果ではあろうが、かように幕數の制限から解放されたことが、作者に遺憾なく實力を發揮しうる機會をあたえ、かくてこの傑作の誕生を見たのでもあろう。

かような長幅の傑作であるから、それが後の戲曲に與えた影響も決して少くない。その後の元人の諸戀愛劇が構成をはじめ戲劇技巧のはしばしまでも『西廂記』を摸倣するに至ったこと、しかもそれらは王實甫による諸宮調より雜劇への飛躍ほどの效果を收め得なかったことは、すでに説いた（『東光』第三號「元人の戀愛劇における二つの流れ」）。が、それは元人の雜劇だけにとどまらず、さらに南戲化の企圖さえ相ついで現れるに至った。すなわち、古くはすでに同じ時代に同名の戲文が現れているし、明初には李景雲の『崔鶯鶯西廂記』、くだっては崔時佩・李日華・陸采の『南西廂』と題する諸作、周公魯の『翻西廂』（一名『錦西廂』という）、盱江韻客の『續西廂昇仙記』、淸朝に入っては卓珂月の『新西廂』、周坦綸の『鏡西廂』、研雪子の『翻西廂』、薛既揚・石天外および無名氏の『後西廂』三作、周聖懐の『眞西廂』、陳莘衡の『正西廂』、程端の『西廂印』、同じく雜劇では査繼佐の『續西廂』、碧蕉軒主人の『不了緣』など、屋上屋を架して、あたかも清代の小説『紅樓夢』が投じた一石の波紋のはてしなく擴がりゆくに似ている（西廂南戲續作は諸種の曲録、焦循『劇説』二、および任訥氏『曲譜』による）。

ところで、明代以後傳奇（南戲）が雜劇と位置をかえて、上述のように南戲化された「西廂」諸劇の簇出裡にあってさえ、當の元劇『西廂記』は依然その存在を維持しつづけて來た。その間、正德・嘉靖の交（一五二〇―三〇）に現れた魏良輔によって崑曲が創製され、北曲に致命的な打撃が加えられてからは、次第に上演の機を失って行ったであろうが、それは戲場に於てのことであり、明の顧起元の説によれば（『客座贅語』）、萬曆以前は公卿縉紳や富豪の宴席で北曲が唱われていたというから、むろんこの元劇の傑作が倡優の口に上らなかったはずがなく、小説『金瓶梅詞話』第四十二回に唱演される『西廂記』も、他に「抱粧盒」や「留鞋記」などの元劇が演ぜられている點より推して、おそらく元劇のそれであったろうと思われるし、現に『西廂記』の全曲譜が『納書楹曲譜』に殘っている。また、たとえレーゼドラマとなり果てても、この豔麗な名曲は明人の嗜好に投じ、或は「崔氏春秋」の名の下にあまねく風流子女に愛誦されていたようだし（『雍熙樂府』十一に收められた散曲中に見える。また『詞謔』の冒頭には、書店のビラにこの名が掲げられていたとあるし、劉世衍の引く徐士範本の序によれば、その板本にはこの異名がつけられていたらしい）、つねに南戲の鼻祖『琵琶記』とならび、北劇の代表作として、戲曲愛好家にその絕唱をたたえられて來たようである。

しかしながら、前述のようにこの『西廂記』は元劇の原則を破った異數の長篇であることが、一見傳奇と變らぬ外觀を呈するために、雜劇であることがとかく忘れられ、當時にあってはむしろ傳奇の傑作として讀まれて來たらしく、胡應麟の『少室山房筆叢』四十一には、今、王實甫の西廂記を傳奇の冠と爲すとさえいわれている。もっとも、ここにいう傳奇は雜劇を含めての意味であるかも知れないが、少くとも雜劇と傳奇の峻別の意識は薄弱であったに違いない。それはともかく、元劇『西廂記』が傳奇視されたということの事實、それは『西廂記』の板本の歩みに重大な關係をもつものであって、一たび傳奇視されると、單に形式上の改變が行われるだけではすまず、やがて内容においても絶えず變貌が進行して行ったらしい。かくて萬曆（一五七三—一六一九）の前後戲曲小説出版の洪水に乘じて、『西廂記』の板本もおびただしく刊行された。その間王伯良・凌初成等の一部の識者によって『西廂記』の元劇としての再認識がけなげにも行われたけれども、元劇『西廂記』の南戲視の意識は容易に脱しきれなかったと見えて、萬曆年間には陳繼儒によって他の五種の傳奇と合刻されているし、明末崇禎のころ毛晉によって出版せられた傳奇の叢刻『汲古閣六十種曲』中には、北劇としてはこの『西廂記』がただ一つ、傳奇に伍して編入されている。

やがて淸代に入ると、まず金聖嘆が現れて『西廂記』は「第六才子書」と銘うたれ、全劇にわたってレーゼドラマとしての改變が行われた。これは時人の意に投じて壓倒的に流通し、いわゆる金聖嘆本の泛濫を來たしたが、彼の『西廂記』はあまりに改竄が甚だしかったから、梁廷枏のいうように元劇『西廂記』にとっては正に「一大厄」であった。しかしながら彼の板本まで來ると、それはむしろ元劇『西廂記』とは別箇の存在といい得るほどであるから、元劇の命脈を絶った當面の敵傳奇が最も旺盛に行われた明末に至るまでの期間こそは、かえってそれにとっての眞の暗黑時代といえるのではなかろうか。

それにしても金聖嘆の勢力はあまりに絶大であって、元劇『西廂記』は間もなく毛西河という知己を見出したにかかわらず、おし寄せる怒濤にそれも一たまりなく覆沒し去って、元劇『西廂記』は變形されたまま民國を迎えたのである。とはいえ、この名作は誕生して以來六百年、ついに板本の歩みは絶えることなく、嘉慶道光ごろの人呉蘭修の得た消息によれば、楊州の某氏が藏する『西廂記』は實に八十餘種を算したというし（桐華閣本『西廂記』附錄）、現在われわれが知り得るものだけでも、決して少くはない。次にそれらの板本を紹介してみよう。

＊筆者が目睹した板本以外については、劉世珩「西廂記題識」（『彙刻傳劇』附）、鄭振鐸氏「西廂記的本來面目是怎樣的?」（『輯雍熙樂府本西廂記曲文』および『痀僂集』下册に收めてある）、同氏『西諦所藏善本戲曲目錄』、長澤規矩也氏「明代戲曲書刊行者表初稿」（『書誌學』七の一に收めてある）、久保天隨氏『支那戲曲研究』中の「西廂記の板本」の項その他書目類を參照した。

板本の種類

（1）周憲王本

凌初成本が原據としたテキスト。周憲王は明の太祖の孫にあたる朱有燉、誠齋と號して、明朝第一の雜劇作家であり、『誠齋樂府』『雜劇十段錦』（三十三種の雜劇を收める）の著がある。ただ、このテキストは凌初成本の凡例中にのみその名が見え、はたして實在したものかどうかは、少しく疑わしい。

（2）碧筠齋本

王伯良本が原據としたテキスト。徐文長も參校したことは虛受齋刊の徐本の題語（『彙刻傳劇』所引）に見える。王氏の自序によれば嘉靖癸卯（二十二年―一五四三）の刊本で、淮干逸史と稱する者の序文があり、巻首に評註數千言が附いていたという。ただし『西廂記』の作者を董解元に誤っている。

（3）顧玄緯本

王伯良本が參校したテキスト。玄緯は嘉靖期の人顧起經の字、『王右丞詩文集』に注を施し『王右丞年譜』の著もある。劉世珩の「西廂記題識」（『彙刻傳劇』附）によれば「顧玄緯增補會眞記雜錄」と題し、王氏も觸れているように「西廂」に關する唐宋以來の詩詞および題跋雜文が集錄されているという。嘉靖壬戌（四十一年—一五六二）に書かれた顧氏の自序には、さらに追記があって、隆慶元年春に再び對勘を行い、三年を經て上梓したとあるから、隆慶四年（一五七〇）の刊行と思われる。

（4）胡少山本

萬曆己卯（七年—一五七九）刊。『新刻攷正古本大字出像釋義北西廂』と題して二卷。胡少山は金陵の書肆少山堂の主（德富猪一郎氏藏）。

（5）徐士範本

王伯良本が參校したテキスト。凌初成も時にその評釋を採っている。劉世珩の「題識」によれば『徐逢吉重刻元本題評音釋西廂記』といい、陳巨源の序は萬曆八年（一五八〇）に書かれている。徐逢吉字は士範、紫山ともいって、詞曲に通じた人。彼は清朝まで生きているから、かなり若い頃の作と思われる。その音釋に見るべきもののあることは、王伯良や劉世珩が指摘している。

（6）劉龍田本

『重刻元本題評音釋西廂記』と題して二卷。鄭振鐸氏の推定では隆慶萬曆間の刊本ということである（鄭氏・東北大學藏）。

（7）朱石津本

王伯良本が原據としたテキスト。王氏の言によれば、萬曆戊子（十六年—一五八八）の刊本。朱石津が何人であるかは王氏の當時すでに不明で、關中の杜逢霖の序には、朱の沒後友人呉厚丘が手書して刻したとある。碧筠齋本と同一系統らしく、兩者の異同は僅少といわれる。

（8）徐　文　長　本（徐天池本）

文長はいうまでもなく稀世のすねもの徐渭の字、天池とも號し、王伯良と同郷山陰の人、萬曆二十一年（一五九三）に卒している。王伯良の言によれば（『曲律』四「雜論」の條）、彼は徐文長と垣一重を隔てて住まい、親しく就いて教えを受けたらしく、しばしばその說を引いている。徐文長には戲曲の批點本が數多く存し、『西廂記』板本にも數種あるらしい。鄭振鐸氏の所藏中には『訂正元本批點西廂記』二册および『田水月評西廂記』二卷二册（鄭氏は共に明末刊本と推定している）が見え、劉世珩の「題識」中にも『虚受齋重刻訂正元本批點畫意北西廂』の名が見える。がんらい徐文長の批點本には僞託が多く、その『西廂記』もしばしば疑惑をもたれ、凌初成は王氏の引く徐說が往々にして彼の見た徐本の評言と異なるからとて、その僞作を疑っているが、それは著作と口授の間の時間的隔たりに因るのではなかろうか。王伯良が

先生好んで詞曲を談じ、毎（つね）に本色を右（たっと）び、西廂琵琶に於ては、皆口授心解有り。

という（『曲律』四「雜論」）のを信ずれば、やはりその校本が存したと考える方が妥當であろう。

（9）金　在　衡　本（金白嶼本）

王伯良・凌初成が參校したテキスト。久保博士の引かれた『河上楮談』によれば『西廂正譌』と題したらしい（『支那戲曲研究』一八六頁）。在衡は萬曆の詞曲家金鑾の字、また白嶼ともいう。徐渭の沒後は音律に通じた第一人者に推され、『蕭爽齋樂府』二卷の散曲集が殘っている。ただし、彼の『西廂記』は王氏の言によれば、時に字句

を改めているが正鵠を射てないという。

（10）熊龍峯本

萬曆壬辰（二十年―一五九二）刊。『重刻元本題評音釋西廂記』と題して二巻。熊氏は書肆忠正堂の主（内閣文庫藏）。

（11）陳眉公本

萬曆刊本と推定される。『陳眉公評北西廂記』と題して二巻。がんらい『琵琶記』『紅拂記』『玉簪記』『拜月記』『繡襦記』と合刻されて『六曲同春』と題したもの。眉公は陳繼儒の號、崇禎十二年（一六三九）八十二歳で卒している。彼にはまた『列國志』など小説の評點本も存する。筆者は幸い故小川琢治博士の遺本を借覧するを得たが、民國初年に刊行された影印本もあると聞く。

（12）李卓吾本

少くとも萬曆・崇禎の二刊本が存する。前者は容與堂刊『李卓吾先生批評北西廂記』二巻（宮内省圖書寮藏？）、後者は『李卓吾眞本西廂記』二巻（京都大學・神田喜一郎氏、鄭振鐸氏藏）。卓吾は道學に叛旗をひるがえした李贄の字。彼にも小説戯曲の批點が數限りなく僞託せられているので、一おうこの『西廂記』も疑われるが、錢希言の『戯瑕』（三）によれば、錢氏の友人袁中郎の目睹した李氏の藏書中に『批點北西廂』があったというから、この書は確かに李氏の手になったものと信じてよかろう。筆者は京都大學所藏の崇禎刊本を借覧したが、それには崇禎庚辰（十三年―一六四〇）の醉香主人なる者の序がある。ただし評點の個處は極めて僅少である。

（13）王伯良本

『古本校注西廂記』と題し、萬曆甲寅（四十二年―一六一四）の自序がある。鄭氏の所藏本は四卷八册、現在われわれが見られる影印本は六巻より成り、詳密な注解と西廂關係の文獻が附いている。伯良は王驥德の字、方諸生とも號し、作家を兼ねた曲學家、『曲律』四巻の好著もある。彼には『琵琶記』の校定本もあるらしく、二記の校定を志した經緯については、

西廂・琵琶の二記は、一は優人俗子に妄りに竄易を加えられ、また一は村學究（へぼ學者）に謬って注解を施され、遂に千古の煩冤を成す。余嘗て前元の舊本を取い、悉く釐正を爲し、且つ併せて意を疏いて其の後に指す。目づけて諸方館校注二記と曰い、竝に世に行わる。吾が友袁九齡は嘗て謂えらく、屈子（屈原）石を抱き淵に沈みて幾んど二千年、今、後の漁人一網にして打い起げたりと。聞く者絶倒す。蓋し二傳の刻は、實は多く九齡に從慂せられて成れり。（『曲律』四雜論）

といい、また

余の注釋は、筆の錄する所にて、總れ口の宣ぶる所に逮ばず、（同前）

とて、かつて京師で三十餘人を集めて『西廂記』の講義を行い、大喝采を博したことをみずからのべているから、その自信自負のほどが察せられる。

（14）日新堂本

凌初成本にその目錄が見える。鄭氏は何に據ったか萬曆刊としている。

（15）文秀堂本

萬曆刊。『新刊攷正全像評釋北西廂記』と題して四巻。文秀堂は金陵の書肆の名（北平圖書館藏）。

（16）羅懋登本

萬曆刊。『全像註釋西廂記』と題して二巻。羅懋登字は登之、萬曆期の人で、小説『三寶太監西洋記通俗演義』二十回の作者として知られる。他に『琵琶記』『拜月亭』等にも音釋を施している（鄭振鐸氏藏）。

(17) 余瀘東本

久保博士に紹介せられているが、南曲の體裁に改めたという以外一さい不明である。

(18) 王李合評本

鄭氏によれば萬暦年間起鳳館の刻になる『王李合評元本出相北西廂記』と題する二巻本がある。王は王鳳洲(世貞)李は李卓吾で、兩氏の評を合刻したもの。久保博士によると、氏の目睹したものに二種あり、一は「銭塘夢」「園林午夢」(ともに西廂古劇)その他の附録があり、一幕ごとに注を附けたものと、他は「會眞記」のみを附し、箋釋を巻末にまとめてあるという(鹽谷溫氏・鄭振鐸氏・傅惜華氏藏)。

(19) 魏仲雪本

鄭氏によれば萬暦刊という。仲雪は魏浣初の字、萬暦期の人。

(20) 凌初成本(卽空觀本)

天啓刊。『西廂五劇』と題して四册。凌氏は周憲王刻本に據り一字も增易せずといい、劉世珩の「題識」中にも善本を以て許している。初成は小説『拍案驚奇』の編者として知られる。卽空觀主人凌濛初の字、自作の戯曲もある。彼の『西廂記』は暖紅室刊『彙刻傳劇』中にも収められ、別に影印本も存するが、筆者は京都大學所藏にかかる朱墨精印の原刊本を借覧することを得た。頭注の外に、各本末に「解證」が附されている。

(21) 湯李徐合評本

鄭氏は崇禎刊という。湯顯祖(南曲第一の作家)・李卓吾・徐文長三人の批評を合刻したものであろう。

(22) 湯沈合評本

鄭氏によれば天啓崇禎間の朱墨刊本が存するという。湯顯祖・沈詞隱(沈璟の號、『南九宮十三調曲譜』の著がある)

二氏の評を集めたものらしい。

（23）張 深 之 本

崇禎刊。劉世珩の『題識』中に『張深之先生北西廂祕本』と見え、詳細な紹介があるが、張深之が何人を指すか不明である。

（24）延閣主人刊本

鄭氏によれば崇禎刊という。

（25）六十種曲本

崇禎刊。毛晉の編にかかる『汲古閣六十種曲』中に南曲に伍して收めている。

（26）閔 遇 五 本（六幻本）

明末刊。鄭氏の所藏本は『六幻西廂記』と題するが、劉世珩の「題識」には『閔遇五刻會眞六幻』と見えている。

六幻というのは

幻因……「會眞記」

搊幻……『董西廂』

劇幻……王實甫『西廂記』

賡幻……關漢卿『續西廂記』および「圍棋闖局」閔遇五「五劇箋疑」

更幻……李日華『南西廂』

幻住……陸 采『南西廂』および李開先「園林午夢」

の西廂諸作を總輯するからである。

(27) 孫月峯本

明末刊。『孫月峯評點硃訂西廂記』と題して二巻四冊。月峯は王伯良の知友孫鑛の號(鄭振鐸氏「劫中訪書記」―『文學集林』二)。

(28) 三魏堂本

明末刊。『重校北西廂記』と題する二巻(千葉文庫藏?)。

(29) 詞壇清玩本

西村天囚氏『琵琶記』譯本の巻尾に紹介されている。槃薖碩人の校定にかかり、『琵琶記』と合刻して『詞壇清玩』と題する。うち『西廂記』は『西廂定本』と題して二冊、『琵琶記』の方は相當手が入っているといわれるから、『西廂記』も推して知るべきであろう。なお桐華閣本の校定に用いたテキストの一に「琵琶本」と見えるのは、この板本を指すと思われる。

(30) 封岳校刻本

清初刊。二巻(北平圖書館藏)。

(31) 金聖嘆本

清初刊。いわゆる『第六才子書』で金聖嘆の詳密な批評が加えられており、清代にあってはほとんど壓倒的に普及したらしいが、梁廷枏もいうように(『藤花亭曲話』五)一曲をばらばらに分離し、文字の改竄も特に甚だしい。或は久保博士のいわれるように、「演ずべき戯曲」を「讀むべき戯曲」にひき直した功は認められようが、それは要するに金聖嘆の『西廂記』清朝人の『西廂記』であって、元人のそれではない。金聖嘆本に關しては久保博士に詳細な解剖があるから、ついて見られたい(『支那戯曲研究』二〇〇頁)。この板本には貫華堂原本をはじめ、大業堂本・郁郁堂本・懷永堂本・芥子園本・吳山三婦合評本・雲林別墅本・此宜閣本以下俗本に至るまで、おびただしい板本が存在する。

(32) 毛西河本

清初刊。五巻。西河は申すまでもなく清朝有數の經學者毛奇齡の稱號である。彼は詞曲についても造詣ふかく、金代の「連廂詞」に擬した作さえ存在する。『西河詞話』には、

西廂久しく人に更竄せらる。予其の原本を求めて之を正し、逐字覈實し、其の書頗や行わる。

というが、彼のいわゆる原本も判然せず（これは後に詳述する）、また彼の言葉にも拘らず、金聖嘆本の風靡していた清代では彼の『西廂記』はほとんどその存在が忘れられていたらしく、兪樾に「今の人は金聖嘆の西廂あるを知るのみにて、毛西河の西廂あるを知らず」と嘆かせている（『茶香室續鈔』十三）。幸い現在は董氏の覆刻本が公刊され、その好著を參校し得る。

(33) 陳實菴本

清初の人毛先舒の『詩辯坻』四に

北西廂の古本は、陳實菴の點定せるものを佳と爲す。別本は改竄せるところ多く、寖くその故を離る。

とある。實菴の別字をもつ陳姓の人は、清朝に陳元鼎があるが、はたして彼を指すかいま調査の暇をもたない（久保博士は陳寶菴に誤っている）。

(34) 桐華閣本

道光刊。吳蘭修字は石華、嘉慶道光の人、桐華閣主人と號し、考證學派に屬する學者、自序によれば、曲は十の七八まで六十家本・六幻本・琵琶本・葉本（葉堂の『納書楹曲譜』本を指すか）をおそい、科白は十の四五まで金聖

嘆本に據ったという。ただし東方文化研究所所藏本によれば第十六齣で終り、關漢卿の續作の部分がない。

次に『西廂記』中の曲辭のみを錄したものが數種ある。

(1) 雍熙樂府

嘉靖丙寅（四十五年—一五六六）武定侯郭勛の編纂した曲集。『西廂記』中の套曲二十一套が全部錄されている（卷數は趙景深氏『小說戲曲新考』二六八頁を參照されたい）。

(2) 絃索辨訛

明清間の人沈寵綏の撰、その『度曲須知』に附刊されており、崇禎己卯（十二年—一六三九）の序がある。三卷中の二卷は『西廂記』が占めている。

(3) 納書楹曲譜

淸の葉堂の撰になる。『西廂記』全譜はその正續外集以外に別卷をなしているそうである。乾隆五十七年（一七九二）の刊。

板本批判

さて、これらのおびただしい『西廂記』板本は、いずれも「古本」、「元本」、「眞本」などの二字を冠して、それぞれ眞正のテキストであることを誇號しているが、はたしてそのいずれが信據するに足るテキストであるかを決定するには、まず元劇『西廂記』の原形はいかにあるべきかが先決問題である。それにはすでに鄭振鐸氏の考證が備わっており（『輯雍熙樂府本西廂記曲文』附錄「西廂記的本來面目是怎樣的?」――雍熙樂府本西廂記題記――同氏『痀僂集』下にも收錄）、わが鹽谷溫博士の擬定本も完成したと聞いている（擬定本そのものの刊行は知らぬが、それによる翻譯が公刊された）。しかし、わたくしにはなお幾多の不滿が感ぜられ、さらに細部にわたる檢討が要求される。それにしてもわたしの環境では、わずかに王伯良本・陳眉公本・李卓吾本・六十種曲本・凌初成本・金聖嘆本・毛西河本・桐華閣本および雍熙樂府本の九種しか見ることが許されず、現存する板本の大半を目睹された鄭氏に比べるとあまりにも資料に乏しい恨みが深い。しかしながら、その他の數本も形式方面については劉世珩の「西廂記題識」（『彙刻傳劇』所收）に詳しい紹介があるし、內容方面については閔遇五の「五劇箋疑」（同上所收）に詳密な校勘が施されており、わたくしが校合した結果をそれに比べると、右の數種でほぼ諸種の系統がつくされていることがわかり、それに最も重要と思われるテキストは、少くとも現在では右の數種中に含まれていると信ぜられるがために、一まず意を強うする次第である。

以下『西廂記』のテキスト批判をその原形を考察しつつ試みようとおもうが、便宜上まず形式と內容の二方面に分けて進める。しかしそのいずれの場あいにおいても、元劇『西廂記』がそれにとっては暗黑時代ともいうべき南戲盛行の時代を通って來たこと、すなわち一時南戲視されて來たということが、常に關係して來ることに注意されたい。

形　式　篇

分折について

元人の雜劇がもつ形式上の顯著な特徵の第一は、一劇が原則として四つの「折」（事實上幕はないが一折は一幕にあたる。一折は同一宮調――樂調――同一韻の套曲（くみ）より成る）に構成されねばならない。四折で足りぬ時には「楔子」と稱する短い幕を、或は序幕として或は中間幕として挿入することが、ひろく許されていたし、ごく稀にはさらに一折を追加する例外が認められた。臧晉叔の『元曲選』中に収められた紀君祥作「趙氏孤兒」劇が五折の構成をもつことは(元刊本ではかえって四折に作っている)、早くから知られていたが、近時舊「也是園」所藏の元劇が公刊されたのによると(『孤本元明雜劇』)、關漢卿作「五侯宴」・白仁甫作「東墻記」・劉唐卿作「降桑椹」の諸劇もすべて五折を擁しており、さほど異とするには足りないことがわかる。また『錄鬼簿』(曹楝亭本のみ)の張時起の條には、

賽花月秋千記六折

と見え、さらに一折を追加した劇本も存在した。要するにそれらは例外であって、おびただしい元劇のほとんどが四折の原則を嚴守していたことは、現存のテキストが明瞭にもの語っている。この四折の構成は、南戲が無制限に幾十齣(「齣」は南戲の用語で「折」と同じ)から成るのとは大いに異なる。

ところが、前記のように現存する『西廂記』板本によれば、この第一の原則は一おう破られた形である。いろいろ出入はあるが現存の諸板本を綜合すると、『西廂記』全劇は二十一の套曲と五つの小曲を中心として成立している。この二十一の套曲と五つの小曲がいかに分折されているかというと、これも板本によって不同はあるが、大たい二つの傾向に區別される。すなわち、全劇を通じて二十に分つもの(二卷本はすべてこの部類に屬するものと推定される)と、まず五本に分ち、さらに各本を四分するものとである。前者に屬するものは徐士範本・陳眉公本・李卓吾本・羅懋登本・六十種曲本・桐華閣本であり、後者に屬するものは徐文長本・王伯良本・凌初成本・閔遇五本・張深之本・金聖嘆本・毛西河本であるが、いずれにしても、全劇を二十に分折する點は各本とも一致している。左に分折の状態を示すが、後述の便をはかり、毎套曲・毎短曲の唱者と用韻をも示しておく。

○王實甫撰本

番号	宮調	套曲・短曲の別	唱者	用韻	二十折系本	五本系
	仙呂	賞花時二曲	夫人 鶯鶯	東鍾	1	一 楔子
(1)	仙呂	套曲	張生	先天	1	一 1
(2)	中呂	〃	〃	江陽	2	一 2
(3)	越調	〃	〃	庚青	3	一 3
(4)	雙調	〃	〃	蕭豪	4	一 4
(5)	仙呂	〃	鶯鶯	眞文	5 1	二 1
(6)	正宮	〃	惠明	監咸	5 楔子	二 1
	仙呂	賞花時二曲	〃	垣歡	5 ナシ	二 楔子（一本ナシ）
(7)	中呂	套曲	紅娘	庚青	6	二 2
(8)	雙調	〃	鶯鶯	歌戈	7	二 3
(9)	越調	〃	〃	東鍾	8	二 4
	仙呂	賞花時	紅娘	廉纖	9	三 楔子
(10)	仙呂	套曲	〃	支思	9	三 1
(11)	中呂	套曲	〃	寒山	10	三 2
(12)	雙調	〃	〃	家麻	11	三 3
(13)	越調	〃	〃	侵尋	12	三 4
	仙呂	端正好	〃	江陽	13	四 楔子
(14)	仙呂	套曲	張生	皆來	13	四 1
(15)	越調	〃	紅娘	尤侯	14	四 2
(16)	正宮	〃	鶯鶯	齊微	15	四 3
(17)	雙調	〃	張生	車遮	16	四 4

○關漢卿（？）續撰本

	仙呂	賞花時	張生	皆來	17	楔子
(18)	商調	套曲	鶯鶯	尤侯		五 1
(19)	中呂	〃	張生	支思	18	2
(20)	越調	〃	紅娘	眞文	19	3
(21)	雙調	〃	張生	魚模	20	4

なお分折の二つの場あいについても、板本によって形式上若干の差違が認められる。すなわち、單に二十に分つ部類では「齣」または「出」（齣と同じ、羅本のみ）を用い、且つ一齣ごとに四字の標題を掲げており、五本に分つものでは、或は五本二十折（凌・閔二本）、或は五折二十套（徐・王二本）、或は五巻二十折（張・毛二本）、或は五巻二十章（金本のみ）、とそれぞれ用語を異にしているし、凌・毛二本を除いては、やはり一幕ごとに四字または二字の標題を掲げている。

○陳眉公本・李卓吾本・徐士範本・羅懋登本・六十種曲本

（1）佛殿奇遇　（2）僧房假寓　（3）墻角聯吟　（4）齋檀鬧會　（5）白馬解圍　（6）紅娘請燕（燕は李本六十種曲本宴に作る）　（7）夫人停會（會は李本六十種曲本婚に作る）　（8）鶯鶯聽琴　（9）錦字傳情　（10）粧臺窺簡　（11）乘夜踰墻　（12）倩紅問病　（13）月下佳期　（14）堂前巧辯　（15）長亭送別　（16）草橋驚夢　（17）泥金報捷　（18）尺素緘愁　（19）鄭恆求配　（20）衣錦還鄉

○徐 文 長 本

第一折（四套の目は陳本（1）―（4）と同じ、但し目錄では「假寓」を「假館」に作り、第三・四套を「花陰倡和」「清醮目成」に作る）　第二折〔第一套は陳本（5）に同じ、第二・三・四套は「東閣初筵」「母氏停婚」「琴心挑引」に作る〕　第三折〔四套の目は陳本（9）―（12）に同じ、但し目録では「踰墻」を「踰垣」に作る〕 第四折〔四套の目は陳本（13）―（16）に同じ、但し、目録では「驚夢」を「驚夜」に作る〕 第五折〔第一・二・三套は陳本（17）（18）（19）に同じ、第四套は「衣錦榮歸」但し目録では第三套「鄭恆」を「詭謀」に作る〕

○王 伯 良 本

第一折〔遇豔・投禪・賡句・附齋〕 第二折〔解圍・邀謝・負盟・寫怨〕 第三折〔傳書・省簡・踰垣・訂約〕 第四折〔就懽・説合・傷離・入夢〕 第五折〔報第・酬緘・拒婚・完配〕

○閔 遇 五 本

第一本〔四折の目は徐文長本の目録と同じ〕 第二本〔第一・四折は徐文長本と同じ、第二・三折は「東閣邀賓」「杯酒違盟」〕 第三本・第四本〔折目は陳本に同じ〕 第五本〔第一・二・四折は陳本に、第三折は徐文長本の目録に同じ〕

○張 深 之 本

第一巻〔奇逢・假館・倡和・目成〕 第二巻〔解圍・初筵・停婚・琴挑〕 第三巻〔傳書・窺簡・踰垣・問病〕 第四巻〔佳期・巧辯・送別・驚夢〕 第五巻〔報捷・緘愁・求配・榮歸〕

○金 聖 嘆 本〔原刻本にはついていない〕

第一巻〔驚豔・借廂・酬韻・鬧齋〕 第二巻〔寺警・請燕・賴婚・琴心〕 第三巻〔前候・鬧簡・賴簡・後候〕 第四巻〔酬簡・拷豔・哭宴・驚夢〕 第五巻〔四章の目は陳本と同じ、但し「尺素」を「錦字」に作る〕

まず用語についてのべると、「齣」または「出」というのは南戲における呼稱であって、北劇では「折」と稱すること、前述のとおりである。また、一幕ごとに標題を掲げるのも南戲の常であって、元劇では絶えてその例がない。諸本の掲げる標題中には李日華・陸采の『南西廂』のそれと符合するものも少くないし、或はその他の『西廂』南戲から借用したものもあろう。それはともかく、この二つの形式は明瞭に南戯の影響をうけたもので、わけても二十齣に分ち四字の標題を掲げた諸本は、さながら南戯の觀を呈する。なお徐文長・王伯良の二本が五本を直ちに五折と呼ぶ「折」の用法は（元劇一般の「折」と異なることをみずからも注記している）、おそらく、この異例の長篇を一おう通常の體裁に似せるための擧であろうが、いずれにしても紛らわしく穩當でない。

つぎに分折の問題に入るが、元劇にあって一折を形成するものは、あらゆる場あい常に一つの套曲である。また、楔子は前述のように常に「端正好」又は「賞花時」（ともに仙呂宮に屬する）の一曲乃至二曲で形成され、套曲を楔子に用いる例は絶對にない。ところが現在の『西廂記』諸板本は、或は（5）仙呂と（6）正宮の二套曲を（賞花時二曲をも）合せて一折とするか、さもなければ（6）正宮套を楔子と見なすかのいずれかである。ここに二十一の套曲を擁しながら二十折となる不合理の正體が見出される。しかしながら、（6）の正宮一套を中心とする一幕は、鶯鶯の假寓する普救寺が賊徒に包圍されて張生が友人の杜將軍に救援を求める使者を募った時、その大任を買って出た惠明という荒僧が、出發に先だって自信のほどを滔々とのべたてる場であって、作者王實甫はこの物語の當初より登場する役僧法聰を使者にしたてる『董西廂』の趣向をかえ、別に惠明という荒僧を創造しているし（粗暴の權化ともいうべき惠明は、あたかも『水滸傳』に於ける魯智深に似て、民衆が率直に愛し得る人物であって、法聰のような戀の理解者になれそうもない。王實甫が別に惠明を創造した理由もその邊にあるのではなかろうか）この正宮の套曲にはわざわざ元曲の險韻（使いにくい韻類で、したがって敬遠されがちである）の一つである「監咸韻」をえらんでいる。しかも、その一連の曲は險韻を用いながらも巧みにこれを活用し、ユーモアと壯快味に滿ちた言々句々は、さながら生命をもつかの如く躍動する。なるほどこの一幕はストーリーの上の動きに缺けた惠明の一人舞臺ともいえようが、ゼスチュアたっぷりに唱い出されるこのユーモラスで壯快な曲調は、耳慣れぬ「監咸」（mで終る韻の一つで、歌唱の時は誇張されたと想像する）の韻脚と相俟って、むしろ歌舞伎的な效果をあたえ、歌唱を生命とする歌劇にあっては完璧の一幕を形成するものである。したがってこの一幕こそは、諸宮調より戯劇へ飛躍しようとする王實甫の苦心の痕を示す一幕でもあったろう。鄭振鐸氏も指摘するように（『痀僂集』下、四二六頁）、その原作を信ずるとすれば、五本系板本の第二本末に附せられた題目正名（一劇の劇情を四句又は二句で説明したもの）に「莽和尚生殺心」とあるのは、正にこの一段を要約した一句である。

かくも重要な一幕を輕視して、これを他の幕に附隨させたり、或は楔子と見なしたりすることは、その意味からも許されない。すなわちこの正宮套を中心とする一場は一折を形成し、西廂全劇は二十一折より成っていたに相違なく、『元曲選』の編者臧晉叔が、「西廂二十一折」といっている（序）のは正しい。それにこの二十一折を裏書きする有力な證據がもう一つある。それは孫楷第氏に指摘される（『輯雍熙樂府本西廂記』序）までもなく、明初寧獻王の撰した『太和正音譜』に、今本第十六折末尾（第四本末尾）の「絡絲娘煞尾」の短曲が「西廂記第十七折」として錄されている事實である。なお、（6）の正宮一套が輕視された理由は、實はストーリーの上の動きに乏しい點などにあるのでなく、全く別の點に見出されるが、それは次の五本系板本の檢討にも關聯するので、ここでは觸れずにおく。

さて、上述の如く『西廂記』は二十一折より成っていたことがほぼ動かしがたいとすれば、他の一類の板本が五本に分っているのは全然無意義かといえば、決してそうではない。西廂全劇を五本に分ち、各本に四折を附屬させたのは（楔子はその次に來る折に包含されることもあるほどだから一々斷らない）、實在が疑われる周憲王本を除けば、おそらく徐文長・王伯良（王伯良の據った古本すなわち碧筠齋・朱石津の二本は五本に分ちながら、分折していなかったという）に始まるものであろうが、これは極めて重要な意味をもつものである。すなわち、すべての元劇は四折の構成をもたねばならない原則により、王實甫がまず四折四本（十六折）を作り、關漢卿が四折一本を續作したと見るわけであるが、その意味において徐王二本は『西廂記』の板本史に一期を劃するものといえよう。しかし、五本系の諸板本にあっても第二本はやはり四折に分たれ、前述の（6）正宮一套は二十齣系と同じ扱いをうけている。すなわち王伯良・金在衡・毛の三本は仙呂正宮二套を合せ（標題によれば徐文長・張深之二本も同じらしい）、凌・閔二本は正宮套を楔子とする。これは元人の雜劇は必ず四折でなければならないという原則に拘泥しすぎた結果にほかならぬが、前述のように「五折」という例外は、さほど異とするには足りないから、五本に分ける場あいにも、第二本のみは特に五折から成っていたと見て、少しもさしつかえないのである。さきに二十折系の板本で（6）の正宮套が輕視された原因は、實に五本系板本に由來するものであった。

『西廂記』が五本より成ることが信ぜられる理由はほかにもある。それは前掲の表が示すとおり、各本の宮調（樂調、一折の套曲に用いられる樂調は一種の宮調に限られている）の配置と唱者である。すなわち、各本の宮調の順序は一般元劇（四折）が常用する配置に從っており全劇を通じての特別の配置は考慮されていない。また唱者の方も、第二・四・五の各本は折毎にかわって例外の形を示しているが、第一本は楔子を除けば他の四折はすべて張生（正末）が唱い、第三本はすべて紅娘（正旦）が唱うというように一般元劇の通例に從っている。これもやはり各本が個別視されていた證左であろう。

したがって『西廂記』は、少くとも原作者の意識においては五本しかも通しの二十一折（第二本のみ五折、他は每本四折）から成っていたと斷ぜざるを得ない。ただ遺憾なことには、この條件に添うた板本は現在のところ一つも見あたらない。が、そういう形式の雜劇は、實は『西廂記』だけではないのである。なるほど元劇が四折より成ることはあまりにも普遍的な現象ではあるが、一折か二折を追加してもなおひどく不滿な場あいには、青木博士の指摘されるように（『元人雜劇序說』二二頁）、さらに四折より成る續本が（『錄鬼簿』の示すかぎりでは大てい他の作家によって）補作されたことは、『錄鬼簿』中に「次本」と注する劇本が二三見える點より推定される。また現實にもそうしたテキストが傳わっており、すなわち、元劇最末期の作者劉東生の『嬌紅記』（宣德十年―一四三五刊）は分折こそしていないが二本八折の體を具えているし、また吳昌齡の『唐三藏西天取經』劇（いわゆる『西遊記』劇、萬曆四十二年―一六一四刊）は明らかに六本二十四折（右の刊本には「齣」を用いている）より成り、『西廂記』を凌ぐ長篇さえ存在するのである。『錄鬼簿』の作者が『西廂記』や『西天取經』の條に何らの注記も施していないのを見れば、元人にとっては一本二本と積みかさねることが、六折の體ほどには珍しくなかったのであるかもしれない。なお、鹽谷博士の擬定本には正に五本二十一折の體裁が採られている（昌平堂刊『西廂記』譯本による）。

さらに附記しておきたいのは、以上に關する鄭振鐸氏の所見である。氏は雜劇の古板本たとえば『元槧古今雜劇三十種』や周憲王刊『誠齋樂府』には分折の現象が見られず、嘉靖戊午（三十七年―一五五八）刊の『雜劇十段錦』すら同じであるからとて、分折は萬曆年間、早くとも嘉靖末年に始まるものと推定されている。板本の上に現れた分折は或はそうであるかも知れないが、「折」という用語は元人鍾繼先の『錄鬼簿』や明初寧獻王の『太和正音譜』にも見え、一つの套曲を中心とする一幕を一折と呼んだことは明人に始まるものでない。ただ「楔子」の方は、現在までのところ『太和正音譜』に「楔兒」として見えるのが最も古く、純粹の元人の資料には發見されていないし、元劇のある板本（たとえば『古名家雜劇選』本の「酷寒亭」劇や「魔合羅」劇など）では、「楔子」にあたる部分がそれに續く「折」に併合されていたりするから、後人の創造という疑いも插みうるが、宮調・用韻を異にする別個の一場を區劃する名稱があったと見る方が、むしろ順であろう。「折」や「楔子」に關しては孫楷第氏の詳密な考證（『述也是園舊藏古今雜劇』下篇）があり、ほぼ同じ意見が述べられている。

ところで、『西廂記』には前表の示すように、「楔子」にあたる短曲が各本に一つずつ合せて五曲（楔子の曲が二曲より成るものもあるが、それは一つの曲の前曲後曲を意味するにすぎない）あるが、そのうち（6）正宮套と（7）中宮套に

挾まれた惠明唱の〔賞花時〕二曲、

〔賞花時〕那廝擄掠黎民德行短、將軍鎭壓邊廷（毛本は「庭」に作る）機變寬、他彌天罪有百千般、若將軍不管、縱賊寇聘無端、

〔么篇〕便是你坐視朝廷將帝王瞞、若是掃蕩妖氛着百姓歡、干戈息大功完、歌謠遍滿、傳名譽到金鑾、（末二句を毛本は「捷書未遠、重與寄金鑾」に作る）

は王・凌・閔の三本に刪られている。王・凌二本は前述のように元劇の意識で校定した有力なテキストであるし、「楔子」は必ず各本になければならぬというものでもない。それに、かれらの刪去の理由は、かれらが據ったかれらのいわゆる古本には無いということと、右の二曲の曲辭が王氏の語を借ればあまりに「鄙悪」だというのである。凌氏の理由は別にあって、前の正宮套曲を「楔子」としたために、

此（これ）も亦た楔子なり、楔子は重ねて見る（あらわ）こと無し、且つ一人の口、必ずや再び楔子を唱うの體無からん。

といっているが、これは正宮套が一折をなしていたのであれば、全然理由をなさない。また凌本の頭注に引く金在衡の語に周憲王が『西廂記』中の賞花時曲を妄增したとあり、臧晉叔はそれをここに擬していることが見えるが、凌氏自身はそれを否定していう。

周憲王は故（もと）より當家手（本格的な專門家）なれば、定（かなら）ずや俗筆に係るならん。（解證）

しかし、はたしてこの二曲は周憲王の筆とするにも足りないほどの俗作であろうか。なるほど極めて生彩に乏しい、また、お座なりの平凡な事しか述べられていないが見るべきところはあるのでなかろうか。毛西河も、

二曲俚なりと雖も、其の詞は調を連ねながら語を絶ち、氣を排して轉ずる處（?）眞に元人が作法の三昧たり。

といっているし、特に曲白の關係を見るに敏い毛氏は、王本などがこの二曲を刪りこの二曲に先立つ張生の書翰中の

「小弟之命、亦在逡巡」（それがしの命もつかの間に在り）という私人に關する語の下に「萬一朝廷知道、其罪何歸」（もし朝廷に知れなば、その罪いずくに歸せん）という公に關する語を増入した、前後の接續しない拙劣な技巧を暴露し、さらに張生の書翰とこの二曲は、元曲通有の曲白たがいに意を補うものであるとのべているが、これは正に卓見である。ことに、この二曲に用いられた「桓歡韻」（uanの尾韻をもつ）は險韻中の雄たるもの（『東方學報』十二の二拙作「元曲に於ける險韻について」）であって、「俚」とか「鄙」とか非難され、また事實平庸といわざるを得ない二曲の文字は、實はこの困難な韻類を用いた結果でもあろう。しかし、王實甫がわざわざこの險韻を用いて删去のうき目を見る底の文字をなにゆえ連ねねばならなかったかには、實は彼自身に志すところがあったのだとおもわれる。それは前掲の表が示すように、王作の十七折と四楔子の用韻には『中原音韻』（元曲の韻を十九部に分けた韻書）の韻類がほぼ網羅されていることで想像されよう。すなわち、この長篇を思い立った彼は、十九部の韻類を全部いずれかの幕に用いようと志した。そして、最も使いにくい「桓歡韻」をば「楔子」の二曲に當てたのである。

それにつけても、いささか疑問をもたれるのは「魚模韻」（u の韻尾をもつ）を用いた曲が王作のいずこを探しても見あたらぬことである。或は十九部の韻類が嚴密に全部用いられていたと想像する僻見を笑われるかもしれない。だがそういう想像が容易に起きるほどに王作の四本は用韻の嚴整さを示している。ことに元曲中の四つの險韻は全部用いられ、「監咸」と「侵尋」の二韻の如きは套曲に使われさえしているのに、かなり用例を見る「魚模韻」だけが、何處にも見えないのはなんとしてもいぶかしい。そこで、わたくしは更に想像を逞しうするのであるが、用韻の重複している二楔子の曲のいずれかが後人の改作をうけたのでないかと。第一本楔子の二曲は唱者についても後述のように問題があり、一おう疑いはもたれるが、曲辭そのものは王作らしく見える。それに反して第四本の楔子の〔端正好〕曲は、元曲によく見える發想で、曲辭はやや平凡に墮しているし、それに使われた「江陽韻」はきわめて頻繁に使用

される韻類でもあるから、わたくしはむしろこの方に疑いをかける。ことに毛西河は前にあげた二曲を删る非を鳴らしたところで、

後本の楔子は俚悪特に甚だしく、「靈犀一點」と「楚襄王先在陽臺上」とは、殊に西廂の後筆に是(あ)らざるに、皆删蒙(けずら)れずして獨り此(これ)を删る、豈(あ)に此も亦た漢卿の續くる耶(か)。

といい、その「楚襄王先在陽臺上」とはつまり右の〔端正好〕を指すのである。しかし、かような疑惑も、『西廂記』の元刊本の現れそうもない今日では、永遠に解けぬ謎でしかないであろう。なお、毛西河によって存在を疑われたもう一つの楔子の一曲〔賞花時〕は實は險韻の「廉纖韻」を用いており、彼のいうように（私は必ずしもそうは思わない）措辭の上に難點があるならば、やはりその原因は前の二曲について同じことがいえるのでなかろうか。

それはともかく、桓歡韻を用いた〔賞花時〕二曲はやはり原作と見なすべきであり、したがってこれを中心とする「楔子」が分出されねばならない。ちなみに鹽谷博士の擬定本もそうなっている。

參唱について

元劇のもつ形式上の第二の特徴は、曲の唱者が一本四折を通じて主役一人に限定されていることである。しかし、これもあくまで原則にすぎず、往々いずれかの折が他の役者によって唱われることが許された。それにしても、一つの折一つの楔子の歌唱は必ず一人が到底しなければならない。これは南戲で數人の役者が參唱し、時に一曲を二人以上が互唱したり合唱したりするのとは、大いに異なる。

ところが『西廂記』の現存板本によれば、この原則も一おう破られた形である。全劇を通じてはむろんのこと、一本四折を通じても、唱者が必ずしも到底していないことは前表が示すとおりであるが、これは波瀾重疊する長篇の性

質上むしろ當然の現象であるとして、實は一折中または一楔子中にあってさえ、必ずしも一人の唱者を守っていないのである。むろん、一折の主唱者はすべて定まっているけれど、時に他の役割が參唱する例が、かなり散見する。それも左に表示しておこう。

本	折	一折の唱者	曲牌名	陳本	李本	六十種曲本	金本	王本	凌本	毛本
(一)	楔	?	賞花時	夫人	〃	〃	〃	〃	〃	〃
			么	鶯鶯	〃	〃	〃	〃	〃	〃
	(4)	張生	錦上花	鶯鶯	〃	〃	ナシ	鶯鶯	〃	紅娘
			么	紅娘	〃	〃	ナシ	鶯鶯	紅娘	鶯鶯
(二)	(7)	紅娘	快活三	張生	〃	〃			張生	
			慶宣和	張生	〃	〃				
			鴈兒落	張生	〃	〃				
	(8)	鶯鶯	得勝令	張生	〃	〃				
			甜水令							張生
			江兒水（清江引）	紅娘	〃	〃				
(三)	(13)	紅娘	調笑令	張生	〃	〃	〃			〃
			喬木查	鶯鶯	〃	〃	〃	〃	〃	〃
			攪箏琶	鶯鶯	〃	〃	〃	〃	〃	〃
			錦上花	鶯鶯	〃	〃	〃	〃	〃	〃
			么	鶯鶯	〃	〃	〃	〃	〃	〃
(四)	(17)	張生	清江引	鶯鶯	〃	〃	〃	〃	〃	〃
			甜水令	鶯鶯		〃	〃	〃	〃	〃
			折桂令	鶯鶯		〃	〃	〃	〃	〃
			水仙子	鶯鶯	〃	〃	〃	〃	〃	〃

（五）	（18）	鶯鶯	掛金索	紅娘	〃	〃			
			喬木査	紅娘	〃	〃	〃	〃	〃
			沈醉東風	鶯鶯	〃	〃	〃	〃	〃
			甜水令	紅娘	〃	〃	〃	〃	〃
			折桂令	紅娘	〃	〃	〃	〃	〃
			鴈兒落	鶯鶯	〃	〃	法本	鶯鶯	〃
			得勝令	鶯鶯	〃	〃	法本	鶯鶯	〃
	（21）	張生	落梅風				杜將軍		
			沽美酒					齊	
			太平令	衆	〃	〃		衆	
			錦上花			使臣	ナシ	使臣	衆
			么			使臣	ナシ	使臣	衆
			江兒水（清江引）	張生 鶯鶯	〃	〃		使臣	張生 鶯鶯 同
			隨尾	衆	〃	〃	ナシ	使臣	？

なにぶん『西廂記』は破格の作であるから、主役一人獨唱到底の大原則が破られたと考えることも或は可能であるし、一方それはすでに南戲の洗禮を經ているのであるから、その際に南戲ではむしろ普通の參唱の體が採り入れられたと見るのも、最も考えられ易いことである。しかし、われわれはその前にもう少し元劇一般をしらべておかねばならない。

なるほど元人の雜劇では、一折一人獨唱の原則はかなり嚴密に守られてはいるが、實はごく稀には參唱の例も見られる。といっても、それは南戲におけるように何らの制限もなく許されていたのではない。これはやや重要な問題であり相當紙幅も要するので、別に一稿を成して近く發表する豫定だから、ここにはその要點のみをのべる。

元劇における參唱の諸例を歸納すると、およそ三つの場あいに區別される。第一は、前折と唱者のかわった第四折（末折）において、その唱者の套曲が完了した後へ、前折の唱者が再び登場して補足的に數曲を唱う場あいである。第二は、主として酒宴の場で歌舞を擔當する端役が座興に參唱する場あいである。第三は、主として「淨」（敵役）または「搽旦」（「淨」の女役）時には「丑」（道化役）或はそれに類する端役が添景的な一場を出して參唱する場あいである。

第二・第三の例はいわば「劇中劇」であって、同時代の演劇「院本」や「南戲」の一部插演が想像される。また第二例を除けば、參唱がおこなわれるのは主唱者の套曲の開始前か或は終了後の例が比較的多く、それは（殊に第一の例）一種の「楔子」の構成といえぬこともない。ただすべての例を通じて最も顯著な現象は、その一曲乃至數曲の參唱曲が、ほとんどみな主唱者の套曲と宮調・用韻を異にし、中には南曲を用いたものもあることで、これはとにかく元劇の參唱がもつ著しい特色である。

ところが唯一つ、右の體例を完全に破った雜劇が元人の作にある。それは朱凱の「昊天塔」劇だが、その第三折で孟良に扮した正末の套曲中に正末と問答する和尚（明らかに「淨」的性格をもつ）が〔滾繡毬〕の一曲を參唱して退場する。これはまさしく第三例に屬するが、その參唱曲が正末の套曲と同調同韻であり、しかもそれは正末の〔倘秀才〕二曲に挾まれ、そこは〔滾繡毬〕がどうしても要る處である。しかし、參唱曲の異調異韻は、雜劇の原則が大きくくずれた明人においてさえ、特殊な作品の外はかなり嚴密に守られている。また作者についても多少疑問があるが、朱凱であるにしても、彼は『錄鬼簿』の下篇の終りに名を列する末期の作家である。だから私はこれを、元劇末期の異例中の異例とするか、後人の改作かと疑う。

右は現存のテキストが示す一般元劇における參唱狀態であるが、『西廂記』校定の先人たちはむろんかような例を知っていたわけでなく、南戯の世界より知らぬ一部の人たちは一折中の歌唱は一人に限る原則すら忘れているし、元劇の意識で校定した人たちとても、あたかも一本の構成は四折に限るものと盲信していた如く、一折の歌唱は一人に限る原則しか知らなかったようである。たとえば王伯良は第四折〔錦上花〕の注で、

自來北詞はただ一人のみ唱う。

といい、凌初成も、

北詞はただ一人のみ唱う、忽(ふい)に二旦が毎(おのおの)一曲を唱うを參(まじ)うるは、體に非ず、疑うらくは後人の妄りに添入せし耳。

といって、原作でないことを疑っている。したがって彼等の校訂は、能うかぎり參唱をなくする努力に向けられていること、申すまでもない。ただ毛西河のみは、『西廂記』を一般雜劇と區別し、

場(ぶたい)に入(のぼ)す毎に四折を以て度(きまり)と爲す、之を雜劇と謂う。其の雜劇を連ね數(なら)べて一事を通譜する有り、或は一劇、或は二劇、或は三四五劇、名づけて院本という。西廂は五劇を合せて一事を譜する者なり。(『西河詞話』)

といって『西廂記』を「院本」の體とひとり決めしたために、

北曲は毎折必ず一人唱う。而るに院本は毎本の末折に數曲を參唱す、此れ定法なり。

といって、むしろ毎本末折の參唱を正例と見なしている。彼はまた第四折の參唱だけを認めるわけでなく、

院本原(もと)より參唱の例有り(第八折、毛本第七折)

といって、他の折における參唱をも認め、第八折(毛本第七折)の〔江兒水〕の如きは毛本のみがわざわざ張生の參唱に改めている。しかし『西廂記』は毛氏のいうように決して一般雜劇と區別さるべきものでないことは、本稿の全體が示すところであって、彼の說はあまりにも獨斷的である。また「院本」という名稱は主に金代の特殊な演劇形體

を指すのが常識であるが、その他の用法では青木博士の指摘されるように（『支那近世戲曲史』二八頁）實質上「雜劇」と區別なく、南北方言の差異にすぎないのだから、毛氏の所説および參唱に對する處理は、すべて同意できない。

つぎに金聖嘆であるが、『西廂記』テキスト改竄の罪においては筆頭に擧げられるべき彼も、參唱についてはやや元劇の體を心得ていたらしく、

> 北曲は從つて兩人互いに唱うの例なし（巻七）

といって、第十七折「喬木查」以下の鶯鶯の數曲には〔内唱、張生聽科〕（舞臺裏で唱い、張生耳かたむけるこなし）のとがきを付し、鶯鶯が實際に登場せぬ體に作っているし、末折の「喬木查」に注して、

> 北曲は通長（常）一人の唱を用い、旁人が唱を雜うるの例なし、此で忽に紅娘唱うに作るは、大いに非なり

といっているが、そこは何らの處理も施していない。が彼はこの二折および最初の楔子の外は全く參唱を許しておらず、これは大いに多とすべきであろう。

それでは現存のテキストが示す『西廂記』の參唱は元劇の體例に比べてどうであろうか。細部の檢討は後にして概していえば、それはほとんど趣を異にするといってよい。まず第一に、元劇一般では參唱の曲が主唱者の套曲と宮調・用韻を異にしていたが、『西廂記』ではあたかも「昊天塔」劇の如くすべて同じ宮調に屬し同じ韻を用い、主唱者の套曲中にぴたりとはめこまれている。第二に、元劇一般では極く稀な特例を除いて、參唱者はすべて端役に屬していたが、『西廂記』では巻頭の楔子と第二十一折（末折）のほかは、張生にしろ鶯鶯にしろ紅娘にしろみないずれかの一折の歌唱を擔當しており、例外なく主役に屬するものばかりである。第三に、元劇一般の參唱例には少くとも一おう頷ける參唱の理由が想像できたが、『西廂記』のそれは第十七折（今本第十六折又は第四本第四折）の例を除き、この元劇の二大原則の一つを破るに足るだけの意義は何一つ認めがたい。要するに、『西廂記』の參唱は一見南戲と何ら

えらぶところがないといえるのである。

ただ、第十七折（張生唱）において鶯鶯が數曲を參唱するのは、他と少しく事情を異にする。なぜならその前後は、張生が鶯鶯の母から迫られて受験に上京する途中の旅舍において彼のあとを追って來た鶯鶯の夢をみる場で、かような「夢の場」はいわば「劇中劇」の一種でもあるから、特殊な例と見なせぬことはない。だから淩初成もいう。

ここで忽(ふい)に旦の唱を入れしは、夢に入るが故にて、變體なり。

しかし、「夢」の場は元劇においては實は決してめずらしくなく、かの「漢宮秋」「梧桐雨」「雲窗夢」などの戀愛劇においても、戀人を思慕する念の強烈なあまり遂にみる「夢の場」の一折を出しているし、「揚州夢」「黄粱夢」「東坡夢」など夢を主題とした雜劇にもむろん使われているが、それらにあっては、少くとも現存のテキストによる限り、夢に現れた者が參唱する例は見あたらない。それに、なによりもこの一連の參唱曲は一折の套曲と宮調や用韻を同じくしている。したがって、この『西廂記』の場あいも十分疑いをもつものであるが、少くとも鶯鶯が張生の旅舍にたどりつくまでの道行の數曲には、なんとしても鶯鶯の唱うものとしか考えられず、しかも本色ともいうべき文字にみちて、王實甫の原作を思わせるものがあるので、きわめて異例に屬するこの「夢の場」の參唱が容認されたのかも知れないが、ここは單に疑いをもつに止めておく。先人諸家はむろん一致して參唱を許している。

ただそのうち〔甜水令〕〔折桂令〕および〔水仙子〕の三曲は、古いテキストに張生の曲とするものもあり、ことに前の二曲は李卓吾本（淩初成本もか？）が事實そうしているから、再吟味の必要がある。まず右の二曲をあげよう。

〔甜水令〕想着你（王本は「我想那」に、毛本は「想着那」に作る）廢寢忘餐、香消玉減、花開花謝、猶自覺（王・毛・雍熙の三本は「較」に作る）爭些、便（雍熙本なし）枕冷衾寒、鳳隻鸞孤、月圓（毛本は「滿」に作る）雲遮、尋思來有（王・毛二本は「又」に作る）甚傷嗟、おもえばきみが寝食わすれ、色香やつれて、よき日の去るは、まだしもまし。たとえわびしい獨り寝の、願いかのうてつかの間の、離れ離れをかこつ身も、おもえばなんの悲しかろ。

〔折桂令〕想人生最苦離別、可憐見千里關山、獨自跋涉、似這般割肚牽腸、到不如義斷思絕、雖然是（王本「你勸我」に作る）一時間花殘月缺、你呵（凌本には二字なく、王毛二本には「呵」字がない）休猜（王本には「猜」字がない）做瓶墜簪（毛本「釵」に作る）折、不戀豪傑、不羨驕奢、生則同衾（句首に雍熙本では「自願的」三字がある）、死則共（他本みな「同」に作る）穴、（共に李本による）

人の世で一ばん辛いは別離であろ、あわれ千里の山河を、ただの一人で越えて來た、かほど心が引かれるなら、一そえにしを斷ったがまし。よしや一とき不遇であろと、きみよ縁が切れたと思うでない。りっぱな人を戀うでなく、富貴の人を羨まず、生きてはしとねを共にし、死んでは一つの墓に入ろ。

これについて王伯良は、

以下の三調（〔水仙子〕を含めて）はみな鶯の唱曲なり。古注（碧筠齋本注）の張生が鶯に代れる詞とするは謬れるなり。

といい、毛西河も

或は三曲は生唱うと注し、或は三曲は生が鶯に代りて唱うと解するは、理なきの極りなり。

といっているが、〔甜水令〕の冒頭の襯字（つけ字、曲の正文ではない）である「想着你」は「君を想うて」ではなく、「君の……を想えば」と讀むべきで、「想」の內容は「你」の下の正文である。ところで「香消玉減」は美女の憔悴を形容する成語であるから、この曲はどうしても張生が唱うものでなければならぬ。鶯鶯の參唱に改めた王・毛二氏は、それではさしつかえるので、「想着你」を「我想那」又は「想着那」に改めている。また一時の「花殘月缺」（不滿の境遇におかれる意の成語）ではあるがそれを「瓶墜簪折」（白樂天の詩に出る成語で、ぷつりと縁の切れる意）と勘違いするなというのは、あくまで張生の慰めの語でなければおかしい。そこで王氏は「難然是」を「你勸我」（「勸」はなだめる意）と改めたまではよいが、次の句首の「你（あなた）」を張生がなだめる語中の「你」とするくらいなら、むしろ他のテキストのようにない方がよい。また「不戀豪傑」以下の四句も、鶯鶯をなだめる語とする方がおちつく。何故なら、受驗のために男女が一時さかれる時は、女が男の變心を何よりも恐れることは、一般元人の戀愛劇が示しているからである。

次に現實にそのテキストは見ないが、〔水仙子〕曲は張生が唱うとする古本の說を吟味しよう。この曲は、夢での張生と鶯鶯のであいがすんだところへ、鶯鶯をつれに登場した一團の軍隊に向かって唱われたもので、「かつては無法にも普救寺を包圍した貪婪あくなき賊徒めらが、又してもやって來おったが、汝等も知る白馬將軍が忽ちやって來て、汝等を肉びしお血あぶらと化すぞ」と威たけ高に賊徒へ浴せることばであって、現在のテキストの前後の白、中間の白が少しく改竄されているとみれば、この曲辭からは鶯鶯の參唱とすべき理由はどこにも見あたらない。かくて、第十七折で張生が睡りについて夢の場に入ると、まず道行きの鶯鶯の曲が數曲唱われ、張生との出會いとなってからは鶯鶯の白張生の曲で問答が行われるとすれば、一まず一般元劇「夢の場」に近づくと考える。

さて次に他の參唱例について檢討するが、それらの曲はまず二つに分けて考えられる。一つは第十七折における夢中の鶯鶯の道行曲のように、どうしてもその參唱者の唱うものとしか考えられぬ內容をもつ曲、いま一つは第十七折の〔甜水令〕以下の三曲のように、そのままか或は襯字を少しくかえるか、場あいによっては正文の一二字を變えることによって、主唱者の曲ともなり得るものである。前述のように、元劇『西廂記』は南戲の隆盛時代を經て南戲の洗禮をうけて來ているし、一般元劇の參唱はかなり嚴しいうえに、これらの參唱曲は一般元劇には殆んど例がない、主唱者の套曲と宮調・用韻を同じくする點よりして、わたくしは前者に對しては後人增入說の態度、後者に對しては後人改竄說の態度でのぞみ、それぞれその說を固める證據をひろく元劇一般からもとめようとおもう。ただこの二つの場あいは、同じ一折中に同時に現れて來ることもあり、且つ兩者が時として相關聯するために、便宜上なるべく折順にのべてゆくことにする。

まず問題になるのは開卷劈頭の楔子である。その〔賞花時〕二曲は前曲を夫人、後曲を鶯鶯の歌唱にあてる點は各本とも一致している。ただ、凌本は夫人が最初の曲を唱って退場してから、鶯鶯が登場して後曲を唱う體裁をもつに反して、陳・李・王・六十種曲・毛各本は開場當初から兩人そろって登場し、夫人と鶯鶯が一曲ずつ唱ってから一同退場する體裁になっている。前者の體の理由として凌初成は、

> 凡そ楔子は同に唱う宜からず。故に夫人獨り上り獨り唱い先に下る。而うして鶯自ら上り自ら唱う。初めて體に得えるもの爲り。時本も亦た此に從う者有り。乃るに他本は夫人鶯紅同に上り同に唱い同に下ると作るに竟る。殊に北體を失えり。

といっているが、凌本の體裁とても「北體を失う」ことに變りはない。いずれにしてもこれは一種の互唱であって、元劇としては許される餘地がない。それではこれをどう改めるかといえば、この二曲の唱者を夫人か鶯鶯のいずれかの一方にすればいいわけである。それに對する答は明瞭であって、〔么篇〕（後曲）は年老いた夫人が唱うものとするにはあまりに豔に過ぎるに反し、〔賞花時〕（前曲）の方をも鶯鶯が唱うとすれば、第一句「夫主京師祿命終」の「夫主」（夫の意）以外に何らの不合理も見出せないばかりか、むしろ兩曲の語感は鶯鶯の歌とした方がより適わしく思える。それのみでない、元劇一般においても娘の母である「老夫人」が唱う例はほとんど無いし（元劇の戀愛劇には父なき娘の母が常に現れる）、『西廂記』そのものにも夫人が唱う幕はどこにもないのである。

要するに、王實甫の原作が二曲とも鶯鶯の歌唱に屬していたのを、後人が南曲式に改めたものとわたくしは斷定する。

つぎは第四折〔錦上花〕二曲である。王・淩の二本は『太和正音譜』に照らして二曲を併せているが、句格よりしてもこれは前後の二曲に分つべきものである。この曲は、普救寺で鶯鶯の亡父の法事が營まれた時、やはり亡父の供養を便乗させてもらって參列した張生が、おりしも風に消された燈明線香をつけたりしてたち働くのを見て、鶯鶯や紅娘が參唱する曲である。

〔錦上花〕外像兒風流、靑春年少、內性兒聰明、冠（陳・李・雍熙三本は「貫」に作る）世才學、扭捏着身子兒、百般做作、來往向人前、賣弄俊俏（雍熙本は「他俊俏」の三字に作る）、

〔么篇〕黃昏這一回、白日那一覺、窗兒外（王・毛二本は「來窗見外」の四字に作る、この句は四字句が正しい）、那會鑊（陳李二本は「獲」に作る）鐸、到晚來（王・毛二本は「他到晚」に作る）向書幃裏、比及睡着、千萬聲長吁、捱不（雍熙本は「怎生捱」、王本は「怎捱得」、王本は「怎得」に作る）到曉（淩本による）、

すがたはいなせ、年うら若く、こころさかしく、絶世の學問、からだくねらせ、さまざまのこなし、人の前をゆきつもどりつ、いきぶりてらう。

たそがれの一とき、まひるの一とき（？）、へやの外面の、しばしのさわぎ、夜となりて書齋のうちら、いざ睡りにつけば、ため息吐息、夜あかしかねよう。

前後の二曲の唱者は諸說まちまちであって、王伯良は前記のように參唱を疑いながらも、とりあえず二曲をともに鶯鶯の參唱とし、

「黃昏這一回」より後は、詞意太りに露わにして、殊に疑う可き屬なり。金本么が紅の唱うと作すは、較ろ是な

り。今竝に存す。

といって、金在衡本（陳・李・凌三本も同じ）が後曲を紅娘唱とする説にも同意している。凌初成は前述の如く後人の添入と疑い、

> 〔折桂令〕が竟ちに〔碧玉簫〕に接入くるも亦た調に合う。但れども遽かに刪るわけに敢かず。

といい、雙調套曲の排列例に、この曲をとばして〔折桂令〕より直接〔碧玉簫〕へ續く例もあることを指摘して、後人竄入説を固めている。しかし、これに反して毎本末折の參唱を認める毛西河は前後の關係より（それにも同意しかねるが）二曲とも紅娘の歌唱に屬し、

> 鋪序（順を逐うて敍述する）の中に於て突に旁觀の數語を攙うるは、最も奇絶と爲す。

とむしろこの參唱の技巧をたたえ、かつ

> 妄者は詞（曲）例を識らずして、攙入と目爲し、一概に刪り去るが若きに至っては、則ち措了し（?）。

とさえいっているが、これは逆に元劇の詞例を識らぬ毛氏の誤りである。それに、この〔錦上花〕二曲が後人の増入を疑わせる理由は他にもある。それは〔錦上花〕という曲の使用度であるが、元劇の例を調べると、まず『元曲選』では「鴛鴦被」「楚昭公」「對玉梳」「隔江鬭智」「劉行首」「望江亭」諸劇の第四折にそれぞれ使われているが、臧氏以前のテキストを見ると（「鴛鴦被」「對玉梳」「劉行首」は古名家雜劇本、「望江亭」は息機子本あり）、「劉行首」を除く他の三劇の〔錦上花〕二曲は古いテキストには缺けており（「對玉梳」は柳枝集本もあるが、それにも無い）、どうも臧晉叔が増入したものであるらしい。また元刊本や也是園本（『孤本元明雜劇』）ほか息機子本・古名家本・顧曲齋本など、わたくしが目睹しうる限りでは〔錦上花〕を用いた元劇は見あたらぬし、『雍熙樂府』巻十一・十二に収められた一七一套の雙調套曲中にこの曲を用いた例は『西廂記』を除きわずかに五套に過ぎず、しかもその大部分が明人の散曲

〔劇曲でない、小うた〕らしく思われる。「楚昭公」劇は元刊本は存するが、全く内容が違うし、「隔江鬬智」劇は鄭振鐸氏が『酔江集』を所有されていると聞くが、このテキストは他劇のそれより推して臧晉叔本にほとんど従った後出のテキストであるから、この雜劇の古い姿はおそらく窺えないであろう。とすれば現存する雜劇で雙調套曲中に〔錦上花〕を入れているのは『西廂記』以外には「劉行首」劇のみとなる。しかもこの雜劇の作者楊景賢は『錄鬼簿續編』に名を連ね、その記載によれば明の永樂帝の寵遇を受けたとあるから、元劇も極く末期の作家である。といってもわたくしは「劉行首」劇の二曲まで疑うわけでは決してない。現に『西廂記』そのものにも第十三折第十七折第二十一折にこの曲が見えている。そのうち第二十一折のそれは後にも説くように、大いに疑わしいが、あとの二曲は出來ばえもすばらしくかつ『董西廂』の文字を襲うた跡も見られるから、王氏の原作が信ぜられる。したがってわたくしが現在いい得ることは、〔錦上花〕は元劇少くとも初期の元劇にあっては、そうしばしば使われる曲ではなかった、少くとも〔鴈兒落〕や〔得勝令〕のように雙調の套曲には必ずはいる曲ではなかったということである。この第四折の〔錦上花〕二曲もその曲辭は別に王實甫を待たねばならぬ底のものでもないから、おそらく後人の增入にかかるものであろう。現實にも金聖嘆本には二曲が删られている。

次に第七折〔紅娘唱〕の〔快活三〕は南戲體の三本と淩本のみが張生の參唱としている。これは賊徒を退けた謝禮の宴の招待に、紅娘が張生を訪れる場であり、張生の白に應じて紅娘が「姻縁非人力所爲、天意爾」〔男女の結びは人力のかなわぬこと、すべては天のおぼしめし〕といって、それを曲にもひびかせて「草木すら相生のためしあるものを、まして人の身の一事が成れば萬事はつごうよく運ぶもの」と唱ったもので、張生の曲とすべき何らの理由も見出せぬし、曲白の關係を無視することは、むしろ元劇の體例を知らぬものといえる。ことに陳眉公本が、最後の一句「猶有相肩併」だけを紅娘の唱にもどして、一曲互唱の體にしているのは、甚だしい誤りといわねばならない。なお奇怪なことに、元劇の意識で校定した凌初成本は、やはりこの一曲を張生の參唱にしている。もっとも、それは原刊朱墨本のみで、彙刻傳劇本や石印本（文求堂刊）では「張生唱」の三字が删られている。或はこの個處などは、凌氏の據ったという周憲王本の僞作であることを證する一つになるかも知れない。

南戲體の陳眉公・李卓吾・六十種曲三本には、かく曲辭を動かすことなしに主唱者に返しうる參唱の例が時おり見られ、かれら乃至はかれらの據ったテキストの校定者が、いかに安易な考をもって元曲『西廂記』を改竄したかが察せられる。第八折の〔鴈兒落〕〔得勝令〕、第十八折の〔掛金索〕（鶯鶯が受験に去った張生戀しさに憔悴したみづからの狀態をよんだ曲を紅娘の參唱とする）などすべてその例である。

つぎに第八折（鶯鶯唱）においては、まず〔慶宣和〕〔鴈兒落〕〔得勝令〕の三曲がやはり南戲體の三本では張生の參唱になっている。これらの曲は、鶯鶯の母が設けた謝宴の席上、鶯鶯をあたえる約束をほごにして、張生と鶯鶯の二人に兄妹の禮をとらせる場の前後の曲であるが、この三曲が張生の歌唱に歸せられた端緒は、まずはじめの〔慶宣和〕に見出せる。

〔慶宣和〕門兒外簾兒前將小脚兒那、我恰待（陳李六十種曲本は「只見」に作り、毛本は「恰纔」に作る）目轉秋波、誰想識空便的靈心兒（毛本は「兒」字がない）早瞧破、諕得我倒趓、倒趓、（王・凌二本による）、

戸口の外べ、簾のまえ、小さな脚をはこび、秋波を送ろうとすれば、思いがけなや、機をつかむさときこころは早くも見やぶり、たまげたあたしは後す退り。

第一句の「小脚兒」を「那（はこ）」ぶのはむろん鶯鶯の動作であって、この句だけなら張生の客觀描寫と見られぬことはない。しかし第二句の「目傳秋波」は女が情を送る眼つきをすることであるからこの句も鶯鶯の動作である。それなら三本の「我只見」はむしろ二句の上に出るべきであろう。それはまだよいとして、さらに第三句までも鶯鶯の動作と

なってしまい、この一曲はあまりに直線的になる。これに反して王・淩二本が「我恰待」に作り、「眼轉秋波」の動作にあわや移ろうとするより「早」く、もう相手に見破られたとする方が、一曲の意が波狀を描いてはるかにおもしろいし、「恰待」と「早」の呼應がぐっと效いて來る。したがって、これを張生の參唱曲とすることは許されない。なお、『雍熙樂府』に引かれたこの曲は、第二句を「我則見目轉秋波」に作っているから、その據ったテキストはやはり張生の參唱としていたのであろう。

つぎに〔鴈兒落〕と〔得勝令〕の二曲は、ともに夫人の變心におどろく者の狀態を描いたもので、これは鶯鶯・張生いずれの曲ともとれぬことはない。おそらく南戲體の三本は〔慶宣和〕を張生の歌唱に改めた餘勢をかって、どちらにもとり得る二曲までも張生の曲に歸したのであろう。ただ、紅娘が張生を招待にゆく前折以來、張生の樂しい期待が次第に高められつつある事を想えば、夫人の變心に驚く動作の主格は張生の方がより適わしく、劇情としてもその方がはるかにまさっている。といっても、この曲をも張生の參唱と見なすわけではない。驚いて啞然とする動作を描いた〔鴈兒落〕四句の上に王・毛二本が「則見他」の襯字を補って、鶯鶯よりする客觀描寫としている方が、淩本のように鶯鶯自身の狀態にとる（或は「則見他」がなくても、張生を描寫したつもりかも知れないが）より勝っていると思うまでである。

次にこの三曲につづく〔甜水令〕は、毛西河のみが他本に反して張生の參唱とし、

上の〔鴈兒落〕と彼此模寫して、最も意趣（おもしろみ）有り。

と讃えさえしている。彼の説によれば、實は原作ではこの曲のみが張生の參唱となっていたのをそれに誘發された南戲體の諸本が前の三曲までも張生の參唱に誤り、さらに元來張生の參唱となっていたこの曲をば鶯鶯の曲に改めたというのであるが、それは承服しかねる。この曲には「粉頸（しろきうなじ）」「蛾眉（がなすまゆ）」「芳心（おとめごころ）」「星眼（きらめくまなこ）」「檀口（あかきくち）」などの女性に

屬する語が見え、明らかに鶯鶯の動作狀態を示し、主唱者の鶯鶯が唱う曲として何らの支障も見出せぬのに、參唱を承認する毛氏はわざわざ冒頭の「我這裏」という襯字を「則見」と改め（もっとも毛氏にいわせれば全く逆であろうが）、張生からの容觀描寫としたのである。

また同じ折の〔江兒水一名〔清江引〕〕も、母から兄妹の禮をとらせられて張生と添う希望を失った鶯鶯が前途を悲觀した曲であり、第十三折〔紅娘唱〕の〔調笑令〕も、戀病まいにかかった張生を見舞った紅娘が書生の戀のすさまじさを唱った曲であるのを、南戲體の三本は又しても張生の參唱とし、後者の方は、每本末折の參唱を通例と認める毛西河がこれに從うの愚をおかしている。〔江兒水〕では末句の

下場頭那些兒發付我、（「那些兒」を淩本は「那答兒」、王・毛二本は「那里」に作るが、意味は同じ）

ゆくすえあたしはどうなるの

の上に、南戲體の三本ではわざわざ「不爭你不成親呵」（やれまあ、あなたが一しょになられぬとなら）という襯字を添えているが、將來を憂うるのはやはり鶯鶯でなければならない。また〔調笑令〕では、第四句の

便做道秀才家從來恁、（淩・雍熙二本は「便」を「更」に、「家」を「每」に作り、雍熙本では「每」の下に「委實」の二字があるが、意味はみな同じ）

書生は由來こうしたものというけれど

に見える「秀才家」（科學志願の書生）とか、最後の二句、

功名早則不遂心、婚姻上更反伏吟、（淩・雍熙の二本は「功名」の下に「上」字があり、雍熙本には「更」字がない）

科學もままならにゃ、結婚も黑星。

が紅娘の口吻に合わぬというが、わたくしはむしろその反對に考えるし、「秀才家從來恁」は書生である張生の述懷

とするよりは、書生でない紅娘が「書生さんとはこうしたもの」という方が、はるかにおもしろい。

最後に『西廂記』中で參唱がその回數において、また種類において最多を示しているのは、全劇の大切り第二十一折である。前表が示すように、この一幕にあっては一劇の主なる唱者の三人がおのおの唱うばかりでなく、二人合唱の形式さえ加わり、一部の板本では使臣（敕使）の參唱すら許し、はては登場人物全員の合唱で一劇を了る南戯の常套形式さえ使われている。しかも、これら十指にあまる參唱の曲も、主唱者の曲とすべて宮調用韻を同じくしている。

ここで注意すべきことは、第十七折「夢の場」以前においては極力參唱を排除する努力を續けて來た凌初成でさえ、この一折にあってもその努力のあとは餘人に比べればまだしも汲みとれるが、〔喬木査〕以下の六曲においては、

此(ここ)で忽(ふい)に鶯紅倶(とも)に唱うを雜入(まじ)うるは、北劇の變體なり。（頭注）

といって、鶯鶯と紅娘の參唱をば簡單に許していることである。いかにもこれらの數曲の大半は、さすがの凌氏も參唱を認めざるを得なかったほどに、それぞれの唱者のことばとしか受けとれぬものである。したがって、この參唱の事實は確かに「北劇の變體」に違いない。しかし「北劇の變體」は實にそれだけではないのである。この一折に用いられた雙調の套曲を一覽すればわかるであろう。

新水令・駐馬聽・喬牌兒・鴈兒落・得勝令・慶東原・喬木査・攪箏琶・沈醉東風・落梅風・甜水令・折桂令・鴈兒落・得勝令・落梅風・沽美酒・太平令・錦上花・么篇・清江引・隨尾

すなわち〔鴈兒落〕〔得勝令〕の二曲が重ねて使われていることである。この二曲は雙調套曲中にはつねに接續して、必ずといってもよいくらいに、しばしば使われ、五字四句の單調な前曲につづいて、後曲はまず五字四句を重ねたうえ、二字五字の隔句對をなす四句でその單調を破る、きわめて特異な存在である。雙調は主に元劇の末折用の套曲として最も頻繁に使用される宮調であるから、おびただしい套曲例が存在するが、この二曲を重ねて用いた例は絶對に

見られないのである。とすれば、『西廂記』のこの例こそはむしろ「北劇の變體」といわねばならない。いかに『西廂記』が破格の作であろうとも、かような變體は許されそうもない。したがって、二組の〔鴈兒落〕〔得勝令〕はそのいずれか一方が後人に增入されたものと考えざるを得ない。いずれをえらぶかとなると、それも自明であろう。率直にいうならば、鶯鶯が參唱する後の二曲がそれに擬せらるべきであるが、わたくしは同時に、それに先行する〔喬木查〕以下の四曲をもなお後人の增入と疑う。これは少しく大膽にすぎるかもしれない。しかし理由はそれだけでなく、これら參唱の數曲の曲辭そのものが一たいに生彩を欠くからでもある。いまさら金聖嘆をもち出すのもはばかられるが、彼は〔沈醉東風〕に注して、

此も亦た且ず可なるも、總く庸筆弱筆なり

といい、〔甜水令〕〔折桂令〕〔鴈兒落〕〔得勝令〕(後の二曲を彼は法本の唱とする)についても、「醜筆」とか「庸醜」とか評している。また〔喬木查〕は凌本の頭注にも指摘するように、『雍熙樂府』(十二)に收められた一套では、すぐ前の〔慶東原〕と順序が顚倒しており、鄭振鐸氏はそれを是とされるが(「西廂記的本來面目是怎様的?」)そんなことよりも問題はもう少し大きいところにかかっている。すなわち『雍熙樂府』とのこの異同は、このあたりにテキストの亂れがあり、後人の手が入っていることをもの語るのではないかと思うのである。しかし、現在のテキストに據るかぎりは、參唱曲の現れるあたりは原作とかなり變っていることが指摘されるだけで、それがどうなっていたかまでは言及できない。それに金聖嘆の批評はともかく、參唱中にも元人の舊を傳えると思われるものもあるし、改竄が行われたとしてもそれはすでに元代においてであったろう。なお金聖嘆本は前記のように〔鴈兒落〕〔得勝令〕を法本の參唱とし、つぎの〔落梅風〕も杜將軍の參唱にしているが、參唱を排する彼がわざわざかく作っているからは、彼が主として據ったテキストにそうなっていたのであろう。また〔落梅風〕には注して、

此は惜しくも又た杜將軍の唱なれど、眞に乃ぞ文秀の筆にして、多くは得可から未るなり。

としている。しかし、これを杜將軍の曲とすべき理由は曲辭そのものには見あたらない。

そこでいよいよ末尾の五曲であるが、これらの曲は一おうみな一劇の結語としてふさわしい内容をもっているが、唱者は板本によって不同である。がんらい元劇の意識で校定に當ったはずの王伯良も、ここに至っては完全に南戲に屈服し、南戲體の三本にさえ張生の歌唱に歸している〔沽美酒〕の曲に「齊唱」と注し、〔太平令〕の曲も南戲體の板本をおそって登場人物全員の合唱とし、さらに〔錦上花〕以下を使臣の唱う曲としている。〔錦上花〕の二曲が陳・李二本には張生の曲となっているのに、六十種曲本が使臣の曲に改めたのも、おそらく王本に據ったに相違ない。なるほど凌初成本にも使臣は登場し、また多くの元劇にもその例は見えるが、かれらはただ敕命を傳える白をのべ、最後にそれを要約した韻文で結ぶだけである。なお毛西河は〔錦上花〕二曲を全員の合唱として、次の〔江兒水〕（一名〔清江引〕）は南戲體の三本と毛本は張生鶯鶯の合唱としており、最後の〔隨尾〕は南戲體の三本は全員の合唱とし、毛本のみは唱者を明記していないが、これは登場者以外の伶人が唱うものと見たらしい。その間にあってひとり凌初成のみが、斷乎參唱合唱を排して、全部一折の主唱者張生の歌唱とするの態度を持し、一おう元劇の體を保っている。しかしながら、王凌の二氏らは何故これらの曲辭そのものに對して疑惑を懷かなかったのであろうか。末尾におかれたこれらの五曲は、使臣の參唱と見ても、張生鶯鶯の合唱と見ても、或は全員の合唱と見ても、それを妨げるものはむろん曲辭には含まれていないが、一見すればわかるように、この四曲には迫力を缺いた極めて常套的な慶祝の文句のみがならび、しかもそれがなんともくど過ぎる感をあたえ、元曲の古色は片影すらうかがえず、これが名劇『西廂記』の幕切れであろうかと首かしげられさえする。といって、四海泰平を壽ぎ、當代の帝王を讃える曲で結ぶ技巧は元劇の常套で、現存雜劇にしばしば見える例であるが、これはあまりに平板に失し、あまりにあくどい。また

〔錦上花〕の二曲は元劇であまり用いられぬ曲であることは前にのべたし、金聖嘆本のみではあるが事實これの無い板本もある。それに〔清江引〕は南曲にもあって、傳奇の末尾をみると、しばしば尾曲として或は尾曲の前の曲として使われている。さらに〔太平令〕は雙調套曲の尾曲として用いられる例は、元劇中におびただしく見うけられ（天下を壽ぎ天子を讃える結末の曲は、その名の示すとおりむしろ〔太平令〕が用いられる。この曲は曲調もおそらくそういう性質を帶びたものであったのだろう）、むしろ〔隨尾〕で終る例の方が稀であるし、これも金聖嘆本のみだが〔隨尾〕のないテキストもある。そこで再び前にもどって、〔太平令〕の曲辭を検討してみよう。

〔太平令〕若不是大恩人拔刀相助、怎能勾好夫妻似水如魚、得意也當時題柱、正酬了今生夫婦、自古、相女、配夫、新狀元花生滿路（各本とも同じ）

もしも大恩人の援助がなくば、とてもかなわぬめでたき夫婦（われら）のこの睦み、そのかみ柱にかきつけた、誓いもきょうは報われて、うれし二人はさし向い、古來宰相の娘ごの、婿がねに選ばれた新狀元（科擧の首席及第者）、花のゆくてやたのもしき。

これは一劇の結末をつける曲としての内容を十分そなえたものといえないであろうか。以上の諸種の理由を綜合するとき、わたくしは〔錦上花〕以下の五曲もやはり後人が增入したものと推定せざるを得ないのである。そして、これに類するテキスト改竄は決して珍しいことではなく、おそらく臧晉叔のしわざと思われる左の諸例が存在する。

無名氏作「鴛鴦被」劇第四折末……古名家雜劇本は〔沽美酒〕〔太平令〕で終了しているが、元曲選本にはなお〔錦上花〕〔么篇〕〔清江引〕の三曲がある。

無名氏作「漁樵記」劇第四折末……息機子本は〔沽美酒〕〔太平令〕で終了しているが、元曲選本にはなお敕命を傳える「孤」が登場し、〔鴛鴦尾〕の一曲も加えてある。

石子章作「竹塢聽琴」劇第四折末……古名家雜劇本・顧曲齋本はともに〔沽美酒〕〔太平令〕で終っているが、元曲選本にはさらに〔離亭宴煞〕の一曲がある。

無名氏作「碧桃花」劇第四折末……息機子本は〔沽美酒〕〔太平令〕で終っているが、元曲選本にはなお〔豆葉黄〕〔七兄弟〕〔梅花酒〕〔收江南〕の四曲がある。

以上『西廂記』の參唱についての卑見をのべたが、古い完全な劇本のない現在では、元劇の參唱を正確に把握することはがんらい困難であり、わたくしはとりあえず現存のテキストから元劇の參唱をつきとめ、ただそれだけで『西廂記』を律しようとしたので、或は牽強にわたったところもあろうかと恐れている。なお鹽谷博士の擬定本は大體凌初成に據っている。

脚色について

元劇においては、脚色すなわち登場人物の役割も南戲（傳奇）と多少の相違がある。詳しいことは靑木・吉川兩博士の解說（『支那近世戲曲史』八二七頁以下。『元人雜劇序說』三六頁および『元雜劇研究』一六頁）を參看されたく、ここには必要な限りにおいてのべる。最も著しい差違はやはり主役一人の獨唱に起因する。すなわち、元劇では一折または一楔子、さらに多くの場あい一劇四折の歌唱が一人で擔當されるために、その主唱者を區別する脚色名が要求される。だから、歌唱しない主役は男であれば「末」女であれば「旦」であるのと區別して、かれらが唱う場あいはそれぞれ「正末」「正旦」とよぶ。これに對して、參唱が通例の傳奇にあってはその區別の必要がなく、つねに男は「生」女は「旦」である。またワキにあたる男の脚色は「外（末）」ツレは「冲末」または「副末」であるが、主として「冲末」の方を用い、傳奇でも前者は「外」後者は「副末」が使われる。つぎに女の老け役は雜劇傳奇とも「老旦」である。

また敵役と道化役は雜劇・傳奇とも脚色名は同じで、前者は「淨」後者は「丑」である。なお「淨」はがんらい敵役とか惡役にあたり、普通は主役と反對の立場に立つものであるが、しばしば「丑」的な性格をもって聽衆の笑いをまねく科白を演じ、時としては全く本來の意義を失い、單なる道化役でしかない場あいもある。と同時に「丑」も道化役であると共に、また惡意をもって主役に對立する場あいもある。したがって、この二つの脚色は實際的な用法においてはほとんど區別がないといってよい。

以上がここに必要な脚色であるが、それでは『西廂記』の諸板本の脚色はどうであろうか。左に主要登場者について脚色名を示そう。

張生……正末または末（凌・毛二本）生（その他）
鶯鶯……正旦または旦（凌本）旦（王・六十種曲二本）旦兒（毛本）
紅娘……旦倈（凌本）旦（王本）貼（六十種曲本）
夫人……外（凌本）老旦（六十種曲本）
法聰……淨（王・毛二本）
法本……淨（凌本）外（王・毛二本）
孫飛虎……淨（王・毛二本）
杜將軍……外（王・毛二本）
惠明……（脚色名を示す板本はない）
鄭恆……淨（王・凌・毛三本）

ここに擧げていない板本はすべて、姓名をそのまま出すか、姓名のいずれかの一方または名の一字で示している。また脚色名を明記するテキストたとえば王・凌・毛の三本にしても、最初に登場する時のとがき以外は右に従うことが多く、唱者の正末・正旦以外にあっては特にその傾向が濃い。甚だしいのは賊徒の包圍をついて使者に立つ唱者の惠明は、いずれの板本にも脚色名は示されず名まえを掲げるだけである。これは、『西廂記』が五本より成る長篇であり、ある一本では唱者を擔當しても他本では白（せりふ）しかいわず、同じ一本中でも第二・四・五の各本などは「折」ごとに唱者が變り、そのつど脚色を變更すると讀者にとっては紛らわしくなるからという、レーゼドラマとしての老婆心にすぎない。しかし元刊本によれば、元劇では脚色名のみを出すのが普通であって、嚴密にいうなら、やはり一本乃至は一折ごとに脚色名を用いるべきである。それはさておき、右の諸板本に見える脚色を檢討しよう。

まず主唱者の張生・鶯鶯二人は問題ないとして、紅娘・惠明についていえば、「正末」「正旦」はがんらい身分の高下に關せず、歌唱の如何に因るものであるから、たとえ侍女であろうと紅娘が唱えば「正旦」であり、役僧であろうと惠明は同樣「正末」でなければならない。同じ例は「詐妮子調風月」（元刊本）の侍女燕燕や、「兒女團圓」第四折の院公（家令）に見える。なお毛本が鶯鶯を「旦兒」としたのは「旦」と異なることなく、元劇中にも時おり見える脚色であるが、凌本が紅娘を「旦倈」としたのは、その例がない。「倈」は通常子役に當る脚色であるから、凌本のは誤である。

次に鶯鶯の母夫人は明らかに「老旦」であり、同じ例は「㑳梅香」などに見える。ただ老夫人の場あいは『元曲選』中の雜劇などでも古いテキストには脚色名を出さず、「夫人」としたものが多く、それは元刊本にも見える。なお凌本が「外」としたのは女役のワキ「外旦」の略であるが、普通それは「旦」と對等に立つワキ役に使われ、その例もきわめて少い。

次にこの一劇における敵役は、普救寺を包圍して鶯鶯を奪おうとした孫飛虎と、最後に登場して兩人の戀の妨碍を圖る鄭恒で、これは問題なく「淨」でなければならず、諸本も一致している。

この二人に對して第三者の立場から兩人の戀愛に援助を與えたものは、普救寺の座主法本和尙と張生の知友杜確將軍である。かれらを「外」に當てた王・毛二本の態度は正しいと思われる。同じ例は「謝天香」の錢大尹、「竹塢聽琴」の梁州尹、「㑳梅香」の李尙書、或は戀愛劇ではないが「范張雞黍」の第五倫、「薦福碑」の長老などである。しかし、この杜確のように同窗の知友で戀愛の成立に援助を與えた者の脚色にはツレ役の「冲末」を當てた例も見える。例えば「玉壺春」の陶伯常、「漁樵記」の王安道、「金錢記」の李太白、或は戀愛劇でもなく知友でもないがとにかく主役を援助する例では「薦福碑」の范仲淹などもそれである。したがって杜確を「冲末」にすることも或は可能であろう。なお淩本は法本和尙を「淨」に當てているが、これは全然惡意を除いた意味の「淨」であって、第二折張生が普救寺に奇寓を申し出る場で、暗に西廂以外はことわる意をのべた張生に、しからば拙僧とベッドを共にされてはとふざけるからであろうが、他には「淨」的な性格はあまり見えず、誤りである。

最後に多少問題になるのは役僧法聰であろう。彼は普救寺見物の張生案內役としてこの劇の當初から現れ、第一本においては「正末」の張生からしばしば戲弄される。かく戲弄される性格というものは明らかに道化役であって、いうまでもなく「丑」か「淨」に當られるべきであるが、一般元劇ではかえって「淨」の方がひろく使われており、王・毛二本が「淨」とするのも肯ける。しかし、いずれを是とするかはわたくしには判定しかねる。

なお現存の元劇テキストにおいて最も亂れを示すものはこの脚色であって、わたくしも元劇の一般例をなるべく臧晉叔以前のテキストに採りたく思ったのであるが、それらはあまり脚色名を表出しておらず、かえって元曲選本がやや忠實に脚色名を出し、しかもそれらは相當考究されているように感じられるので、ここには主として元曲選本に從っておいた。

題目正名について

次に元劇がもつ形式上の特徴としては、劇本の末尾に二句または四句、稀には八句（元刊本「諸宮調風月紫雲庭」劇だけが正名として八句を掲げている。但し孫楷第氏によれば――『述也是園舊藏古今雜劇』下篇一八七頁――これは雜劇終了後に唱われる「打ち出し」の歌であるのを、板刻者の手おちで題目正名に紛れこんだものという）の對句より成る「題目正名」が附いていることで、青木博士の説（『元人雜劇序說』三五頁）によれば、これはがんらい紙片に記されて劇場の入口に貼るものだそうである。この二句または四句の對句は、その雜劇の劇情を略敍したものであって、一篇の眼目はむろん最後の句にあるから、通常最後の一句がそのまま雜劇の名稱、すなわち外題（げだい）に使われる。『西廂記』も『錄鬼簿』の王實甫の條下に、その天一閣本によれば、

鄭太后開宴北堂春　　張君瑞待月西廂記

の二句が見え、曹楝亭本（この方は一句しか擧げないのが體例である）には、

崔鶯鶯待月西廂記

の一句が掲げられている。もっとも天一閣本は大てい二句を擧げるのがその例で、たとえば紀君祥の「趙氏孤兒」劇はその元刊本には、

韓厥救捨命烈士　　陳英說妬賢送子　　義逢義公孫杵臼　　冤報冤趙氏孤兒

の四句より成る題目正名が掲げてあるのに、天一閣本には後の二句しか見えない（一二文字の異同がある）。これは省略したにすぎなくて、原本がすべて二句に作っていたわけではない。だから『西廂記』の場あいもがんらい四句であったものが二句に省略されたということが、十分想像される。

ところで現存の板本はどうかといえば、二十齣系のもの、すなわち南戯の體裁をなす陳・李・羅・六十種曲の四本には題目正名が全く見えず、五本系のもの、すなわち多少とも元劇の意識で校定を施した板本にのみ見えている。しかしその場あいも二つの傾向に分れ、一は各本毎に四句の題目正名を附けたもの、一は各本の題目正名以外に、「總名」または「總目」と稱してさらに四句の全劇に關する題目正名が附けられている。前者に屬するものは徐士範本・凌初成本・閔遇五本・後者に屬するものは徐文長本・王伯良本・張深之本・金聖嘆本・毛西河本である。

まず全劇を示す題目正名は、諸本ほぼ一致して、

張君瑞要做東牀婿（金・毛二本「要」を「巧」に作る）　法本師佳持南瞻地（金・毛二本「瞻」を「禪」に作る）

老夫人開宴北堂春　崔鶯鶯待月西廂記

に作っている。これを『錄鬼簿』に掲げられた題目正名に比べると、天一閣本に「鄭太后」とあるのはおそらく「鄭太君」の誤寫であって鶯鶯の母鄭氏を指し、「老夫人」と同一人であるから、ほぼ一致するわけである。したがってこの四句も王實甫の原作を傳えるものと信じてよかろう。ただ末句における天一閣本の「張君瑞」と諸板本および曹棟亭本の「崔鶯鶯」といずれがよいかという點になると、わたくしはむしろ前者にくみするものである。なぜなら、西廂の下に月を待ち密會をまちのぞんだのは事實上張生であり、鶯鶯は終始待たせる立場にあったからである。また全劇において張生と鶯鶯のいずれが歌唱を多く據當しているかは、前表を見れば明瞭であろう（この劇の主役も興味の焦點も張生と紅娘にあるとおもう）。おそらく、元人の戀愛劇には唱者も外題も女が主體になったものが多いし、「會眞記」そのものも「崔鶯鶯傳」と稱せられるくらいだから、そうしたことに引かれて「崔鶯鶯待月西廂記」と改めたのであろう。またこの題目正名の位置については、徐文長本・張深之本・金聖嘆本のように巻頭におくものと、その他のように巻末におくものとあるが、これは後者の方が元劇の體例に合っている。なおこの四句は前四本の内容をのみ

示し、『録鬼簿』にも王實甫の條下に掲げられているように、王氏の作であって、續作者の手に成るものではなかろう。

次に各本毎に附けられた題目正名の方は、板本によって多少の異同がある。左にそれを示そう。

○徐文長本・王伯良本

(1)
老夫人閉春院　崔鶯鶯焼夜香
俏紅娘懐好事　張君瑞鬧道場

(2)
張君瑞破賊計　莽和尚生殺心
小紅娘晝請客　崔鶯鶯夜聽琴

(3)
老夫人命醫士　崔鶯鶯寄情詩
小紅娘問湯藥　張君瑞害相思

(4)
小紅娘成好事　老夫人問由情
短長亭斟別酒　草橋店夢鶯鶯

(5)
鄭衙内施巧計　老夫人悔姻縁
杜將軍大斷案　張君瑞兩團圓

○徐士範本・凌初成本・閔遇五本・張深之本

（2）（4）　徐文長本と同じ。

（1）第一句「閉」を「開」に作り（凌本は「閑」に作る）第三句「俏」を「小」に、「懐」を「傳」に作る。他は徐文長本に同じ。

（3）徐士範本は徐文長本と異なるらしいが、詳細は不明。閔本は全句を缺いている。張本は第二句の「詩」を「詞」に作る。他は徐文長本と同じ。

(5)｛小琴童傳捷報　崔鶯鶯寄汗衫
　　鄭伯常乾捨命　張君瑞慶團圞｝

○金聖嘆本

（1）（4）（5）徐士範本と同じ。（2）「生殺」を「殺人」に作る。他は徐士範本と同じ。

(3)｛張君瑞寄情詩　小紅娘遞密約
　　崔鶯鶯喬坐衙　老夫人問醫藥｝

○毛西河本（劉世珩の「題識」に見えるのとは大分異同がある）

（1）第三句「懐」を「問」に作る。他は徐文長本に同じ。（2）（3）（4）（5）徐文長本と同じ。

またその位置も徐士範本・張深之本・金聖嘆本はやはり、各本の冒頭にあり、他は末尾においているが、これもあるなら末尾に置くべきものであろう。ところでこの各本別の題目は果たして原有のものであろうか。凌初成本の巻頭にはわざわざ『點鬼簿』（『錄鬼簿』の異名）の目錄として、

王　實　甫
　張君瑞鬧道場　崔鶯鶯夜聽琴　張君瑞害相思　草橋店夢鶯鶯
關　漢　卿
　張君瑞慶團圞

を掲げ、「周憲王本と合う」と注記さえしているが、鄭振鐸氏もいうように（「西廂記的本來面目是怎様的?」）現存のあ

らゆる『錄鬼簿』をしらべても、この事實に合致するものなく、これは周憲王本を權威づけるための淩氏の不手ぎわなさかしらとしか思えない。しかし『西廂記』が五本より成ることが確實であるとすれば、一本ごとに題目正名を附していたことも十分考えうる。それにしても諸板本の示すような題目正名では、王實甫や關漢卿の原作とするにはどうも少しもの足りぬ感がされる。わたくしは各本別の題目正名の原有説に傾きつつも、なんとなく躊躇されてならない。しかし、現在のところはこれ以上詮索することができない。ただ金聖嘆本のそれが一部ひどく違っているのは、より古いテキストによって改めたものではなく、かれ自身の改作によること、他の點より推して明瞭である。なお鹽谷博士の擬定本には全劇の題目正名のみ削られている。

絡絲娘煞尾について

つぎに形式上の問題として〔絡絲娘煞尾〕がある。現存の板本中のあるもの、例えば五本系では前四本のそれぞれ末尾に、二十齣系では第四・八・十二・十六各齣の末尾に、〔絡絲娘煞尾〕と稱する左の如き六言二句の短曲がついている（小さい字で表したのは襯字）。

（1）則爲你閉月羞花相貌、少不得剪草除根大小、
花も羞じらう器量のために、一門根こそぎ皆殺し。

（2）不爭惹恨牽情鬭引、少不得廢寢忘餐病證、
なさけごころに胸かきたてられて、寝食忘れた戀病まい。

（3）因今宵傳言送言、看明日攜雲握雨、（雍熙樂府では「雲」「雨」の二字が入れかわっている）
今宵こと傳て寄せられて、明日は樂しいみそかごと。

（4）都則爲一官半職、阻隔得千山萬水、（雍熙樂府は「則」を「自」に作り「得」を「的」に作る）

ほんの官職取るために、海山遠く隔てらる。

これも各本によって多少異同があり、その詳細を示せば、

〔二十齣系〕

陳眉公本・李卓吾本・六十種曲本……第八・第十二・第十六各齣末（第四齣末はない）

羅懋登本……第十二・第十六各出末（第四・第八出末はない）

〔五　本　系〕

徐文長本……第二・第三・第四毎折末

凌初成本・閔遇五本……第一・第二・第三・第四各本末

〔五本二十折系〕

徐士範本・毛西河本……第四・第八・第十二・第十六折（齣）末（但し毛本第四折末は曲牌のみをあげ「曲亡」と註して曲文を掲げていない）

なお『雍熙樂府』も第一の外の三曲を存している。全く見えないのは金在衡本・王伯良本・張深之本・金聖嘆本・桐華閣本である。

この〔絡絲娘煞尾〕については、凌初成が、

四折の體已に完れるに因り、故に復た下を引く詞を爲りて之を結び、尚らに第二本の有るを見すなり

といっているように、一本四折の事件によって次の一本四折の事件が誘起されることを示す曲であり、王伯良（第一折第四套鴛鴦煞注及び巻頭例）や凌初成（第一本第四折頭注）もいうように、これは講釋師の「且聽下回分解」（まずは次

回の講釋にての意）や「有分交（教）……」（……と相成りまするの意）というテクニックを用いるに似たものである。たとえば、最初の〔絡絲娘煞尾〕二句は鶯鶯の美貌がたたって、第二本で賊徒孫飛虎に普救寺を包圍され一家危機にさらされることを意味し、第二のそれは、張生が鶯鶯の氣をひいて反って胸かきたてられ、第三本で戀病まいに臥すことを意味している。

ところでこれが是非に對する諸家の意見を紹介すると、王伯良は、

語既に鄙俚にして、復た他の韻に入る

と、二句の曲辭が低級であり、それが屬する一折の套曲の韻と異なる點を指摘し、

止だ第二・三・四折のみ之有り、首折は復た闕く

といって彼の據ったテキストでは第一本末の〔絡絲娘煞尾〕が缺けている點より、後人の増入と見なし、全部これを刪っている。これに反して凌初成は、

此は復に扮色人（主演者）の口中の語に非ずして、乃ち衆伶人（出演者全部）の打散の語爲り。

といって、一折の唱者が唱うものでないことを主張し、暗に王氏の指摘した用韻の異なる所以をのべ、〔絡絲娘煞尾〕を存している。毛西河も王氏と意見を異にするが、明言をさけ、

扮人の下場後に于いて復た唱い、且お復た正名四句を念ぐ。此らは誰が唱い誰が念ぐるぞ。

と疑問をとどめているが、前に觸れておいたように『太和正音譜』中には「西廂記第十七折」として〔小絡絲娘〕（絡絲娘煞尾の正しい呼稱）が引かれているため、原作と認めて保存し、沈璟（詞隱生）も同じ理由から刪るべきでない旨を王伯良に勸めている（王伯良本六「西廂記考」附錄「詞隱先生手札」）。

これについては近人孫楷第氏にも説があって、氏は凌氏同様に「打散」の曲とされる。「打散」については同氏に

詳細な考證があり（『述也是園舊藏古今雜劇』一八五頁以下）、それによればいずれの雜劇も全劇の終了後に別の伶人が登場してうち出しを示す曲白をのべ、現存のテキストにはそれが省略されているというのである。それはがんらい一劇の收束が目的であるから、凌氏のいうように必ずしも「下を引く詞」であることを要しない。現に第四本末の〔絡絲娘煞尾〕は必ずしも續本の內容に關するものではないから、孫氏は閔遇五がこの最後の〔絡絲娘煞尾〕について、

前の三本には倶て絡絲娘有りて、上を結び下を起すの詞と爲すのは、是なり。此に至りて、實父（甫）の文情は已でに完る。復び了らざるの語を作るは可ならん乎。明らかに後人の妄增せる屬なれば、復た錄せず。（箋疑）

といって刪っているのを非とされる。

右についてわたくしの考えを申しのべると、まず原作か否かは後にして、『太和正音譜』に引かれている事實は、『西廂記』の古い板本からすでに〔絡絲娘煞尾〕があったことを示している。また凌氏や孫氏がこれを「打散」の曲とみる說はおそらく正しいであろう。毛西河も指摘するように、〔絡絲娘煞尾〕は喬夢符作「兩世姻緣」劇の末尾にも用いており、それは左のように孫氏のいう一劇の收束を意味することばである。

〔絡絲娘煞尾〕不爭你大鬧西川性窄、翻招了個笑坦東床貴客、

この雜劇は別に「古名家雜劇」本があり（『元明雜劇』所收）、それには、

〔絡絲娘〕還的他思凡債徹、今日個跨鳳乘鸞去也、

となっており曲名・曲辭とも違っているが、〔絡絲娘〕は句格よりして明らかに〔小絡絲娘〕の誤りであるし、曲辭の相違は、古名家雜劇本に用いる「金童玉女託生型」（西王母の侍者金童と玉女が思凡の罪を犯したので下界に降され、將來結ばれるべき男女に託生させるストーリーの一型、賈仲名の「金安壽」劇や、劉東生の『嬌紅記』劇に用いられている。古名家本はおそらく喬氏の原を傳えるものであろう）を改變した臧晉叔は、〔絡絲娘煞尾〕の內容までも變えねばならなかった。

さらに注意すべきことは、臧氏の改作では第四折の套曲と同種の韻（皆來韻）が用いられているが、古名家本によると異種の韻（車遮韻）が使われている。だから『西廂記』のそれの多くに異種の韻が使われているのは、やはり古い姿を傳えたものといえよう。したがってわたくしは、その曲辭の俚俗であるにも拘らず、〔絡絲娘煞尾〕はやはり元劇固有のものであると見たい。ただそれが、王氏の原作であるか否かは疑わしい。というのは「兩世姻緣」の作者喬夢符は『録鬼簿』下巻に列する後期の作者である。第一「紫雲庭」劇本を除くほか元人の雜劇に「打散」の曲を附したテキストはないといわれ、作者は「打散」の曲までも親しく作るものかどうかは十分わからぬので、これは言明の限りではなかろう。またこの曲の唱者は淩・孫二氏のいうように、出場者以外の俳優が樂人であろうから、南戯體の三本が主唱者とするのは誤りである。「兩世姻緣」劇の場あいも、臧本は一折の唱者正旦の歌唱に誤り、古名家本も旦末の合唱（この曲の前に旦と末が同時にいう白があり、ただちに「唱」と注するから、旦末の合唱とおもわれる）と誤っている。

ところでなお問題は殘っている。それは第一本末尾の〔絡絲娘煞尾〕は、現在判明している限りでは徐士範本・淩初成本・閔遇五本にのみ見え、他は缺いている。徐士範本もそれを參校したはずの王伯良の語によれば、或はなかったのではないかとおもわれるが、とにかくこれは極く少數の板本にしか見えていない。しかも、この二句のみは一折の套曲と同韻を用いている。前述のように「兩世姻緣」劇の古本や、他の三曲から推すと、これは或は徐氏または淩氏（閔氏は淩氏をすべておそうている）の補作でないかと想像される。なお鹽谷博士の擬定本にも一同退場後の「打散詩」として四曲とも留めてある。

『西廂記』板本の研究（下）

序説

『西廂記』が元代雜劇における屈指の作品であり、かつは破格の長幅を擁したがために、元劇衰滅の後も忘れ去られることなく、南戲（傳奇）極盛のまっただなかにおいてさえ時には唱演もされ、一方次第にレーゼ・ドラマとして多くの愛好者をも獲得してその板本の簇出を見た。その結果、他の元劇とは異なる變貌を遂げたと信ぜられること、それらはすでに上篇でのべた。それは四幕の構成をもつ通常元劇を五本重ねたこの戲曲の體裁が南戲と酷似するため、さらにそれは南戲盛行期の校訂者の手を經たがために、南戲的な要素の混入が次第に激しくなって行った點で、その傾向は特に形式の面で顯著なこと、そして結局『西廂記』の原形と信ぜられる體裁を保存したテキストは一本もないことを指摘しておいた。

本稿においては、それら板本のいずれが元人の舊を忠實に傳えているか、いわばいずれのテキストが信據するに足るかを、主として內容をなす措辭の面について檢討してみようと思う。前の形式面に關する部分では、南戲化による南戲的要素の竄入が常に問題の中心になったが、ここでは主として、唱演されるべき戲曲の讀劇化による、韻律句法や元曲用語の習性の無視が問題にされるだろう。そしてこの場あい私は、一おうこの古劇を最も唱演するに適わしい理想的な形において扱わねばならぬだろうが、既成の曲律よりは元劇の實際を尊重し、そこに多分の融通性をもたせつつ、考察を進めるつもりである。

すでに上篇に掲げたように、明末より清初にかけての『西廂記』板本の氾濫は驚くべきものだが、本稿において私が俎上にのぼそうとするのは、左の八種である。

（一）雍熙本――劇曲散曲の總集『雍熙樂府』二十卷（嘉靖四十五年―一五六六　郭勛編刊）には、七卷にわたって『西廂記』中の全套曲二十一套（楔子の曲を除く）が收錄され、その輯本（『輯雍熙樂府本西廂記曲文』黎錦熙・孫楷第輯、民國二十二年―一九三三　北平立達書局刊活字本）も出ている。

（二）王伯良本――『校注古本西廂記』四卷（萬曆四十二年―一六一四刊）作家を兼ねた戯曲評論家王驥德（字は伯良、浙江會稽の人　?―一六二三）が校訂を行い、各折毎に詳しい批評注釋を施したもの。私は六卷より成る影印本（民國十八年―一九二九　北平富晉書社東萊閣書店刊）を用いた。

（三）陳眉公本――『北西廂記』二卷（萬曆年間一五七三―一六一九刊）博學多藝の陳繼儒（號は眉公、江蘇華亭の人　一五五八―一六三九）が批評を加えたもの。影印本（「精刊陳眉公批西廂記原本」と題して二册、中國圖書公司宣統三年一九一一刊）もあるが、私は故小川琢治博士舊藏の原本を利用することができた。

（四）李卓吾本――『眞本西廂記』二卷（崇禎十三年―一六四〇刊）道學に叛旗を翻した奇人李贄（字は卓吾、福建晉江の人　一五二七―一六〇二）が加評したという。別に容與堂刊本（萬曆年間）も現存するが、私は京都大學所藏の崇禎本に據るほかなかった。

（五）凌初成本――『西廂五劇』四卷（天啓年間一六二一―二七刊）『拍案驚奇』の編者であり戯曲作家でもある凌濛初（字は初成、卽空觀主人と號し、浙江吳興の人　一五八四?―一六五四）が校注を施し、各本末に解證を加えたもの。『彙刻傳劇』（民國八年―一九一九　劉世珩輯刊）にも收められ、別に影印本（東京文求堂刊）もあるが、どちらも原刊本と多少の異同が見うけられる。私は京都大學所藏の原刊朱墨精印本を用いた。

（六）汲古閣本――毛晉が編した傳奇の總集『汲古閣六十種曲』（崇禎年間一六二八―四三刊）に收められた唯一の北劇。

（七）金聖嘆本――奇人金聖嘆（金人瑞、江蘇呉縣の人　？―一六六一）が詳密な評注刪訂を加えたもので『第六才子書』と呼ばれる。夥しい板本が存し、その間多少の異同もあるらしいが、私は『貫華堂第六才子書西廂記』八卷（刊年未詳）を用いた。

（八）毛西河本――『西廂記』五卷（康煕刊？）清朝有數の經學者毛奇齢（字は大可、浙江蕭山の人、本籍西河の名で呼ばれる。一六二三―一七一六）が詳密な注釋を施したもの。私は董康氏の覆刻本（四冊、刊年未詳）を用いた。

現存の『西廂記』板本はまず形式上から二分される。一は南戯に體裁を借りたもの〔（三）（四）（六）〕で、私は上篇においてこれらを假りに南戯系本と呼んで來た。他は本來の雜劇の體裁をなすもの〔（二）（五）（七）（八）〕で、これは南戯中に埋沒していたこの古劇を、元劇の意識で校訂したものゆえ、後出ながらすでにその價値において前者に一段まさることというまでもない。しかもそれらのテキストは大體この四種につき、一方南戯系本と呼ぶものはいずれもほぼその內容の一樣を示し、また私の利用できなかった多くの板本も大體この系統に入れ得るものと信ぜられるから、僅か八種ながら、『西廂記』板本の重要なものはほぼここに盡されていると思う。唯一つ或は北劇の體裁をなすかと思われる徐渭（文長）の校定本が見られぬのが遺憾だが、これは王伯良の據った古本の一を底本にしていることと、王注に引かれた徐氏の說にあまりにも元曲の一般を知らぬ奇詭なるものが多いので、その校本もよほど重要性を缺くものかと慰めている。また金聖嘆の校訂刪改は、專ら三百年後における讀劇の目的に添うてのみ行われ、すでに定評のある如く亂暴極まるものであるから、前稿におけると同様ここでも多くは觸れない。ただその系統については、ほぼ王伯良本をおそうたものであることを附記しておく。

さらに一言しなければならぬのは、本稿において私は、白や科にはほとんど觸れず、主に曲辭を問題にしていることである。決してそれらを輕視したわけではなく、全く紙數の制限に因るものであって、いずれ詳しい校記を書いてそれらに觸れるつもりでいる。

本論

南戲系本について

前稿において私は、陳眉公本・李卓吾本・汲古閣六十種曲本が、幕わり（分折）とその用語、主役一人以外の歌唱（參唱）、役割名（脚色）、「題目正名」の删除等の諸點で、元劇の體裁を失うこと最も甚だしく、一見南戲の外貌を呈することを指摘し、假りにこれらを南戲系本と名づけ、かつ數ある板本中の二巻本は、大抵この三本の系統に屬するであろうことを想定しておいた。

その後私は、恩師倉石博士の藏せられる「王李合評本」（前稿參照）とおぼしい『元本出相北西廂記』（二巻中の上巻のみ）を翻く幸福をもち、さらに同學小川環樹氏の斡旋により東北大學所藏の「熊龍峯本」（二卷、萬暦二十年－一五九二刊、前稿中「劉龍田本」を同大學藏と記したのは誤りで、また一項をたてた「余瀘東本」というのも實はこの熊龍峯刊本のことと判明した。右訂正してお詫びする）の一段のコピーを得たが、少くともこの二本に關する限り、私の想定は外れていなかった。前者はほぼ李卓吾本に據り、稀に甚だしい改竄が見られるほか、參唱個處も更に增加しているし、後者もその本文は殆ど陳・李二本の間を出入し、殊に開卷劈頭は南戯に常套の「副末開場」形式（前稿では採り上げなかったが、この形式を具えたものに徐士範本があること、劉世珩の「西廂記題識」に詳しい）が加わり、ますます南戯への接近を示している。

これらのテキストは形式が一様に南戯化されているばかりでなく、曲白にわたって本文の異同も少く、確かに一つの系統に屬するものと思われる。王伯良や毛西河が「俗本」と呼び、常に退けているテキストもこれと一致するが、すでに雜劇である『西廂記』を傳奇の體裁に改めた點でも、一おうそれらは「俗本」の名に値するだろう。勿論、俗本とても全面的に無視されるべきでないが、孫楷第氏の「俗人の改作能力や氣魄は、文人學士に遙かに及ばぬゆえ、俗本の信憑性は古本にまさる」（『輯雍熙樂府本西廂記曲文』序）の語は『西廂記』の場あい少しく當らない。『西廂記』が南戯の體裁に改められたことは、既にこの戯曲が完全に讀劇化されたことを意味する。南戯極盛の明代中葉ともなれば、元劇も漸く影淡く、『西廂記』の讀者を吸引するには、その外貌を南戯に塗り替えるのが何より賢明であったろうが、それがやがて後の校訂者に『西廂記』が雜劇であることを忘れさせたばかりでなく、唱演すべき戯曲であることさえ忘れさせたに相違ない。私とても形式が元劇の舊を失っているがゆえに内容をなす曲白までも簡單に退ける者では決してないが、もしも雜劇であり唱演すべき戯曲であったことを忘れる底の校訂者なら、ただ讀んで理解し易く興味深からしめるためには、元曲の約束を無視したかずかずの改變を、なんの躊躇もなく斷行したであろうこと、容易に想像されるではないか。果せるかな、われわれは南戯系の三本の隨處に、極めて心なき誤りを發見するのである。〔引用句の傍線の部分は、正式には音樂にのらぬ補足字すなわち「襯字」にあたり、句讀點の。は押韻、、は不押韻を示す。幕數は今本に從い、例えば「一の三」は第一本第三折（王本では第一折第三套）、但し第二本のみ第一折に二套曲があるので、『西廂記』の原形は以下一折ずつずれる。〕

まず句を缺く例では、

我忽聽得一聲。猛驚。（陳・李二本および雍熙本、第三齣〔麻郎兒么〕頭句）

——三平韻を連用すべき重要個處で、他のテキストの如く「我忽聽。一聲。猛驚。」でなければならない。

稔色人兒、他家怕人知道。（南戲系三本および雍熙本第四齣〔甜水令〕第四五句）

——この個處は頭三句に呼應する一韻の四字三句で、異格は許されない。他のテキストが二字を加えて「可意他家」（王・毛二本。凌・金二本は「他」を「寃」に作る）一句を構成するのが正しい。

那生二三日來水米不粘牙哩。（陳李二本第十一齣〔攪箏琶〕曲附帶の白、陳本は「來」字がない）

——陳・李二本の如きだと右曲の第五句（三字二句にも作る）を缺くことになる。「牙」はこの幕一套の韻（家麻韻）に屬し、「不粘牙」の三字は音律にも叶っている（第五句の末三字は殆ど例外なく「仄平平」の形をとる）。他のテキストが「哩」を刪って、全文または下五字を曲文に當てているのは正しい（なお雍熙本の曲にも右の一句はない）。

却原來是姐姐。（南戲系三本および雍熙本第十六齣〔慶宣和〕末句）

——王・凌・毛の三氏も指摘するように、この調の末尾には同じ二字句を重ねる定めで、他のテキストの如く「姐姐」二字を補うべきである。

また韻脚を誤る例では、

這些時睡又不安、坐又不寧。（南戲系三本および雍熙本第五齣第一套曲〔油葫蘆〕第六・七句、一套の用韻は眞文で寧は庚青韻に屬す。王・凌二本は二句を「這些時坐又不安、睡又不穩」に作り、毛本は南戲本と同じ）

半萬賊兵、一霎兒敢剪草除根。（南戲系三本同前〔六么序么〕第七・八句。王氏の據った古本も同じ。兵は庚青韻で、雍熙

本および王・淩の二本は軍に作る。毛本は南戲本に同じ）

我從來駁駁劣劣、世不曾忐忐忑忑、（陳・李二本第五齣第二套曲〔四煞〕頭二句。一套の用韻は監咸で、忑は齊微韻に屬す。他の本は「忑忑忐忐」に作る）

捲浮雲片時掃盡、（南戲系三本および雍熙本第六齣〔粉蝶兒〕第二句。一套の用韻は庚青で、盡は眞文韻に屬す。他本は淨に作る）

衣冠濟楚龐兒俊、（南戲系三本および雍熙本同前〔小梁州么〕頭句。俊も眞文韻で、他の本は整に作る）

我雖是婆娘家有志氣、（陳本および雍熙本第九齣〔勝葫蘆么〕第三句。一套の用韻は支思で、氣は齊微韻に屬す。他の本は「氣志」に作る）

幾乎險被先生賺、（南戲系三本第十齣〔石榴花〕第六句、一套の用韻は寒山で賺は監咸韻に屬す。雍熙本および淩・毛二本は饌に作り、王本は撰に作る）

怎肯別處尋新配、（南戲系三本第二十齣〔鴈兒落〕末句。一套の用韻は魚模で、配は齊微韻に屬す。他の本は下二字を「親去」に作る）

不甫能得夫妻、（南戲系三本同前〔攪箏琶〕第七句。妻も齊微韻に屬す。王本は婦に作り、他の本は下二字が倒する）

ここに擧げた諸例は、いうまでもなくすべて一般元劇例に徵しても必ず押韻すべき句に屬する。右のうち第三・六・九の各例は、押韻を無視して熟語の正常の組み合せに引きもどそうとした南戲系本の明瞭な過失と見られるが、第一・二・四・五・七の各例（或は第六例すら）は韻類の近似に因る混同とも見られ、必ずしもこれらテキストの校訂者の所爲とばかりは言えない。王・淩二氏は混韻を嚴密に排する傾きがあるに對し、毛氏は元人の用韻は寬なる立場に立って、例えば右の第一二の場あいの如く、舊本の混韻を放置している。私も結論としては元人の用韻の寬なることは認めるが、後にも觸れるように作者とケースを考慮することが必要であろう。『西廂記』の作者王實甫（第五本は關漢卿の續撰といわれるがなお疑わしい）は他に殘存する作品少く、混韻の點では確實なことは申せぬが、例えば第一例も一幕を隔てた前の越調套曲中（第三齣すなわち一の三の〔拙魯速么〕には「坐不安、睡不寧。」（『太和正音譜』にも引かれ「坐」を「臥」に作る）の句が見え、庚靑韻であることを意識して「寧」を使っていながら、ここで眞文韻と混同することはまず考えられぬ。むしろ後人が〔拙魯速〕の語に引かれて〔油葫蘆〕の二句を改めたと見るのが順ではないか。それは第二・三・四の例についても言えるがここには省略する。最後にその他の誤りを列擧しよう。

他若是肯來。早離了貴宅。他若是到來。便春生敝齋。他若是不來。似石沈大海。（南戲系および雍熙本第十三齣〔那吒令〕頭六句。なお雍熙本は「早」を「早晨」の二字に作る）

——この曲の頭六句は常に嚴密な隔句對をなすゆえ、第二句はまず誤りと見なければならない。他のテキストは「離了」を「身離」に作る。このように對句を作るべき個處を誤る例は他にも若干見られる。

寫時節多管是淚如絲。（南戲系三本第十八齣〔迎仙客〕第六句）

——この句四字に作るべきだが、これでは一字を缺く。王・凌二本は「寫時節管情淚如絲」に、毛本は更に「情」を「淸」に作るが、雍熙本の「雨淚如絲」がやや元曲的表現に近い。この例と同じく句字の足りない誤りもまた相當他に發見される。

誰肯將針兒做線引。向東鄰通個慇懃。（南戲系三本第五齣第一套〔鵲踏枝〕末二句）

——雍熙本や凌・毛二本および王氏が據った古本は上句を「誰肯把針兒將線引」に作るが、「做」では意味をなさない。『醒世恆言』中にも「要你做個針兒將線引」（卷二十三、金海陵縱欲亡身）の語があり、男女の情を通ずる手びきを賴む時に用いる成語である。しかるに王氏は同義の把・將が上下に現れるのは妨げありとして

「將」を刪るの愚を犯している。

我諗知。這幾日。相思滋味。却元來比別離情更增十倍。（南戲系三本および雍熙本第十五齣〔上小樓〕第六句以下。雍熙本のみ「情」がない）

——張生の上京を見送る場の鶯々の曲で、ここでは當然別離の悲哀が焦點になるべきなのに、「比」があれば戀の味が別離の情を凌ぐことになり意味が逆轉する。「比」がない王・毛二本や「此」に作る淩本が明らかに正しい。

右は南戲系三本の誤りの一部にすぎないが、その誤りの程度は、元劇の意識で校訂された諸本に比べれば遙かに低劣であって、あたかもその外形がこの古劇の原形を全く失っているのに正比例する。われわれは、少くとも他のテキストより遙かに秀れた異同をこのテキストに求めることは不可能であろう。殊に陳眉公本は他の二本より誤りがひどい。

雍熙樂府本について

このテキストは曲文のみではあるが、現存テキストとしては最も古いために、從來とかく貴重視されがちであった。すでに本國では鄭振鐸氏（「西廂記的本來面目是怎樣的？」——『輯雍熙樂府本西廂記曲文』附錄、『痀僂集』下册にも收む）や孫楷第氏（前揭序文）が絕讚を送り、本邦でも鹽谷溫博士の擬定本『西廂記』（未刊で譯本のみ出ている——昌平書局刊）が主として曲文をこれに據られているそうである。

しかしながら、物古きがゆえにことごとくは貴からず、一二の秀れた點をもって全體の善さを盲信することは早計であり、われわれは先ず全體を仔細に檢討してみなければならない。ところでこのテキストは前項の諸例によっても分るように、概して南戲系の諸本に近似し、したがってすでに信據するに十分なテキストのようではない。このテキストもおそらく外貌を南戲にかえた二巻本であろうと私は推定する。以下雍熙本のみが誤る個處を示しておこう。

まず句を缺く例では、前項にも擧げた〔慶宣和〕は第二本第三折にあたる曲でも、末尾の二字句「倒趓」を重ね忘れているし、同第四折中の〔紫花兒序〕曲の第六句（各本「朦朧」に作る）をも缺く。さらに韻脚を誤る例を擧げれば、

訴自己衷情、（二の四に當る〔麻郎兒〕第二句。一套の用韻は東鍾で、情は庚青韻に屬す。各本「情衷」に作る）

你則道可憐見小生、隻身獨自。（三の一に當る〔勝葫蘆么〕第四五句。一套の用韻は支思で、生は庚青韻に屬する。各本は子に作る）

因今宵傳言送語。看明日攜雨握雲。（第三本末〔絡絲娘煞尾〕各本雨・雲の二字いれ換る）

――〔絡絲娘煞尾〕そのものが王實甫の原作であるかどうか疑問であるが、少くとも明初のテキストには見えることから、かなり古い存在が信ぜられる（前稿參照）。ところでこの曲の上の句は必ずしも押韻するを要しないこと、第二本末の例や明人の雜劇（孤本元明雜劇本康海作「王蘭卿貞烈傳」）に據っても知られ、又この曲の用韻は一套曲の用韻と異なるのが常だから（前稿參看）、末四字の成語は雍熙本の組み合せでもよいように見える。しかし、『西廂記』や「兩世姻緣」劇の例を徴すると、末句の下二字は「仄仄」の形をとるべきで、したがって「攜雲握雨」が正しいことが明らかとなる。このテキストが眞文韻（韻尾 in, en, un）に屬する「雲」を韻脚におき換えたのは、おそらく第三本末折の套曲に使われた侵尋韻（韻尾 im, em, um 現在の北方語ではｎ化している）に強いて合わせようとした心なきしわざでなかろうか。

他若是不來呵、（四の一、皆來韻を用いた〔那吒令〕第五句各本呵なし）

――前項に示した如く「來」は韻字であり、第一・三・五句は隔句對をなし、且つ同一韻字を用いるのがこの

調の定めである。

你休只因親事胡撲掩。（二の一第二套、〔耍孩兒〕第三句。一套の用韻は監咸で、掩は廉纖韻に屬す。各本俺に作る）

次には一字乃至三字の不足を示す例を掲げよう（六字句を五字に作ったり、上三下四の七字句を六字に作ることは、一般元劇中に往々見うけられるのでここには採らない）。

說夫人潔操氷霜。（一の二〔哨遍〕第三句。各本「操」の下に「凜」がある。なお凌本のみ「潔」を「節」に作る）

怕人搬弄。（二の四〔小桃紅〕第二句。各本「怕」の下に「有」がある）

無明夜併女工。（同前〔東原樂〕第四句。各本「無夜無明併女工」に作り、襯字「俺娘」または「他」を添えている）

君瑞是個肖字邊着立人。（五の三〔調笑令〕第六句。各本「邊」を「這壁」に作る）

小夫人見時。別有甚閑傳示。（五の二〔朝天子〕第四・五句。各本異同多く、殆ど誤れるに近い）

——この調の第四句は元來七字句であるが、第四字を押韻して四字三字の二句に分つ例がある（『北詞廣正譜』にもこの格は見えない）。本劇にも他に二例が發見される（一の二及び三の二、王氏が變法とするのを毛氏は非とする）ほか、他の元劇中にも「無鋪也末無蓋。冷難捱。」（元刊本「汗衫記」、藏本も襯字に異同あるのみ）、「你從頭至尾。說眞實。」（「後庭花」四）「多勞你問及問及。我今日。」（「伍員吹簫」三）「龐涓你既做了這業。又何必倸怯。」（「馬陵道」四）の四例が見える。してみると、雍熙本の第四句は三字不足というより、むしろ三字の押韻句を缺くと見るべきだろう。他のテキストはどうかというと、王本は「小夫人何似。你見時節別有甚閑傳示。」に作り、これも一句足りない。南戲系三本及び凌・金二本は「小夫人須是。你見時別有甚閑傳示。」に作り、毛本は「節」がないほか王本と全く同じい。ところがよく注意すれば各本が襯字に擬する「時」は、實はこの曲に使われた支思韻に屬するから、多少無理な句ではあるが「你見時。」を生かして右の三字句にあてれば、ともかくこの曲の句法に叶うわけである。なお雍熙本は各本が「閑街市。」に作るこの曲の末句に再び「閑傳示。」の語を置く愚を犯している（意味の上からいっても不安である）。

その他このテキストの極めて愚劣な誤りを指摘するなら、各本の「方信道在心爲志」（三の一〔靑哥兒〕第二句）の「爲志」を「窺視」としたり（「在心爲志」は毛詩序のことば、かつ下が成語であってこそ「方信道」の三字が效く）、「氣夯破胸脯」（五の三〔折桂令〕）の「夯」を「塞」としたり（「氣夯破胸脯」「氣夯破胸懷」は一種の成語で頻見する）、「荊棘刺怎動那」（二の三〔鴈兒落〕）の「刺」を「窩」に作ったり（三字はまた「荊棘律」「驚急列」「驚吉列」「驚急力」に作りおののきたじろぐ形容の語）、「可着俺那堝兒裏人急偎親」（二の一第一套〔六么序〕第六句）の「那堝兒」（現代語の「哪裏・哪兒」）を「心堝兒」に作ったり、「待颺下教人怎颺」（一の二〔哨遍〕第九句）の上三字を「待不颺」に作るなどは、いずれも元曲の常語を辨えぬための改竄であろうし、〔叨叨令〕曲特有の「也麽哥」（麽を末・波、哥を歌にも作る）で終る同一句のくり返しの一方の文字を變えたり（四の三「兀的不悶煞了人也麽哥。兀的不想煞了人也麽哥。」他本異同はあるが、二句みな同一文字に作る）、各本が「那其間（王毛「恁時節」）纔受你說媒紅、方吃你謝親酒。（王本のみ媒・親の下に「的」がある）」（四の三〔收尾〕）に作る對句（元劇一般例も對句に作るものが多い）を、わざわざ「方」を「娘」に變えて（「紅娘」に作れば下句に屬する）くずすなど、いずれも元曲の體例を識らぬ改竄と見られる。

かく見て來ると、この『雍熙樂府』が用いた『西廂記』の古本も、孫・鄭二氏らが評價されるほどに秀れたテキストとはどうしても考えられない。私はむしろ、私の扱った南戲系三本とその誤れる程度に大差ないことで『西廂記』のテキストがいかに古くより亂れていたかを知る資にしたい。ただ、さすがにこのテキストの古さを思わせるのは、このテキストのみの異同に極めて稀に原本を思わせる個處が見られることである。さきに鄭振鐸氏は第五本第四折の〔慶東原〕〔喬木査〕の二曲が倒置していることを重視された（前記論文）が、一理はあるにしても、これは必ずそうでなければならないとはいえない（紅娘の參唱する後曲の頭二句「妾前來拜覆。省可裏心頭怒。」は裏切られた怒りをぶちまけた張珙の前曲を受けたものである）。私はその外に原作を思わせる二例を指摘しよう。

都則會齋的飽也則向那僧房中掤渰。（二の二〔滾繡毬〕第七句、南戲系および淩本は「胡渰」、王・毛二本「胡揜」に作る。なお各本とも襯字の部分に僅かに異同がある）

――毛氏が「胡揜とは胡塗掩飾する也」と解するのみで、他は解を避けている、共に見なれぬ語である。ただ、獨特の異同を示す雍熙本の二字は關漢卿の散曲（元刊『陽春白雪』後集五〔新水令〕）の「褰兒中風月煞經諳。收心也合掤渰。」句に見え、なお十分な解は得られぬが王實甫の原作を留めるものの如く思われる。

你爲人須爲徹。將衣袂不顧藉。（四の四〔喬牌兒〕頭二句。各本みな「顧」字がない）

――毛西河は『董西廂』の例を引いて「不藉とは不顧という猶し」と說き、その意に用いられた「不藉」は宋詞や他の元曲で稀に見られるが、雍熙本によって一そう明瞭になる。それはともかく、この曲は毎句五字に作り、他のテキストの如く「顧」がなければ、五字句にはなりかねる。

王伯良本について

『西廂記』の校定にあたり、王伯良が主として據ったいわゆる「古本」とは、碧筠齋刊本（嘉靖二十二年―一五四三刊）と朱石津本（萬曆十六年―一五三八刊）を指し、この二本は異同極めて少い由だから、同一系統に屬するものと信ぜられる。彼はそのほかに顧玄緯本（隆慶四年―一五七〇刊）・徐文長本・金在衡本（共に萬曆刊?）及び坊間本（私が南戲系本と呼ぶものにあたる）を參校しているが、この三本以外は「今本」「俗本」と呼んで、常に輕視する。また『雍熙樂府』については（「例」言中に見える）、「全記皆べて各套中に散見す。然れども亦た今本なれば、憑るに足らざるなり」といって、それより更に古い刊本に據る彼は、殆どこのテキストを問題にしていない。

彼のテキスト竝びに校訂の態度については、すでに孫楷第氏がほぼ私の言わんとする點を盡しておられる（前記序文）ので、それに據りつつ、管見の及ぶところを補いたい。ただ孫氏は「雍熙樂府本」を王本より高く評價される立場にあることを附記しておく。

すでに孫氏が指摘されるように、王伯良本は雍熙本とは、したがって南戲系の諸本とは劃然系統を分つテキストの樣相を呈している。それは前項に擧げた例によっても察せられようが、左に書生張珙が普救寺の境内で初めて崔鶯鶯を見た時に、役僧法聰と取りかわす問答の白を對比しておこう。

王　本	（生云）世間有如此之女。豈非天姿國色乎。休說那模樣兒。則那一對小脚兒價値千金。（淨云）偌遠地。小姐穿着拖地長裙。你怎生便知道他脚兒小也。
南戲本	（生云）世間有此等之女。豈非天姿國色乎。休說那模樣兒。則那一雙小脚兒奚啻百鎰之金。（聰云）偌遠地。他在那壁。你在這壁。繫着長裙兒。你便怎知他小脚兒。

（一の一、凌本は南戲本に近く、毛本は二本の間を出入する）

まず考えられることは、當時のおびただしい板本の中では、比較的古い碧・朱の二本のみが五本形式を留め、かつ他と本文の異同をはっきり示していたために、王氏はこれを「古本」と信じたのでないかということである。かくて彼は、この二古本を主に校訂を進め彼の『西廂記』を完成したのであるが、彼の「古本」そのものに責めはあるにしても、彼の校訂態度にもまた幾多の缺點が指摘される。

第一は、南北曲の通を以て自任し且つ作家をも兼ね、殊に『曲律』の著者でさえある王伯良は、この元人の作品を、彼の歸納した曲律で嚴密に律しようとした點である。例えば、一套の用韻と韻類を異にする字を韻脚中に發見すれば、彼は必ず改め（この場あいは古本にすら從わぬこともある。前二項引例參照）、逆に押韻を要せぬ句末に韻字があれば、ただちに疑惑の眼をさしむけるか、他の韻類の字におき換える（二の二〔八聲甘州〕早是多愁、五の四〔落梅風〕從離了蒲東郡）か、或は句法音律に叶わぬとて、一一嚴密に訂そうと企てたり、或は曲牌の訂正（一の一〔村裏迓鼓〕、二の一第二套〔耍孩兒〕）や曲の删去（甚だしい例は前稿に觸れた第二本楔子の二曲や各本末の〔絡絲娘煞尾〕）さえ斷行する。いかにもその態度は校訂家として當然であり、もしも精密愼重に行われるならば、決して非難されるべきでないこと勿論だが、非は周德淸の作詞法や王氏自身が歸納した元曲の格律に依るあまりにも嚴重な校定の行き過ぎにある。『西廂記』が傑作に數えられるには、むろん音律に叶った措辭の妙もあろうが、といって、二十一折の隅から隅までがぴっしり音律に背かぬ出來ばえであったかどうか、それは甚だ疑わしいし、彼自身の曲律も完全無缺であったかどうか、それも實はなお疑問に屬する。

異類の韻字の混用についても、その作者或はそのケースを十分考慮すべきことは前項でも觸れたが、例えば險韻を用いた時など、常識的には作者は反って混韻を極力警戒し、逆の場あいはやや愼重を闕くこともあろうと思う（王實甫の作は他に現存のもの少く、この作者の習性を他から知るのは甚だ困難であるが、『詞林摘豔』『雍熙樂府』七に收められた「蘇小卿月夜販茶船」の佚套には、險韻に屬する廉纖韻が使われ、うち〔上小樓么〕曲の末句の韻脚が二書とも異なり、かつ混韻を示している）。また左の如く支思韻（齊微韻と混用される傾向が濃い）を用いた套曲中に二人稱代名詞として「爾」字を押韻させた場あいは、さらに問題は複雜である。

使紅娘來探爾。（王・淩二本および雍熙本三の一〔元和令〕。他の本は伱に作る）

怎不教張郎愛爾。（王・淩二本五の二〔滿庭芳〕。他の本は伱に作る）

まず現存元劇で支思韻を用いた十八套についてみると、二人稱代名詞として「爾」を韻字に用いた例はわずかに二例に過ぎない。

現如今拿住爾。（蝴蝶夢第一折〔後庭花〕、陳與郊の古名家雜劇選本は「現如今」を「若官司」に作る）

今遍回身囑付爾。（謝天香第一折〔醉中天〕、陳本は伱に作る）

ともに關漢卿（『西廂記』第五本の作者に擬せられている）の作品だが、後者は古いテキストではやはり伱に作っている。齊微韻の「伱」がしばしば韻脚に用いられているにもかかわらず、支思韻の「爾」（人稱代名詞として）を押韻字に使う例がかくも少いということは、それが最も文言らしい文言と意識されたからに相違ないが、とにかく、元劇作家からは忌避されたこの「爾」字が『西廂記』の前後作者が異なる部分に現れるのを、はたして毛西河の如く「元人の用韻は寛なり」といってすべて「伱」のままにしておけるか、王伯良（凌初成も）の如く嚴重に混韻を防ぐべきか、或は個別に處置すべきか、私にもなお解決がつかない。

さらに、王氏の平仄を叶えるための改訂や、句法を叶えたり元劇の體例に合せるための曲牌の改訂や曲の删去が、彼の曲律の不備と濫用によって、當を失した例を次に擧げておこう。

知音者芳心自融。（二の四〔廂郎兒〕第三句、毛本も同じ。他の本は懂に作る）

――王氏は平聲を用うべきを主な理由に俗本の懂（上聲）を退けているが、元劇例ではむしろ仄字を用いるものが多く、中には上聲の例さえある（『太和正音譜』所收王實甫「麗春堂」三「冷淡了歌兒舞女」、古名家・臧二本「兩世姻緣」三「他雖是違條犯法」、「小尉遲」三「我把信物接將來手裏」）。

暗沈。爲邪淫。（三の四〔調笑令〕頭二句、毛本は首に「我這里」の襯字を加え、南戲三本および凌本は「我這裏自審。這病爲邪淫。」に作り、雍熙本はほぼこれに同じ）

――これは戀病まいに臥す張珙を紅娘が見舞う場の一曲だが、南戲系三本及び毛本が一折の唱者紅娘の曲とせず、張生の參唱曲とするのは、前稿で說いた如く誤りである（前稿でのべた參唱に對する私の考えは一部誤っていることを發見したので、訂正を期しているが、この個處の參唱は依然容認できない）。さて、ここでは王氏は別に音律には觸れず、「暗沈」二字を解釋して「暗とは泣きて止まざる貌、沈とは病まいの重き（あつ）を言う」と說く。個々の字の義はそうでもあろうが、はたして呻吟する重病人の形容に「暗沈」なる熟語が存するか、他に用例も見えず甚だ疑わしい。まず二句の平仄を元劇に徵すると、第二句は殆ど嚴密に「仄平平」の形をとるが、第一句は極めて自由である。『太和正音譜』に引く例や本劇他の折（一の三、五の三）に見える「仄平」がやや多いが、「仄仄」の例も少くない（元刊本の存する「七里灘」「調風月」「看錢奴」「小張屠」および王實甫作「麗春堂」ほか十二例）。殊に南戲系や凌本の「自審」と同じく「去上」に作る例も見られる（「盆兒鬼」三「俺這裏問你」、明人の作品「鴈門關」三「不索你搊咱」、「鎖魔鏡」三「他那裏賣口」）。これに反して王・毛二本のように「平平」に作るものは、本劇（二の四「莫不是梵王宮。夜撞鐘。」）に一例と「酷寒亭」（第二折「這孩兒。便頑癡。」陳氏の古名家本にはこの曲なし）に見えるのみで、後者は古本に見えない。したがって私は、むしろ「自審」の方を採るべきだと考える。

〔元和令〕〔後庭花〕（二の一、他の本は二曲を合せて〔後庭花〕に作る）

――王氏は、他のテキストの如く二曲を合せて〔後庭花〕にすると、第六句「須是崔家後代孫。」の韻脚が韻律に叶わぬ（去聲を用うべき個處）ため、碧筠齋本に從って二曲に分かったというが、彼の主張の最大難點は、元曲の夥しい仙呂套曲中に、この二曲が連接する例が皆無であること、一方〔後庭花〕曲はこの折における如く〔柳葉兒〕曲と連接して用いられる例が甚だ多く、しばしば二曲連らなって商調套曲にもわりこむ（元刊本「東窗事犯」末折にも參唱曲として二曲が入っている）ことである。殊に後の二曲の關係はおそらく音樂的にも極めて密接だったことが考えられ、これは絕對に無視さるべきでない。それに〔後庭花〕は第七句以下にこの曲の如く六字又は五字の増句が無制限に許される曲調であるから、王氏の處置はますます誤りといわねばならない。但し第六句は四字に作り去聲の韻脚をもつべきこと、元刊本その他多くの用例が明證しているから、この句に誤りあることを疑うだけに止めればよい（王注に見える金白嶼の「崔家後胤」も一案であろう）。

〔賀聖朝〕曲を删る（五の二〔朝天子〕のあと。各本あり）

――王氏はこの曲が黄鍾宮に屬する〔賀聖朝〕と句法合わず、かつ内容が拙劣で、用語に前語の曲と重複するものが多いのを理由に、まず竄入を怪しんだ金在衡の疑念を實現したわけだが、毛西河も指摘する如く、この調は商調・中呂宮にも見え、しかも句法は互に出入し、白仁甫作「東墻記」（孤本元明雜劇本）にも、その中呂套（第三折）中にこの調が見え、句法もここと全く同じであるから、王氏の處置は明らかに誤りである。

右の最後に擧げた例でも一部察せられるように、王氏はまた句の不對や語の重複を極端に改めようと努力する。勿論この努力も校訂者としては一おう正しいのだが、元曲ではある曲調のある二句三句は對句が嚴しく要求されるけれど、すべての二句三句が常に均整な對をなすわけではないし、用語の多少の重複とても時には免がれなかったろう。王氏はこの點でも確かに行き過ぎの過誤を犯している。

第二には、王氏は他のテキストに比べるとよほど「襯字」が少いテキストを選んだことである。一例を擧げておこう。

（覷了他）澁滯氣色。（聽了他）微弱聲息、（看了他）黄瘦臉兒。（張生呵你若）不病死多應（是）害死。（三の一〔村裏迓鼓〕第八句以下、毛本も同じ。括弧内は他の五本に見える襯字を示す。なお五本とも「病」を「悶」に作る）

北曲、殊に雜劇曲は南曲と異なり、音樂の關係から「襯字」を常に豊富に使いがちであり、それが元劇の明快さ潑剌さに寄與しているこというまでもない。それは、王氏自身も彼の著『曲律』（巻二、論襯字）中に觸れており、あまたの元劇も見て心得ているはずにもかかわらず、彼は古本を盲信するあまり遂にこの比較的襯字に乏しいテキストを底本に選んでしまった。

第三は、王氏の元曲における用語の理解がなお十分でなかった點である。元曲においては、正常の文學と意識されるものに見える典故よりは、むしろ民間が熟知の典故を用いがちであり、士人階級のことばより民衆の常語が尊重される。にもかかわらず王氏は「古本」であるがゆえに、民衆に親しい「嚇蠻書信」を捨てて全く見かけぬ「下燕的書信」をとり、得々として説を成したり（孫氏も指摘する。二の一〔賺煞〕左の如く元曲では絶えて見られぬ表現をえらんだりする。

向日相思枉躭病。今夜把相思投正。（一の三〔絡絲娘〕末二句。毛は「折正」に作り、他の本は「白日凄涼枉躭病。今夜把相思再整。」に作る）

――王氏は諸本の二句も「語俊れたり。第だ凄涼二字は稍や贅なる似き耳」と評しているが、「投正」は全く見かけぬ語であるに反し「再整」は次の例がある。

睡覺來把愁懷再整。（『雍熙樂府』十一「雲窗秋夢」套〔離亭宴帶歇拍煞〕）

――この二字の音律を調べてみると、「平仄」（本劇二の五「教人知重」）「仄仄」（王實甫作「麗春堂」三「春風一度」、正音譜も同じ）の兩形相半ばするし、「凄涼」が贅であることよりこの二句においてこそ「相思」二字の重複をとがめるべきではないか。なお毛氏の「折正」を「折證」に同じとする説は傾聴に値いするが、これは王本の「投正」に暗示された彼の創作と見る方が順であろう。

倘或水侵雨濕休便扭。（五の一〔醋葫蘆〕第四句、毛本も同じ。他の本は浸に作る）

――ここは王氏に説なく毛注に「此の字は調宜しく平聲にすべし。且つ侵は水が入り、浸は水に入ることなれば、大いに文理に關わる（かか）」の説がある。元曲の例ではいかにも平聲が多いが、仄字に作るものも少くなく、殊に「水浸雨濕」は成語であることを忘れてはならない。毛氏自身も王氏の平仄嚴守説を駁して「然れども元詞毎（つね）に成語を用うるときは便ち（すなわ）（平仄に）拘わず（かかずら）」の語があるではないか。その他「義海恩山」を捨て「義海盟山」に從っている（三の四〔紫花兒序〕）のも、これと一例である。

その他ついぞ見かけぬ表現に「忒嘌嘌紙條兒鳴」（一の三〔拙魯速〕毛本も同じ。他の本は「忒楞楞」に作る）「不煞知音」（三の四〔禿廝兒〕、毛本も同じ。他の本は「說甚知音」に作る）「馬兒运运行」（四の三〔滾繡毬〕諸本の語も確かでない）「枉紂了他惜玉憐香」（五の三〔紫花兒序〕毛本も同じ、他の本は「羞」に作る）などが擧げられる。

要するに、王氏の校訂態度は是認し得る面もあるが、主として據った古本がやや元曲の體例に外れ、しかも彼がやや盲目的にその理論を實行し過ぎた結果、しばしば『西廂記』の復元とは逆の方向に踏み入る過ちを犯してしまった。これは、元劇の意識で『西廂記』を校訂したまず最初の人ともいうべき彼にとって、何よりも惜しまれる。ただ彼のテキストには、それにもかかわらず古色をたたえた點も見られ（一の二〔醉春風〕や一の四〔碧玉簫〕など）、またその校注も多くの過誤を犯してはいるが、多くの傾聽すべきものももっていること、毛西河がしばしばこれに據っていることでも知られる。また、『董西廂』に據る改訂も殆ど彼が先鞭をつけたといってよかろう。中には多少の行き過ぎもあろうが、やはり彼の功の一に數えねばなるまい。

凌初成本について

「此の刻は悉く周憲王の元本に遵い（したが）、一字も易置・增損せず」という凌氏の言を信ずる限り、このテキストは現在知られる『西廂記』板本中最も古い（王氏の據った古本の一「碧筠齋本」を溯ることさらに百餘年）それのそのままの覆刻であり、また周憲王といえば明の太祖の孫朱有燉（?－一四三六）とて音律に精通した元劇最後の有名作家（三十種に及ぶ雜劇作品あり）であって、少くとも現存する諸テキストの校訂者とは、その比重において遙かに懸隔があるはずである。したがって、これを『彙刻傳劇』中に收めた劉世珩は口を極めてこのテキストの善本を稱え（「西廂記題識」）、吳梅氏もその校訂の精當を推賞して（同上校記）、爾來このテキストは西廂板本中の善本と信ぜられて來た。

まずこのテキストに疑念を懷き僞託の書と喝破したのは鄭振鐸氏（前記論文）で、その理由は、凌本が五本二十一折と信ぜられる『西廂記』の原形に合わず、且つ卷頭に引く『點鬼簿』の題目が現存『錄鬼簿』と一致せぬ二點であって、この二點の指摘には私も勿論同感であり、前稿ではさらにそれを助ける證據を提供しておいた。單に形式面からのみ凌本を疑うことはなお危險であるが、內容の檢討を十分はたしていなかった當時の私は、それが眞實に周憲王本であるや否やはさておいて、なお凌本が確かな古本に據る善本であることを信じていた。それは私が得た凌本の漠たる印象が、形式（少くともどのテキストよりも雜劇的である）、內容（王・毛二本系統よりは襯字が豐富だし、なんとしても高く買えない南戲系統とも異同少からず、改良の面も多い）とも元劇一般に近似していたからである。それに、凌氏の校訂態度が比較的公正謙讓で王・毛二氏のように驕傲でないのが好感を懷かせたことも、確かにその理由の一であったろう。

しかるに、その後やや嚴密な內容の檢討を進めるに從って、私の胸中のわずかな疑惑の雲が次第に擴がりゆくのを覺えぬわけにはゆかなかった。このテキストも王本その他のもどかしさを解決してくれる何物も與えてくれるでない、要するに南戲系本を主に、その誤りを避けては王伯良・『雍熙樂府』の二本に逃げているかのようだし、凌本のみの異同個處も多くは問題にならず（三の三〔沈醉東風〕の「窮酸」を「窮神」に作ったり、四の三〔上小樓么〕の「腿兒相壓」を「挨」――一聲の轉で同義――に作ったり、五の二〔粉蝶兒〕の「良醫」を「醫師」に作って不必要な協韻をはかるの類）、むしろ次の如き誤りさえ見られるのである。

曉粧殘。烏雲鬋。（三の二〔普天樂〕、各本晩に作る）

――鶯鶯がね足りぬ春眠をむさぼった後で、鏡臺に向うさまを唱う侍女紅娘の曲だが、凌氏はこれを朝化粧をすませた後の晝寢と解したのであろうが、すぐ上の、睡眠中の鶯鶯をうたった曲に「日高猶自不明眸」とあるから、やはり春の朝寢の續きと見るべきであって、他のテキストの「晩粧」が正しいと思われる。

這上面若僉個押字。使個令使。差個勾使。（五の二〔上小樓么篇〕、各本「史」に作る）

――「令史」の語はあるが「令使」は見えない。さらに下句の韻脚と重複するし（上二句の重韻はむしろ好んで行われるが、下二句はその例なし）、この曲ではさらに第二句末にも「使」が用いられている。

このほか「調唉」（二の一〔叨叨令〕各本「調淡」に作る）や「不甚醉眼酡」（二の三〔月上海棠么〕各本「堪」に作る）なども彼の主張は無理なように思われる。

少くとも周憲王の古本であるならば、もう少し他のテキストと別系統の異同を（『西廂記』のような特別な途を歩まなかった他の元劇でさえ、元刊本に比べるとかなり激しい異同が見られる）示し、又少しは開眼の思いをさせてくれる異同が見られてもよいのではないか。それが、ほとんど諸本の間を出入するのみで、それのみの文字もさほど秀れているでなく、反って誤りを犯しているというのでは、この元本もどうやらいかがわしいものと思わざるを得ない。

かくて一たび疑いの眼を向けると、それを裏づける事實も多少は考えられぬでない。

その一は、明末の戲曲刊行の盛時に『琵琶記』と『西廂記』をそれぞれ南北曲の祖としてそろえて同一人が校訂刊行する風があったことである（論曲家の間にも二書を南北曲の祖となし、同時に一は風教の書、一は誨淫の書として比較評論する風が見られる）。私がわずかに拾ったものでも陳繼儒・王驥德・羅懋登・魏浣初・槃薖碩人があるが、實はこの凌初成も、『西廂記』と殆ど同一板式による臞仙本『琵琶記』（蟫隱盧刊影印本がある）を覆刻している。臞仙とは、明の太祖の第十七子寧獻王朱權の號で、『太和正音譜』の著者丹丘先生または涵虛子の名で知られる、元雜劇掉尾の代表作家の一人であり、實に周憲王朱有燉の叔父にあたる。凌氏は『琵琶記』も俗人の改竄に遭うて本來の姿を失っているのを嘆き、舊藏の臞仙本を獲て覆刻したというから、兩書の刊行の動機はまさに軌を一にする。

この臞仙本『琵琶記』の眞價はなお定かでないが、黃丕烈舊藏の元刊本と稱せられる『新刊巾箱蔡伯喈琵琶記』（影印本。元刊か否かは疑わしいが、凌本をはじめ他のテキストには見えぬ二三の語で『永樂大典戲文三種』中の用法と一致するものがあり、原本に近いことは確實である）と近似する面もあり、例えば古本にない第八齣「文場選士」の一幕（後人が竄入したことは定說となっている）は凌本も缺くなどその著しい點である。はたして臞仙本であるかどうかは、文獻的に證據がない以上なお疑わしいが、もしもこのテキストが信據し得る古本であるとすれば、凌氏の二劇刊行の動機はむしろ『琵琶記』に始まるのではなかったろうか。すなわち、この優秀なテキストを得て先ず『琵琶記』を刊行した彼は、續いて『西廂記』の標準テキストの刊行を思い立ち、すでに古本の得られぬ際とて、徐士範本（頭注にしばしば引く。前項注中に觸れた如くこの板本は南戲形式をもつ）その他の南戲本を骨子に、『雍熙樂府』・王伯良本などを參して古本をしたて、『琵琶記』の臞仙に對しこれを周憲王に僞託したのではないかと想像される。或はどちらも架空のテキストであるかも知れない。

次に私の疑いの根據は、なお確實でないものも含むが、凌本の數個處にその僞作を示す痕跡が發見されることである。

（一）〔本云〕三日如何。（二の楔子、白）

——普救寺の僧上法本登場（一の二）のとがきに〔淨扮潔上〕とあり、以後僧上の脚色（役割名）には「潔」

（凌注に「老僧の渾名なり」とある）を當てるのが凌本の體例であるにも拘らず、ここのみ「本」を用いている。南戲系本（みな法本の「本」を用いる。王本も同じ）のとがきが紛れこんだのであろう。

（二）〔末唱〕（二の二〔快活三〕の前、彙刻傳劇本及び石印本は删る）

――このとがきを入れることにより凌本も張珙の參唱を許すことになるが、參唱個處には必ず注する凌氏も、ここでは何ら參唱に觸れていない。張珙の參唱曲とする南戲系本が紛れこんだものに違いない（上篇二一一頁を參看されたい）。

（三）〔紅云〕（三の四〔調笑令〕曲に續く白のとがき）

――凌本の體例として、曲の唱者（ここでは紅娘）が續けて白をのべる時は、とがきを掲げない（陳・李・王・毛の四本は然らず）。このとがきも他本のが紛れこんだか。

（四）你元來苗兒不秀。（四の二〔小桃紅〕第七句。雍熙本を除く各本「而」に作る）

――この句はいうまでもなく論語「子曰。苗而不秀者有矣夫」（子罕篇）を用いたもので、「兒」に作るのは誤りと斷じてよかろう。この曲は他のテキストではそれぞれ異同があるが、凌本は雍熙本と全く一致し、おそらくそれに據ったのだろう。

（五）可知道。昨夜燈花報。今朝喜鵲噪。（五の一紅娘の白、各本「爆」に作る）及び正應着短檠上夜來爆時。（五の二〔迎仙客〕曲、南戲三本「報」に作る）

――後者の凌注に「爆は今本報に作る。不如ろ爆字が勝れり」といっているが、前折の白の方はそのままにしている。恐らく彼の據った南戲系のテキストが共に「報」に作り、凌氏は曲の方のみ改めたかと想像される。

（六）〔落梅花〕〔落梅風〕（五の四、陳本のみ二曲牌とも〔落梅花〕に作り、他本はともに〔落梅風〕に作り、汲本は凌本に同

じ）

——この二調は全く同じで、「花」に作るものも「東坡夢」劇第四折に見えるが、元刊本に見える多くの例が皆「風」に作り、『北詞廣正譜』のこの調の下にも「一名某某」の注記がない。恐らく「花」に作るのは誤りであろう（元刊本に見える「風」字の俗體は「花」と形が近似する）。同一套中で曲牌を異にすることすでに過失であるが、凌本の據ったテキストは汲古閣六十種曲本のそれと同一であるまいか。

かくて善本の稱を得た凌初成本も、私は又完全には信據しうるテキストでないことを結論しなければならない。

毛西河本について

このテキストについては、毛奇齡自身のことばに、

西廂久しく人に更竄せらる。余は其の原本を求めて之を正し、逐字覈實す。（西河詞話）

とあり、また彼自身この原本の善を誇って、

向し原本の非かりせば、幾乎く刪り盡くされんところ矣。（巻三）

向し原本の非かりせば、則ち數百年寃を含めるの句も、雪がるる日の無からな矣。（巻五）

向し善本の尋む可き蹤跡の有ら非んば、其の亥と豕の相去りは窮むるに勝うべけん乎。（巻五）

幸に元本瞭然たりて、一ちに其の舛りを雪ぎた耳。（巻五）

など、大げさなゼスチュアで感嘆しているが、いわゆる「原本」の標題・校刻者・刊行年などに關する記載はどこにも見あたらない。ただ、毛氏は彼が得た「原本」を刊行するにあたって、

予が是の本は竝して擅まに原本の一字をも易えず、以て妄りに改むる者の戒めと爲せり。（巻一）

といい、今本を是認した個處でも、「但れど原本は改むるを容されず」（巻二）といって本文は改めず、〔新水令〕曲の末にも「原本は雙調の二字を標げ失れたり」と注記して通體を失う原本の形を留めているから、凌氏の周憲王本におけると同じく原本保存の態度をとることだけは確かである。しかし、それがいかなる系統のテキストに屬するかは、結局本文について知るほかない。

ところで、すでに讀者も前數項の引例の附記で承知されたように、毛氏のテキストは王本と極めて近似を示している。これまでは殆ど觸れなかった白の部分もそうであるが、特に曲の部分ではその傾向が濃い。一方、王本と一致せぬ個處はどうかというと、實は私が南戲系本と稱するテキストとほとんど一致する。さらに數例を擧げておこう。

他眉似遠山不翠、眼如秋水無塵、（第十二折〔綿搭絮〕南戲系三本および雍熙本は「似」を「彎」、「如」を「横」に作り、王・凌二本は「似」を「黛」、「鋪」を「不」、「塵」を「光」に作る）

老相公棄世。必有所遺。（第二折〔石榴花〕曲中の法聰の帯白。王・凌二本にはない）

怎麼便罵。我須索説你聽咱。（第十九折紅娘の白。王本は「休罵」に、凌本は「便又罵我」に作る）

また王本や南戲系本にも一致せぬ部分はどうかといえば、それは極めて僅少で、

面如少年得内養。（第二折〔迎仙客〕第三句。各本みな「如」の下に「童」字を補う）

——この句は七字句で、各本が「童」を加えたのは、上二句「頭似雪、鬢如霜。」に作るのに引かれた誤入に相違ない。現に雍熙本は「童」字で句にしている。

雖離了我眼前却在心上有。（第十七折〔集賢賓〕頭句。各本「却」の上に「悶」字がある。他に襯字に少し異同あり）

——「悶」字を入れたテキストは、おそらくこの句を二句に見て、上下字數を等しくしようとしたのに相違ない。眼前を離れ、心に浮ぶのは人間であること、少くとも同一主格であることは、毛氏の引く用例以外にも多

く、ここは各本すべて誤っている。

の如き例は、いずれも秀れた點だが、「索將他擱縱」（第八折〔拙魯速〕第七句。王本は「闌縱」他の本は「攔縱」に作る。攔縱は元劇中に二例あるがいずれも古いテキストでは別の語に作る）や「是恁的諸葛孔明」（第五折〔六公序么〕第十二句。王本は「則麼」他は「則沒那」に作るが、理解しにくい句である）「端不爲神針法炙」（第十四折〔禿厮兒〕頭句。他の本は「我則道」に作る）などは、元曲ではむしろ見なれぬ表現に屬する。さらに興味あるのは、彼のテキストにおいて南戲系本（雍熙本も）及び王・淩二本とも合わぬ個處で、たまたま金聖嘆本と一致するものの存することである。

一任伱將何郎粉去搽。他待自把張敞眉兒畫。（第十一折〔離亭宴帶歇拍煞〕頭二句。南戲三本および雍熙本は「傅粉」に、王本は「膩粉」に作る）

怕油脂展汚了急難酬。（第十七折〔醋葫蘆〕王本「怕」なく、「急」を「恐」に作り、他の本は「脂」の下に「膩」あり、また「恐」に作る）

ほかにも數例あるが、右の二例は王本その他の非を訂して得意の說を吐く個處だが、金本はすべて毛本と同樣に作っている。しかし彼の書には金聖嘆の名は現れぬし、兩人の生存年代は一部重なるので、毛氏が金本を參したかどうかはなお疑問だが、金聖嘆本の上梓は順治十三年（一六五六）といわれ（松枝茂夫氏「金聖嘆の水滸傳」―『中國の小說』所收―に據る）それは毛氏の三十四歲にあたるゆえ、少くとも金聖嘆が毛本をおそうたとは考えられない。金の名に觸れないことは、大儒を以て任ずる彼がこの異端者を輕蔑したためであろう。

それはともかく、大體においては王本に近く、南戲系の諸本と一致する面も具えたのが、毛氏の「原本」である。ところで、既述の如く王本の系統のテキストは、古くよりそんなに異本があったとは考えられない。徐文長本が王氏と同じく碧筠齋本に據るほか、『西廂記』のテキストとして通行するものは、殆ど私が南戲系本と呼ぶものに屬し、それは王本と明瞭に別系統の形を示している。このように毛本が明瞭に異なる二系統のテキストの間を往來していることは、私にまたもや毛氏の「原本」の存在を疑わせはじめた。つまり私の考えでは、『西廂記』のテキストには明瞭に區別される二つの系統しかなく、そのいずれかを主流としつつ他の系統にも跨がるものは、少くとも明末以後にあっては僞作としか思えないのである。すでに淩氏のテキストがそうであった。

それだけではない。彼のテキストには、王氏が意を以て古本を改めた部分、つまり王氏の創作にかかる語まで一致する個處が發見される。

> 放時節須索用心思。（第十八折〔耍孩兒〕第三句）
>
> ——王注に「舊第三句を『放時節用意取包袱』に作るも、『袱』の字は韻に失れ、復た下の兩『包袱』とも重なれば非なり」といい、毛本と同様に作っているが、王本の例言に據れば「古・今本の文同じきは『舊本』と曰う」とあるから、「須索用心思」はどのテキストにも據らぬ彼の創作であろう。

さらに不可解なのは彼の矛盾である。前述の如く彼のテキストは極めて王本に近似し、したがって王氏が據った古本に近い。しかるに彼は、王氏が非として退けた古本の誤りや、或は彼のテキストがたまたま王氏のテキストと異なる個處（すなわち毛本が南戲系本に同じい時）については常に「僞古本」呼ばわりで毒舌を浴びせる。この矛盾は彼の罵聲が激しければ激しいほどきわだち、私にその僞作をいよいよ疑わせるばかりである。

要するに私は、毛氏が「原本」を手に入れたというのは虚構の言であって、實は彼が王伯良本（或は徐文長本）を骨子として、それに南戲系本を雜えて捏造した僞本に過ぎないことを信ずる。それはあたかも彼が、語り物「諸宮調」と戯曲「雜劇」の中間存在として、文獻的に極めて根據薄弱な「連廂詞」なるものが金代に存したと稱し、わざわざその模擬作までも作ったあの事實と一脈通ずるものである。

さらにそれらを裏づけるものは、彼が専門とする經學面における言動である。試みに數知れぬ彼の著作に對する『四庫提要』のことばに耳傾けよう。

其の學は羣書を淹貫すれど、而も好みて駁辨を爲し以て勝らんことを求む。凡そ他人の已に言いし所の者は、必ず力めて其の辭を反す。（『古文尙書寃詞』の條）

をはじめ、そこには、彼が博學にたのみ、溢れる精力にまかせて、かつは他人に隨從するを嫌うて必ず異説を吐こうとする性癖をおさえかね、幾多の知名學者に挑戰した結果、隨處に過誤を犯したことが指摘されているが、殊に彼が『僞古文尙書』を辯護して閻若璩に猛然挑みかかった（『古文尙書寃詞』）事實は、あまりにも有名である。全祖望の「蕭山毛檢討別傳」（『鮚埼亭集』外編十二）には毛氏の著作中における暴擧を收約して、

典故と造爲りて以て人を欺く者
師承と造爲りて以て本づく有るを人に示す者
前人の誤り已經に辨正せられおるに、而も尙お其の誤りを襲いて知らざる者
口に信せて臆說する者
古を考えずして妄りに言える者
前人の言の本出づる有るに、而も妄りに斥けて無稽と爲す者
一言の誤りが因に、其の終身を誣むる者
貿然みに證を引きて其の非を知らざる者
古書を改めて以て己に就からしむる者

の九條に分っているが、その第二條の注には、

如え（たと）ば引く所の釋文は、之を宋槧の釋文に攷（あた）れど、亦た竝え（た）て有る無し。蓋し（けだ）捏造せる也。

と見える。右の數條に思いあわせ、また最も嚴密精確を要する經學界においてさえ、「釋文」の舊本を捏造する底の人ならば、正統の文學と意識されぬ雜劇『西廂記』の原本を僞作したとて、別に異とするに當らぬだろう。

しかしながら、要するに秀れた經學者であった彼は、餘事とはいえこの『西廂記』の論定校注においても、前人の缺を補うに足る功績は留めている。ここには彼の非をあばくに急にして、その點まで觸れるいとまはなかったが、彼が曲白相生の見地に立っての校訂、特に亂れを見せている白の移置説に傾聽すべきものが多いこと、元曲一般の用例による用語の把握がややまさり、したがって彼の解釋は少くとも王伯良よりは信用しうるなど、讀者を益するところ少くない。ただ、ここでも彼のために惜しまれてならぬのは、彼が「原本」の亡靈を作らずに諸本對校の結果彼が考えたあるべき形の『西廂記』をすなおに復元してくれていたなら、ということである。

結　論

以上要するに、現存『西廂記』の板本には、その外形がそうであったように内容についても二つの系統しかないこと、しかも完全に信憑しうるテキストは、内容面から見てもまず一本も存しないこと、あたかも形式面から見て原作の姿を留めたものが一本も傳存せぬことと表裏する。そのテキストがいかに早くから亂れを見せていたかを知り、私はいまさらの如くこの古劇の不幸を哀しむのである。

それでは、元劇『西廂記』の本來の姿はどうあればよいか。元刊本の出現はおろか、嘉靖以前（一一五二一）の板本さえもはや期待できぬ現在では、とにかくこれらの完全には信用し得ない諸板本の秀れた點をえらび、幸にもなお元刊本を含めて多數殘存する他の元劇を參酌しつつ、それがあるべき姿の復元を圖るほかはない。私もすでに前稿と本稿において、おのずからその點に觸れては來たが、それは個々の板本に關する部分的なものでしかなく、このほかに例えば、〔鴛鴦煞〕（一の四）〔東原樂〕（二の四）〔油胡蘆〕（三の一）〔調笑令〕（四の二）などの諸曲の元劇一般と合わぬ句法や、「今日個冷句兒將人厮侵」（二の四〔鬭鵪鶉〕末句）の「侵」字（『雍熙樂府』四「一任地傍人冷話兒浸」、同十三「姉妹海冷句兒浸」〔鬭鵪鶉〕の末句「平平仄仄」に作るもの多く、或は浸が正しいか）、その他曲白の位置など現存の諸テキストでは承服しかねる個處もかなり多い。『北詞廣正譜』（概して凌初成本に近い）は『西廂記』の曲文を引いてしばしば異格を立てている（特に一二句を引いて）が、これは甚だ危險であり、むしろそれらは用いられたテキストの不完全を物語り、いわばこの古劇がいかに原作の姿を失っているかの證左にもなろう。

——一九五一・二・四——

雜劇『西廂記』における人物性格の強調

はしがき

唐の貞元年間、遊學の途にあるインテリ青年張君瑞は、山西省の名刹普救寺を見物中、父宰相の遺骸を守って山内に假寓する崔鶯鶯を見そめ、彼も僧正に頼んで一室を借りる。その夜、はからずも明月に祈る鶯鶯と墻を隔てて詩をうたい交わし、また、數日後に開かれた故宰相の法要では、滿座を壓する鶯鶯の美貌に接して、いよいよ思慕をつのらせる。（一夜あけて／數日を經て）寺は突然孫飛虎がひきいる叛亂軍に包圍され、役僧（法聰／惠明）の反撃もむなしく、鶯鶯の身に危險が迫る。萬策つきた母未亡人は、賊徒を撃退したものに娘をあたえることを提案し、これに應じた張生が友人の守備隊長杜確に救援を頼んで、ようやく事なきをうる。しかし、數日後に開かれた謝宴では、未亡人はまずふたりに兄妹の禮を強制し、やがて鶯鶯が鄭恆と婚約ずみであることを明かす。失望した張生は、都へ旅立とうとするが、鶯鶯にかしづく紅娘の勸めで深夜に奏でた琴の音は、鶯鶯の胸をはげしく搖さぶる。翌朝、（その報告をもたらして訪れ／主命で張生の傷心を見舞う）た紅娘に、張生は戀うたを託し、その返事に鶯鶯から密會を暗示する詩がとどく。欣喜した張生が、その夜ふけ月明にぬれつつ墻を越えて鶯鶯の住む西の廂にしのびこむと、意外にも彼女から不品行を責められ、ついに寢食もままならぬ戀い病まいにとりつかれる。これを知って母とともに見舞うた鶯鶯は、意外の重症に驚く。やがて紅娘に託されて、再たび密會を暗示する詩がとどき、その夜ついに張生の悲願は達成される。（半年數日）を經たころ、ふたりの關係を感づいた未亡人は、まず紅娘を呼んで折檻し、實を吐かせようとするが、紅娘はかえって未亡人の不信を責め、ふたりの中ははじめて認められる。しかし、（正式の結婚は翌年まわしとして、科擧に應ずるため、未亡人に無官のものは婿にできぬと受驗を強要され、）張生は別れを告げて上京する。翌春、張生は三番で合格、吉報はただちに鶯鶯のもとにとどくが、彼自身は任官發令後まもなく病氣にかかる。鶯鶯の方は秋に入っても音沙汰がないので、歸りを促す便りを出すが、おりしも婚約者の鄭恆がやって來て、婚約の履行を迫る。事情を聞いた鄭恆は、張生が衞大臣の女婿におさまったと中傷、怒った未亡人は更めて鄭恆との婚禮を準備する。その頃、張生も鶯鶯の便りを見て急ぎ歸るが、彼の辯明は容れられない。（そこで法聰の勸めにより、今は太守に昇進した杜確のもとに二人で駈けおちし、翌日告訴に來た幸いにも、今は太守に昇進した杜確が張生の任官を知って祝賀に訪れ、その彼が裁きに乘り出し）鄭恆は責められて自殺、ふたりは晴れて赴任の旅に出で立つ。

『西廂記』といえば、まず普通には元の王實甫の雜劇（元曲）を指す。だが、それほど著名なこの戲曲の、「封建禮教に對する自由戀愛の抗爭」というテーマに呼應した、すぐれたストーリー構成は、すでに母胎である金の董解元の語り物――諸宮調『西廂記』、いわゆる『董西廂』において、完成されていた。右に掲げたのは、兩者のストーリーの梗概であり、雙行の部分の右列が諸宮調、左列が雜劇を示す。したがって、ストーリー面に關する限り、王實甫の功績はほとんど認められず、むしろ語り物の作者こそ、あらためて稱讚されるべきであろう。

それでは、雜劇『西廂記』の傑作たるゆえんはどこにあるのか。それは申すまでもなく、まずこの戲曲の細部における描寫、わけても、微妙な感覺をうたいあげた歌詞の纖細な美しさにある。かつてわたくしは、語り物『董西廂』の文學を語り、それの描寫表現もきわめて新鮮かつ寫實に富むことを指摘した（「文學としての『董西廂』」『中國文學報』一・二冊、本巻三頁）が、王實甫の歌詞には、語り物の作者も侵すことのできない領域がある。しかし、いまその點を論ずるいとまはない。なぜなら、唐の小説「會眞記」に發して明清の戯曲・語り物に至る、ほとんど中國の俗語文學の歴史とともに終始した、『西廂記』の演變過程のうえで注目すべき、この作品のもう一つの特徴に語り進まねばならぬから。すなわち、登場人物の性格に見られる強調の現象がそれである。以下、章を分かって詳説する。

未亡人における性格の強調

『西廂記』における未亡人の性格は、すでに語り物でそのテーマが方向づけられると同時に、ほとんど定着したといってよい。それは、あくまでも形式に拘泥し、そのためには人間の眞實をも無視する。嚴格非情かつ老獪頑迷な、禮教の象徴たる人間である。彼女の嚴格さは、まずこの語り物の冒頭において、案内役の僧法聰や法事の依頼に來た紅娘の口を借りて張生に示される（テキストは古典文學出版社刊『古本董解元西廂記』に據る。略號は巻數・丁數および表裏を示す）。

奥方さまは鄭大臣のご息女で、奥向きの出入りがきびしく、それぞれ職掌をもつボーイや小間使たちが、時にお召しをうけて、みすの前に參上することがかのうても、中をうかがい見ることができず、しつけがやかましいのです。本陣のわい雜をおいといなされ、それで當寺に假り住まいなされております。（I・9a）

奥方さまの家のとりしきりが嚴格なことは、朝野の評判です。お嬢さまの鶯鶯さまが、先だっての夜、月がよいのでぬけ出られましたのを、奥方さまがひそかに知られ、わたくしにいいつけて呼びもどされ、親子の情も忘れ、鶯鶯さまを庭さきに立たせてのお叱り、「そちは容色人なみすぐれた女の身、この深夜、晝のような月あかりに、若い僧や見物衆に顔を見られたら、こちらの恥ではないかえ」。鶯鶯さまは泣いて、「今より心をいれかえます。なにもおっ母さんそんなにきつうおっしゃらなくても」とおわび。それでも奥方さまのお腹だちは、鶯鶯さまが顔もあげられぬほどでした。まして、女中ふぜいがかってに出入りするなどできましょうか。（Ⅰ・16b）

しかし、ここに描かれる限りでは、その厳格さも異常とはいいがたい。封建禮教に歪められた彼女の醜い正體は、やがて賊徒撃退の謝宴における違背行為となって露呈される。その過程では、とりわけ「積世的（こうへた）」老婆のずるさが、すぐれた筆致でいきいきと描かれている。まず、鶯鶯に対して兄妹の禮を強いられた張生が、心中の憤懣をおさえつつあらためてプロポーズすることを、語り物は長いせりふでのべ、そのあとさらに歌で敷演しながら語りすすむ。

　張生ここに涙垂れ、跪づいて申すよう、「ぶしつけながらうかがいます、お嬢さまのおん齢（よわい）」。奥方こたう「十七歳です」。張生さらに申すよう、「なにゆえ結婚なさりませぬ」。功をへたる奥方は、張生の下心見破れば、よせばよい猿ぢえを働かせ、衣の袖もておさう涙。

　奥方は涙ながらおもむろに申されました、「おことばにて、お氣もちのほどはのみこめました。鶯鶯ともうす子は、容質ともにいやしきむすめ、もしあなたさまにもらっていただけば、その幸せが三つございます。一つには、大恩に對してともかくもご恩返しがかないます。二つには心安じて生涯をおまかせできます。三つには、佳人才子まことに似合いの良縁。わたくしも願ってもないことです」。そのことばの終らぬに、張生は立ちあがって感謝のあいさつ、「至らぬ若輩ものが、身にあまるけっこうな縁談です」。（Ⅲ・10b〜11a）

しかし、ここで有頂天にさせられた張生は、次の段階で、鶯鶯の婚約ずみを明かされる。この未亡人の話の運びかたには、一すじ縄でゆかぬ人間が浮き彫りにされている。かくて、一擧に悲歎のどん底につき落とされた張生は、苦惱の日夜を迎えるのだが、彼の歎きをかいま見た紅娘は、未亡人を次のごとく批判する。

　げに誤れるは宰相夫人、あくらつの根性あまりなり。心はれぬ想いをば、かくもふたりに嘗めさせる。功へた

虔婆（やりて）になりえても、「奥方さま」にはなりかねる。（Ⅳ・5b）

品位高い「宰相夫人」も、終に「虔婆」（遊女の母、多くは養母）の烙印をおされるに至る。

そもそも、元雜劇の戀愛劇には二つの類型がある。その一つは、この『西廂記』に代表される「インテリ靑年と令孃の戀」、他は「インテリ靑年と遊女の戀」であるが、後者にあっては遊女の母――虔婆がつねに物質慾の象徴たる性格を賦與され、むすめとその貧しい愛人の仲を割く（筆者「元人の戀愛劇における二つの流れ」『東光』三號）。その「虔婆」に紅娘は喩えたのである。そして、この語り物でも、未亡人はやがて戀人たちの關係を嗅ぎつけ、ふたりの仲を隔てるために、まず紅娘を呼び出して折檻する。

しかし、語り物における未亡人は、その時、紅娘のきわめて條理ある反論にあうと、あれほど老獪頑迷に見えたにかかわらず、思いのほかすなおに自己の非を認める。

奥方さまの申さるに、「えらいぞ、紅娘の申し分。それもそうだが、鶯鶯の氣もちはどうであろう。女の性質としてついかりそめに身をやぶり、實はその氣がなかったかもしれぬ」。紅娘にむすめを呼ばせ、「あたしがじきじきわけを問おう」との仰せ。（Ⅵ・3b）

かくて、呼び出された鶯鶯に對して、彼女はなお老いのくりごとを列べはするが、その愚癡のあいだに、わが子を想う眞情が脈脈と波うつことは、すでに前記の拙稿（『中國文學報』第二册八三頁〔本書二三三頁〕）に指摘しておいた。未亡人におけるこの變化は、また張生に對する態度にも指摘せられる。鶯鶯を呼び出した未亡人は、やはり許すつもりで張生をも呼ぶが、許されたと知らぬ彼は、面目なさに假病をきめこむ。だが、夜明けとともに紅娘より事情をきいて欣喜し、その勸告に從って結納金をととのえると、再度の招請にはじめて應ずる。

奥方たちて仰せあり、「先ごろ不幸にして殿みまかり、幼き子女をつれて當寺に滯留のおり、匪賊がおこりました。あなたさまのご同情がなければ、母子のものが危うく料理されますところ。ご恩返しもいたしかねておりました。亡き宰相が鄭恆に鶯鶯を許されましたものの、まだしかとした結納を受けとっておりませぬ。いま、いささかお禮のしるしに鶯鶯をあなたさまの妻にさしあげたいが、きいてくださいますか」。（Ⅵ・6b）

同じ内容はさらに歌によって敷演されるが、この一段でも、かの非情で老獪な未亡人が、もはやきわめて理解ある人間に一變する。張生は用意の結納金をさし出し、未亡人の一度の辭退あり、紅娘の勸めではじめて受納される。そのあともなおおだやかな應酬がつづく。

奥方「だが鶯鶯はまだ喪中の身ゆえ、祝言をあげるわけにまいりませぬ」。張生「ただいま科擧の召集中で、これより中央の試驗場にまいるところです。まあ來年まわしにしましても、遲くはありません」。奥方「どうかあなたさまは科擧に專念してくだされ。當寺に長居は禁物です」。張生「試驗の期日を指おりかぞえますと、あとかれこれひと月、二三日したら必ず出發しましょう」。（Ⅵ・7a）

この一段ばかりではない。一たび頑迷さの崩壞した未亡人は、この語り物の最後の波瀾においても、もはやあまり變化を見せぬ。すなわち、鄭恆の中傷を聞いて鶯鶯が卒倒した時でさえ、「みなそなたが不幸せなのじゃ」（Ⅶ・9b）と洩らし、さらに鄭恆のあらためてのプロポーズに對しても、「已（や）むを獲（え）ず」許すのである。

以上が、諸宮調『董西廂』において、未亡人の性格をうかがいうる主要な部分である。要するに、彼女は紅娘から「虔婆（やりて）」に擬せられたように、禮教の象徴として確かに老獪かつ非情ではあるが、また一面、親子という狹い人間關係においては、なお人間らしい情愛を失っていなかったのである。

ところが、雜劇『西廂記』に至ると、その未亡人に大きな描きかえが見られる。結論的にいうと、禮教の象徴たる彼女の性格は徹底的に強調せられ、もはや牢固として拔けがたい非情の人間と化するのである。未亡人の嚴格非情さは、語り物におけると同様に、紅娘の口を借りても描かれるが、作者はさらに進んで、それを強調するための未亡人自身のせりふや行爲の幾つかを新たに設定する。例えば、叛亂軍の包圍のなかで、鶯鶯がみずからの犠牲を申し出た時、未亡人はいう（テキストは商務印書館刊影弘治本『西廂記』に據る）。

「わが家には、法を犯した男も再婚の女もありませぬ。そなたを賊徒にささげるなど、とても思いきれるものでない。それではうちの家系に泥ぬることになるではないかえ」。（Ⅱ・1・60b）

それでは賊徒を擊退してくれたものの妻になってはと、鶯鶯が提案すると、またしても彼女はいう。

「この案の方がまだしもよい。家の格式がつり合わいでも、賊徒の手に落ちるよりましじゃ」。（Ⅱ・1・61b）

かような人間だから、一たび張生に許した約束を反故にすることには、いささかのためらいもない。しかも、金錢によってその償いをしようという。

「いっそ、お禮に金品をどっさりさしあげ、あなたさまは高貴の家の息女をえらび、求婚なさるがよいと存じまするが、してご意見は」。（Ⅱ・4・80b）

ことばの表面は鄭重をきわめていても、そこには醜い心があらわである。

だが、以上に見られる未亡人の性格は、語り物に定着したそれを擴大してディテールを示したにすぎぬ、ともいえよう。戯曲における未亡人の性格が徹底して強調せられているのは、密會露見の場である。既述のように、語り物の同じ一段では、未亡人のさしもの非情頑迷さも、わが子可愛さの前に一擧に崩壊する感があった。ところが、戯曲にあっては、紅娘の逆襲に一たんは確かに屈するが、彼女の非情頑迷さはいささかも衰えず、まず呼び出した鶯鶯にいう。

「鶯鶯や、あたしゃどんなに大事におまえを育てたことだろ。今日はこんなことをしでかしておくれだ。これというのもあたしの罪障、誰を怨んでもはじまるまい。おかみを勞わしたいけど、父上の顔に泥がつきます。こんなことは、われら宰相が家のことではない。まま、しかたがない。あたしほどむすめ運の悪いものはないわ」。（Ⅳ・2・122b）

さらに、續いて呼び出された張生も、次のことばを浴びなければならない。

「これは大した書生どの。『先王ノ德行ニ非ズンバ敢エテ行ナワズ』（譯者注、孝經の語）と申しましょう。おかみにつき出したいが、うちの家系に傷がつくとこまる。ただ今、鶯鶯をばおまえさまの妻にあげまするが、わが家は三代にかけて白衣の婿（譯者注、無官のひと）を迎えておらぬ。明日さっそく受験に上京なされ。あたしゃ嫁ごのめんどうをみてあげます。任官なされば、會いに來なさい。落第なされば、面會無用」。（同123a）

この一段に描かれた未亡人には、語り物に見られた生みの親の情愛はもはや片影すら認められず、遲ればせながら顔をのぞかせた女婿への理解もまったくない。晴れて結婚を許されたふたりは、たちまち別離の悲哀に直面しなければならぬ。かの語り物において、服喪中とか科擧受験とかいった條件が、一種不可抗力なものとして戀人たちの別離をよぎなくするのとは、全く事情を異にする。あくまで人間の眞實を信じえぬ未亡人は、だからして、後に鄭恆が中傷した時にも、簡單にこの噓を信じ、語り物におけるよりさらに激しい反撥を張生に示す。

要するに、禮教の象徵たる未亡人の性格は、おそらく死ぬるまで變化を見せまいがごとくに描きかえられたのである。

紅娘における性格の強調

雑劇における未亡人に禮教の象徴たる性格が強調されたとすれば、彼とはまったく反對の極に立つ紅娘に、人間性の代辯者たる性格が強調せられた、といえるだろう（敢えて象徴といわないのは、むしろ張生の性格にその表現がふさわしいからである）。しかも、紅娘の場合は、未亡人よりも、その強調が顯著であり複雑である。

戀愛の當事者でない彼女は、すでに語り物において、事態を客観的に觀察し、常に戀愛の媒介的位置に立って、その聰明怜利を驅りつつ、眞の推進者の役わりを果たして來た。すなわち、彼女はまず、いち早く人間性にめざめてその要求のままに行動する張生に共鳴し、鶯鶯が示すおりおりの戀の反應を報告したり、或いは戀ぶみの傳達をつとめたり、さては袋小路に入りこんだ戀の打開策を講ずる。鶯鶯の小間使である彼女が、かえって張生のブレーンツラストであるという一種の矛盾が、まず第一の興味をさそう。したがって、紅娘は張生に對して完全に指導的地位を保ち、身分的にインテリ階級に屬する張生と非インテリ階級に屬する紅娘との、まったく位置を顚倒した皮肉な對比が、人生の裏側における一つの眞實を誇張しつつ、第二のさらに大きな興味をかきたてる。

一方、鶯鶯に對してはどうであろうか。語り物の紅娘は、鶯鶯にはあくまで女主人として仕え、召使の分際を越える行動に出ることは決してない。家庭のしつけが嚴しくても、宰相の令嬢として甘やかされた鶯鶯、いや、しつけが嚴しければ嚴しいほど、抑えられた氣もちの吐け口を弱者に求めがちな令嬢に對して、紅娘はまったく唯唯諾諾として仕える。いずれは雑劇の同じ一段と比較する必要もあるので、『董西廂』における戀ぶみ傳達の一段を引用しておく。

一雨すぎて櫻桃の、血しお枝にみち滿てり。色をてらう奇しき花、紫まじる紅に、雨はれあがりし朝まだき、起き出でて櫛けずる、脂粉いまだ施さず。〇ふみ取り眼をあげながむれば、めでたき用箋ひとひらに、したたむ文字の四五行、これぞ斷腸の詩一首。しばしうつむき讀みては思案。紅娘をうちながめ、「よくもこんな大それた。打たれ損ないのあばずれめ。この畜生め、あの世にゆきやれ」。顔をめがけて鏡臺とぶ。

鏡とびてふさ空に舞い、めでたき鏡の響きして、紋タイルは粉みじん。紅娘いそぎ身をかわし、「すみません、すみません」。

障子窗の前、鏡臺のしりえに、一通のふみあり。か細き手にとり、封うち開き讀みおわる。したためられしは戀のうた。もともと賢しき女性の、かかる言の葉よみたれば、想いみよ、げに一大事。しばしうつむき、いろなして、眉をひそめて申すらく、「畜生にもまさりたる、張兄さまの淫亂さ。もし母さまに知られたら、いかばかりの醜態ぞ。〇ふらちなはしため、容赦ならぬ。その首ねっこを、斬ってやりたい。おおかたそちが氣を引いたのであろ。かような言の葉、よくもわらわの側に置いた。こたびは一まず勘辨しよう。もしも罪を重ねたら、そちもただではすむまいぞ。あくまでも調べあげ、よけいな詮議したくもなし。むだなる口爭いも、もはやいらぬと思いきめた。そのかみ母子が救われた、恩義にまずは免じましょう。用もないに書齋へ行き、いらぬことばでからかえば、そちのふと股へし折って、そちの口を縫い合わそう」。

鶯鶯が申すよう、「そちのほかに、戀うたなどをここへ持參できるものはおらぬ。兄上には命を救われたご恩があるので、あからさまに言いたくないが、今後はいけません」。紅娘は罪の詫びを入れました。（Ⅳ・7a〜8a）

女主人鶯鶯に對する紅娘の從順さは、おおむね右のとおりである。

ところが、戯曲に至ると、彼女の性格も著しく強調される。まず強調の第一は、彼女の指導力が張生に對してばかりでなく、その女主人にまで及ぶ點である。すでに語り物にあっても、張生に會うてやはり人間性にめざめる鶯鶯が、なおみずからのうちなる根づよい封建性（禮教觀念）との板挾みに惱み、その煩悶を小間使にさとられまいと強いて假面を裝うすがたが、描かれていた。前掲の戀ぶみ送りの一段も、いわばその一例であるが、その場合、紅娘はおおむね女主人の虛勢を受けながし、彼女が假面を裝うに任せていた。ところが、戯曲の紅娘は、もはやそのような消極的態度に甘んぜず、進んで女主人の假面を剝がすために、攻擊態勢をとる。そうした意義を擔う新たなプロットが、戯曲に至って幾つか書き加えられたのである。まず、はじめの拜月の場に、紅娘の最初の挑撥的態度が見られる。

鶯鶯　お線香をもっといで。
張生　お孃さまがなにを祈るか、聞いてみよう。
鶯鶯　この一本は、どうか父上が成佛なされ、早く天上界に生まれかわられますよう。この一本は、うちの母上が無事息災に過ごされますよう。この一本は……（聲に出ない）
紅娘　お孃さまがこの一本のお祈りをおっしゃらぬなら、あたしが代って申しましょう。どうかうちのお孃さまに早くお婿さまが見つかり、あたくしをつれておこし入れあそばすよう。（Ⅰ・3・50b）

これに類する例は、張生の琴に魅せられた鶯鶯が張生の傷心を見舞わせようと紅娘を呼び出す一段にも指摘せられる。

紅娘　（登場）お孃さまのお召し、何のご用かしら。どれ參りましょう。
鶯鶯　こんなに氣分がわるいというのに、なぜ見に來ておくれでない。
紅娘　あなたは張さまを想うて……
鶯鶯　なにが張さまだえ？

紅娘　あたくしはお嬢さまのみ張り番。

鶯鶯　おまえに一つ頼みがあります。

紅娘　何のご用でしょう。

鶯鶯　おまえ、張さまのお見舞いにゆき、なんとおっしゃるか、返事を聞かせておくれ。

紅娘　あたくしゆきませぬ。奥方さまに知れたら、じょうだんじゃありませぬ。

鶯鶯　ねえいい子、二つ頭を下げるから、行って來ておくれ。(Ⅲ・1・90a)

このようにして、紅娘は次第に鶯鶯に對する指導權を握るが、それが眞に確立するのは、語り物にもある戀ぶみ送りの一段である。この一段は、雜劇『西廂記』の代表的な幕の一つと信ずるから、主要部分を引用する。舞臺は鶯鶯の寢室、張生の戀ぶみをあずかる紅娘の、格調高い歌ではじまる。

紅娘　風おだやかにみ簾(す)閑(しず)か、紗の窗透きて散りしくは、あえかなる蘭麝の香り。朱(あか)き扉をうち開けば、鳴り響く雙(ふた)つの門環。絳(あか)ぬりの燭臺は高く、黄金(こがね)の荷(はちす)は小さし。銀の油ざらなお閃めく。暖帳(とばり)をそっとはじかん前に、梅紅羅の軟簾(のれん)をば、かきあげてかいま見れば、玉はななめにかざしずり落ち、傾くまげの雲なし亂る。日は高きにひとみなお開かず、げにもものぐさ、ものぐさ。(鶯鶯おきなおり、長いためいき) しばしがほど身を起こし、耳をかく幾そたび、長い嘆めいき一こえ。

　このままふみを渡したいけど、うちのお嬢さまはずいぶん心にもないことをなさるおかた。このふみはお化粧箱の上に置いときましょう。ごらんになって、なんとおっしゃるか。(鶯鶯、鏡をうつそうとして、ふみを見て讀む)

夜べの粧いしどけなく、烏(くろ)雲なす髮くずる。ま白き顏におしろいなで、雲なすまげをかき起こしぬ。ふみをつまみ、おさうお化粧ばこ。封を開きてまじまじながむ。とみつこうみつくり返し、うるさがらずつゆほども。

鶯鶯 （怒って叫ぶ）紅娘！

紅娘 （おもいいれ）あらッ！ こりゃぶっこわしだわ。

きゅっと早くもひそむ雙の眉。

鶯鶯 ろくでなし、まだ來ないのッ！

紅娘 白きうなじをつと垂れ、若やぐ顔をぽっといろなす。

鶯鶯 ろくでなし、これをどこからもって來やったッ！ あたしゃ宰相の娘。よくまあこんなふみであたしをからかったもの。こんなものを讀みつけてるとでもいうの。母上にしらせ、このろくでなしのおしりを打ってもらいましょ。

紅娘 お嬢さまのお使いで參りましたら、あのかたが持ってゆけとのこと。字が讀めぬあたくしには、なにが書いてあるのやら。

おのが罪をたなにあげ、いわれもなく痛めつけ、嫌な思いをさんざさせる。あなたが見なれていないなら、一たい誰が見なれてます。

お嬢さま、おさわぎあそばすな。あなたが奥方さまに話されますより先に、あたくしがこのふみを持って、奥方さまのところへ自首して參ります。

鶯鶯 （引きとめる）からかったのよ。

紅娘 さあお放しあそばせ。おしりを打たれますかどうか。

鶯鶯 張さまのぐあいはどうだったえ。

紅娘　申しませぬ。
鶯鶯　ねえいい子、聞かせておくれ。
紅娘　張さまはこの節かんばせが、見るかげもなく痩せこけて、食事する氣もとんとなし。身動きするさえ氣づかわる。朝な夕なに逢う瀬まち、寝食ともにうち忘れ、東の垣をながめては、ひねもす涙にくれてます。
鶯鶯　お醫者の良いのを呼び、あのかたの病氣をみてもらいましょう。
紅娘　あのかたの病氣は、藥ではなおりませぬ。
この病まいを鎭むるは、ただ風流の汗の幾しずく。
鶯鶯　紅娘、おまえの顔をたてぬつもりなら、これをもって行って母上にお見せするんだけど。そうすりゃあのひと、どのつらさげて母上に會うかしら。うちではあのひとのせわになったけど、兄妹としての氣もちだけで、他意はありません。紅娘や、幸いおまえは口がかたい。もし人に知れたら、みっともないったらありゃしないわ。
紅娘　誰をだましていらっしゃる。あなたは、あの痩せさらぼうた人を、生きるか死ぬかのめに遭わせて、どうなさるおつもりです。
他人の非難に氣がねして、「いつかはぼろを母(かか)さまに、感づかれては兩人(ふたり)とも、無事じゃすまぬ」と心配し、ひとの危難も知らぬ顔。けしかけて竿の上(え)に、登らせといて梯子(はしご)去る。（Ⅲ・2・95b～97a）
かくて紅娘は、戀の當事者をいずれもみずからの指揮下におき、かれらを叱咤しつつ、共通の敵である封建的禮教——それの象徴たる未亡人や、鶯鶯の婚約者である鄭恆らと對抗するのである。
次に、強調の第二についてのべる。それは、語り物では完全に紅娘のみかたであった張生も、戯曲ではなお彼女に對立するものとして、しばしばその攻擊揶揄をうける點である。

戯曲における紅娘も、みずから告白した文盲であることが語るように、身分的には非インテリ階級に所屬する。したがって、彼女は主なる登場人物のうちで、形式的には封建禮教から解放された唯一の人間である。事件の當初からいち早く人間性にめざめて行動する張生でさえ、形式的には封建禮教の拘束下にあるインテリ階級の代表であり、また實際にも、なにがしか封建禮教の汚染を免がれない。それゆえ、紅娘にとっては彼も、實は鶯鶯と同様に反對側の人間なのである。かくて紅娘は、禮教の象徵たる未亡人と全く相容れぬ對立を示しつつ、一方、戀愛の當事者である張生・鶯鶯とも、それぞれなにがしかの對立を示し、しかも同時に彼等を眞の敵から庇護し援助する。ここに、本來『西廂記』における人間關係の複雜さが祕められていたのだが、雜劇の作者王實甫はそれをば掘り起こし、はじめてわれわれの眼前に示してくれたのである。

張生に對する紅娘の抵抗は、まず冒頭にちかい方丈の場で、法要のうち合わせに來た紅娘と、その退出を待ちうける張生との問答に見られる。

張生　お女中どの、こんにちは。
紅娘　先生、こんにちは。
張生　お女中どの、きっと鶯鶯さまのお附きのかたでしょう。
紅娘　そうです。でも、お尋ねうけるすじあいではないと存じますが。
張生　わたしは姓が張、名は珙、くには西洛のもの。當年とって二十三、正月十七日、子の刻、建（たつる）の生まれ。むきずの獨身ものです。
紅娘　誰がお尋ねしまして。

張生　うかがいますが、お嬢さまはよく外出されますか。

紅娘　あなたは學問なさるおかた。孟子に「男女授受スルニ親カラセザルガ禮ナリ」とございますし、君子は「瓜田ニ履ヲ納レズ、李ノ下ニ冠ヲ整エザル」もの。「禮ニ非ズンバ視ル勿ク、禮ニ非ズンバ聽ク勿ク、禮ニ非ズンバ言ウ勿ク、禮ニ非ズンバ動ク勿カレ」と申すではありませぬか。（中略）先王の道を習い、周公さまの禮を尊ばれるあなたさまが、關係もないことになぜお氣をつかわれます。幸いあたくしだから許してさしあげますが、もし奥方さまにこのことが知れますと、決してただではすみませぬぞ。これからは問うべきことは問い、問うてならぬことは、むやみにおっしゃいませぬよう。（Ⅰ・2・45a～b）

これはまことに手きびしい。この段階では、紅娘もまだ張生のみかたではない。彼はわが女主人に懸想するふとどきな書生にすぎぬから、彼女の攻撃はかくも手きびしく、また堂々としている。

だが、叛徒擊退の謝宴における未亡人の違約を見、一方、張生の善良さ純粹さを知った彼女は、はじめて張生に好感をいだき、彼の戀の達成に援助を惜しまぬ氣もちに傾く。にもかかわらず、彼女はなおそのみかたなる張生のうちにひそむ封建性のなごりをば、ものやわらかに攻擊する。次に、主命で見舞いに訪れた紅娘が、張生より戀の媒介を賴まれる一段を紹介する。

張生　わたくしはいずれ將來どっさり金品でお女中どのにお禮をしましょう。

紅娘　あれ、食いしんぼの苦學生さん、まことに思慮のないおかた。資產もちを鼻にかく。あなたのもち物かせぐ氣で、ここへ來たとお思いかえ。あなたの金品ごほうびを、紅娘に下さるという。あたしがあなたの財產を、欲しがるとでもおっしゃるの。君のお眼には春風の、そよぐ垣ねにさし出でた、桃や李の枝のごと、門べに倚りて媚を賣る、女の類とうつりしや。あたしゃ女の身なれど、ちょいと氣慨がありまする。ただ「獨り身のやつがれを、憐れにおもえ」とおっしゃりませ。そんならかえって思案あり。

張生　おねえさまの仰せどおり、この獨身のわたくしを憐んでください。（Ⅲ・1・93a〜b）

このように紅娘の張生との對立的位置に注目する戯曲の作者は、かれらの對立をより明確化するため、さらに重要なプロットの書きかえを行なった。すなわち、この戯曲のクライマックス——月夜越墻の場において、紅娘にも張生を罵倒させたのである。作者はまず、垣をとび越えて西廂にしのんだ張生が鶯鶯に痛めつけられる一段を、鶯鶯の簡單なせりふと、紅娘の客観描寫によって示す。

鶯鶯　（怒る）張さま。あなたはなんというかた。あたしがお祈りしているところへ、理由もなしにやって來て。
　もし母上に知れたら、なんと言いわけなさいます。

張生　ややっ、變改えだっ！

紅娘　なにがゆえに仲人が、胸に恐れいだかぬか。ふたりの心がぴったり合い、くい違いがなければなり。しのび足で近よりて、こっそり話をぬすみ聞かん。かたや恥じいりかたや立腹。張さまはことばなく、ややっ、鶯鶯さま變改す。かたやしめやか、かたやべらべら。早くも隨何どのおし默り、陸賈どのも佛頂づら。手を組みかがみかしこまり、啞つんぼをきめこみぬ。

張さまのかげでの雄辯もどこへやら。近よってやっちゃいなさい。おかみに訴えて恥をかくのはあんた（譯者注、鶯鶯をさす）だわ。

人がおらぬ處では、お口がなかなかうまいけど、その實ずるくて嘘っつき。太湖石の畔では、「西廂の下」をお忘れです。べっぴんさんにお説教され、手も足も出ぬ竹光どの。（Ⅲ・3・105a〜b）

少なくともこの段階では、揶揄してはいても、紅娘は張生に對して同情的であり、むしろ女主人に對する非難の口吻の方が聞かれる。ところが、次の段階に至ると、紅娘はその女主人に代って張生をとっちめるのである。

鶯鶯　紅娘や、どろぼうが出たのよ。
紅娘　誰ですか。
張生　わたしだよ。
紅娘　張さま。ここへ何の用事でいらしった。
鶯鶯　母上のところへ引ったてておゆき。
紅娘　奥方さまのところへ參れば、この人の立つ瀬がありません。お孃さまに代ってうんと説教してやりましょう。張さまッ。こちらへ來て土下座なさいッ！　あなたは孔子さまの書を學ばれるからには、きっと周公さまの禮法に詳しいはず。ま夜なかにここへ來て一たい何をなさいます。
白洲をまねるわけではないが、すべてまことを白状なされ。海ほど深い學問を、そなえたお人と思うたに、あにはからんや色好きの、膽(きも)が天ほどでかいとは。
　あなた悪かったとおもうでしょう。
張生　思いません。
紅娘　深夜に他人の家へ入り、姦通でなくば盗人(ぬすと)の嫌疑。こんな行爲(しわざ)を誰がさせた。もともと桂を手折(た)らん客(ひと)の、そなたがいまや花どろぼう。まことに意外や龍門を、とび越さんがため跳馬のまね。（Ⅲ・3・105b～106a）

これは雜劇における大きな書きかえの一つである。西廂にしのびこんだ張生を鶯鶯が責めるプロットは、源流である元稹の小説「會眞記」以來、この戀物語のクライマックスであった。この戯曲においても、鶯鶯は確かに張生を責めているから、もとのプロットが無視されたわけではない。しかし、この場面から受ける觀衆や讀者の印象としては、張生の不品行を責めるのは紅娘だというのが、その實感であろう。作者はこの一幕においてあきらかに、インテリの代表なる一個の男性がインテリならぬ召使ふぜいの女性に罵倒せられるという、二重の矛盾のおかしみを表現しようと企圖したのである。同じ意義を擔うプロットは、密事の露見後に紅娘が未亡人の命で張生を呼び出す一段などにも指摘せられる。

以上を要するに、雜劇における紅娘は、張生のみならずその女主人鶯鶯をもみずからの指揮下におくとともに、鶯鶯のみならず張生ともなにがしかの對立を示す、新たな性格を具備する。ここに至って、『西廂記』における紅娘のきわめて複雜な性格が、はじめて完成を見る。すなわち、互いに吸引・反撥の二作用を起こす戀の當事者たちの、そのいずれともまた吸引・反撥の二作用を起こしつつ、眞の敵である未亡人に反撥するという、性格である。

さらに、このように戀の當事者たちに對する紅娘の反撥態勢が完備したため、彼女の性格のニュアンスとして、新たに積極性乃至戰闘性が加わる。わけても、彼女の女主人に對する場合に、それは顯著である。

また、その積極性乃至戰闘性の具體的な現われとして、もう一つ新たな現象を指摘しておかねばならない。すでに張生をたしなめるせりふ（二七六頁參照）に見られるように、經書その他の古典の語句の引用である。これは偶然に用いられたものでは、決してない。戲曲の作者は、第二のクライマックス――密會露見の場においても、未亡人に逆襲する紅娘のせりふにこれを用いている。

未亡人　このことはみなそちのせいじゃ。
紅娘　張さまにお嬢さま、そしてこの紅娘がわるいのではなく、奥方さまの過ちです。
未亡人　この畜生め、あべこべにあたしを犯人呼ばわり。なんであたしの過ちじゃ。
紅娘　「信」なるものは人の根本、「人ニシテ信ナクンバ、ソノ可ナルヲ知ラズ。大車ニ輗ナク小車ニ軏ナクンバ、ソレ何ヲモッテコレヲ行ランヤ哉」（譯者注、『論語』爲政篇の語）そのかみ普救寺が賊軍に包圍されましたみぎり、奥方さまの約束に、撃退したものにむすめをとつがせようと、ございました。張さまは、お嬢さまのご器量が氣にいったのでなければ、なんで進んで撃退策を講じましょう。賊が退き身が安全になると、奥方さまは前言をひるがえされましたが、これは不信の行爲ではございませぬか。……（Ⅳ・2・121a）

これは、かつて語り物に見られなかった現象である。もっとも『董西廂』にも、古典をふまえたらしいせりふがないではない。だが、それは、語り物のせりふの部分（散文の部分という方が正確であろう）が歌詞の部分より反って文言的なことに起因する。だから、その部分にあらわれる登場人物のせりふも、かなり文言的である。語り物の聴衆は、語り手に代辯される登場人物のせりふの文言を、自然に翻譯して聞くか、或いは全く無視するのである（歌詞の部分だけでも理解しうる）。ところが、舞臺に上演される戯曲はそうでない。登場人物が直接語るのだから、事情は全く異なる。もっとも、後世の南方系戯曲いわゆる南曲では、せりふまでも文言化するが、それは決して健全な處置とはいえない。

それはともかく、紅娘のせりふに經書そのほか古典の語句が引用されるという現象は、すでに紅娘自身が告白する彼女が文盲だという設定と、明らかに矛盾する。だからして王季思教授は、ことばの用法における王實甫の缺點の一つとしていう。

次の缺點としては、なお「書會の才人」の才學をひけらかす風があり、必要のないところで「調書袋」する點である。例えば、紅娘はみずから文字を識らぬといいながら、時おり經典を引用して、さながら漢學先生の感あるのが、それである。（古典文學出版社刊『從鶯鶯傳到西廂記』六五頁）

ここにいう「書會」とは、宋元期における寄席の演藝に脚本を提供する作家クラブのこと、「才子」とはその作家たちを指す。かれらの中には、官僚になり損ねたインテリくずれが多いかろうが、「書會の才人」と「調書袋」（むやみに文才をひけらかす意）とを不可分に結びつけること自體、王教授の主觀にすぎるようにおもわれる。それはまだよいとして、紅娘が古典の語句を引用することを缺點とする王教授の意見には、わたくしは同意しかねる。インテリならぬ一介の小間使が、インテリなる相手の武器をば逆手にとって攻撃する、このこと自體は現實にほとんどありえないであろうが、このことに象徴される皮肉な對比は、實人生の到る處に存在するであろう。そのため、舞臺に演ぜられる時には、事の矛盾をほとんど觀衆に意識させない、これは古典劇における誇張であって、やはり『西廂記』のテーマを強調するに役だつ、むしろ健全な處置とさえいえないか。もしも、これを矛盾とよぶならば、紅娘のうたうかの幽雅流麗な歌詞の全體も、すでにはなはだしい矛盾を含むといわねばならぬ。

それゆえ、これは第三者（語り手）の敍述説明が可能な語り物から、それがほとんど許されない戯曲に改編される當初に定められた、紅娘の性格の強調における一つの方向であった。だが、雜劇『西廂記』のこの措置はもはやぎりぎりの線であり、この方向を推進すれば救いがたい破綻を招く、やがてそうした事態が現實に發生する。すなわち、鄭德輝の「傷梅香」劇では、男性をもはるかに凌駕する博學多才の小間使が、ペダンティックな言辭を弄して活躍するが、それはもはや一篇のテーマからも遊離し、怪物と化し去っている。

張生・鶯鶯の性格について

最後に、戀愛の當事者たちにも觸れておこう。まず、語り物において賦與せられたかれらの性格をのべると、張生は封建支配階級である官僚の卵でありながら、事件の當初から人間性にめざめ、常に禮教を無視して行動する。形式的には禮教の拘束下にありながら、實質的には、それから解放されている庶民とえらぶところがない。彼こそ人間性の象徴とよぶにふさわしい。その彼が戀愛の當事者という條件のもとに、インテリの特性である理性をまったく置きわすれて、はげしく喜怒哀樂する。彼の感情の振幅は異常なまでに大きく、物語りの作者は彼をしばしば戲畫化しさえする。その張生に對し、鶯鶯の方は常に理性が感情に優先して、しばしば心にもない行動をとらざるをえない。とりわけ、物語の前半においてそうであり、かくて性別を顚倒した一種の異常な對比を形成しつつ、一方ではまたインテリの彼がインテリならぬ紅娘にリードされるという、これまた皮肉な對比を形成する。それらについても、すでに拙稿（「文學としての董西廂」）に指摘しておいた。

雜劇『西廂記』に至っても、かれらに賦與された性格は、實は基本的にあまり違わない。ただ、語り物における張生の性格はやや通俗的に誇張されすぎた感があるのが、妥當な程度にひきもどされたといえるし、鶯鶯の方も、戀を知った深閨の處女のすがたをかなり自然に優美に描く。それは、王實甫の麗筆のせいであろうし、そこに董解元との顯著な差違も認められる。董解元は諷刺に急なるあまり、鶯鶯が具うべきしっとりとした美しさをやや減殺し、王實甫はそれを取りもどした、といえよう。そのために、『董西廂』で感ぜられるような、物語の前半における性別を顚倒した對比の印象は、雜劇ではよほど稀薄になっている。

だが、既述のように、雜劇に至ると紅娘の性格が特に戀愛の當事者たちに對する關係において強調せられた結果、おのずからかれらの性格、特に鶯鶯の二重人格的なそれが強調を見た、といえるであろう。

むすび

さて、以上において、われわれは雜劇『西廂記』における人物性格の強調を見て來たが、ここで注意すべき點は、強調せられたそれぞれに異なる性格は、すべてその根がこの戯曲のテーマ——封建禮教に對する自由戀愛の抗爭——の流れに灌漑されていることである。『西廂記』という戯曲は、それら相異なる性格の對立によって構成され、それらの對立が生む幾つかの重要な幕が、テーマと密接に結びつきつつ、一篇のおもしろさを釀成している。

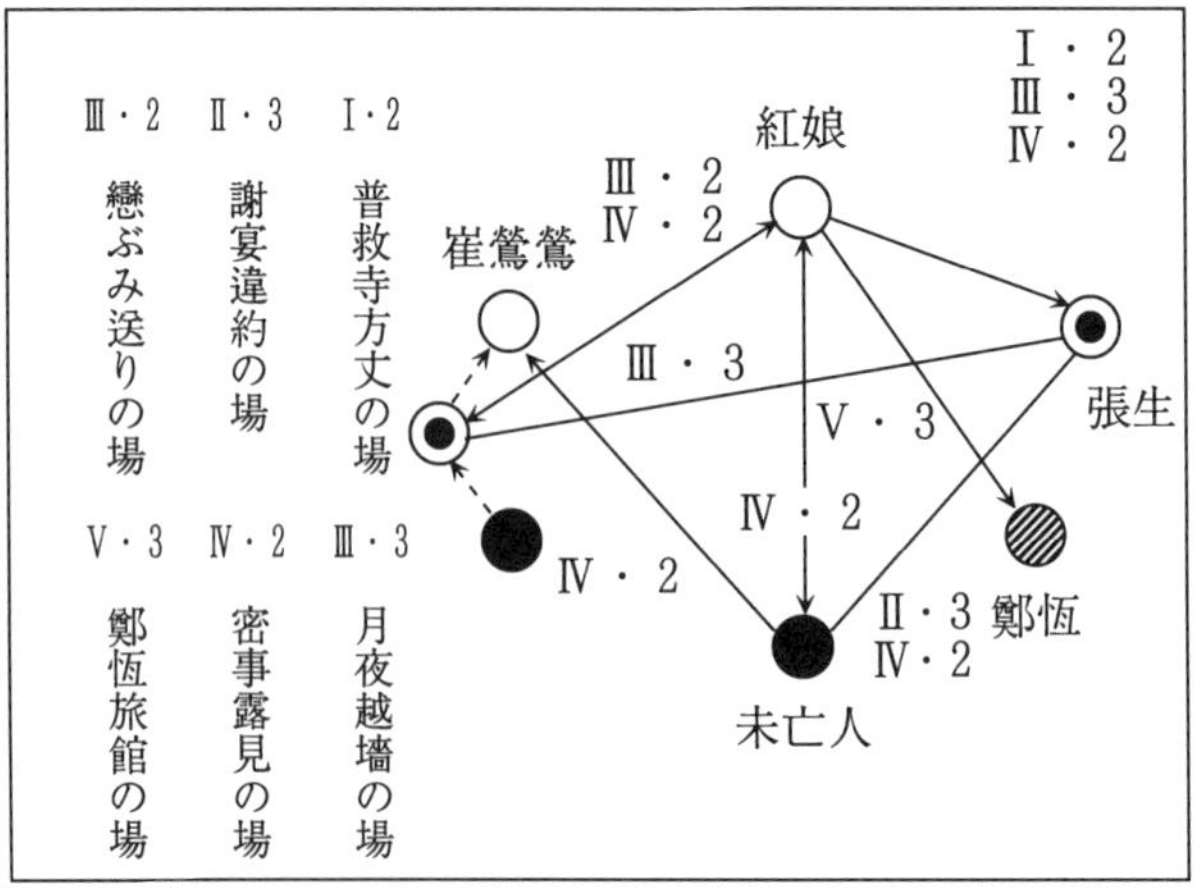

最後に、そのことを圖示して、一目瞭然たらしめよう。いまかりに、封建禮教の汚染に重點をおいて登場人物の性格を表示すれば、禮教の象徴たる未亡人は黑圈●によって、また人間性の代辯者たる紅娘は白圈○によって示されよう。次いで戀愛の當事者では、張生も事件の當初から禮教の束縛を絶ち、人間性にめざめて行動するから、白圈で示すべきだが、紅娘と比較するとき、身分的條件に差違があるから◉で示そう。一方、鶯鶯はというと、彼女のみは事件の全過程を通じてはげしい變化を見せる。すなわち、完全に禮教の束縛下にある當初から、人間性にめざめつつもなお禮教意識との對立に苦惱する段階を經て、終に人間の眞實に生きる、その過程

は●→◉→○で示せばよかろう。このほか、事件の最終段階に現われる婚約者の鄭恆は、未亡人に近い▨のような表示が適當であろう。ここに、主要人物の性格の色わけができたから、かれらの對立を圖示すると、右のとおりである。

すなわち、未亡人と紅娘という完全に相反撥する二つの性格をまず兩極におく。そして、その中間に張生と鶯鶯という、終局では一致するが、前半の過程では一方が激しく變化しつつ、吸引と反撥をくり返す二つの相異なる性格と、鄭恆という、それらともまた異なる性格を介在させる。かくて五つの性格がいり亂れて、さらに吸引と反撥をくり返すのである。矢印は、かれらの反撥の方向を示すものだが、同じく禮教の束縛を脱しながら、張生と紅娘とでは大きな差違が認められる。すなわち、張生は常に消極的・受動的だが、紅娘はその反對である。しかも彼女はあらゆる登場人物のうちで最も攻撃的である。もしも雜劇『西廂記』の眞の主人公が誰であるかということが問題になるなら、たとえその正式の題名が『張君瑞待月西廂記』（天一閣本『錄鬼簿』に據る）、或いは『崔鶯鶯待月西廂記』（曹楝亭本『錄鬼簿』に據る）であっても、それは紅娘でなければならない。それこそは『西廂記』のテーマに卽した見方ではあるまいか。

雜劇『西廂記』の南戲化

——西廂物語演變のゆくえ——

はしがき

本稿は「西廂記演變考」の一環をなし、さきに發表した「雜劇『西廂記』における人物性格の強調」（『東方學』第二十二輯、一九六一年七月、本巻二六二頁）につづく末尾の部分にあたる。

『西廂記』といえば、もちろん元雜劇（元曲）の傑作として知られる王實甫の戯曲をさす。そこに描かれた波瀾にとむ戀愛物語は、周知のように、唐・元稹（七七九—八三一）の小説「會眞記（一名鶯鶯傳）」に源を發する。この物語はその後近代に至るまで、およそ十世紀間にわたり、俗曲に、語り物に、あるいは戯曲に編まれて、ほとんど中國の俗語文學史とともに歩みつづけて來たといってよい。かりにこの「西廂物語」の展開をバラ作りにたとえるならば、王實甫が咲かせたバラは、たしかに最も美しく最もみずみずしい花である。だが、その美しさみずみずしさでさえ、ある部分はすでに一代まえの苗木、あるいはさらに一代まえの苗木に實現していた。そこに至るまでには、數知れぬ人たちの丹精こめた栽培があったことを忘れてならないのである。また『西廂記』というバラ作りは、王實甫の雜劇のあとにも休みなく續けられ、それぞれの時代の要求にもとづいてつぎつぎと栽培されながら、新らしい苗木を育てては開花させて來た。實をいえば、王實甫以後の花は、もはやほとんど賞美には値いしない。その證據に、文學史のうえでもほとんど問題にされぬ。しかしわれわれは、倦きもせず『西廂記』というバラ作りをつづけて來た人たちの努力を、無視するわけにはゆかぬ。またそれらの花は、時代の要求のもとに生まれたはずなのに何故つまらぬのか、それをも知る必要がある。それらの花のつまらなさを知ることは、作り手やその時代の風尙を知ることにも役だち、決して徒勞ではない。しかも、雜劇以後の『西廂記』劇に見いだすマイナスは、それだけ雜劇『西廂記』の評價にプラスされるでもあろうから。

本稿では主として、雜劇『西廂記』の南戯化がどのように行なわれたか、そして、南戯化が進むにつれて「西廂物語」はいかに演變していったか、そのゆくえを確かめるつもりである。本論に入るまえに、南戯化が行なわれるまでの「西廂物語」演變のあらましをたどっておこう。

一

元稹の小說「會眞記」は、志操堅固を友人に冷笑されたとき、まだ理想の女性にめぐり逢わぬだけで、自分こそは眞の好色家だと應酬した男の、ひたむきな戀の體驗をのべる。終に理想の女性を見いだしたかれは、宣言にたがわずまっしぐらに進んで目的を達するが、やがて理想の美女にひそむ、みずからと人をも滅ぼす魔性を豫感して、「情を忍び」つつみずから身を退き、この戀は哀しい結末を告げる。ところで、作者自身の投影といわれるこの男性の生きかたは、一おうもっともらしく見えるけれど、かれの「忍情の辯」には封建社會に生きる人間の僞善がかげり、「會眞記」は陳寅恪氏が指摘するように、「封建社會における不合理がおのずから暴露された作品」たるを免がれない。

しかし、この小說の中心をなす、人間性をおおう影を拂いのけて、眞實を求めて生きようとする男女のすがたは、なお依然として美しく、とりわけ禮教世界の人たちから歡迎された。すでに北宋期において、この小説は士人階級の間に愛誦されたし、この小説の美しいヒロイン崔鶯鶯は、しばしば歌詠の對象にもえらばれた。そして、北宋の末年、詞人趙令時により、はじめて語り物化への第一歩を踏み出したのである。

この場合は、語り物とはいえ、元稹の原作の段落ごとに、商調〔蝶戀花〕のメロディによる鼓子詞十一首が插入されたにすぎない。しかし、ここに看過してならないのは、趙令時が鼓子詞を插入した際に、男が身を引く理由として掲げる一方的な宣言、實は封建禮教に毒されたかの「忍情の辯」の部分が、すっかり削り去られたことである。かくて、この美しい戀物語は、すべての人が共感しうる形で民間に潛入した。

それが十二・三世紀の交、金の章宗朝のひと董解元により、「諸宮調」という語り物ジャンルに編まれて、再たび世に現われたときには、もはや見まがうばかりの成長を遂げていた。このいわゆる『董西廂』は、すでに「封建禮教に對する自由結婚の抗爭」というテーマのもとに再構成された、起伏に富むストーリーと、元曲の先驅ともいうべき生動する歌詞とによって、文學性と通俗性の兩立にみごとな成功を收めた（文學としての『董西廂』、『中國文學報』、第一・二冊、本卷三頁）。

それより一世紀、元朝の治下では、中國最初の完成された演劇形體「雜劇」が誕生し、すでに新鮮にして活潑な戲曲文學を實らせていた。語り物『董西廂』は、ここに王實甫という眞の知己を見いだして、ほとんどそのままの形での戲曲化が實現をみたのである。語り物に再構成された「會眞記」の戀物語は、もはやそのストーリーにほとんど手を加える必要がなかった。王實甫の努力は、この美しい戀物語にふさわしい、格調高くかつ生氣にもあふれた歌詞を生むことと、登場人物の性格をばテーマに沿って強調することとに、もっぱら集中された。かくて、戀の障碍としての禮教の象徵たる未亡人と、ふたりの戀を援助する人間性の代辯者たる小間使紅娘とを兩極におき、戀の當事者である張生と崔鶯鶯――そのふたりの性格の色わけもあざやかに――およびライバル鄭恆を介在させて、それぞれのあいだに反撥と牽引の複雑なさまざまの對立を設定して、特異な人間模様がここに完成を見たのである。

いま、以下の敍述を助けるために、雜劇『西廂記』の梗概を紹介しておく。

唐の貞元年間、遊學の旅にあるインテリ青年張君瑞は、山西省の名刹普救寺を見物中、父宰相の遺骸をまもって山内に假寓する崔鶯鶯を見そめ、かれも僧正にたのんで一室を借りる。その夜、はからずも明月に祈る鶯鶯と墻をへだてて詩を唱和し、さらに數日後に開かれた故宰相の法要では、滿座を壓倒する鶯鶯の美貌に接して、いよいよ思慕をつのらせる（第一本）。數日を經て、寺は突如孫飛虎がひきいる叛亂軍に包圍され、にわか僧兵たちの反擊もむなしく、鶯鶯の身に危險が迫る。萬策つきた母未亡人は、賊徒を擊退したものに娘をあたえることを提案し、これに應じた張生が役僧惠明をやり、友人の守備隊長杜確に救援をたのんでようやく事なきをうる。しかし數日後に開かれた謝宴では、未亡人がまず若いふたりに兄妹の禮を強制し、ついで鶯鶯が鄭恆とすでに婚約ずみであることを明かす。失望した張生は都へ旅立とうとするが、鶯鶯にかしづく小間使紅娘の勸めでかれが深夜に奏でた琴の音は、鶯鶯の胸をはげしくゆさぶる（第二本）。翌朝、主命をうけて傷心の張生を見舞うた紅娘に、かれは戀うたを託し、その返事に鶯鶯から密會を暗示する詩がとどけられる。欣喜した張生が、その夜ふけ月明にぬれつつ墻を越えて鶯鶯の住む西の廂にしのぶと、意外にもかの女からきびしく不品行を責められ、ついに寢食もままならぬ戀い病まいにとりつかれる。このことを知って母とともに見舞うた鶯鶯は、張生の憔悴に驚く。やがて紅娘に託されて、再たび密會を暗示する詩がとどく（第三本）。その夜ふけついに張生の悲願は達成されるが、數日を經てふたりの關係は未亡人に感づかれる。未亡人はまず紅娘をよんで折檻し、實を吐かせようとするが、紅娘はかえって未亡人の不信を責め、ふたりの仲ははじめて承認される。しかし、張生は未亡人に無官のものは婿にできぬと科擧受驗を強要されて、悲しい別離を告げて上京する。旅の第一夜、草橋の宿にとまった張生は、かれのあとを追う戀人が賊徒に掠奪される夢をみて、前途の不安をおぼえる（第四本）。翌春、張生は三席で合格、吉報はただちに鶯鶯のもとにとどき、鶯鶯からも心づくしの品がとどく。しかし、かれは任官發令後まもなく病氣にかかり、鶯鶯のほうは秋に入っても音沙汰なく不安にかられつつ、歸りを促すたよりを出す。ちょうどそのころ、婚約者の鄭恆が崔家をおとずれて、婚約の履行を迫る。事情を聞いた鄭恆は、張生が衞大臣の女婿におさまったと中傷し、怒った未亡人は更めて鄭恆との婚禮を準備する。おりしも鶯鶯のたよりを見た張生も急遽はせ歸るが、かれの辯明は容れられない。だが幸いにも、いまは郡太守に昇進した杜確が、張生の任官祝いにかけつけて、かれが裁きにのり出し、鄭恆は責められて自殺、ふたりは晴れて夫婦となり、赴任の旅にいで立つ（第五本）。

この王實甫の作品は、ふつう一篇の脚本が四折（一折は同じ音階に屬し、同一韻類で押韻された聯曲——一套曲を中心に構成され、ほぼ一幕にあたる）の構造をもつべき規定の元雜劇としては、五篇分（二十一折、第二本のみ五折）にあたる破格の長幅を擁している。このように破格の長篇であることが、がんらい長篇の演劇形體である南戲への改編を一そう容易ならしめた。このことは注意されてよかろう。

なお、南宋・周密（一二三二－九八）の『武林舊事』巻一〇に著録する南宋雜劇の外題中に、「鶯鶯六么」の名がみえる。これも演變過程における「西廂物語」の一時期のすがたである。おそらく「西廂物語」としては、最初の劇化であり、その誕生は北宋期まで遡りうるかもしれない。少なくとも元雜劇『西廂記』に先行することは確かである。「六么（綠腰）」は唐の舞曲に出るメロディで、このメロディただ一種を歌詞に用いた、なお未發達のシムプルな演劇であろうから、元雜劇『西廂記』への影響は、たとえあっても輕微なものと想像される。

二

雜劇『西廂記』の南戲化の過程において、ぜひ言及しておかねばならないのは、元雜劇そのものに生まれた摸倣作である。語り物からの王實甫の戲曲化が、前記のごとく破格の長幅を擁して實現され、それが大きな反響をよんだのであるから、雑劇の領域自體に影響をあたえたのもまた當然である。

まず最初に現われた摸倣作は、白樸（仁甫）の「東墻記」である。フル・ネームを「董秀英花月東墻記」という。この名からして、すでに『西廂記』のフル・ネーム『崔鶯鶯待月西廂記』との類似を示すほかに、やはり元雑劇のきびしい規約を破った五折の構成も、『西廂記』の五本に照應させたものであろう。

作者白樸（一二二六—？）については、蘇明仁氏に「白仁甫年譜」（『文學年報』、第一期）があり、吉川幸次郎博士にも傳記に關する精密な考證がある（『元雜劇研究』、一二八頁）。眞定（河北省石家莊）のひと、幼年期には元好問（遺山）のもとに預けられたりして、知識人としての教養一般をおさめたが、官途に入ることを拒んだ。壯年期は幕客として軍閥のもとにあり、かれらについて南下したまま江南に定住、在野の名士として詞曲の制作にふけり、八十餘歳の長壽を全うしたという。元曲作家としては、唐の玄宗と楊貴妃の戀をあつかう「梧桐雨」劇によって知られ、元曲四大家の一に數えられている。かれにあたえられたこの高い評價は、歌詞ごとに典雅なそれを偏重する、明代批評家たちの戯曲評價の態度を示すものである。かれの「梧桐雨」劇における歌詞の華麗典雅さは、いかにも高く評價されてよい。たまたまそれが帝王の悲戀というモチーフに調和し、特に幽閉の身にある玄宗が秋の一夜、梧桐の葉に降りそそぐ雨の音を聞いて亡き人をしのぶ、終幕のすぐれた歌劇性が、かれの聲價を高めたとさえいえる。ただ、かれの作品における戯劇的技巧を問題にするならば、實は遺憾な點が少なくないのである。たとえば、傑作といわれる「梧桐雨」劇も、ストーリーの運びは史實に安住し、奔放自由な空想のつばさの羽ばたきはあまり見られない。それに、上記の感動的な終幕でさえ、實は先輩作家の摸倣といってよい。すなわち、漢の元帝と王昭君の悲戀をあつかう元曲第一の悲劇、馬致遠作「漢宮秋」劇の終幕には、王昭君を失なった元帝が、秋の一夜の夢さめて歸鴈の聲に戀人をしのぶ、有名な一場がある。したがって、白樸に『西廂記』の摸倣作が生まれたことには、いかにもと肯けるものがある。つぎに「東墻記」の梗概を紹介しておこう。

遊學の旅に出た臨陽のインテリ青年馬文輔は、亡父どうしが定めた婚約者董秀英をたずねて松江にたち寄り、まず董家に鄰接する宿にとまる。ある夜、花園を散歩する秀英は東の墻（かきね）ごしに馬文輔を見とめ、たがいに慕情をいだく。ふたりは秀英の小間使の斡旋により詩を應酬するうち、ある夜ついに東の墻をのり越えて密會する。しかし、かれらの密會は突如あらわれた秀英の母未亡人に發見される。婚約關係にあるという事情を明かしての、小間使の辯護も受けつけず、未亡人は無官のひとは婿にできないと、文輔を科擧受驗に追いやる。目的を達したかれは、秀英を迎えに松江に歸り、ふたりは晴れて結婚する。

この戯曲では、「西廂」を「東墻」に、相愛の男女を親どうしが認めた婚約關係におき換えたほか、雜劇『西廂記』のストーリーの主要部分は、ほとんどそのまま踏襲している。もっとも、細部では省略もあるかわり、新たなプロットも若干附加された。たとえば、董家の鄰りに滯在する文輔が、宿のむすこ山壽の家庭教師をたのまれたり、その山壽をば、前夜の詩の應酬の反應を探りにやらせたり、あるいは、文輔が受驗に上京した留守中、秀英が戀慕のあまり病氣して醫者をまねくなど、がそれである。だが、新たなプロットにも新たな效果はほとんど期待しえない。この作品のテーマは、やはり王實甫の『西廂記』より繼承された「封建禮教に對する自由結婚の抗爭」でなければならないのに、ストーリーの推移はもはやテーマから少しずつ乖離しはじめている。

雜劇『西廂記』において、すべてのプロットの根が全篇をつらぬくテーマの流れに浸されていることは、すでに別に說いた（雜劇『西廂記』における人物性格の強調）。ところが「東墻記」では、雜劇『西廂記』のプロットを借りながら、それらの根の多くが地上に放り出されて、枯死に瀕している。つぎの例は、墻（かきね）ごしに男を見そめたヒロインが、翌日はやくも戀のとりことなって悶える一段である。

秀英　なんともけだるいこと。きのう裏庭であの書生さんに逢うて、眉目すぐれたりっぱなお顔を見てからというもの、この胸に焼きついて離れぬのは、なにもあたしの狂氣のせいではない。これこそ人間自然のみちだわ。たださえ體のすぐれぬとこへ、こんなおひとにめぐり逢うて、まったく腑ぬけたよう。いつになればしゃんとするのでしょう。

小間使　お嬢さま。なぜあのひとに逢うてこんなにおやつれになりましたの。

秀英（うた）一たび君に逢うてより、おぼえず魂も千切らるる。おもえば君は韓・柳の、文章にも類う文才あり。かつまた君は粋なかた。齊論・魯論を修めたり。君を想うて忘れかぬ。晴れて夫婦になるはいつ、共にむつむはいつの日ぞ。

げにもくさくさこの悩み、はらはらそそぐこの涙。みめ美わしき潘（岳）さまの、磨きあげた人がらのせい。しばし胸に思案する。誰か橋かけてくれまいか。

〔旦上云〕好悶倦人也。自從昨日後園中見了那箇秀才。生的眉清目秀。狀貌堂堂。我一見之後。着我存於心目之間。非爲狂心所使。乃人之大倫。早是身體不快。又遇着這等人物。教我神不附體。何時是可也。

〔梅云〕姐姐因何見了那生。如此模樣了也。

〔旦唱〕

〔那吒令〕一見了那人。不由我斷魂。思量起這人。有韓文柳文。他是箇俏人。讀齊論魯論。想的咱不下懷。幾時得成秦晉。甚何年一處溫存。

〔鵲踏枝〕好教我悶昏昏。泪紛紛。都只爲美貌潘安。仁者能仁。一會家心中自忖。誰與俺通箇殷勤。

雑劇『西廂記』のヒロインは、かの女をしばる禮教觀と人間性の板ばさみとなって悩みつつ、みずからの小間使に對してさえなお禮教のよろいをまとい、思慕の情をひたすら包みかくそうとする。ところが「東墻記」では、みぎのごとく、秀英は小間使に對してかるがるしく眞情を明かす。ヒロインの特異な性格はもはや安易に失なわれてしまっている。しかも、このように小間使に對する警戒心をも捨て去ったはずのヒロインは、いざ密會に出かける一段に至ると、またつぎの矛盾を犯すのである。

小間使　お嬢さま、日も暮れました。あのひときっとお待ちかねですわ。もうお出かけにならなくては。　〔梅云〕姐姐。天色晚了。那生必定等哩。好去了。

秀英　あたしは深窗に育ったおとめ。女部屋をしのび出て、若いおとこと逢びきするなんて、斷じて禮のおきてに背くわよ。　〔旦云〕我乃室女。潛出閨門。與少年私約。敢非禮麼。

ここではあきらかに雜劇『西廂記』の同じ一段におけるヒロインの僞善が踏襲されて、作者はみずからの矛盾に少しも氣づかない。要するに、白樸の「東墻記」では、禮教の象徴としての未亡人に對する戀人たちの抗爭が、ただ形式的にだけ殘された。かれら自身にひそむ禮教の殘滓はあとかたもなく拭い去られ、戀愛の進行までが、その意味ではほとんど抵抗なく運ぶ印象をあたえる。作者の無能を暴露するのはそれだけでない。「東墻記」の第五折を占める、文輔が科擧に及第してからの、なんらの抵抗もない團圓への推移も、さらに一波瀾を用意する『西廂記』に對比するとき、劇作家としての安易な態度が一そう明らかとなる。

また、この戲曲の致命的缺陷としては、一連の歌詞——一套曲を中心として構成される一折のうちに、時間の異なる場を幾つも含むことが指摘せられる。周知のように、中國劇は幕が使用されず、一折は必らずしも一幕を意味するわけではないが、一折中に演ぜられる事件は、ほぼ同一時間内の出來事である。むろん若干の例外はある。それらの例外は多く一套曲の前か後に位置し、せりふのみの場である。一套曲が同一の音階（宮調）に屬し、同一の韻類を用いて押韻されるからには、一套曲の歌われる間はおよそ同じ雰圍氣のもとにあるはずである。したがって、一折のうちは同一時間に限定するのが、暗默の約束であった。ところが、この不文律を「東墻記」は終幕を除く各折において破棄している。

さらに、元雜劇である「東墻記」は、主役一人獨唱というきびしい規約を全篇を通じて破り、馬文輔・董秀英・梅香（小間使）にみな歌唱の擔當を許している。雜劇『西廂記』においても確かに張生・崔鶯鶯・紅娘はそれぞれ歌唱を擔當しているが、五本の各四折（第二本は五折で、その第二折は惠明がうたう違例を犯す）を通じては必らず一人が歌い、元雜劇のきびしい規約は大體くずされていない。「東墻記」におけるこれら二つの違例は、要するに五本二十一折の『西廂記』の内容を五折におしこんだことに起因する。この無理な壓縮の工作からも、とにかく粉本の意圖するものは失なわれざるを得ず、ほとんど取るに足らぬ作品となった。それにもかかわらず、この戯曲はまもなく南戯に改編せられた。やはり脚本は散佚したが、白樸のと同名の「董秀英花月東墻記」が曲錄の類に著錄され、歌詞の佚文二十一支が曲譜の類に收められている。

「東墻記」とやや遲れて出現した『西廂記』の摸倣作は、鄭光祖（德輝）の「㑳梅香」劇である。フル・ネームを「㑳梅香翰林風月」という。

作者鄭光祖は平陽襄陵（山西省襄陵縣）のひと、鍾嗣成『錄鬼簿』は「儒をもって杭州路の吏に補せられた」と傳える。かれはあきらかに、杭州に盛行の中心が移った元曲後期に屬する作家で、やはり元曲四大家の一に數えられている。白樸とおなじく歌詞の華麗さが明人に歡迎されたのであろう。だが、その美しさは厚化粧の女性に似て、彫琢のあとが氣にかかり、元曲前期の作品の佳さは失なわれている。まず「㑳梅香」劇の梗概を示す。

科擧受驗の旅にある青年白敏中は、恩義につながる亡父どうしの婚約のあいて裴小蠻をたずねる。小蠻の母未亡人はかれらを兄妹扱いし、敏中には裏庭の一室をあたえる。若いふたりはすでに思慕の情をつのらせて悩む。ある夕、小蠻は敏中のひく琴の音にさそわれて庭に出る。かの女が歸りぎわにわざと捨てた匂い袋は敏中の手に拾われ、かれは小蠻の小間使樊素に戀の仲介をたのむ。樊素は裴家の子がいの召使だが、生まれつき怜利なため、小蠻の學友を命ぜられて學識ゆたかに育ち、「㑳梅香」（梅香は普通名詞化して小間使を意味し、㑳は物ごとに達者なこと、またペダンティックなことを文㑳㑳という）とあだ名されている。ある夜、かの女の手びきでふたりは密會するが、小蠻は初めきびしく敏中をたしなめる。しかし、やがて虚勢をすてて男に身をゆだねようとした時、突如未亡人が現われる。樊素は博學と辯才を驅使して未亡人の忘恩を責めるが、未亡人から受驗に專念せず女色に留戀する不心得をたしなめられ、敏中は憤然として裴家を去って上京する。やがてかれは科擧に合格、李大臣は裴家の母子を都に招いて團圓させようとするが、敏中はかつての冷遇を含んで應じない。ようやく樊素の機轉によって和解が成立する。

この作品が雜劇『西廂記』の摸倣作であることは、すでに明の王世貞（一五二九―九三）の『藝苑巵言』や清の梁廷枏（一七九六―一八六一）の『藤花亭曲話』巻二に指摘せられている。その摸倣は細部にわたって丹念に行なわれ、梁廷枏はプロットや科白（こなしせりふ）などの一致するもの、すべて二十條を列擧している。かれの指摘以外にも、相愛の男女を婚約關係に設定するなど、前記の「東墻記」に摸した疑いさえある。

しかしこの「㑳梅香」劇は單なる摸倣作でない。「㑳梅香」と呼ばれる小間使は、この戯曲において主役をつとめる。法的には奴隷（驅奴）に屬する賤しい一女性が、比類ない利發さをそなえ、かの女の女主人をはじめ、インテリ男性をさえしのぐ博識を示す。到底現實には存在しえまいが、これも一種の創造的性格である。

實は、かような「㑳梅香」の出現は、決して豫期されぬでなかった。雜劇『西廂記』における小間使紅娘は、みずから文盲であることを言明しながら（第三本第二折）、インテリ青年張生や女主人鶯鶯、さては禮教の象徴たる未亡人の僞善をうち破るために、相手の武器を逆手にとり、經書の文句を引用して攻撃する。これは王實甫が語り物『董西廂』より一歩前進させた、紅娘の性格における重要なプラス成分である。小説ならおそらくは許されないであろうこの矛盾が、戯曲では許されたはずである。これこそ「禮教に對する自由結婚の抗爭」というテーマに卽應したギリギリの性格強調であり、一歩ふみはずせば、紅娘は「怪物」と化する危險をはらんでいた。そして、この王實甫の處置はみごとに成功を收め、さればこそ、かような紅娘の戯曲的性格が注目された。しかし鄭光祖は、王實甫の書きかえた紅娘の性格の、もはやそれ以上は強調するべきでないタブーを、犯してしまったのである。

樊素（うた）書は秦嬴（始皇帝）に喪ぼされ、道は孔聖にてうち絶たる。書燒く灰のなお冷めず、漢のみ代の儒生ども、みな餘燼をかきわけて、古えの跡もとめたり。

孔安國は傳う中庸・語・孟、馬融は集む春秋の書、左丘明を祖述せり。周易演ぶるは關西の夫子、尙書を治む魯の伏生、禮記の誤謬校すは楊子雲、毛詩の箋註しるすは鄭康成。みなびとうち擧り、大道ひらき中正發揚げ、善言紀し議論はなさく。わが家の祖父こそ文林の華胄、いわんや母方は儒業の簪纓、亡き宰相の血統が、絶ゆるを嘆きて姫君に、家名おこす重任ゆだぬ。……

〔仙呂點絳唇〕書喪秦嬴。道絶孔聖。坑灰冷。漢代儒生。他毎都撥煨燼尋蹤影。

〔混江龍〕孔安國傳中庸語孟。馬融集春秋祖述著左丘明。演周易關西夫子。治尙書魯國伏生。校禮記舛譌楊子雲。作毛詩箋註鄭康成。無過是闡大道發揚中正。紀善言問答詳明。咱祖父乃文林華胄。況外戚是儒業簪纓。哀先相幾乎絶嗣。使小姐振厥家聲。……

およそこれに類するあくどい表現の歌詞は、全篇を埋めつくしている。歌詞の方はまだしも、せりふに至っては、まさに文㑳㑳という形容語のみがふさわしい。かの戀ぶみ傳達の一段をあげておこう。

樊素　お孃さま、正直におっしゃいませ。この匂い袋は、確かにあ

〔正旦云〕小姐。你實說。這香囊兒端的

なたがあのひとにさしあげたんでしょ。
小蠻　さよう。
樊素　なぜあたくしをだましていらしった。
小蠻　人に知られちゃまずいので、おまえにもよういわなかったのよ。
樊素　しょうのないお嬢さま。かりそめにおふざけあそばして。あのひとは眞劍にあなたに想いをかけ、されば病まいの床にうち伏し、いのち頃刻の間に迫りたれば、やむをえずしてわらわにうち明け、再三叩頭頓首して、意のうちを申ぶるらく、「お女中どの、もし今生にて遇わずんば、願わくは地府において相期せん」と。言の葉涙とともに下り、わらわも覺えず涙垂る。されば雷霆の怒りを避けず、玉なす顔を冒瀆して、敢えて佳信を通ぜし次第。……

是你授與那生的來。

〔旦兒云〕然也。

〔正旦云〕你如何瞞着我。

〔旦兒云〕我怕人知道。因此上不敢對你說。

〔正旦云〕不爭小姐因而作戲。那生實心希望。以致臥病不起。命垂頃刻。事不獲已。方對梅香說破。再三叩頭。頓首申意。小娘子果今生不遇。願相期于地府。言與泣下。使妾不覺垂淚。因而不避雷霆之怒。冒瀆玉顏。敢通佳信。……


かく士大夫階級が用いそうな、堅くるしいせりふの應酬は巻を逐うて増し、かの女はしばしば經書や一般古典の語句を引用しての論辯を展開する。一介の小間使はついに「怪物」と化したのである。

せりふにおけるこの異常さは、樊素ひとりに限定するのなら、相手の武器を逆手にとる効果こそのぞめないが、秩序顚倒のおもしろさは留めうる。この異常なせりふは、女主人小蠻や青年白敏中にまで感染するのである。

樊素　お嬢さま、さきほど大奥さまと裏庭へお祈りにまいり、拝見しました。あの眺めのなんともすてきなこと。こんな佳い晩に遊

〔正旦云〕小姐。恰纔樊素和老夫人去後花園中燒香。見那景物。多有好處。趂

びに出かけねば、それこそ春にそむくというもの。勉強はよして、あたしたち遊びにまいりましょうよ。

小蠻　聖人のみことばに、「吾、十有五ニシテ學ニ志ス」とあります。ましてわれわれふぜいのものが……。

樊素　ねえ、花かげでお月さまに祈っていらっしゃるのは、うちのお孃さまじゃありませんこと。

白敏中　拙者、出かけんにもそうは參らぬ。

樊素　あなた、いらっしゃるといいわ。

白敏中　拙者は聖賢の書よむ身、深夜に女子と相期するは、禮法に違背いたそう。

樊素（うた）ちぇっ、今ぞ契りに赴きて、風流の世界が展べらる。道を樂しむ顏回の、陋巷に入るでもあるまいに。

白敏中「子ハ釣リスレド網セズ、弋スレド宿ヌルヲ射タズ」とや。

此好天良夜。不去賞玩。却不辜負了這春光。不索講書。咱遊玩去來。
〔旦兒云〕聖人云。吾十有五而志于學。何況我輩乎。
〔正旦向白云〕先生。那花陰之下燒香的。不是俺小姐。
〔白敏中云〕小生敢去也不敢去。
〔正旦云〕先生。你去不妨。
〔白敏中云〕小生讀聖賢之書。夤夜與女子相期。莫是非禮麽。〔正旦唱〕
〔鬼三臺〕呸這的是赴約的風流況。須不是樂道的顏回巷。
〔白敏中云〕子釣而不網。弋不射宿。

すなわち、この雜劇で博學を誇示しようとしたのは、「㑳梅香」と呼ばれる小間使でなくて、作者自身だったのである。

『錄鬼簿』によれば、戲曲作家としての鄭光祖の名聲は一世を風靡し、俳優たちからも「鄭老先生」とよんで信愛された。そのかれが官途に就いて得た地位はといえば、一介の路吏にすぎない。かれの儒學的教養は一胥吏で終るためのものではなかったはずである。かれの胸中には、せっかく修めた儒學的教養を正規の官僚として國家の用に供しえない憤懣が渦巻いていたのではなかったろうか。

鄭光祖には、魏の王粲の「登樓賦」に取材する「王粲登樓」劇がある。宰相蔡邕は、女婿に擬した王粲の才をたのむ驕慢さを矯めるためわざと冷遇し、かれを荆王劉表に紹介するが、そこでも冷遇された王粲は、重陽の日高樓に登り、酒を飲んで激しい悲憤をぶちまける。この戯曲では文才をたのむ傲慢な主人公の性格が巧みに描かれ、わけてもそのクライマックス——滿たされぬおもいを懷いて登樓する第三折は、元曲中でも傑出した場の一とされている。この王粲こそは、どうやら作者自身の投影であるらしい。「傷梅香」劇という摸倣作も、正當な使途を失なった鄭光祖の學識が、一種のはけ口を見いだした作品であろう。

さて、元雜劇自體における『西廂記』の摸倣は、現存脚本に關するかぎり、みぎの二種に止まった。かような摸倣作が出現する理由の一つには、雜劇『西廂記』がふつう脚本の五篇分という破格の長篇を擁するために、上演の關係上、それを通常の一篇分に改編しようとする意圖もあったであろう。しかし、これら摸倣作の作者たちは、改編の際あまりに形式面に氣をとられて、雜劇『西廂記』が語り物より繼承したすぐれたテーマをば輕視した。ここにまず『西廂記』劇の墮落の第一歩が踏み出されたのである。

三

宋元期の南戯は、『永樂大典』（明・永樂六年—一四〇八年完成）巻一三九九一に収める三篇と、高則誠の『琵琶記』などを除き、脚本のほとんどが散佚したが、外題のみを傳える資料が現存する。一は上記の『永樂大典』戯文部門の目録二十七篇であり、他は徐渭の『南詞敍錄』（明・嘉靖三十八年―一五五九年）に載せる宋元舊篇六十五篇である。そのいずれにも、最初の南西廂ともいうべき『崔鶯鶯西廂記』の名がみえる。また、それの佚文ともいうべき歌詞の斷片が、南曲曲譜の類、『南曲九宮正始』（順治十八年―一六六一年序）や『南九宮詞譜』（嘉靖二十八年―一五四九年原序）などに殘存し、すでにつぎのごとく近人による蒐集がなされている。

錢南揚『宋元南戲百一錄』一九三四年刊

趙景深『宋元戲文本事』一九三四年刊

陸侃如・馮沅君『南戲拾遺』一九三六年刊

錢南揚『宋元戲文輯佚』一九五六年刊

宋元戲文の常として、作品の多くは作者が不明である。おそらく、それら作品は個人の制作というより、宋・元期に特有の文人くずれの作家グループ、「書會」とよばれる結社の集體制作であり、あえて個人の名を標記しなかったからであろう。最初の南戲西廂記もその例外ではない。だが、一說に元人李景雲の作とする意見も有力である。すなわち、錢南揚氏は、清初・馮旭の『南曲九宮正始』に引く戲文『西廂記』の佚文に注記して、「元李景雲西廂記云云」とあること、かつ該曲譜に收める宋元期の作品は、元・天曆年間（一三二八―三〇）刊の『九宮十三調譜』に資料を仰いでいることを、それの證據としている。ただし、そうすると困るのは、徐渭の『南詞敍錄』の〔宋元舊篇〕の項に「鶯鶯西廂記」の名がみえ、また〔本朝〕の項の首にも李景雲編「西廂記」の名がみえる點である。そこで錢氏はやむなく、李景雲が明初まで生きたのであろうと推定する（『宋元戲文輯佚』、一四八ページ注二）。

もしも馮旭が利用した『九宮十三調譜』が實際に元人の手に成るならば、むろん錢氏の推定に異論をはさむ餘地はない。しかし、李景雲については、後にも言及するように、明朝もやや降る人の疑いがある。

元代南戲の外題をみると、元雜劇の影響のもとに成ると推定されるものが少なくない。たとえば、つぎに列擧する作品は、元曲前期の雜劇とフル・ネームを同じゅうし、これらはあきらかに雜劇の南戲化を意味するだろう。

鶯燕爭春詐妮子調風月　關漢卿呂洞賓三醉岳陽樓　馬致遠蘇小卿月夜販茶船　王實甫鄭孔目風雪酷寒亭　楊顯之裴少俊墻頭馬上　白樸董秀英花酒東墻記　前人柳耆卿詩酒翫江樓　戴善夫看錢奴冤家債主　鄭廷玉（下はいずれも雜劇の作者）

したがって、常識的な見かたよりすれば、南戲『西廂記』も王實甫の雜劇の影響下に生まれたとみるべきであろう。ただ、『西廂記』の場合は、すでに語り物『董西廂』が金朝治下に行なわれ、それが南宋治下にも流入した可能性もある。とすれば、王實甫と同じく語り物より直接制作されたことも、十分に考えられる。『崔鶯鶯西廂記』という外題が、雜劇のフル・ネームそのままでないことも、兩者の無關係を物語るかもしれぬ。

遺憾ながら、わずか二十八支の佚文のみから、この長篇戲曲の全貌を知ることはむつかしい。だがこれら佚文に關するかぎり、王實甫の雜劇の內容にほぼ照應するようにおもわれる。ただ一つ、最初の密會で罵倒されたあとの、張生の怨みごとらしい歌詞に見えるつぎの句には、劇情の異曲を想わせるものがある。

琴にひめし恨み、圍棊に託せし戀ごころ、挑みしことをつゆ思わず、　全不省琴中恨。棊內心。把咱廝調引。使

おかげでわれはやつれ果つ。　咱憔悴損。（仙呂近詞・河傳序）

すなわち、「琴にひめし恨み」は、鶯鶯の側の滿たされぬ戀慕の情を琴の音によせたプロット（張生が琴をかなでて鶯鶯に挑發するプロットは、語り物にみえ、雜劇に繼承されている）を意味するのではないか。また「圍棊に託せし戀ごころ」は、後述の『南西廂』に繼承されたものでわかるように、圍棊の局面をかりて密會を暗示するプロットではない

か。二つのプロットはともに雜劇に缺き、語り物にもみえない。この點は注意されてよい。

だが、最初の南戲『西廂記』はしょせん滅び去る運命にあった。北方系音樂による「雜劇」は明代に入ってもしばらく命脈をたもち、元曲屈指の傑作『西廂記』はなお廣汎な聽衆乃至觀客をもっていたであろうから。

四

最初の南戲『西廂記』は、むろん地域的差違はあったろうが、王實甫の雜劇と平行して行なわれたにちがいない。これに對して、第二の南戲『西廂記』——『南西廂』の誕生が要求されるのは、北方系音樂（北曲）による雜劇形體が中華の劇場よりまったく追放され、南方形音樂（南曲）による南戲形體が歌劇界を制覇する時期であったことがまず豫想される。その時期とは、青木正兒博士（弘文堂刊『支那近世戲曲史』二二七ページ以下）その他が說いて、ほぼ定說となっている、南曲の新らしいふし「崑山腔」——「崑曲」の誕生期であろう。「崑曲」は江蘇省崑山のひと魏良輔らの創始にかかり、梁辰魚（一五二〇—八〇）の戲曲『浣紗記』にはじめて採用された。その結果、蘇州を中心として急速にひろがり、たちまち歌劇界を壓倒して、すでに氣息奄奄たる北曲に止めを刺したといわれる。正確な年代は不明だが、おそらく十六世紀の前半ごろであったろう。あたかもそのころ、李日華・陸采ふたりの作家による『西廂記』の南戲化が相次いで實現をみたのである。

この『南西廂』二劇は現在いずれも脚本が傳存する。それにもかかわらず、徐渭の『南詞敍錄』（一五五九年序）には二劇とも著錄されていない。しかし、該書にはすでに言及したように、〔本朝〕の項に李景雲編『崔鶯鶯西廂記』の名が見える。岩城秀夫氏によれば、『南詞敍錄』に注記された李景雲こそ李日華であり、景雲・日華はいずれかが名で、いずれかがあざなであろうとする（『中國文學報』第六册「戯曲荊釵記はいかに改作されたか」）。まことに傾聽すべき説であるが、前記のごとく李景雲が元人乃至明初の人であるならば、この説は成立しえない。また、明・閔遇五が引く梁辰魚の説によれば、李日華の『南西廂』は、實は崔時佩の原作を増訂したものだという（六幻本西廂記）。崔時佩がなにびとであるか、また梁辰魚の説がなにに本づくかは、ともに不明である。陸采の『南西廂』が徐渭の『南詞敍錄』に著錄されていないのも、後述するように制作年次からみて解せないことである。

まず『南西廂』兩劇の作者について吟味を加えておこう。

李日華は、王國維（一八七七―一九二七）に指摘されるまで、隨筆『紫桃軒雜綴』の著者（一五六五―一六三五、あざなは君實、江蘇省嘉興のひと）であると、誤認されて來たようである。それが誤りであることは、該書巻二の一條に作者自身が『南西廂』の作者と同姓同名であることに言及する。明末のひと呂天成の『曲品』巻上によれば、あざなは實甫、吳縣の人とあり、『彙刻傳劇』の編者劉世珩（?―一九三七）も據るところは不明だが、蘇の長洲のひとであるという。念のため『蘇州府志』（道光・同治二版）を調べたが、それらには見えない。したがって、李日華の在世年代は不明であるが、少なくともかれの『南西廂』が陸采の作に先行することだけは確かである。なぜなら、陸采の『南西廂』こそは、李日華の作に反撥して制作されたものであった。かれの序文にはいう。

後に迨び、李日華は實甫の語を取り、南曲に翻り爲えしも、措詞・命意の妙は、幾どこれを失なえり。予、退休の日より、時に此の編を綴る。因より美を前哲に媿ぶるを敢くせず、然れどこれを生呑活剝せる者に較ぶれば、自ずから謂えらく、差や一班を見せりと。

迨後李日華取實甫之語。翻爲南曲。而措詞命意之妙。幾失之矣。予自退休之日。時綴此編。固不敢媿美前哲。然較之生呑活剝者。自謂差見一班。

つぎに陸采（一四九七―一五三七）については、兄陸粲（一四九四―一五五一）の手に成る墓志銘がある（天池山人陸采墓志銘、國朝獻徵錄、巻一一五）し、錢謙益『列朝詩集』下三にも略傳を収めている。兩者を綜合すると、あざなを子玄、號を天池山人といい、蘇州長洲縣のひと。生まれつき豪蕩不羈で科擧受驗用の學業をきらい、妻の父について古文辭を修めた。その後、太學にあること二十年、推薦試驗のつど失敗し、以後は處さだめぬ奔放の生活を樂しんだようである。十九歳のときに兄陸粲にも助けられて作った『名珠記（王仙客無雙傳奇）』は、すぐれた出來ばえを示している。前掲の敍文に「退休の日より」とあり、陸粲の記す墓誌には「太學に在ること二十年」とあるのに據れば、かれの『南西廂』の制作は、沒年に近い三十代のおわり、嘉靖十三・四年（一五三四・五年）ごろであろうと推定される。これはどうかすると、崑曲普及の時期に少しく先行するかもしれぬ。

さて李日華の『南西廂』は、すでに陸采の語にあるように、雜劇『西廂記』の歌詞を能うかぎり收容しようとした點に特徴がある。このことは、雜劇の歌詞の優秀性を示すとともに、北曲による『西廂記』が、南曲の制壓下にもはや歌いえなくなったことを物語るでもあろう。しかし、李日華のせっかくの苦心は裏ぎられ、かれの作品の聲價は必らずしも當代に芳ばしくなかったようである。萬曆年間（一六世紀後半）のひと徐復祚はいう。

李日華、北西廂（雜劇『西廂記』）を改めて南となせしも、佳ならず。　李日華改北西廂爲南。不佳。『三家村老委談』

また、やや遲れる張琦も、明末の世評を傳えている。

日華、これを翻（つくりか）えて南となせしも、時論すこぶる取（よろこ）ばず。　日華翻之爲南。時論頗弗取。『衡曲麈譚』

さらに十八世紀後半のひと李調元の『雨村曲話』巻下に至ると、李日華が王實甫の歌詞を收容するために犯した無理のいくつかを指摘するし、とりわけ酷評を浴びせたのは、清・李漁（一六一一―?）である。かれはまず、詞曲のうち、音律の壊らるるは、『南西廂』に壊らる。

詞曲中音律之壞。壞於南西廂。『閒情偶奇』巻一

という書きだしで、南・北曲という音樂の差違、あるいは雜劇・南戲という演劇形體の差違にもとづく改編の困難さと、それを犯す無理のかずかずを詳密に指摘し、最後につぎの如く完膚なきまでにこきおろすのである。

噫、西廂の名目を玷す者は此の人、詞場の矩度を壞る者は此の人、天下後世の蒼生を誤らしむる者もまた此の人なり。

噫。玷西廂名目者此人。壞詞場矩度者此人。誤天下後世之蒼生者。亦此人也。

そうした缺點が早くより氣づかれて、陸采の『南西廂』が生まれたわけである。

しかし、一方ではこれを辯護するものもなかったわけでない。張琦の語は、實は李日華の『南西廂』に對する世の不許に抗するための發言なのである。かれはさらにいう。

その翻變の巧みなること、頓かに能く北習を洗い盡くし、調の協えること自然にして、筆墨中の鑪冶（文章の鍛錬）は、人官の易く及ぶところに非ず。

不知其翻變之巧。頓能洗盡北習。調協自然。筆墨中之鑪冶。非人官所易及也。

それでは、實際の出來ばえはどうであろうか。みぎの批評家たちはほとんど歌詞のみを問題にする。歌詞が南曲の韻律にかなうか否かは、われわれの理解の埒外にあるし、戲曲作品に對するただ今の評價においては、それの比重は大きくない。ここでは主にストーリー構成とかプロットの設定、あるいはそれらを動かす登場人物の性格などについて、「西廂物語」演變のゆくえを見きわめたい。用いたテクストはつぎのとおりである。

李日華『南西廂』明・金陵富春堂刊本（古本戲曲叢刊初集所收）

陸采『南西廂』明・周居易刊本（同前所收）

二つの『南西廂』も、そのストーリー構成は一おう雜劇『西廂記』を繼承しており、若干の省略はあっても異曲を示す個處は少ない。まず、その異曲の個處を指摘しておこう。

異曲の第一は、兩劇ともに主要な登場人物が冒頭のいくつかの場に出そろう點である。張生の友人として、賊徒の包圍と鄭恆の中傷という二度の危機を救う杜確は、雜劇では第二本第三折に至らねば登場しない。ところが、李日華本では實質上の冒頭にあたる第二齣（南戲の第一齣は、副末開場とよばれて、一劇の紹介が歌詞によって行なわれるから）で、張生は歸省中の杜確に別れを告げて鄕里を出發するし、陸采本でも同じ第二齣で、旅に出た張生が、まず蒲關の守備隊長杜確のもとに身を投じ、數か月滯在してから再たび旅をつづけるのである。また、もう一人の主要人物である鶯鶯の許婚者――鄭恆も、雜劇では第二本第三折に至って、未亡人の口から初めてその存在が明かされ、實際には第五本第三折に至らねば登場しない。ところが、李日華本では、登場こそ第三十四齣を俟たねばならないが、すでにその第三齣で未亡人は、鄕里の鄭恆をよびに人を出したことを娘に告げる。また陸采本にあっても、その第三齣で普救寺に假寓する未亡人のもとへ鄭恆が訪れ、鶯鶯との結婚を急ぐかれを、未亡人はたしなめて先に歸鄕させるのである。

かように主要人物が冒頭に出そろうことは、おそらく南戲一般の約束であろう。もしもこれが南戲制作上の不文律であるなら、形式面では歌唱者の制限もなければ幕數も隨意、その他あらゆる點で自由なはずの南戲も、意外に不自由な面をもつ形體だといわねばならぬ。なぜなら、それは觀客乃至聽衆の意表に出る手段の一つをすでに缺くからである。鄭恆の登場がこの長篇の末尾を俟たねばならぬ點は、後にもふれるように確かに唐突である。だが、その存在は雜劇のようにやはり謝宴の席で違約を犯す未亡人の口から張生に、したがって觀客に知らされる方が、ドラマとしての效果ははるかにまさるだろう。杜確についても、ほぼこれと同じことがいえる。

つぎに異曲の第二は、主として陸采本についてである。すでに第三齣で登場させた鄭恆を、陸采本は以後ほとんど全篇を通じて適當に登場させる。未亡人に歸鄉を命ぜられたかれは、旅の途中の宿で、杜確のもとを去っておなじく旅する張生と泊りあわせ、ふたりで酒令をやったり（第五齣）、上京したかれが妓樓にのぼって僞金を使ったり（第十七齣）、さらに張生と一しょに科擧の試驗をうける（第三十一齣）。このようにして張生とも旣知の間がらとなった鄭恆は、翰林學士に就任した張生のもとへ現われ、杜確への推薦狀を書いてもらう。そして、歸鄉願いが許されず悶悶とくらす張生から、未亡人あての手紙が託されると、それをぬすみ讀んではじめて張生と鶯鶯の關係を知り、そこで奸計をおもいたつ。すなわち、手紙の內容を「衞大臣の女婿になったから、鶯鶯は鄭恆に嫁がせてくれるよう」という文面にすりかえるのである（第三十三齣）。鄭恆から僞手紙を受けとった未亡人は、それを信じてかれに鶯鶯との結婚を許し（第三十五齣）、そこへ歸來した張生との間に悶着がおきる（第三十六齣）。結局、張生の合格祝いに訪れた杜確が、手紙檢分の裁きにのり出し、張生の無實を證して、戀人たちは團圓を迎えるのである。このように鄭恆の登場する場を隨處に配置した陸采の處置は、確かに一理はあり、注意されてよい。また、これに伴なう、鄭恆が手紙の內容をすりかえるプロットも、獨創斬新であるとはいえまいが（元雜劇「靑衫淚」に用いている）、わるくはない。

それにしても、鄭恆が張生と同じ宿に泊りあわせるなどの偶然は、やはり避けるべきであった。だが、かかる偶然の附加は、長篇の戲曲形體「南戲」にはありがちで、「西廂物語」演變のうえからみれば、これなどは取るに足りぬ缺點であろう。實は、二つの『南西廂』にはさらに大きな缺點が指摘されるのである。

その第一は、ストーリーの推進過程における饒舌である。ここに饒舌というのは、ストーリーの本すじに直接關係せぬプロットが無意味に增加したことを指す。そのようなプロットも、ある場合にはむろん必要であり、それが加わることによって時には眞實性を高めもする。要するにそれらのプロットが枝葉末節であっても、なんらかの意味において一篇のテーマと結びつくか否かが問題なのである。

たとえば李日華の『南西廂』における、月夜越墻の場で、紅娘はまず張生に會い、鶯鶯の眞意をさぐることを約して歸り、鶯鶯と圍棋をうちながら、棋局を密會に關聯させた長いせりふと歌を應酬する一段を加えている。これは前記のとおり、元人の南戲『西廂記』より繼承したプロットであろうが、かようなプロットの附加は、ついで展開される鶯鶯の豹變という重要なプロットの妙味を減殺するものでしかない。また、密事露見の一段で、張生と鶯鶯を呼びだした未亡人は、さっそくふたりに祝言させる。これもさらに一段の波瀾を伏せるこの戲曲では、ない方がよい。寫實を期して反って效果を減じた例であろう。

また、陸采の『南西廂』にあっても、戀ぶみの返事をとどける紅娘が、途中で奸計をたくらむ張生の下僕琴童および道人に逢い、單に詩詞の應酬に終始する長い一段を附加している。これは作者の文才を誇示するための無意味なあそびにすぎない。ようやくクライマックスに至ろうとする緊迫感を妨げるばかりである。

第二に、饒舌とも關聯する缺點として、戲謔と卑俗が指摘せられる。戲謔と卑俗はいうまでもなく近緣關係にある。戲謔については、たとえば緊張と緊張の中間における休息として設けられるそれとか、テーマに卽應したそれ——雜劇『西廂記』における紅娘の鶯鶯と張生に浴びせる皮肉——とかならば、意義があり必要である。『南西廂』の場合は必ずしもそうでない。李日華本において、鶯鶯を見そめた數日後に、張生が琴童を紅娘のもとにやって鶯鶯の態度を打診させると、紅娘は琴童をつかまえて激しくからかう。この一段はまったくだじゃれの應酬に終始する。ここでは事態の緊張の曲線がいまや上昇しはじめる際であり、また紅娘が張生・鶯鶯以外のものに對して挑發的言動に出ることは、この戲曲における事實上の主役である紅娘の性格を減殺しさえする。こうした無意味な戲謔は、陸采本の第三十四・五齣などにも見られる。さらに、卑俗はしばしば卑猥への傾斜を示す。たとえば李日華本の第二十六折で、張生が鶯鶯とはじめて契った直後の一段を見よう。

紅娘　張さま、おめでとう。もう病氣はなおったでしょ。
〔紅云〕張先生賀喜。如今病好麽。

張生　九分どおりなおったけど、あとの一分がなおりません。
〔生云〕好了九分。還有一分未好。

紅娘　なぜ一分がなおりません。
〔紅云〕爲何一分不好。

張生　この一分はあなたのせいです。紅娘さん、見捨てず、すっぱりぼくの一分をかたづけてくれたらどうです。
〔生云〕這一分還在你身。紅娘姐不弃。一發救了小生這一分如何。

また陸采本の第七齣では、方丈より歸る紅娘を待ちうける僧法朗が、猛犬から守る口實のもとに同行する途中で情交を迫ったり、それを見つけて叱った法聰が、やはり同じ役を買い、またしても同じ行動に出る。それらは些細なプロットといえばそれまでだが、この美わしく淸らかな戀愛劇では卑猥なプロットの附加は避けるべきである。殊に、主人公の張生を單なる情欲のかたまりにしたてることは、嚴に戒しむべきであろう。

卑俗の例はこのほかにいくらも指摘されようが、おそらく陸采本のつぎの一段にすべては盡くされるだろう。

張生　この世にあんな娘がいようとは、容貌はもちろん、この一對の小さな足だけでも、黄金（こがね）百兩の値うちものだぜ。
〔生云〕世上有這般女兒。休説他容貌。只這一雙小脚兒也直百兩黃金。

法聰　まあーた始まった。あのお嬢さん、地面に引きずる長いスカートを召しておられるのに、どうして小さな足とわかりますかい。
〔淨云〕先生又來了。這小姐穿着曳地的長裙。你怎見他小脚兒。

張生　和尚どの。
〔生云〕首座。

（うた）まあごらんよ青莎の草が、かの蘚苔と交わるあたり、鞋（くつ）あと刻みて消えやらず。可愛いいみ足のかぐわしさ。
〔醉扶歸〕試看試看青莎草。和那和那蘚痕交。印下鞋痕未全消。一寸寸丁香小。

法聰　ほんに足形がついている。坊主のわしは、女性（にょしょう）に逢えば、泥

（うた）おみ足すすいだお湯だとて、飯のうえにぶっかけて、

ごとかまいでおれようか。

（土をかむ）いかにも小さいが、ちと鹽っぱいぞ。

〔淨云〕眞個有脚跡兒印下。我和尚遇婦

人。

脚湯也把飯來澆。怎不去連泥咬。

〔淨咬地科〕小便小。只有些醃臢臭。

これはあきらかに、雑劇『西廂記』における、かの繊細な感覚がとらえた美しい表現に影響されたプロットである。

試みに雑劇の相當する一段をあげて對照の用に供しよう。

張生　和尚どの、なぜ今しがた觀世音が顏をみせた。

法聰　冗談でしょう。ありゃ河中府の殿さま、崔相國のご息女です

ぜ。

張生　この世にあんな女性（にょしょう）がおろうとは。まさに天姿國色だ。

容貌（きりょう）はもちろん、あの小さな一對の足だけでも、百萬兩の値うちも

の。

法聰　こんなに遠いのになぁ、あのひとはむこうであんたはこっち。

長いスカートを召しておられるに、どうして足が小さいとおわか

りなさる。

張生　法聰どの、ちょっと來たまえ。どうしてわかると問（き）かれるが、

そら。

〔末云〕和尚。恰怎麼觀音現來。

〔聰云〕休胡說。這是河中開府崔相國的

小姐。

〔末云〕世間有這等女子。豈非天姿國色

乎。休說那模樣兒。則那一對小脚兒。

價値百鎰之金。

〔聰云〕偌遠地。他在那壁。你在這壁。繫着

長裙兒。你便怎知他脚兒小。

〔末云〕法聰。來來來。你問我怎便知。你覷。

（うた）もしも殘紅の散りそいし、花の徑（こみち）がやわらかならねば、芳（かぐ）わしき塵ふみしだく、淺き鞋あといかで著（しる）けき。眼（まなこ）のくまなる戀ごころ、留むるあたりもさりながら、げにこのおみ足の痕こそは、胸の想いを傳えおり。……

〔後庭花〕若不是襯殘紅芳逕軟。怎顯得步香塵底樣兒淺。且休題眼角兒留情處。則這脚蹤兒將心事傳。……

第三に指摘せられる缺點としては、雜劇『西廂記』において適確な強調をみた登場人物の性格が、『南西廂』二劇ではすべて弱められたことである。これは全篇を讀めば誰にもすぐ直感されよう。まず、李日華本の密事露見の場における、張生に對する未亡人のせりふを見てみよう。

未亡人　張さん。あたしゃずいぶんあなたを尊敬していたのに、なぜこんな事をしでかされた。まあましかたがない。本日、むすめをあなたにさし上げましょう。だけど一つ、わが家には三代にわたり白衣（無官）の婿はおりませぬ。本日祝言をあげたら、あすは試驗をうけに上京して下され。なにかの官職につかれたら、あたしゃ幸せです。

〔夫人云〕張生。我怎生敬你。如何幹出這等勾當。罷罷。今日把女孩兒與你成親。只一件。我家三代無白衣女婿。今日成親。明日就要你上京應考。求得一官半職。是我老身幸也。

これを雜劇『西廂記』のつぎのせりふに比較すれば、いかに淡白であり、安易な改作であるかがわかるはずである。

未亡人　これは大した書生どの。「先王ノ德行ニ非ズンバ、敢エテ行ナワズ」とやら。あたしゃおまえさまをおかみにつき出したいが、うちの家系に傷がついちゃ困ります。ただ今、鶯鶯をばおまえさまの妻にさしあげるが、わが家は三代にわたり白衣の婿は迎

〔夫人云〕好秀才呵。豈不聞非先王之德行不敢行。我待送你去官司裏去來。恐辱沒了俺家譜。我如今將鶯鶯與你爲妻。則是俺三輩兒不招白衣女婿。你明日便

えておらぬ。あすはさっそく受験のために上京なさい。あたしゃ嫁ごのめんどうみて上げます。任官なさればあたくしに逢いに來なされ。落第なされば逢うのは無用じゃ。　上朝取應去。我與你養着媳婦。得官呵來見我。駁落呵休來見我。

また李日華本では、最後の過程でやはり鄭恆が崔家に現われはするが、在京の張生が大臣の女婿になったと中傷するプロットを缺く。かれは杜確將軍のもとにゆき、反って張生とともに未亡人をも婚約違背者として告訴する。さらに未亡人も、歸來した張生をこころよく迎えて、かれの土産ばなしに耳傾ける。これらは、最後の過程でいま一たびある未亡人の頑迷刻薄な封建的性格を強調する雜劇『西廂記』に比べると、はなはだしい書きかえである。禮教の象徴である未亡人の性格は、ここにすっかり骨抜きにされてしまった。

同じ現象は、また鶯鶯と紅娘についても指摘しうる。語り物以來の『西廂記』における代表的シーン、戀ぶみ送りの場を李日華本について見てみよう。

鶯鶯　誰がそなたにふみをとどけさせたえ。　〔旦云〕誰人着你遞書來。
紅娘　ぞんじませぬ。　〔紅云〕我不知道。
鶯鶯　そなたが知らいで誰が知る。このあばずれ、さっさとお話し。　〔旦云〕你不知誰知。這丫頭快說。
紅娘　おおかた風に吹かれて來たんでしょ。　〔紅云〕敢是風吹來的。
鶯鶯　まだいわないわね。　〔旦云〕你還不說。
紅娘　このふみ、きっと猫がくわえて來たんでしょ。　〔紅云〕此書又莫不是猫啣來的也。〔旦唱〕
鶯鶯　（うた）このろくでなし、あまりに無禮、やぶから棒にふみことづかり。　〔五更轉〕這賊人忒無禮。剗地里與人傳遞書。

（せりふ）ふみが來たのは大事ないが、うわさが洩れたらどうしよう。

（うた）風に吹かれずお日さまにも、あたらず育った宰相の、箱入りむすめをばかにして。

紅娘　（うた）いわれもなしに人のため、よけいな苦勞させられる。

鶯鶯　誰がふみをとどけさせた、さあお話し。

紅娘　（うた）才あるおかたかの君が、かのきみ君瑞さまが申された、お姫さまのおん許に、よろしく傳えて下されと。

鶯鶯　このろくでなし。

（うた）ひねもす書齋に往き來して、人にいざこざ起させる。

（せりふ）だけどおまえを打たずにおくわ。

（うた）これよりそちを母うえの、みもとに送りとどけます。

紅娘　お嬢さま、打つならご自分でお打ちになり、奥がたさまには知らさないでくださいまし。

（うた）今よりのちは紅娘（わたくし）も、再たびかかることはせじ

〔旦云〕這書來不打緊。倘有風聲漏泄如何好。

不思相國閨門女。那曾識得遭風熾日。

〔紅云〕我好沒來由。與人擔干己。

〔旦云〕你說。是誰着你送書來。

〔紅唱〕多才那人。那人張君瑞。他道小姐跟前再三傳示。

〔旦云〕你這丫頭。

〔旦唱〕鎭日往來書齋內。沒事與人攪是非。

〔云〕我也不打你了。

〔旦唱〕如今送你送到老夫人處。

〔紅云〕姐姐。要打自打。不要與老夫人知道。

〔唱〕今後紅娘再不敢如是。


同じ一段は陸釆本についてみても、ほとんど變りはない。かの雜劇『西廂記』における、最初の段階では鶯鶯が鏡の下に張生の戀ぶみを發見して怒る緊迫感と、つぎの段階で紅娘が高壓的態度に出て女主人の假面を剝ぐ痛快感とが

巧みにあやなす、ともにテーマに卽應したみごとな處置は、『南西廂』二劇では完全にすがたを消している。すなわち、紅娘と鶯鶯のそれぞれに特徴ある性格も、同じく稀薄になりはてたのである。

さて、以上において『南西廂』二劇の缺點として、ストーリー推進における饒舌、無意味な戲謔と卑俗、および登場人物の性格の稀薄化、などを指摘した。それらはみな要するに、『西廂記』の「封建禮教に對する自由結婚の抗爭」という一篇のテーマがやはり忘却されて、この物語を單に複雜な戀愛事件にしたてようとする安易な態度に起因する。文學作品にあって、テーマに卽應せぬすべての措置こそ、不健全と呼びうるなら、『南西廂』二劇に至って、長い傳統をもつ『西廂記』はいよいよ不健全の方向に墮ちて行ったわけである。

五

さて以上の三章において、『南西廂』二劇を中心としつつ、雜劇『西廂記』の南戲化をほぼ語りおえた。實際にも嚴密な意味でのこの元曲の名作の南戲化は、李・陸二劇で終了したといえる。だが、南戲化の意味をさらに擴大するとき、實はつぎのごとく、『西廂記』劇ともいうべき脚本は陸續と迹を絶たないのである。

明・周公魯『翻西廂』（一名、錦西廂）曲海總目提要卷十一、小說考證卷一、崇禎刻本

明・黃粹吾（盱江韻客）『續西廂』（一名、昇仙記）明・來儀山房刻本、劇說卷二

明・無名氏『錦翠西廂』寶文堂書目

清・卓珂月『新西廂』劇說卷二

清・周坦綸『竟西廂』新傳奇品

清・研雪子『翻西廂』新傳奇品・笠閣批評舊戲目
清・薛既揚『後西廂』笠閣批評舊戲目
清・石天外『後西廂』笠閣批評舊戲目
清・周聖懷『眞西廂』笠閣批評舊戲目
清・陳莘衡『正西廂』笠閣批評舊戲目
清・程端『西廂印』曲海總目提要巻二十五
清・査繼佐『續西廂』曲海總目提要巻二十
清・碧蕉軒主人『不了緣』曲海總目提要巻四十三、小說考證巻一

これら『西廂記』劇の脚本の多くはすでに失なわれてしまったが、僅かに残存するものと、少數の文獻に言及された資料によって、一おうそれらの內容を檢討して、「西廂物語」演變のゆくえをつきとめておこう。

これら明・清二朝にわたる間の『西廂記』劇には、その外題を概觀しただけでも、李・陸の二作と明確に區別される一つの傾向が看取される。すなわち、まえの二劇はともかくも一おう雜劇『西廂記』のストーリーを繼承していた。それに對して、『翻西廂』といい『新西廂』というのは、あきらかに『西廂記』の改作を、また、『續西廂』といい『後西廂』というのは、あきらかにその續作を意味する。ところで改作といい續作というものの、『西廂記』劇の場合、兩者はほとんど同じ意味をもつ。元來、王實甫の雜劇『西廂記』は、張生と鶯鶯が禮教に抗して結ばれるはじめの十七折(四本)と、受驗のため戀人たちが別離をよぎなくされている間の波瀾の四折(一本)とに、二分される性格を具えていた。この性格はいつしか、王實甫の作ははじめの十七折であり、のちの四折は關漢卿の續作であるとする說をさえ生むに至った。この說は、雜劇『西廂記』のストーリーの首尾がすでに先行する語り物『董西廂』と一致し、

王・關二人の作者とするべき有力な根據も見いだせぬために、現在ではほぼ否定される方向にあるが、明・清二朝人たちの多くはこれを信じて疑わなかった。一方、『西廂記』の前十七折を占める事件は、もはや何びとも手を觸れがたく犯しがたい眞實性と物語性とをもつために、明・清人の場合は、改作といっても十七折以後の部分に限られた。それはかれらが關漢卿の續作と信ずる部分にあたり、いわばみずからも關漢卿に効って續作するという意圖にほかならない。すでにふれたように、脚本の多くは佚して確實な結論を下しえないが、諸文獻に言及する若干の內容を調査した限り、およそこのように考えてよさそうである。いま、最も詳しい內容を知りうる周公魯の『翻西廂』の梗概を紹介しておこう。

受験のため鶯鶯と別れて上京した張生は、白居易が委員長をつとめる科擧において、「明月三五夜」の詩題を出されて構想に窮し、かつて鶯鶯がくれた密會暗示の詩を書いて落第する。一方、おなじ試験に首席合格した鶯鶯のフィアンセ鄭恆は、敕命により崔家との婚姻をはたすべく普救寺を訪うが、張生と契った鶯鶯は命をかけて拒み、未亡人はやむなく紅娘を替え玉として嫁がせる。嘘のばれることを恐れた未亡人が娘をつれて歸郷したあとへ、失意の張生が歸り、寺僧より鶯鶯は鄭恆に嫁いだと聞かされ、悄然とたち去る。そのころ、かつて杜確將軍に殺された暴徒孫飛虎の妻は、伏虎と名のって匪賊の頭目となり、張生への復仇を圖って普救寺をおそうが、張生はすでにたち去ったあとである。しかし、寺內で鶯鶯がのこしていった扇子を拾い、それに描かれた張生の畫像をみると、ぜひかれを夫に得たい欲望をおこし、張生のあとを追うて、草橋の宿を包圍する。張生は自決を覺悟するが、下僕の琴童が變裝して替え玉になり、酔いつぶれた伏虎はそれと氣づかずに契る。翌日、事實を知った伏虎は、琴童を殺そうとしてあきらめ、やがてかれを頭目にしたてる。危うく難を免がれた張生は、鄭恆のもとをたずねる。ちょうど鄭恆は留守中で紅娘が面接するが、事實をあかさず、鶯鶯は逢いたがらぬと一首の詩を見せる。張生は鶯鶯が紅娘をつれて嫁いでいると信じたまま、舊知の白居易をたずね、かれの庇護もあって皇帝に詩才を見いだされ、翰林學士に就任する。かれはそこで鄭恆に妻を奪われたと上奏し、白居易が鄭恆にただす。事情を知らぬ鄭恆は歸宅して妻を責めるが、紅娘にうまくごまかされ、鄭恆は逆に張生を恨む。おりしも吐蕃族が入寇し、鄭恆の推薦で同盟使節になった張生は、吐蕃の包圍をうける。危機はいまや匪賊の頭目になった琴童夫妻に救われ、かくて無事生還した張生は、白居易の斡旋であらためて鶯鶯とのことを上奏する。紅娘ははじめて事實を明かし、ここに崔氏を郷里より迎えて、すべてが圓滿に解決する。

以上は、『曲海總目提要』巻十一と『小説考證』巻一に引く『閒居雜綴』とが語る、『翻西廂』の内容である。筆者がわざわざそれを詳細に紹介したのは、單に改作『西廂記』が續作を意味することを示すためだけではない。實は、この一つの例から、明・清二朝人の改作乃至續作における二つの指向を説くためである。

その第一は、原據——元稹の「會眞記」への復歸の方向である。張生の科擧における失敗や、鶯鶯を嫁ぎ先に訪問して逢えずに訣別の詩を手交されるなど、いずれもそうである。『眞西廂』とか『正西廂』と題するものも、みな同じ指向をもつであろう。その第二は、ストーリーのいたずらなる錯綜と奇異への指向である。孫伏虎の野望や琴童・紅娘の替え玉その他、全篇は偶然と奇想にみちみちている。

第一の點については、雜劇『西廂記』の前十七折に描く事件も、原據とかなり變貌してはいるけれど、一おう「會眞記」の内容を敷演したものと認めてよかろう。それに對して後の四折のほうは、たしかに「會眞記」と一致しない。その點が原據を尊重する一部作家たちに遺憾とされたのである。かような考え方は周公魯だけではない。卓珂月も『新西廂』の序文においていう。

崔鶯鶯の事は悲しみをもって終り、霍小玉の事は死をもって終る。小説の中かくの如きものは、勝（あ）げて計うべからず。乃（しか）るに何をもってか王實甫・湯若士（顯祖）は、傳奇の窠臼（しきたり）を脱（のが）るる能わざるや。余、その傳を讀みて慨然として世外の想（おも）いを動（おこ）し、その劇を讀みて靡然として俗内の懷（こころ）を興（おこ）す。その風たるや否や、知るべきなり。

崔鶯鶯之事以悲終。霍小玉之事以死終。小説中如此者。不可勝計。乃何以王實甫湯若士不能脱傳奇之窠臼耶。余讀其傳而慨然動世外之想。讀其劇而靡然興俗内之懷。其爲風與否。可知也。紫釵記猶與傳

「紫釵記」はなお傳（霍小玉傳）と合う。その合わざるものは止だ復甦（ヒロインが悶絶して蘇生するプロット）の一段のみ。然れどなおその意を存せり。西廂は全く傳と合わず。王實甫の作りし所は、なおその意を存せり。關漢卿これを續くるに至りては、則ち本意まったく失われぬ。余、所以に更めて『新西廂』を作るや、段落は悉べて會眞に本づき、しかも合わすに崔・鄭の墓碣をもってし、また旁ら證するに微之の年譜をもってし、あえて董・王・陸・李諸家と衡を爭わず、またあえて諸家の片字をも蹈襲せず。（劇說、巻二）

合。其不合者止復甦一段耳。然猶存其意。西廂全不合傳。若王實甫所作。猶存其意。至關漢卿續之。則本意全失矣。余所以更作新西廂也。段落悉本會眞。而合之以崔鄭墓碣。又旁證之以微之年譜。不敢與董王陸李諸家爭衡。亦不敢蹈襲諸家片字。

かれの『新西廂』の内容も推して知るべきである。また碧蕉軒主人の『不了緣』も、その外題の示すごとく戀人たちが結ばれない原據に從っている。

その原因がいずれにあるかは、いま輕率にはいえまい。だが、少なくとも一因は、明・清二朝の戲曲作家が多く學者文人であり、その考證癖があらぬ方面に首をもたげたからであろう。かの元雜劇の作家たちが多く故事に題材を借りながら、みずからテーマをうち樹てて、細部の描きかたはきわめて奔放自由に、だがしかと目標を定めつつ空想のつばさを羽ばたかせたのと、まさに本質的な差違がここに認められる。

第二の點については、作家の空想のつばさは確かにたくましく羽ばたいている。たくましく羽ばたきはするが、かれの羽ばたく世界は、次元がはなはだしくかけ離れて、無目標であり氣紛れである。この奇異をこらす方向が極端に走ると、盱江韻客の『續西廂』のように冥界にまで入りこむ（『劇說』巻二）。だが、この傾向も實は、例を擧げるまでもなく、南戲に普遍の現象である。その主なる原因は、あきらかに南戲それ自身の長篇形體にある。作家の多くはただ長篇の形體をみたすために、ストーリーにおける錯綜と奇異をこらすのである。この戯曲形體を「傳奇」ともよぶのは、まことに言いえて妙ではないか。

だが、この二つの方向も、『西廂記』劇の場合、要するに雜劇『西廂記』がうち樹てた「封建禮教に對する自由結婚の抗爭」というすぐれたテーマが次第に忘却されたことを示す。董解元・王實甫など、過去のすぐれた作家たちが、せっかく人生の眞實を求めてテーマをうち樹て、もっぱらそれへと集中的にねりあげた構想をば、ゆえなく輕率にゆがめる傾向は、まず元雜劇それ自體にうまれた摸倣作にはじまった。ついで南戯化の二劇に深まり、後續の『西廂記』劇に至ってもはや救いがたい症状を呈してしまった。われわれはもはや「西廂物語」の演變のゆくえを追う必要はないであろう。

ただ、ここには戯曲作品のみを扱ったが、『西廂記』物語の演變をあとづけるうえに、ここにはふれなかった龐大な俗曲・語り物作品も重要な資料である。それらはいま傅惜華氏の『西廂記說唱集』（一九五五年、上海出版公司刊）に集められている。序文によればそこに收めるものは健全なものばかりであるが、いずれも元雜劇『西廂記』にスタートしながら、大なり小なり戯曲のたどった道を歩んで來たことを附記しておく。

西廂記

中國における虚構の文學は、嚴密にいって、「傳奇」とよばれる唐代の小説ジャンルに始まるが、その作品の一つ、元稹（七七九年—八三一年）の「會眞記（一名、鶯鶯傳）」に描かれた戀愛は、あらたに有力な素材として、中國の虚構における文學という樹の伸びゆく全時期を生きつづけ、その分かれた枝枝に、作品の花をつぎつぎと咲かせていった。それらのうち、最もうるわしく最もみずみずしい花こそ、ここに説く元雜劇すなわち元曲『西廂記』である。

作者は元曲前期に屬する大都（北京）のひと王德信、むしろ字の實甫で知られる。元雜劇の特色として、一劇は四幕（折）より構成されるが、『西廂記』はそれを五篇つらねた、破格の二十一幕（第二部のみ、また例外の五幕より成る）を擁する。近年、王季思氏の考證によって、十四世紀劈頭の作品であることが、ほぼ確實にされた。

ふけゆく夜の大伽藍の一隅、月光に濡れつつ塀を越えて西廂にしのぶ書生、みずから誘いながら嚴しく面罵する宰相の娘、しかも數日後には固く結ばれる二人の、元稹えがくところの戀物語は、封建禮教の下なる若人の胸をゆさぶり、やがて十二世紀はじめ、宋の趙令時によって「蝶戀花」調の歌十一首がちりばめられ、一おうそのままの形で語り物としての第一歩を踏み出した。だがすでにその時、原作の末尾を占める、禮教に毒された僞善者の、女を棄てるための一方的宣言——いわゆる「忍情の說」なる部分は切り捨てられ、それを契機として、この物語はいつしか庶民の間に侵入した。そこでは反って急速かつ健全に發育したらしく、あたかも十二三世紀の交、金の董解元の諸宮調（語り物ジャンル）『西廂記』——いわゆる『董西廂』に結晶した時には、「封建禮教に抗する自由結婚」という明確なテーマの下に、相異なる四つの性格がさまざまなかたちで矛盾對立を示す、曲折に富んでしかも無理のないストーリーが、つねに聽衆乃至讀者の期待を（時にはプラスの方向にある希望を、時にはマイナスの方向にある危惧を）裏ぎる手法と、素朴ながら活潑で流暢な歌詞によって、力づよく展開され、通俗性と文學性の両立にみごとな成功を収めた。

かくて十三世紀、元朝のもとに歌劇の黄金時代が展開されると、すでにそれ自身すぐれたこの語り物は、間もなく王實甫という知己を見出した。いま雜劇『西廂記』を語るまえに、その梗概を紹介しておこう。

唐の世、遊學の途にある書生張君瑞は、山西蒲州の名刹普救寺を見物中、山内に假寓する宰相の遺兒崔鶯鶯を見そめ、彼もその東鄰の一坊を借りる。ある月明の夜、塀を隔てて女と詩をよみかわし、また宰相追善の法要では彼女を咫尺に眺めて、ますます思慕をつのらせるが、彼の戀は一歩も進展を見なかった時、ある日突如寺を包圍した叛亂軍が、鶯鶯の提供を求める。僧徒の反撃もむなしく、事態は急を告げたので、鶯鶯の母未亡人は、この危機を救うたものに娘をあたえると提案、張はさっそく附近に駐屯する親友杜確將軍の救援を求め、かくて鶯鶯は無事なるを得る。しかし、未亡人は數日後の謝宴の席上、娘の婚約ずみを理由に前言を翻し、失望した張は寺を去ろうとするが、鶯鶯の小間使紅娘の助言により、その夜彼が彈じた琴の音は、鶯鶯をいたく感動させる。そして、張が託した戀ぶみの返事に、密會暗示の詩がもたらされ、欣喜した彼がその夜月光を浴びて西廂にしのびゆくと、意外にも女から痛罵され、ついに病床の人となる。だが、彼に與えた衝撃を知り、眞實にめざめた鶯鶯は、みずから進んで男の望みをかなえる。二人の關係は間もなく未亡人に感づかれ、まず紅娘が喚問されるが、彼女は逆に主人の不信を責めたので、未亡人も終に二人の仲を認め、張は國家試驗に應ずるため都へ旅立つ。翌春、みごと合格した彼が、病氣で滞京をよぎなくされていると、鶯鶯のもとに婚約者鄭恆が現れ、張は都でさる大臣の女婿に納まったと誣告、またも一波瀾おきるが、やがて歸來した張が再たび杜確の援助を仰ぎ、かくて二人に永遠の幸福が訪れる。

右の梗概は、實は『董西廂』をほとんどそのまま踏襲したものである。ということは、雜劇『西廂記』が語り物から繼承したテーマにとって、ストーリー改變の必要はもはや認められなかったこと、同時に語り物の作者の空想力のすばらしさを示すであろう。かくて、作者王實甫の努力は、むしろ異なる方面に注入された。例えば、通常の雜劇を五篇つらねた破格の『西廂記』では、各部四幕（第二部のみ五幕）内における事件の高潮のための幕と場の選擇設定に、人知れぬ配慮がこらされているし、なによりも歌詞における生き生きとした美しさは、やはりこの作者を待って初めて可能であったろう。しかし、ここでは專らこの雜劇における主要人物の、すでに『董西廂』において賦與せられた性格が、この作品の標榜するテーマに沿って、いかに巧みに強調されたかについて語ろう。

まず、この戀愛の全過程を通じて、陰に陽に絶えず暗い影を投げかける〈未亡人〉については、すでに『董西廂』において、冷酷無比な「禮教の象徵」たる性格が定着されているが、雜劇ではそれが一そう推進され、まず謝宴の場において、娘の婚約ずみを張生に明かしたあと、

「……されば多額の金品をさしあげますゆえ、あなたさまには貴顯長者の娘ごを選ばれ、別の縁談をお決めなされたがよろしいかと存じまするが……」

と、極めて露骨なせりふを吐かせ、さらに密會露顯の場では、二人の仲を容認したのちも、張生に對してなおつぎの條件を強要させる。

「……あたしゃあんたをお官（かみ）へつき出したいが、それではうちの家系に傷がつく。ただ今、鶯鶯はあんたの妻にあげますが、わが家は三代にかけて白衣（無官）の婿を迎えませぬゆえ、明日（みょうにち）さっそく受驗に上京してもらいま

しょう。嫁ごはあずかってあげます。任官なされば會いにいらっしゃい。失敗なされば、おめにかかるのはまっぴらじゃ」。

かくて、相愛の二人は晴れて承認された喜びもつかの間、忽ち悲しい別離に直面する。

この〈未亡人〉を一方の極におきつつ、他の極を占めるのが、かの怜悧潑剌たる小間使〈紅娘〉である。禮教の汚染をみじんも受けていない彼女は、又それに對して最も積極的に挑戰する。そして、この相反撥する兩極の中間に介在して、時には牽引し時には反撥する二つの性格が、戀愛の當事者〈張生〉と〈鶯鶯〉であり、かれらは同時にまた、兩極をなす他の二性格とも激しく對立する。すなわち、張生は形式的には知識階層に屬しながら、實質的には紅娘と同じく、禮教の束縛をうけぬ人間の代表として、事件の當初からひたすら人間性の命ずるままに行動するが、禮教に對する抵抗においては、戀の當事者である彼が意外に消極的であり、その點、積極的な紅娘と鮮明な對照をなす。とともに、登場人物のうち隨一のインテリである彼が、インテリならぬ紅娘をブレーン・トラストとたのみ、この戀愛の場では完全に位置の顚倒を示して、二人はまた異なる對照を形成する。そこでは、「當局者迷、旁觀者清」なる人生のささやかな眞實が誇張される。

この〈張生〉に對して、〈鶯鶯〉の性格はより複雜である。なぜなら、未亡人の膝下に育った彼女は、禮教の汚染を最も濃厚に受けており、しかも張生に對する思慕を抑えかねて苦悶し、みずからの小間使にまで本心を覺られぬよう警戒せねばならぬからである。かく前半の彼女には、禮教に汚染された性格と眞實を求める性格、二つの互に矛盾するものが同居し、この二面的性格のそれぞれの面が、張生や紅娘の一面的性格と對立する時、やはり時に相反撥し時に相牽引する。特にテーマと直結して興味を惹くのは、かれらが相反撥する場あいであって、張生とのそれはこの劇のクライマックスである罵倒の場に代表され、紅娘とのそれは戀ぶみ送りの場――紅娘が張生より託された戀ぶみを鏡臺に置いておくと、發見した鶯鶯が内心の歡びとは反對に立腹する――に代表される。

これら三人の性格も、實は『董西廂』においてほぼ定着を見たのであるが、張生は語り物でやや戯畫化されすぎた感があるのが、雜劇に至って適度にひきもどされ、鶯鶯の方も、語り物の前半、感情的な張生との對比をねらって假面の理性的な性格をおし出しすぎ、戀する女性としての描寫不足を覺えしめたのが、雜劇ではこれまた適度に色と香が添えられた。したがって、二人の性格の場あいはむしろ矯正されたというべきであろう。それらに對して、最も效果的に強調されたのが〈紅娘〉の性格である。禮教に抗する彼女の積極性は、鶯鶯の假面を剝ぐための挑撥というプロットの增加によって特徴的に強調され、眞實に對する確信に裏づけられた彼女の言動は、しばしば主人の側を壓倒し、そこでも秩序の顚倒という人生の皮肉な姿を誇張するために、新たな手法が採用される。例えば、紅娘が密會露顯で喚問された時、眼に一丁字もないはずの彼女が、敵の武器を逆手に擬し、『論語』など經書の一節を引用して、いとも堂堂と未亡人の不信を責めるし、戀ぶみ送りの場では、つぎの如く鶯鶯を完全にリードする。

鶯鶯 「このあばずれ、こんな物をどこから持って來やった。あたしゃ宰相の娘、ようまあ附けぶみなどしてからかえたもの。こんな物をあたしが讀みつけてるというのかえ。母さまにお報せして、このあばずれを打ってもらいましょう」。

紅娘 「お嬢さまのお使いでまいり、あの方から託かりましたもの。字の讀めませぬあたくしには、何が書いてありますやら。（うた）まがうかたなくあなたの罪、それにあたしを傷めつけ、いやな思いをさんざなめさす。あなたが讀みつけぬとなら、讀みつけるは一たい誰。（せりふ）お嬢さま、騷ぎたてはご無用。あなたが母さまにおっしゃるより、あたくしがこのふみもって名のり出ましょう」。

鶯 （ひき止める）「いまのはじょうだんよ」。

紅「お放しあそばせ。あたくしが打たれますかどうか」。
鶯「張さまのお加減はどうだったえ」。
紅「申しませぬ」。
鶯「ねえ。いい子。聞かせておくれ」。

しかし、このような〈紅娘〉の性格の強調は、すでに多少の危険をはらんでいる。前者の例の如く、彼女が古典の文句を引用して對手を壓倒するプロットは、この劇のごく初めの部分、張生の無禮をたしなめるくだりにも同じ効用を擔って使用されている。勿論、これは明きらかに矛盾である。だが、この程度でありさえすれば、テーマに沿ったプロットの諷刺の力の方が、事がらの矛盾感を遙かに凌駕して、これはむしろ王實甫のすぐれた措置であると、わたくしは考える。ところが、やがて元曲後期の作家鄭徳輝（ていとくき）の雜劇「㑳梅香（すうばいこう）」に至ると、この方向のみが過度に推進されて、異常にペダンティックな、まったくはなもちならぬ小間使が生まれるのである。また、十五世紀以後、すなわち明・清二朝にかけて、「南戲」その他の戲曲ジャンルや「彈詞」その他の語り物ジャンルに開花した諸作品——それらはおおむね『董西廂』がうち樹てたテーマを弱め歪めるという意味において不健全な（さらに分析すれば、饒舌と猥褻に歸しうる）、いわば毒花である——にあっても、鶯鶯の物語的位置に對する紅娘の侵害という、誤った方向が現れて來るのである。

關漢卿の生平年代論爭のあと

人民政府の樹立以來、世界和平理事會の名において、毎年世界的文化人を顯彰して來た中國では、一九五八年には元曲（元雜劇）の代表的作家關漢卿をえらび、その戯曲創作七百年を紀念するとして、作者と作品の研究・作品の校註出版、或いは改編上演といった一連の事業をば、ほとんど全國的な規模のもとに展開した。ここに紹介するのは、そうした動きとともに進められた一つの論爭——實は、この表現は誇張にすぎる——のあとである。

すでに、「誕生」とか「逝世」といわず「戯曲創作」七百年というあいまいな表現を用いているように、關漢卿の生きた年代は茫として霧のかなたにつつまれている。しかし、それを捕捉することは、同じく霧につつまれた元曲そのものの年代、特にその上限を確かめる工作と直結するがゆえに、戯曲史の草わけである王國維（一八七七—一九二七）著『宋元戯曲史』以來の重要課題であった。それの一九四〇年前後に至る經過は、吉川幸次郎博士の『元雜劇研究』（一七五〜六頁および二〇六頁以下）に詳しい。すなわち、『青樓集』の朱經の序文（一三六四年）中の、

我が皇元の初めて海宇を併せしとき、金の遺民なる杜散人・白蘭谷・關已齋の若き輩は、皆な仕進を屑よしとせず、乃ち嘲風弄月、光景に留連せり。

および元末の詩人楊維楨（一二九六—一三七〇）の「宮詞」である、

開國の遺音なるか樂府の傳わり、白翎は飛びて上る十三絃。大金の優諫なる關卿の在りて、「伊尹扶湯」とて劇編を進む。

などを論據とする、王國維氏らの「金の遺民」說と、關漢卿自身が作った「大德歌」調の散曲（『陽春白雪』所收）にもとづく、胡適氏の大德年間（一二九七－一三〇六）生存說とに分かたれる。後者は、關漢卿の在世乃至戲曲制作年代を前者より少なくとも二十年は下らせる主張であるが、上限を早い時期におきながら、前者の據る資料は年代がやや下り、しかも、吉川博士の指摘があるように、金の滅亡時わずか十歲前後の杜善夫や白仁甫を「遺民」よばわりしていたり、鄭德輝の雜劇「伊尹扶湯」を關漢卿に屬せしめるなど、若干の信憑しかねる部分を含む。それに對して後者は、十分に首肯されるものをもち、馮沅君女史が試みた駁論（「古劇四考」、『古劇說彙』所收）の方が、むしろ論據の薄弱さを覺えさせること、これもすでに吉川博士が言及する。

ところが解放後に至って、胡適說よりさらに年代を下らせる主張が出現した。孫楷第氏の「關漢卿行年考」（『文學遺產』、第二期、一九五四・三・一五）がそれである。

孫氏もまず遺民說が論據とする朱經の序文に、關漢卿とならび引かれる杜善夫・白仁甫の生涯の大半が元にあることを指摘するほか、關漢卿と同じく名妓朱簾秀に散曲を贈った胡祇遹（一二二七－九五）・王惲（一二二七－一三〇四）・馮子振（一二三〇年なお存命）・盧摯（一三〇八年なお存命）らと同じ年輩であるべきこと、および弔問の關漢卿が洒落をはいたエピソードで知られる王和卿の死が、一三二〇年であること（『元曲家攷略』に詳しい）などを理由として、關漢卿の卒年は一三二〇年以後、ただし、『中原音韻』の周德清の自序（一三二四）に、

諸公（關漢卿・馬致遠・鄭德輝・白仁甫らを指す）は已み矣、後學も及ぶ莫し。

とあるから、それは一三二四年以前でなければならぬとし、したがってその生年を逆算して一二四一－五〇年頃だとする。

じみちな努力を續ける孫楷第氏の、元曲作家傳記の探究は、まことに尊敬するに値いし、この關漢卿についての新

説も、のちに趙景深氏らには容認されている（「關漢卿和他的雜劇」。『上海戲劇學院報』第十八期、關漢卿研究論文集所收）が、たとえば、一歌妓に詩を贈った人たちや一段の記事に列擧された人たちを、すべて同年輩と見なす早計を犯し、そのうえ王和卿に關する資料にもなお問題があり、孫氏の論文は一讀して反駁の餘地あることを覺えしめる。ただし、孫説に對する駁論――蘇夷氏の「關漢卿的年代問題――與孫楷第先生商榷」（『戲劇論叢』一九五八年、第一輯）はかなり遅れて發表され、しかもすでに疑念がもたれている朱經の序文中の「不屑仕進」と、これも時代のくだる明の寧獻王・朱權の『太和正音譜』（一三九八年）に見える「初爲雜劇之始」とを、依然として主要な論據としていたり、さらに、杜善夫・白仁甫・商正叔・楊西庵・閻仲章ら元朝初期の文人に關漢卿と同じ「滑稽多智」の習尚が指摘されるからとて、關漢卿も初期の文人群に屬するだろうと説くのは、非科學的のそしりを免れえまい。

　このように孫説がそこに列擧される理由のみでは成立しがたいためか、なお定説となり得なかった時、新たな資料による發言が趙萬里氏によってなされた。氏は、「關漢卿史料新得」（『戲劇論叢』一九五七年、第二輯）および、「一點補正」（同第三輯）において、最も古い北京地志ともいうべき熊自得編『析津志』（『永樂大典』所收）の「名宦傳」に、

> 關一齋、字は漢卿、燕の人。生まれながらにして倜儻、博學能文、滑稽多智、蘊藉風流、一時の冠たり。是の時、文翰晦盲にして、獨り振う能わず、辭章に淹むこと久しかりき。

と見える略傳を紹介し、かつ、その排列の位置が史秉直（『元史』一四七、史天倪傳附）の後、粘合達の前にあることより、およそ一二一〇年ごろに生まれ、一二八〇年ごろに死んだと推定する。上限をかなり早い時期におかねばならない趙氏は、散曲「大德歌」に關する胡適氏の見解を排し、「大德」は年號を示すものでなくして、本來佛曲の一種が北曲に入ったものであろうと説く。

　われわれは、この新資料によって、「漢卿」が實はあざなであること、「已齋」（『中原音韻』では、已・一はともに上聲

で全く同音）という號を異なるテキストが「己齋」に作るのが誤りであることを知るが、「倜儻」「滑稽多智」「蘊借風流」などという特性は、關漢卿の作品や逸話などから形成されるわれわれのイメージとまさに一致するものであり、その意味においてこれらは新事實といいえない。しかし、趙氏が注目した「名宦傳」における排列の位置は、もしも氏がいうようにそれを通じておよそ時代順の原則が確認されるなら、やはり年代推定の一つの資料となりうるし、さらに、われわれが見のがしてならないのは、關漢卿が名宦傳に列せられているその點である。趙氏の考證によれば、『析津志』の編者熊自得が就任した「崇文監丞」は、順帝の至正年間（一三四一―六七）の官稱であり、本書もその頃の作だといわれるが、とすれば、朱經の序文と同じく時代はやや下るけれど、本書の性質上、より古い資料にもとづく可能性もあるから、信憑度はおそらく朱經の序にまさるであろう。なお趙萬里氏は、史秉直の傳記中の一史實に附せられた紀年の「癸酉」（一二一三年）に、はじめは誤って一二七三年を當て、單に十三世紀中葉に生きたのであろうというに止めたが、續稿においてそれを訂正しつつ、前記の推定に至っている。趙氏の主張も要するに「金の遺民說」であって、元朝治下における杭州の繁榮を詠じた關漢卿の散曲「杭州景」に、「大元朝新附國、亡宋家舊華夷」とあっても、「遺民」の口吻として矛盾せぬことを、わざわざ他人の例を擧げて辨じている。このように遺民說はなかなか根づよく、時を同じうして發表された蔡美彪氏の「關於關漢卿的生平」（『戲劇論叢』、一九五七年、第二期）も、やはり楊維楨の「宮詞」や朱經の序文に據って、關漢卿は金の遺民で元朝には仕えなかったとし、金人たる要素がより多いことの傍證として、その雜劇「詐妮子」「哭存孝」「拜月亭」「五侯宴」などが女眞人を扱うこと、およびその散曲「不伏老」中に列擧された關漢卿得意の遊藝が、ほとんど金の習俗であることを指摘する。そして、「太醫院尹」なる官が、金・元朝の官制に見あたらぬことより、天一閣本・說郛本（手抄）・酹江集本などの各『錄鬼簿』が「尹」をみな「戶」に作ることに注目、太醫院に管轄される醫戶だとする新たな見解を提出し、かつ、必ずしも醫術の心得がなくても、手段を講ずればなにびとも差役賦税免除の特権ある醫戸の身分を獲得しえたことに言及する。金人たることの蔡氏の傍證には、いささか牽強の點もあるが、「太醫院戸」と作るテキストにもとづく醫戸の説は、官途に仕えたことを示す「名宦傳」と矛盾しながら、十分傾聽するに値いしよう。なぜならば、形體の近似する尹・戸兩字は、いずれかが誤りであること疑いをいれず、金元二朝の官制に「太醫院尹」なる官がないことと、「尹」が「戸」と誤寫される可能性は、その反對の場合よりはるかに少ないからである。それにしても、手段を講ずれば醫戸たりうるということの強調は、蔡氏が關漢卿の醫者であることをも否定したげな印象をわれわれに與える。蔡氏はまた同じ論文において、前記の散曲「杭州景」の制作が南宋滅亡（一二七九年）後であること、および錢塘の道士洪舟谷に嫁したという『綠窗紀事』の記載に據り、普通は大都（北京）にいたといわれる朱簾秀が、杭州で活動していたとし、散曲を贈られる程度の關漢卿との交渉は杭州においてもたれ、關漢卿も世祖の至元年間（一二六四―九四）の後半には杭州で劇作に從事していたと推定、胡適説に從って大德初年前後に死んだと主張する。散曲「杭州景」が、旅中の作であるか定住しての作であるか、にわかには決定しがたいし、錢塘の道士に嫁したというだけで、朱簾秀が杭州にいたとするのも早計だとおもわれるが、蔡氏の推定した可能性もないではない。なお、蔡氏は前記の散曲「杭州景」を、朱簾秀に贈った南呂套曲（説郛本『青樓集』の珠簾秀傳にのみ言及する）に誤って擬したが、それは隋樹森氏によって簡單に反駁されている（「關漢卿贈珠簾秀散套」『文學遺產』、第一七九期、一九五七・一〇・二〇）。ちなみに隋氏は、「金の遺民」であることを疑いつつも、元初の人たちと交友關係にあることより、關漢卿の活躍期がすでに元初にあることに言及する。

つぎに、「金の遺民」とこそいわないが、趙萬里氏の説に近い推定が、新たな資料の指摘によってなされた。戴不凡氏の「關漢卿生年新探――從高文秀是東平府學生員説起」（『文學遺產』、第二一五期、一九五八・六・二九）がそれである。

戴氏は、天一閣本『錄鬼簿』中の、小漢卿とあだなされる高文秀の條に「東平府學生員」とあり、また張時起の條にも「東平の人、府學生員」とあり、しかも彼に對する明の賈仲明の挽詞中に「高文秀と門里を同にし、齋を同にし筆を同にす」とあることに注目、元の行政區劃では東平が「路」を稱することを理由に、これらの「東平府學」を金朝の制度と斷定し、高・張ふたりは金末における東平府學の出身者だとする。かくて、生卒年の確實な人たちを基準にした『錄鬼簿』中の「前輩名公」の年齢層を檢討し、高・張ふたりの生年はもちろん金の滅亡（一二三四年）以前であること、殊に小漢卿なる高文秀が若くして大成したことを考慮すれば、ひかえめに見つもっても一二一五年前後であるとし、そこから大漢卿の生年を推定しようとする。その場合、關漢卿の生年を一二〇〇年より前におくと、南宋滅亡後に作った散曲「杭州景」は、八十餘歳の時の作品となり、そのような高齢で江南に行くことは不可能だと考えた結果、年齢差はわずか五年ながら、一二一〇年前後をこれに當てた。なお戴氏は、關漢卿と親交のあった梁進之・王和卿・費君祥らが、彼と同じ年輩であることにも言及している。

この戴氏の論文は、一見まことにすばらしい着目のようであるが、これを讀んでただちに覺える不安は、この議論が礎石とする「東平府學」が、はたして金の制度に限るかという點にある。正史の記載には、國家機構が定着する前の形は示されぬこともあるし、學校といった存在には、傳統的な呼稱が維持せられたのでないか。すなわち、「東平府」の名は存しなくても「東平府學」の名が存する可能性は、十分ある。

はたせるかな、元好問に「東平府新學記」の一文があり（『元遺山文集』、三二）、それには金の貞祐年間（一二一三―一六）蒙古の侵略によって荒廢に歸した東平府學が、元朝憲宗の五年（一二五五）に四萬戶の一人である嚴實によって復活竣工をみるに至った經過が、詳述されている。また、胡祗遹（一二二七―九五）の「泗水縣重建廟學說」（『紫山大

全集』、一〇）にも、

卽今、內外要職の人材は、半ば東原府學の生徒より出づ。

とあって、その「原」字はあきらかに草體が近似する「平」の誤りである。この文章の制作は、前後の文面より、少なくとも至元癸未（一二八三）以後にかかり、金の東平府學は一二二〇年代に廢せられていることを想えば、ここのも元朝に再興せられた新學を指すと斷定してよかろう。

さて、關漢卿の生平年代に關する論爭は、戲曲創作七百年紀念行事の高潮期に至り、右の戴氏の論文が發表されただけでかえって休止の狀態に入る。その主なる原因は、資料が一おう出つくしたことであろうが、そのほかに、同じ年の六月三十日に首都で開催された「關漢卿學術硏究座談會」（『戲劇論叢』、一九五八年、第三輯所載）において、李之華・戴不凡兩氏が放った、「考據癖あるブルジョワ學者」に對する非難の聲も、少なからぬ影響を與えているだろう。繁瑣な考證よりも作品の思想・藝術に興味を集中すべきだというかれらの發言は、周貽白・劉芝明兩氏らにも支持され、この座談會における焦點の一つにもなったようだから。

以上、重點を解放後において關漢卿の生平年代論爭のあとを見て來たが、本來の資料不足はほとんど論爭という形をもとり得ないほどに寥々たる發言をもたらし、しかもわずかに提出された考察の幾つかは、結論が必ずしも正確でなかった。しかし、だからといってそれらの努力が全く空しかったかといえば、決してそうではない。上限を早い時期におく王國維氏らの金の遺民說も、下限を一三二〇年代におく孫楷第氏の主張も、ともに不つごうな點があるとするならば、眞相に迫るのはどうやら中間に位置する胡適說に近い形である。また、戴不凡氏が用いた高文秀らに關する「東平府學生員」なる記載も、一二五五年に再興された元朝の新學を指すという新たな資料的價値が生じ、かりに胡適説に従うとしても、大漢卿との年齢的均衡はうまくゆきそうである。すなわち、大小ふたりの漢卿には、殊に高文秀は夭死しているのだから、少なくとも十五―三十の年齢差があった方が、われわれにはなっとくされやすい。さらに、この一連の工作を概観して痛感されることは、客觀的態度をもって考察することの困難さである。一部の人たちは、關漢卿の作品の偏向した受けとり方にもとづいて、すでに一つのイメージ――人民作家・民族作家としてののみ――を描きあげ、それに合致する條件、例えば朱經の序文中の「金の遺民で、仕進を屑しとせず」などはなるべく承認しようとする反面、それに合致せぬ條件、例えば散曲「不伏老」などから導き出される「風流浪子、浪漫才人」とかは、なるべく拒否しようとする（周貽白「關漢卿研究」。『戲劇論叢』、一九五八年、第二輯）。夏衍氏のごときは、關漢卿の「風流浪子」ぶりこそ、異民族の支配した暗黑時代にみずからの政治的色彩をカムフラージュするためのゼスチュアである、と主張する（「關漢卿不朽」。『戲劇論叢』、一九五八年、第二輯）。かような傾向は、關漢卿の作品そのものの評論についても見出される。その際最も問題になるのは、民族性とか民族矛盾とかであって、なんらの剩餘も出さずみごとに割りきった人間像を描きがちな評者は、たとえば關漢卿の「魯齋郎」劇について、「このような横暴をふるいうるのは、當時にあっては蒙古人のみであり、故に魯齋郎は異民族を影射したものであり、故にそこには民族的矛盾が描かれている」とするように、その議論がとかく空轉しがちである。したがって、眞に客觀的な觀點に立って關漢卿の生平・年代を捕捉するために、まず既成のイメージを一おうみずから破棄してみることである。殊に、一九五八年の中國劇壇を風靡した田漢氏の話劇「關漢卿」の主人公は、直接に視覺や聽覺を通してその行動を人々の脳裡に燒きつけているだけに、一そうそのイメージを定着させて、正しい考察の道をかげらせてはならない。また、「遺民」という概念のあいまいな、しかも、とかく「仕進を屑しとせず」というようなことばを導きがちな語も、やはり排除して用いぬ方がよい。そして、胡適説に對する認識を今いちどあらたにすべきではなかろうか、少なくとも、それを否定するに十分な證據を見出せぬかぎり。なぜなら、大德の治世をたたえる歌とする「大德歌」に對する氏の見解は、誰のよりも合理的で首肯しやすいからである。

元代散曲の研究

序說

「散曲」とは、およそ十三世紀の前半ごろ、華北に發生した歌曲ジャンルである。このジャンルは先行する「詞」とともに、一般に「曲子」という俗稱で呼ばれる。わが國の歌曲でいえば、端唄・小唄の類がほぼこれに該當するだろう。「散曲」は元明二朝にわたり、華北だけでなくかなり廣汎な地域に行なわれ、しかも實際上ほとんど從來の「詞」の位置にとってかわった。その「散曲」のうち、特に元代の作品群が、同じ時期の戲曲「雜劇」と呼應しつつ、きわめて新鮮な文學を創造して「元曲」と總稱されることは、周知のとおりである。それにもかかわらず、元代の「散曲」は「雜劇」の光芒のもとに影淡い存在と化した感がある。第一、「散曲」というジャンルの特異な文學の本質を適確にいい當てたものが、いまなお見あたらない。むろん、梁乙眞氏『元明散曲小史』（一九三四年、商務印書館刊）や羅錦堂氏『中國散曲史』（一九五六年、中華文化出版事業委員會刊）などの專著があるし、各種の文學史でも、かならず一章を立ててこれに言及してはいる。率直にいって、それらのすべては筆者の意を半分も滿たしてくれないのである。

そこで、過去の研究におぼえる不滿はいったいどの點にあるかを考えてみた。すると、すぐ一つのことに氣がつく。すなわち、過去の研究の多くは、歌曲ジャンルとして先行する「詞」の文學に對する評價の尺度とまったく同じものを用いて、「散曲」を計量している。たとえば、歌詞の風格について「清逸」「閒雅」「豪放」「婉麗」「凄豔」などという標語をくだし、それで萬事了れりとするのである。そういえば、明代の批評家たちの「詞曲」に對する批評の態度が、すでにそうであった。それだけではない。かれらといえば、戯曲ジャンルに對してさえ、それの歌詞部分のみを採りあげて同じ尺度で評價し、それで戯曲全體の評價にすりかえてしまった。かような尺度で計量されるかぎり、元代の戯曲作品はもちろん、散曲作品でさえおのずから限界がある。筆者が興味をおぼえる作品、これこそは元代の散曲が開拓した新しい文學の領域だと認める作品は、かれらに無視されているか、言及されてもごく簡單にかたづけられているのである。

散曲の文學、とりわけ元代のそれに從來の評價の尺度が間にあわないのは、これらの作品のテーマとか詠歌の態度とかに、「詞」のそれらの外にはみ出るものがあるからではないのか。すなわち、從來の尺度には合わず、だからきわめて安易に、價値なきものとして切り棄てられたのではないのか。そして、この切り棄てられた部分が、元代の散曲にとってはむしろ重要ではないのか。もしもそうなら、これはゆゆしいことである。われわれはこの際、新たな尺度を見いださねばならない。

すでに「詞曲」と併稱されるように、詞と散曲はきわめて相似る歌曲形體である。兩者はおそらく誕生の場とか效用を發する場とかを同じくするであろう。散曲の文學を考察するとき、したがって、詞の文學との關聯を無視することは、おそらく許されまい。新たな尺度は、いちおう兩者に適用しうるものであったほうがよい。むろん、その尺度はただ一つには限るまいが、筆者が模索のはてにさぐり當てた尺度、それが實は「詠物詩」である。

本篇は、この「詠物詩」という新たな尺度によって、元代散曲文學の特質を解明しようとする、一つの試みである。實際はこの新たな尺度を見いだすまでにかなり右往左往し、さまざまな岐路にも遭遇し、ときには袋小路に迷いこみさえした。筆者にしてみれば、けっして單なる想いつきでなかったことを告白しておかねばならない。
この試みがはたして成功しているか否かはわからない。少なくとも自分では、元代散曲が開拓した新らしい文學の特質にふれえたようにおもう。ただそのかわり、筆者の論考ではおのずから、元代散曲の全般を掩うことが不可能であった。いわば詞の連續乃至亞流としてある作品群には、ほとんどふれる餘地がなかった。具體例を擧げるなら、特に明代の人たちに欣賞された作品、たとえば張可久(小山)・貫雲石(酸齋)らのそれである。筆者の考えによれば、かれらの作品は、元代散曲の文學としてはあくまで次要的なものである。しいていえば、それらについては、それこそ先人の評論を參照してもらえばよい。
なお、附言しておきたいことがある。筆者の研究は、元代散曲史というようなものではない。重要な散曲作品のうちには、元雜劇の場合と同樣に、作者未詳のものも含まれている。たとえ作者が判明していても、その作品の制作時はおろか、作者の活躍期さえ把握しえぬ場合が少なくない。したがって、このジャンルでは滿足な史的考察などほとんど期待しえない。にもかかわらず、本篇でも一部それに類する工作を試みている。それが許されそうな理由がただ一つある。
過去の中國では、口語(俗語)を用語とする文學作品は、後にもふれるように、容易に散佚する運命にあった。だから、筆者が引用する作品そのものに、たとえ史的考察を妨げる條件があっても、現在はすでに失われた類似作品の存在を想定する餘地が、まったくないとはいえない。事實、元代の散曲作品中にも、現存する元刊の散曲集にはみえず、明代に刊行された、
編者未詳『盛世新聲』(正德十二年―一五一七刊)
張祿編『詞林摘豔』(嘉靖四年―一五二五刊)

郭勛編『雍熙樂府』（嘉靖四十五年－一五六六刊）にのみ殘存する元人の作品が少なくないし、錢大昕の『補元史藝文志』などに據れば、散佚した元人の散曲集に『中州元氣』『仙音妙選』『曲海』『百一選曲』などがあることも知られるからである。

さて、本稿は既述のとおり、あくまで第四章「散曲における詠物詩の轉回」を主論とするが、第二章における散曲前史の追跡から第三章が導き出され、未熟ながら元代散曲の重要作品の性格を解明しえたようにおもうので、さらに第五章をも加え、あえて標記の論題を僭稱した。

一　散曲の形體的特徴

散曲は北方系音樂のメロディにのせて歌われる歌曲形體である。それの伴奏には琵琶などの絃樂器と簫・笛などの管樂器、およびリズム樂器として鼓・拍板（一種のカスタネット）が使用せられたという。この歌曲ジャンルにあっても、先行する詞と同じく歌詞は既成のメロディに合わせて制作される。作曲は作詞に先行するのである。

また、散曲の歌詞形體は、すでに詞がそうであるように、長短不同の句で構成されている。「宮調」とよぶ十の異なる音階のそれぞれのもとに、さまざまな短いメロディが用意されている點も、詞の場合とまったく變りがない。

さらに、散曲はやはり詞と同じく、主として遊興の場、たとえば酒宴の席などで實際に歌われた。その中心は教坊、いわば官營の遊廓である。そこには、宮廷ないし官廳の各種行事や、官僚たちの宴會などに奉仕する官妓が收容されており、かの女らが主に散曲の歌唱を擔當した。この官妓らは同時に、歌詞形體が同じい當時の演劇「雜劇」の俳優をもつとめた。

要するに散曲は、これに先行する詞と、誕生と效用を發する場を同じくし、かつ形體も近似する歌曲ジャンルなのである。使用されるメロディの系統とか、伴奏樂器の差違とかを除けば、少なくとも發生當初において、これを詞と區別する意識は、今日考えるほどには明確でなかったであろう。このことは、つぎに擧げるいくつかの事實によっても證明しうる。

その一つは、初期散曲のメロディが、のちの詞譜の類で詞のそれとも見なされている點である。たとえば、實際に作品を傳える黃鐘宮〔人月圓〕、雙調〔驟雨打新荷〕〔蟾宮曲〕、南呂宮〔乾荷葉〕（いずれも上が音階、下がメロディ名）などがそうである。これらのメロディは、現存する作品についてみても、それが詞のであるか、散曲のであるかを決定することはむつかしい。なぜなら、散曲には初期の作品だけでなく、制作の全時期を通じて、發想・表現の兩面で詞と酷似する作品が多いからである。しかも、散曲のメロディ名、すなわち曲牌には、詞のそれ、すなわち詞牌と共通するものも少なくない。もっとも、メロディのありかたを示す句格は、もはや詞のそれと必ずしも同じではない。

その二つは、現存する最初の散曲集、楊朝英編『樂府新編陽春白雪』（刊年未詳、序文の撰者貫雲石の卒年、一三二六年以前でなければならない）の巻頭に、「大樂」と標記して蘇軾の〔念奴嬌〕以下、十篇の宋詞を掲げる點である。「大樂」という呼稱は、雅語で綴られて格調の高い正統の詞、いわゆる「雅詞」を意味するようにおもわれる。『陽春白雪』が十篇の宋詞を掲げる主旨は、散曲との差違を強調するためでなく、むしろ散曲制作の範を垂れる意圖を示すであろう。

その三つは、詞と散曲はどちらもよく「樂府」の名でよばれる點である。現存する元刊の散曲集には前記『陽春白雪』のほかにつぎの四種がある。

楊朝英編『朝野新聲太平樂府』（至正十一年―一三五一刊）

編者未詳『梨園按試樂府新聲』（刊年未詳）
胡正臣編『類聚名賢樂府群玉』（編時未詳）
前　人編『樂府群珠』（同右）

これらにはみな「樂府」の名がついている。しかも『陽春白雪』は、すでに詞の有名な選集にも同名のものが存在する。

要するに、散曲は本質的に詞とまったく同じいもの、すなわち「曲子」という俗稱で一類視されていたものである。しいていえば、元刊散曲集のいくつかが「新聲」と題するように、メロディの新らしくなったこと、おそらくは卑俗化されたことが、大きな差違といえるのではなかろうか。

しかし、散曲にはこのメロディが新らしくなったことと關聯しつつ、實は形式面になおいくつかの革命的變化が起きた。そして、この形式面における變化もたがいにからみあって、散曲文學の體質を變えるうえに影響を及ぼしたと考えられる。

長篇形體の獲得

散曲は「小令」「套數」の二形體に區別される。「小令」とは、十種の「宮調」（音階）のそれぞれに所屬する個々の短いメロディをさすこと、詞とかわりがない。ただ、詞の場合はふつう前後二段の構成をもち、篇幅のやや長いものは「慢詞」とよんで區別された。散曲にこの區別はないが、同一の小令を複數連用して一連の事態や感情を詠むことが行なわれる。たとえば、同一メロディで「四季」を詠む白樸（〔天淨沙〕調）・馬致遠（〔小桃紅〕調）・貫雲石（〔小梁州〕調）・張養浩（〔朝天曲〕調）らの、また「酒色財氣」を詠む滕斌（〔普天樂〕調）・范康（〔寄生草〕調）らのそれぞれ四曲、そのほか𡋯西村の「臨川八景」(〔小桃紅〕調)の八曲などがそれである。

「套數」とは、同一の宮調に屬する個々のメロディ、すなわち相異なる「小令」を連接した、長篇のくみうた形式をさす。連接される小令の數は、最少二曲から三十曲にも及ぶ。それらを一類の韻字で押韻することはいうまでもない。それにメロディの連接にはほぼ一定の順序がある。この「套數」形式が同時の歌劇――「雜劇」の歌詞部分と同質であること、および兩者がともに教坊の官妓によって歌われることは、すでにふれた。

ところで、「套數」という長篇形式も實は類似のものが宋代に發生している。その一は「大曲」とよばれる宮廷の歌舞曲であり、その二は「法曲」とよばれる道教寺院(道觀)に行なわれた歌舞曲である。前者については別の論文に若干ふれておいた(「散曲〝高祖還鄉〟攷」、一九六八年、筑摩書房刊『吉川博士退休記念中國文學論集』収、本巻四八二頁)のでここには省略する。後者の「法曲」は主として道家的生活乃至境地の贊美を内容とし、それはやがて散曲の分野にも進出して少なからぬ作品を生むし、「道情」とよばれて布教にも奉仕する。それはともかく、「大曲」と「法曲」の二つは舞踊をともなって、儀式的行事に用いる歌曲であったらしく、一般の詞人たちは、稀にそれらの模擬作を試みることはあっても、直接それに關係することはなかった。かれらは通常、前後二段より成る短篇形式の「小令」か、やや篇幅の長い「慢詞」の制作を行なうだけであった。なお、宋代の「大曲」「法曲」については、劉永濟『宋代歌舞劇曲錄要』(一九五七年、古典文學出版社刊)に資料と解説がそなわっている。

散曲が「小令」のほかに「套數」という長篇形式を獲得したことは、歌曲の體質を變えて新らしい文學を生むうえに、特に寄與した。「小令」という短篇形式には發想と表現、あるいはそれに盛る内容がおのずから制約されるからである。

用韻の單純化

散曲にあっては、押韻のうえに革命的現象が起きた。先行する詞では、ほぼ傳統詩と同じく、平仄の名で大別され實際は四種に分かれる聲調を、それぞれ單獨に押韻しなければならない。kptの韻尾をもつ入聲とよばれる一類も、やはりそれだけで單獨に押韻された。ところが、入聲は金・元期すでに北方音から消滅し去り、他の聲調に轉屬した。したがって、あの廣大な領域を擁する中國では、詞の場合、現實音に一致する地域と一致しない地域とがあって、さまざまのふつごうが生じたであろう。

既述のように、散曲はもともと北方地域に發生し、北方系の音樂を基調とする。そのため、押韻はもちろん、作詞の全面にわたって、すでに入聲の消滅した現實の北方音が用いられた。しかも、押韻の場合、平仄の名で大別される二つの聲調の境界も撤廢された。いわゆる平仄通押である。かくて、大英斷のもとに整理が行なわれ、韻類はわずか十九種に簡易化されたのである（周德淸『中原音韻』）。これはおそらく、套數という長篇形式を一類の韻字で押しとおすための、實際的な要求に應ずる處置であったろう。

用韻におけるこの新たな解放的處置も、實は元曲に始まったわけではない。すでにふれた「大曲」「法曲」などがそうだし、北宋末年に創始された語り物ジャンル「諸宮調」の歌詞部分がやはりそうである。あるいは民間の歌謠では、早くから實現していたであろう。

このように押韻において平仄の境界が撤廢され、また作詞が全面的に北方の現實音に據ることになると、句格の固定した韻文にあっても、口語の使用がいくらか容易になる。あるいは、口語使用の推進が逆に現實音に卽して韻類の整理の必要を生ぜしめたというのが、眞相であるかもしれない。

襯字の緩和

「襯字」とは、正式のメロディにのらぬ歌詞の附加的な措辭の部分をさす。既述のように、散曲も個々の小令は、詞と同じくメロディに應じて韻律が支配する句格をもつ。その句格の間隙を縫って附加される文字が「襯字」である。參考のため、つぎに〔中呂調・普天樂〕による小令作品二篇を擧げる。一は襯字を使用せぬ例、他は襯字を多用した例で、傍線を施した部分が襯字を示す。

浙江秋、吳山夜。愁隨潮去、恨與山疊。塞鴈來、芙蓉謝。冷雨靑燈讀書舍。待離別怎忍離別。今宵醉也。明朝去也。寧耐些些。――姚燧「別友」

浙江の秋、吳山の夜。愁いは潮に隨って去り、恨みは山と與(とも)に疊(たた)なわる。塞鴈來たり、芙蓉(はちす)は謝(か)れる。冷雨靑燈書を讀む舍(いえ)。離別せんとするも怎(いか)で離別するに忍びん。今宵は醉わん、明朝は去らん。いささか寧耐(おちつ)きて。

美甘甘好姻緣、喜孜孜心歡悅。阿的般恩愛、怎生麼離別。心間悶是眉上愁、眼角淚是腮邊血。馬兒投東行車兒望西拽。我這裏探身軀再囑付你些些。心兒裏常常的想者。口兒裏頻頻的念者。有情分早早來者。――張鳴善「失題」

とろりあまいめでたき姻緣(えにし)、ぞくぞくさせる嬉しい思い。こんな情をかけられて、なんで別れがなりましょう。胸の悶えは眉の愁い、眼のくまの涙は頰の血しお、ぬしの乘る馬東に步めば、あたしの車は西に拽かれる。あたしは體をのり出して、も一度あなたに賴みます、「心でいつも想うていてね、口でもしきりとつぶやいてね。情があるなら早く來てね」。

襯字の使用は、實は詞ジャンルにも見られぬわけでないのだが、おそらくは音樂面の制約に因るのであろうか、きわめて稀にしか使われていない。ところが散曲では、みぎに擧げた後者の例の如く、かなり自由に使用された。まったく詞的な發想と表現による前者の例と、これが同じメロディによることが信じがたいほどである。襯字使用の緩和がもたらす效果は、もはや贅說を要するまい。獨自の機能をもつ口語的表現の韻文への導入を容易にし、かつ歌詞のリズムを活潑化させるうえに寄與した。その點については、吉川幸次郎博士に詳細な考察があるから、參照されたい（筑摩書房刊全集第十四巻四五六ページ、岩波書店刊『元雜劇研究』三一四ページ）。

新たな文學用語——口語の進出

散曲はそれの發生はともかく、運用には知識階級たる士人が主導權を握った。だが、散曲はすでに同時の演劇——「雜劇」の歌詞部分と同質であることが示すように、據るところの音樂が卑俗化されていたし、それが主に行なわれる教坊は官營ではあっても、庶民の出入は自由であった。かつて詞がそうであったように、歌曲はふたたび萬人に共有される性格を回復して、みんなの言葉である口語の全面的な使用が容認された。それを助けたものは、すでに說いた襯字使用の緩和や現實音に據ること、より根本的にはメロディの卑俗化であったろう。

もっとも、歌曲における口語の全面使用は散曲に始まるわけでなく、庶民を對象とする演藝類の歌曲では、たとえば語り物（諸宮調）や笑劇（院本）、そのほか人形芝居（傀儡戯や影戯）などでは、早くからそれが實現していたはずで、すでに二世紀ちかい時間が流れている。だから、正確にいうなら、士大夫官僚も直接關與する獨立の歌曲形體で、いまや口語の全面使用が公認されたというべきであろう。

中國においては、口語は「雅言」とよばれる文言に對して「俗語」と蔑稱されたように、士大夫官僚を作者とする傳統文學では、それは文學用語たる資格を缺くものと意識されて來た。口語とは基本的には口と耳によって傳達授受される日常的な實用語であり、本來は文字さえ要求せぬ言語である（表意を主として終に音素化しなかった漢字の場合は、文字で示すことが特に困難である）。口語の任務は、事態や感情をありのままかつ正確に傳達するにあるから、個々の語彙は本來美化したり強調したりする要素を含まない。むしろそれを拒む方向にあったというのがいい過ぎなら、そうした面には無關心であるといおう、そういう自然發生の言語である。したがって、口語の機能はむしろ平面的・一面的であり、視點をかえれば露呈的でつねに現實感覺が附帶する。これに對して、「雅言」とよばれる文言は、まさに正反對の立體的・多面的、あるいは凝縮的・包藏的な機能をもち、一種の美化ともいうべきフィルターリングを經て現實感覺を拭い去った人造語である。より顯著な差違を指摘するなら、いわば音聲のみに依存する口語の場合は、漢字という特異な文字の視覺に訴える機能は、完全に用をなさないのである。

このように、中國語の場合は、文言と口語の機能がとりわけ顯著な差違を示すから、この二つの言語をそれぞれ用語とする文學が、同じ志向をもつはずがなく、兩者の志向の差違は、詞曲のような枠の固定した歌曲の場合に、とりわけ明確に看取しうるようにおもわれる。それらの詳細はいずれ本論のうちに述べるであろう。

二　散曲誕生の前夜――口語詞における側豔と嘲詼――

元代の「散曲」は同時の戲曲――「雜劇」と呼應して特異な文學を創造した。ところで「雜劇」文學の發生がすでにそうであるように、「散曲」文學のそれもわれわれにはどうも唐突感を免がれない。筆者は、元の「雜劇」形體がすでに金朝の治下において發生し、あの旺盛な元曲の開華を見るまでには、若干の鍛錬期間がもたれたことを推測した（「院本考」、『日本中國學會報』第二十集收、本巻五三頁）が、散曲も少なくともその形體の發生は同じ金朝の治下に實現していたのでないかと考えている。といっても、どちらも積極的な證據はなく、ほとんど主觀的な想像を出ないのだが、同じく唐突感をもって出現した散曲については、それがけっして一朝一夕に成ったものでないことを、いくらか具體的に知る、過去への追跡が可能である。

中國において、文學が士人階級の手に獨占された時期には、口語を用いた文學作品は、つねに地下水的存在に甘んじなければならなかった。作品自體の傳存はもちろん、それに言及した資料でさえきわめて稀である。あるいはそれに言及することすら、すでに士人のモラルに違反すると考えられていたといえよう。元代の雜劇や散曲——いわゆる「元曲」の大半（失われた部分は少なくない）が現在まで殘りえたのは、それらが結集して大きな力量と激しい勢いを具えていたからである。それらを噴出させた客觀條件は、むろん元朝に至って新たに生まれたであろうが、これらに先行する戲曲や歌曲ジャンルの作品自體にも、遠からぬ噴出を約束する基盤とエネルギーが、徐々に準備されていたであろう。でなければ、あのような唐突感をもって、新らしい文學の開華を見ることはありえまいとおもわれる。ここでは、きわめて乏しい資料に據りながら、散曲が誕生する前夜の、口語による歌曲文學の地下水を探り、そこに元代散曲を特異なものたらしめた文學精神、いわば現實諷刺の系譜を求めてみよう。

北宋期における口語詞の流行

既述のように、散曲は口語を用語とすることを公認された最初の歌曲である。しかし、獨立の歌曲ジャンルで口語を混用することは、散曲が初めてではない。實は、それと本質的に同じい詞においても、すでに始まっていたのである。これについては、鈴木虎雄博士が早くに一文を草されているし（「口語を使用せる塡詞」、弘文堂刊『支那文學研究』收）、筆者もかつてそれに言及したことがある（「歐陽脩の詞について」、『東方學』第七輯、本著作集第二巻）。いま若干の重複はまぬがれないが、宋代における士人階層による口語詞の盛行をのべ、あらためてそれの特徵を檢出してみよう。

口語による民間歌謠は、いちおう『詩經』を除外しても、かなり古い時期にまで遡りうる。六朝期の民謠、たとえば「子夜呉歌」などがなにがしか口語をふくむことは、周知のとおりである。おそらくはその後も、これに類する民間歌謠にあって、口語的表現はしだいに濃度を増していったにちがいない。しかしながら、文學の擔當が士人階層に獨占されていた過去の中國では、既述のように口語を用いる文學はとかく輕視乃至無視され、それへの言及でさえモラルに反するごとき意識が、つねに牢固として存在した。そのような雰圍氣に包まれた時代では、作品が傳存することなど、士人自身がそれに關與せぬかぎり、ほとんど望むべくもなかった。さいわいにも、宋詞の場合は、若干の作品のほかに、口語詞の流行に言及したほとんど唯一の資料として、南宋・王灼の『碧雞漫志』（紹興十九年＝一一四九年の序がある）が殘存する。

著者の王灼はあざなが晦叔、頤堂と號して、四川省遂寧の出身である。その履歴については、紹興年間（一一三一―六二）にいずれかの幕官についたことしか分かっていない。『碧雞漫志』は歌曲の歴史を隨筆的に記したものであり、實は、われわれが問題とする口語詞に對して、著者は否定的態度を持している。すなわち、詞はあくまで「雅詞」――典麗な雅語を用いて風格を失わぬ詞――であらねばならぬとかれは考える。詞というジャンルが單音節語・孤立語としての中國語、特にその文言の機能を極度に活用する形體であるからには、かれの考えは誤りといえないが、「曲子」という俗稱が包括する廣義の詞の立場からすれば、それはやはり南宋期の詞人に普遍の偏狹な詞觀であるといわねばならぬ。そうした詞觀でつらぬかれた著書が、はからずも北宋期における口語詞の盛行と、南北宋間における詞觀の變遷を物語ってくれるのである。

晁無咎（補之、一〇五三―一一一〇）・黃魯直（庭堅、一〇四五―一一〇五）はともに東坡の作風を學び、七八割までは成功した。黃は晩年ごろ狹斜の巷に遊んだので、すこし疎蕩の點がある。

趙德麟（令時、一〇五一―一一〇七）・李方叔（廌、一〇五九―？）はともに東坡の幕客であるが、作風は大いに異なる。趙は婉で李は俊、それぞれに特徴がある。晩年はどちらも汝潁・京洛の間で酒に浸り、しょっちゅう滑稽の句を作った。

秦少游（觀、一〇四九―一一〇〇）は京洛でたびたび窮乏生活に陥り、だから作品には疎蕩の風がのぞかれない。

王輔道（寀、一〇五五―?）・履道善は一種の俊語を作ったが、その缺點は輕浮にある。

王逐客（觀）はすばらしい才能をそなえ、その新麗な點は輕狂な點とともに、人人をおどろかせた。

沈公述・李景元（甲）、叔父・甥の關係にある孔方平（夷）と處度、晁次膺（端禮）・万俟雅言（詠）らには、いずれも佳句がある。その中では雅言が傑出している。しかし、この六人は源流が柳氏（柳永）から來ており、無韻の缺點がある。雅言は初め自分の詞集を「雅詞」と「側豔」の二體に分け、『勝萱集』『麗藻集』と名づけた。その後、宮廷に召されて仕官し、かれの側豔體の作があまり無韻にすぎるので削除し、自作集を編集しなおして、「應制」「風月脂粉」「雪月風花」「脂粉才情」「雜類」の五體に分かち、周美成（邦彦、一〇五七―一一二一）がこれに『大聲集』と命名した。次膺もまれに側豔體の詞を作っている。

田中行はきわめてみごとに人の意中を寫しとり、鄙俚をまじえて妙味を出した。……北里狹邪の巷を横行したおとこである。

柳耆卿（永）の『樂章集』は、世間にあまねく愛誦された。敍事にゆとりがあって、首尾まとまり、時おり佳句を生んだ。しかも、韻律的に諧美なことばが選擇されている。しかし、淺近卑俗で獨自の體をなし、文字を知らぬものに特に愛好された。

易安居士（李清照、一〇八四―一一五一?）は京東路提刑李格非あざなは文叔のむすめで、建康の太守趙明誠あざなは德甫の妻である。わかいころから詞名があり、華麗豐贍な才力は先輩たちに迫り、士大夫の中に置いてもなかなか得がたい作家である。もし本朝の閨秀詞人ということなら、詞朶の第一に推してよかろう。趙の死後は某氏に再縁、訴訟沙汰のあげくに離縁された。晩年は身をもちくずした生活を送り、長短句を作って人の意中を描きつくし、輕巧尖新、姿態百出し、民間における荒淫の語も、ほしいままに詠みこんだ。古來、士大夫家庭の筆のたつ女性で、かくも氣ままにふるまったものはない。

みぎにあげた王灼の記述は、いずれも北宋期の詞人の作品について、詞の正統である「雅詞」と見なしえぬものを指摘したものである。ここにみえる「疎蕩」「滑稽」「輕浮」「輕狂」「無韻」「鄙俚」「淺近」「卑俗」などの、作者の素行や作品に對する標語こそ、みな雅詞たる資格を缺く條件であるといってよい。

むろん、これらの批評を浴びた對象が、すべて口語詞であるとはいえないだろう。しかし、わずかに殘存するつぎの口語詞と照合するとき、王灼の言及する作品の大半も、やはり口語的要素に富んでいたことを想わせる。かの柳永の作品が「文字を知らぬものに愛好された」という一事によっても、このことはほぼ疑いないであろう。なお、以下に擧げる作品には南宋人のものも若干ふくまれている。口語詞の性格を知るためには、散佚した北宋期の作品の缺けた部分をこれらによって補うことも、またやむをえないだろう。

見羞容姿斂翠、嫩臉匀紅、素腰裊娜。紅藥欄邊、惱不教伊過。半掩嬌羞、語聲低顫、問道有人知麼。強整羅裙、偸回波眼、佯行佯坐。更問假如、事還成後、亂了雲鬢、被娘猜破。我且歸家、你而今休呵。更爲娘行、有些針線、誚未曾收囉。却待更闌、庭花影下、重來則箇。――歐陽脩〔醉蓬萊〕

羞じらう容(おもて)に翠(まゆひそ)斂め、嫩(わか)やぐ臉(かお)に紅(べに)匀(は)きて、素(しろ)き腰の裊娜(なよやか)なる、げにも芍藥(しゃくやく)の欄(かきね)のそばを歩ませばや。半ば嬌羞(はじらい)おし掩(かく)し、語聲(こえ)を低(ひそ)め顫わせつ、問うは「誰かに知られていませんこと」。わざとつくろう羅(きぬ)の裙(もすそ)、偸(そ)と流し眼をおくりつつ、歸るでもなく止まるでもなし。さらに問うらく、「もしも事がすみましたら、雲なす鬢(まげ)が亂れてしまい、きっと母(かか)さまに感づかれますわ。あたしはひとまず歸ります。あなたも今はこのままでね。それに母(かか)さまのところには、針仕事がかたづけぬままなの。後ほど夜が更けてから、お庭の花蔭のもとに出なおしましょう」。

夜來枕上爭閒事。推倒屛山褰繡被。儘人求守不應人、走向碧紗窗下睡。　直待起來由自殢。向道夜來眞箇醉。大家惡發大家休、畢竟到頭誰不是。――前人〔玉樓春〕

ゆうべ枕についてから、たわいもない喧嘩して、屛風を推して倒すやら、刺繡の夜着をはねのけて、一しょに寢ようといくらたのんでも、人のいうこと聞きいれず、碧紗の窗邊に行ってやすんだ。　起きてからもなおしなだれ、その言いぐさがこんなぐあい――「ゆうべはほんとに醉ってたの。どちらも腹たておあいこよ。とどのつまりは誰がわるいわけでもないわね」。

對景惹起愁悶。染相思病成方寸。是阿誰先有意、阿誰薄倖、斗頓恁少喜多嗔。　合下休傳音問。你有我我無你分。似合歡桃核、眞堪人恨。心兒裡有兩個人人。――黄庭堅〔少年心〕

季節のうつろいに惱みがかきたてられ、戀の想いが小さな心に病まいをつくる。さきに惚れたにつれないしうち、急にこんな腹だたしいめにあわせたのはどなたでしょう。　いっそ初めに便りをくださらなけりゃよかったのに。あなたにあたしを愛するさだめがあっても、あたしにはあなたを愛するさだめはない。合歡桃の核(たね)みたいに、ほんに憎らし、あなたの心にふたりの可愛いひと（「人人」は愛人の親稱として宋詞に頻見される。ここではそれが桃の核の中にある仁(さね)にかけている）がいるんですもの。

一向沈吟久。淚珠盈襟袖。我當初不合、苦攔就。慣縱得軟頑、見底心先有。行待癡心守。甚捻著脈子、倒把人來僝僽。　近日來、非常羅皂醜。佛也須眉皺。怎掩得衆人口。待收了孛羅、罷了從來斗。從今後。休道共我、夢見

也、不能得句。——秦觀〔滿園花〕

このところ長い時間を沈みこみ、珠なす涙で胸前ぐっしょり。初めにあんまりちやほやと、しすぎたわたしがいけなんだ。甘やかせたばっかりに、手に負えぬこのすねよう。こっちが先に惚れたを見透かされ、うつけごころで離さない。なぜにうなじを捩じまげて、人をこんなに手こずらす。　ちかごろといえば、口やかましいはしたなさ。お情ぶかい佛さまでも、きっと眉をひそめなさろう。世間の口がどうしてふせげる。もうこのうえは旗を巻いて逃げよう。いまから後はいうてくれるなわたしが相手と、夢で逢うさえかなうまいぞ。

長夜偏冷添被兒、枕頭兒移了又移。我自是笑別人底、却元來當局者迷。如今只恨姻緣淺、也不曾抵死恨伊。合手下（二字疑倒）安排了、那筵席須有散時。——辛棄疾〔戀繡衾〕無題

なが夜のやけに冷えこんで、夜着を足してみたけれど、枕をずらしまたずらす。ひとを笑うたわたしだが、さてはさては岡目八もく。　いまも心残りは淺い姻緣(えにし)、でもあの人をあくまで恨みはしまい。はっきり手を打ち算段すればよかった。たのしいうたげもいつかは果てる時あれば。

走去走來三百里、五日以爲期。六日歸時已是疑。應是望多時。　鞭箇馬兒歸去也、心急馬行遲。不免相煩喜鵲兒、先報那人知。——前人〔武陵春〕

あちこち歩いて三百里、五日に歸る約束が、六日に歸ればもうやきもち。ながのあいだお待ちかねだろ。　馬に鞭くれさあ歸ろう。氣はせくけれど馬の歩みはのろい。どれ鵲どんをわずらわし、先に報せてもらおう、あのひとに。

別酒醺醺渾易醉。回過頭來三十里。馬兒不住去如飛、牽一憩。坐一憩。斷送殺人山與水。　是則是靑山終可喜。不道恩情拚得未。雪迷村店酒旗斜、去則是。住則是。煩惱自家煩惱你。——劉過〔天仙子〕初赴省、別妾于三十里頭

別れの酒はとろとろと、ほんに手もなく酔っちまう。頭(こうべ)を返せば三十里。馬はやすまず飛ぶように走る。牽いてひと時、乗ってひと時。山と水の眺めが消え入る想いにかりたてる。さはさりながら故里の、靑き山山うれしいもの。さても情けをふり切れるやら。雪にけむる居酒屋の、酒ばやしが斜めなり。行くもよし、とどまるもよし。わしも辛けりゃおまえも辛かろ。

有得許多涙。更閒却許多鴛被。枕頭兒放處、都不是。舊家時、怎生睡。更也沒書來、那堪被鴈兒調戲。道無書却有書中意。排幾箇人人字。――辛棄疾〔尋芳草〕嘲陳莘憶内

涙はどっさり出るし、鴛鴦の夜着にどっさりごぶさた。枕のおき場も家にいた時とはまるで違うて、これじゃ睡れるわけもない。おまけに便りがないとこへ、ええぃしゃくなは、鴈(かり)がねのからかい。ふみがないのにふみのむねを告げると、列べるは幾つかの人人(ひと)文字。

幾箇相知可喜。才廝見說山說水。顚倒爛熟只這是。怎奈何、一回說、一回美。有箇尖新底、說底話非名卽利。說的口乾罪過你。且不罪。俺略起。去洗耳。――前人〔夜遊宮〕苦俗客

いくたりかの友はうれしいもの、顔をあわせりゃ山水の話。べらべらすらすらただそればかり。これはどうした話すたんびに味がある。ハイカラさんがひとり、話といえば名聲でなけりゃもうけの話。話で口がからからになり、罰が當たりゃいいきみだ。まあまあ罰はあてまいぞ、おいらのほうでそっと起ち、耳を洗いにゆくとしよう。

さて、これらの口語詞を概觀してみると、そこには、およそ二つの志向が指摘される。一は戀愛感情ないし異性間の愛情の表白、他は人事についての嘲謔である。前者はいわゆる側豔詞に屬し、かの王灼が「疎蕩」「輕狂」「輕浮」などの評語をあたえるものに當たるだろうし、後者はいわゆる嘲謔詞（諧詞）に屬し、王灼が「滑稽」とよぶものに

當たるだろう。

さらに具體的にいうなら、第一類の側豔詞のうち、歐陽脩の二作品などは女性のことばをほぼ口吻のままに寫し、黄庭堅・秦觀の作品なども、やはり語る口吻をかりて豔情をのべている。いずれも文言では到底表現しえぬムードの描出に、新らしい分野を開拓したといえる。ただ、その内容が戀愛感情の機微にふれようとして、しばしば卑猥にわたるためか、とかく「無頼」の非難をうけねばならなかったのであろう。

また第二類の人事の嘲謔については、口語を用いること自體がすでに輕侮の姿勢である、といえようし、口語的表現が揶揄の口吻をより生ま生ましく感じさせることも、忘れてはなるまい。すなわち、宋代の口語詞は口語自身のもつ實感性（現實感覺）やそれとも關係する嘲謔性が活用されたと考えられる。

なお、諧詞については、みぎにあげた作品などは南宋人である作者の詞集に堂堂と收められているものばかりで、だから卑俗の非難を免がれた作品として、むしろ本格的な諧詞に値いせぬものといえよう。王灼は趙令時・李廌の晩年の作品に「滑稽」の評を加えているが、より本格的な諧詞についても、かれは貴重な記録をとどめておいてくれる。

長短句にあって滑稽無頼の語を用いることは、至和・嘉祐（一〇五四—六三）以前に始まったが、まだ盛んではなかった。熙寧・元豐・元祐（一〇六八—九三）年間には、兗州（山東省滋陽）の張山人が諧謔によって京師に獨歩の地位を占め、時おり一、二篇を發表したし、澤州の孔三傳なるものが、諸宮調という昔語りを創始して、士大夫たちまで口誦むことができた。元祐年間（一〇八六—九三）の王齊叟彥齡、政和年間（一一一一—一七）の曹組元寵は、ともに筆がたっしゃで、長短句を作るごとに人口に膾炙された。王彥齡は滑稽の語によって河北に喧傳されたし、曹組は放埒無頼で、〔紅窗迥〕や雜曲數百篇を作り、聞くものは笑いころげた。かれは滑稽無頼の親玉で、運よく出世のつるをつかみ、防禦使にまでなった。同時の張袞臣というものも曹組の流で、宮中に仕えて

「曲子張觀察」と呼ばれた。その後、祖述するものがますますふえ、古來かつてみない悪戯（わるふざけ）と墮落を呈した。

これに據れば、諢詞は北宋の仁宗朝（一〇二二―六三）に始まり、庶民を對象とする語り物の流行にも刺激されて、哲宗・徽宗朝（一〇八五―一一二五）に最盛期を現出した。遺憾ながら、それらの作品はほとんど散佚してしまったが、ここにみえる諢詞の名手たちについては、張袞臣を除いて、なお若干の資料を補うことができる。

まず、張山人については二つの資料が擧げられる。

張山人は山東より京師に入り、十七字で詩を作り、元祐・紹聖年間（一〇八六―九七）に著名となり、現在でも人人は口誦むことができる。その作品は卑俗ながら、たいてい辛辣で諷刺を含み、かれの行く先々ではみなが畏れをなし、争って酒食・金品をおくった。（洪邁『夷堅志』乙志巻十八）

紹聖年間に朝廷が元祐期の大臣を貶責し、元祐期の學術文書を禁毀したおり、司馬溫公（光）の神道碑は蘇軾の手に成るから破棄すべきだという話が出た。そこで州廳では巡尉に指令して、牌樓をこわし石碑をくだいた。これを聞いた張山人がいった、「さような處置はいらぬこと。このわしに玉册官を連れてゆかせて、碑額に「不合」（「ふとどきにも」という罪状がきに用いる語）の二字を彫らせりゃそれでいいのさ」。碑額にはもと「忠誠粹德之碑」とあったそうである。（何薳『春渚紀聞』巻五）

これに據れば、張山人の諢詞は、十七字の特殊な詩形をもっていた。その詩形は、歸鄉途上で行き倒れた張山人の墓邊に、ある輕薄な男がいたずらした擬作によって知ることができる。

此是山人墳。過者應惆悵。兩片蘆席包。敕葬。

これは山人のお墓でござる。行きずりの方ご愁歎。二枚のこもで包みこみ、敕命で葬れよ。

つぎに、元祐年間（一〇八六―九三）の諢詞流行のピークを代表する王齊叟は、『宋史』（巻三百四十二）に立傳された王巖叟（一〇四三—九三）の弟で、大名清平（河北省大名）の出身である。呂本中の『軒渠錄』には、つぎのエピソードを傳えている。

王彦齡は高才をいだき奔放不羈の性格だった。太原の屬官だったとき、かつて〔青玉案〕と〔望江南〕調による詞をつくり、司令官と監司をあざけった。そのことを聞いた監司が、激怒して叱責すると、彦齡はかしこまって進みいで、〔望江南〕調による詞をつくった。

居下位、常恐被人譏。只是曾塡青玉案。如何敢做望江南。請問馬初監。

下積みはとかく他人の中傷がこわい。ただ〔青玉案〕を詠んだだけで、〔望江南〕を作ろうなど、そんな大それたことはとても。馬初監どのに問われりゃわかる。

そのとき馬初監はちょうど彦齡の鄰りにかけており、恐懼してさっそく辯明した。監司の前から退がると、彦齡をとがめていった、「まるで覺えもないのに、なぜ拙者を證人にした」。彦齡は笑っていった、「韻字の間に合わせに貴公を借りたのさ、まぁあしからず」。

みぎに見える二人の謔詞は口語的要素があまり多くはない。王灼から非難されたかれらの作品は、やはり散佚の運命をたどったのではなかろうか。

また、「滑稽無賴の魁」といわれた曹組は、潁昌陽翟（河南省陽翟）の出身で、科擧には六回の失敗をかさね、宣和三年（一一二一）にようやく進士に及第、『宋史』（卷三百七十九、曹勛傳）によると、「閤門宣替舍人の職で睿思殿應制（徽宗の命に應じて詩文を作る職掌）となり、作詩の敏捷さによって寵幸を得た」という。實は内侍（宦官）梁師成の推薦により徽宗の寵をうけるに至ったのである（王朝淸『揮麈後錄』卷二）。

あるとき、徽宗皇帝は道士劉混康の進言を容れ、皇子を多數もうけたい念願から、皇城の東北隅に數仭の丘陵を造成して、「艮嶽」と名づけた。宣和四年（一一二二）それが竣功をみたとき、徽宗自身が縁起をのべた「艮嶽記」を草し、李質と曹組に命じて「艮嶽賦」および、七絶による「艮嶽百詠」を詠進させた。それらの作品は、いずれも傳統文學の體を失わぬものだし、一方、詞にあってもいわゆる雅詞に屬する作品三十餘篇が現存している（趙萬里輯『校輯宋金元人詞』收「箕詠詞」）。

要するに曹組は、藝術を愛好した徽宗皇帝の宮廷サロンにおける、御用詩人のひとりであった。そのかれが同時に卑俗な諢詞の名手であったことは、徽宗朝のはなはだ庶民的で自由な空氣を物語るものである。かれとともに徽宗の知遇をうけた李質（あざなは文伯）は眞宗朝の宰相李昌齡（あざなは天錫、『宋史』巻二百八十七）の曾孫にあたるが、年少のころから身をもちくずし、體に刺青をほどこして徽宗から「錦體謫仙」の稱號を賜うたという。この一事も、徽宗皇帝その人と當時の社會の空氣を傳えるに十分であろう。ただ、當時の諢詞のほうはほとんど散佚して、曹組の二篇がかろうじて姿をとどめているにすぎない。

春闈期近也、望帝鄉迢迢、猶在天際。懊恨這一雙脚底。一日廝趕上、五六十里。爭氣。扶持我去、博得官歸、恁時賞你。穿對朝靴、安排你在轎兒裏。更選對官樣鞋兒、夜間伴你。——曹組〔紅窗迥〕赴試步行、戲作慰足

科擧の期日が迫っている。都のかたを眺めれば、なお遙かなる天の果て。ええ恨めしやわが足下、一日にたどるは五六十里。がんばれ、わたしを助けて急ぐのだ。官を物にして歸るさの、そのおりこそは褒美をとらそう。そちも對の朝靴（禮式用の官靴）をはき、轎に乘ったけっこうな身分、その上選んだ御所ぶりの鞋（婦人用の睡鞋）に、夜のおあいてさせてやるぞ。

濟楚風光、昇平時世。端門交撒碗、造（疑衍）逐旋溫來吃得過、那堪更使金器。分明是與窮漢消災滅罪。又沒支分、猶然遞滯。打篤磨槎（當作蹉）來根底。換頭巾便上弄、交番廝替官告宦（當作官）裏。馳逗高陽餓鬼。——

曹組〔脱銀袍〕

四海波おだやかな、太平の御代。端門に杯ばらまき、順ぐり熱かんで飲みほさせる。おまけに器(うつわ)が黄金(こがね)と來てらぁ。素寒ぴんには罪障消滅うたがいなし。　さりとて始末がわるい、なおあられもない沙汰、ぐるぐるまわって側ににじり、頭巾とり換えふざけたまね、岡っ引をつかまえて、官人どのに代って天子(おかみ)に頼ませる、高陽餓鬼(ねてるこ)（呑んだくれ）を起こしてしもうたと。

後者の作品は『宣和遺事』（亨集）にみえる。宣和六年（一一二四）正月十五日、すなわち元宵節の夜に、宮城の正門端門のまえで、庶民一般に對して金杯による御酒の接待が行なわれた。各人一杯あての規定で、老幼貴賤の差別なく、燈籠見物の民衆がこの恩恵に浴した。その盛況を「教坊大使の曹元寵」が詠んだという。ただし、『續資治通鑑長編』などの史實に徵しても、みぎの賜酒の事實は見えない。はたして曹組の作品であるかどうか、眞僞のほどに疑念はもたれるが、講釋師の語り物に利用されて殘存したと考えるほうがむしろ自然であろう。この作品は俗語的表現が多く、難解ではあるが、あきらかに諢詞とみなしていいものである。

ともかくも、みぎの二作品によって、一時の世評を博した諢詞の一斑は知りうるし、それがかなり口語的要素にとむことも理解される。それに、あらためて考えてみると、張袞臣がかつて「曲子張觀察」と呼ばれた事實も、王灼は官僚乃至世人の蔑視と見ているが、筆者は、むしろ朝野をふくむ當時の人たちの、親愛感をこめた呼稱と理解すべきだとおもう。

北宋期では、詞はけっして士大夫官僚だけのものでなく、「曲子」の俗稱のもとに雅俗の體を包括し、それの歌曲としての機能を發揮しつつ、ひろく庶民の間にも浸透していたとみるべきであろう。したがって、このジャンルでは口語的表現による制作も盛んであったと推定される。曾敏行の『獨醒雜志』（巻五）にもいっている。

父ぎみがかつて話された、「宣和（一一一二五）の末年に京師にいたころ、市井の下賤のやからは、たいてい〔異國朝〕〔四國朝〕〔六國朝〕〔蠻牌序〕〔蓬蓬花〕などという番曲（異國調の歌謠）をうたっていた。その文句はひどく卑俗で、當時の士大夫たちもみなうたうことができた」。

みぎの記載は、ほぼ同じころに士大夫たちが語り物ジャンル「諸宮調」の歌詞を愛誦したという、王灼が傳える事實とともに、卑俗な歌曲ではむしろ士大夫官僚たちのほうから庶民へ接近していった傾斜が、よみとれるのである。

南宋における詞觀の變遷

このように雅俗の境界を設けぬ歌曲の自由な風潮は、南宋に至ると一變する。口語詞を中心とする卑俗な詞は、官僚士大夫たるものが制作すべきものではないというのである。『碧雞漫志』（巻二）にはいう。

曹組の子である知閤門事の勛（あざなは公顯）も詩文の筆がたち、かつて家集を出版した。（その後）父の醜態を掩いたがっていたが、ちかごろ敕命が揚州に下されて、その版木を破棄したそうである。

曹勛は『宋史』巻三百七十九にも立傳される人物である。かれが紹興年間（一一三一―六二）に使節として金國へ派遣されたとき、ある好事家が、蘇軾の「子由が契丹に使いするを送る」詩の末二句「單于若し君が家世を問わば、道う莫れ中朝第一人なりと」のパロディを作った（『夷堅志』支志乙集巻六）。

單于若問君家世、説與教知便是紅窗迥底兒。

單于が君の家がら問えば、聞かせておやりよ、紅窗迥のむすこでござると。

おそらく、このような風評が曹勛を悩ませ、そのためにかれが天子に歎願して、前記の處置が實現したのであろう。

また、歐陽脩にも口語を多用した側豔詞の作品が少なからずあったことは、すでにふれた。かれの場合もやはり、南宋の慶元二年（一一九六）に同郷人羅泌によって全集が刊行された際、それらの作品は、歐陽脩を陥れるための他人の僞作であるとして、いずれも削除されてしまった。それらが他人の僞作でないことは、拙稿「歐陽脩の詞について」（『東方學』第七輯）のうちに論證してあるから、ついてみられたい。

みぎの二つの事例は、南宋期における官僚士大夫のあり方を物語っている。このような制約を迫られた原因としては、北方の金國と對立する時局の緊張や、二程・朱子による儒教的教化政策の進行などが擧げられるであろう。もっとも、この士大夫官僚の詞に對する偏狹な考え方は、禮教の支配力の強い中國では、北宋期にもなかったわけではない。すでに引用した『碧雞漫志』の、万俟詠の詞集改編に關する王灼の言及にも、すでにそれが見られる。だが、この万俟詠の場合はさらに例外とする見方も可能である。かれは崇寧年間（一一〇二—一〇六）に廟堂の雅樂を制定する大晟府制撰に就任しており、さすがに卑俗な歌謠曲の作品のあることが妨げになった、とも考えられるからである。

それはともかく、要するに、王灼を始めとする南宋の人たちは、歌曲の普遍的な性格を無視して、「雅詞」のみが詞のすべてであるかの認識をもった。そもそも、この「雅詞」という名稱も南宋期に至って生まれたものであるらしい。趙萬里氏に據れば（『校輯宋金元人詞』序）、「雅詞」を詞集名に付したものに、張安國『紫薇雅詞』・趙彦端『寶文雅詞』・程垓『書舟雅詞』・曾慥『樂府雅詞』がある。それらはみな南宋期の編纂にかかるらしい。われわれは、このような呼稱が生まれた背景をも考えてみる必要がある。王灼の『碧雞漫志』にはさらにいう、

いまの若い連中は、十人が八九人まで、柳耆卿を學ぶのでなければ、曹元寵を學ぶ。

柳耆卿（永）と曹元寵（組）とは、王灼がたびたび非難する「文字を知らぬものが愛好する」詞人、すなわち、口語的要素に富む卑俗な豔詞と諧詞の作者を、それぞれ代表する。すなわち、王灼が『碧雞漫志』のほぼ一巻を費して

まで、北宋期の卑俗な詞に非難を浴びせなければならなかったことをも含めて、南宋期にはなおそれらの制作が士大夫官僚の間に流行していたことを物語るのではなかろうか。

金朝治下における口語詞

それでは、この口語詞の金朝治下における状況はどうであろうか。周知のとおり、金朝の文化については資料が乏しく、その意味でこの時期は一種の暗黒時代とさえいえる。北宋期にようやく陽光を浴びたあの民衆演藝の諸ジャンルが、そのまま繼承された金朝治下でどのように育ったかは、われわれが最も知りたいところであるのに、ほとんどなに一つ分からない。講史（講談）とか說話（人情ばなし）とかの語り物はともかく、歌舞音曲關係のジャンルならば、言語の障碍をのり越えて異民族にも歡迎されたであろうし、したがって民衆演藝全般に對する女眞政府による庇護と育成も、必らず推進されたとおもう。事實、諸宮調とよぶ語り物ジャンルには『董西廂』のような傑作が生まれてもいる。おそらく、他の俗文學のうえでも、さまざまな發展をわれわれは想像してよいであろう。

ところで、この資料的に暗黒時代である金朝治下にあって、口語詞に關するかぎり、ただ一つだけ有力な報告がある。劉祁（一二〇三－五〇）の『歸潛志』（巻十三）にいう。

いったい詩というものは、もともと喜怒哀樂の情を發したものである。もし讀者になんらの感動も與えないなら、それは詩でない。わたくしがみるところ、後代の詩人の詩はいずれも表現の彫琢をきわめたり、學問をもちこんだりして、いかにもりっぱではあるが、讀者を感動させることができない。そんなものになんの價値があろう。だから、わたくしは亡き友王飛伯（名は鬱）にかつて次のごとく話した、「唐代以前の詩は詩に在り、宋代になるとだいたい長短句（詞）に在り、いまの詩は民間の俚曲に在る。いわゆる〔源上令〕の類がそれだ」。飛伯はいった、「どうしてそうだとわかる」。わたくしはいった、「古人の歌詩はみな心中のいいたいことをぶちまけたものだから、口ずさむと涙が出てくるものさえある。いまの人の詩は題目とか事實とか句法とかに拘泥して、目あたらしい技巧で評判をえようとする。人の口には合うが心を搖さぶるものはほとんどない。むしろ、俗謠・俚曲のほうが眞情を吐露して、讀者の血の氣をかきたてる力があるのだ」。飛伯はもっともだといってくれた。

劉祁の見解によると、金朝の韻文學では、傳統詩は形式面にのみ氣をとられて價値を失い、むしろ民間の歌謠だけが強烈な感動をあたえて、ほんとうの詩だというのである。遺憾ながら、劉祁の言及する〔源上令〕というメロディ名は他の文獻に見いだせず、もちろん作品が傳わるはずもない。しかし、民謠であるからには、メロディそのものも卑俗で親近感にとみ、その作品もやはり口語を豊富に活用したものであったろう。ともかくも、みぎの報告によって金朝治下では、民謠乃至俗曲が、かなり自由な立場で、自由な形式・自由な用語によって人間の眞實を描くことに成功していたとわかる。

しかも、金王朝期に至ると、北宋期に發生した民衆演藝中の歌曲類（語り物や演劇ジャンルの歌詞部分をも含む）にあっても、韻文における口語的表現は、かなり顯著な進歩を遂げていたと推定される。この期の資料はきわめて少ないが、たとえば、諸宮調『董西廂』（十三世紀初頭の作品）は、まさに元曲の先驅とよぶにふさわしい躍動的な文章を形成している。それはもはや口語の機能を十分に自覺して活用したものである（拙稿「文學としての『董西廂』」、『中國文學報』一・二冊收、本巻三頁）。

要するに、散曲誕生の前夜にあたる宋・金の時代には、現在のわれわれからみれば地下水的存在ではあるが、口語による歌曲がかなり旺盛に制作されつつあり、それはおおむね二つの志向、すなわち側豔と嘲誚を示すようにおもわれる。この二つの志向は、やがて散曲の段階においてそれぞれ推進され、さらに視野をひろげて變貌を遂げ、特異な文學を形成してゆく。ことに嘲譃の志向は、口語を文學用語として採用したこのジャンルの宿命でもあるかのように、散曲作品の全般を掩う。嘲譃は一歩誤まれば單なる滑稽・諧譃に墮するが、それはしばしば眞摯な諷刺に昇華する可能性をはらむ。前代の口語詞のうちにも必ずやそのような作品があったであろう。だが、いまは遺憾ながら知るよしもない。

嘲譃といえば、もう一つ忘れてならない文學の領域として、宋・金時代の庶民を對象とする演藝がある。そのうち、歌曲をともなうジャンルで、若干の資料を檢しうるものに、ファルス形體「雜劇」（金・元・明三朝では「院本」とよばれる）と語り物形體「諸宮調」がある。前者の歌詞は、その演劇の性格からして諧譃的要素にとむことはいうまでもない。また、後者については唯一の完本『董西廂』が特に諷刺にとむ作品であるためか、きわめて精彩ある譃詞的歌詞が多い。これらの實例については拙稿を參照されたい（前記の「院本考」および「文學としての董西廂」）。

ここにはただ、獨立の歌曲としての「合生」（合笙）にのみ言及する。これは後述する「詠物詩」の展開とも關聯をもつものである。「合生」については、すでに李嘯倉氏の「合生考」（中國戲曲理論叢書『宋元伎藝雜考』、一九五三年上雜出版社刊收）があり、要點はほとんどこれに盡くされている。その起源はふるく、中唐朝およそ九世紀にまでさかのぼりうる。もともと中央アジアから傳來されたらしく、當初の形態は舞踊ないしゼスチュアを伴なう卽興詩のごときものであった。最初に「合生」に言及した資料（『新唐書』巻一一九・武平一傳）は、宮廷におけるアトラクションの一つであるが、民間で同じ形式のものが行なわれていたらしいことにも、それはふれている。

やがて宋代に至ると、この「合生」は定着した姿をあきらかにする。孟元老の『東京夢華錄』ほか都市繁昌記の類には、宮廷だけでなく、首都の盛り場——瓦子の寄席に進出したそれを紹介している。たとえば耐得翁の『都城紀勝』

（呉自牧の『夢粱録』巻二十も同文）にいう、

「合生」は起令・隨令みたいなもので、それぞれ一つの事を歌によみこむ。

また、洪邁『夷堅志』（支志乙集巻六）の「合生詩詞」の條には、やや詳しい解説がみえる。

江蘇・浙江あたりの女の渡り藝人に、利發で作詩のこころえがあり、その場で指名された物を詩によみ、注文に應じて難なく作りあげるものがいる。これを「合生」という。それの滑稽で諷刺をきかせたものを「喬合生」という。京都（北宋の首都汴京、すなわち河南省開封）の遺風であろう。

すなわち、「合生」は寄席ないし街頭において、觀客が一物をテーマとして提出すると、卽座にそれを歌によみこむ演藝で、いわば卽席に行なう題詠である。その際に用いる歌の形式は、リズミカルな七言・五言の今體詩または詞調であったから、樂器にあわせて歌唱されたと考えられる。

ここで注意するべきことは、「合生」における詩・詞はおおむね嘲謔の志向をもちやすい點である。『夷堅志』には特に滑稽・諷刺をきかせるものを「喬合生」とよぶというし、實際にも、それに用いたらしいメロディが〔喬合笙〕の名で『董西廂』（巻五）中にみえている。しかし、嘲謔のポーズは「喬合生」にかぎらず、ほとんどすべての合生詩・詞に濃淡の差はあっても普遍にみられるのではないか。なぜなら、庶民を中心とする觀客の出題は、必ず藝人を困らせる異様なものがえらばれたであろうし、藝人はその難題を巧みに消化して喝采を博するには、當然嘲謔のポーズで詠んだであろうから。

實は、この「合生」に類する演藝が少なくとも大正年間ごろまでは、本邦にも存在した。筆者の幼時、ある地方廻りの芝居の幕間に、つぎの舞臺裝置が組みあがるまでの時間を利用して、ひとりの藝人が三味線ひきを伴なって、舞臺のそでに現われた。かれは口上よろしく一席あって觀客からテーマをもらうと、ものの三〇秒とは間をおかず、滑稽な短い歌に作りあげ、三味線の伴奏で聲高らかに歌った。その際に用いた節はすでに記憶にないが、都々逸なんかでない諧謔調のメロディであったこと、觀客から提出された詠題の一つがたばこ入れに附いていたさいころであり、卽興歌にはたばこ入れをさいころと關聯させておもしろおかしく詠まれていたことを憶えている。

要するに、題詠の一種であるこのジャンルでは、詠題に奇異なるものが選ばれがちであること、そしてそれを消化する場合に嘲謔のポーズが伴なうことが特徴である。これは後述にも關聯するので記憶にとどめておいてほしい。

三　散曲における情緒の纏綿

散曲はまず詞の連續乃至亞流として出發した。現存の作品に關する限り、初期のもの、ことに小令は、ひとしく襯字を使用せず、選擇された雅語による典雅優美の風格を志向して詠まれ、それらを詞と區別することはほとんどむつかしい。元初の名公のひとり劉秉忠（一二一七―七四）の作品を擧げておこう。

盼和風春雨如膏。花發南枝、北岸冰銷。夭桃似火、楊柳如烟、穰穰桑條。初出谷黃鶯弄巧。乍銜泥燕子尋巢。宴賞東郊。杜甫遊春、散誕逍遙。――劉秉忠〔雙調・蟾宮曲〕

盼たれし和風ふきて春雨は膏の如く、花は南の枝に發き、北の岸べに冰は銷けぬ。夭桃は火と似い、楊柳は烟の如く、穰穰たり桑の條。初し谷を出でて黃鶯は巧みなのどを弄い、乍ち泥を銜えて燕子は巣を尋む。東の郊に宴賞し、杜甫は春を遊みて、散誕逍遙す。

すでにふれたように、このような詞的表現は散曲の全時期を通じて、強力に支持される。しかし、散曲に套數という長篇形體が採用されるとほとんど同時に、詞と本質的に同じいこの歌曲ジャンルは、まず最初の變化を呈する。

敍景におけるイメージの鮮明化

すなわち、詞の連續乃至亞流としての發想と表現を踏襲しながら、そこに混用した若干の口語（旁點を加えて示す）をも活用しつつ、新らしい效果を企圖した作品が出現する。

旅　況（標題は『北宮詞紀』に據る）　楊　果

〔仙呂宮・賞花時〕秋水粼粼古岸蒼。蕭索疎籬偎短岡。山色日微茫。黃花綻也、粧點馬蹄香。

〔勝葫蘆〕見一簇人家入屏帳。竹籬折補苔牆。破設設柴門上張着破網。幾間茅屋、一竿風旆、搖曳掛長江。

〔賺尾〕晚風林、蕭蕭響。一弄兒凄涼旅況。見壁指一似桑楡侵着道旁。草橋崩柱摧梁。唱道向紅蓼灘頭、見箇黑足呂的漁翁鬢似霜。靠着那駝腰拗樁。癭纍垂脖項。一鉤香餌釣斜陽。


秋の川みずささ波たちて、岸邊ものふる。うらがれしまがき低き丘に寄りそい、ほのかな日ざしに山はかすむ。

黃菊ほころび、旅ゆく馬の蹄に香る。

屛風にも描きたきひとむらの人家、竹を編みてつくろう苔むすついじ。ぼろぼろの柴のとぼそに破れ網ひろげ、ささやかな賤のとまやに酒ばやし一さお、大川にかかりてたなびく。

夕風そよぐ林、さやさやと鳴り、旅の眺めぞいとわびし。つたかずらは桑や楡もさながら道を侵し、草生う土橋のはり桁くずる。紅き蓼の浅瀬のほとり、まっ黒な漁り翁の、鬢の毛が霜なすが、駝鳥の腰なしくねる杭に寄りかかり、うなじよりこぶ垂らして、香餌もて夕陽に釣り絲を垂る。


まず作者楊果（一一九七－一二六九）については、『錄鬼簿』卷頭の「前輩の名公にして樂府を世に傳える者」の項に「楊西庵學士」として掲げられる、金・元間の名公である。あざなは正卿、號を西庵といい、祁州蒲陰縣（河北省安國）の出身である。金の末年ごろ許昌（河南省許昌）で寺子屋の師匠をやりながら、正大元年（一二二四）に科擧に及第、李蹊に推擧されて二三の縣令をつとめた。元初には開國の元勳史天澤のもとで參議となり、元朝の法制制定に參劃、北京宣撫使を經て中統二年（一二六一）にはついに參知政事を拜命、至元六年（一二六九）懷孟路總管を最後に退官して、まもなく逝去した。小令十一篇・套數三篇が現存する。

この作品は標題が示すごとく、騎馬で旅行する作者がある江村で見かけた、秋の夕景を詠んだものである。全篇の發想と表現はなお詞的であり、ことに第一曲は襯字をまったく使用せず、雅語を用いて終始し、第二曲以下に至ってはじめて若干の口語を點綴するが、しかも基調はなお詞的であるといえよう。それにもかかわらず、ここには詞のジャンルになかった新らしいものの芽生えが看取される。そのことを明きらかにするため、まず類似の情景を詠む宋・柳永の詞を擧げる。

渡口向晩、乘瘦馬陟崇岡。西郊又送秋光。對莫山横翠、襯殘葉飄黃。憑高念遠素景、楚天無處不淒涼。香閨別來無信息、雲愁雨恨難忘。指帝城歸路、但煙水茫茫。凝情望斷淚眼、盡日獨立斜陽。——柳永〔臨江仙〕

渡し口の晩向かた、痩せ馬に乘り崇き岡を陟る。西の郊にまたも秋光を送る。莫れゆく山の翠を横たうに對い、殘葉の黃いろきを飄えすが襯う。高きに憑りて遠かた念う素の景のもと、楚の天いずこも淒涼し。香閨と別れてより信息なく、雲愁い雨恨みて忘れ難し。帝城への歸り路を指せば、但だ煙と水のみ茫茫。情凝ぼれて淚の眼を望斷かし、日盡す獨り斜陽に立つ。

二つの作品は、まったく同じ情景を詠んだわけでなく、かつ篇幅にも差違があるから、完全な比較を行なうことはむろん不可能だが、それでも詠歌の態度における兩者の差違は、かなり明確に辨別されるであろう。ここに擧げた柳永の詞は、詞の正統とされる「雅詞」に屬する。「雅詞」は中國文言の多面乃至立體性、あるいは凝縮性を極度に活用して、事態や感情をおおまかに描きながら、情緒の薫釀をなによりも重視する。この作品でも、用語の選擇は隨處に指摘される。單に「秋光」という語を採りあげても、それは「秋の光線」であり、また「秋の光線に映し出された風物」を指すし、さらにこの語の渾然たる面を把握すれば、「秋」そのものをも意味しよう。また、これとほぼ類似の觀念をもつ「素景」は、秋の屬性である白を意味してそれよりさらに雅なる「素」と、光乃至光の投影を意味してさらに雅なる「景」とで構成されるため、この語は「秋光」よりもはるかに厚いヴェールに包まれた雅語である。それから、「莫（暮）山が翠を横たう」や「殘葉が黄を飄えす」は、そこはかとない情緒を生む表現であるし、「雲は愁い雨は恨む」に至っては、男女の歡會が滿たされぬ思いを意味する、最も雅なる表現である。このような雅語乃至雅なる表現で綴られた詞のあたえるイメージは、たとえば印象派の繪畫のように、あるいはソフト・フォーカスのレンズを透した映像のように、つねにやわらかな美的感覺が附帶する。だから、詞は徹底した唯美主義の文學ジャンルであるといってよい。それが酒宴の席などで實際に歌われたことも、そして、おそらくはメロディそのものが優雅であったろうことも、詞のこのような性格を助長したであろう。しかしながら、かようなヴェールに包まれた雅語によるおおまかな表現では、事態や感情のディテールが輕視乃至無視される結果、それが結ぶイメージはあいまいで、とかく切實感を缺いたレディメードのものを想起させる危険をはらむ。ここに擧げた柳永の詞もその例外でないようにおもわれる。

そこで、楊果の散曲にたちもどろう。第一曲では、まず詞的表現を用いて、背景と前景をふくむアウト・ラインが描かれるが、やがて第二曲に至り、なお詞的表現を基調としながらも、はじめて詞とは異なる詠歌の態度を見いだす。微細な觀察と描寫である。たとえば、第二句の「竹籬折補苔牆」は、苔むすついじの崩壞部分が竹を編んで間に合わせてあることの指摘であり、貧しくはあるがつつましい住人の生活感情に對する感動の表出である。このような細かな観察と描寫は、かつての詞人にはなかったし、あるいは、生活の垢のにじむものの指摘は、忌避されたのであるかもしれない。つづく第三句を見よう。「破設設」は破損を形容する實感にとむ口語である。この語が形容する對象は「柴門」であろうが、そこに張られた「破網」をふくむ寸景の感覺を示すかもしれない。それはともかく、從來の詞であれば、たとえ現實には破損していても、その點の指摘はやはり忌避されたであろう。細かな觀察と描寫は第三曲の末五句に至って、いよいよ推進される。「黑足呂」はなにか鈍い光澤を伴なう黑さを形容する、やはり實感にとんだ口語の擬態語である。いかにも健康そうに日やけした老漁師、その皮膚の色とは對照的な霜なす鬢、さらにかれがもたれかかる棒杭が尋常でなく、くねり曲って「駝腰」をなす。しかも、さらに細かに觀察すれば老漁師の頸には、こぶがたれ下がっている。作者は感動とまではいえないまでも、なにか惹かれるものがあって、それをば口語を混用して率直に表現した。そして、これらの微細な觀察による力づよい描線が、詞的表現による夕日にけむる背景のうちにくっきり浮かんで、この作品に詠まれた情景はきわめて鮮明なイメージを讀者の腦裡に結ばせてくれる。これはさながら一幅の繪畫を見る想いに誘う作品である。實際にも、この作品は繪畫の題詠として制作されたのであるかもしれない。たとえそうであっても、この作品がイメージの鮮明化に成功していることに變りはない。もはやこれは柳永の詞に詠まれたようなレディメードの情景ではないのである。

この作品が結ばせる鮮明なイメージは、やはり詞的表現を縫って點綴された口語に負うところがあろう。平面乃至一面性、あるいは露呈性を特色とする口語は、事態や感情のディテールをこそ描くに適應するし、さらに、それに附帶する現實感覺は、人間の生活感情を寫すうえにも活用されねばならない。楊果こそは、そのような口語の機能をこころえた、散曲作家の最初の人であったろう。あるいは、口語の機能をこころえていたからこそ、逆に微細な觀察をなしえたといえるかもしれない。それとともに、散曲が套數という自由な長篇形式をえたことも、歌曲の體質を變えるうえに役だったことは否めない。

ただ、もう一つ附記しておきたいのは、楊果にこのような作品が生まれた原因として、かれの性格乃至生き方が若干關係するであろう點である。そして、かれの生き方は同時に時代の空氣とも無縁ではなかろうから、以下に少しくその點をのべておこう。『元史』の本傳（巻一六四）には楊果の性格・風貌をのべていう。

うまれつき聰敏で風姿うるわしく、詩文がたくみで、特に樂府にすぐれていた。外見は寡默のひとのようだが、内心に機智をふくみ、諧謔をとばすのが得意で、聞くものを抱腹絶倒させた。

ここで特に注意すべきことは、「諧謔をとばすのが得意で、聞くものを抱腹絶倒させた」という指摘である。このような人間の洒脱滑稽の一面は、宰相たる人物の傳記では、しばしば意識的に割愛される。たとえば、蘇天爵の『元朝名臣事略』（巻十）の「參政楊文獻公」の條がそうである。だが、楊果のこの人間的側面をさらに詳しく語る、別の資料がある。王惲（一二二七—一三〇四）の詩「紫溪嶺」（『秋澗先生大全集』巻三〇）に附せられた跋にいう。

むかし杜止軒がわたくしに話した、「楊西庵は諧謔俠黠の雄だが、世間の人はそれを知らぬ。わしなど物のかずではないのに、それが天下の滑稽ものという評判まで負わされてるんだからな。楊君の深刻さに比べれば、わしなど底の知れたものだ」。

ここに見える杜止軒とは、元好問（遺山）とも親交のあった金朝の遺民、杜仁傑あざなは善夫（甫にもつくる）をさす。世祖の至元年間（一二六四—九四）にたびたび仕官を求められたが應ぜず、したがって『録鬼簿』巻頭の「前輩の名公にして樂府を世に傳うるもの」の條下に「杜善夫散人」として著録されている。清・顧嗣立の『元詩選』三集の略傳には、

うまれつき諧謔が得意で、才學ともに該博、向う意氣が強くて筆がたち、しごとに情熱を傾倒した。

とあるように、やはり滑稽洒脱の人物だった。いなかものの芝居見物を詠む異色の散曲「莊家不識构闌」（『太平樂府』巻九收）や、ほとんど毎句に輕妙な比喩を用いて廓おんなの戀を諷刺した「喩情」（同上收）、そのほか套數二篇が殘存する。その杜仁傑を嗟歎させたほど、楊果は諧謔に絶妙な才をふるったのである。遺憾ながら、かれの諧謔の面が發揮された散曲作品は、現在ひとつも殘っていない。やはり宰相であった履歴がわざわいしたのであろうか。それはともかくとして、元初にはすでに、歐陽脩の北宋におけるがごとき、重臣名公も詼詞的歌曲の制作に參加しうる自由な雰圍氣の存在したことを、われわれは想定してもよかろう。それはやはり、モンゴルという異民族が支配する王朝の治下で、儒教勢力が一時的に後退したことに因るであろう。

側豔詩における情緒の纏綿

さて楊果の作品における敍景に見たような、細かな觀察と描寫によるイメージの鮮明化は、同樣に抒情を主とする作品にも指摘される。つぎには庾天錫の套數「思情」（『盛世新聲』申集、『詞林摘豔』七、『雍熙樂府』十六收）を紹介する。この作品は口語詞のもつ志向の一つ、側豔詩——戀愛感情の表白——の系譜につらなるものであり、やはり套數という長篇形式と口語の性格を活かして、それを發展させたものといえるであろう。

思情　　庾　天錫

〔商調・定風波〕　迤邐秋來到。正露冷風寒、微雨初收。涼風兒透冽襟袖。自別來愁萬感、遣離情不堪回首。

〔金菊香〕　到秋來還有許多憂。一寸心懷無限愁。離情鎮日如病酒。似這等慽慽、終不肯斷了風流。

〔鳳鸞吟〕　題起來羞。這相思何日休。好姻緣不到頭。飲幾盞悶酒。醉了時罷手。則怕酒醒了時還依舊。我爲他使盡了心、他爲我添消瘦。都一般減了風流。

〔醋葫蘆〕人病久。何日休。思情欲待罷無由。哎你箇多情你可便怎下的辜負、子我知伊主意、料應來倚仗着臉兒羞。

〔尾聲〕本待要棄捨了你箇冤家、別尋一箇玉人兒成配偶。你道是強似你那模樣兒的呵說道我也不能够。我道來勝似你心腸兒的呵到處裏有。

いつしか秋がおとずれて、ときしも露冷え風寒し。そぼ降る雨もいまし止み、冷風つきさす襟と袖。別れてこのかたくさぐさに、愁いの思いかき亂る。戀うる心をはらさんに、ふり向きみるさえ耐えがたし。

秋立ちてなおも愁いのしげければ、胸はいたむ果て知れず。戀うる心はひねもすの、二日醉いにも似たるかな。

かくもふらふら病みながら、なお斷ち切る氣はなし色の道。

口にいだすも恥ずかしや。この戀ごころいつか止む。めでたき姻縁(えにし)はとげずとやら。あふるやけ酒の幾杯に、醉うてしまえばそれまでが、酒がさめれば元のもくあみ。わたしはかのひとのため胸くだき、かのひとわたしのため瘦せ細る。いずれも同じ戀やつれ。

戀わずらいの久しゅうて、いつの日に果てるやら。棄てんに由なき戀ごころ。ああ深なさけのおまえだもの、なんでわたしが裏切れよう。このわたしにはわかっている、おまえさんの本心が。きっと器量のよいことを、鼻にかけているんだろ。

憎い憎いおまえなんか、捨ててしまい、別にめでたい女(ひと)みつけ、つれ添いたいのがわたしの本意。おまえはいうだろ、おまえにまさる器量なら、このわたしにはむりだろうと。だけどわたしに言わせれば、おまえの心にまさる女(ひと)なら、どこにだっているんだぜ。

作者の庾天錫は『錄鬼簿』上巻に著錄される、元曲前期（十三世紀後半）の作家である。あざなは吉甫、大都（北京）

のひと、中書省員外郎・中山（河北省定縣）府判の官歴をもつ。散曲は小令七篇・套數四篇を殘すほか、むしろ雜劇作家として知られるが、十五篇の戯曲はほとんど散佚してしまった。

その散曲作品は貫雲石により、關漢卿とならんで高く評價されている（『陽春白雪』序）。

關漢卿・庾吉甫は造語が妖豔で、さながらたおやめが酒杯に臨んだようで、その嬌態を前にしてはいたたまれぬ思いがされる。

この作品は、秋の季節を迎えて一しおつのる、離れた戀人への慕情を詠む。同じテーマは、かつての詞ジャンルでもたびたび採りあげられた。しかし、套數という長篇形式と口語という新たな用語を活用したこの作品の抒情部分は、もはや詞の場合のおおまかな描寫と異質であり、きわめて新鮮である。ひとたび戀の道に踏みこんだものの、理性では處理しえぬ矛盾した心情が、ここにはきわめて克明に寫しとられた。すでに、病人のように苦惱しながら、それでも色戀を諦めぬと宣言するように、作者の慕情は第三曲のあたりから、口語的表現の濃度を増すにつれて、激しくたゆたい搖れる。まず、自分が心くだくように、愛人も自分への思慕に痩せる思いをしてくれていると、さも自信ありげな想像がのべられる。ところが、第四曲めに至るとこの自信は搖らぎはじめ、情の深いおまえに裏切れるものかという、戀の前途に對する不安が表白され、さらにその不安をかきたてるものとして、容貌に對する愛人の自負に言及される。讀者はここに至ってはじめてかれの戀の不安の理由を知らされる。かくて第五曲に至ると、この主人公は愛人の驕慢に對抗するがごとく、おまえなんか捨ててしまって、おまえにまさるやさしい心の持ち主とつれ添いたいのが本意だとのべる。この作品はそうした一種の毒づきで終っているのであるが、最初の段階にのべられた苦惱といい、自信ありげな想像といい、また裏切れるものかというむしろ裏切らぬことへの期待といい、かれの慕情の旋轉は、この主人公が少しも諦めてはおらぬことを示す。美貌に對する愛人の自負への言及とか、「おまえ以上の美貌のあいては、このわたしにはむつかしい」という表白は、むしろ主人公が愛人のその美貌にこそ惹かれて諦められず、いよいよ慕情を昂らせていることを、想像させて餘りあろう。この側豔詞における情緒の纏綿は、むしろくどきともいうべき執拗な感情の表白であり、この執拗感でさえ詞の世界では美を損うものとして忌避されたであろう。ここではそれが口語的表現によって逆に強調された。すでにふれたように、平面乃至一面性、あるいは露呈性を特色とする口語には、情緒の薫醸を期待することがすでにむりであり、むしろ、そのような特色に由來する饒舌性と、なによりも口吻をそのまま傳える實感性が利用されねばならない。この套數作品はそうした口語のもつ新たな機能を巧みに活用して、側豔詞に新生面を開いたものである。

日常的衝動における情緒の纏綿

庾天錫の套數にみるような、口語を用いた克明な描寫による情緒の纏綿は、散曲においては側豔詞の抒情にのみとどまらず、やがてより日常的な衝動をも素材として、それを描くうえにも實現する。以下に擧げる三篇の套數は、いずれも口語的表現を基調として難解ではあるが、元代の散曲が開拓した新たな一面を代表する傑作である。

借　馬　　馬　致遠

〔般涉調・耍孩兒〕　近來時買得匹蒲梢騎。氣命兒般看承愛惜。逐宵上草料數十番、喂飼得膘息胖肥。但有些穢汚却早忙刷洗。微有些辛勤便下騎。有那等無知輩。出言要借、對面難推。

〔七煞〕　懶設設牽下槽、意遲遲背後隨。氣忿忿懶把鞍來韛。我沈吟了半晌語不語、不曉事頽人知不知。他又不是不精細。道不得他人弓休挽、他人馬休騎。

〔六〕　不騎呵西棚下涼處拴、騎時節揀地皮平處騎。將青青嫩草頻頻的喂。歇時節肚帶鬆鬆放、怕坐的困尻包兒款欵移。勤覷着鞍和轡。牢踏着寶鐙、前口兒休提。

〔五〕飢時節喂些草、渴時節飲些水。着皮膚休使氈屈。三山骨休使鞭來打、磚瓦上休教穩着蹄。有口話你明明的記。飽時休走、飲了休馳。

〔四〕抛糞時教乾處抛、尿綽時教淨處尿。拴時節揀箇牢固椿橛上繫。路途上休要踏磚塊、過水處不教踐起泥。這馬知人義。似雲長赤兔、如益德烏騅。

〔三〕有汗時休去簷下拴、渲時休教侵着頹。軟煮料草鍘底細。上坡時欵把身來聳、下坡時休教走得疾。休道人忒寒碎。休教鞭颩着馬眼、休教鞭擦損毛衣。

〔二〕不借時惡了弟兄、不借時反了面皮。馬兒行囑付叮嚀記。鞍心馬戶將伊打、刷子去刀莫作疑。則嘆的一聲長吁氣。哀哀怨怨、切切悲悲。

〔一〕早晨間借與他、日平西盼望你。倚門專等來家內。柔腸寸寸因他斷、側耳頻頻聽你嘶。（疑脱三字押韻句）道一聲好去、早兩泪雙垂。

〔尾〕沒道理沒道理。忒下的忒下的。恰才說來的話君專記。一口氣不違借與了你。

ちかごろ買うたアラビア馬、守り本尊もさながらに、眼をかけていとおしみ、夜ごとの飼いばのせわも幾十回、みごとに肉づき肥らせた。ほんのわずかの汚れにも、急いでブラシかけ洗います。ちょっぴりしんどいめにあわせれば、さっそく下りてやりまする。あの分別ないやからが、ぬけぬけ貸せといいおった。面と向こうては斷りならぬ。

不承ぶしょう小屋から引き出し、しぶしぶ馬のあとに付き、ぷりぷりと鞍をおくのもものうさし。わたしはしばし沈みこみ、口がきけるどころでない。わからずやのとんちきめ、こちの氣もちがてんでわからぬ。やつだって氣のきかん男じゃなし。下世話（げせわ）にもいうであろ。他人の弓は挽くでない、他人の馬には乗るでないと。乗らぬときは日除けのもと、涼しい場所に繋ぎとめ、乗れば地べたの平らをえらぶ。まっ青な若草を、食わせることもしきりです。やすむときには腹帯を、ぐんと緩めてやります。もしや疲れていまいかと、尻をそろりずらしてやる。鞍や手綱は特別に、念を入れて調べます。しっかと鐙（あぶみ）をふんまえて、口をもたげさすでない（?）。腹をすかせばまぐさやり、のど乾かせば水のませ。皮膚にくっつく安ケット、皺よらぬようこころして、三山骨（こしぼね）に鞭は禁物、煉瓦みちでは蹄かかすな。いいたいことがうんとこさ、しかとおぼえておきなされ。腹がくちれば歩ますな、水を飲んだら馳けらすな。

放糞するなら乾いた處、いばりするならきれいな處。つなぐ時はじょうぶな杭に。道路をゆくなら、踏ますな煉瓦のかけら。川を渡ればはねさすな泥水。この馬は人の義（みち）をこころえてます、關雲長（關羽）の赤兎馬のごと、張益德（張飛）の烏騅のごと。

汗をかけば軒端につなぐな、洗うときに額（あそこ）を侵すな。飼いばはよく煮て細かに刻め。坂を登ればやおら身を起（た）て、坂を下れば早がけ無用。けち臭いというでない、馬眼（肛門をさすか）に鞭は禁物です、毛なみにすり傷つけてはこまる。

貸さねば兄弟分（なか）がまずうなる、貸さねばいやな顔もしよう。それゆえ馬に申しつく、くれぐれも忘るなよ。あのとんまめがその方を、打てばなんの躊躇がいろ。ひと聲ながーいため息おつき、いと哀しげに、いと切なげに。

朝も早（はよ）からやつに貸し、日が西に傾くころ、そちの歸りを待ちあぐね、門に倚りそいじっと待つ、そちが家にはいるのを。やつのおかげで腹わたずたずた、そちのいななき聞こうとて、耳かたむけることしきりだよ。さぁ行っといでの一こえで、雙の眼からは早くも涙。
ほんにむちゃだ、よくもよくも。先刻いったことどもを、しかと記憶に留めなされ。すこしも嫌な顔せずに、
おまえさんに貸したんだから。

作者馬致遠は『錄鬼簿』上卷の「前輩の已に死せる名公と才人にして編する所の傳奇ありて世に行なわるる者」のごくはじめに列し、かの關漢卿とともに元曲文學に榮光をもたらした、前期の代表的な作家である。といっても、大都（北京）の出身で東籬と號し、江浙行省の務提擧で終ったことのほかに、履歴はなにもわからない。およそ一四篇の雜劇を書き、うち七篇が現存する。特に『元曲選』の卷頭をかざる「漢宮秋」劇は元曲隨一の悲劇として名作の定評がある。散曲の制作も旺盛で、現存する小令一一五篇・套數二十篇のおおむねは、むしろ詞の連續としての作風を示し、しかもけっして亞流に墮ちぬ清新さを誇っている。

この套數は、心ない人に貸した愛馬を愛惜する情を綿綿と綴った作品である。他人が大切にしているものを、ことなげに借用したり、それをば迷惑と感じながら、しかも面とむかっては斷わりかねる、そうした體驗は誰しもが日常生活の過程でもつものである。その場合、面とむかって斷われなかった人間は、借り手に對する憤りとともに、斷わりきれなかったみずからに對する憤りをも覺え、それがまたあい手に對する憤りに加增される。この作品では、貸した品物が生きたペットであるだけに、いっそう愛惜の情が深く、だから作者の陳述は異常なまでに執拗でくりごとめく。こんなことをいうからとて「けち臭いというでない」（休道人忒寒碎）と作者自身が辯解めいたことばを吐くほどに、かれの思いは執拗なのである。しかし、愛馬を貸した作者は、あい手に實際はやはりなに一つ乘馬の注意を告げることはできなかったであろう。そのことは愛馬に直接いい聞かせていることばで、理解される。

それにしても、面とむかって拒絕しえなかった作者も、文學という手段を借りれば、その憤懣をぞんぶんに吐露す

ることができるのだ。この作品はまさに制作衝動に驅られて生まれたものである。だからこそ、讀者の共感をうる力をもっている。それにしても、これほどまでに壓倒的な執拗さをもって情を抒べた作品が、詞のジャンルにあったであろうか。おそらく詞の世界では、この執拗さすら美的感覺を損うものとして、忌避されたであろう。

皮匠說謊　　高　安道

〔般涉調・哨遍〕　十載寒窗誠意。書生皆想登科記。奈時運未亨通、混塵囂日日銜杯。厮伴着青雲益友、談笑忘機。出語無俗氣。偶題起老成靴脚、人人道好、箇箇稱奇。若要做四縫磕瓜頭、除是南街小王皮。快做能裁、着脚中穿、在城第一。

〔耍孩兒〕　鋪中選就對新材式。囑付咱穿的樣製。裁縫時用意下工夫、一樁樁聽命休違。細錐麄線禁登陟。厚底團根教壯實。線脚兒深深勒。鞦子齊上下相趁、鞝口寬脫着容易。

〔七煞〕　探頭休蹴尖、襯薄怕汗濕。減刮的休顯刀痕跡。剜裁的臉戲兒微分間短、攏揎得腮幫兒省可裏肥。要着脚隨人意。休教腦窄、莫得趺低。

〔六〕　丁寧說了一回。分明聽了半日。交付與價鈔先伶俐。從前名譽休多說、今後生活便得知。限三日穿新的。您休說謊、俺不催逼。

〔五〕　人言他有信行、誰知道不老實。許多時剗地無消息。量底樣九遍家掀皮尺。尋裁刀數遭家取磨石。做盡荒獐勢。走的筋舒力盡、憔的眼運（暈）頭低。

〔四〕　幾番煨膠鍋借揎頭、數遍粘主根買樺皮。噴了水埋在糠糟內。今朝取了明朝取、早又催來晚又催。怕越了靴行例。見天陰道膠水解散、恰天晴說皮糙燋黧。

〔三〕　走的來不發心、憔的方（疑當作去）見次第。計數兒算有三千箇誓。迷奚着謊眼先陪笑、執閉着頑心更道易。

巴的今日。羅街拽巷、唱叫揚疾。

〔二〕好一場惡一場、哭不得笑不得。軟廝禁硬廝併却不濟。調脱空對衆攀今古、念條欵依然説是非。難回避。骷髏卦幾番自説、猫狗砌數遍親題。

〔一〕又不是鳳麒麟鈎絆着縫、又不是鹿銜花窟嵌着刺。又不是倒鈎針背襯上加些功績。又不是三垂雲銀線分花様、又不是一抹圈金沿寶裹。毎日閑淘氣。子索行監坐守、誰敢東走西移。

〔尾〕初言定正月終、調發到十月一。新靴子投至能够完備。舊兀剌先磨了半截底。

十年（ととせ）のあいだ寒窗で、受験勉強にうちこんだ、書生の想いは誰しも登科記。されど時運にめぐまれず、巷にまぎれて日ごと酒くむ。青雲めざす益友があいて、笑いさざめき機心（たくみ）を忘れ、飛び出すことばは品がよい。たまたま話が先輩の、足もとに及んで口口に、すばらしみごととほめそやす。「もしも四縫磕瓜頭（こうかとう）の、皮靴つくるおつもりなら、南街（どおり）の小王皮（シャオワンピー）、あすこをおいて外にはござらん。裁斷仕立ての腕が冴え、足にくいつき穿き心地よし。城内第一の靴屋でござる」。

店で選んだ新らしい材料（かわ）で、好みの型を注文する。「仕立は十分こころして、手間ひまかけてやってくれ」。一一はいはい返事はよい。「錐（きり）が細うて太絲なら、山登りにも大丈夫。まるかがとは厚うして、ひとつ頑丈に頼んだぞ。縫い目はしっかりしめつけろ。靿子（くぼみ）はそろえて高低（たかひく）なくせ。鞹口（くち）はひろうして脱ぐ穿きらくに」。「頭が出すぎては靴尖つまずく、裏皮うすうては汗に濕る。削った刃跡がめだつのは困る。くりぬき裁斷……たちまち縮む。側（がわ）のよせはだぶつかせるな。足にくっつきわが意にぴったり。踵のふくらみ狹いは禁物、土ふまずは低くせぬよう」。

念を押すこと一しきり、しかと聞き入る小半時。代金先拂いで氣をきかす。「むかしの評判はもうたくさんだ。

今後のしごとですぐわかる」。三日の期限で新品が穿ける。「おまえんちも嘘つかぬよう。こちらも催促せぬほどに」。

うわさじゃ約束がたい男が、とんでもない横着もの。長いあいだ音沙汰なし。底形はかって九回も、皮の物尺ふりまわすのかね。裁ち刀さがして幾たびも、砥石とり出し磨(と)ぐのかね。うろたえざまを見せつくし、歩き疲れて力はぬけるし、いらだつあまり眼はくらんで頭あがらず。

「膠鍋を溫ためたり、靴型借りるも幾たびか。芯のかがとをはりつけたり、樺皮買うこと何回も。水をふきつけぬか桶に埋(う)む」。今日も取り出し明日も取り出す、朝に催促夕べに催促、「靴屋の掟にそむくじゃないかね」。天氣がくもればその言いぐさ、「膠の水が散りまする」。晴れたとおもえばまたしても、「皮が硬(こわ)ばり黒ずみまする」。

思い立たずに出かけてみたり、いらだち探る仕事の進み。數えてみれば三千回の誓い。嘘つきまなこを細めつつ、まずはへらへらお追従わらい、横着ごころをおし隠しつつ、ただくりかえす安請け合い。今日こそ街中練りまわり、やつめが非をあばきたて、うんとわめきたてたいくらい。

あれやこれやさんざのめ、泣くに泣かれず笑うに笑えぬ。やんわり出ても強硬もだめ。嘘のいいぬけ大勢をまえに、昔ばなしでお茶にごすやら、ごたく列べてあいも變らず、世間ばなしに逃げをうつ。いやもうかなわぬ、……(二句未詳)。

鳳凰・麒麟のかぎ縫いを、賴んだわけであるまいし、花を銜(くわ)える鹿の圖の、アップリケの注文じゃなし。鈎針(かぎばり)つかって裏皮に、手のこむしごとをするじゃなし、三方雲に銀絲もて、模様を飾るわけでなく、金泥つかってべったりと、お寶模様をふちどるでなし。日ごと騒ぐもむだなこと、じっと見はって離れぬぞ、誰がうろうろするものか。

話きめたは正月の末、なぶりなぶられ十月一日。新らしい靴が出來あがるより、お先におんぼろぐつの底、その半分がすり減ったわ。

まず、作者高安道は『錄鬼簿』下巻に著錄されているから、元曲後期の作家であろうが、かれの場合は出身・生平ともまったくわからない。そこには、

「御史歸莊」は南呂、「破布衫」哨遍などの散曲が世に行なわれている。

とみえ、標題がすでに異色の作品を想わせる二篇のすぐれた套數があったらしい。遺憾ながら、現在はともに散佚しており、本篇のほかには無題の短い套數一篇と、「淡行院」と題する、舞臺人の生態を痛烈にえぐり出した套數作品が殘るだけである。なお、作者の生平は上記のごとく不明ではあるが、本篇の冒頭部分に據ると、かれは科擧の復活（延祐二年―一三一五）によって新たに開かれた仕進の路を志したものの、おそらくは失敗を重ねた結果、滿たされぬ情熱のはけ口をこの文學ジャンルに求めた一人であったらしい。

さて、この「皮匠説謊」は標題が示すように、わざわざ注文した皮靴の仕上げをいたずらに遷延した靴屋の背信に、激しい憤懣をぶちまけたやはり異色の作品である。この作品の特徴は、すでに譯文中に括弧で示したように、「老成」とあるおそらくは受驗浪人の先輩と、靴屋および作者自身の會話を巧みに插入して、それらの會話部分が語り手の人がらや感情の動きをみごとに彷彿させた點にあり、新たな文學用語――口語は、ここではまた別な方法で活用された。たとえば、先輩の短いことばにも滿面の得意さが感ぜられるし、作者の「むかしの評判はもうたくさん、これからの仕事でわかるんだぜ」（從前名譽休多說、今後生活便得知）は、やはり得意げに店の自慢話をつづける靴屋と、それを聞かされてうんざりする作者、そのふたりのイメージを鮮明に結ばせてくれる。さらに、〔四（煞）〕曲の首三句の、毎

日こんなに苦勞してるんですよという靴屋の辯解は、〔三（煞）〕曲における靴屋の態度、および〔二（煞）〕曲における嘘をまぎらすための話題の轉換などとともに、商人特有の老獪さを寫して巧みではないか。なお、冒頭數句における受驗勉強の勞苦が報いられぬことへの言及は、當面の憤懣を加增する前提條件としての役割を擔うことに、注意してほしい。

自序醜齋　　鍾　嗣成

〔南呂・一枝花〕　生居天地間、稟受陰陽氣。既爲男子身、須入世俗機。所事堪宜。件件可咱家意。子爲評跋上惹是非。折莫舊友新知。才見了着人笑起。

〔梁州〕　子爲外貌兒不中擡舉、因此内才兒不得便宜。半生未得文章力。空自胸藏錦繡、口唾珠璣。爭奈灰容土貌、缺齒重頦、更兼着細眼單眉。人中短髭鬚稀稀。那裏取陳平般冠玉精神、何晏般風流面皮。那裏取潘安般俊俏容儀。自知。就裏。清晨倦把青鸞對、恨殺爺娘不爭氣。有一日黃榜招收醜陋的。准擬奪魁。

〔隔尾〕　有時節軟烏紗抓劄起鑽天髻。乾皂靴出落着簌地衣。向晚乘閒後門立。猛可地笑起。似一箇甚的。恰便似現世鍾馗諕不殺鬼。

〔牧羊關〕　冠不正相知罪。貌不揚怨恨誰。那裏也尊瞻視貌重招威。枕上尋思、心頭怒起。空長三十歲。暗想九千迴。恰便似木上節難鎊鑤、胎中疾沒藥醫。

〔賀新郎〕　世間能走的不能飛。饒你千件千宜。百伶百俐。閑中解盡其中意。暗地裏自恁解釋。倦閑遊出塞臨池。臨池魚恐墜。出塞雁驚飛。入園林俗鳥應迴避。生前難入畫、死後不留題。

〔隔尾〕　寫神的要得丹青意。子怕你巧筆難傳造化機。不打草兩般兒可同類。法刀鞘依着格式。粧鬼的添上嘴鼻。眼巧何須樣子比。

〔哭皇天〕 饒你有拿雲藝冲天計。誅龍局段打鳳機。近來論世態、世態有高低。有錢的高貴。無錢的低微。那裏問風流子弟。折末顏如灌口、貌賽神仙、洞賓出世。宋玉重生、沒答了鏝的。夢撒了寮丁、他采你也不見得。枉自論黃數黑。談說是非。

〔烏夜啼〕 一箇斬蛟龍秀士爲高第。升堂室今古誰及。一箇射金錢武士爲夫婿。韜略無敵。武藝深知。醜和好自有是和非。文和武便是傍州例。有鑒識。無嗔諱。自花白寸心不昧。若說謊上帝應知。

〔收尾〕 常記得半窗夜雨燈初昧。一枕秋風夢未回。見一人、請相會。道咱家、必高貴。既通儒、又通吏。既通疎、更精細。一時間、失商議。既成形、悔不及。子教你。請俸給。子孫多、夫婦宜。貨財充、倉稟實。祿福增、壽算齊。我特來。告你知。暫相別、恕情罪。嘆息了幾聲、懊悔了一會。覺來時記得。記得他是誰。原來是不做美當年的捏胎鬼。

天地の間に人となり、陰陽の氣を性にうく。すでに男子と生まれたからは、ぜひとも世俗の機に投じ、やる事なすことうまく運び、わが意にかのうてあるべきを、品さだめが原因して、いざこざが起きまする。古いなじみも新らしい友も、人の顔みりゃ笑い出す。

外貌が推擧にふさわぬため、内なる才が損をする。この半生を文章の、お蔭こうむることもなく、胸におさめる錦繡の文字も、口より出だす珠玉もむなし。土氣いろしたかんばせと、脫けた齒に二重あご、おまけに細い眼うすい眉、人中(じんちゅう)のひげは短いやら、鬢の毛はまばらにて、陳平ばりの輝くみめ、何晏ばりのいきな面(おもて)、潘岳ばりの粋な姿は、すべてわたしに無緣のもの。みずから正體よく知れば、朝は鏡に向かうがおっくう。恨みてもあまりある、おやじおふくろのかい性なさ。いつか科擧に醜男(ぶおとこ)つのれば、きっと首席を奪うてくれよう。ある日烏紗の官帽かむり、結(ゆ)いあげた鑽天髻(さんてんまげ)。地をする衣の下からは、ひときわめだげつ乾皂(くろ)の官靴。夕べに暇みて裏門に立てば、ふっと笑いがこみあげる。これはいったいなんの態、人の世に現われた、鍾馗は鬼に脅しもきかぬ。

冠ゆがむはおのれの罪、ふるわぬ容貌は誰をも恨めず。押し出し尊び威厳がだいじも、このわたしには及びもつかぬ。枕について思いふければ、胸の怒りが燃えさかる。あたら男が三十年、ひそかに惱む九千たび、削りとれぬは木の節目、治するに藥なき胎中の疾。

歩めるものは飛べぬが世の中、よろずにめぐまれ眼から鼻へ、抜ける利巧も同じ定め。靜かに考え道理を悟り、心ひそかにかくは慰む。退屈しのぎにぶらりと遊び、塞を出でて池に臨めば、魚は怖がり底に落っこち、雁は驚き飛びあがる。世間のがれて山林に入れば、俗な鳥どもも避けてかくれる。生きては（功臣として）畫像に描かれず、死してはその名を留めえず。

似顔かきは繪ごころが要る。いかに器用な繪かきであろうと、傳ええまい造化の機。草稿つくらずふた樣が同じ（二樣の顔が同じように描かれる）。法刀の鞘は格式どおり、鬼の役は口鼻添える、眼のたっしゃは手本がいるまい（三句未詳）。

雲霧をつかみ天に冲する、絶妙の計があろうとも、龍と鳳をしとめるほどの、機關・局段があろうとも、ちかごろの世情といえば、その世情は起伏がひどい。金があるもの高貴と見られ、金のないもの影うすし。いきな若衆もあいてにされぬ。そのかんばせが二郎神でも、みめが神仙もどきであろうと、はたまた宋玉・呂洞賓の、生まれがわりであろうと、おあしがなくなり財布がからでは、だれもあいてにしてくれまい。他人をあれこれ品評し、文句つけても空しいもの。

蛟龍退治たふみ讀むおのこは、高い身分に取りたてられ、堂上に升って古今に類なし。金の錢を射ぬいた武夫、白羽の矢が立ち皇女の婿がね、六韜三略かなうものなく、武藝の心得たっぷりそなう。美醜を問わず是もあり非もあり、文と武こそ人のお手本。眼のきく人なら（醜いからとて）毛嫌いはせぬ。みずからけなすは良心に恥ずる、嘘をつけば神さまござんじ。

忘れもしないある夜ふけ、雨が窗うち燈（とも）しは消えがて、秋風ふき入る枕邊の、夢なお醒めぬころおいに、ひとりの男が面會乞う、「わたし（貴殿）はきっと出世する。學に通じたそのうえに、役所の事務もおたっしゃで、世事に通じたしっかりもの。ついうっかり檢討せず（醜い顔に生みつけたが）、もはや形を成したれば、後悔しても始まらぬ。俸祿いただき子孫ふえ、夫婦仲もむつまじく、貨財は倉にどっさりつみ、福祿增して壽命ながし、そんなおまえさんにしてあげよう。わざわざ知らせに來てあげた。それではしばしのお別れだ、どうも失禮いたした」。ため息つくこと幾こえぞ、しばしがほど後悔す（醜惡な容貌を罵ったことに）。めざめた時に覺えあり。覺えていた男は誰。なんとこれはそのかみの、粹をきかせぬ揑胎鬼（わが身を作った鬼）。

作者鍾嗣成はあざなが繼先、醜齋と號する。汴京（河南省開封）の出身で、のちに後期元曲の中心である杭州に定住した。かれはなによりも、元曲作家に關する唯一の資料『錄鬼簿』（至順元年―一三三〇の序がある）の著者として知られる。文章の大家鄧文原（一二五八―一三二八）と曹鑑（一二七一―一三一四）について正統の學問を修め、いくたびか科擧に應じたが及第できぬため、門戶をとざして浩然の志を養い、みずからのためにも『錄鬼簿』を著したといわれる。ゆたかな教養をもつ人格者で、音樂にも通じ、散曲作品としてはべつに小令三十八篇が殘存し、ほかに七篇の雜劇（散佚）も作っている。以上は『錄鬼簿』の朱凱の序文と賈仲名の『錄鬼簿續編』の卷頭に記された傳記に據る。

さて、この「自序醜齋」は、みずからの醜貌に對する作者のコンプレックスを噴出させた作品である。その內容（牧羊關）からみて、作者の三十歳ごろの制作と考えられる。この作品もやはりこれを生む衝動の前提として、傳記にもみえ、作品中にも言及〔梁州〕された、科擧の數回にわたる失敗という情況があったことに、注意するべきである。この作品の特徵は、作者の憤懣が一種旋回の形をとる點にあるだろう。すなわち、醜貌に對する恨みと怒りをくり返しのべる過程で、作者はしばしば思い返し、外貌の美醜とは異なる人間の價値系列をもち出して、みずからを慰めようとつとめる。まず、〔賀新郎〕曲では、人の世に生きるものに萬全のものはけっしてないと悟り、處世にたけて萬事が順調に運ぶ利巧者にけちをつける。しかし、そのような悟りはたちまち搖るがざるをえず、かれは新たな慰めの方法を求める。それを說く〔隔尾〕曲は、實は難解の句を含んで十分にはわからぬが、肖像を留めるほどの重臣となりえぬわが身の不遇の連想から、この曲はどうやら肖像畫にけちをつけて、その空しさを揶揄するらしい。すなわち、繪畫の眞髓を心得ぬ畫家のために、肖像畫は雛型どおりのものに描かれ、そこには人間の內實など到底傳ええまい、というふうに讀みとれる。さらに〔哭皇天〕曲に至ると、いよいよ問題の焦點である容貌にめぐまれた人間に鋒先を向け、いかに美貌のものでも金がなければ、金錢萬能の現在の世相のもとでは問題にされぬと、又してもかれらにけちをつける。かくて以下には、拔群の功績によって異常の出世をした二人の醜男の、虛構の文學が傳える事例を擧げ、結局は文武の實力こそは人間の範たりうるとのべて、奇妙な夢寐の經驗まで書き添えるのである。

しかしながら、このような異なる價値の系列をもち出したり、虛構の世界の事例を擧げたり、空しい夢寐の經驗をのべることによって、かれの醜貌に對するコンプレックスが解消されたとは思われない。前半の段階における激しい恨みと空しい慰めの旋回は、後に向ってもくり返されることを豫想させる。ことに、最後に置かれた夢寐の話などは、夢であるためになんらの慰めにも値いせぬこと、おそらくは誰より作者自身が知っている。末尾の句「實は粹をきかせぬそのかみの捏胎鬼だった」〔原來是不做美當年的捏胎鬼〕という、諧謔の口吻がにじむ表現は、作者の自嘲的な笑いまで彷彿させて、むしろ凄慘な感をあたえるのである。このような醜貌に對する述懷にあっては、たとえば、金錢萬能の世であれば、より積極的に世の流れに棹さして物質欲の鬼と化する人生観の表白もありうるだろうし、あるいは反對に魂の美しさをこそ誇りとして、苦惱の末に靜かに悟りすます境地の表白もありうるだろう。しかし、この作者はそのような悟りの境地にも達していなければ、積極的なあくどい生き方の選擇を宣言するでもない。憤懣をぶちまけてはみたが、おそらくかれの憤懣は依然として胸中に燃えつづけるであろう。だがわれわれは、このような表白により生ま身の人間を見いだして、かえって共感を覺えるのである。

さて、「借馬」など三篇の套數を通じて指摘されることは、これらは「思情」における戀愛感情の纏綿たる表白が、戀愛以外のより日常的な衝動の表白に擴大されたとはいえ、これらの作品の中で搖らぐ感情は、みな同じ傾斜をもつことである。それはいずれも滿たされぬ鬱積の懷いである。その鬱積は文學の手段を借りて一おう噴出させることはできたが、それで完全に拭われるという性質のものではない。ことに醜貌に對するコンプレックスの場合がそうである。だから、これらに描かれた感情は執拗であり、それが表現の執拗をもたらした。この表現の執拗感は、新らしい文學用語――口語によっていっそう強調されたであろう。平面的・一面的な機能しか與えられていない口語の表現は、必然的に饒舌多辯を要求される。これらの作品では口語のそうした性格が活用されたのである。と同時に、口語のもつ現實感覺も、理性では處理しえない現實の事態や感情の生ま生ましさを傳えることを助けているに相違ない。

さらに注意しておきたいのは、前にもふれた口語の嘲謔性である。これらの三篇の套數を通じて嘲謔の要素は意外に少ない。「自序醜齋」の中で、正裝して裏門に立つみずからを客觀視するくだりと、篇末の自嘲ぐらいであろうか。いずれも作者がみずからの切實な心情を抒べるために、無意識に嘲謔のポーズをとらせなかったからであろう。

いずれにしても、これら三篇の作品に至ると、もはや詞の對象や詠歌の態度と完全に訣別したといってよい。これこそは、散曲ジャンルが開拓した新らしい文學の領域ではあるまいか。

四　散曲における詠物詩の轉回

序說――六朝期の詠物詩

「詠物詩」とは、文字どおり一つの「物」を對象として詠歌する詩である。すでに明の胡應麟（一五五一―一六〇二）が「詠物は六朝より起こり、唐代の人たちが沿襲した」（『詩藪』內篇卷四）と指摘するように、その起源は六朝期に見出される。その後も「詠物詩」の傳統はほとんど途絶えることなく、淸朝に至って『佩文齋詠物詩選』四百八十六卷が編纂された。

一概に「詠物詩」といっても、それが指す內容は一樣ではない。一つの「物」の詠歌に徹するものと、それに重點をおくものとでは、表われかたがよほど違う。筆者がここに扱う「詠物詩」は、實はかなり限定されたそれであることを、まずことわっておく。限定された、したがって一般詩とは異なる「詠物詩」がどのような性格をもつかを知るには、それがはじめて個性を明らかにした六朝期に遡って說かねばならない。いま、それに言及した網祐次氏の『中國中世文學研究』（新樹社刊）・小尾郊一氏の『中國文學に現われた自然と自然觀』（岩波書店刊）を參考しつつ、そのあらましをのべよう。

詠物詩に初めて言及したのは、梁の鍾嶸（四六九―五一八）の『詩品』であり、その許瑤之の條（卷下）に「許は短句の詠物が得意である」という。「短句」とは五言四句の詩形をさす。さいわいにも、許瑤之の詠物詩が一首だけ現存している（『玉臺新詠』卷十）。

端木生河側。因病遂成妍。朝將雲髻別。夜與蛾眉連。——「詠梋榴枕」

端かなる木は河の側に生じ、病に因りて遂に妍を成す。朝には雲なす髻と別れ、夜は蛾なす眉と連らなる。

これは梋榴という木の、むしろ缺點と見なされる異常な木目を、活かして作った女枕を詠む。前半には對象たる女枕の原木の生産場所や枕の制作過程をのべ、後半には女枕のありかたをのべて、そこにある種の情が付託された。これがいわば六朝人のみずから指示する「詠物詩」だといってよい。

このような「詠物詩」は、實は六朝期に發生を見ただけでなく、南齊の永明年間（四八二—九三）には、流行のピークをもたらしさえした。永明年間といえば、「賦」のジャンルが退潮して文學の中心が五言詩にうつり、沈約・謝朓・王融らによって韻律面の講究が推進された時期である。いわゆる「詠物詩」は、たいてい「詠……」「賦……」「賦得……」「賦詠……」の詩題をもち、やはり五言がそれの大半を占める。いずれも韻律面が配慮されたリズミカルな句より成るから、實際にも歌唱されたのであろう。

「詠物詩」は、小尾教授が指摘するように、對象たる「物」をスケッチすることから始まった。だが、詠歌が一つの「物」に集中すると、やがて作者の眼は對象の現前の狀況を離れて、他の時點における狀況をも追い求める。

窗前一叢竹。青翠獨言奇。南條交北葉。新筍雜故枝。月光疎已密。風來起復垂。青扈飛不礙。黃口得相窺。但恨從風簭。根株長別離。——謝朓「詠竹」

窗の前なる一叢の竹、青翠獨り言に奇し。南の條は北の葉に交わり、新らしき筍は故き枝に雜る。月の光は疎に已た密にして、風來たりて起き復た垂る。青き扈は飛ぶも礙げられず、黃口も相窺するを得。但だ恨むらくは風に從せる簭の、根株と長えに別離せんことを。

この作品はおそらく、作者が窗前の竹むらを實際に眺めて作ったものであろうが、ここには異なる時點における竹のありかた、たとえば月光に照らされて疎密の影をおとしたり、風になびいて起伏する竹の姿、日中に小鳥や幼児が自由に出入りして遊ぶ状況などが想像されている。そのような想像乃至日常の所見が、この竹むらに對する愛着をより高めるものとして詠みこまれた。

ところで、この詩の末尾には、取ってつけたような抒情の二句がみえる。そういえば、許瑤之の「枏榴枕」詩も、後半は枕のありかたをのべながら、それに情が託されていた。そこに抒べられる情は、擬人化された「物」のそれであり、輕重の差こそあれ、どちらも異性間の情に屬する。これらのことはつぎに掲げる詠物詩によっていっそう明きらかにされよう。

杏梁賓未散。桂宮明欲沈。曖色輕幃裏。低光照寶琴。徘徊雲髻影。的爍綺疏金。恨君秋月夜。遺我洞房陰。――謝朓「燭」

杏の梁に賓未だ散らざるに、桂の宮に明り沈えんとす。曖色輕き幃の裏、低き光は寶琴を照らす。徘徊するは雲なす髻の影、的爍くは綺疏の金。恨むらくは君が秋月の夜に、我を洞房の陰に遺さんことを。

離離水上蒲。結水散爲珠。間廁秋菡萏。出入春鳧雛。初萌實雕俎。暮蕋雜椒塗。所悲塘上曲。遂鑠黃金軀。――前人「詠蒲」

離離たり水上の蒲、水を結びては散りて珠となる。秋の菡萏に間廁り、春の鳧雛を出入せしむ。初めの萌えは雕れる俎を實たし、暮の蕋は椒塗に雜ゆ。悲しむ所は塘上の曲の、遂に黃金の軀を鑠かんことなり。

前者は高貴のやしきの蠟燭をテーマとして、秋月の夜に置き忘れられる悲哀を詠み、後者は水中の蒲をテーマとして、塘上をゆく人の歌聲（古樂府に「塘上行」あり、老年で寵を失う女の悲しみをうたう）に身を焦がす想いを詠んで、いずれも愛寵を失う女性の不安を託している。

これらの作品に至って、「詠物詩」はほぼ獨立の存在を主張するに足る性格を完備した。すなわち、その特徴の第一は、對象たる「物」の異なる時點（ときには場所）におけるさまざまなありかた、いわば廣義の屬性が詠まれることである。したがって、多くの場合、詠物詩が對象にえらんだ「物」は、しばしば眼前にある「物」から「物一般」へとも擴大する。また、特徴の第二として、「物」はしばしば擬人化されて「物」の情を抒べる。その情はおおむね異性間のそれであり、しかも、戀の破局とか別離とかいった悲哀の傾斜をもつ。

さらにこの抒情部分について注意するべきことは、そこではあくまで「作者」が「物」の情を抒べるのであって、「物」が「作者」の情を抒べるのではない。そうと斷定されるゆえんは、對象たる「物」が「物一般」であることもさりながら、先だつ敍述が必ずしも抒情部分を導く方向で詠まれておらず、いわば二つの部分があまり密着せぬからである。密着せぬのもそのはず、この抒情部分はあきらかに作者が機智を弄ぶ場である。實は、「詠物詩」は一種のサロンにおける遊戯文學として發生したのであり、それは必ずしも特定の時點・場所における「物」の姿に感動して制作されたものではなかった。

いわゆる「永明文學」を生んだものは、南齊の高帝（蕭道成）と武帝（蕭賾）および重臣王儉ら、文學愛好者の庇護と支持であった。かれらをパトロンとする貴族のサロンでは、しばしば宴集が開かれ、沈約・王融・謝朓らが題詠を競った。たとえば、「同じく樂器を詠ん」で、王融は「琵琶」、沈約は「篪」、謝朓は「琴」を、同じく坐上に見る所の一物を詠ん」で、柳惲と謝朓は「席」、王融は「幔」、虞炎は「簾」をうたった。すでに題詠は同じ一物にかぎらず、かく一類の器物にまで及んだ。

ここで、六朝期における「詠物詩」の對象――「物」を檢討しておこう。やはり小尾教授が詠題を蒐集されているので、それを整理して轉寫する。六朝人に據れば、いわゆる「物」は人間はもちろん、自然現象をも包括することに注意されたい。

㈠ 植物……梧桐・梅・梨花・橘・柳・楓・棗・桃・桂・松・柿・石榴・山榴・藤・竹・女蘿・兎絲・石蓮・梔子・薔薇・杜若・柰・蓮・荷・芙蓉・蒲・菰・萍・荻・茘枝・鹿葱・剪綵花・歩搖花・雜花・蓍・靑苔

㈡ 動物……鶴・鸂鶒・雁・梟・鵲・燕・鷗・雀・百舌・蛺蝶・螢・蟬・魚

㈢ 樂器……琴・箏・笛・簫・笙・箎・箜篌・鞞

㈣ その他の器物……帳・幔・胡牀・席・鏡臺・鏡・竹火籠・香爐・燈・籠燈・燭・蠟燭・燈檠・竹檳榔・扇・盤・筆・書帙・紙・弓

㈤ 服飾……履・翠石・領邊繡

㈥ 人間……美人・寵姫・娼婦・彈箏人・織女・歌姫・舞女・少年・(觀美人畫・美人春游・少兒採菱・舞曲・治粧)

㈦ 人體部分……眼

㈧ 天象……日・月・風・雨・雪・霧・霜

さて、みぎに列擧した詠物詩の對象は、一見してわかるように、いずれもサロンにおける風雅吟遊の環境乃至サロン周邊にある人と物であり、必然的にそれらは優美典雅なものに限定せられた。そこでわれわれは、六朝期の「詠物詩」の特徴としてもう一つ、それがサロンの遊戲文學であり、對象たる「物」はサロンの周邊にある優美典雅なものが選ばれたことを、附加しなければならない。

ところで、「詠物詩」に關聯するものとして、それに先だって流行した「詠物賦」のあることにも言及しておかなければならない。すでに小尾教授が、詠物賦はある一つの事物の形態について、考えられるだけのことを書くという、作者の思考力の限界を示すことに興味があった。

というように、それは一つの對象を客觀的網羅的に陳述するものである。たとえば、王褒の「洞簫賦」（『文選』巻十七收）は、およそ千字に及ぶ長文をもって、洞簫の原材たる江南の竹の生育狀況から始めて、その良質が自然に本づくことを敍べ、ついで制作と演奏に及んで、この樂器の絶妙な音色を詠み、最後にこの絶妙な簫聲が聞くものに與える感化の力の偉大さは、單に人間だけでなく、蟲類にも及ぶことを敍べる。このような「詠物賦」は、荀卿の「雲賦」「蠶賦」などを先驅として、みぎの「洞簫賦」にほぼ明確な形をとり、魏晉以後にますます流行して、謝荘「月賦」・謝惠連「雪賦」など齊・梁の諸作品に至っている。「賦」ジャンルはもともと敷陳を目的とするし、篇幅の長短に拘束されることがないから、一つの對象について網羅的陳述を行なう「詠物」には、まさに恰好の器であった。試みに『藝文類聚』などの類書を檢してみるがよい。漢魏・六朝期における「詠物賦」の流行のめざましさが容易に理解される。ここで注意すべきことは、「詠物賦」の對象に選ばれた「物」はきわめて多種多様であって、「詠物詩」におけるごとく、單に優美典雅の概念では統一しえない點である。つぎに、「詠物詩」には扱われない題材を拾っておこう。

「機賦」（王逸）・「鍼賦」（荀況）・「漏刻賦」（陸機）・「雪賦」（李顒）・「杖賦」（張翰）・「火賦」（潘尼）・「青蠅賦」「蜉蝣賦」（傅咸）・「蚊賦」（傅巽）・「尺蠖賦」（鮑照）・「舌賦」（梁簡文帝）・「妬婦賦」（張纘）

それは、「賦」というジャンルの性格にもとづくことというまでもない。「賦」は敍情詩と明確に異なる饒舌雄辯の文學で、それにはしばしば主觀的な思想・感情が託せられる。「詠物賦」の場合も實は兩様があり、一つの對象（物）を詠んでも、たとえば、劉安「屏風賦」・曹植「橘賦」などのように、みずからの思想・生き方を託したり、あるいはみずからを投影する場合が少なくない。その意圖の濃度にも微妙な差異があるから、一「物」を標題に選ぶからといって、それをいわゆる「詠物賦」と見なすことは、ことに類書に引く部分斷片のみでは決めがたい。ただ、一「物」を客觀的にのべるいわゆる「詠物賦」においては、長篇形體を利用して、「物一般」（物づくし）を陳述する傾向がますます推進されたこと、および詠歌の對象が優美典雅の埒外にも及んだことが、後述の散曲の場合に關係するであろう。

だが、作者が思想・感情を託する廣義の「詠物賦」があったことから、「詠物詩」も一つの異なる志向をもちうることが示唆される。すなわち、對象たる「物」が作者の感情を代辯する「詠物詩」、いわば「物」は作者自身の投影である場合をさすが、いまはそれに立ち入るいとまがない。

唐・則天武后朝における詠物詩

前節では、「詠物詩」が六朝期におけるサロンの遊戲文學として、獨立の性格をもったことを述べた。ここでは當然、つづく唐代におけるそれの發展を語るべきであろう。しかし、唐代に入り、ことに盛唐期に至ると、傳統詩は士人階層一般の教養となり、同時に「詠物詩」もサロンを離れて複雜な變化を遂げるだろう。それを追跡することはかなり面倒であるし、當面の問題に關する限り、その必要もないであろう。それゆえいまは、やはりサロンがもたれた則天武后朝における「詠物詩」のみを語るにとどめて、傳統詩における「詠物詩」と手を分つ。武后の宮廷サロンでも「詠物詩」は盛んであったらしく、宋之問（？―七一〇）・董思恭（？―？）・蘇味道（六四八―七〇五）・李嶠（六四五―七一三）らに、それぞれ作品があり、詠題・詩形を同じくするものも、少なからず指摘される。それらを代表する李嶠の「百詠」が示すように、この期の「詠物詩」は、たいてい五言八句の詩形をもち、ほかに五言四句が若干混じる。對象とする「物」は、やはりサロン周邊から選ばれ、いずれも風雅の吟詠にふさわしいものである。李嶠の場合は、サロンにおける題詠を擴大して、「百詠」に滿たしたためであろうか、やや異常なもの、たとえば「檄」「錢」「門」、あるいは武器の類にも及び、少しく例外のかたちを示す。しかし、「詠物詩」の對象が「物一般」に及ぶ性格は、この期のものにもやはり顯著に認められる。たとえば、つぎの作品は門をテーマとするが、そこには門に關するいろいろの故事が詠みこまれ、一種の「門づくし」の形を呈している。

奕奕彤闈下。煌煌紫禁隈。阿房萬戶列。閶闔九重開。疏廣遺榮去。于公待駟來。詎知金馬側。方朔有奇才。——李嶠「門」

奕奕たり彤闈の下、煌煌たり紫禁の隈。阿房（秦の始皇帝の離宮）には萬戶列らなり、閶闔は九重に開く。疏廣（漢のひと。兄の子受と共に、榮位を辭して歸鄉し、朝野の人に東門で送られた。蒙求「二疏散金」）は榮を遺して去り、于公（漢の于定國の父が公平な裁きをしたので、その陰德のために息子の出世を豫期し、駟馬の通れる高大な門を作った故事。蒙求「于公高門」）は駟の來たるを待つ。詎ぞ知らん金馬（門名）の側、方朔（漢の東方朔）に奇才有るを。

ただ、この期の「詠物詩」にあっては、かつて永明期のそれの末尾にみえた、あの機智を弄してしばしば違和感を覺えさせた抒情部分が、すでに姿を消している。この點が最も顯著な變化といえるであろう。

宋詞における詠物詩

詞ジャンルは宴集などの席で實際に歌唱された歌曲であるから、やはりサロンの文學としての性格をもち、「詠物詩」はそこでも盛んに制作された。ふしぎなことに、サロンの歌曲としてある「詠物詩」に關する限り、その間に數世紀の時間が橫たわり、かつ作者の貴族階層から一般士人階層へと質的變化がありながら、時の步みはさながら停止した感がある。そのことが最も顯著なのは詠歌の對象であろう。詞ではバラエティこそ豐富になったが、やはりサロンの周邊にある風雅吟遊の對象が選ばれ、したがって優美典雅の範疇からは一歩も出ていない。「花」や「女性」はいよいよ主要なテーマとなったし、新たに「湯」「茶」などの食品や化粧品の類が登場したほか、「物」は四季とか節日にも及んだ。自然や人事の變容を捉えて、それらをも「物」と意識したのであろう。時間の停止は、さらに詠歌の態度にも指摘される。むろん形體の差違があるから、これはのちに行なう散曲との比較の段階で言及することにしよう。

散曲の詠物詩における題材の變化

詞と本質的に同じ歌曲である散曲においても、「詠物詩」はやはりサロンの文學として盛況を呈した。それぞれ異なる選集に收められた數人の作品に、同じテーマを同じメロディで詠むものが發見せられること、また、あるサロンで故事をテーマにえらんで競詠された事實のあることは、すでに別の論文に指摘しておいた（「散曲〝高祖還鄉〟攷」、『吉川博士退休記念中國文學論集』收）。ここにはもう一例、白樸と杜遵禮に〔醉中天〕調を用いて、美人のほくろを詠んだ小令（佳人臉上黑痣）があることを附け加えておこう。

さて、われわれはまず、散曲における「詠物詩」をその題材について檢討しておこう。

(一) 植物……梅（野梅・紅梅・蟠梅・蠟梅）・海棠・丹桂・桃・桂花・黃桂・白蓮・金蓮・竹紅葉・瓊花・白牡丹・玉香毬花・紅蕉

(二) 動物……大胡蝶・大魚・綠毛龜・長毛小狗・桃花馬・虼蚤・秋蝶・蚊蟲

(三) 樂器……琴・琵琶・鼓・鶴骨笛

(四) 器物……橙杯・鞋杯・水晶斗杯・虎頂杯・棋・雙陸・劍・書・畫・香篆・香拌・花箒兒・粉團兒・鐵馬兒・紙

雁兒・氣毬・青玉花筒・香綿・竹夫人・塵腰・古鏡・秋千・水爆仗・蝦鬚簾・蹴踘

㈤ 服飾……鞋・睡鞋兒・二色鞋兒・釘鞋兒（釘履）・扇兒（秋扇）・竹衫兒・指鐲・手帕・玉簪

㈥ 食物……香茶

㈦ 人間……妓女（俊妓・胖妓）・漁夫・酷吏・胖妻夫・採蓮女・女校尉

㈧ 人體部分……手・指甲（禿指甲・紅指甲）・黑痣・笑靨兒・半籃髻

㈨ 天然現象……月・雪・夜雨・大雨・月蝕

詞の連續乃至亞流としてあった散曲は、當然のこととして詞と共通する對象を詠んだ。しかし、少しく注意すると、やはりそこに起きた新らしい變化を見のがすことはできない。すなわち、詞と同じ題材であっても、より奇異なるものが選擇された。たとえば、同じく身體の部分を詠みながら「花籃髻」を、單なる指甲より「紅指甲」を、また美人の服飾を詠みながらも、單なる鞋より「睡鞋兒」「二色鞋」「釘鞋兒」を、あるいは單なる酒杯よりは「橙杯」「鞋杯」「水晶斗杯」というように。

しかし、この程度の奇異なる題材では、なお新らしい變化とはいえまい。それらはやはりサロン周邊に見出せる優美典雅なものである。やや異常な題材でより實用的な「釘鞋兒」でさえ、歌詠の對象に選ばれたのは女性のそれであるから、美しく裝われていたに違いない。しかも、それらの作品は詠歌の態度がなおまったく詞的である。

底兒鑽釘紫丁香。幫側微粘蜜臘黃。宜行雲行雨陽臺上。步蒼苔磚甃兒響。襯凌波羅襪生涼。驚回銜泥乳燕、濺濕穿花鳳凰。羞煞戲水鴛鴦。——喬吉〔雙調・水仙子〕釘鞋兒

底兒には紫丁字（釘に喩える）の香ぐわしきを鑽釘らし、幫側には蜜蠟の黄いろを微かに粘り、行雲行雨（降雨を男女の歡會にかける）陽臺に上るに宜し。蒼き苔むす磚甃を歩みて響き、凌波の羅の襪を襯えて涼を生ず。

泥を銜う乳燕を驚き回らせ、花を穿る鳳凰に濺湿け、水に戯むる鴛鴦を羞煞（殺）す。

冰藍袖捲翠紋紗。春筍纖舒紅玉甲。水晶寒濃染胭脂蠟。剖呉橙喫喜煞。錦魚鱗冷漬硃砂。數歸期闌干上畫。印開元宮額上掐。托香腮似幾瓣桃花。——喬吉「紅指甲」

冰えたる藍の袖は捲く翠紋の紗、春の筍は纖く舒ぶ紅玉の甲、水晶の寒きに濃く染む胭脂の蠟。呉の橙を剖きてはいやが上に愛でたく、錦なす魚の鱗は冷かに硃砂を漬す。歸りたまう期を數えて闌干の上に畫し、開元を印して宮ぶりの額に掐て、香ぐわしき腮を托えては幾ひらの桃花に似たり。

より新らしい變化といえるのは、從來の詞では詠物の對象となりえなかった「物」、たとえば「虼蚤」「蚊蟲」などに及んだ點に認められる。それらはもはや優美典雅の範疇には入れられず、唯美主義の文學ジャンル「詞」では採りあげなかったものである。ここで讀者は、宋元期の市井に、庶民を對象とする演藝「合生」のあったことを想起されたい。觀衆の提出する詠題を卽興的に詩・詞に歌うそれでは、とかく珍奇なもの、したがって詠歌に困難を覺えるものが選ばれたであろうことは、すでにふれておいた。口語をも用語とし、より親近感にとんだメロディを用いる散曲のサロンにおける題詠では、街頭や寄席における「合生」と同じ狀況が生まれていたと考えて、少しもおかしくはないであろう。

小則小偏能走跳。咬一口一似針挑。領兒上走到褌兒腰。眼睁睁拿不住、身材兒怎生撈。翻箇觔斗不見了。——楊訥「詠虼蚤」

いかにも小さいが、跳ね歩きにかけてはたっしゃなもの。がぶりとかめば針で突っつくみたい、えりもとからズボンの腰までにげてゆき、みすみすつかまえられず、あの體ではすくいあげもならず、とんぼ返りうって姿を消した。

蚊蟲　　宋方壺

〔南呂・一枝花〕妖嬈體態輕、薄劣腰肢細。窩巣居柳陌、活計傍花蹊。相趁相隨。聚朋黨成羣隊。逞輕狂撒蔕嬺。愛黄昏月下星前、怕青宵風吹日炙。

〔梁州〕毎日穿樓臺蘭堂畫閣、透簾櫳繡幕羅幃。帳嗡嗡喬聲氣。不禁拍撫、怎受禁持。厮嗚厮咂。相抱相偎。損傷人玉體冰肌。殢人嬌竝枕同席。瘦伶仃腿似蛛絲、薄支辣翅如葦煤。快稜憎嘴似鋼錐。透人、骨髓。滿口兒認下胭脂記。想着痒慠慠那些滋味。有你後甚睡何曾到眼底。到強如蝶使蜂媒。

〔尾〕閑時節不離了花香柳影清陰裏睡。悶時節則就日暖風和葉底下依。不想瘦軀老人根前逞精細。且休說香羅袖裏。桃花扇底。則怕露冷天寒恁時節悔。

なよなよと姿態はかるやか、すんなりと腰は細い。ねぐらは柳の並木通り、暮らしをたてるは花の小みち（花柳の巷）。追いつ追われつ、なかま集めて群をなし、うかれ三昧のあられもない沙汰のかぎり。好きなのはたそがれ時、月と星の輝くもと（男女が誓う環境）。怖いのは風吹き日が照りつける青い空。

日ごとうろつくのは高樓（たかどの）やめでたきお邸、はなやかなお座敷。通りぬけるのはすだれや刺繡ののれん、うすぎぬのとばり。鼻をならしてキザな聲をたてる。撫でたたかれる（愛撫される）のはたまりませぬ。いじめるのはまっぴらです。ちゅうちゅう吸ったり、抱きついたりしなだれたり、玉の肌を傷つけ、しとねを共にすればしなだれる。ほっそりした足はくもの絲、薄っぺらな羽は葦の灰、尖った口はまるで錐のよう。骨の髄までしみとおり、胭脂（べに）の證據が口いっぱい。むずがゆいあの味をおもえば、おまえがいるかぎり、睡氣が催すどころじゃない。これじゃ蝶や蜂（戀の媒介者）よりたっしゃです。

ひまがあれば、花かおり柳かげなす靜かな木蔭で睡り、くさくさすれば、日ざし暖かで風おだやかな葉うらにより添う。痩せこけた爺さんなどに凄腕ふるう氣はない。香羅の袖のした、桃花のうちわのもとはいわずもがな、露つめたくうそ寒い季節になって、後悔するのがそらおそろしい。

套數の作者宋方壺は『錄鬼簿』に著錄されていないが、近人孫楷第氏によって、かれは元曲後期（十四世紀前半）の作家であることがはじめてあきらかにされた（『元曲家攷略』一九五三年上雜出版社刊）。それに據ると、名を子正といい、華亭府（江蘇省松江）の出身である。近くの鶯湖に四方が開放された建物を造り、方壺と名づけるとともに、それをそのまま雅號にも用いた。小令十三篇・套數五篇が殘存する。

さて、みぎの奇異なる對象を扱った作品に顯著なことは、小令・套數を通じて、口語的表現が基調をなし、同時に詠歌の態度に嘲誚が擡頭する點である。すなわち、宋代の口語詞におけるもう一つの志向の流れがここに顯著に認められる。そういえば、元代散曲中には嘲誚を標榜した作品が、つぎの如く數多く見いだされる。

套數……嘲僧（趙彥暉）、嘲素梅・嘲妓名佛奴（湯式）、嘲黑妓（無名氏）

小令……嘲俗子・嘲妓家（曾瑞）、嘲楚儀・嘲人愛姫爲人所奪・嘲少年（喬吉）、嘲妓好睡（馬謙齋）、嘲人右手三指（趙彥暉）、嘲秀才上花臺（湯式）、嘲湯舜民戲妓（楊訥）、嘲妓家匾食・嘲人穿破靴・嘲風情・嘲女人身長・嘲人卓上睡・嘲謊人・嘲貪奴（無名氏）

さらに、題名に標示していなくても、あきらかに嘲誚の姿勢で詠まれたものに、「村夫走院」（曾瑞）・「妓歪口」（杜遵禮）・「風流士子」（湯式）・「僧犯姦得馬表褙救」（無名氏）をはじめ、おびただしい無題の小令作品がある。ことに、關漢卿の友人で諧謔によって知られる王和卿の現存作品は、すべて謔詞といえるものである。かような嘲誚詞が實は北宋期にも盛んで、その大半が散佚したであろうことは、すでに第二章でのべておいた。元代の散曲でそれらが殘存しえたのは、やはりそれを可能にする自由な雰圍氣が、ふたたび生まれていたからであろう。

ところで、この嘲謔の志向は、筆者が問題とする口語的表現を基調とした「詠物詩」に、ほとんど傳統として附帶してゆくことを、注意しておこう。みぎにあげた楊訥や宋方壺の作品、あるいは標題のみを列擧した作品などは、おおむね戯れの制作にすぎず、たとえば『碧雞漫志』の著者のような論者からは、「滑稽」の評語で一蹴されるであろう。しかし、詠歌におけるこの嘲謔という一種の冷い姿勢は、現實を透してなにが眞實であるかを凝視させ、やがて、これまではなにが優美であり典雅であるかをのみ歌い續けて來た歌曲の體質を變えてゆくはずである。そのような動向を知るには、奇異なる題材よりも、むしろ、サロンの文學としての詞の「詠物詩」がこれまで好んで選んだ對象を詠む作品を検討するほうがよいだろう。

詠歌の態度における變化

すでに「雪月花」という語もあるように、雪は士人を作者とする傳統文學にあって、風流吟詠の重要な題材であった。ことにサロンの文學「詞」においてそうである。いうまでもなく、雪は清淨な白一色によって、あらゆる不潔なもの、醜悪なものを掩いつくし、一朝にして美の別天地を現出する。しかも、降雪を豐年の前兆とする考えかたは、春秋期のいにしえに生まれていた（『左傳』）。このように美しく慶ぶべきものとしてある雪は、したがって唯美主義の文學ジャンル「詞」にとって、まさに恰好の題材であった。その作品の一つに柳永の〔望遠行〕がある（『草堂詩餘』巻下收）。

長空降瑞、寒風剪、淅淅瑤花初下。亂飄僧舍。密洒歌樓、迤邐漸迷鴛瓦。好是漁人、披得一簑歸去、江上晩來堪畫。滿長安高却、旗亭酒價。幽雅。乘興最宜訪戴、泛小棹、越溪瀟洒。皓鶴奪鮮、白鷴失素、千里廣鋪寒野。須信幽蘭歌斷、同雲收盡、別有瑤臺瓊樹、放一輪明月、交光淸夜。――柳永〔望遠行〕

長空より瑞きしるし降り、寒風に剪られて、淅淅と瑤の花初し下つ。僧舍に亂れ飄えり、歌樓に密かに洒ぎ、迤邐として漸に鴛瓦を迷ます。好も漁り人の一つの簑を披得りて歸り去くらし、江の上りなる晩來のながめ畫にも堪らん。滿て長安のうち、旗亭の酒價は高却りぬ。げに幽雅なり、興に乘りては載（安道）を訪ぬるに最と宜しく、小棹を泛ぶれば、越の溪は瀟洒たり。皓き鶴も鮮かさを奪われ、白き鷴も素さを失い、千里の寒き野に廣く鋪きつむ。須信に幽蘭の歌ごえも斷え、同り雲も收盡まり、別に瑤の臺と瓊の樹あり、一輪の明月の、淸らけき夜に交いに光く放り。

この作品は一見してわかるように、ある特定の時點・場所における雪の感動を詠んだものではない。ほとんど毎句に宋・謝惠連「雪賦」や唐・鄭谷「偶題」、そのほか雪に關する先人の既成句をちりばめて、雪の美しいイメージを擴がらせている。すなわち、この詞が詠む雪景は雪景一般であり、一種の「雪づくし」の性格をそなえたサロンにおける詠物詩の典型である。したがって、鑑賞する側の感動の稀薄はまぬがれなくても、その調和をえた美しく典雅な表現により、雪見の宴などで實際に唱われるには、最も適當な作品であったろう。このように雪をただ美しく慶ぶべきものとしてのみ詠歌する態度は、その他の作品でもあまり變りはない。つぎに擧げるものの中には、特定の時點・場所における感動を詠んだ作品も含まれている。

夢回虛白初生、便疑冷月通窗戶。不知夜久、都無人見、玉妃起舞。銀界回天、瓊田易地、恍然非故。想兒童健意、生愁霽色、情頻在窺簾處。一片樵林釣浦。是天教王維畫取。未知授簡、先將高興、收歸妙句。江路梅愁、灞陵人老、又騎驢去。過章臺、記得春風乍見、倚簾吹絮。――史達祖〔龍吟曲〕雪

夢回むれば虛白初し生じ、便ち疑う　冷かなる月のひかり窗戶を通すかと。知らず　夜久けて、都えて人の見る無ければ、玉妃の起ちて舞うにや。銀界は天を回らし、瓊の田は地を易え、恍然に故に非ず。想うに兒童は

意健み、霽色るを生愁い、情は頻りと簾を窺う處に在らん。一片なる樵の林、釣りする浦、これぞ天が王維に畫取しめしなり。未だ知らず簡を授け、先んじて高き興を妙なる句に收め歸りしやを。江べの路に梅は愁い、灞陵の人（孟浩然、ここはじぶんに喩える）は老いしも、また驢に騎りて去く。章臺を過ぐるに、記得せり春風に乍ち見し、簾に倚りてやなぎの絮を吹きしを。

凍雲著地靜無風。簌簌墜遙空。無限人間險穢、一時爲爾包容。凭高試望、樓臺改觀、山徑迷蹤。唯有碧江千里、依然不住流東――史浩〔朝中措〕雪

凍り雲の地に著れ、靜けくして風無し。簌簌と遙かなる空より墜ち、限り無き人の間の險穢も、一時爾の爲に包容まる。高きに凭りて試みに望めば、樓臺は觀を改め、山徑も蹤を迷う。唯だ碧の江の千里なる、依然として住えず東に流るるが有るのみ。

元代の散曲でも、詞の連續乃至亞流としてあったそれでは、詠歌の態度にほとんど變化が見られない。たとえば、つぎにあげる白樸（一二二六―？）の套數「詠雪」（『太平樂府』巻七收）は、詞とまったくえらぶところがない。白樸は元曲前期の作家で、「梧桐雨」劇の作者として知られる。すでに吉川博士に傳記についての詳しい考證があるように、かれはむしろ傳統文學の教養をうけて成育し、とりわけこの傾向が顯著なのである。

詠雪　　白樸

〔大石調・青杏子〕空外六花翻。被大風灑落千山。窮冬節物偏宜晩。凍凝沼沚、寒侵帳幕、冷濕闌干。

〔歸塞北〕貂裘客、嘉慶捲簾看。好景畫圖收不盡、好題詩句詠尤難。疑在玉壺間。

〔好觀音〕富貴人家應須慣。紅爐暖不畏初寒。開宴邀賓列翠鬟。拚酡顏。暢飲休辭憚。

〔么〕勸酒佳人擎金盞。當歌者欵撒香檀。歌罷喧喧笑語繁。夜將闌。畫燭銀光燦。

〔結音〕　似覺筵間香風散。香風散非麝非蘭。醉眼朦騰問小蠻。多管是南軒蠟梅綻。

空の彼方より六つの花ひるがえり、大風に吹かれて千山に灑ぎ落つ。冬深きこの節物は偏えに晩つかたに宜し。

沼沚は凍凝り、寒さは帳幕を侵し、冷たさは闌干を濕す。

貂裘きたる客は、嘉で慶びて簾を捲きて看るに、好き景の畫圖は收めきれず、好き題の詩句は詠むに尤も難し。玉壺の間に在るかと疑わる。

富貴の人家は慣るべければ、紅き爐は暖かにして初めての寒さを畏れず。宴を開き賓を邀えて翠鬟のひとを列らぬ。拚よ顏酡らめん、暢飲して辭憚らじ。

酒を勸むる佳人は金の盞を擎げ、歌を當つものは欸に香る檀（の拍板）を撒す。歌罷りて喧喧しく笑語くこと繁んなり。夜まさに闌けなんとして、畫ける燭の銀光は燦めく。

筵の間に香る風の散るらし。香る風の散るは麝にあらず蘭にあらず。醉眼朦騰として小蠻に問う、「おそらくは南の軒ばなる蠟梅が綻ぶべし」と。

しかし、より自由な用語とより自由な形式を採用した散曲の作家には、單にそれを詞の連續乃至亞流のジャンルと見ることに滿足せぬものもあり、かれらにあっては同じ「雪」を詠歌しても、そこにはまったく異なる態度が現われる。蘇彦文の套數「冬景」（『雍熙樂府』卷十三收）と唐毅夫の套數「怨雪」（『雍熙樂府』卷十收）がそれである。

冬　景　　　　蘇　彦文

〔越調・鬭鵪鶉〕　地冷天寒、陰風亂刮。歲久冬深、嚴霜遍撒。夜永更長、寒浸臥榻。夢不成、愁轉加。杳杳冥冥、瀟瀟灑灑。

〔紫花兒序〕　早是我衣服破碎、鋪蓋單薄、凍的我手脚酸麻。冷彎做一塊、聽鼓打三撾。天那幾時捱的雞兒叫更兒盡點兒煞。曉鐘打罷。巴到天明、剗地波查。
〔禿厮兒〕這天晴不得一時半霎。寒凜冽走石飛沙。陰雲黯淡閉日華。布四野、滿長空、天涯。
〔聖藥王〕脚又滑。手又痲。亂紛紛瑞雪舞梨花。情緒雜。囊篋乏。若老天全不可憐咱。凍欽欽怎行踏。
〔紫花兒序〕這雪袁安難臥、蒙正回窰、買臣還家。退之不愛、浩然休誇。眞佳。江上漁翁罷了釣槎。便休題晚來堪畫。休強呵映雪讀書、且免了這掃雪烹茶。
〔尾聲〕最怕的是簷前頭倒把冰錐掛。喜端午愁逢臘八。巧手匠雪獅兒一千般成、我盼的是泥牛兒四九裏打。

あめつち凍え北風すさび、冬は深みて春遠く、厳しい霜がしきつめる。夜は長くして寝臺に、寒氣じわじわ忍び入る。夢むすぼれず愁いはつのる。くらぐらと、さらさらと。

さなきだに衣服はぼろでふすま薄く、凍えた手足はうずき、冷えた體はちぢかまりて蝦(えび)なす。耳かたむければ、時うつ太鼓の音(ね)が三つ。ああ待ち遠しや、雞(とり)なき刻たけて、漏刻のしずく盡きるのが。曉の鐘うちおわり、待ちかねた夜あけ、げにもそれまでの辛さよ。

つかの間も晴れやらぬこの空、寒氣はひりひり砂石を飛ばし、雪ぐもはくらぐらと太陽をとざす。よもの野にひろごり大空にみち、天のはてまでも。

足は滑り手はしびれる、梨の花なしてはらはら舞う瑞(めでた)き雪、胸はやきもき、ふところは乏し。お天道さまはほんに薄情もの、ぶるぶると歩みもならぬ。

この雪では袁安どのも寝ておれまい、呂蒙正どのも乞食小屋へ引きあげ、朱買臣どのもお歸りだろ、韓退之どのも雪景色をめでておれまい。孟浩然どのもご自慢やめよう。げにもめでたや、大川べりの漁(いさ)り翁も釣り舟たたむ。雪の夕べは繪にかきたやと、歌詠むことなど止めなされ、雪あかりのお勉強、やれ無理しなさんな。雪掃きよせて茶の湯たてる、あの風流ごともまっぴらだ。

なによりもおっかないのは、軒端から垂れさがった氷の錐。端午の節句はうれしいものだが、こわいは臘八節句を迎え、器用な職人うでをふるい、つくる雪だるまいろいろさまざま。わたしが待つのは土の牛を、四九が三十六むち打つ日。

怨　雪　　　　　　　　　　　　　　唐　毅夫

〔南呂・一枝花〕　不呈六出祥、豈應三白瑞。易添身上冷、能使腹中飢（原作肌）。有甚稀奇。無主向沿街墜。不着人到處飛。暗敲窗有影無形、偸入戶潛蹤躡跡。

〔梁州〕　纔苫上茅庵草舍、又鑽入破壁疎籬。以楊花滾滾輕狂勢。你幾曾見貴公子錦裀繡褥、你多曾伴老漁翁箬笠蓑衣。爲飄風胡做胡爲。怕騰雲相趁相隨。只着你凍的箇孟浩然掙掙癡癡。只着你逼的箇林和靖欽欽歷歷。只着你阻的箇韓退之哭哭啼啼。更長、漏遲。被窩中無半點兒陽和氣。惱人眠、攪人睡。你那冷燥皮膚似鐵石。着我怎敢相偎。

〔尾〕　一冬酒債因他累。千里關山被你迷。似這等浪蕊閑花也不是久長計。儘飄零數日。掃除做一堆。我將你溫不熱薄情化做了水。

むつの花の祥瑞を、しめすでもなし三白の、めでたき兆もから手形。やけに加わる身の凍え、ひもじい思いをつのらせる。めずらかなどとはとんでもない。眼さき定めず街なみにおち、人手からぬに亂れとぶ。そっと窗を叩いては、影はあれど姿なし。とぼそにこっそり忍んでは、ぬき足さし足しのび足。

しずのわらやを掩うたとおもえば、破れ壁まがきの隈にもぐる。柳の花がくるくると、浮かれ舞うよなしどけなさ。おおかたそちは若殿の、錦のしとねは見たことあるまい。そちのあいてはいつとても、漁り翁の蓑と笠。

ひょーっと風にあふられて、あられもない體（てい）たらく、さか巻く雲のおともする。そちのおかげで孟浩然さまは、凍えてぼんやりきょとん。林和靖さまもぶるぶるがくがく、韓退之さまも行くて阻まれわぁわぁめそめそ。あーあ、夜長の耐えがたさ。ふしどの中はちょっぴりも、春の陽氣はありませぬ。人の眠りをかき亂す、冷えきってかさかさの、そちの肌は鐵や石。とても添い寝のあいてにならぬ。

やつのせいで一冬の、酒代（さかて）の借りがかさむやら、遙か彼方の故里も、そちのおかげでかすんでしもうた。浮かれ花のこのざまは、さきの長い計ではないぞ。なん日なりと浮かれるがよい、一やまに掃きよせて、融かして水にしてくれよう、かわいがっても熱あげぬ、薄情もののおまえをば。

二人の作者はともに出身・生平が不明である。蘇彦文は『錄鬼簿』下巻に著録されているから、十四世紀以後の作家であろう。それには、

「地冷天寒」越調および諸樂府あり、極めて佳なり。

とあるから、この作品は當時にも注目を浴びたことが知られる。唐毅夫のほうは『錄鬼簿』に著録されておらず、ただ別に小令一篇が『太平樂府』（一三五一年序）に収められていることで、やはり十四世紀前半の人と推定される。

さて、この二篇の套數は「詠物詩」であることこそ標榜していないが、どちらも故事の引用などに「雪づくし」の形をのこしている。これらの作品では、雪はもはや美しく慶ぶべきものとして歌われてはいない。むしろ、降雪の人間生活に及ぼすより現實的な作用、その非情性のみがやはり嘲謔の姿勢をともないつつ詠まれた。

このように散曲の「詠物詩」が、詞と對象を同じくしながら、その詠歌の態度に變化を生じたことは、むしろ妓女を題材とする作品により顯著に認められる。妓女（教坊を中心とするサロンには妓女が侍った）をふくむ女性こそは、自

然界における植物の花のごとく、人間における最も美しいものとして、特にサロンにおける歌曲の對象にえらばれた。そういえば、「花」は詞における詠物詩の題材のうちで壓倒的多數を占めていたのに、散曲に至るとにわかに後退することも、このジャンルの性格を物語る現象として、注意するべきであろう。

それはともかく、詞のジャンルではサロンに侍るえらばれた美女、すなわち妓女を詠まぬ詞人は、おそらく一人もなかったろうし、詠歌の態度も、かの女らをただ美しきものとしてのみ詠むことに終始した。もちろん、詞の連續乃至亞流としてある散曲でも、同じ態度を踏襲するのがおおむねであり、それらはもはや實例をあげる必要もないとおもう。

ところが、この對象の場合も、これまでは伏せられていた妓女の實體をより積極的に描く作品が現われた。宋方壺の套數「妓女」(『太平樂府』巻八收)がそれである。作者はすでに紹介した、十三世紀後半を制作の中心とする元曲前期の作家である。この作品では、もはや妓女の美しさを贊美することは完全に放棄され、ただ生きる糧をうるために媚を賣るかの女らの生態をのみ描いている。

妓女　　宋　方壺

〔南呂・一枝花〕自生在柳陌中、長立在花街內。打熬成風月膽、斷送了雨雲期。只爲二字衣食。賣笑爲活計。每日都準備。準備下些送舊迎新、安排下過從的見識。

〔梁州〕有一等強風情迷魂子弟。初出帳笥嫩勤兒。起初兒待要成歡會。教那廝一合兒昏撒、半霎兒著迷。典房賣舍、棄子休妻。逐朝價密約幽期。每日價弄盞傳杯。一更裏酒釃花濃、半夜裏如魚似水。呀五更頭財散人離。伱東、我西。一番價有鈔一番睡。旋打算旋伶利。將取孛蘭數取梨。有甚希奇。

〔尾〕有錢每日同歡會。無錢的郎君好廝離。綠豆皮兒伱請退。打發了這壁。安排下那壁。七八下裏郎君都應付得喜。

柳の巷に生まれてより、花の街に生いたちて、鍛えあげた色ごとの膽。たのしい逢う瀬もだいなしにする。ただ衣食のためにだけ、媚を賣るのがしごとです。明けても暮れても手ぐすねひき、ふるいおなじみ送り出し、新顔むかえる構えして、めぐらす知恵は客人を、ちやほやごきげん取るばかり。
色のあそびにぎごちない、うつつぬかす若衆や、廓遊びにうぶなおぼっちゃん、こんな連中にかぎって、はなから睦みたがるを、つかの間にぼうっとさせ、たちまち血みちをあげさせて、家やしきを賣り飛ばし、妻は離縁、子は捨て子。日ごと夜ごとにしのび逢い、杯かわして一更には、酔いもまわり花やいで、夜半ごろには水魚の仲。ややっ五更にかかるころはもう、身代つぶれ人散りぢり。おまえは東あたしゃ西。おさつのあるつど寝てあげる。計算たてたり氣きかせたり、手には竹かご梨をかぞえる。それぐらいはふしぎでない。
お金があれば毎日あつあつ、お金もたぬ殿方は、綠豆の皮さぁお引きとり。こちらをあしらいあちらをさばき、四方八方の殿方が、手玉に取られて皆ごきげん。

みぎの作品といちおう同じ系列にあるものとして、さらに朱庭玉の套數「妓門庭」(『太平樂府』巻八收)が擧げられる。この作品にはすでに「詠物詩」の意識はないが、遊女という特異なりわい(ほとんど俗語化した「門庭」は稼業の意)に焦點をすえる點は變りがない。實は、全篇が難解な語句にみちて筆者もなお十分に消化しかねているが、ここでは、凡庸の士人も及ばぬ利發さをそなえて各種の教養を身につけ、いかなる客をも滿足させつつ、一家の生計をひとりで背負う眞の藝者のあり方、その緊張に終始する特異な生活が詠まれている。作者の傳記は不明だが十四世紀前半の作品である。

いずれにしても、このような作品が媒介となって生まれたのであろう、妓女のもはや一片の美しさも留めず、むしろ生活に甘んじきって淺ましいまでに醜い姿を描く、異色の套數をもここで紹介しておこう。作者不明の「拘刷行院（じょろうのていれ）」（『太平樂府』卷九收）で、やはり十四世紀前半の作品と考えられる。

拘刷行院　　無名氏

〔般涉調・耍孩兒〕　昨朝有客來相訪、是幾箇知音故友。道我數載不疎狂、特地來邀請閑遊。自開寶匣擡烏帽、遂掇雕鞍轡紫騮。聯轡兒相馳驟。人人濟楚、箇箇風流。

〔十三煞〕　穿長街驀短衢、上歌臺入酒樓。忙呼樂探差祗候。衆人暇日邀官舍、與你幾貫青蚨喚粉頭。休辭生受。請箇有聲名旦色、迭標垜嬌羞。

〔十二〕　雲兒間羊宰翻、不移時雁煮熟。安排就。玉天仙般作念到三十句、救命水似連吞了五六甌。盼得他來到、早涎涎澄澄、抹抹彫彫。

〔十一〕　待呼小卿不姓蘇、待喚月仙不姓周。你桂英性子實村紂。施施所事皆無禮、似盼盼多應也姓劉。滿飲闌門酒。似線牽傀儡、粉做骷髏。

〔十〕　黑鼻凹掃得下粉、歪髫子扭得出油。胭脂抹就鮮紅口。摸魚爪老麄如扒齒、擔水腰肢胼似碌軸。早難道躭消瘦。不會投壺打馬、則慣撥麥看牛。

〔九〕　有玉簫不會品、有銀箏不會搊。查沙着一對生薑手。眼剉間準備鉗肴饌、酩子裏安排搠按酒。立不住腔腔嗽。新清來的板齒、恰刷起黃頭。

〔八〕　靑哥兒怎地彈、白鶴子怎地謳。燥軀老第四如何紐。恣胸懷休想我一縷兒頑涎退、白珠玉別得他渾身拙汗流。倒敢是十分醜。匾撲沙拐孤撇尺、光篤鹿瓠子髑髏。

〔七〕　家中養着後生、船上伴着水手。一番唱幾般偸量酒。對郎君劃地無和氣、背板凳天生忒慣熟。把馬的都能够。

子宮久冷、月水長流。
〔六〕行嘸作不轉睛、行交談不住手。顛倒酒淹了他衫袖。狐朋狗黨過如打擄、虎嘸狼飡勝似趁熟。嚯得十分透。鵓鵏兒砌末包裹、羊腿子花簍裹忙收。
〔五〕張解元皺定眉、李秀才低了頭。不隄防這様俺僝僽。他做女娘儘世兒誇着嘴、俺做子弟今番出盡醜。則索甘心受。落得些短吁長嘆、怎能够交錯觥籌。
〔四〕忍不得腹内飢、揩不得臉上羞。休猜做飽諳世事慵開口。俺座間雖無百寶粧腰帶、您席上怎能够眞珠絡臂韝。聞不得腥臊臭。半年兩番小產、一日九遍昏兜。
〔三〕江兒裹水唱得生、小姑兒聽記得熟。入席來把不到三巡酒。索怯薛側脚安排趄、要賞錢連聲不住口。沒一盞茶時候。道有教坊散樂、拘刷烟月班頭。
〔二〕提控有小朱、權司是老劉。更有那些隨從村禽獸。諕得烟迷了蘇小小夜月鶯花市、驚得雲鎖了許盼盼春風燕子樓。慌煞俺曹娥秀。擡樂器眩了眼腦、覷幅子叫破咽喉。
〔一〕上瓦裹封了門、下瓦裹覓了舟。他道眼睁睁見死無人救。比怕閻羅王罪悪多些人氣、似征李志甫巡軍少箇犯由。恰便似遭遺漏。小王抗着氈褸、小李不放泥頭。
〔尾〕老卜兒藉不得板一味地赸、狠撅丁夾着鑼則顧得走。也不是沿村串疃鑽山獸。則是喑氣吞聲喪家狗。

きのうお客が訪ねてみえた。氣ごころ知れた友だち仲間。この幾とせをわたくしが、はめはずさぬと皮肉って、わざわざ遊蕩(あそび)の迎えに來たという。玉手箱あけ官帽とり出し、かざり鞍おき駿馬に手綱、くつわ列べて馳けらせる。いずれの面面、身だしなみよく、粋(いき)ないでたち。

大通り行き裏町ぬけ、妓樓(やかた)に登(あが)りバーにはいる。急ぎよび出す教坊役人、供廻りを走らせる。「このだんな衆は非番とて、官舎へ迎えに參られた。數貫文をとらせるゆえ、ひとつ遊女よんでくれ。めんどうながらよろしゅう賴む。われらが呼んでほしいのは、いま評判のたて女形（女優）、紋下級のあだな女ごじゃ。」

つかのまに羊を屠り、時をうつさず雁を煮て、用意萬端ととのうた。天女さまのご降來と、口につぶやく三十句。氣つけ水もさながらに、たてつづけに乾すちょうし四五本。ご到着を待ちかねて、早くもよだれがたーらたら、醉いがまわってふーらふら。

小卿さんとよびたいが、似ても似つかぬ蘇小卿。月仙さんとよびたいが、似ても似つかぬ周月仙。この桂英は野暮そだち、この施施はやることなすこと行儀がわるい。まるで盼盼みたいだから、おおかたその姓も劉であろ。ぐいっと飲みほす迎え酒。絲であやつる人形か、白粉でねりあげたしゃりこうべ。

まっ黒けの面からは、白粉が掃きおとせる。ひんまがった髻からは、かみ油がしぼり出せる。紅なすりつくまっ赤な口、熊手よりも太い手は、魚すくえば似合うだろ。ひき臼よりもどぶとい腰は、水桶かつぐにもって來い。これじゃ戀やつれの氣づかいなし。投壺・雙六の心得なく、得意は麥の土かけ牛のせわ。

めでたき簫も吹けませぬ。みごとな箏も彈けませぬ。生姜なす手をおしひろげ、うっかりしてればごちそうさらう、ぼんやりしてれば酒肴つっつく。調子はずれののどには閉口。みがいたばかりのぬかっ齒、ブラシかけたてのあか茶の髮。

なんで彈けよう〝青哥兒〟（メロディの名）の曲、歌えるもんか〝白鶴子〟（同上）の歌。がさつな體で〝第四〟は舞えまい。うれしい思いさせようたって、よだれ一すじ垂らせるもんか。白い眞珠を想わせようたって、全身くねらせ汚い汗だく。見なくったって醜悪と知れた、平べったいでか足。骸骨みたいな股とすねがつんつるり。

家には若いまぶをおき、舟では船頭といっしょに寝る。一ふし歌うあいだにも、手をかえしなかえぬすみ酒。殿方あいてじゃ氣がはれぬ、床几かつぐ（夜たか）はお手のもの。把馬（未詳）ぐらいはやれまする。子宮はいつも冷えっぱなし、月經(つきのもの)は流れっぱなし。

目玉すえて飲み食いし（?）、手はやすめずにおしゃべりする。くりかえす「酒は淹(ひた)す衫袖(まいごろも)」、掠奪にもまさりたる、飢饉のがれて來たような、大飲み食いの荒らしかた。浴びるほどきこしめし、こっそり包むあひるの胸肉、籠にとりこむ羊のもも肉、さてもまあ忙しいこと。

張解元どのは眉ひそめ、李秀才さんはうなだれる。こんな胸くそわるいめに、遭おうこととはつゆ思わず。たかが女の分際で、偉そうな口きき一生とおし、だんなのわれらは大恥さらし。それでもこちらは泣き寝入り、ため息吐息つくがおち、酒杯のやりとりできませぬ。

がまんならぬはお腹のひもじさ、拭えないのは顔の泥。口きく氣などせぬを見て、酸いも甘いもかみわけた、粋人などと思っちゃ迷惑。この場にめでたい寶もないが、そっちもゆめゆめ思うではない、引き出物を貰おうなど。鼻もちならぬ生ま臭さ、年に二度も流産し、日に九回も眼まいする。

〝江兒水〟（メロディの名）は生まっかじり、〝小姑兒〟（卑俗なうた・メロディの名）なら聞きおぼえ。おざしきに出て三めぐりの、酒のお酌をすましもせで、花代もらおうとがに股(また)くねらせ、チップねだってまくしたてる。お茶の一ぱいのむ間なく、聲ありて教坊の、散樂(さるがく)がかりが花魁(おいらん)を、臨檢(ていれ)に來たとしらせます。提控朱くんの顔がみえ、權司は劉どのがつとめてる。お供の連中はやぼ畜生。おったまげては吹っとんだ、蘇小小の夜月鶯花市、びっくり仰天ごったがえす、許盼盼の春風燕子樓。われらが曹娥秀どののお慌て、三味線かついで眼がくらみ、入れもの探してがなりたてる。

上の瓦子では大門かため、下の瓦子では舟さがす（逃げるため）。みすみす見殺しするのかね。閻魔さまのお咎めを、おそれるよりも娑婆の人氣。李志甫征伐にでかけてゆく、巡軍よりも罪狀が輕い（二句未詳）。まるで火事場の大騒ぎ、箱屋の小王かつぐ氈縷、小李は放さぬ泥頭（氈縷・泥頭は未詳）。やりて婆は拍板うっちゃり、雲をかすみと逃げかくれ、性わる亭主はどら抱え、一目散に逃げてゆく。どさ廻りの鑽山獸（？）でなく、これじゃしおたれきった喪家の犬。

この作品は、作者がある日たまたま遊廓（教坊）にあそんだ際の、まったく期待を裏切った遊女たちの醜悪さが、官憲の臨檢という突發事件でいっそう露呈した、みずからの體驗を綴ったものである。むろん、これはもや「詠物詩」とはいえぬし、むしろ、筆者が第三章で扱った日常的衝動を纏綿と詠歌する一類に通ずるものである。ただ、この作品における、演劇や講釋など通俗の世界で著名な遊女たちの故事を巧みな形で採りあげた部分には、「詠物詩」に特有の一種の「物づくし」が見られることに、注意しておこう。

さて、この作品では作者の失望と怒りは嘲謔におきかえられた。しかも、作者は單なる戯謔に墮することを警戒しつつ、遊女たちの醜悪さをさまざまな視點から捉えて、克明に描きつくしたので、この套數はみごとな諷刺に高められた。それを助けたのが、やはり、口語の機能を十分に驅使した表現であろう。ここには、含蓄に依存する文言は、ほとんど使用されていない。それに、たとえば、「黑いつらからは白粉が掃きおとせる、歪んだ髻からは油がしぼり出せる」（黑鼻凹掃得下粉、歪髻子扭得出油）といった發想や表現は、文言文學にはありえぬし、むろん忌避されたでもあろう。しかし、かような三文女郎を描く場合、この庶民的發想ともいうべき表現ほど、事態を正確かつ現實感を伴なって傳えるものはないであろう。かくてここには醜悪な遊女たちのイメージがきわめて鮮かに浮きぼりされた。

詠物詩の轉回・その一

これまでの段階では主として、散曲における「詠物詩」を、本質的に同じい歌曲ジャンル、詞におけるそれと比較しつつ、題材や詠歌の態度に生じたいくつかの變化を指摘して來た。しかし、そこで指摘した變化は、なお轉回というには値いせぬものである。ところが、ここに一篇の套數形式による異色の「詠物詩」が登場する。睢玄明の「詠鼓」という作品である（『太平樂府』巻九收）。この作品は「詠物詩」であることを標榜しながら、これまでの歌曲における「詠物詩」とは大いに趣を異にする。

詠　鼓　　　　　　睢　玄明

〔般涉調・耍孩兒〕　樂官行徑咱參破。全仗着聲名過活。且圖時下養皮囊、隱居在安樂之窩。鼕鼕的打得我難存濟、緊緊的棚朳的我沒奈何。習下這等喬功課。搬得人賞心樂事、我正是鼓腹謳歌。

〔五煞〕　開山時掛些紙錢、慶棚時得些賞賀。爭构闌把我來粧標垜。有我時滿棚和氣登時起、一分提錢分外多。若有閑些兒箇。子（原作了）除是撲煞點砌、按住開呵。

〔四〕　專覷着古弄的說出了、付（原作村）末的收外科。但有些決撒我早隨聲和。做院本把我拾掇盡、赴村戲將咱來擂一和。五音內咱須大。我教人人喜悅、箇箇脾和。

〔三〕　迎宣詔將我身上掩、接高官回把我背上馱。棚角頭軟索是我隨身禍。一聲聲怨氣都言盡、一棒棒寃讐卽漸多。肚皮裏常飢餓。論着您腔新譜舊、顯我恨滿言多。

〔二〕　這廝則嫌樂器低、却不道本事扲。曾聽的子弟每街頭上有幾篇新曲相攛掇。（原脫掇字）不是兩片頑皮喫甚麼。（疑有脫文）但睃（原作唆）着招子都赸過。排場上表子偷睛望、恨不得街上行人將手拖。但場戶闌珊了些兒箇。恨不得添五千串拍板、一萬面銅鑼。

〔尾〕　把我似救月般響起來打蝗蟲似鬨不合。不信那看官毎不耳喧鄰家毎不惱聒。從早晨間直點到齋時剉。子被這淡廝全家擂煞我。

樂官どのの商賣（やりくち）は、おいらにすっかり見透しだい。人氣稼業がたのみのつな。さしずめ養う皮ぶくろ、末は安樂窩に樂隱居。どんどどんどと打たれまする、おいらこそは立つ瀬なく、ぎゅっとばかり締めつけられ、おいらはまるで處置もなし。こんなキザなお稽古ごとを、おさらえしては取りむすぶ、人さまのお樂しみ。鼓腹謳歌はおいらのことよ。

開山式に出る時は、紙の錢を吊るされる。劇場（こや）の大入り祝うては、祝儀ぶくろを頂戴する。劇場（こや）と劇場（こや）の競爭では、おいらを櫓にかざりつける。おいらがおれば劇場（こや）いっぱいに、のどかな氣分がどんと湧き、特別はりこむプレミアム。ちょいと暇が出來るといえば、駄じゃれを飛ばしたり、前口上をのべるとき。

古弄が口上切り出して、ワキの副（付）末しめくくる、しめくくるをじっとうかがい、ほんのちょいとちろうものなら、おいらすかさずごまかしてやる。院本（ちゃばん）の上演おいらはしまわれ、村芝居に出かけるときは、おいらを鳴らす一しきり。五つの樂器じゃおいらが大物（おおもの）。おいらのおかげでどなたもごきげん、みなみなさまがよい氣分。

宣敕（おすみつき）のお迎えには、樂官どのの胸おおい、高官むかえた戻りみち、おいらを背なにしょい上げる。劇場（こや）の隅に吊るされる、心ぼそい紐こそは、この身はなれぬ災難です。ひと聲ひと聲ぶちまく怨み、ひと打ちひと打ちつのる不平、肚皮（おなか）の中はいつもひもじい。おまえさんらが新曲や、古い曲の節づけすれば、おいらの恨みはいよいよみちて、口かずがふえまする。

樂器がわるいとなん癖つけ、てめぇの手なみの下手（へた）はそこのけ。うわさじゃ町の若い衆が、はやす新曲二枚の頑皮(かわ)の、せわにならねばお飯(まんま)くえぬと。……（この間、脱文があろう。がんらい二煞のあとに一煞があったのが、おそらく一行分脱落して、二曲がいっしょになったと推定される）……もしも横眼で看板にらみ、みなが素通りしようものなら、舞臺の妓女(おんな)は遙かにぬすみ見、道ゆく人をわが手もて、引きずりこみたいようすする。ちょいとお客がさびれようものなら、五千枚ざしの拍板や、一萬面のどらの應援ほしがりまする。

月蝕どきもかくやとばかり、おいらを打ち鳴らし、蝗追いもさながら、おいらをどよもす。さぞやお客さんやかましいことだろ、ご近所のみなさんがたも、うるさいことだろ。朝も早(とう)から打ちつづけ、晝飯(おひる)時さえやり過ごし、いんちき一座のものどもに、おいらまったくめった打ち。

まず、作者の睢玄明は『錄鬼簿』に著録されておらず、この作品を収める『太平樂府』巻頭の「作者姓氏」中にも掲げられていない。すでに隋樹森氏が疑うように（『全元散曲』睢玄明の條）、もしもかれが套數「高祖還鄉」の作者睢景臣と同一人であるなら、十四世紀初頭を制作期の中心とする作家である（拙稿「散曲〝高祖還鄉〟攷」參照）。「景臣」と「玄明」の間には、名諱と字號の關係が想定されなくもないし、二作品の作風の類似もそれを支持してくれよう。さらに、『太平樂府』巻頭の姓氏中に睢玄明がみえないことも、それなら諒解されるわけである。

この作品が對象に選んだ「鼓」とは、教坊に所屬する樂官の太鼓である。樂官は官廳方面の各種行事に奉仕するとともに、娛樂街に常設された劇場や寄席、あるいは地方の掛け小屋や寺院などの舞臺で、演劇・演藝を上演した。その際のリズム樂器として、太鼓は重要な役わりを果たしたのである。したがって、この作品にはさまざまな時點・場所における太鼓のありかたが敍べられ、「詠物詩」に特徴的な「物づくし」の形はここにも顯著である。

さて、この作品が歌曲ジャンルにおける從來の「詠物詩」と異なるのは、まず、對象に選ばれた太鼓が擬人化されて、全篇が太鼓の表白という體裁をとる點である。「詠物詩」の對象を擬人化して、それの情を詠むことは、すでにふれた六朝期における「詠物詩」が、末尾に用いた常套の手法であった。それがここで全面的に用いられたわけである。この新たな形式を着想させたものは、やはり散曲における口語という新たな文學用語の採用であったろう。この作品でも語る口吻がみごとに活かされている。口語はとりわけ口說き・愚癡に適することばであり、この套數で擬人化された太鼓も、主人である樂官に日ごろさまざまに貢獻しながら、かれらから酷使されつづけることの不平を綿綿とのべたてている。ことに、太鼓という鳴り物が「不平之鳴」をなすというアイデアの巧妙さが、この作品をより新鮮で特異なものにした。それを助けるものが、この套數に用いられた韻類、撮口音の歌戈韻（『中原音韻』の第十三部）であり、口をすぼめて發音される韻脚は、いかにも「不平之鳴」の口吻を寫すのにふさわしい。さらに、この作品の數箇處に用いられた太鼓の緣語も、見のがしてはなるまい（原文に旁點で示す）。

　ところで、この作品は太鼓が不平をのべるという體裁がとられたために、「詠物詩」でありながら、詠歌の重點は直接の對象である太鼓から、太鼓を弄する樂官たちへと移行している。すなわち、この作品のおもしろさは、太鼓が語る樂官という人間の生態（しいていえば、かれらのエゴイズム）にある。むろん、この作品に横溢する嘲謔は、なお滑稽諧謔の域を出ないし、擬人化された對象も太鼓という器物にすぎない。だが、ここに微細に描かれた樂官そのほか舞臺人たちの生態は、人間の生きるための一種のがめつい姿であり、それはやはり文學の重要なテーマの一つである。少なくとも、過去の歌曲にあっては看過したか、むしろ忌避したものであった。

　要するに、套數「詠鼓」に至って、散曲の「詠物詩」は嘲謔の姿勢をいっそう露わにするとともに、「詠物詩」における直接の對象である「物」への關心・興味が、むしろ擬人化された「物」の感覺を通して見る「人間」へと移行しはじめた。ここに「詠物詩」は始めて轉回の第一歩を踏みだしたのである。

詠物詩の轉回・その二

詠歌詩が對象に選んだ「物」よりも、擬人化されたその「物」の感覺を通してむしろ「人間」を描こうとする志向は、つぎの三作品に至っていっそう顯著になる。

劉致「代馬訴冤」（『陽春白雪』後集巻五收）

姚守中「牛訴冤」（『太平樂府』巻八收）

曾瑞「羊訴冤」（『太平樂府』巻九收）

これらの三篇はもはや「詠物詩」であることを標榜していない。しかし、いずれも類似の標題をもち、かつ、いずれも人間に貢獻する動物が、その人間によって殺される不當不平を訴えるという、「詠鼓」に類する共通の特徴をもっている（特に「牛訴冤」では、人間の不當を閻羅王、すなわち冥界の廳をつかさどる閻魔王に訴えている）。したがって、これらは標榜していなくても、やはり「詠物詩」の變形であるとわかる。そのことは、三篇のそれぞれにおいて、主人公に擬せられた家畜に關する多くの故事が、あたかも主人公の行爲のごとくに利用されて、かれらが「物一般」に接近していることによっても、了解されるだろう。まず、三篇の作品を紹介する。

代馬訴冤　　劉　致

〔雙調・新水令〕　世無伯樂怨他誰。乾送了挽鹽車騏驥。空懷伏櫪心、徒負化龍威。索甚傷悲。用之行捨之棄。

〔駐馬聽〕　玉鬣銀蹄。再誰想三月襄陽綠草齊。雕鞍金轡。再誰敢一鞭行色夕陽低。花間不聽紫騮嘶。帳前空嘆烏騅逝。命乖我自知。眼見的千金駿骨無人貴。

〔雁兒落〕　誰知我汗血功、誰想我垂韁義。誰憐我千里才、誰識我千鈞力。

〔得勝令〕　誰念我當日跳檀溪。救先主出重圍。誰念我單刀會隨着關羽、誰念我美良川扶持敬德。若論着今日。索輸與這驢羣隊。果必有征敵。這驢每怎用的。
〔甜水令〕爲這等乍富兒曹、無知小輩。一概地把人欺。一地裏快躥輕跕、亂走胡奔、緊先行不識尊卑。
〔折桂令〕致令得官府聞知。驗數目存留、分官品高低。準備着竹杖芒鞋、免不得奔走驅馳。再不敢鞭駿騎向街頭鬧起。則索扭蠻腰將足下殃及。爲此輩無知。將我連累。把我埋沒在蓬蒿、失陷汚泥。
〔尾〕有一等逞雄心屠戶貪微利。嗽饞涎豪客思佳味。一地把性命虧圖、百般地將刑法陵遲。唱道任意欺公、全無道理。從今去誰買誰騎。眼見得無客販無人喂。便休說站赤難爲。則怕你東討西征那時節悔。

われを見いだす伯樂の、この世になきも誰をか怨まん。あたら駿馬が鹽車ひく。かいば桶に雌伏せる、かつての忍苦も水の泡、龍と化する威勢(いきおい)を、負(たの)みしうまれもあだなりき。なにを悲しむことがあろ、「用ウレバ行イテ、捨ツレバ棄テラル」理(ことわり)なれば。

玉のたてがみ銀の蹄(ひづめ)、「三月襄陽綠草齊(ひと)し」、彫(かざ)れる鞍こがねの轡(くつわ)、「一鞭行色夕陽低し」、りりし勇姿もむかしの夢。花間に聽かず紫騮(こま)の嘶き、帳前に空しく歎く烏騅(うすい)の逝(さ)りしを。さだめ違(たが)うはみずからが知る。千金にも値いする、わが駿骨もみすみすに、貴ぶ人はいまやなし。

誰か知らん血の汗に、まみれて立てしわがいさお、誰か想わん手綱たれ、君を救いしわが恩義。千里の才を憐まず、千鈞の力ひと識らず。

そのかみ檀溪を跳び越えて、先主(蜀の劉備)救いし二十重(はたえ)の圍み、關羽さまのおん供して、乘りこみし單刀の會、尉遲恭(うつちきょう)さまに手を貸した、美良川の大合戰、數ある功も忘れたり。今日のこの身を論ずれば、ろばの群にもひけとろう。もしも戰(いくさ)が始まれば、このろばどもがなんで役だとう。

にわか分限(ぶげん)の靑二才、分別もない下司(げす)ども(ともにろばを指す)が、十把一からげに侮って、やたらに駈けずりうろうろさせ、尊卑を知らずひとの先行く。

はてはおかみの耳に入り、殘さん數を點檢し、上下の品等に分けられる。用意したる竹杖・わらじ、さては東奔西走ときまった。駿馬に鞭くれ街頭に、騒ぐわけにも參らねば、（ろばどもが）ずんどう腰をくねらせて、頼まねばなるまいわが足下。このばかどもの巻添えくい、おれさままで、雜草に埋もれ泥中に陷つ。

がめつい根性のさばらせ、肉屋（屠殺業者）は微利を貪りて、食い意地はったボスどもは、みごとな味が忘られず、やみくもひとの命取り、手をかえ品かえ處刑にかける。おかみを侮り氣まま放題、まるで無法と申すもの。いまより後は買い手なく、乘り手もなくてみすみすに、賣り物にもならず飼いばもくれず。站赤（義務勞役としての驛傳從事者）が困るはいわずもがな、東に西に敵を討つ、そのとき後悔するであろ。

牛訴冤　　姚守中

〔中呂・粉蝶兒〕　性魯心愚。住烟村飽諳農務。醜則醜堪畫堪圖。杏花村、桃林野、春風幾度。疎林外紅日西晡。載吹笛牧童歸去。

〔醉春風〕　綠野喜春耕、一犂江上雨。力田扶耙受驅馳、因爲主甘分守苦。苦。苦。經了些横雨斜風、酷寒盛暑。暮烟曉霧。

〔紅繡鞋〕　牧放在芳草岸白蘋古渡。嬉遊於綠楊隄紅蓼平湖。畫工描我在遠山圖。助田單英勇陣、駕老子驀山居。古今人吟未足。

〔石榴花〕　朝耕暮墾費工夫。辛苦爲誰乎。一朝染患倒在官衢。見一箇宰輔。借問農夫。氣喘因何故。聽說罷感嘆長吁。那官人勸課還朝去。題着咱名字奏鸞輿。

〔鬭鵪鶉〕　他道我潤國於民、受千辛萬苦。每日向堰口拖船、渡頭拽車。一勇性天生膽氣麄。從來不怕虎。爲伍的是伴哥王留、受用的是村歌社鼓。

〔上小樓〕感謝中書部符。行移諸處。所在官司。禁治嚴明、遍下鄉都。里正行、社長行、叮嚀省諭。宰耕牛的捕獲申路。

〔么〕食我者肌膚未肥、賣我者家私不富。若是老病殘疾、卒中身亡、不堪耕鋤。告本官、送本部（原作都）。從公發付。閃得我醜屍不着墳墓。

〔滿庭芳〕銜寃負屈。春工辦足。却待閑居。圈門前見兩箇人來覷。多應是將我窺圖。一箇曾受戒南莊上的忻都。一箇是累經斷北疃王屠。好教我心驚慮。若是將咱賣與。一命在須臾。

〔十二月〕心中畏懼。意下躊躇。莫不待將我釁鍾、不忍其觳觫。那思想耕牛爲主。他則是嗜利而圖。

〔堯民歌〕（三字今補）被這廝添錢買我離桑樞。不覩是牽咱過前途。一聲頻嘆氣長吁。兩眼恓惶泪如珠。凶徒。凶徒。貪財性狠毒。綁我在將軍柱。

〔耍孩兒〕只見他手持刀器將咱覷。諕得我戰撲速魂歸地府。登時間滿地血模糊。碎分張骨肉皮膚。尖刀兒割下薄刀兒切、官秤稱來私秤上估。應捕人在傍邊覷。張彈壓先擡了膊項、李弓兵強要了胸脯。

〔二〕却不道聞其聲不忍食其肉。剗地加料物寬鍋中爛煮。煮得美甘甘香噴噴軟如酥。把從前的主雇招呼。他則道三分爲本十分利、那裏問一失人身萬劫無。有一等貪餔啜的喬人物。就本店隨機兒索喚、買歸家取意兒庖廚。

〔三〕或是包饅頭待上賓、或是裹餛飩伴侶。向磁罐中軟火兒葱椒熓。勝如黃犬能醫冷、賽過胡羊善補虛。添幾盞椒花露。你裝的肚皮飽旺、我的性命何辜。

〔四〕我本是時苗留下犢。田單用過牯。勤耕苦戰功無補。他比那圖財害命情尤重、我比那展草垂韁義有餘。我是一箇直錢底物。有我時田園開闢、無我時倉廩空虛。

〔五〕泥牛能報春、石牛能致雨。耕牛運土遭誅戮。從今後草坡邊野鹿無朋友、麥壠上山羊失了伴侶。那的是我傷情處。再不見柳梢殘月、再不見古木昏烏。

〔六〕觔兒鋪了弓、皮兒輓做鼓。骨頭兒賣與釵環鋪。黑角兒做就烏犀帶、花蹄兒開成玳瑁梳。無一件拋殘物。好材兒賣與了靴匠、碎皮兒回與田夫。

〔尾〕我元陽壽未終、死得眞箇屈苦。告你箇閻羅王正直無私曲。訴不盡平生受過苦。

魯鈍の質にうまれついたが、霞たなびく村里に住み、たっぷりこころえた野良しごと。すがた形は醜いけれど、これでりっぱに畫になりまする。杏花の村、桃林の野に、春風が吹きわたる。まばらな林のかなたには、赤い夕陽が沈みゆく。笛吹き牧童(わらべ)を背にのせて、おらは家路をたどりゆく。

綠の畑にたのしい野良しごと、春の雨のひとわたり、大川べりに過ぎゆけば、鋤つけ驅けずる耕作作業。お主(しゅ)のためなら苦勞も本望。苦勞も本望。横なぐりのあめ風、きびしい暑さ寒さ、朝ぎり夕もや、いろんなめに逢いました。

放し飼われて樂しく遊ぶところは、草かおる岸邊、白い浮草おう古き渡し場、みどりなす楊柳の堤、紅き蓼さく湖水のほとり。繪かきは遠山の圖においらを描きこむ。田單さまの雄々しい戰(いくさ)に加勢もしたし、老子さまを乘せて山路をふみ越えました。古今の人人よくあきもせず、おらを歌に詠みこみます。

朝な夕なまめに働く、苦勞はいったい誰のため。ひとたび病(やまい)に見まわれて、目ぬき通りで倒れたら、宰相さまが百姓に問われた、「この牛なにゆえ喘いでおる」。わけを聞かれていたく感服。農作奬勵の巡視すませ、宮中にもどった殿さまは、おらを名指して天子に奏上。

殿の仰せに、おらこそは、國をうるおし民に益あり。なめる苦勞は數知れず、日ごと船曳き堰の口、車をひいて渡し場へゆく。生まれついたふとい膽、由來虎にも恐れをなさず。なかまに權べい田吾作どん、その樂しみは祭り太鼓にひなの唄。

かたじけなくも中書省は、省令出されて各路（省にあたる）に移牒、地方官廳のそれぞれから、管下の町村へ嚴しい達し。里正・社長に念入れ通告、「耕牛を殺せしものは、捕縛のうえ路に上申のこと」。

おらを食うやつ體ふとらず、おらを賣るやつ財産ふえぬ。老衰・病氣でぽっくり死んだり、田んぼ仕事に耐えぬときは、所轄の官に上申し、上級官廳に取り次がれる。そこで公式の沙汰あって、おらはたちまち非業の死。ところがむちゃです不當です。春の田しごと十分果たし、これからのんびりやろうところへ、小舎のまえに顔出すふたり。たぶんおらを殺らそう算段。ひとりはかつてお縄を頂戴した、南村の忻都です。ひとりは前科數犯の、北部落の肉屋の王。おかげでおらはびっくり仰天。もしもやつらに賣りわたされたら、いのちはまさに風前の燈。

胸はびくびく、心はうろうろ。きっと鍾に血ぬるんだろ。「ソノ觳觫ニ忍ビズ」とやら、「耕牛はなにより大切」、そんなことにはとんと平氣、ただ金もうけの一點ばり。

代金はずんだやつらに買われ、賤のとまやを離れたおらは、わからずやに牽かれてさき急ぐ。一こえふーっと長いため息、雙の眼からは眞珠の涙。悪黨め悪黨め、慾ばり根性のあくらつさ。將軍柱におらを縛った。みればやつの手には刃物、おらをぐっと睨みすえる。たまげたおらはぶるるっと、魂は早くも冥土ゆき。たちまち一めん血しおの海、骨・肉・皮を細かに分け、尖のとがった包丁で大割き、薄刃つかって刺身切り。公定ばかりで買いあげて、賣りさばきはいんちきばかり。召し捕り役がそばで見物、張の目明しロースをさらう、李の捕り手は胸じしぶんどる。

それ誰かがいうたでないか、「ソノ聲ヲ聞ケバ、ソノ肉ヲ食ウニ忍ビズ」とやら。やつらといえば、菜を加えて大鍋ですき燒、肉は煮上がりとろりぷんぷん、ヨーグルトより軟らかい。以前の顧客よんで來る。三分の本で十分の利、これがやつらの胸算用。身を失えばそれきりの、ひとの氣などてんで構わぬ。ただ飲み食いに貪欲な、下司の野郎がこの店へ、なん時となくやって來て、注文しては買うて歸り、好きなように料理する。やれ肉まんに包みこみ、上客請じて接待する。やれワンタンをこしらえて、なかまよんでごちそうする。土鍋に入れて葱胡椒、とろ火で蒸し燒きおつなもの。あか犬よりも冷え症に效き、胡羊にまさる補虚の效。椒花露のいく杯つけ、そっちは滿腹さぞごきげん、こちの生命はたまらない。

知事の時苗さま去りがけに、子牛のこして轉任され、田單さまも戰には、牡の牛を使われた。農作・戰爭にはたらいた、てがらもとんと報われず。押しこみ強盜、人殺し、それにもまさるやつらが罪。草をしめらし手綱垂る、犬馬の恩にもまさりたる、おらこそは値うちもの。おらがおれば田園ひらけ、おらがおらねば倉はからっぽ。

土の牛は春を告げ、石の牛は雨をよぶ。土運びする耕牛は、刑に逢うて死んじまう。いまよりのちは坂の邊に、野鹿は友だち失うて、麥のあぜみち山羊さんも、なかまなくしてさびしかろ。おらがなにより悲しいのは、柳の梢に殘んの月、ふる木立の夕がらす、二度とそれが見られぬこと。

おらの筋は弓に卷き、おらの皮は太鼓に張られ、骨は賣られてかんざし屋。黑い角は烏犀の帶、あやある蹄は玳瑁のくし。棄てるものは一つもなし。おらの皮は靴屋に賣られ、くずは百姓にもどされる。

おらが元陽、いまだ壽命がつきたでないのに、こんな殺生な殺されかたです。正直無私の聞こえある、閻魔さまに訴えます。日ごろうけた苦勞のかずかず、とても訴えきれませせぬ。

羊訴冤　　曾瑞

〔般渉調・哨遍〕　十二宮分了巳未。稟乾坤二氣成形質。顏色異種多般、本性善羣獸難及。向塞北。李陵臺畔、蘇武坡前、嚼臥夕陽前、趁滿目無窮草地。散一川平野、走四塞荒陂。馭車善致晉侯歡、拂石能逃左慈危。捨命於家、就死成仁、殺身報國。

〔公〕　告朔何疑。代釁鍾偏稱宣王意。享天地濟民飢。據雲山水陸無敵。盡之矣。駞蹄熊掌、鹿脯獐犯、比我都無滋味。折莫烹炮煮煎熛蒸炙。便鹽淹醬（原作將）卮。醋拌糟焙。肉饜肌鮓可爲珍、蓴菜鱸魚有何奇。於四時中無不相宜。

〔耍孩兒〕　從黑河邊趕我到東吳內。我也則望前程萬里。想道是物離鄉貴有些崢嶸、撞着箇主人翁少東沒西。無料喂把腸胃都拋做糞、無水飲將脂膏盡化做尿。便似養虎豹牢監繫。從朝至暮、坐守行隨。

〔公〕　見一日八十番覷我膘脂。除我柯杖外別有甚的。許下浙江等處惡神祇。又請過在城新舊相知。待賃與老火者殘歲裏呈高戲。要雇與小子弟新年中扮社直。窮養的無巴避。待准折舞裙歌扇、要打摸暖帽春衣。

〔一煞〕　把我蹄指甲要舒做晃窗、頭上角要鋸做解錐。瞅着頷下鬚緊要絟撾筆。待生撏我毛裔鋪氈襪、待活剝我監兒踏磹皮。眼見的難回避。多應早晚、不保朝夕。

〔二〕　火裏赤磨了快刀、忙古歹燒下熱水。若客都來抵九千鴻門會。先許下神鬼颩了前膊、再請下相知揣了後腿。圍我在垓心內。便休想一刀兩段、必然是萬剮凌遲。

〔尾〕　我如今刺搭着兩箇蔫耳朵、滴溜着一條麄硬腿。我便似蝙蝠臀內精精地。要祭賽的窮神下的呵喫。

十二宮（十二支）に巳未(みひつじ)と、位置を占めて乾坤の、二氣をうけて形なす。色はいろいろさまざまあり、善良の性は他の獸もかなわぬ。國境の北、李陵臺のほとりや蘇武の坂道、夕日のかなたにねそべりもぐもぐ、見わたす限り果てなき草原。平野いちめんに散らばり、四方（よも）の荒れ野を歩きまわる。お召し車を曳っぱって、晉侯（晉の武帝）さまに喜ばれ、石つぶてを拂うては、左慈さまの危急を救う。お家のためなら命がけ、死に赴いて仁を成し、身を殺して國に報ゆ。

告朔のお祭りにはためらわず、鍾に血ぬられ牛の身代り、宣王さまのお氣にかのうた。天地の神にささげられ、民の飢えを救いました。さてもごちそうの話なら、山海の珍味もおいらにかなわぬ。どんな料理もありまする。らくだの蹄・熊の掌、鹿の胸肉（むなじし）・獐（おおじか）の尾、世に名だたるごちそうさえ、おいらに比べりゃまずくて食えぬ。烹・炮・煮・煎・熛・炙、なんでもござれ。鹽づけ味噌づけ、酢あえに粕焼き。肉糜（ミンチ）・肌鮓（ふなずし）も珍味に入らぬ、蓴菜（じゅんさい）・鱸魚（すずき）も珍らしゅうない。四季を通じていつでも結構。

黑河の岸よりあと追われ、やって來たのは東吳の土地。萬里の前途を期待した。本場はなれば値うち出て、出世の道がひらけると、思うたあてが大はずれ、めぐり逢うたご主人さまが、無一物のつんつるてん。飼料（えさ）はもらえずわれとわが、はらわたまでが糞になる。飲水くれずわれとわが、脂（あぶら）までがいばりに變る。まるで猛獸を飼うみたい、頑丈な檻に閉じこめて、朝から晩まで見はりづめ。

日に八十回も睨めつける、おいらが脂の乗りかげん。杖の折檻のぞいては、ほかには何もするでなし。浙江等處のくそ神に、願をかけたり城内の、新舊のなじみを招待する。ベテラン社中に金を出し、年の暮には歌舞伎の披露、ちんぴら若衆をやといあげ、お正月には藝能の上演。しがない男は處置なしで、舞い衣（ごろも）や歌扇、冬帽子や春衣裳に、提供されておいらが化ける。

蹄のつめは伸ばして晃窗（?）、頭の角は鋸にかけ、解錐（?）になりまする。ねらうはあごの下なる鬚、ぎゅっとしばって搨筆（はけ）になる。毛ごろもむざとむしり取り、フェルトの靴下つくるつもり、監兒（?）むざと剝ぎ取って、礴皮（?）つくって穿こう算段。みすみす逃がれはなりませぬ。すぐその時がやって來る、今日あすが請け合えぬ。

火裏赤が庖丁とぎあげて、忙古歹が湯を沸かす。鴻門の宴の九千倍に、匹敵するよな豪勢さ（?）。まずは神鬼への祈願用に、前足さっと切り取られ、お次は知人の招待用に、後足ばっさりやられます。戰のにわのまん中に、包圍されてはかなわない、一刀兩斷はおろかなこと、きっとめったやたらの一寸刻み。いまやだらりと雙のくそ耳、つんつるりは硬直したる片方の足。まるでおいらはこうもりの、尻なる……にそっくりだ。貧乏神に供えられ、まんまと食われてしまうのです。

内容を論ずるまえに、やはり作者を検討しておこう。まず、劉致については、筆者がかつてその生平を考證した（「劉致作散曲〝上高監司〟攷」、『東洋史研究』十三の四、本巻五〇七頁）。あざなを時中、號を逋齋といい、石州寧郷（山西省中陽縣）の出身である。かれは元朝文壇の權威姚燧（一二三六―一三一一）の門弟にあたり、父の墓誌銘は師の姚燧によって書かれている。若いころは長沙・武昌あたりに住み、江西省永新州判をふり出しに官界に入った。その後、南昌にある江西行省の屬官に轉じ、至大三年（一三一〇）には師の推擧を受けて、河南省開封に置かれた江北行省に轉任し、十年後には中央入りして太常禮儀院博士に就任した。さらに至治三年（一三二三）には、翰林待制の資格で中央政府の移牒をたずさえて、師姚燧の全集を刊行するために杭州に行った。そのままかれは杭州に定住したらしく、江浙行省の都事に降格されて、およそ至元元年（一三三五）ごろに死んだと推定される。かれもまた『錄鬼簿』巻頭に著錄された名士のひとりである。

つぎに、姚守中は『錄鬼簿』上巻に著錄され、それに據ると、河南省洛陽の出身で、姚燧の甥にあたる。しかし、その生平については、蘇州を行政の中心とする平江路の下級官吏をつとめたことしかわからない。姚燧の甥であることから推定すれば、およそ一世代くだるとして、その制作活動期に十三世紀の末年から十四世紀の三十年ごろまでを擬定してよかろう。

最後の曾瑞については、やはり『錄鬼簿』上巻に著錄され、あざなを瑞卿、號を褐夫という。河北省大興の出身であるが、のちに錢塘（杭州）に移り住んだ。生涯仕官せず、風流三昧の生活を送った江南の名士である。近年、孫楷第氏の考證によってかれの生年は中統初年（一二六〇）ごろであることが明らかになったから（『元曲家攷略』四二ページ）、かれの活躍期は十三世紀の末年から十四世紀の二十年前後と考えられる。

以上、あまり確實ではないが、三人の作者は生存乃至制作活動の時期がほぼ接近していたらしい。そのためにこれらの類型作品の制作時は、かえって先後を斷定することが困難である。ただし、三篇の作品の、いずれかがいずれかの影響のもとに成ったことだけは、ほとんど疑いないであろう。ことに、あとの二篇の酷似はいっそうそれを想わせる。

さて、三篇の作品はたしかに類型的であるが、少しく注意すると、そのなかで劉致の「代馬訴寃」は、他の二篇とかなり違った性格をもつことに氣がつく。まず、この作品で不當を訴える馬は、他の二篇におけるような通常の馬ではなく、特殊な能力をもつ選ばれた馬、すなわち駿馬である。この駿馬はたまたまその才能を發見されないで、ろばの群に落ちたのであり、ここには、駿馬にとってきわめて可能性の少ないケースが詠まれている。むろん、他の二篇における牛・羊も、特殊な牛・羊であるといえぬことはないが、二篇に詠まれた牛・羊のようなケースに陥る運命は、牛・羊一般が負わされているといえる。これが第一の相違點である。第二に、この作品においては、駿馬はかれを虐待した人間の不當よりも、仲間のろばたちから輕蔑される不當をより多く訴えており、その點が他の二篇で不當行爲の主體を人間に集中するのと相違する。第三の相違は、この作品における嘲謔の姿勢に指摘される。ここでは、嘲謔はむしろきまじめに近い怒りの姿勢に變わり、それが嘲謔から諷刺に移行することを妨げてしまったようである。
實は、この作品は〔新水令〕曲の第二句によってわかるように、『鹽鐵論』訟賢篇にみえるつぎの文章のヒントをえている。

騏驎の鹽車を輓（ひ）きて、太行に頭を垂れば、屠者は刀を持ちてこれを睨（ねら）う。

といえば、この作品が戯れの制作であることを想わせようが、他の二篇と異なる上記の諸點から、筆者にはどうもそうは考えられない。この作品は、有爲の才をいだく作者が、政治の中樞に參與する地位をあたえられず、下級職に甘んじなければならない不遇の不當を詠み、したがって、擬人化された馬は、作者自身の投影であるように思われる。すなわち、標題のように作者が「馬に代って冤を訴える」のではなくて、實は「馬が作者に代って冤を訴える」と見るわけである。この作品が詠まれたと想定される一三二〇年ごろといえば、文章の權威姚燧のもとで正統の教養を修めて野望に燃えていたであろう劉致が、なお行省の屬僚としてあったころである。みぎの想定を支えてくれる背景は十分にありえたと思われる。もしもそうであるなら、この作品は拙論でいう狭義の「詠物詩」の系列にはおきがたいわけだが、なお疑いが殘るので、いちおう他の二篇といっしょにここで扱うことにした。

さて、姚守中の「牛訴冤」と曾瑞の「羊訴冤」は、既述のようにどちらも人間の不當な處置をのべることに集中し、いくつかの點で酷似を示している。それぞれの家畜に關する故事の用い方をはじめ、屠殺の状況や身體部分の用途をのべる點など、兩者はほとんど軌を一にする。ただ、人間の不當行爲の中心を占めるものが同じでないが、この二篇はあきらかにいずれかの一方が他方の摸擬作である。おそらくは曾瑞の「羊訴冤」が姚守中の作をまねたのであろう。「牛訴冤」のほうが全體の手順・構想が自然であり、「羊訴冤」では、たとえば身體部分の用途の敍述が屠殺の前にもち出されている點などに、故意に異を立てた跡がうかがわれる。だが、兩篇はそれぞれに特徴をもつ異色の作品である。特に、姚守中の「牛訴冤」は傑作であり、『録鬼簿』の挽詞にも「牛訴冤は巧みに工を用う」とたたえるように、細かな配慮がこらされている。

この作品はまず、人間に貢獻した牛を屠殺する人間の不當行爲に、元朝で施行された家畜密殺の禁を犯す不逞行爲をからませた點に、アイデアの巧妙さが見いだされる。すでに、後漢の宰相丙吉の故事を用いつつ、それを家畜密殺禁止令の施行に結びつけた〔石榴花〕以下四曲における手ぎわは、あざやかというほかない。

元朝における家畜密殺の禁止は、きわめて嚴重であった。すでに中統二年（一二六一）五月の聖旨には、牛・馬の屠殺が全面的に禁止され、たとえ老病で倒死した牛・馬であっても、末端の首長を委任された里正・主首が所管の上司に報告して、許可が出なければ解體するわけにゆかなかった。その場合も、觔・角は政府に納めて軍用に供し、皮革の部分がわずかに人民に返還された。遊牧民族であるモンゴル人が特に馬を貴重視したのと、戰時體制が長らく續いて、軍事輸送用に牛・馬が必要だったからである。なお、ついでにいえば、モンゴル族に食肉と毛皮を提供した羊についても、至元九年（一二七二）四月に仔羊（羊羔兒）の、同三十年（一二九三）十二月に牝羊（母羊）の屠殺が禁止されている。

このように、家畜の屠殺は嚴禁されていたにもかかわらず、密殺はつねに跡を絶たなかったらしく、『元典章』刑部（巻五十七）の「禁宰殺」の項には、數件の判決令が擧げられている。「牛訴冤」には奇しくもそうした人間社會の裏面が、牛の口を借りてかなり精密に描き出された。この作品で特に注目すべき點は、密殺に關係する人間に、いわゆる色目人（モンゴル以外の外國人）や當の取締まる側にある漢人が參加していることである。すなわち、牛を農民から買い上げて密殺する犯人のひとり「忻都」は印度人であり、この語はしばしば出身を示してそのまま姓名にも用いられる。かれも色目人に數えられ、モンゴル政府からモンゴル人に次ぐ處遇を許された一種の特權階級である。また、牛が屠殺される一段では、傍で監視する漢人の下役人が、見逃がし料としてたちまち上肉部分を奪い去る。この一段の淡淡たる描寫はかえって鮮烈な印象を刻む。すなわち、事態の矛盾を傳えるには客觀的な描寫を用いればより效果的なことを、この作者は心得ている。同じ態度は身體部分の用途の羅列部分にもうかがえる。この一見さりげない敍述のうちにも、たとえば「烏犀帶」は「犀」と稱せられながら、實は牛の黑い角が用いられたこと、「玳瑁梳（べっこう）」は貴重な材質を想わせながら、實は牛の蹄で摸造されていたことなどを暴露する。かれの嘲謔の姿勢は、より多く事がらの矛盾の發見とそれの冷い描寫に向けられ、だからこの套數は戲作を装おいながら、みごとな諷刺作品に昇華しえたのである。

つぎに、「羊訴寃」のほうは、實は理解に苦しむ部分を含む。筆者ははじめ、この作品にも禁斷の密殺を犯す人間が描かれたと理解したが、どうもそうではないらしい。特に理解しがたいのは〔耍孩兒〕曲であるが、筆者はいちおうつぎの如くに解する。たぶん官廳のお偉がたか鄕紳が、年末年始にかけて神社に祈願したり、知友を招待し、同時に諸種の演藝を催して、その費用を一般民衆から徵收したため、羊の飼い主である貧しい男は羊を代替に提供したというのであろう。もしもそうであるなら、ここに描かれた人間たちの行爲は、たとえ公然と許されていても、やはり社會の裏面における不合理である。ここでも注目されるのは、屠殺に從うものがモンゴル人だという點にある。「火裏赤」は『至元譯語』に「弓箭を帶びる人」と譯する「火魯赤・貨魯赤」khorci であって、漢語の弓兵・弓手（捕り手）にあたる。また「忙古歹」に至っては、同書に「達達」と譯する「蒙古歹」Mongdaiであって、『元史』などではむしろここと同じ表記で頻見される、モンゴル人そのものを指す。この二人はおそらく、モンゴルの下級役人を指すだろう。ここで漢人の役人を登場させてもよかったのに、作者がわざわざモンゴル人を選んだことには、やはりかれらの横暴を暗示する意圖があったのではないか。「牛訴冤」が描く對象は禁斷の密殺であるから、その作者もさすがにモンゴル人の登場をさし控えたのであろうが、公許の不合理を描くこの作者の場合は、もはや躊躇する必要がなかったと考えられる。嘲謔はここでも諷刺に高められた。

嘲謔といえば、この作品にもすぐれた嘲謔的表現がみえる。たとえば、〔耍孩兒〕曲の「主人翁少東沒西」という單純にみえる一句でも、無一物を示す「少東沒西」に對し、「主人翁」という鄭重なことばを用いて皮肉をきかせているし、それに續く二句は、庶民的發想による口語特有の表現として、巧妙である。なお、この作品は、曲中に「東吳」とか「浙江等處」の語が見えることで、杭州における制作が想定される。

以上を要約すると、散曲における「詠物詩」は套數「詠鼓」においてはじめて、直接の對象を描くよりも、對象の感覺を通して見た人間を描く志向をもち、その志向は套數「牛訴冤」「羊訴冤」などで、對象を器物から家畜に移すことによっていっそう推進され、ここに「詠物詩」は一八〇度の轉回を遂げた。かくてサロンにおける遊戲文學にすぎなかったそれは、眞摯な諷刺文學を生むに至る。實は、筆者はこの「詠物詩」の轉回過程における第三段階として、それが對象とする家畜を人間におき換え、かれの感覺を通して他の人間を描くもう一つのケースを考え、それに睢景臣の套數「高祖還鄉」を擬定してみた（散曲「高祖還鄉」攷）。この作品は、漢の高祖が故鄉に錦を飾る状況を一鄉村人の感覺を通して描き、そこには成り上り權力者と取り卷き連の群像が、獨特の手法によってあざやかに浮きぼりされている。それにはもはや「詠物詩」の特徴を見いだすことはできないけれど、『錄鬼簿』の記載でわかる、サロンにおける題詠詩としてのこの作品の誕生が、みぎの考察に筆者を驅りたてた。それには、實は別の理由もあった。すなわち、「詠物詩」が蛻化した前記の「牛訴冤」などの作品から、散曲における社會詩の誕生が豫想されたし、「高祖還鄕」も社會詩に接近する作品だからである。それに、口のきけぬ動物よりも人間に語らせたほうが、「詠物詩」が新たにもった志向はより推進されるし、戲作の匂いも拂拭される。

しかし、社會詩ということなら、たとえば第三章で扱った套數「皮匠說謊」などの作品からも、個人を社會に置き換えることによって容易に生まれる可能性がある。それに、元代には散曲と平行して、同じ歌詞形體をもつ「雜劇」が、過去の事件に託しつつ個人を中心とする現實社會の矛盾をせっせと描いていた。みぎにのべた「詠物詩」が轉回した套數作品に、社會詩のかげりが見いだされるのも、十三・四世紀の交ごろ散曲ジャンルにきざした一般的な動向の一環にすぎず、この動向はやはり「雜劇」の影響によるものではあるまいか。

五　餘論——散曲における社會詩とその挫折

本來サロンの文學としてあった散曲の分野にも、たしかに本格的な社會詩が生まれた。劉致の「上高監司」と題する二篇の套數作品（『陽春白雪』後集卷五收）がそれである。この二篇はすでに標題が示すように、ともに高姓の肅政廉訪使（ほぼ一省の檢察廳にあたる司法機關の長官）にささげられた作品である。第一作品は、飢饉とそれに乘じた不逞の輩の經濟攪亂によって、二重の苦惱を負わされた人民の悲慘を描くとともに、かれらのために善處した高監司への感謝を綴り、第二作品は、官民の結託による幣制（鈔法）攪亂の、あくらつな實情を暴露して、同じ監司の速かな處斷を要請している。この二篇は內容が社會經濟面にわたるため、他の作品に現われぬ特有の口語と法律專用語（いわゆる吏牘語、やはり俗語系が大半を占める）を含んで、難解の部分が多い。しかも、二篇はともに長篇作であり、第二作品のごときは三十曲より成り、おそらくは雜劇の歌詞を含めて、元曲で最も長い套數作品である。この二作品については、すでに筆者が全文の譯注と、作品の内容をなす事實および作者劉致の人と生涯を考證した(「劉致〝上高監司〟ノート」『中國語學研究會月報』十九號收。「劉致作散曲〝上高監司〟攷」、『東洋史研究』十三の四收。同續攷、『東方學報』第三十一册昭和三十六年收)。拙論では同時に、高監司がなにびとを指すかをも究明しようとしたが、遺憾ながら終に滿足すべき結果がえられなかった。ここに作品を再び揭げることは控えるが、筆者の前次の理解には若干の誤りがあったことにも氣づいたので、主要部分の改譯を篇末に附載しておく。

さて、この二つの長篇には、中國の社會がたびたび遭遇した異常の事態が、深刻かつ克明に描かれており、おそらく他の文獻ではえられまい社會經濟史上の貴重な資料を提供してくれる。だが、これを文學作品としてみるとき、せっかく生まれるべくして生まれた社會詩であるのに、この作品全體があたえる感動が稀薄であるのは、どうしてであろうか。

套數作品の特徵として、この作品でも不逞の徒の惡事は必ずしも秩序正しくのべられず、それに對する作者の感情は、寄せては返すごとくにうねっている。にもかかわらず、事態の詳細な暴露が讀者にもう一つ切實に迫って來ないのは、二篇を通じてかなり顯著な、詠歌のきまじめさに因るのではないか。異常の事態はあまりに直截的に描かれすぎて、諷刺文學としての昇華が未熟な感じがする。

それはまた、この二篇が上級官廳の長官にささげられた、いわばよそゆきの作品だということと關係しようし、いま一つは、二篇の作品を相次いで上司にささげたこと自體が物語る、作者劉致のひたむきの謹直さとも關係しよう。すでに紹介したかれの套數「代馬訴冤」を想起してもらおう。筆者は、冤を訴える「馬」に作者自身の投影を疑う理由の一つとして、その作品における怒りに熱した態度を指摘した。同じ態度はこの二篇の社會詩にも漂うている。

だが、この二篇は社會詩としてやはり劃期的な作品であるだけでなく、がんらいは酒席の座興として發生した「散曲」ジャンルが、一種の文壇的地位を獲得したことを告げる點でも、意義ある作品といえるだろう。とともに、音樂の伴奏で實際にうたわれる歌曲ジャンルが、一方で單に讀まれるだけの歌曲になったことをも、これは物語る。散曲が讀まれる歌曲ともなると、傳統文學の詩・詞のように、より廣い用途をもつ。たとえば、それは繪畫の題詠にも登場する。黄公望（一二六八—一三五四）が〔醉中天〕調を用いてよんだ小令「李嵩髑髏紈扇」（『孫氏書畫鈔』不分卷收、『全元散曲』にも引く）がそれで、李嵩がえがく原畫も現存している（北京故宮博物館藏、中國古典藝術出版社、一九五七年刊『宋人畫册』收）。そのほか、張可久の〔塞兒令〕調による「題昭君出塞圖」、曹德の〔柳營曲〕調による「題淵明醉歸圖」、湯式の〔壽陽曲〕調による「梅女吹簫圖」や〔天淨沙〕調による「題畫上小景」などがあげられる。

それはともかくとして、元代の散曲は「詠物詩」を媒介として、人間と人間社會を描く志向をもちはじめたところで、惜しくも挫折する。劉致の二長篇作のほかには、眞に社會詩とよびうるものは生まれなかったらしい。らしいというのは、すでに散佚した作品中にそれらが含まれている可能性もあるからである。散曲はこの方面にあまり發展してゆかなかったように筆者には感ぜられる。なぜなら、散曲文學が單なる嘲謔を眞摯な諷刺に高めた逞しい文學精神は、十四世紀の三十年代を待たずに急激に衰弱していったようにおもわれる。殘存する作品に關する限り、その前後から元の末年にむかって次第に生氣を失い、多くはふたたび禮教下にある士大夫官僚の、遊戲文學本來のすがたに還ってゆく。これは、詞の連續乃至亞流としてあった散曲の出發點に立ちもどることに外ならない。また、このような散曲の消長狀況は、形體や作者からいってもこれと密接な關聯をもつ元代の「雜劇」とまったく軌を一にする。元曲後期の「雜劇」が演劇的要素においても、歌詞の表現においてもマンネリズムの弊に墮して、潑剌さを喪失することは、すでに吉川博士の『元雜劇研究』に説かれるとおりである。

註

この註は、㈠引用資料原文、㈡引用作品註解および㈢劉致作「上高監司」譯文の三部より成る。㈡の註解はもっぱら俗語(口語)と典故に重點をおいたし、㈢は不要の部分を節略した。

(一) 引用資料原文

晁無咎・黄魯直。皆學東坡韻。製得七八。黄晩年閒放於狹邪。故有少疎蕩處。(三四八頁)

趙德麟・李方叔。皆東坡客。其氣味殊不近。趙婉而李俊。各有所長。晩年皆荒醉汝潁京洛閒。時時出滑稽語。(三四八頁)

少游屢困京洛。故疎蕩之風不除。(三四九頁)

王輔道・履道善。作一種俊語。其失在輕浮。(三四九頁)

王逐客才豪。其新麗處。與輕狂處。皆足驚人。(三四九頁)

沈公述・李景元・孔方平・處度叔姪・晁次膺・万俟雅言。皆有佳句。就中雅言又絶出。然六人者。源流從柳氏來。病於無韻。雅言初自集分兩體。曰雅詞。曰側豔。目之曰勝萱麗藻。後召試入官。以側豔體無賴太甚削去之。再編成集。分五體。曰應制。曰風月脂粉。曰雪月風花。曰脂粉才情。曰雜類。周美成目之曰大聲。次膺亦閒作側豔。(三四九頁)

田中行極能寫人意中事。雜以鄙俚。曲盡要妙。……北里狹邪閒横行者也。(三四九頁)

柳耆卿樂章集。世多愛賞該洽。序事閒暇。有首有尾。亦閒出佳語。又能擇聲律諧美者用之。惟是淺近卑俗。自成一體。不知書者尤好之。(三四九頁)

易安居士。京東路提刑李格非文叔之女。建康守趙明誠德甫之妻。自少年便有詩名。才力華贍。逼近前輩。在士大夫中。已不多得。若本朝婦人。當推詞采第一。趙死。再嫁某氏。訟而離之。晩節流蕩無歸。作長短句。能曲折盡人意。輕巧尖新。姿態百出。閭巷荒淫之語。肆意落筆。自古搢紳之家能文婦女。未見如此無顧籍也。(三四九頁)

長短句中。作滑稽無賴語。起於至和嘉祐之前。猶未盛也。熙豐元祐閒。兗州張山人。以詼諧獨步京師。時出一兩解。澤州孔三傳者。首創諸宮調古傳。士大夫皆能誦之。元祐閒王齊叟彥齡。政和閒曹組元寵。皆能文。每出長短句。膾炙人口。彥齡以滑稽語譟河朔。組潦倒無成。作紅窗迥及雜曲數百解。聞者絶倒。滑稽無賴之魁也。夤緣遭遇。官至防禦使。同時有張袞臣者。組之流。亦供奉禁中。號曲子張觀察。其後祖述者益衆。嫚戲汙賤。古所未有。(三五四頁)

張山人。自山東入京師。以十七字作詩。著名於元祐・紹聖間。至今人能道之。其詞雖俚。然多穎脱。含譏諷。所至皆畏。爭以酒食錢帛遺之。（三五五頁）

紹聖間。朝廷貶責元祐大臣。及禁毀元祐學術文字。有言司馬溫公神道碑。乃蘇軾撰述、合行除毀。於是州牒巡尉。毀拆牌樓及碎碑。張山人聞之曰。不須如此行遣。只消令山人帶一箇玉冊官去。碑額上添鐫兩箇不合字便了也。碑額本云。忠誠粹德之碑云。（三五五頁）

王彥齡才高不羈。爲太原掾官。嘗作青玉案・望江南詞。以嘲師與監司。監司聞之。大怒責之。彥齡歛板向前。作望江南云云。時馬初監適與彥齡竝坐。惶恐亟自辨訴。既退。尤彥齡曰。某初不知。何乃以某爲證。彥齡笑曰。乃借公趁韻。幸勿多怪。（三五六頁）

先君嘗言。宣和間客京師時。街巷鄙人多歌蕃曲。名曰異國朝・四國朝・六國朝・蠻牌序・蓬蓬花等。其言至俚。一時士大夫亦皆歌之。（三五九頁）

組之子知閤門事勳。字公顯。亦能文。嘗以家集刻板。欲蓋父之惡。近有旨下揚州。毀其板云。（三五九頁）

今少年妄謂東坡移詩律作長短句。十有八九不學柳耆卿。則學曹元寵。雖可笑。亦毋用笑也。（三六〇頁）

夫詩者。本發其喜怒哀樂之情。如使人讀之。無所感動。非詩也。予觀後世詩人之詩。皆窮極辭藻。牽引學問。誠美矣。然讀之不能動人。則亦何貴哉。故嘗與亡友王飛伯言。唐以前詩在詩。至宋則多在長短句。今之詩在俗間俚曲也。如所謂源上令之類。飛伯曰。何以知之。予曰。古人歌詩。皆發其心所欲言。使人誦之。至有泣下者。今人之詩。惟泥題目事實句法。將以新巧取聲名。雖得人口稱。而動人心者絶少。不若俗謠俚曲之見其眞情。而反能蕩人血氣也。飛伯以爲然。（三六一頁）

合生與起令・隨令相似。各占一事也。（三六四頁）

江浙間路岐伶女有黠慧知文墨。能於席上指物題詠。應命輒成者。謂之合生。其滑稽含玩諷者。謂之喬合生。蓋京都遺風也。（三六四頁）

果性聰明。美風姿。工文章。尤長於樂府。外若沈默。内懷智用。善諧謔。聞者絶倒。（三七〇頁）

昔杜止軒告予云。楊西庵談諧俠黠之雄者也。世人不知其然。不肖何有竟負天下滑稽之名。楊何深而僕何淺也。（三七〇頁）

關漢卿・庾吉甫造語妖嬌。却如小女臨盃。使人不忍對殢。（三七三頁）

歐陽脩〔醉蓬萊〕三五〇頁

〔惱不教伊過〕「惱不」は「恨不得」にちかい。「惱」には怒る意もある。「伊」（平聲）は曲ジャンルでは、南曲をもふくめ二人稱代名詞として「你」（仄聲）と使いわける。詞における用法は三人稱らしい。

〔事還成後〕假定句。「後」は時と同じく、假定句の句末に用い、元曲では、呵・啊に轉化する（拙稿「『董西廂』における俗語の助字」、『東方學報』第十八册、『ことばと文學』（汲古書院一九九三）所收）。「還」は宋・元の詞曲中でしばしば「若還」として假定の口氣を添えて使われる。

〔休呵〕この「呵」は現代語の助字「啊」「罷（吧）」に同じ。「休」は動詞、「萬事都休」の休である。

〔行〕現代語の根前・根底に同じ。ここは「那裏」の用法に近い。ただし、宋・元期におけるこの語の用法は複雜で、一種の格助詞で與格を示す（拙稿「元典章における蒙文直譯體の文章」、校定本『元典章刑部』第一册附錄、本著作集第二卷）。

〔誚未〕誚は俏・悄にも作り、強い否定を示す（拙稿「『董西廂』における俗語の助字」および張相『詩詞曲語辭匯釋』二三二頁）。

〔則箇〕請願の助字「罷」に同じ。丁寧な口吻を伴なう。

歐陽脩〔玉樓春〕三五一頁

〔夜來〕昨夜、宋元期の俗語。時間副詞に「今來」「近來」「晩來」「昨來」「新來」がある。

〔爭閑事〕つまらぬいさかい。癡話げんかを指す。

〔求守〕守は「白頭相守（とも白髮）」などの守、いっしょに居ること。

〔走向〕「走到」に同じ。

〔由自〕由は猶に同じ。現代語の「還」。

〔殢〕しなだれるさま、「撒殢滯」という。

〔大家惡發大家休〕「惡發」は現代語の「生氣」の意。「惡」は怒る、「怒惡」・「惡怒」ともいう。上下の「大家」は呼應する。「休」は「罷了」の意。

黃庭堅〔少年心〕三五一頁

〔阿誰〕誰に同じ。

〔薄倖〕俗語では薄情の意。

〔斗頓〕現代語の「忽然」に同じ。雙聲語。「斗」は「陡」にも作る。

〔合下〕そのはじめ・あのとき。「當初」などの意に近い宋元期の俗語（拙稿「『董西廂』における俗語の助字」參照）。

〔人人〕戀人の親稱、かわいいひと。天を「天天」というのに類する。

秦觀〔滿園花〕三五一頁

〔撋就〕いたわる・ちやほやする（張書六二六頁）。

〔慣縱〕あまやかし氣ままにする。

〔軟頑〕手のつけようのないやんちゃ。

〔甚捻着脈子〕「甚」は「爲甚麼」、詞曲における特殊な用法である。「脤子」は「頸（脖）子」に同じであろう。

〔僝僽〕いためつける・悲しい想いをする（張書六〇〇頁）。

〔羅皂〕口やかましい。

〔佛也須眉皺〕この表現は俗諺をふまえる。元曲に「釋迦也惱下蓮臺（お釋迦さまでも腹をたてて蓮臺からおりる）」の句がある（「冤家債主」第一折・「兩世姻緣」第四折・「病劉千」第二折など）。

〔待收了孛羅、罷了從來斗〕「收了孛藍罷了斗」が成句。旗を捲いてひきあげることらしい。「孛羅」は「䈬籃」「蒲藍」「孛藍」にも作る。竹かご（宋方壺「妓女」注參照）。元曲「陳州糶米」第二折〔煞尾〕「我如今到那裏呵、敢着他收了蒲藍罷了斗」（おれがこれからむこうへ行ったら、やつめに旗まいて退散させてやるぜ）。石子章の散曲〔八聲甘州〕「唱道事到如今、收了䈬籃罷了斗」（さあ事がこうなりや、旗をまいて引きさがるさ）。

〔不能得句〕句は勾（音 gou）。不能勾にほぼ同じ。

辛棄疾〔戀繡衾〕三五二頁

〔當局者迷〕俗諺に「當局者迷、傍觀者清」がある。その局にある當事者は眼くらみ、正確な判斷を缺くこと。

〔那筵席須有散時〕榮えるものは必ず衰える意の俗諺ではなかろうか。

辛棄疾〔武陵春〕三五二頁

〔心急馬行遲〕成句。

〔喜鵲兒〕　俗間で慶びごとの前兆として、蜘蛛・鵲の鳴きごえ・燈花爆（ともしびがパチパチはじけること）の三つがある。

劉過〔天仙子〕　三五二頁

〔渾易醉〕「渾」は全・眞の意に近い。

〔一憩〕「一會兒」の意か。

〔斷送殺〕「斷送」はみじめな境地に追いやること。「殺」はそれが徹底して極端なこと。

〔是則是〕「雖如此」の意。たとえば「小則小」は現代語の「小是小」。則は卽・只・子にも作る。

〔不道〕　ここのように下に疑問形式がおかれる場合は「不知（道）」の意（張書四三二頁）。

〔拚得〕　おもい切ってする・ふり切る。未はそれの否定形。

〔煩惱〕　かなしませる・惱ます。この語の俗語としての用法はひろく、悲・惱・怒のすべてを含む。

〔自家〕　自己ないし一人稱。

辛棄疾〔尋芳草〕　三五三頁

〔閒却〕　ごぶさたする。却は動詞につく助字、宋元の詩・詞（南戲にも）に多い。

辛棄疾〔夜遊宮〕　三五三頁

〔顚倒爛熟〕　成語。くり返しべらべらまくしたてること。

〔一回說、一回美〕　上下呼應する「一回」は同じ時を指す。すなわち、いつも同じ話題が出るのに、そのつど味がある（美）意。

〔尖新〕　現代語の「時新」、ハイカラさん。

〔非名卽利〕　一本で非を卽に作るが誤り。「非……卽……」は呼應する。

〔說的口乾〕　あまりおしゃべりして口がカラカラになる。

〔俺〕　宋元期の俗語では第一人稱の複數形。それを單數にも使うのは、世界の言葉に共通の現象である。

〔略起〕　衣服のすそをからげることか。

〔洗耳〕　許由が舜から位をゆずるといわれて、さても汚らわしいことを聞いたと耳を洗う有名な故事にもとづく。

曹組「紅窗迥」三五七頁

〔懊恨〕　はらだたしく恨めしい。
〔斷趕上〕「斷」は相に同じ。相（平）斷（仄）を使いわけて用いる。「趕上」は先を急ぐこと。
〔爭氣〕　がんばる。かい性を出す。

前人「脫銀袍」三五七頁

〔逐旋〕　順次に。
〔那堪更〕　さらにたまらないことには。すでに一つのたまらない條件（酒をふるまってもらう）があるうえに、黃金の杯でふるまわれるから。「更那堪」「那更」ともいう。
〔支分〕　處置する・あしらう。「氣英布」劇第四折〔出隊子〕「俺這裏先鋒前部。會支分能對付」（われらが先鋒部隊で處置できるし、しまつできる）。
〔猶然〕　なお。還に同じ。
〔遞滯〕　あられもないさま。ふつう「殢滯」に作る。「青衫泪」劇第三折〔川撥棹〕「這是誰根前撒殢滯」（あられもないさまの限り、いったい誰の前だとおもっているの）。
〔打篤磨〕　ぐるぐるまわる。「篤」は「獨」にも作る。
〔槎〕　おそらく「蹉」に同じであろう。ちょこちょこ歩くことか。
〔根底〕　そば、もと。「根」は「跟」に同じ。
〔上弄〕　未詳。人をばかにした態度、すなわち、頭巾を取り換えて別人になりすまし、二重取りをたくらむことをいうか。
〔番斷〕　未詳。ただし、『水滸傳』の第四十一回に「小番子」および『古今小説』第三十六卷に「番子手」が見え、それらは岡っ引をさすらしい（駒田信二氏「翻譯者の苦樂」、平凡社刊『中國古典文學大系』月報十四號）。
〔官（宦）裏〕　天子。俗語である。
〔馳逗〕　誘惑する・ひき入れる。「迤逗」にも作る。
〔高陽餓鬼〕　のんだくれ。「高陽」は漢初の儒者・遊説家酈食其の出身地。陸賈の『楚漢春秋』の佚文に、儒者ぎらいの漢の高祖から輕侮されたとき、食其は「高陽の飲んだくれ（高陽酒徒）にて、儒者ではござらぬ」と豪語したことがみえる（『太平御覽』卷三四二）。

楊果「旅況」三六六頁

〔破設設〕　破損のさま。

〔一弄兒〕　風景や音樂などに冠する一種の量詞（一弄兒としか使わない）。おそらく繪筆の一かき・音樂の一彈奏をいうことばが、轉化して風景にも使用されるのではないかと想像する。

〔壁指〕　未詳。おそらく「薜芷」の音通。

〔黑足呂〕　「足呂」は形容詞につく擬態語で、のちにみえる「薄支辣」、そのほか乾支剌、措吉列、輕吉列・驚急列・荆棘剌・滑出律などの下二音と一類の語で、元曲に特有の語である（王季思校注『西廂記』八六頁參照）。そのニュアンスもおよそ同じ範疇に屬するはずだが、「黑足呂」は黑くてずんぐりした感じ。

〔拗椿〕　ねじれた棒杭。

庾天錫「思情」三七一頁。

〔迤逗〕　時間的・空間的にうねる形容。曲線的な行動・狀況に使われる。ここは、秋が三寒四溫をへて徐徐に漸進的に訪ずれるさまをいう。

〔鎮日〕　終日。詞に頻用される俗語。「鎮常」（いつも）という語もある。

〔㦬㦬〕　病むさま。三音節化すると「病㦬㦬」「瘦㦬㦬」「悶㦬㦬」という。

〔好姻緣不到頭〕　一種の諺であろう。似合いの良緣と思われる男女の仲は、とかく最終的にはまとまらぬものという、悲觀的な考えかた。商政叔の散曲「遠寄」にも「好姻緣眼見得無終始」（めでたき緣（えにし）はみすみす終りを全うせぬもの）とみえる。

〔悶酒〕　やけ酒。

〔罷手〕　手をひく。『西廂記』第四本第一折・〔麻郎兒么篇〕「世有。便休。罷手」（世間には、それですむなら手を引くということもあるけれど）。

〔則怕〕　曲中の「則」はすべて「只」に同じ。「子」にも作る。

〔消瘦〕　やせる・憔悴する。雙聲の語。

〔都一般〕　みな同じ（自分もあいても）。「一般」は「一樣」。

〔風流〕　いろっぽさ。異性をひきつける顔をいう。

〔下的〕　おもいきった行爲をする。
〔主意〕　自主的な意見、考え・きもち。
〔料應來〕　想像する・推量する。
〔臉兒羞〕　「羞」は「嬌羞」、器量のよさ・べっぴんをさすだろう。無名氏の散曲「思情」に「不是這擲果的潘安俏、都則爲當壚的卓氏羞」（果物なげこまれる潘岳の、いきさがたたったわけでなく、かん番をつとめます、卓文君の器量のせい）とある。
〔寃家〕　かわいいひと。憎いほどかわいいという氣もちを示す語。妻・子や戀人に用いる。
〔玉人兒〕　玉のように美しいひと。兩性ともに用いる。
〔強似〕　下句の「勝似」と同じく「……よりまさる」意。俗語の場合、形容詞＋如（似）はみな比較級に解する。
〔呵〕　條件句の句末の助字。現代語なら「呢」というべきところ。
〔蒲梢〕　アラビア馬。『史記』樂書にみえ、一日に千里をかけるという。
〔氣命兒〕　守り本尊（運勢上のことば）か。生命ではなかろう。趙明道の散曲「寄香羅帕」に「氣命兒般敬重看承、心肝兒般愛憐收拾」とみえる。
馬致遠「借馬」三七四頁
〔看承〕　世話する・眼をかける。
〔逐宵上〕　毎夜。「上」は「晩上」の上と同じ語助。
〔膘息〕　肥える（家畜についていう）。
〔但〕　凡に同じ（『助字辨略』巻三）。
〔刷洗〕　ブラシかけて洗う。雙聲語。
〔辛勤〕　辛苦。疊韻語。
〔出言〕　口に出していう。すでに厚顔さを示す。
〔推〕　ことわる。「推辭」におなじ。
〔懶設設〕　無精なさま、ものぐさなさま。

〔槽〕　馬小屋。かいば桶ではない。
〔意遲遲〕　氣のりせぬさま。
〔氣忿忿〕　ぷりぷりするさま。「氣憤憤」に同じ。
〔韉〕　鞍をおく。韀にも作る。「韉馬」といえば、馬に鞍などつけて乗る準備をすることである。
〔半晌〕　短い時間をさす副詞。しばらく。「一晌」という語もある。
〔語不語〕　肯定と否定とを連らねると、邦語の「腹がたつのたたないの」という強い肯定になる。下句の「知不知」も同じで、十分知ってるはずだの意。
〔不曉事〕　わからずや。
〔頹人〕　あん畜生、罵倒語。「頹」はのちにもみえるように、卑猥な語であり、「潑」などと同様に悪罵に用いる。
〔精細〕　現代語の「精明」。邦語の「しっかりしている」と同じく、時には少少非難めいても使用される。
〔道不得〕　「可不道」と同じで、「というではないか」。以下に成句・俗諺がおかれる。
〔他人弓休挽、他人馬休騎〕　敦煌文書中の『太公家教』に「他弓莫挽、他馬莫騎」とみえる。
〔地皮〕　地めん。商挺の散曲〔潘妃曲〕に「驀聽得門外地皮兒鳴。則道是多情。却原來翠竹把紗窗映」（ふと門の外の地めんに音をききつけ、深なさけのあのひととおもうたら、紗の窓にちらつく翠（みどり）の竹）。
〔鬆鬆〕　ゆるむさま。「慢鬆鬆」（のろのろ）という語もある。
〔尻包兒〕　しり。
〔前口兒休提〕　「前口兒」は未詳。「提」はもちあげる。ただし、口に出していう意と雙關の使い方であるかもしれぬ。
〔三山骨〕　馬の臀部の三か處もりあがった骨をいうのであろう。朱居易『元劇俗語方言例釋』（五一頁）は誤まっている。
〔穩蹄〕　ひずめを缺くことか。
〔抛糞〕　大便する。忘恩行爲を意味する成語に「背槽抛糞」がある。
〔乾處・淨處〕　「乾淨」を分割して用いていることに注意されたい。
〔尿綽〕　小便する。
〔椿橛〕　棒杭。『越諺』巻中に「莊掘、椿橛なり」とみえる。

〔雲長赤兎〕「雲長」は關羽のあざな。その愛馬が赤兎（あか馬）。

〔益德烏騅〕益（翼の音通）德は張飛のあざな。その愛馬が烏騅（くろ馬）で、ともに『全相三國志平話』にみえる。

〔渲〕水洗いすることか。

〔侵着頹〕「頹」は生殖器をいう。

〔鍘〕（まぐさを）切る。

〔忒〕現代語の「太」に同じ。「忒太」の語もある。

〔寒碎〕けちくさい・細かいことをいう。

〔彫〕鞭で打つ。空を切ってかすめるような打ち方をいう（發音も擬聲的な diu）。

〔馬眼〕馬の眼ではなくて、他の部分、たとえば肛門をさすのではなかろうか。

〔毛衣〕毛の部分。

〔惡弟兄〕兄弟といっても、實の兄弟ではない。契りを交わした仲。

〔反面皮〕ぷいと顔をそむけること。いままで仲のよかったものが、急にすげない態度に出ること、「翻臉」ともいう。「面皮」は現代語の「面孔」。

〔行〕音 hang。「根前」「根底」の意であるが、この表現はしばしば「……に（對して）」という一種の與格助詞のごときはたらきをする。

〔囑付〕申しつける・たのむ。

〔鞍心馬戶・刷子去刀〕宋・元期の粹人や藝者が一種の教養とした文字分解の遊び、いわゆる「拆白道字」の實例である。上句は「馿」、下句は弔（吊）を示す。「馿弔」とは「頓馬・まぬけ」を意味する罵倒語（王季思校注『西廂記』一九五頁參照）。「鞍心」もなにかの文字を示すかもしれぬが、わからない。

〔作疑〕うたがう・ためらう。

〔早晨間〕宋・元期の時間的副詞が三音節化するときは、間・裏・上などを加える。

〔日平西〕ほとんど「傍晚」という語に近い語として、『永樂大典戲文』中で「平西」「平夕」が使われている。

〔好去〕「さようなら」という語。

高安道「皮匠説謊」三七八頁

〔皮匠〕皮職人・皮靴屋。

〔十載寒窗〕科擧の受驗勉強にはしばしば十年をいう。「十年窗下無人問、一擧成名天下知」は俗文學に頻見する成句。

〔登科記〕科擧の合格者名簿。そのつど發行されて、合格者の出身地などを記す。ただし、ここは「登科して記される」という構造であるかもしれない。

〔忘機〕「機」は「機心」を意味するであろう。世俗的なさかしら、巧みの心、野心をいう。白樸の散曲「漁夫」に「雖無刎頸交、却有忘機友」（刎頸の友こそないけれど、忘機の友がありまする）。

〔老成靴脚〕「老成」はおそらく科擧になんども失敗した浪人を諷刺的に呼んだのであろう。「靴脚」は足もと。「誶范叔」劇第一折〔鵲踏枝〕「但有些箇好穿着好靴脚。出來的苦眼鋪眉、一箇箇納胯那腰」（ちょいと衣裳や足もとがりっぱであれば、おおきな顔して、どいつもこいつも偉そうな態度）。

〔四縫磕瓜頭〕むろん靴のスタイル・仕立の一種であろうが未詳。『水滸傳』第七回に「穿一對磕瓜頭朝樣皂靴」、また第百十七回に「足穿四縫乾皂朝靴」とみえる。

〔除是〕「除非」に同じ。「ただ……だけ」の意。三音節化するには則・只・子を加える。（張書四九二頁）。

〔快做〕快は手ぎわのよいこと。

〔材式〕材料。靴にしあげる皮をさす。

〔樣製〕型・つくり。

〔下工夫〕現代語の「用功（夫）」に同じ。

〔一樁樁〕「一件件」、一つ一つ。

〔細錐麄線禁登陟〕禁は耐えること。「登陟」（山登り）は科擧に及第することにかけていうか。

〔團根〕根は跟、まるかがとか。

〔線脚兒〕縫いめ。『西廂記』第三本第四折・〔紫花兒序〕「好着我似線脚兒般殷勤。不離了針」（おかげでわたしは縫いめのよう、針を離れずまめまめしい）。

〔勒〕しめつける。

〔靿子齊〕『集韻』に「曲也、俗謂靴鞾曰靿」とあり、靴の内側の曲線部分を指すらしい。その曲りぐあいが左右兩足そろっている（齊）ことであろう。

〔上下相趁〕趁は追・逐・隨などの概念をもつ。やはり兩足について高さが一致することをいうか。

〔鞥口〕足を入れる口の部分か。よくわからない。

〔脱着〕ぬぐのと穿くのと。

〔探頭〕靴の頭が底皮からはみ出ることであろう。首を伸ばしてきょろきょろ見まわすことを「探頭（探腦）」という。

〔蹴尖〕靴尖をものにぶつける、つきあたる。

〔襯〕「皮襯」か、皮うら。『水滸傳』第十三回に「脚登一雙黃皮襯底靴」とみえる。

〔剜裁〕曲線的に裁斷する。

〔臉戲兒〕靴の部分であろうが未詳。

〔微分間〕たちまち、短い時間。

〔攏揎〕靴表をまげて寄せることか。

〔腮幫兒〕靴の側面、出ばったところ。「側幫」、單に「幫兒」という。

〔省可裏〕禁止の語、……するな。實は副詞的用法をもつ（張書五一五頁）。

〔腦〕靴のうしろ側のふくらみをいうか。

〔趺〕土ふまずをさすか。

〔半日〕現代語の「半天」と同じく、長い時間をいう。

〔先伶俐〕先はこちらの方から、あるいは先拂いの「先」か。「伶俐」はよく氣のつくこと。

〔生活〕生活のしろ、品物（しごと）を指す。

〔剗地〕意外さ・理由なさなど、衝撃的な事態の發生をいう。翻譯するのにむつかしいことばである（張書四五三頁）。

〔量底樣云云〕以下の二句は靴屋の辯解であろう。

〔九遍家・數遭家〕「家」は價・箇などと一類で副詞を形成する。

〔掀皮尺〕「皮尺」は皮の物さしか。それをぴんぴんはねながら使うから「掀」というのであろう。

〔磨石〕　砥石。
〔荒獐〕　うろたえるさま。疊韻の擬態語。
〔筋舒力盡〕　ぐったりする・へとへと。成語。
〔眼運頭低〕　がっくりするさま。成語。運は暈。
〔幾番云云〕　以下の句も靴屋の辯解、または作者が想像して、そう言いたいのだろうというきもち。
〔揎頭〕　未詳。おそらく靴型であろう。
〔粘主根〕　未詳。根はおそらく跟、いちばん大事なかかと部分を靴底にはりつけることであろうか。
〔樺皮〕　樺は木の名、その木皮は厚くて、ろうそくを巻いたり、刀の柄にはりつける。元曲では厚顔のことを「樺皮臉」という。「病劉千」劇第三折〔尾聲〕「無處發付那千層樺皮臉」（なんとも始末がわるいはあの千枚ばりの樺皮のつら）。
〔糠糟〕　ぬかかす。未詳。
〔靴行例〕　行は同業組合で hang と發音する。例は規定。靴屋なかまの規定。越はそれに違背することか。
〔膠水解散〕　膠をといた水が分離して、粘着力を失う。
〔皮糙燋黧〕　皮がかさかさになり黒くやけることか。
〔走的來不發心〕　べつに思いたつわけでなく、ひょいと出かけることか。
〔燋的方見次第〕　燋はいらだつ。方は去の誤寫であろう。「次第」は靴の進行狀況をさすか。
〔迷奚〕　眼をほそめるさま、疊韻の擬態語。
〔陪笑〕　おあいそ笑い。
〔執閉〕　おししずめる。
〔頑心〕　横着な根性。
〔巴的〕　「巴不得」・「盼不得」などに同じ。現代語の「恨不得」の意。
〔羅街拽巷〕　街中を引きまわす、成語。「冤家債主」劇第一折〔那吒令〕「你看這倚勢口囉巷拽街」（やれまあ、威勢をかさに町中にふれて練りおるわ）。
〔唱叫揚疾〕　ひとの缺點をあばき立てて、大聲でわめく。成語。

〔軟厮禁〕 ぐんなり。『西廂記』第三本第四折〔鬼三台〕「若見玉天仙怎生軟厮禁」（辨天さまに出逢うたら、どうしてぐんなりなさる）。ここは作者の交渉のおだやかな態度をさすか。

〔硬厮併〕 強引・強硬なさま。「病劉千」劇第二折〔紫花兒序〕「俺兩個硬厮併暗厮算」（われらふたり強引にやみ討ちねらう）。

〔不濟〕 現代語の「不行」に同じ。

〔調脱空〕 「脱空」はうそ、三字は「調謊」に同じ。

〔攀今古〕 攀は「攀話・攀談」の攀。古今の話題をひき出す。

〔念條欵〕 「條欵」は規則・條例。ここはごたくをのべることか。

〔說是非〕 もの事を批判する、文句をつける。以上の二句は話題を外らしてごまかすことであろう。

〔骷髏卦・猫狗砌〕 どちらも未詳。

〔鈎絆〕 未詳。刺繡の一種か。

〔窟嵌〕 アップリケをいうか。

〔倒鈎針〕 未詳。「鈎針」は釣り針。

〔背襯〕 うら。

〔三垂雲〕 四垂は四方であり、だから三方雲といったところか。「三垂」の語は四方のどれか三つを指し、定まらない。

〔一抹圈金沿寶裏〕 未詳。

〔閑淘氣〕 「淘氣」はさわぎたてること。「閑」・「閒」はつまらぬ、無益なことをさす。「任風子」劇第三折〔五煞〕「哎你箇無梁桶的哥哥枉了提。休則管閒淘氣」（やれ、手のない桶のあんちゃん、口に出すもむだ〔提を「無梁桶」にかける〕、やたらそんなに騒ぎなさんな）。

〔子索〕 子は只、索は要。

〔行監坐守〕 行動を四六時中監視すること、成語。「行守坐隨」と同じ（「羊訴冤」參照）。

〔東走西移〕 あちこちうろうろする。成語。

〔調發〕 なぶりものにする、ごまかす、からかう。「酷寒亭」劇第一折〔後庭花〕「若不說妻兒亡化。你這令史每有三千番厮調發」（音にきこえたあんたたち、役場の書記の根性わる、内儀が死んだと、そうでもいわねば、三千遍もぬけぬけと、いい抜けなさるは知れたこと。——吉川譯）。

〔投至……先〕「比及……先」に同じ。……するより先に。

〔舊兀剌〕おんぼろ（靴）といった語。「兀剌」は形容語に付いて、少しおどけたニュアンスを添える語助。「軟兀剌」（くんなり・へなへな）「莽兀剌」（あらっぽい）「熱兀羅」（あつあつ）などは一類の語である。

鍾嗣成「自序醜齋」三八二頁

〔所事〕事ごとに、何事につけても（張書三八四頁）。

〔評跋〕品さだめ。評論・批判する（張書六二八頁）。

〔是非〕いざこざ・もめごと。

〔折莫〕遮莫。現代語の「儘管・不管」に同じ。

〔擡舉〕ひきたてる・推舉する。

〔得便宜〕うまいことする・得をする。その反對は「落便宜・失便宜」。「得便宜處落便宜」という成句が元曲に頻見する。

〔未得文章力〕「得力」はおかげをこうむる。現代語も同じ。

〔胸藏錦繡、口唾珠璣〕詩文の才能のゆたかさをいう成語。

〔灰容土貌〕青びょうたん。顏色のわるいことを形容する成語。

〔細眼單眉〕「單眉」は未詳。發音は違うが、「淡（dam）眉」と同じか。

〔那裏取〕「那裏是（有）」と同じ。そんなことがあるものか。

〔陳平般云云〕漢の丞相陳平は美男子だった。『史記』巻五十六に「平は長大にして美色なり」というし、「絳侯灌嬰らみな陳平を讒して曰く、平は美丈夫なりと雖も冠玉の如くなるのみ、其の中いまだ必ずしも有らざるなりと」とみえる。

〔何晏般云云〕元曲に趙天錫「試湯餠何郎傅粉」劇がある。『蒙求』「平叔傅粉」、ことは『世說新語』容止篇にみえる。つぎの潘岳とともに代表的な色男。

〔潘安般云云〕元曲に高文秀「五鳳樓潘安擲果」劇がある。『蒙求』「岳湛連璧」、ことは『世說新語』容止篇の注に引く『裴子語林』にみえる。

〔俊俏〕いきな・ハンサム。雙聲の擬態語。

〔就裏〕　仔細・眞相・内實。
〔爭氣〕　かい性を出す（曹組「紅窗迥」注參照）。
〔黃榜〕　科擧の合格者發表揭示板。
〔准擬〕　現代語の「打算」に同じ。
〔抓劄〕　劄は紮、抓はつかむ。髮を束ね結うこと。
〔鑽天髻〕　まげの型だが未詳。
〔軟烏紗〕　「烏紗」は黑のうす絹で作った帽子で官帽。軟は「軟脚（角）」といって垂れに芯の入っていないものをいう。『水滸傳』第百十七回「頭裹烏紗軟角唐巾、……足穿四縫乾皂朝靴」。
〔乾皂靴〕　黑皮の官靴をいう。乾は未詳、あるいは硬い感じをいうか（前注參照）。
〔出落〕　めだつ・ひけらかす（張書三八八頁）。
〔簌地衣〕　簌はすだれや衣服が地に垂れることをいう。
〔猛可地〕　突然。「猛可裏」「猛然」ともいう。
〔尊瞻視貌重招威〕　この句は上三下四の七字句で「瞻視を尊び貌は威を招くを重んず」と讀まねばならぬ。「蕭淑蘭」劇第四折〔神仗兒〕「可不道尊瞻視正衣冠」（見場（みば）を尊び衣冠を正すというではないか）。
〔尋思〕　考える・思案する。雙聲語。
〔鎊鑤〕　どちらも削る意。鑤は鉋に同じく、かんなやちょうなで削る。
〔胎中疾〕　未詳。
〔饒你〕　「儘管」「假饒」などに同じ。
〔閑中解盡其中意〕　おちついて考えれば物の道理がすっかりわかることであろう。
〔自恁〕　自は則・只（強勢の助字）であろう。このように。
〔出塞〕　邊塞から出る。「雁」をもち出すために「塞」といわねばならないのだろう。
〔魚恐墜・雁驚飛〕　美人を形容することば「沈魚落雁」（『莊子』齊物論にみえることばが曲解されたという）を逆用した。醜男を見て魚は恐れて底におち、雁は驚いて飛び立つ。「墜」は沈むよりも強い衝擊をおもわせることばで、どしんと落ちる感じ。

〔入園林〕 俗世を避けて隠遁すること。

〔生前難入畫二句〕 國家の功臣として凌烟閣上に肖像を掲げて、名を題されることもむつかしい。

〔寫神的〕 似顔繪かき。

〔造化機〕 造物主の巧み。

〔打草〕 草稿をつくる（文章や繪の場合）。

〔兩般兒〕 兩様。ふた種類の人間が同じように描かれることをいうのだろう。

〔法刀〕 正式なつくりの刀か。ここは肖像畫に畫き添える刀を想わせる。

〔粧鬼的添上嘴鼻〕 お神樂で鬼に扮するものが、口や鼻をくっつける。ただし、何をいおうとするかよくわからない。

〔眼巧何須様子比〕 眼のきくものは模寫すべき手本がいらないと讀まれるが、よくわからない。

〔拿霧藝〕 すばらしい技藝。「握霧拿雲手」という成句がある。霧は、雲の誤りか。

〔誅龍局段打鳳機〕 龍・鳳はともに大物・大人物・美男などをさす。成語「打鳳牢龍」は大物をしとめる（たとえば女がすばらしい旦那を物にする）ことをいう。「局段」は手段・てくだ。「機」は機關、からくり・わな・仕掛け。

〔灌口〕 灌口二郎神。民間信仰の神。この神が美貌であることは、あまり聞かない。

〔貌賽神仙〕 賽は「比賽」、比較する。

〔洞賓出世〕 洞賓は八仙のひとり呂洞賓、溫和な美男として知られる。神仙だから「出世」といったのである。

〔沒答了鏝的〕 「沒」は一本「設」に作る。「鏝」は銭のうら、轉じて銭のこと。幕ともいう。金を浪費する意味の廓ことばに「撒鏝」がある。一句の意はお金を使いはたすことか、よくわからぬ。

〔夢撒了寮丁〕 やはり、金銭を浪費して無一文になることのようである（張書七五六頁）。上句とともに、やはり廓ことばでなかろうか。

〔也不見得〕 ……ともおもえぬ、……かもしれぬ。現代語も同じ。

〔論黃數黑〕 他人のことをとやかく批評する、成語。「百花亭」劇第四折〔水仙子〕「使不的你論黃數黑」（とやかくの文句も間にあわぬ）。

〔一箇斬蛟龍云云〕　以下の二句は醜貌でもすぐれた武藝のために出世したものの例をあげるのだろう。「斬蛟龍」は文士の例で、孔子の弟子澹臺滅明（子羽）を指す。かれが千金の璧をもって黄河を渡ったとき、河伯（河の神）の命令でおそいかかった二匹の蛟龍を斬り、璧を河中に投げすてた。恐れをなした河伯が返すと、それを毀して立ち去ったという（『博物志』。『蒙求』「澹臺毀璧」）。かれが醜男であったことは、『史記』仲尼弟子列傳などにみえるが、出世した話の典據は未詳、たぶん元曲にし組まれたフィクションによるのだろう。

〔一箇射金錢云云〕　この方は武人の例で、故事は未詳であるが、元曲に楊顯之「醜駙馬射金錢」劇があり、金錢を射あてた醜男が公主（皇女）の婿になったことがわかる。

〔醜和好自有是和非〕　美しければ美しいで、また醜ければ醜いで、うるさい問題がおこる。

〔傍州例〕　鄰りの州の判決例、お手本。元曲の習用語。

〔有鑒識。無嗔諱〕　人を見る眼があれば、毛嫌いはない。醜貌だからといって毛嫌いはせぬ。

〔自花白寸心不昧〕　「花白」はあざける。自分で自分をそしるのでは良心にそむく。

〔咱家〕　一人稱代名詞。

〔通疎〕　世間のうら表に通じていること。

〔失商議〕　「商議」は現代語の商量。よく審議もせず容貌を決めたこと。

〔恕情罪〕　あしからずという挨拶のことば。

〔做美〕　粹をきかす。戀の仲介などにいうことば。

〔揑胎鬼〕　胎兒をつくる鬼。

楊訥「詠蛇蚕」三九八頁

〔小則小〕　小さいことは小さいが。いかにも體は小さいが（庾天錫「思情」注參照）。

〔一似〕　現代語の好像に同じ。渾一似・好一似にも作る。

〔眼睜睜〕　みすみす。がんらい眼をみはる擬態語。事態があきらかなさま（それでいて手がつけられぬ時に用いる）。

〔翻觔斗〕　とんぼ返りを打つ。「打觔斗」ともいう。

宋方壺「蚊蟲」三九九頁

〔薄劣〕　うすっぺら。この語はがんらい薄情とか悪劣を意味する。朱庭玉の散曲「女怨」に「那人家薄劣。故把雕鞍鎖者」（あのひとはひどいかた、わざわざお鞍に錠をかけ）とある。
〔撒蔕㜷〕　しなだれる・しどけない。あられもないさまを發揮すること。「蔕㜷」は「殢滞」に同じ。
〔帳嗡嗡〕　ぷーん。蚊の鳴く聲。同時に鼻にかけた妓女の聲に喩える。
〔喬聲氣〕　喬はきざな・ちゃちな、實質・誠意のないものをいう。「聲氣」はこえ。
〔禁持〕　いじめる。
〔嘶嗚嘶咂〕　「嗚咂」は吸う、あるいは舌をならすこと。「嘶」は相に同じ。
〔殢人嬌〕　人にしなだれあまえる。
〔瘦伶仃〕　ほっそり。瘦せ細ったさま。「伶仃」は疊韻の擬態語。
〔薄支辣〕　うすっぺらなさま。「支辣」は形容詞について三音節化する語助（楊果「旅況」注參照）。
〔快稜憎〕　きっ尖のするどいさま。「稜憎」は疊韻の擬態語で、やはり形容詞について三音節化する語助である。
〔滿口兒認下胭脂記〕　「滿口兒」は言を左右にせず「二つ返事で」、「認下」は承認する・白状する。「胭脂記」はべにの次第（いわれ）といった表現。蚊が口いっぱいに血をふくんでいることをおもしろく表現したのである。
〔痒撒撒〕　むずがゆいさま。
〔有你後〕　「後」は條件句の句末におかれる助字。
〔強如〕　……よりまさる（既出）。
〔蝶使蜂媒〕　色戀の使者。仲介者をいう。
〔桃花扇底〕　宋・晏幾道の有名な〔鷓鴣天〕詞に「舞低楊柳樓心月、歌盡桃花扇底風」とある。

蘇彥文「冬景」四〇四頁

〔杳杳冥冥〕　うす暗いさま。くらぐら。
〔瀟瀟灑灑〕　雪が降るさま。さらさら。
〔早是〕　現代語の「既然」にちかい用法。
〔點兒煞〕　「點兒」は水時計の滴。それが盡きるのが「煞」であろう。

〔波査〕　辛苦。
〔一時半霎〕　短い時間、四字は成語的表現。
〔凍欽欽〕　寒くてぶるぶるふるえるさま。
〔行踏〕　歩く。「走路」に同じ。
〔袁安難臥〕　後漢の袁安がまだ不遇の時代、洛陽に大雪が降り、みな食を求めて外出したのに、かれは表を閉ざして寝ていたのを、洛陽の知事に見出されて推擧された故事に據る。ことは『清異錄』に見える。
〔蒙正回窰〕　宋の宰相呂蒙正の苦學時代、乞食小屋（窰、かまあと）に住み、降雪の日にもの乞いして歩いた故事に據る。關漢卿と王實甫に「呂蒙正風雪破窰記」劇がある（王實甫の作のみ現存）。
〔買臣還家〕　漢の朱買臣の不遇時代、やはり降雪の日に薪採りに出かけた故事に據る。無名氏の「朱買臣風雪漁樵記」劇（現存、ただし古いテクストでは王鼎臣につくる）がある。
〔退之不愛〕　韓愈の「左遷至藍關示姪孫湘」詩の有名な句「雪は藍關を擁して馬前まず」から着想した、趙明道の「韓退之雪擁藍關記」劇（散佚）がある。
〔浩然休誇〕　唐の孟浩然がある雪の日、ろばに乗って梅見に出かけた故事に據る。馬致遠に「孟浩然踏雪尋梅」劇（現存）がある。（補記參照）
〔江上漁翁罷了釣槎。便休題晚來堪畫〕　唐・鄭谷の「偶題」詩に「江上晚來堪畫處、漁人披得一簑歸」とある。
〔掃雪烹茶〕　宋・陶穀がある大雪の日に雪で茶をたてて風流を自慢した故事に據る。そのおりに、もと黨進の家妓だった女に、黨家ではこんな風流事はなかったろうと威ばると、その家妓が答えて、「あのかたは粗野なおひとでとてもそんなこと。でも、銷金の暖帳の中で、淺斟低唱して羊羔兒酒（上等のうま酒）を飲みましたわ」とやりこめた（『漁隱叢話』）。
〔雪獅兒〕　雪でつくった獅子、雪だるまにあたる。
〔泥牛兒四九裏打〕　立春の日に官廳の門前に土の牛をすえ、紅・綠の鞭で打つ行事をいう（打春牛）。「四九裏」は三十六回ということであろうか。あるいは「九」が「五」の誤寫で、「四つ五つというふうに」をさすかもしれない。

唐穀夫「怨雪」四〇六頁

〔三白瑞〕　「三白」は冬至後の第三戊の日に降る雪を祝うていう。宋・陳與義の「春雪」詩にいう、「連夜抛曰三白瑞」。

〔有甚稀奇〕「稀奇」はめずらしい。この句は次の「妓女」にもみえる。

〔無主〕「無主意」に同じ。しかとした考えもなしに。

〔不着人〕「着」は用の意か。

〔潛踪躡跡〕足跡をしのばせる。成語。

〔苦上〕「苫」は掩う、「苫蓋」の語もある。

〔滾滾〕みだれ散るさま。「紛紛」よりはあらあらしい感じがする。三音節化すれば「亂滾滾」。

〔多曾〕たびたび。

〔胡做胡爲〕でたらめの行動。「喬做胡爲」ともいう。

〔掙掙癡癡〕ぎょっとたちすくむさま。「癡掙」「矙掙」（現代語の「發怔」、張書七四〇頁）を四音節化したもの。

〔林和靖〕宋の詩人林逋。梅の詩で知られる。

〔欽欽歷歷〕がくがくふるえるさま。

〔哭哭啼啼〕わあわあしくしく。

〔浪蕊閑花〕うかれ花。遊女に喩える。また「浪蕊浮花」ともいう。

〔久長計〕生涯を考えての計畫。遊女が身を固めることをさす。

宋方壺「妓女」四〇八頁
〔打熬〕きたえる。

〔斷送〕みじめな狀態に追いやることをいい、極端な場合は死を意味する。ここは樂しかるべき「雲雨の期」が、商賣のためとあればギセイにされることをいう。

〔活計〕生計、または生活の資・しごと。

〔送舊迎新〕遊女の境涯をさしていう成語。

〔過從〕客あしらい・お愛想（張書六二六頁）。

〔見識〕つねに「わる知恵」をいう。「使見識」は「わる知恵をはたらかせる」こと。

〔強風情〕色戀のみちに物堅いこと。

〔子弟・勤兒〕　ともに廓に遊ぶ若衆、蕩兒をいう。
〔出帳〕　商品として店頭に賣り出されることであろう。ここは遊女買いという一種の取引に出る意である。同じ用法は、朱庭玉の散曲「妓門庭」や劉庭信の散曲「戒嫖蕩」にもみえる。
〔起初兒〕　はじめ。
〔一合兒〕　「一會兒」に同じ。「半合兒」ともいう。
〔昏撒〕　ぼーっとするさま。
〔著迷〕　血みちをあげる・うつつをぬかす。
〔典房賣舍〕　「典賣」は借金のかたに手ばなすこと。
〔休妻〕　妻を離縁する。
〔逐朝價〕　毎日。下句の「毎日價」と同じ。
〔酒釅花濃〕　「釅」は酒の味が濃いこと。酒もまわり花やいだ雰圍氣がうまれることをいう。
〔如魚似水〕　男女の仲がこまやかなさま。
〔一番〕　上下の「一番」は呼應して、同じ時をさす。そのつど。
〔旋……旋……〕　「一面……一面……」の表現に類似する。
〔打算〕　勘定する。現代語のそれより意味は限定されて狹い。
〔伶利〕　頭の廻轉がはやいさま（既出）。
〔將取孛蘭數取梨〕　成語だがよくわからぬ。「孛蘭」は「孛籃」「箄籃」にもつくる。竹かご。「竹かごをもち出して梨を數える」とは、計算ずくで戀をすることをいうらしい。なお、「取」は動詞につく助字。無名氏の散曲〔風入松〕に「只不如將取孛籃便數」とみえる（『陽春白雪』後集巻五收）。
〔郎君〕　殿方。「子弟」に類する語。
〔綠豆皮兒伱請退〕　綠豆は皮を取り去って（退）食べるから、「綠豆皮」というだけで「退」の意を暗示する。いわゆる歇後語の一つである。
〔打發・安排〕　あしらう。

〔這壁・那壁〕「這邊・那邊」に同じ。三音節化すれば、「廂」を添える。

〔應付〕對處・處置する。「付」は「副」にもつくる。

無名氏「拘刷行院」四一〇頁

〔拘刷〕臨檢・手入れ。法制用語。

〔行院〕この語については三つの說がある。王國維氏は「倡伎の居るところ」すなわち教坊（官營の遊廓）とし（『宋元戲曲史』）、鄭振鐸氏は移動歌舞團とし（「行院考」）、近人胡忌氏は妓女乃至流し藝人一般をさすとする（『宋金雜劇考』一〇頁）。この散曲などの例では、教坊ともとれるし、遊女をさすとも考えられる。

〔踈狂〕常軌を逸する・はめをはずす。ここは女郎買いを意味する。

〔特地〕わざわざ。現代語の「故意」。

〔烏帽〕黑い紗の官帽。烏紗帽（鍾嗣成「自序醜齋」注參照）。

〔掇〕とる。

〔長街〕メーン・ストリート。「短巷」に對する語。

〔短衢〕横道乃至裏通り。すなわち「短巷」。

〔樂探〕教坊所の小役人。

〔祗候〕胥吏の下まわり。

〔粉頭〕妓女・しらくび。「青衫泪」第一折〔混江龍〕「經板似粉頭排日喚」（お經の板木＝印刷のように毎日お座敷の喚び出しがかかる）。

〔生受〕めいわくする・苦勞する。

〔旦色〕芝居の女形。當時の俳優は教坊所屬の官妓がつとめ、そのうちでも特に美しい妓が女性の立て役をつとめた。

〔迭標垜〕「標垜」はわが歌舞伎小屋の正面にすえる櫓みたいなものか。がんらい、土を盛った射撃の的（まと）をいう。「迭」は「打迭（疊）」「迭辦」（ととのえる）の迭か。要するにこの三字は紋下・櫓下クラスを意味するであろう。

〔嬌羞〕あだっぽい女をいう。

〔霎兒間〕すでにみえた「一霎」「半霎」におなじ。つかのま・たちまち。

〔羊宰翻〕　上に「將」を補うとよい。「翻」も宰と同じく、屠る意。「翻羊」ともいう。
〔玉天仙〕　固有名詞ではなかろう。元曲ではいつも美女の比喩として習用される。
〔作念到三十句〕「作念」は想うあまり口にもつぶやくこと。元曲の成句として「罵到三十句」がある。
〔救命水〕　氣絶のときに飲ませる氣つけの水であろう。
〔涎涎澄澄〕　よだれを垂らすさま。
〔抹抹颩颩〕　なぐられたような狀態をいうか。ふらふら・グロッキー。「颩」は「丟」にも作る（音 diu）。石子章の散曲〔六公遍〕「前時唧噹。今番抹颩」（はじめはしゃきしゃき、いまはぐんなり）。
〔待呼小卿不姓蘇〕　蘇小卿は雙漸という書生と浮名を流した宋代の藝者。ふたりの戀は元曲における「書生と遊女の戀」の典型として、元曲中にも頻繁に引かれる。王實甫「蘇小卿月夜販茶船」劇があるが、すでに散佚した。ここの一句の意は、現われた藝者がまるで似ても似つかぬ蘇小卿で、期待はずれであることをいう。
〔待喚月仙不姓周〕　周月仙は宋の詞人柳永（耆卿）と浮名を流した藝者。ふたりの戀は小説「柳耆卿詩酒翫江樓記」（『清平山堂話本』）にみえ、戴善夫「周月仙風破明月度、柳耆卿詩酒翫江樓」劇（散佚）もある。
〔桂英〕　王魁という書生と戀におち、のちに裏切られた宋代の藝者。南戲「王魁負桂英」（散佚）で知られ、元曲中にもよく引かれる戀物語。
〔村紂〕　やぼったい。「風流・俏」（いろっぽい）の反對。雙聲の擬態語。
〔施施所事皆無禮〕　施施も藝者の名だろうが、姓はわからぬ。『雍熙樂府』巻七に二字を「西施」に作るのは、下句の「盼盼」と對する點からみてもいけない。故事はわからぬが、とにかくあばずれ藝者であったに相違ない。「所事」は既出。
〔似盼盼多應也姓劉〕　劉盼盼もあらくれ藝者らしく、元曲に關漢卿「劉盼盼鬧衡州」劇（散佚）がある。ただし、故事はわからない。「多應」は推定の語。
〔闌門酒〕「闌」は攔（さえぎる）に作るべきである。婚禮で花嫁の輿が婿の家についたとき、その門前で飲む酒。喬夢符「李太白匹配金錢記」劇第三折〔煞尾〕「準備着迎親喜筵、安排着攔門慶賀酒」（婚禮のむしろ怠りなく、祝言酒をととのえて——筑摩版『金錢記』吉川譯）。
〔粉做骷髏〕　白粉でできたしゃりこうべ。藝者を罵ることば、「粉骷髏」ともいう。無名氏散曲〔滿庭芳〕「粉骷髏安了嘴鼻」

（白粉のしゃりこうべに口鼻すえる）、明・周憲王「半夜朝元」劇第二折〔滚繡毬〕「將俺這油髩髻梳洗通、粉骷髏改換了」（このてらてら光るまげに櫛を入れ、白粉のしゃりこうべがかたぎに商賣がえ）。

〔黑鼻凹〕「鼻凹」は顔を罵ることば。

〔歪髻子〕ひんまがった髻。「歪」は寢くずれて、みっともないさま。

〔摸魚爪老〕魚つかみでもするにふさわしいいなかものの手。「爪老」は手、からだが「軀老」、腹が「奄（腌）老」、耳が「聽老」、眼が「綠（六・淥・臚）老」。

〔麄如扒齒〕「麄如」はやはり比較級を示し、「……より太い」（あるいはがさつ）。「扒」は耙にも作る、まぐわ・熊手。

〔擔水腰肢〕水汲みに従事して、天びん棒で水桶を擔うにふさわしい太い腰。男なら「蠻腰」（劉致「代馬訴寃」注參照）と形容するところであろう。

〔胼似碌軸〕「胼（莽）」は「鹵莽」がさつ・粗暴。「碌軸」は「六軸」にも作り、引き臼をいう。薛昂夫散曲・「高隱」「醉時節六軸上喬衙坐」（醉えば引き臼のうえでお白洲のまね）。

〔躭消瘦〕「躭」は「躭受」、あるいは「躭病」の躭。「消瘦」は雙聲の擬態語で、瘦せて憔悴するさま。戀わずらいで瘦せる想いをすることをさす。

〔打馬〕すごろく。やはり藝者の心得ごとの一つ。

〔撥麥〕麥の土かけ、「撥土」という。

〔看牛〕牛の守り・せわする。

〔品〕彈奏する、「品簫」。

〔搊〕絃樂器をかきならす。

〔查沙〕おしひろげる。『札樸』に「披張を觰沙という」とある。尙仲賢「氣英布」劇第三折〔剔銀燈〕「查沙着打死麒麟手」（大ものをうち殺す手をおしひろげる）。

〔生薑手〕がさつで節くれだった手をいう。

〔眼剉間〕ついうっかりしていると。「剉」は挫にも作る。盧摯散曲・「席間戲作」「眼挫里頻頻地覷我」（人のすきみてちらちらしきりとわたしを見る）。

〔鉗〕　つまむ（釘ぬきではさむように）。
〔酩子里〕　うかうかと・ぼんやりと（張書五〇三頁）。
〔掤〕　つっつく・つき刺す。
〔按酒〕　酒のさかな。「案酒」にも作る。
〔立不住腔腔嗽〕　「立不住」はストップさせられぬ。「腔腔嗽」はがらがらの歌聲か。周憲王朱有燉散曲・〔醉太平〕「腔腔渴肺因花嗽」前人・〔落梅風〕「儘腔腔嗽得來不住聲」（『萬花集』收）。
〔板齒〕　正面の平べったい齒をいうか、未詳。
〔黃頭〕　あか茶けた頭髮か。
〔青哥兒〕・〔白鶴子〕　元曲に用いられるメロディ名。
〔燥軀老〕　「燥」はがさつ、落つきのないさま。「軀老」はからだ。
〔第四如何紐〕　「第四」は「第四遍」、舞曲の名。「紐」は扭、身をくねらせて舞うこと。
〔恣胸懷〕　お客の胸を存分にはれさせてくれること。
〔別得〕　「別」は撇、二音節化すれば「撇扭」。
〔敢是〕　想像・推定の語。衣服でかくれた眼に見えない部分も、きっと以下のとおりだろうと想像するのである。
〔匾撲沙〕　ぺちゃんこ・ひしゃげた。「撲沙」は語助。
〔拐孤〕　おそらく韻律の關係で「孤拐」を倒したのだろう。「孤拐」は踝（くるぶし）の音を反切語的に二音節化した俗語。「范張雞黍」劇第一折・王仲略白「早不是臘月裡、不凍下我孤拐來」（さいわい師走でなくて、わしのくるぶしが凍えんでよかったわい）。
〔撇尺〕　大足のことか。足のことを俗語で「撇道兒」という。周憲王「仗義疎財」劇第三折〔滾繡毬〕「你看我撇道兒勾一尺」（ほらごらんなされ、あたしの足めは一尺たっぷり）。
〔光篤鹿〕　つんつるり。「篤鹿」は「禿魯」などとも書き、禿げているか、のっぺりしていることの形容語。
〔瓠子〕　「胯子」に同じ、もも・また。
〔養〕　男（また女）をこしらえる意。密通する。

〔後生〕　わかもの。
〔伴〕　戀のあい手にする、連れ添う。遊女のあいかたになることを「作伴」という。ここは船乗りをあい手にする女郎は下等なことをさすだろう。
〔偸量酒〕　こっそり酒の量をごまかすことか。
〔郎君〕　殿方といった俗語。
〔無和氣〕　あいそのないこと。
〔背板凳〕　「板凳」は床几、現代語も同じ。それを背負うとは夜鷹をさす。
〔把馬〕　未詳。ただし、卑猥なことに關する語らしい。周德淸の散曲「雙陸」〔絡絲娘〕に「村的是把着馬揭着頭蓋底」とみえる。
〔月水〕　月經。
〔嗻作〕　未詳。周憲王「桃源景」劇楔子・〔賞花時〕に「你道我嗻作的吞子忒獻關」、關漢卿散曲「不伏老」〔尾聲〕「會歌舞會吹彈會嗻作會吟詩會雙陸云云」とみえる。
〔顚倒酒淹了他衫袖〕　「顚倒」は反覆の意。宋・歐陽脩の詞に「酒淹衫袖濕、花壓帽簷低」（一本濕は重、低は輕にも作る）とある。
〔打擄〕　掠奪する。
〔狐朋狗黨〕　ぶらいの連中をいう成語。
〔虎嗻狼飡〕　貪欲な飲食ぶりを形容する成語。
〔趁熟〕　飢饉をのがれて食糧のある地帶へ來ること。
〔鵝脯兒〕　あひるの胸の肉。
〔砌末〕　『雍熙樂府』が「竊摸」に作るのはいけない。「砌末」は元雜劇において手にもつ小道具をいう。ここも小物入れか。
〔花簍〕　花かご。
〔張解元・李秀才〕　同伴の官人。「解元」は地方試驗の首席合格者。「秀才」は書生の通稱。張・李は最もポピュラーな姓。
〔不隄防〕　意外を示す助字。はからずも。

〔俺〕　やくたいもない、罵倒語。
〔女娘〕　女性をやや輕蔑した語。
〔儘世兒〕　一生を通じて。
〔誇嘴〕　ほめそやす、じまんする。
〔子弟〕　遊廓にあそぶわかもの。遊蕩者・道樂もの。
〔落得〕　現代語の「弄得」に同じ。……という結果になる。
〔短吁長嘆〕　ため息吐息、成語。
〔交錯觥籌〕　酒杯のやりとりをいう成語。
〔飽諳世事慵開口〕　世間の酸いも甘いもかみわけて口をきくのもおっくう。「會盡人情只點頭」と對する成句で、元曲によく引用される。
〔百寶粧腰帶、眞珠絡臂鞲〕　唐・杜甫「卽事」詩中の二句。
〔聞不得〕（悪臭を）かげたものでない。はなもちならぬ。
〔小産〕　流産、「半産」ともいう。
〔昏兜〕　未詳。眼まいがすることか。
〔江兒裏水唱得生〕　「江兒裏水」は「江兒水」と同じで、雙調のメロディ名、「清江引」ともいう。「唱得生」は歌い方が未熟なこと。生は熟の反對。
〔小姑兒〕　おそらく卑俗な歌曲のメロディ名であろう。
〔索〕　要求する。
〔怯薛〕　蒙古語 Kesük の華譯語、宮廷の宿衛當番。またその人を「怯薛歹」という。しかし、ここの意味はよくつかめない。
〔側脚〕　脚を正面むけてまともに運ばぬこと。
〔趄〕　よろけること。千鳥足を「脚趔趄」という。
〔烟月班頭〕　花魁。「烟月」は遊廓乃至遊女。「班頭」は「班首」と同じく、なかまの筆頭。

〔提控〕　取締官。元ではほんらい公文書を監査する職掌の「提控案牘」をいうが、一般の係長クラスをも意味する。
〔權司〕　臨時の兼官。
〔村禽獸〕　「村」はやぼったい・むさくるしい。罵倒語。
〔烟迷〕　もやがたちこめる。以下の雰圍氣が消しとぶこと。
〔蘇小小夜月鶯花市〕　蘇小小は北宋・司馬槱が夢で契った錢塘の名妓。白仁甫に「司馬槱詩酒蝶戀花、蘇小小月夜錢塘夢」という雜劇がある（散佚）。
〔許盼盼春風燕子樓〕　侯正卿に「關盼盼春風燕子樓」という雜劇がある（散佚）。ただし、南戲にも無名氏の類似劇があり、それでは「許盼盼燕子樓」と題する（散佚）。ことは『情史』巻一にみえる（關盼盼）。
〔慌煞〕　あめてふためく。「煞」は殺に同じ。
〔曹娥秀〕　元代の第一流の藝者。高安道の散曲「淡行院」中にもその名が見える。
〔眼腦〕　眼。
〔幅子〕　樂器のケースか。うえの覷は探すことであろう。
〔上瓦裏・下瓦裏〕　「瓦裏」は「瓦子」と同じく、都市の娯樂街。『夢粱錄』巻十九にいう、「その杭の瓦舍は、城の内外合計十七處あり。……市の西坊内三橋巷は大瓦子と名づく。舊くは上瓦子と呼ぶ。衆安橋の南、羊棲の前を下瓦子と名づく。舊くは北瓦子と呼ぶ」。
〔封門〕　坊（ブロック）の門を閉鎖する。非常警戒をいう。
〔覓舟〕　舟を探して逃げる。
〔眼睜睜〕　みすみす。
〔見死無人救〕　見殺しにする意の成句。「救風塵」劇第二折〔醋葫蘆〕「你做的個見死不救」。
〔比怕閻羅王罪惡多些〻人氣〕　この句は未詳。
〔李志甫〕　未詳。
〔巡軍〕　警邏隊といったところ。
〔犯由〕　罪の理由乃至罪狀書。それを書きつけたものが「犯由牌」、元曲中に頻見する。

〔遺漏〕　失火。
〔小王・小李〕　おそらく箱屋か幇閒などの遊廓にはたらく男だろう。
〔抗着氈縷〕　未詳。
〔放泥頭〕　未詳。
〔老卜兒〕　「卜兒」は鴇兒、妓樓の女將・やり手婆。
〔藉不得〕　かまっちゃおれぬ。「藉」は顧藉、現代語の「理會」の意。
〔一味地〕　ひたすらに・一ずに。
〔赸〕　逃げかくれる。「躲（趓）赸」ともいう。
〔狠撅丁〕　「狠」はあくらつ。「撅丁」は妓樓の主人（張書七二八頁）。
〔則顧〕　只顧・只管に同じ。
〔沿村串疃〕　劇團などが地方をうって廻ることをいう成語。
〔鑽山獸〕　未詳。
〔喑氣呑聲〕　いきを呑んでおびえるさま。成語。
睢玄明「詠鼓」四一五頁。
〔行逕〕　行動・行爲。主として職業をさす。
〔全仗着聲名過活〕　「聲名過活」をつらねて讀むべきである。「過活」は生計・生活ないし生活のしろ（生活品）を意味する語。
〔時下〕　さしずめ・當座。「一時下」の略。
〔皮囊〕　人間の肉體をいう俗語。太鼓の皮にかけた緣語。
〔安樂之窩〕　宋・邵康節の住居名。元曲では樂隱居の場所として「安樂窩」が、また成句として「安樂窩中且避乖」が習用される。
〔鼕鼕〕　どんどん。太鼓の音。
〔存濟〕　おちつく・おとなしくしている。雙聲語。

〔緊緊〕 ぎゅっと。しめつける形容。

〔棚扒〕 しばる。ただし罪人をしめつける時にもちいる語。「綳扒吊拷」は拷問の種類をならべた成語。

〔喬功課〕「喬」は實質のないみせかけ、すなわち、いんちき・きざなといった罵倒語。「功課」はおけいこ事・學習。

〔搬〕「搬調」「搬唆」の搬。とりむすぶ。

〔賞心樂事〕 おたのしみ。成語。

〔開山〕 寺院の開山式。やはり樂官が出張したのであろう。

〔慶棚〕 劇場の大入りを祝うことを指すだろう。「棚」は劇場・寄席。

〔賞賀〕 ご祝儀。

〔爭构闌〕 芝居小屋が競争することか。「构闌」は劇場。

〔粧標垜〕「標垜」あずち式の飾り物で、劇場の表正面に据えたらしい（「拘刷行院」注參照）。ここは太鼓をあずち代りに飾ったこと。

〔登時〕 たちまち・すぐに。「登」の音 deng が太鼓の音にかけて活用されている。

〔提錢〕 プレミアム。

〔些兒箇〕「些兒」「一些」と同じ。上の「閑」の比較級と考えてよい。各排印本はつぎの「了」（實は子＝則・只の誤寫）で句にするが、箇は韻字であり、「些兒個」は常用され、以下にもみえる。

〔子除是〕 則除・只除（既出）。

〔撲煞點砌〕 點砌は「使砌」「打砌」「渾砌」の砌で、「しゃれ・警句」であろう。警拔なしゃれをぱッぱッと吐くのが「撲煞」、煞はその行爲の極端なことをいい、「しゃれまくる」。

〔按住開呵〕「開呵」は「開科」「開呵會」ともいい、藝能上演の際の前口上をいうらしい（『水滸傳』第三十六・五十一・七十四回および「病劉千」劇第四折）。「按」はそれを型どおりやることか。「住」は語助。徐渭の『南詞敍錄』に「宋の人は、构欄（ここでは役者または出しもの）が未だ出でざるに、一老者先ず出でて大意を夸說して以て賞を求む、これを開呵と謂う。今の戲文の首《はじめ》の一出《まく》を開場（副末開場をさす）と謂うのも、亦た遺意なり」とみえる。

〔專覻〕 じっと見つめている、ねらっている。

〔古弄〕　院本（ファルス）を演ずるときに、最初に口上をのべることを指すらしい。劉庭信散曲「戒嫖蕩」に「羊尾子相古弄、假意兒厮纏綿」、周憲王「八仙慶壽」劇第二折・俫白「替那鼓弄毎開呵些也好」（あの鼓弄やくのかわりに口上をのべてくれてもいいよ）。

〔付末〕　「副末」にもつくる。院本の脚色（やくがら）の一、道化を主とする副浄に對して、軽口・駄じゃれをうけもつ。

〔收外科〕　「科」は「科泛（範）」、こなし・しぐさ。ただし、『水滸傳』第三十六回ではおさめの口上をのべることに「收科」を用いている。「外」はわき役。わき役の口上・しぐさを終えることか。

〔但有〕　「但」は凡の意（既出）。

〔決撒〕　失策・ぶちこわし（王季思校注『西廂記』一一六頁參照）。

〔隨聲和〕　その聲のすぐあとから、間髪を入れずに太鼓でごまかす。

〔拾掇〕　しまいこむ。「收拾」に同じ。

〔一和〕　「一會兒」に同じ。

〔五音〕　五種の樂器、ただしなにを指すかは未詳。

〔脾和〕　きもちがなごむ、また、氣が合う。張養浩散曲・「辭官」「共鄰叟兩三箇。無拘束既脾和」（近所の爺さま二三人と、しばられることもなくていいきぶん）。

〔宣詔〕　天子のみことのりの類をいう。

〔隨身禍〕　もって生まれた不運。元曲の習語。

〔既漸〕　次第に。「積漸」にも作る。

〔肚皮〕　腹。腹の皮ではない。「皮」はやはり太鼓の縁語。

〔腔新譜舊〕　「腔譜」は節づけすることか。

〔却不道〕　ここの用法は反語ではない。「道」は想道・說道の意。

〔捋〕　低劣をいう。

〔子弟〕　若衆、藝能にふける道樂者。

〔攛〕　句法よりみて下に「掇」（押韻字）を脱することは明らかである。「攛掇」は樂器を奏すること（張書六一五頁）。

〔頑皮〕 わんぱく・あばれん坊。「俏皮」「調皮」などと一類の俗語。やはり「皮」は太鼓の縁語である。
〔喫甚麽〕 おまんまが食えぬ。生活がたたぬことを意味する。
〔唆〕 おそらく「睃」の誤寫であろう。横眼でにらむこと。
〔招子〕 看板。外題を書いて表正面に貼ってあるものをいう。
〔赸過〕 避けて通る（王季思校注『西廂記』一一九頁參照）。
〔排場〕 舞臺、あるいは芝居を上演すること。
〔表子〕 妓女。當時の芝居は教坊の官妓が俳優をつとめた。
〔場戶〕 觀衆・お客。
〔闌珊〕 さびれるさま。疊韻の擬態語。
〔五千串拍板〕 「拍板」は二枚または四枚ざしのキャスタネット。
〔救月〕 月蝕は災害と意識され、月蝕の時には太鼓を叩いて祈った。
〔打蝗蟲〕 いなごの驅逐にも太鼓を叩いたことがわかる。「打」は狩りを意味する。
〔鬨不和〕 さわがしい。三音節の擬態語とみなしてよかろう。
〔不信〕 ほとんど現代語の「難道」の用法に近い。
〔惱聒〕 うるさい・やかましい。
〔齋時〕 晝食時。がんらいは佛教の用語であろう。
〔剉〕 「剉過」の意で、うっかりやりすごすこと。剉は「挫」「錯」にもつくる。
〔淡廝〕 いんちきなやつ・いかさまもん。

劉致「代馬訴冤」四一九頁
〔怨他誰〕 他は助字、「知他」などの他と同じ。
〔用之行捨之棄〕 『論語』述而篇「用之則行、舍之則藏」。
〔三月襄陽綠草齊〕 胡曾の「詠史詩」巻二「檀溪」の首句。蜀の劉備が荆州の劉表のもとに寄食していたとき、表の後妻とその弟がかれを憎み、表が郡守たちを招いた宴に病氣の表の代りに劉備を出席させて暗殺を圖る。そのときかれは名馬的盧のおかげで檀溪をとび越えて逃げることができた。『三國志演義』第三十四回に語られ、また高文秀の雜劇「劉玄德獨赴襄陽會」も現存する。〔得勝令〕の「跳檀溪云云」も同じ故事にもとづく。

〔一鞭行色夕陽低〕 先人の詩句であろうが、未詳。

〔垂韁〕 馬の報恩物語にもとづく。賊に追撃された前秦の苻堅が川に落ちて危いとき、馬が首をさげてたづなを垂らし救命した(『異苑』巻三)。

〔單刀會〕 孫權が魯肅をやって荊州の地を要求させたとき、その會談に關羽が單刀をたばさみ赤兎馬に乘ってのりこみ、あいてを壓倒する故事。『三國志演義』第六十六回に語られ、また有名な關漢卿の雜劇「關大王獨赴單刀會」が現存する。

〔美良川〕 唐の尉遲敬德(恭)が永安王孝基を擊破したところ。山西省聞喜縣付近にある。

〔躥〕 とびはねる。

〔踮〕 ふむ。

〔竹杖・芒鞋〕 馬を扱う馬夫の身廻り品。

〔殃及〕「央及」にも作る。たのむ。

〔唱道〕 雙調套尾曲〔鴛鴦煞〕の第五句首に必ず用いる語で、調子ことば。ほとんど意味がない。暢道にも作る(がんらいは眞是の意)。

〔站赤〕 蒙古語 zamci の譯語で元代の驛傳に奉仕するもの、站戸ともいう。

姚守中「牛訴冤」四二一頁

〔醜則醜〕 みにくいはみにくいけれども。この用法の則は既出。

〔杏花村〕 唐・杜牧「清明」詩「借問す酒家何れの處にか有ると、牧童遙かに指す杏花の村」。

〔桃林野〕『尚書』武成篇「牛を桃林の野に放つ」。

〔一犂江上雨〕 一犂雨は一すき耕すのによい雨。古詩に「江上一犂春雨足」とある。王仲文「救孝子」劇第一折〔賺煞尾〕「趁着個一犂春雨做生涯」(ざーっと一降り春雨に、すきを入れる暮らしをなされ)。

〔助田單英勇陣〕 戰國期、齊の田單が牛の角にたいまつをつけて火攻めにした故事。『蒙求』「田單火牛」。元曲にも屈子敬「縱放牛田單復齊」劇および無名氏「田單火牛」劇(ともに散佚)がある。

〔駕老子驀山居〕『關中記』にいう「周の元年、老子の關を度るや、令尹喜まず門吏を敕しめて曰く『若し老公の東より青牛の薄板車に乘るものあらば、關を過ぐるを聽す勿れ』と」。驀はふみ越えること。

〔一朝染患倒在官衢云云〕漢の丞相丙吉が民情視察のおり、喘いでいる牛をみつけて、時節が狂っていることを知り、それは政治の責任であると反省する故事（『漢書』卷七十四、丙吉傳）。『蒙求』「丙吉牛喘」。これをしくんだ李寬甫の「漢丞相丙吉問牛喘」劇（散佚）がある。

〔潤國於民〕於は動詞的用法。「爲國於家」の於に同じ。

〔一勇性〕一おもいに。ふんぎりのいいさま。「一湧性」にも作る。

〔從來不怕虎〕『抱朴子』に「智禽は蘆を銜えて以て網に逆らい、水牛は陣を結みて虎を却く」とみえるのをふまえるか。

〔伴哥・王留〕ともに農民をさす、ほとんど普通名詞化した呼稱。田吾作、權兵衞に類する。

〔受用〕エンジョイする。

〔中書部符〕部は六部、中書省の管轄部（刑部）の通牒。符は剳符。

〔行移〕文書をまわす（同級官廳へ）。

〔鄉都〕地方の行政廳のある町、省首府。

〔里正・社長〕官より委囑された民間の警察行政擔當者。村長・庄屋。

〔申路〕路は元代の地方行政區、いまの省にあたる。

〔家私〕財產。家計・家火・家當ともいう。

〔從公〕公正に・正式に。

〔發付〕處置する。

〔閃得我醜屍不着墳墓〕「閃」は「抛閃」ともいい、急激にみじめな境涯に陥らせること。「不着墳墓」も行き倒れをいう一種の成語。

〔圈門〕「圈」は動物をかこう檻・圍い。

〔多應是〕推定・想像の語。

〔忻都〕印度人。あるいは固有名詞に轉化したものか。『元史』・『元典章』にも頻見する。

〔經斷〕　罪の判決をうける、前科をしめす。「經罪斷決」の略（吏牘語）。
〔北漚〕　漚は未詳。扁旁に誤りがあるかもしれない。
〔王屠〕　屠は「屠戶」（家畜屠殺業者）、王は姓。
〔莫不待將我釁鍾云云〕　『孟子』梁惠王篇上にみえる有名な故事。
〔那思想耕牛爲主〕「耕牛爲主」は禁令中の文句であろう。「那思想」は「那裏想」に同じ。あるいは、「思」は「里」の草體による誤寫かもしれない。
〔不覩是〕　わからずや・恥知らず。「是」は「事」にも作る（張書五〇七頁）。
〔將軍柱〕　人間を處刑する時に縛るポール。
〔戰撲速〕　ふるえるさま。ぶるるッ。
〔登時間〕　たちまち。
〔血糢糊〕　血のりがべったりついた形容。
〔分張〕　分ける・分配する。
〔切〕　刺身のようにうす切りにする。
〔應捕人〕　逮捕係り（吏牘語）。
〔彈壓〕　目明かしにあたる。
〔膊項〕　くびから肩にかけた部分（ロース）。
〔弓兵〕　捕り手にあたる。「弓手」ともいう。
〔却不道〕　可不道におなじ。たいてい下に成句がおかれる。
〔聞其聲不忍食其肉〕　前掲『孟子』中の語。
〔料物〕　料理の副菜。すき燒でいえば、ねぎとか豆腐など。
〔美甘甘・香噴噴〕　すばらしい味と香りを形容する語。
〔軟如酥〕「軟如」も比較級の表現。「酥」はチーズ。
〔餔啜〕　飲食する。

〔喬人物〕　キザなやつ、いんちき野郎。喬はみせかけだけで實質のないこと。喬人。喬才（材）・喬男女などみな同じ罵倒語。
〔取意兒〕　たのしむ。
〔餛飩〕　ワンタン。
〔熓〕　むし焼きする。
〔黄犬能醫冷〕　『本草綱目』巻五十によれば、犬は、「胃の氣を補い、陽道を壯（さか）んにし、腰・膝を暖め、氣力を益す」とある。あか犬のことには特にふれていない。
〔賽過〕　まさる。元曲中のやぶ醫者はたいてい「賽盧醫」という。名醫扁鵲（盧醫）にまさる意。
〔胡羊善補虛〕　『本草綱目』巻五十によれば、羊は一般に「虛勞寒冷」に效き、「中を補い氣を益す」という。「胡羊」については同書の注に「大食國、胡羊を出す」とみえる。
〔椒花露〕　美酒の名。
〔時苗留下犢〕　時苗は三國魏のひと。壽春縣令に赴任したとき牸（牝牛）に乘ってゆき、一年あまりして生まれた犢（子牛）を、離任のおりに殘していった。『太平御覽』巻八九八に引く『魏略』にみえる故事。『蒙求』「時苗留犢」。
〔牯〕　去勢された牛。ここは牝牛を使わず雄牛を用いたことを指す。
〔展草〕　犬の報恩物語をさす。野原で睡眠中にうっかり火を放たれ、燒け殺されそうになったとき、愛犬が川と現場を往復して、周圍の草をぬらし、主人を助けた（『搜神記』巻二十）。「展」は「沾」の音通。
〔直錢〕　直は値。
〔泥牛能報春〕　打春牛の行事（既出）。
〔石牛能致雨〕　鬱林郡のある池に石の牛があり、旱魃がつづくと、人民たちは牛を殺してその血を泥にまぜ、石牛の背中に塗って雨乞いした。『廣州記』にみえる故事。
〔觔兒鋪了弓〕　牛の筋を弓に捲いたのであろう。
〔鞔〕　太鼓に皮を張ること。
〔烏犀帶〕　官吏の禮服用ベルト。
〔花蹄兒開成玳瑁梳〕　「玳瑁（べっこう）の梳」といっても實際は牛の蹄が使われたのであろう。おそらく安物のまがい品を意味する。

曾瑞「羊訴冤」四二六頁

〔十二宮〕 十二支。「宮」は命宮、運命判断に用いる術語。

〔分了巳未〕 この表現よくわからない。十二宮のうちで「み」「ひつじ」というふうに、位置を占める（分けまえをもらう）ことをいうか。

〔一川〕 一めん。「滿川」という詩語と同じ。「川」は雨が降れば川になるが、ふだんは水のない平原をいう。

〔晉侯歡〕 晉の武帝のハレムにはおびただしい妃がおり、毎夜、羊の車に乗って、その羊の足にまかせて臨御した。そこで妃たちは羊の好物である竹葉を扉にさし、鹽汁をおもてにまいて羊を誘ったという。ことは『晉書』巻一武帝紀にみえる。

〔拂石能逃左慈危〕 左慈は後漢のマジッシャン。曹操の憎悪をうけて殺されかけた時、羊に變形してその群にまぎれこんだ故事をさす。『後漢書』巻七十二にみえる。ただし「石を拂いのけた」ことは見えない。

〔於家〕 於は動詞的用法（既出）。

〔告朔何疑。代釁鍾偏稱宣王意〕 「牛訴冤」注參照。

〔據〕 その下に來る名詞を強調する、元曲特有の助字。

〔雲山水陸〕 「雲山」は未詳。「水陸」は山海の珍味。『西廂記』第二本第二折・〔粉蝶兒〕「舒心的列山靈、陳水陸」（心こめて山海の珍味をつらねました）。「南極登仙」劇第三折〔塞兒令〕「擺列着玉斝金瓶。水陸山靈」（ならべましたは玉の杯黄金のちょうし、山海の珍味のかずかず）。ここに兩見する「山靈」も的確な解をえないが、ごちそうを指すことは疑いない。ここの「雲山」もあるいは「山靈」が誤ったかもしれない。

〔駞蹄熊掌〕 どちらも最高の料理として、文獻に現われる。

〔鹿脯〕 鹿の胸肉。

〔獐犯〕 獐も鹿の一種。犯は未詳。

〔折莫〕 「遮莫」に同じ。現代語の「不管」の意。

〔烹炮煮煎熛蒸炙〕 肉や魚を調理する料理用語。「烹」は油でいためて醬油で煮る。「炮」はむし焼き、「煮」は水だき、「煎」は油いため、「熛」は未詳、「蒸」はむしもの、「炙」はてり焼き。

〔鹽淹將巵〕 「鹽淹」はしお漬け。「將」は醬（みそ）の誤寫か。「巵」は未詳。

〔醋拌糟焙〕「醋拌」は酢あえ。「糟焙」は酒の粕漬け焼きか。
〔肉欒〕 未詳。ミンチか。
〔肌鮓〕 鮒ずしであろう。「肌」は何かの當て字ではなかろうか。
〔可爲珍〕 そのどちらの珍味も、羊肉料理に比べると珍味とはいえない。反語。
〔蓴菜鱸魚〕 じゅん菜とすずき、呉中（蘇州）の名產。晉の張翰がこの二物を戀しがり、官を辭して歸鄕した有名な故事にもとづく。
〔東呉〕 下文の「浙江等處」とともに、この作品が杭州で制作されたことを示す。
〔前程萬里〕 洋洋たる將來。
〔物離鄕貴〕 本場を離れると物の値うちが出る。俗諺。
〔崢嶸〕 出世のさま。疊韻の擬態語。
〔少東沒西〕 持ち物がなにもない、素寒貧。
〔無料喂把腸胃都抛做糞二句〕 この二句の庶民的發想に注意されたい。
〔坐守行隨〕 側を離れずしょっちゅう行動を見張ること。成語。
〔膘脂〕 動物の脂肪部分。
〔柯杖〕 打つための杖。
〔許下〕 願（がん）を立てること、「許願」という。願ほどきは「還願」。
〔浙江等處〕 行政區劃としての正式の呼稱。たとえば杭州におかれた本廳の出先機關を「浙江等處行中書省」という。
〔惡神祇〕 惡は「惡劣」（あくらつ）の略、罵倒語である。
〔賃與・雇與〕 雇いあげる。「與」は語助。
〔火者〕 未詳であるが、藝能人を指すことは疑いない。もしも中國語であるなら、「社火」（お神樂など神佛に奉納する藝能講社）のひと、社中といったことばであろうし、蒙古語であるなら、宦官をいう khoxa が關係するかもしれない。
〔殘歲裏〕 大晦日をいうか。
〔高戲〕 未詳。

〔社直〕　官廳の行事に奉仕する當番をわりあてられた「社火」。この語は『元史』巻七十七祭祀志に三見し、『元典章』巻二十八禮部にも「禮儀社直」の條がある。
〔窮養〕　しがない生活をさす（動詞）。
〔無巴避〕　とりつくしまがない。處置ない。「巴避」は「把鼻」「把臂」などいろいろに書かれる（張書七三八頁）。
〔准折〕　入れあわせる・兌換する。異質の物を等價で交換する。ここでは羊肉を歌姫・舞姫の花代に當てることであろう。
〔打摸〕　擬する・まねる意か。羊が暖帽・春衣（正月の晴衣）に化けることだろう。
〔晃窗・解錐〕　ともに未詳。
〔瞅〕　横眼でにらむ。ねらう。
〔絟搨筆〕　「搨筆」は未詳。「絟」は毛をしばって筆をつくることだろう。ただし、上の「緊」は「頷下鬚」の密生をいうか、しばりかたの固いことをいうか、よくわからぬ。
〔生擣〕　「擣」はむしる。「生」は下句の「活」とともに、むざんな行爲を修飾する副詞で、むざとの意。
〔毛裔〕　「毛衣」に同じ。毛の部分をいう。
〔鋪氈襪〕　「氈襪」はフェルトの靴下か。「鋪」という動詞から考えると、毛絲の靴下ではなさそうである。
〔監兒・磾皮〕　ともに未詳。
〔早晩〕　すぐ近づいていることをいう。
〔火裏赤〕　漢語の「弓手」・「弓兵」にあたる蒙古語。『至元譯語』に「火魯赤」または「貨魯赤」に作り、「帶弓箭人」と説明する。
〔快刀〕　「快」は刃物の切れ味がよいことを形容する語。
〔忙古歹〕　蒙古人をいう蒙古語。『至元譯語』に「蒙古歹」に作り「達達」と説明する。
〔若客都來抵九千鴻門會〕　「客都」は未詳、おそらく蒙古語であろう。蒙古のお偉がたであろうか。それがやって來る場合には、歡迎の宴が「鴻門の會」の九千倍にもあたる盛大さだというのであろう。
〔彫〕　「彫打」「彫抹」と熟する語で、さっと（ぴゅーっと）打ったり切ったりする意。
〔揣〕　二音節化すれば「揣抹」、ばっさりやること。

〔垓心〕元曲に頻用される戰場の中心をいうことば。楚漢の決戰場である垓下に關係するか。

〔剌搭〕ぐったりする・だらりとなる。現代語にもなお活きている動詞化した擬態語。

〔蔫耳朶〕蔫は潑に類する罵倒語らしい。『説文通訓定聲』に「今、蘇の俗、物の鮮新ならざるものを蔫と曰う」とある。

〔滴溜〕つるりとした状態をいう、やはり動詞化した擬態語。つるりすってんと轉ぶ形容に「滴溜撲」を用いる。

〔蝙蝠臀内精精地〕この句はまったくわからぬ。

〔下的〕おもいきった行爲をやってのける（既出）。

（三）劉致作「上高監司」譯文

〔第一作品〕

民草どもに厄降りて、いまし飢饉にあえぐ時、めぐみの光りさしかけて、救いたまいてつつがなし。いざ一まきの詞よまん。あたかも去年の田植えどき、天道つねにさからいて、降るべき時の雨降らず、旱ばつ起りよもの田やけ、穀は實のらず麥伸びず、萬民ためにのぞみ絶つ。日ごと物價は高騰し、新鈔の交換三割増し、玄米は天引き四割で量る。いともわびしき世相なり。

物もちやからは破廉恥行爲、倉庫業者もあくなき不正。貪欲の腹あくどい手ぐち、穀に加える屑みよさ、米に混えるあらきぬか、ろくでゆこうかやつらの子孫。

釜に塵つみ老弱は飢え、米は眞珠、壯者もひもじ。金銀もてども食糧に、替えるすべなく今はただ、腹ひしゃげて夕陽にねそべる。楡の木はだを剝ぎて食らい、野草つみとり試食する。黃不老さえ熊掌しのぎ、わらび粉とて乾飯の代用。鵝腸・苦菜は根ぐるみ煮こみ、荻筍・蘆蒿は葉ぐるみ食べる。あとに殘るは柳とくすのき。

麻の芯を叩いて豆乳、ふすま煮つめてあめ湯まがい。それでも手に入りゃ天に感謝、兩手あわせて伏し拜む。みなびと顔は經紙より黃いろく、狼しのぎ瘦せさらぼうて、巷ちまたに橫たわる。

水牛ぬすんで屠り殺し、桑のひろ葉をくすね切る。えやみにかかって死人が出れば、棺桶なしでむざと埋葬、家財田畑みなたたき賣り、血につながれる子どもどうしが、むざんや散りぢり生き別れ、見るにしのびぬ別離の歎き。乳のみ兒いまやもてあまし、長江めがけて投げすてる。くりやの殘飯さかずきの酒、手向けるものもあらばこそ。河中の子ども岸べなる、母親の姿ながめては、おもわずわれはすすり泣く。

闇にはびこる仲買いの、船はクリーク外に泊め、月の照る夜をクリーク漕ぎて、それで芽の出る不逞のやから。米屋からとる口錢倍增し、麪賣る店ではぼろ鈔使い、二枚にしたててくすねる四兩。

長江べの里に義倉あり、年貢係が久しく管理す。年貢米の貸し借りは、辻つま合せてぬかりなく、みな使いこみ公用に支障。ちかごろおかみの勸告くだり、長江べの村へ食糧放出。戶口に應じて月わり配給、分限者いずれも賄賂でのがれ、有名無實のから割り當て、晝ける餠のお笑い草、官印公文みな噓っぱち、うけに入るのは庄屋と課長。

屈強の男もみなへこたれ、やくざ仲間もほとほと參る。男の兒ひきつれすがる竹杖、弱りかがんでえびもさながら、息も絕えだえ路傍に病みて、しとど淚に泣きぬれる。

街路は生けるむくろの列。物を乞うて表に立ち、門口ふさいで奪いあう。長者たちさえ黃金いだき、むなしく最期を待つばかり。かたじけなくもこの時に、監司さまのはからいあり。汲黯開倉（漢代の名知事の故事）もかくやとばかり、晝夜わかたぬ熱きみ心、救援放出じきじき指令。みなし子と後家、病める人びと、寄るべなきもの眼にしとまれば、醫者さしむけるや粥のたき出し、巷ちまたに分かち遣る。非常金や非常米もて、至れり盡くせりのおん裁き。飢えし民草みな仰ぐ、枯木に春のめぐり來て、木の芽ふたたび萌ゆるごと。

金持やからは米穀し入れ、田畑買いこみ橫暴きわめ、金なきものは鍋釜なくし、親身に別れておさきまっ暗。金持やからは妾かこい、奴婢を買い入れますます繁昌、金なきものは飢えてくたばり、かばね溝埋め災難に遭う。ほんに辛いは平民ども、ほんに辛いは平民ども。實りの秋が到來するも、妻子ひさいで家財うしなう。（以下感謝をつづる四曲は省略）

〔第二作品〕

おかみはいとも公正なれば、みなびとの意見とりあげて、われらが陳情いれたまわん。ここ江西の要衝――洪都（南昌）こそ、當該檢察廳のおひざもと。英明の君ねがわくは、言論の路を開かれたし。

倉には鈔本の多ければ、貼（貼書、書記補）・庫（庫子、下級倉役人）の惡事のぞかれず。きびしい取締りもどこ吹く風、幣制みだしあくなき橫暴。いずれも破廉恥の商人ばら、前科もちのブローカーやから。はした金をもとでにし、はたらく不埒はいろいろさまざま、おかみの存在眼中になし。素行よからぬろくでなしめが、みな衣冠をととのえて、まねる士人の身つくろい。いずれもふとい膽っ玉。

げに笑止なは知惠のなき、やつら市井の凡夫ども。さても打ちて懲らすべき、橫着きわむる渡りもの。がらにもなくおたがいが、呼びあう稱呼はあざなといみ名。その名多くは聞こえよく、字づらのほどもつきなみならず、どれ一一を披露申さん。米屋が子良、肉屋が仲甫。毛皮賣りが仲才・邦輔。清之と名づけばかならず酒屋。油屋が仲明、鹽屋が士魯。號の從簡は呉服商、字の敬先はふなずし屋。飯屋をひらくは君寶といい、粉ひき粉ふるいが德甫という。口にするのもけがらわし。いずれも契る兄弟の、手足にまさる深い仲。寄り集まれば手分けして、間諜さしむけて探り出す、司・縣の廳のなにびとが、ぐるになってやれるかと。素姓・履歴は問うでなく、表に立つ氣さえあれば、かつぎあげて役にあつ。

二三百錠（一錠は五十兩）のもとで使い、四方八方にはたらきかけ、いんちき手段のでっちあげ、書類つくって名目いつわり、帳づら合わせて俸給ぬすむ。こちらで小倒（未詳）たくらめば、あちらじゃ俸祿ただっ取り、おかみの金もわがもの顏。かの盜跖（古代の大盜）のやからをば、はるかにしのぐ惡らつさ。官（倉庫官、庫の長官）・攢（攢典、その屬官）は山分けして取り、弓手・門軍もれなく相伴。いざや陳べなん、やつらが貪欲汚濫ぶり。

所轄官に掟はあれど、手におえぬは、國を蝕む惡黨どもの、たくらみいかにも惡らつ。官本を倉出しする時に、早くも料鈔くすねとる。支拂う手當てに高下はあれど、上下のものに文句なし。貼・庫が鈔の處理を牛耳る。

たとえば毎季の經常費は、決定のおりにめいめい分配。庫子らもすべて身分に應じ、前もってくすね去る。百戶の軍官は十錠に、びた一文も缺けませぬ。攢司は五五の割りで取り、官人は六六の割りでとる。四人の牌頭（牌子頭、分隊長）はおのがじし、額面どおりが二包み。一味の把門軍・弓手らは、その分けかたがまちまちなり。「官民雙方に利便ある、通行の法」が聞いてあきれる。不正の金の操作こそ、まさに邪術にうってつけ、よくもいい氣でおれるもの。

倉開らき（新舊さつの交換日）といえばなぜ、みなびとが承服せぬ。交換ふだはあらかじめ、かならず賴んで工面する。苗子錢（田植え用の種苗を買う金の前借りか）の借り高は、鈔の數に呼應する。まことに貸し出す人民の、二三百名が報告では、花戶（戶籍に載る民）の千餘と記されて、公金かりて肩がわり。

氣が遠くなるほど喚きたて、午まで待とうがなんのその、そらっ呆けて眼もくれぬ。そのくせやつらはごっそりと、ふろしきひろげ包みこむ。あわただしく交鈔庫の、戶口にうろつく商人ども、百を單位で數えんばかり。いずれも眞州・揚州・武昌の客商の、家に匿まわれ僞さつ作り。文語つらぬを「剌綉」とよび、僞鈔おおっぴらで「眞珠」とよぶ。こんな鈔が七がけで、堂堂と値ぶみさる。

文字を改ざん金額ふやす、施す細工の符牒もいろいろ。鈔の足をつぎ足して、署名・書きはん刷るもあり、半片ならばまだしもまし。擡鈔（未詳）するとは不埒千萬。こんな鈔が六がけで、交換されておりまする。昏鈔輸送のその時は、悪事はさらに甚だしく、用人が人夫に早がわり。昏鈔たばの點檢も、數をしらべるどころでない。吏・貼たがいに示し合わせ、……（?・）するのがせきのやま。おさつの品種の不そろいや、數の不足に頓着なし、櫃もろともにかつぎゆく。これじゃ民が心から、なっとくしようはずがない。「人存シ政擧ガリ、前輩思ブ」は昔がたり。法出でて悪事生ず、なんともひどいご時世に、やつがれ笑いが止まりませぬ。これがはたして公平なりや。

昏鈔の焼却に、先だちちゃんと手配する。人夫に支給の賃金は、人なきところで分配し、祕密の記號が燒餠の、うちにあるなし調べます。人夫ひとりに半錠あて、庄屋がすべて預りおき、昏鈔燒きすめばどんちゃん騒ぎ。

金銀珠玉を湯水と使い、いずれの家も豪勢なくらし。羊を料理し妓兩わき、いずれの男も見栄をはる。ひきで物をばらまけば、到るところで旦那と評判。女役者を妻にめとり、日ごとめぐる寒食の春、夜ごとかさぬる元宵の夕。やつらが開く酒宴の席は、「賽堂食」と呼びなされ、享受しつくすこの世の幸せ。

悪黨どもにも苦が手あり。やつらがなんとも閉口するのは、泥棒どもが跡つけまわし、飯代だせと日ごとねばり、路銀せびってしょっちゅう分どる。内と外とがぐるになり、上と下とでこもごも召しあぐ。げに「源清ケレバ、流レモ清シ」はこのことなり。こののち悪人除かるるとも、なお弊害は除かれずと、ならねば幸い。

聰明にして公正なる、めでたき策をいだきたまえば、悪黨どものはびこりを、いかで絶たれずにおかれましょう。町の小ボスにしてやられては國の掟が潰え去る。

おかみを侮り法もてあそぶ、膽ふときやつらこそ、道にのさばる餓えし虎。二十五等の條令（ぼろ札交換の條件をしめす法規）は、いまやすべて無みされぬ。まこと手にも負えぬやつ。「辨償するに事かかず」、これがやつらのへらず口。

罪なき民こそいい迷惑、害をこうむり恥にあう。やつらに犯人呼ばわりされ、これこそひどいでたらめです。萬能のおたからありながら、いまや倉庫はもぬけのから。いざややつらを懲らしめて、蛆わくほどに背なを打たばや。

このわたくしがかれこれと、言あぐすじではないけれど、げにもしゃくなは紫の、朱を奪うのが憎らしく、いかんせん人心の、ふるき世の素樸を失いて、人の衣裳まといたる、牛馬のさまを呈したり。口言わんとして口ごもり、足進まんとしてためらわる。

（以下、高監司の英斷を乞い紙幣の歴史をとく三曲を省略）

紙幣おこなわれてすでに六十年、ここ兩三年は法度みださる。憎き毛蟲の無知なる悪黨、傍若無人に鈔びらきりて、恥ずる心さらさらなし。罪があれば必らず誅す、きびしき掟をおもわばこそ、はばかりなければ恐れもなし。なんじらのつもりでは、「身代きずくお寶」だろが、あにはからんや「命おめしの官符」なり。しがないおのこがあだ名でよべば、把頭どももあざ名で呼ばわる。手ばやく始末し形ばかり、もどす間ももどかしげ、倉庫に孔あけまことの泥棒。財にきれいが大丈夫でござる。あくまでもご時世亂す、悪にたけたる根性もち、天の裁きをおもわばこそ。

醜い首をまっ赤にし、その格好のむくつけさ。どぶとい腰をくねらせて、そのふるまいのはしたなさ。銭かね惜しまずやたらに注文、屠る羊は最上級、日ごとに開く羔兒會（美酒の宴）。設く酒杯はお臺つき、日ごとくり展ぶ美女繪巻。家へのもどりは千鳥足、親戚のものに威ばりちらし、町の人たちをばかにする。

妾と妻に上下なく、男兒と女兒にけじめなし。珠玉づくめのニュー・モード。鞋の口にふちどりて、雞頭いろなす珠かざり。頭上の梳をおおうのは、まっ赤に燃える純金側。服色規定（に違反するといって）をもち出さずとも、奥方さまをしのぐ身なりに、掩いきれぬ町人のお里。

やつらが想いを致さばこそ、都へのぼり鈔本うける、公用出張の旅にありて、おっかなびっくり過ごす明けくれ。五十四宿、風波の苦勞。運送夫をわずらわし、たどる行程幾百千、きつい辛苦、きつい重荷。出張手當てをどっさり使い、沿路の手形もたびたび取り換う。

行省につき倉の中へ、とどこおりなく収納し、朱鈔そろうたその時こそ、はじめて胸を撫でおろす。おもいはいつも牛江の、風浪さわぐ春の水、愁うるあまり一夜にて、秋霜に染まるひげと鬢。かさなる難所ふみこえて、わが身の地位は固まれど、運が描く賊徒に遭い、たちまちみまかることもある。

（以下、具體的な對策のあらましを進言する六曲を省略する）

補記　四五六頁、「浩然休誇」の注にいう「孟浩然踏雪尋梅」劇（現存）について、息機子『古今雜劇選』では馬致遠撰とするが、その後の研究により、馬致遠の作品ではなく周憲王朱有燉の作品であることが明らかにされている。一方、『錄鬼簿』によれば、馬致遠の作品として、「凍吟詩踏雪尋梅」劇および「風雪騎驢孟浩然」劇があったというが、ともに散佚した。

散曲「高祖還鄉」攷

「元曲」という文學史的呼稱は、もともと元雜劇だけでなく、それの歌詞部分と同質の獨立歌曲――散曲をも含むはずである。にもかかわらず、雜劇の光芒のもとに、散曲はつねに影淡い存在に甘んじなければならなかった。ことに、元・明二朝にかけてそれが詞の位置に坐したことは、とかく詞の連續乃至亞流とみられる不幸をまねいた。散曲、わけても小令（こうた）は、このジャンルが行なわれる全時期を通じて、たしかに詞の連續乃至亞流としても制作された。しかし、歌曲ジャンルとして新しい文學を生んだ散曲の本色は、むしろそれらからはみ出た作品にある、と筆者は考える。そうした作品の一つに、『太平樂府』（巻九）に收める睢景臣の套數（くみうた）「高祖還鄉」がある。

小論では、該作品の性格を分析し、あわせてそれが元代散曲史に占める地位をあきらかにしようとおもう。

作者の睢景臣は『錄鬼簿』（巻下）に著錄され、その天一閣鈔本は睢舜臣に作っている。あざなを嘉賓といい、のちに景賢と改めた。維揚（江蘇省揚州）の出身で、大德七年（一三〇二）に後期元曲の中心地杭州に移住し、『錄鬼簿』の編者鍾繼先とも交友關係をもった。幼少から讀書にふけり、冷水を顔にそそいで熱中したので、雙眸が充血して遠視がきかなくなったという。聰明な素質をもち、音樂方面の造詣も深く、雜劇作品も三篇ある（以上『錄鬼簿』による）が、現在はすべて散佚している。散曲作品では、このほかになお套數二篇が殘存する。

まず、全文を紹介しよう。（。は押韻個處をしめす）

高祖還鄉　　睢　景臣

〔般涉調哨遍〕　社長排門告示、但有的差使無推故。這差使不尋俗。一壁廂納草也根（粮）、一邊又要差夫。索應付。又言是車駕、都說是鑾輿。今日還鄉故。王鄉老執定瓦臺盤、趙忙郎抱着酒胡蘆。新刷來的頭巾、恰糨來的綢衫、暢好是粧么大戶。

〔耍孩兒〕　瞎王留引定火喬男女。胡踢蹬吹笛擂鼓。見一颩人馬到莊門、匹頭裏幾面旗舒。一面旗白胡闌套住箇迎霜兎。一面旗紅曲連打着箇畢月烏。一面旗雞學舞。一面旗狗生雙翅、一面旗蛇纏胡蘆。

〔五煞〕　紅漆了叉、銀錚了斧。甜瓜苦瓜黃金鍍。明晃晃馬鐙鎗尖上挑、白雪雪鵝毛扇上鋪。這幾箇喬人物。拿着些不曾見的器仗、穿着些大作怪衣服。

〔四〕　轅條上都是馬、套頂上不見驢。黃羅傘柄天生曲。車前八箇天曹判、車後若干遞送夫。更幾箇多嬌女。一般穿着、一樣粧梳。

〔三〕　那大漢下的車、衆人施禮數。那大漢覷得人如無物。衆鄉老展脚舒腰拜、那大漢那身着手扶。猛可裏擡頭覷。覷多時認得、險氣破我胸脯。

〔二〕　你須身姓劉、您妻須姓呂。把你兩家兒根脚從頭數。你本身做亭長躭幾盞酒、你丈人教村學讀幾卷書。曾在俺莊東住。也曾與我喂牛切草、拽埧扶鋤。

〔一〕　春採了桑、冬借了俺粟。零支了米麥無重數。換田契強秤了麻三秤、還酒債偸量了豆幾斛。有甚胡突處。明標着册曆、見放着文書。

〔尾〕　少我的錢差發內旋撥還、欠我的粟稅糧中私准除。只道劉三誰肯把你揪捽住。白甚麼改了姓更了名喚做漢高祖。

庄屋が軒なみふれ回る、おかみの御用とあれば否應いわさぬ。その御用がただごとでねえ。かたや馬草と米おさめ、かたや奉仕に出にゃならん。車駕（みくるま）とやら申したり。鑾輿（おめしぐるま）とみなはいう、それが本日お國歸り。王だんなは素焼きの鉢皿しっかとささげ、趙牛飼いはふくべかかえる。頭巾はいましブラシかけ、どんすのうわ着は糊きかせたて、えらそうに構えてお大家氣どり。

めっかち田吾作が一團の、キザな野郎を引きつれて、足なみドタバタ笛太鼓。見れば人馬の一隊が、村の入口にやって來た。先頭きってたなびくは、六七面の旗さしもの。その一面は霜を迎えた白兎、白い胡闌（？）に包まれてる。その一面にはあけがらすが、赤い曲連（？）にしとめられ。その一面の雞は、舞のまねごとしてやがる。その一面のワン公には、雙の翼が生えている。またその一面には、蛇がひさごにからんでる。

さすまたは赤のうるし塗り、まさかりは銀（しろがね）ばり。甘うり苦（にが）うりは金メッキ。槍の尖にぶら下がり、馬のあぶみがキラキラ。團扇（うちわ）いっぱいしきつめた、ま白なあひるの羽（はね）飾り。ちゃちな連中數人が、見たこともねえ道具もち、なんともけたいな服着てる。

ながえに繫ぐは馬ばかり、くびきのもとにろば見えず。黄絹の傘をさしかける、柄は天然のくねり木（ぼく）。車の前には八人の、閻魔の廳の判官たち、車の後には飛脚が數人。ほかにあだなおんなども、衣裳・化粧がみなおなじ。

かの大男は車降り、みなの衆がごあいさつ。かの大男はおうへいに、人を人ともおもわねえ。なみいる村の旦那衆は、足腰のばしてへいつくばる。大男やおら身をはこび、手もて介添え起こしあぐ。ひょいと顔あげながめいり、ながめいることさてしばし、やっとあいてが分かってみれば、腹がたって胸つぶれんばかり。

てめえはたしか苗字が劉、女房はたしか苗字が呂（りょ）。てめえんち二軒の素姓をば、ひとつ一から洗うてくれるべえ。てめえはもともと亭長を、つとめる身にして酒びたり。てめえの義父（おやじ）はちょっくら、學があって寺子屋師匠。おらが村の東に住み、おらが家に雇われて、牛のせわやら野らしごと。
春は桑つみ冬はまた、おらがとこから米借りる。小きざみに支出した、米と麥とは數しれず。小作證文の書き換えで、むりしてやった痲が三はかり。酒代(さかて)の借りを拂うとて、こっそり量った豆も數斗。いやいやこれはでたらめじゃねえ、しかと大福帳にのってるだ。現に證文がこのとおり。
おらから借りた借錢は、おらが納める稅金から、順ぐり分割ばらいとゆくぜ。おらから借りた穀類は、おらが納める年貢から、かってに差っぴかせてもらうだよ。この劉三には誰だって、手出しはできめえ氣だろうが、漢の高祖と姓名(しょうみょう)を、かえたってそりゃむだだ。

この作品は標題が示すように、漢の高祖劉邦が故鄉に錦をかざる狀況を詠んだ、一種の故事詩である。原據の故事は『史記』(卷八「高祖本紀」)にみえる。高祖はその晚年、反逆者黥布を親征した機會に、天下統一後はじめて沛にたちよった。その時かれは、知友・親戚をまねいて盛大な酒宴をひらき、沛の少年百二十人を募ってコーラス隊を組織し、みずから筑をかき鳴らして、かの「大風の歌」を唱和させた。この故事はまた、同時の戲曲にも編まれている。現在はすでに佚した張國賓の「歌大風高祖還鄉」がそれである。ちなみに張國賓(酷貧にもつくる)は俳優を兼ねた元曲前期の作家である。

この套數のように故事を詠む散曲作品は、ほかにも若干指摘しうる。まず同じ套數に、王伯成のやはり『史記』(卷八「項羽本紀」)にもとづく「項羽自刎」(『太平樂府』卷九收)がある。作者の王伯成は涿州(河北省涿縣)の出身で、かの『元曲選』の卷頭を飾る「漢宮秋」の作者馬致遠の親友だから、元曲初期の作者群に屬する。雜劇作品も三篇あるが、かれはなによりも語り物「天寶遺事諸宮調」によって記憶される作家である。その人に數少ない故事詩の作があるのも偶然ではなかろう。全篇十三曲より成るが、いまは冒頭の二曲だけを揭げる。

〔般渉調・哨遍〕　虎視鯨呑相併。滅強秦已換炎劉姓。數年逐鹿走中原、創圖基祚隆興。各馳騁。布衣學劍、隴畝興師、霸業特昌盛。今日悉皆掃蕩、上合天統、下應民情。睢河岸外勇難施、廣武山前血猶腥。恨錯放高皇、懊失追韓信、悔不從范增。

〔么〕　行走行迎。故然怒激剛強性。迤逗向垓心、預埋伏掩映山形。猛圍定。澗溪溝壑、列介胄寒光瑩。晝夜攻催劫掠、爪牙脱落、羽翼彫零。一箇向五雲鄉裏賀昇平。一箇向八卦圖中競殘生。更那堪時月嚴凝。

虎のごと視み鯨のごと呑みて相に併せ、強き秦を滅ぼしてすでに炎劉の姓に換う。數年鹿を逐いて中原を走り、基祚を創圖して隆興る。各おの馳騁い、布衣にして劍を學び、隴畝に師興げしも、霸業ひとり昌盛にして、今日悉皆く掃蕩し、上は天の統に合い、下は民の情に應う。睢河の岸外に勇も施し難く、廣武の山前に血なお腥し。恨むらくは錯りて高皇を放てしこと、懊めるは韓信を追い失ねしこと、悔ゆらくは范增に從わざりしこと。

行つ走げ行つ迎ちて、故然に剛強の性を怒激せ、迤逗に垓の心に向り。預め伏を埋ばせて山形に掩映れ、猛に圍定む。澗溪と溝壑は、介胄列びて寒き光瑩き、晝も夜も攻め催けて劫掠すれば、爪牙は脱落ち、羽翼も彫零う。一りは五雲の鄉のうちに昇平を賀え、一りは八卦圖の中に殘生を競えるに、更に那ぞ堪えん時月の嚴凝しきを。

みぎの一部分が示すように、王伯成の作品は、むろんテーマとも關係しようが、むしろ文言的表現を基調として、格調を重んじている。また、これは全篇を掲げないとわからぬだろうが、項羽自滅の過程は、原據にまったく忠誠をささげている。

このほか、高安道という散曲專門の作家にも、故事を詠む套數があった。『錄鬼簿』（卷下）のかれの條にいう、

「御史歸莊」南呂、「破布衫」哨遍などの散曲が世に行なわれている。

高安道は出身・履歴ともに不明だが、『録鬼簿』の巻末に列らなること、至正十一年（一三五一）の序をもつ『太平樂府』に二篇の套數を収めることから、元曲後期の作家であると推定される。「御史歸莊」はすでに散佚したが、「南呂」（套數に用いる音階の名）とあるから、やはり套數形式による故事詩であったろう。現存するかれの套數作品「淡行院（まやかしげいにん）」・「皮匠説謊（くつやのうそつき）」は、ともに口語の機能を驅使して、眞摯な嘲謔のポーズで人間を描く異色の作品であるから、「御史歸莊」の散佚は、特に惜しまれてならない。

みぎは套數の例であるが、故事詩は小令にも若干見いだされる。たとえば、作者不明の〔越調・柳營曲〕による「范蠡」・「子陵」・「李白」（以上は『太平樂府』巻三収）、「題章宗出獵」・「晉王出塞」（以上は『梨園樂府』巻下収）などが、それに屬する。もっとも、この中には、「題章宗出獵」のように、繪畫の題賛らしいものも含まれる。これらの小令による故事詩は、原據の故事を短い歌曲の中にいかに隱栝するかに興味がかかり、たとえ表現に雅俗の差があっても、詠歌の態度はむしろみな詞的であることが特徴である。いま、左に二例を掲げておく。

一葉舟。五湖遊。鬧垓垓不如歸去休。紅蓼灘頭。白鷺沙鷗。正值着明月洞庭秋。進西施一捻風流。起吳越兩處冤讎。趁西風閑袖手。重整理釣魚鉤。看一江春水向東流。（無名氏〔柳營曲〕范蠡）

一さおの小舟（おぶね）、五湖の遊び。ざわめく世にあらんより歸り去（ゆ）くにしかず。紅き蓼さく早瀬のほとり、友は白さぎとかもめ、ときしも月照る洞庭の秋。なまめきたる西施を進めて、かきたつ吳越の仇がたき。西風に流されつふところ手して、釣り針の位置なおす。見よ一江の春水東に向かって流るるを。

捧硯底嬌。脱靴的焦。調羹的帝王空懊惱。玉帶金貂。宮錦仙袍。常則是春色宴蟠桃。赫蠻書醉墨雲飄。秦樓月詩酒風騷。鮑參軍般俊逸、庾開府似清高。沈醉也把明月水中撈。（同、李白）

硯をささげるひと（楊貴妃）はあでやか。靴をぬがせるひと（高力士）はじりじり。あつもの作りの（政をみそなわす）帝はむなしくやきもき。まとうは玉帯と金貂、宮錦の仙袍。いつとても蟠桃宴（西王母の宴會）の春ごこち。醉うて揮うえびすおどしの文は、墨痕雲とひるがえり、秦樓の月に詩酒は風とたける。俊逸は鮑照に似て、清高は庾信のごと。醉いしれては水中の明月をすくう。

ところで、故事を歌曲に詠むことは、實は先行ジャンルの詞でも試みられていた。たとえば、「調笑轉踏」（轉は傳・纒にもつくる）とよび、がんらいは宮廷の饗宴で披露され、のちには士大夫の私宴にも供せられた一種の歌舞曲がそれである。冒頭と末尾に簡單な口上がつき、中間にそれぞれ一つの故事を隱栝した七言律詩（この方は念誦される）と〔調笑令〕調の詞が、十くみ前後排列される。現在、いずれも北宋期の詞人、鄭僅（生卒未詳）・秦觀（一〇四九―一一〇〇）・晁補之（一〇五三―一一一〇）・毛滂（?―一一二〇）および作者不明の五作品が殘存する。いずれの作品も、主として戀愛故事をえらび、原據は賦・詩・古樂府・小說（傳奇）などにおよんでいる（詳細は劉永濟『宋代歌舞劇曲錄要』を參照されたい）。

また、それらとは別に、南宋の李綱（一〇八三―一一四〇）に、〔水龍吟〕調による「光武戰昆陽」「太宗臨渭上」、〔念奴嬌〕調による「漢武巡朔方」「憲宗平淮西」、〔喜遷鶯〕調による「晉師勝淝上」「眞宗幸澶淵」、および〔雨霖鈴〕調による「明皇幸西蜀」など、あわせて七篇の小令が殘存する（『李忠定梁溪詞』收）。いずれも前代帝王の雄武に關する史實を詠むから、やはり宮廷乃至それに準ずる場所で披露されたものと推定される。ただ、それが舞踊まで伴なったかどうかはわからない（劉氏の前掲書にもこの一類には言及していない）。いずれにしても、小令の故事詩は、次に示すように故事を雅詞の體に隱栝するのが特徴である（原文省略）。

回顧す、漢宮の路。桿もて檀槽を撥てば鸞は對いて舞う。玉容寂寞として花に主無く、影を顧りみて偸かに

玉筋を弾く。未央の宮殿知た何處ぞ、目送す征鴻の南に去るを。（秦觀〔調笑令〕王昭君）

漢家の炎運中ごろ微え、坐しく閏位をして餘分に據ら令む。南陽に自ら眞人の暦に膺り、龍翔虎歩する有り。初め昆城に起り、旋ち烏合の塊然として路に當るを驅う。想うに莽の軍は百萬、旌旗は千里にわたるも、應に道うべし囊を探りて取ると。豁達たり劉郎の大度、勍き敵に對い、安恬として懼るる無し。兵を提いて夾撃し、聲は天壤に諠しく、雷と風は助けを借す。虎豹も哀しく嘷び、戈鋋は地に委てられ、一時に休去く。早くも舊物を復收め、氛祲（妖氣）を掃い清め、中興の主と作れり。（李綱〔水龍吟〕光武戰昆陽）

さらに詞では、散曲の套數に類似するくみ歌形式（一のメロディのヴァリエーションにて編成される）による故事詩も制作された。やはりがんらいは宮廷で披露される歌舞曲――「大曲」中にそれが指摘される。現存の作品に、曾布（一〇三五―一一〇七）の〔水調歌頭〕七曲と董穎（南北宋間のひと）の〔道宮・薄媚〕十曲がある。前者は王明清の『玉照新志』（巻二）に引かれ、その由來について王明清はいう。

「馮燕傳」は『麗情集』にみえる。唐の賈耽が太原太守だったころの事件である。元祐年間（一〇八六―九三）に幷門（山西省太原）の軍司令官だった曾文肅公（曾布）が、その正義の氣っぷに感歎し、みずから〔水調歌頭〕の歌を作って「大曲」に擬したが、世間に傳誦を絶っていた。ちかごろ古い書物を讀んでいた際にそれの原作が見つかった。時をへて埋もれ去るおそれがあるので、以下に全文を書きとめておく。

馮燕の故事を載せる『麗情集』（宋・張君房編）は節本を現存するが（『重較說郛』卷七十八）、それにはみえず、かえって『太平廣記』（巻一九五、馮燕傳）に沈亞之の原作が收められている。その内容は、任俠の士馮燕が、酒豪の夫のために空閨をかこつ人妻とねんごろになるが、やがて夫に對して殺意をいだく淫婦の正體を知り、逆にかの女を殺す事件を扱う。曾布はこの唐代傳奇を忠實に大曲に改編した。選擇された語彙の調和がかもす哀豔の情緒は、香り高い文學性を賦與して十分鑑賞に値いする。いま、冒頭の二曲（排遍第一・二）を紹介しておこう。

魏の豪に馮燕あり、年少くして幽幷に客る。撃球・鬪雞を戯びとなし、遊俠、久しく名を知らる。仇を避けんが因に東郡に來たり。元戎は留めて中軍に屬せしむ。直き氣は貔虎を凌ぎ、須臾ち風雲を叱咤して、凛凛と坐中に生ぜしむ。偶ま佳興に乘じ、輕裝錦帶して、東風に馬を躍らし、往來して幽勝を尋訪ぬ。遊冶れて東城より出れば、堤上は鶯花撩亂たりて、香車・寶馬が縱橫う。草軟かに平沙穩けく、高樓兩岸の春風、語笑く簾を隔つる聲。

袖に籠みて鞭は鐙を敲き、語無く獨り閒行く。綠楊の下、人初めて靜かに、煙澹く夕陽明く。窈窕たる佳人、獨り瑤き階に立ち、果を潘郎に擲ぐ。瞥見るに紅かなる顏、橫波眄り、嬌軟に勝えずして銀屛に倚り、紅も裳を曳きて、頻りに朱の戶を推し、半ば開きては還た掩し倚らんと欲る似く、咿啞の聲の裏に、深き情を細かに說ぐ。因りて林間の靑鳥を遣り、爲んで彼此に心期うるを言い、的的に深く相許す。香を竊み佩を解き、綢繆相顧りみて情に勝えず。

つぎに、董穎の作は「西子詞」と題するように、春秋吳越の攻防を美女西施（西子に同じ）を中心に描く。原據の故事は、すでに劉永濟氏が指摘するように（前掲『宋代歌舞劇曲錄要』）、『左傳』『史記』『吳越春秋』などであり、この場合も忠實な改編といえる。いま、その第四曲（入破第一）、越王勾踐が宿仇夫差を女色に溺れさせようとして西施を派遣する一段を紹介しておく。

湘裙を窣れ、漢珮を搖るがせ、步步に香風起こる。雙の蛾を斂めつつ時事を論じ、蘭心は巧みに君の意に會う。殊珍異寶もてゆくに、猶自朝臣は未だ與にせず。「妾は何人ぞ此の隆き恩を被る。雖令死を效すも、嚴旨を奉ぜん」。隱約に龍姿は忻悅べば、重ねて甘き言を說ぐ。辭は俊雅、質は娉婷たり。「天は汝を教て衆美兼ね備えしむ。

呉は色を重んずと聞く。汝に憑りて和親せば、邊陲を靖んず應し」。將に金門に別れんとして、俄かに粉涙を揮いて靚しき粧い洗わる。

以上のごとく、故事を歌曲に詠むことは、先行ジャンルの詞ですでに行なわれていた。ただ、この詞における故事詞は、隻曲と聯曲とを問わず、宮廷の饗宴ないしそれに準ずる場所での歌舞曲に限られていたようである。このいとなみは、いわば故事の原初的な語り物化または戯曲化であり、この場合、原據の故事を改變することは、むしろ配慮の外にあったであろう。また、披露される場とか鑑賞者の階層、あるいは用いる樂調などの關係から、歌詞自體は必然的に、雅語を用いて格調高くうたうことが要求されたでもあろう。

だが、曾布のが摸擬作であるように、詞の故事詩は、やがて歌舞曲という制約から脱出して、士大夫の文藝生活のうちに進出する。王伯成の「項羽自刎」などに代表される散曲の故事詩は、おそらく詞におけるこの流れの上にあるだろう。そのことは「項羽自刎」における詠歌の態度で明らかだが、さらにそれを證する別箇の資料がある。現存する最初の散曲集『陽春白雪』（刊年は未詳だが、序文の執筆者貫雲石の沒年、一三二四年より以前でなければならない）の巻頭には、燕南のひと芝庵の「唱論」十數條を掲げているが、その一條にいう、

凡そ歌曲で唱う題目には、閨情・鐵騎・故事・採蓮・擊壤・叩角・結席・添壽があり、宮詞・禾詞・花詞・湯詞・酒詞・燈詞があり、江景・雪景・夏景・冬景・秋景・春景があり、凱歌・棹歌・漁歌・挽歌・楚歌・杵歌がある。

ここに列擧されたものは、散曲のテーマ（廣義の）乃至それに伴なうスタイルであり、「故事」はすでにその一類に數えられている。「燕南の芝庵」がなにびとを指すか明らかでないが、かれが北方の出身であることは元人を想わせる。またこの「唱論」は、散曲集の巻頭に付されているから、いちおう散曲制作上の心得と見なすべきであろう。だ

が、ここにみえる「花詞」（梅詞・柳詞などと限定した表現をとる）・「湯詞」（茶詞ともいう）・「酒詞」などの呼稱は、むしろ詞作品に對してあたえられており、早く北宋期の黄庭堅（一〇四五―一一〇五）の詞集などにみえている。とすれば、ここに列擧せられたテーマは、詞の時代から繼承されたものと考えてもいいだろう。

それにしてもわれわれは、これらを既述のように、單に散曲のテーマとする理解ですませていいのだろうか。實は、「唱題目」（みぎの一條の原文は「所唱題目」）という語は、少なくとも南宋期にあっては、大衆演藝の一つ「合生」（合笙・和笙にもつくる）の別名であった。「合生」とは、觀客からテーマをもらい、即席に詩・詞を作って念唱する、寄席または街頭の演藝である（一九五三年刊、李嘯倉『宋元伎藝雜考』に詳しい）。南宋・高承の『事物起原』（巻九）には、合生の沿革をのべたあと、「今の人はこれを唱題目とよぶ」といっている。だから、上記の「唱論」の一條にいう「唱う題目」とは、テーマを定めて作る歌曲、いわゆる「題詠」の場合を指すかとおもわれる。

ところで、「題詠」といえば、いうまでもなく個人の場より集團の場、すなわち同好グループの宴集などにおいて行なわれるのが常である。このことは、酒席などで樂器の伴奏のもとに實際に歌われる、詞曲本來の性格からして容易に推定しうる。いわば、「題詠」は一種のサロンにおける遊戲文學である。ことに南宋や元朝の治下では、「書會」とよぶ特殊な作家グループが存在した（吉川幸次郎『元雜劇研究』一二二頁參照）。演劇（雜劇）をはじめ各種演藝の脚本・臺本を提供するかれらは、同時に散曲の主要な作者でもあった。散曲の場合、そうした同好のつどいで「題詠」が競われたことは、つぎの事實によって知られる。すなわち、現存する若干の作品が、それぞれ別箇の散曲集に收められながら、題目とメロディ（曲牌）を同じくするケースが、いくつか發見されるのである。

㈠雙調・清江引による「詠笑靨兒」……喬吉（『樂府羣玉』巻二）・周文質（同、巻三）・徐再思（『太平樂府』巻二）・周德清（『中原音韻』瑣非復初の序に引く二句）

(二)雙調・水仙子による「紅指甲」……喬吉（『樂府羣玉』巻二）・張可久（同、巻五）・徐再思（『太平樂府』巻二）・周德清（『中原音韻』瑣非復初の序に引く二句）

同調による「賦婦人染紅指甲」……周文質および無名氏の三曲（『樂府羣玉』巻三）

(三)越調・小桃紅による「花籃髻」……喬吉（『樂府羣玉』巻二）

同調による「花籃髷髻」……徐再思（『太平樂府』巻三）

(四)雙調・水仙子による「釘鞵兒」……喬吉（『樂府羣玉』巻二）

同調による「佳人釘履」……徐再思（『太平樂府』巻二）

これらの作品群については、先行する一人の作品を他が異なる時點・場所で摸倣した、という見方もむろんゆるされよう。だが、「笑靨兒（えくぼ）」や「釘鞵兒（あまぐつ）（釘履）」はともかく、「紅指甲（あかいマニキュア）」や「花籃（はなかご）（髷）髻（まげ）」などは、當時にあって普通にみられるものではなかったろう。これはやはり、喬吉ら五人が呉江（江蘇省揚州の南方）に遊んだ際、宴席に侍る藝者孫蓮哥の紅いマニキュアがものめずらしく、だからこそ諸家の「題詠」を促したと見るべきではなかろうか。喬吉の作品「紅指甲」には、「孫蓮哥に贈る。時に呉江に客たり」と付記されている。

それに、みぎの四種の題詠に關係する五人の作家は、『錄鬼簿』の排列（死亡順にならぶ）ぐあいからみると、ほぼ同じころに制作活動を行なっていた。また、喬吉（夢符、?―一三四五）と周文質（仲彬、?―一三三四）は『錄鬼簿』の略傳により、徐再思（德可・甜齋）と張可久（小山）は作品そのものから、いずれも杭州またはその附近に住んでいたとわかるし、『中原音韻』の著者周德清（挺齋）も、虞集（一二七二―一三四八）の序文中に「江南に留滯す」とみえている。すなわち、五人は居住地ないし行動圏をもほぼ同じくしていた。

要するに、散曲における「題詠」は、作家たちの宴集など、一種のサロンにおいて行なわれ、その題詠の一類に

「故事」があった。そうした事情をより端的に示すのが、ほかならぬ「高祖還郷」自體の制作過程を語る『錄鬼簿』の記事である。

維揚の諸公がみなで「高祖還鄉」套數を作った。そのなかで公の〔哨遍〕が新奇な出來ばえを示し、諸公の作はいずれもかれにかなわなかった。

すなわち、睢景臣の「高祖還鄉」は、揚州の散曲作家たちのサロンにおいて、大德七年（一三〇三）以前のある時期に、同じテーマのもとに競詠された作品の一つだったのである。

さて、散曲「高祖還鄉」は、同じく故事を詠みながら、王伯成の「項羽自刎」、したがって詞の故事詩とは、まったく異質である。異質である所以の第一は、全篇が口語的表現をとること、第二は、內容が作者の想像によることである。もっとも、高祖の歸鄉は、既述のとおり史實にみえるし、かれの素姓や人間像については、『史記』の諸傳記から歸納されたものが、有力な裏づけとなっている（中國古典選『史記』楚漢篇付錄、拙稿「項羽と劉邦」〔本著作集第二卷〕參照）。だから、完全なフィクションとはいいかねるが、かく據るところがあればこそ、かろうじて故事詩の範疇にも入れえたわけである。

ただ、この作品の異質さは、そのような皮相的な見方だけではすまされまい。全篇が口語的表現をとる點についても、さらに深い考察が必要である。すでにみたように、歌曲における故事詩は、ジャンルと表現の如何を問わず、作者自身が客觀的に故事を詠むのが常である。ところがこの作品はちがう。作者は別にひとりの人物——いなかものを創造し、かれの口を借りてすべての事態と感慨をのべさせた。この作品が口語的表現で終始することには、このような必然的理由があったのである。

まず、いなかものの眼に映じた高祖のお國入りの状況をうたう前五曲では、成り上り權力者とそれを迎える郷土人の姿をあざやかに描き出す。そして、ここに提出された一篇のテーマは、後の三曲における素姓の曝露と貸借の取引という、珍妙な形を借りた感慨部分によって、さらにみごとに強調された。筆者は初めてこの作品に接したとき、あたかも元雜劇の一段をみるような感をおぼえた。すなわち、この散曲はこのままでただちに雜劇の一折（幕）を構成しうるだろう。いうまでもなく、套數は雜劇の歌詞部分と同質である。

同時に筆者は、作者不明の雜劇「王鼎臣風雪漁樵記」（『息機子雜劇選』本に據る。『元曲選』本では王鼎臣を朱買臣に改めている）の第三折をも想起した。この雜劇は、覆水盆に返らぬたとえで知られる、漢の朱買臣の故事を劇化したものである。作者はこの幕において、全四折を同一唱者（主役でもある）でつらぬく元雜劇の規約（むろん若干の例外はある）を破り、わざわざ張㺯古という貨郎兒（デンデン太鼓を鳴らして日用雜貨を賣り歩く行商人——宣傳者としてのこの人物の設定はおもしろい）を正末にしたてた。そして、かつて妻からふがいなさを責められて離縁を宣言された王鼎臣（『元曲選』本では朱買臣）が、いまや出世して郷里の太守に赴任する状況を、たまたま城下に出た妻の父に報告させている。この破格の措置は、かつて夫を罵倒した妻がまったく逆の立場におかれる、第四折の効果を強化する意圖に因るから、張㺯古がうたう歌詞の方向は、「高祖還郷」とむろん同じではない。しかし、この散曲におけるいなかものの創造には、「漁樵記」劇の張㺯古がなんらかの示唆をあたえたかもしれない。ちなみに、「漁樵記」劇の制作はかなり早く、少なくともこの散曲のそれには先行する（初期の作家王實甫の「破窰記」劇第一折〔油葫蘆〕曲に、ふつう朱買臣で知られるこの故事を王鼎臣として引く）。それはともかく、いなかものの創造によって賦與された、この散曲の戯曲的性格は、まず第一に擧げるべき特徴である。

しかも、この戯曲的效果をめざす意圖をみごと成功にみちびいたのが、傳統文學には見いだせぬ、というよりむしろそこにはありえない發想である。すなわち、この散曲の全篇におよぶ口語的表現は、すべて庶民感覺から生まれた發想にもとづいている。それはまず、天子そのものをも意味する「車駕」とか「鑾輿」とかの語に對する、主人公の反應に始まる。これらの語は、かれが初めて耳にするものであった。えたいの知れぬものの歸郷というだけで、事態を少しも理解しえぬうちに、早くも視界に行列の先導がとびこむ。

その行列の儀仗の一一が、いなかものの眼に映じたとおり、實感のままに描寫される。『元史』輿服志（ことわっておくが、この際『漢書』禮樂志をひもとく必要はない。もっとも『漢書』には儀仗の記述を缺くが）には、儀仗についての詳細な規定が載っている。まず、先頭にある旌旗の類には、がんらい白虎・鳳凰・麒麟・獅子・龍などの瑞獸・瑞鳥がいかめしく刺繡されていた。それらの權威の象徵をば、この主人公は、すべてかれの日常的な見聞・知識の中にある動物に見なしてしまう。

旌旗につづく他の儀仗についても、同様である。がんらいは武器・武具に擬した叉・斧・臥瓜・立瓜・鐙杖とよぶ、やはり豪華でいかめしいものばかりである。それらをもかれは、やはり日常身邊に見なれた農具・農作物に見なしてしまうのである。

さらに、天子が乘用する馬車、いわゆる「輅」についても、それを挽く動物が馬ばかりだと、かれはまず驚歎の聲をはなつ。鄉村では騾馬やろばが常用されている。おそらく、一頭の馬を工面するさえ困難であったろう。それがこんなに馬ばかりそろえていると驚いたのである。また、馬車の前後に隨從する侍從官たちも、かれの感覺にあうと臺なしである。かつて鎭守の緣日かどこかで見た地獄繪の判官とか、宿場間を駈けてゆく公用飛脚としか映らないのである。以上のいずれの場合にあっても、この主人公はけっして故意に事實を歪曲したのではないことに注意してもらいたい。

庶民感覺による發想は、後の三曲に至って極まる。漢の高祖といういかめしい存在も、いまや雛壇の最上階から引きずりおろされ、たちまちかつての無頼の酒徒に還元される。そして、ここに現實生活にとって最も切實な貸借關係の取引が始まる。その毎句におよぶ巧みな措辭は、いかにも鄕村人らしい口吻を傳えて妙である。

ここでも看過してならない表現がある。麻を量るのに「三秤（みはかり）」という一見ルーズな、しかし鄕村人には實感としてすぐ感得される計量がとび出す。筆者はよほど以前に、人民文學作家趙樹理の小説で、やはり正規の尺度を使わずに、「三指」とあったことを想い出す。

さらに、千鈞の重みをもつのは、最末尾の句「白甚麼改了姓更了名喚做漢高祖」である。「白甚麼」（白甚ともいう）は「あだなり・とんでもない」を意味する。宋元期特有の口語である。いくら姓名を換えたって（かれは姓名を換えたと信じている）けっして逃がさぬぞ、とかれは宣言したわけである。それだけではない。この姓名を換えることの言及には、實は深い意味がある。男子が姓名を改めることは、當時の庶民の通念でも最大の恥辱とされていた。すなわち、男が男でなくなることをそれは意味した。たとえば、元曲にみえるつぎの諸例がそうである。

我若不官司行送了你和姓改。（「冤家債主」第一折、〔天下樂〕）

わしがもしきさまをお上に突き出さねば、苗字だって換えるぞ（男がすたらぁ）。

我若是不得官和姓改。（「漁樵記」第二折、〔隨煞尾〕）

わしがもし官人を物にできねば、苗字だって換えるぞ。

だから、また元雜劇に登場するこそ泥の登場詩にも、逆説的に「行不改姓、坐不更名」（行くも坐するも姓名は變えず、つまり男のすたる行爲はせぬ）と唱えさせている。とすれば、この鄕村の主人公は漢の高祖に對して、おまえはすでに男でないと決めつけたわけでもある。

要するに、この一套曲には、どの部分をさがしても、傳統文學における知識人の發想や表現を見いだすことはできない。ただあるのは、素樸で現實的だが、巧僞や誇張のない眞實に光る感情ばかり。ところが、それがそのまま一轉して、漢の高祖に典型化された成り上がり權力者（あるいは鄉土人に典型化された迎合者）への痛烈な諷刺と化する。ことに、標題がいかめしい事態を豫想させがちなだけに、庶民の生活感情にもとづくこの率直な表白は、いっそう諷刺の效果を高めるようにおもわれる。この作品こそ、士大夫も參加するジャンルで始めて文學用語として公認された、口語の機能を巧みに活用した、散曲の代表作であり、同時に、いわゆる人民文學の一つの典型を示すものと考える。

筆者は小論の冒頭で、散曲文學の本色は、詞の連續乃至亞流として制作された作品の外にあるといった。詞と散曲は誕生と效用の場が同じ歌曲でありながら、詩形・用語・音樂の系統、その他いくつかの條件を異にするため、兩者の志向にはむしろ相乖離するものさえあると考える。そのことを究明するため、別の論考において、兩者が共有する「題詠」――サロンの文學としての「詠物詩」に焦點をすえて、元代散曲の性格を考察した。

サロンの文學としての「詠物詩」が、詠歌の對象をまずサロン周邊の美的物象に求めることは、六朝期（永明文學をピークとする）以來の常であり、詞の場合もほとんど變りはない。ところが散曲に至ると、その對象に始めて新たな變化が起きる。必ずしも美的評價をあたえられぬ物象にも及んだのである。だが、この段階ではなお決定的な變化とはいえない。やがて、それに劃期的な現象が起こった。

「詠物詩」の重點が、詠歌の直接の對象である「物」より、むしろ擬人化された「物」の感覺を通してみる人間乃至人間のエゴイズムに移ったのである。睢玄明の套數「詠鼓」（『太平樂府』卷九收）がそれである。そこでは、教坊（官立の歌舞練場）の樂人が操る太鼓が「不平之鳴」をなす形を借りつつ、人間たちの異常な生活を活寫する。

散曲の「詠物詩」が見いだしたこの新たな志向は、やがて姚守中の「牛訴冤」（『太平樂府』巻八收）・曾瑞の「羊訴冤」（同、巻九收）・劉致の「代馬訴冤」（『陽春白雪』後集巻五收）など三篇の套數に至り、さらに推進される。それらはもはや「詠物詩」であることを標榜してはいないが、いずれにも「詠物詩」の尾骶骨は歴然と認められる。ここでは對象たる「物」は感覺をもつ家畜に置き換えられた。そして、人間に貢獻するかれらが、その人間によって非業に屠られる不當を訴える體裁を採り、實は人間社會の矛盾した現實のべつの一面を曝露する。ここに至って、「詠物詩」は一八〇度の展開を遂げ、同時にサロンの遊戲文學は眞摯な諷刺文學へと昇華する。社會詩の誕生はもはや時間の問題であった。

さて筆者は、上記の散曲における「詠物詩」の展開を追跡しているとき、小論に扱った睢景臣の「高祖還鄉」をみぎの過程中に置きうることに想到した。「詠物詩」はその對象を器物から家畜へ、そしてさらに人間へと置き換えつつ、その對象の感覺を通して人間を描く、とみるわけである。これが、套數「高祖還鄉」の元代散曲史における、別の視點よりするもう一つの位置づけである。

なお、元曲初期の作家杜仁傑（仲梁、號止軒、金の遺民）に、むしろ元代劇場の實際を知る資料として有名な、套數「莊家不識构闌（いなかものしばいごやをしらず）」（『太平樂府』巻九收）がある。この作品も「高祖還鄉」と同じ手法を採る、とみられぬことはない。劇場という特殊な世界における人間のいとなみを、作者が直接ではなく、初めて芝居見物をする「莊家（いなかもの）」の感覺を通して描くからである。その標題に示された作者の意圖は十分果たされず、せっかくの異色の作品もむなしく失敗に歸してはいるけれども。

＊付記　元代散曲における詠物詩の展開については、「元代散曲の研究」（『東方學報』四〇、本巻三三六頁）で論ずる。

劉致作散曲「上高監司」ノート

元の楊朝英が編した散曲集『陽春白雪』後集三に収められた劉致（字は時中）の正宮二套曲が私の胸をゆさぶったのは、すでに十年あまりも前のことである。その一は、高なる監司の善處によって、飢饉と不正に喘ぐ人民の慘苦が救われた感謝をのべ、他は、惡德商人と官吏の結託による幣制攪亂の實狀を訴えたものだが、傳統文學では到底不可能に思われる活潑潑の描寫を成し遂げた貴重な史料として、さらには、右の目的でかかる俗曲を上司に捧げたという、「曲」の文學的地位の躍進を知るによなき作品として、二重の意味ではこれらは私を驚倒させた。爾來おりあるごとに讀み返してはみたものの、この二曲の理解には語學力のみでは限界があり、ことに非才の私は、實は今日に至るもなお十分に讀めないでいる。一方、作者劉致の傳記やこの二套曲の內容をなす事實に對する探究も、機を見て手がけたいと念頭しつつ、終に最近まで實現をみなかった。それがことしの九月はじめ、一夜ふと思いたって身邊の書物をいろいろくってみた結果、まったく幸にも同時に兩方の見當がほぼついたので、少少場違いの感は免れないが、當時賴まれていた例會の發表にあてた。しかしすでに講義の始まった二週間では、調査も遲々として進まず、やむなく、二曲の中まずどうにか讀める第一の散曲のみを扱うことにした。當日發表した話の後半を成す部分は、さらに旁證を固めて確信を得れば他に發表する約もできているため、ここには僭越ながらノートと題して——劄記というにも氣がひけ——おぼえ書きを披露するに止めたい。それも紙數に制限されて、用例も多くは擧げられず、ぜひ解決しておくべき核心をなす部分、それも少しの努力と時間があれば分明する事がらで怠ったものも少くなく、未定稿のまま放り出すことはなんとしても心苦しいかぎりだが、諸子の御指教を得たい意をこめて、以下まずしい結果を報告する。

テキストは『國學基本叢書』所收の影元刊本に據り、『散曲叢刊』所收の任訥氏校訂本を參考した。

〔端正好〕衆生靈遭磨①障。正値着時歳飢荒。謝恩光拯濟皆無恙。編做本詞兒②唱。

①災難。②一篇のはうた。

〔滾繡毬〕去年時正插秧。天反常。那①里取若②時雨降。旱魃生四野炎傷。谷③不登、麥不長。因此萬民失望。一日日物價高張。十分料鈔④加三⑤倒、一斗粗粮折⑥四量。煞⑦是淒涼。

①＝哪裏是・哪裏有、元曲常用語。②任校「及」③穀の俗字、以下同じ。登は豐登。④交換用の新紙幣、後に見える舊紙幣「昏鈔」との交換については二十五條の法規がある（『新元史』食貨志參照）⑤倒は倒換。交換。舊幣三割ましで交換する。⑥四割減で量る。一斗買って六升しかくれぬ。⑦＝太、忒煞とも熟する。

〔倘秀才〕殷①實戶欺心不良。停②塌戶瞞天不當。吞③象心腸歹伎④倆。谷中⑤添秕⑥有、米内⑦插麄糠。怎⑧指望他兒孫久長。

①商人地主などの資本家。②元來は倉庫保管業だが、穀物を囤積する者。加藤繁博士「居停と停塌」（『支那經濟史考證』上卷）參照。③貪婪飽くなき喩え、『楚辭』天問「靈蛇吞象」に本づく。④てくだ、やりぐち。⑤⑦穀は穀類の精米前、後を米という。⑥有は任校「屑」、みおさ。⑧指望は期待すること。かかる不正行為をしたやつらの子孫はろくでゆくまいとの意。諺にも「少作缺德事、自有好兒孫」とか「遠報則在子孫、近報則在自己」とある。

〔滾繡毬〕甑①生塵老弱飢、米如珠少壯荒②。有金銀那③里每典④當。盡枵⑤腹高⑥臥斜陽。剝⑦楡樹餐、挑野⑧菜嘗。喫⑨黃不老勝⑩如⑪熊掌。蕨根粉以代餱⑫粮。鵝⑬腸苦⑭菜連根煮、荻⑮筍⑯蘆蒿帶葉吃⑰。則⑱留下杞⑲柳株樟。

①甑はかまど。後漢の范冉（丹にも作る）の酷貧を、里人が「甑中生塵范史雲」と歌ったのに本づく（『蒙求』「范冉生塵」）。②

飢荒の二字を分割して用いたに過ぎない。③＝哪裏、任氏は毎字を疑っているが、那里毎は元曲常語、那裏面の轉か。④典も當（去聲）と同義。⑤お腹がぺしゃんこ。⑥成句だが出處未詳。⑦樹皮に澱粉量が多いので、飢饉時の代用食の隨一、本草書に詳しい。⑧野草。⑨未詳、いずれ俗稱であろう。⑩よりまさる。⑪『孟子』告子篇にも見える珍味。⑫『毛詩』谷風に見え、傳に「乾食」とあるが、或は別物かもしれぬ。⑬明の鮑山の『野菜博錄』に見え、葉が食べられる。⑭『毛詩』に見える「荼」（傳「苦菜也」）か。『野菜博錄』に「山宣菜、一名山苦菜」とあり、明の姚司成の『救荒野譜』に「敗醤草、俗名苦菜」とあるから、それらかもしれぬ。⑮荻の芽か、歐陽修の詩に「荻筍時魚方有味」と見え、元來は魚の附け合せとして珍重されたらしい。⑯任校「蘆蒿」。周定王の『救荒本草』に「蔄蒿、洞庭湖瀨、根長尺餘、居民掘而煮食之、儉歲恃以爲糧」と見える蔄蒿か、宋の張耒の『明道雜志』に河豚魚の煮き合せに、荻筍とともに見える蔄蒿と同一物であろう。⑰噇にも作る、『元曲選』の音釋は「床」。がつがつ飲み食いすること、食い意地はるのを噇病という。⑱＝只、以下同じ。⑲ともに棺材に供せられる。

〔倘秀才〕或是搥[1]麻[2]柘稠調豆[3]漿。或是煮麥[4]麩稀[5]和細[6]糖。他毎[7]早[8]合掌擎拳謝上蒼。一箇箇黃如經[9]紙、一箇箇瘦似豺狼。塡街臥巷。

①麻柘は二物でなくて、麻の樹皮下の蔗狀の部分をいうか、搥は打、たたいて汁を出す。②粘體のものを調理することか。③豆乳。④ふすま。⑤稀和粥と使うから、粥狀のものを作ること。⑥未詳、あめ湯の如きものか。とにかく豆漿と細糖まがいのものを作るのである。⑦＝們　⑧代用品なのにそれで結構ありがたがる意を示す。⑨經紙の誤り。糸へんと女へんは俗體では紛れ易い。『劉知遠諸宮調』に「兩臉渾如經紙黃」と見える。

〔滾繡毬〕偸宰了些[1]闊角牛、盜斫了些[2]大葉桑、遭時疫無棺[3]活葬。賤賣了些[4]家業田莊。嫡[5]親兒共女、等[6]閑[7]參與商。痛分離是何情況。乳哺兒沒人要撇[8]入長江。那里取廚中剩飯杯中酒、看了些河裏孩兒岸上娘。不[9]由我不哽咽悲傷。

①水牛、その肉はまずいし、第一元代では牛肉を食うことは法度であった。②『救荒本草』に「其葉嫩老皆可煠食」とある。③

活は「むざと」といった残酷のニュアンスがある。「生きながら」ではない。④家財。後に見える家私、また家計・家火ともほぼ同じ。⑤最も近い家族、祖父母、妻、兄弟、子孫をいう。⑥空しく。⑦參と商は東西に分れて相見ゆる時がない二星。乖離の喩えに頻用。⑧投げすてる。⑨おもわず……する。下の不字は省くこともある。

〔倘秀才〕①私牙子船②灣③外港。④打過河中宵月朗。則⑤發跡了些⑥無徒、⑦米麩行⑧牙錢加倍⑨解、賣⑩面⑪處兩般裝昏鈔。⑫早先除了四兩。

①闇ブローカー。②停泊する。③クリーク（子港・河港という）の大きな川に注ぐ口の外か。晝は「外港」に停泊して町や村に近寄らぬ。④打は打船の打。物資の輸送は月夜に乗じて敢行されたことをいう。⑤出世する、芽が出る。⑥無頼の徒。⑦米穀商。⑧コミッション。⑨未詳、品物のかたに金を得ることを「解錢」、質屋を「解典舖（庫）」というから、運んだ食糧の手數料をとることか、或は「解送」（護送する）の解か。⑩＝麵。⑪以下五字は任氏の如く「昏鈔兩般裝」とすべきだろう。古紙幣を二枚に見せかける僞造の方法と推量されるが未詳。⑫そうしたインチキ紙幣を行使して、早くも四兩（おそらく十兩一枚につき）ピンはねをしたというのだろう。

〔滾繡毬〕江鄉①相有②義倉。積年③系④稅戶掌。⑤借貸數⑥補答得十分⑦停當。都⑧侵用過將⑨宮府⑩行唐。那近日勸⑪耀到江鄉。按戶口給月⑫粮。富戶都用錢⑬買放。無實惠盡是⑭虛椿。充飢畫餅誠堪笑、⑮印信憑由却是謊。快活了些⑯社長⑰知房。

①任氏は前に改めているが、廂（＝邊）であろう。②非常食糧を貯備する官庫（『新元史』食貨志に詳しい）。③任校「係」。④年貢係。⑤例えば種籾を貸出す。⑥任校「補搭」。埋め合せをする（帳づらの）。⑦＝妥貼。⑧公庫に納めるものを勝手に使いこむ（『吏學指南』參照）。⑨任校「官」。⑩『元刊雜劇』に三見するが、その意味は把めぬ。滋滯さす、或はごまかす、眼をかすめることか。雙聲の語。⑪穀類を放出する。⑫月割りの配給食糧。⑬追加割り當てを買收して免れる。⑭椿配（税などを割り當てること）の椿か。有名無實の割り當て。⑮公文書の印と事由がき。⑯長・町内會長・庄屋に當る。⑰縣など末端役所の六房

（吏戸禮兵刑工）の長。

〔伴讀書〕磨滅盡諸豪①壯。斷②送了些閑③浮浪。抱④子攜男扶笻⑤杖。尫⑥羸傴僂如蝦樣。一⑦絲好氣沿途創⑧。閤⑨淚汪汪。

①はぶりをきかす郷紳たち。②窮境に追いやられる、参らす。③定職もたぬ輩。④女兒は手放しても、先祖の祭祀を絶やさぬために男兒は最後まで伴う、成語。⑤竹杖。⑥弱りきり身をかがめ蝦のごと。⑦好は兩の草體よりする誤りか。息絶えだえの形容、成語。⑧病みつかれていること。⑨任校「擱」。四字は成語。

〔貨郎〕見①餓②莩成行街上。乞出攔③門鬪搶。便財主每也懷金鵠④立待其亡。感謝這監⑤司主⑥張。似汲⑦黯開倉。披⑧星戴月熱⑨中腸。濟與糶親臨發⑩放。見孤孀疾病無⑪歸向。差醫煮粥分⑫廂巷。更把贓⑬輸錢分⑭例米多⑮般兒區⑯處約⑰最優⑱長。衆飢民共仰。似枯木逢春、萌芽再長。

①曲牌「貨郎兒」の「兒」が曲文に紛れこみ「見」に誤ったのであろう。見・兒の俗體は酷似する。②（さながら）餓屍體。③門口に立ちふさがって奪い合う。④鶴首と同じく待ちのぞむ形容。⑤肅政廉訪使（提刑按察使）、今の省長に當る。⑥＝做主張、做主。⑦『蒙求』に見える漢代の故事。同名の雜劇（佚）もある。⑧晝夜不休の行動をいう。⑨熱心、中は表。⑩指令を發する。⑪寄るべない。⑫巷々に分つ。⑬罰金・追徴金、賦錢など官に保管してある金。⑭主に驛傳用の割り當て米。⑮いろいろと。般は樣・種。⑯處置する。⑰任校「得」。⑱公平なことか。

〔叨①叨令〕有錢的販米谷置②田莊添生放③。無錢的少過④活分骨肉無承⑤望。有錢的納寵妾買人口⑥偏興⑦旺。無錢的受飢餒塡溝壑遭災障。小民好苦也⑧麽哥、小民好苦也麽哥、便⑨秋收鬻妻賣子家私喪。

①内容よりしてこの曲は「貨郎兒」の前にあるべきで、元曲聯套の體例よりすれば「滾繡毬」の次に位置するが最も適わしい。②買う。③未詳、横暴なことか。④動詞にも使うが、生活上必要な家財。⑤希望。指望に同じ。⑥奴婢。⑦繁昌隆盛、主に運勢上に用いる。⑧〔叨叨令〕のこの二句の末尾に必ず用いる調子ことば、「なんと氣の毒なことだわなあ」。⑨秋の收穫に際して

も。

〔三煞〕這相公愛民憂國無偏黨。發政施仁有激昂。恤老憐貧、視民如子、起死回生、扶弱摧強。萬萬人感恩知德、刻骨銘心、恨不得展革①垂韁②。覆盆之下、同受太陽光。

①革は草の誤り。野原で睡眠中、悪人に火を放たれて焼死に瀕した時、愛犬が川と現場を往復して周圍の草をぬらして救った『搜神記』の故事。展は霑に作るべきだが、元曲の用例は多く展に作る。②賊に追撃された前秦の苻堅が川に落ちこんで危い時、馬が首を垂れて救い上げた、『異苑』に見える故事。

〔二〕天生社稷眞卿相。才稱朝廷作棟梁①。這相公主見宏深、秉心仁恕、治政公平、蒞事慈祥。可與蕭②曹③比竝④、伊⑤傅齊肩、周⑥召⑦班行。紫⑧泥宣詔、花⑨襯馬蹄忙。

①棟梁才とは宰相たるべき才をいう。②伊傅・周召にもかかる。③漢の蕭何・曹參。④列ぶ。よそえる意にも用いる。⑤殷の伊尹と傅說。⑥周の周公旦・召公奭。以上はみな天子を助けた名臣。⑦同列。⑧天子の詔敕。⑨昇進任命の得意を詠んだ既成の詩句に相違ないが、作者は未詳。この二句は、高監司が新しく上位官に任命されたことを示すか。

〔一〕願得早居玉笋①朝班上。佇②看金甌③姓字香。入闕朝京、攀④龍附鳳、和⑤鼎調羹、論道興邦。受⑥用取⑦貂蟬濟楚、衮⑧繡崢嶸、珂⑨珮丁當。普天下萬民樂業、都知是前任繡衣郎⑩。

①重臣の列、鄭谷の詩に「渾無酒泛金英菊、漫道宮趨玉笋班」とある。②待ちのぞむ。③宰相の榮名輝くこと、唐の玄宗が新宰相の名を金の甌(さかずき)に記して伏せ、皇太子に當てさせた『明皇十七事』に見える故事に本づく。④天子の驥尾に付すること、『後漢書』光武帝紀に出る。⑤天下の政事を執り行う、成語。⑥（以下三句の身分を）享受する。取は助辭。⑦冠の飾りの端正さ、いかめしい冠をつける榮位。⑧衣裙の豪盛さ、りっぱな宮服をつける身分。⑨音もさわやかな佩玉を帯する境遇、丁當は古い擬聲語。⑩漢代に繡衣侍御史（大審院乃至警視廳の副長官級）があるが、杜甫に「繡衣黃面郎」、岑參に「白面繡衣郎」の句があり、

詩語としては、侍御史のみでなく、刑法を司る官をひろくいうか。ここでは粛政廉訪使を指す。

〔尾聲〕[1]相門出相前人奬。[2]官上加官[3]後代昌。活彼生靈恩不忘、[4]粒我烝民[5]得怎償。父老兒童細[6]較量。樵叟漁夫[7]曹論講。共説[8]東湖柳岸傍。那里清幽更舒暢。靠着[9]雲卿蘇圃場。與[10]徐孺子流芳[11]把清況。蓋一座祠堂人供養。立一[12]統[13]碑碣字數行。將德政[14]因由都載上。使萬萬代官民見[15]時節想。

①宰相の家門より、宰相が出る、成語。高監司の父も名臣だったことを意味するか。②次々と栄進する成語。③子孫。④『尚書』益稷「烝民乃粒」に本づく。傳に「米食曰粒」とあるが、ここでは食糧を與えたこと。⑤任校「德」。⑥＝商量、報恩の事業を相談する。⑦未詳。⑧江西南昌城内の東南隅にある。⑨蘇雲卿の菜園。野菜作りの名人で、見ごとな収穫を得て世人を驚かしたこと、『宋史』本傳や『游宦紀聞』に見える。⑩後漢の名士徐穉、南昌の人、時の太守陳蕃の知遇を受けた（『蒙求』「陳蕃下榻」）。東湖の畔に祠堂・墓地が在ること『南昌府志』に詳しく、祠堂修復時における徐鉉や曾鞏の文章が残っている。⑪任氏は把を那に改め、かつ清は情字の誤りと疑うが、それでもなお讀めない。亂れていることは確かであるが私もよくわからぬ。⑫量詞。⑬石碑。『皇元風雅』前集二に見える聶古柏の「題參政高公荒政碑」なる詩は、すなわちこの碑に題したもの。⑭理由・仔細。⑮＝時候。

劉致作散曲「上高監司」攷

元代の俗曲である散曲の選集『陽春白雪』後集二（楊朝英編、刊年未詳）には、「古洪・劉時中」の手に成る異色の二作品がある。どちらも正宮調に屬する一連の小曲より成る長篇作で、その第一は「上高監司」（監司は肅政廉訪使）と題し、飢饉とそれに伴う經濟混亂に喘ぐ人民たちを、焦熱のるつぼより救いあげた長官への感謝をつづり、第二は無題ではあるが、幣制の不備に乗じた官民共謀の經濟攪亂の實情をば、やはり同じ人（?）に訴えて、その肅清を歎願したものである。すでに題材そのものが、他の散曲作品はもちろん、在來の詩歌にもめずらしい*ばかりでなく、その敍述描寫は素樸ながらかなり細緻にわたり、作者の人民に對する同情と不逞の徒輩にむけられた憎惡のあやなす波は、兩篇を通じて執拗なうねりをくり返し、俗曲とはいえ、その格調も決して卑しからぬ作品であって、われわれに與える生ま生ましい感動こそは、口語の驅使をまたねば到底不可能であったろうとさえ思われる。

＊漢代の古樂府「鴈門太守行」や唐人白居易の新樂府は、まさにそのめずらしい例である。

それに、このような俗曲が上司への陳情乃至は感謝の用に供せられたということは、新興のジャンルであった「曲」が、いまや推しも推されもせぬ文學的地歩を獲得したことの明證であり、わたくしはまずその事に一驚したのだが、同時にこの二作品は、元代の社會經濟史研究の上に、なにがしかをプラスする材料を含むものであるだけに、これら作品の解明は、わたくしのひそかなる宿願であった。ただ無念なことに、この二作品（特に第二作）は甚だ難解な語句に滿ち、かつはその難解さと、うたい物であることのために、誤傳誤寫も少からず生じたらしく、それが一そう難解の度を加えている。現に中國の人による校訂（『散曲叢刊』所收任訥氏校本）や注釋（盧前氏選註『元明散曲選』所收）もあるにはあるが、きわめて不完全で誤謬も多いことでわかるように、少くともこの二作品に關する限りは、語文學にのみ攜わるものには限界があり、その方面の專家の協力をぜひとも必要とする。わたくしも今なお十分には解讀しえないでいるが、この二作品の紹介をかねて、それにまつわるいろいろの事實について、現在までに知り得た貧弱な結果を披露して、諸賢の援助を仰ぎたいとおもう。

ここにはまず第一の作品を紹介し、作者の生平から、それの事實的な裏づけに及ぶつもりである。この作品については、すでに簡單なノートを發表した（『中國語學研究會報』十九）から、ここでは原文に拙譯のみを添える。譯文はもちろん正確を期したが、なお不安な個處も少くなく、ことに文學的表現までは顧慮するいとまも能力もなかったことを斷っておく。テキストは影印元刊本（『國學基本叢書』本）により、括弧内は校訂した文字を示す（任とあるのは、任訥氏の校訂に從ったもの）。

さて歌は、まず一篇の主旨をのべた小曲で始まる。

〔端正好〕衆生靈、遭磨障。正值着時歲飢荒。謝恩光拯濟皆無恙。編做本詞兒唱。

民草どもに厄ふりて、いまし飢饉にあえぐ時、めぐみの光り救いかけ、かたじけなくもつつがなし。いざ一まきの詞（うた）によまん。

冒頭の括弧の中に入れたものは、正宮調に屬する小曲の名で、それぞれに句型・音律が一定し、しかもこれらの一連の小曲を一韻で到底する。ちなみにこの作品は『中原音韻』の第二韻類、江陽韻（韻尾にangをもつ）を用いている（。の個處は押韻を示す）。

〔滾繡毬〕去年時正插秧。天反常。那里取若時雨降。旱魃生四野炎傷。谷（任穀）不登、麥不長。因此萬民失望。

一日日物價高張（任漲）。十分料鈔加三倒、一斗粗糧折四量。煞是淒涼。

〔倘秀才〕殷實戶欺心不良。停塌戶瞞天不當。呑象心腸歹伎倆。谷（任穀）中添粃有（任屑）、米內插粗糠。怎指望他兒孫久長。

あたかも去年の田植え時、天道つねにさからいて、時じくの雨の降らばこそ、旱ばつ起り四方の田やけ、穀は實のらず麥のびず、ために民ぐさ望みなし、日ごと物價は高騰し、新紙幣の交換三割まし、粗米は天びき四割の量り、いともわびしき世相なり。

物もちやからは破廉恥行爲、倉庫業者もあくなき不正、貪慾のはら、あくどい手ぐち、穀（脱穀後精米以前の穀類）に加える空みおさ、米（もみを去った穀類）に混えるあら糠の、まご子の榮えるためしなし。

まず飢饉の原因に返って説きおこす。前年の田植え期前後に始まる旱ばつで米麥ともに實のらず、たちまちに食糧の暴騰と幣價の下落が相伴って人民たちに襲いかかり、資本家たちの買占めや増量のための不正操作がぬけめなく進められ、天災に一そう拍車を加える。「怎指望他兒孫久長――やつらの子孫はろくでゆくまい」というのは、まさに抵抗のすべを知らぬ人民たちの呪咀を直寫して、切實な感動を與える。「料鈔」とは、後に見える「昏鈔」（ぼろさつ）と交換する（倒換）ための新紙幣で、大德二年（一二九八）三月にはいわば昏鈔の使用限度を規定した二十五條の「倒換昏鈔體例」が發令されている（『元典章』二十鈔法）。その交換にあたっては、至元十九年（一二八二）十月に定められた「鈔法條劃」（『元典章』前同）に、

鈔庫內倒換昏鈔。每一兩取要工墨三分。

とある如く通常は三分の手數料をとられるが、この場あいは、幣價の低落が影響してその十倍が要求され、逆に主食類それも下等米を買うのに、一斗の代金で六升しか量ってくれない。「殷實戶」は地主商人などの資產階級をいい、

「停場戶」は元來倉庫保管業者だったものが、同時に囤積も行ったこと、加藤繁博士の論著に詳しい（『支那經濟史考證』上「居停と停塌」）。

〔滾繡毬〕甑生塵老弱飢、米如珠少壯荒。有金銀那里每典當。盡枵腹高臥斜陽。剝楡樹餐、挑野菜嘗。喫黃不老勝如熊掌。蕨根粉以代餱糧。鵝腸苦菜連根煮、荻筍蘆蒿（任蒿）帶葉咗。則留下杞柳株樟。

〔倘秀才〕或是捶麻柘稠調豆漿。或是煮麥麩稀和細糖。他每早合掌擎拳謝上蒼。一個個黃如娙[女氏]（經紙）、一個個瘦似豺狼。塡街臥巷。

〔滾繡毬〕偷宰了些闊角牛、盜斫了些大葉桑。遭時疫無棺活葬。賤賣了些家業田莊。嫡親兒共女、等閑參與商。痛分離是何情況。乳哺兒沒人要撇入長江。那里取廚中剩飯杯中酒、看了些河裏孩兒岸上娘。不由我不哽咽悲傷。

釜にちり積み老弱は飢え、米は眞珠に壯者もひもじ、金銀もてども食糧に、かうるもならず今はただ、腹はひしゃげて夕日にねそべる（?）、楡（にれ）の木はだを剝ぎてはくらい、野草つみとり食うてみつ、黃不老さえ熊掌しのぎ、わらび粉とても餱糧の代用、鵝腸・苦菜は根ぐるみ煮こみ、荻筍・蘆蒿は葉ぐるみくらう。あとに殘るは柳にくすのき。

麻のしん（蔗狀の）をば叩いて豆乳、ふすま煮つめてあめ湯（?）まがい、それとて手に入りゃ天への感謝、兩手あわせて伏しおがむ、人みな顏は經紙より黃いろ、狼しのぎやせさらぼうて、巷ちまたに橫たわる。

水牛ぬすんで屠り殺し、桑のひろ葉をぬすみ切る。えやみにかかりて死人が出れば、棺桶なしでそのまま埋葬、家財田畑みなたたき賣り、血につながる子どももどうしが、むざんや散りぢり生き別れ、見るにしのびぬ別離の歎き、乳のみ子いまやもてあまし、長江（かわ）の中へと投げすてぬ、くりやの殘飯さかずきの、一しずくさえなきがゆえ、河中の子ども岸べなる、母親の姿見かけては、おもわずもわれもらい泣く。

事態がここに至ると無力な人民たちは、いまや樹木野草に代用食をあさる外なかった。黃不老以下みなそれである。そして、それらの代用食さえ熊掌、餱糧などの珍味・常食にまさる味わいに思われ、しかも、それさえ忽ちに採りつくされて、あとに殘るはただ棺材としてのみ有用で、食用にはならぬ杞柳と樟のみ、萬一にも豆乳やあめ湯（?）まがいのものにでもありつければ、それこそ隨喜の涙して天に感謝するあわれさ。さらに事態の深刻化につれて、生きるためには禁制の牛をも屠殺し（『元典章』刑部十九諸禁「偸宰馬牛」大德七年）、他人の所有にも手をかける。いまや價値の暴落した動產不動產はもちろん、男兒のみは留めて、肉身さえも金になるは手ばなし、ならぬはわが手にかけて殺す。「河裏孩兒岸上娘」——極端に素樸な表現ながら反って胸うつものがある。

〔倘秀才〕私牙子船灣外港。打過河中宵月朗。則發跡了些無徒、米麩行牙錢加倍解、賣面（任麪）處兩般裝昏鈔（任昏鈔兩般裝。）早先除了四兩。

〔滾繡毬〕江鄉相（廂）有義倉。積年系（來）稅戶掌。借貸數補答（任搭）得十分停當。都侵用過將宮（任官）府行唐。那近日勸糶到江鄉。按戶口給月糧。富戶都用錢買放。無實惠盡是虛樁。充飢畫餅誠堪笑、印信憑由却是謊。快活了些社長知房。

闇にはびこる仲買いの、船は停泊クリーク外、月の照る夜をクリーク漕いで、それで芽が出る不逞のやから、米屋からとる口錢倍まし、麪賣る店ではぼろさつ使い、二枚に見せかけ（?）くすねる四兩。

長江(かわ)べの里に義倉ありて、管理は久しく年貢がかり、年貢米(こめ)の貸し借り見ごとに埋めたが、みな使いこみ公用(おかみ)に支障、近ごろお上の勸告くだり、長江(かわ)べの村へ食糧放出、戶口に應じて月わり配給、分限(ぶげん)者いずれも賄賂でのがれ、有名無實の空(から)割り當て（?）、畫ける餅のお笑いぐさよ、官印公文みな噓っぽち、有卦(うけ)にいるのは庄屋に課長。

作者の筆はここで、人民たちの惨状に對照させて、またしても不逞の輩の横行を暴露する。まず闇に活躍するブローカーであり、さらにしては官權を委託された郷村の幹部、そして末端廳の汚吏どもである。白晝は村里からほど遠いクリークの出口の長江に船を停泊させ、月明の夜をまって闇物資を輸送するこ憎さ、かつまた食料の取引に際しては眼にあまる悪らつさを發揮する。「昏鈔兩般裝」はいかなる操作か詳かでないが、ぼろさつを利用して額面の異なる二様の紙幣に僞装する不正行爲であろうか。さて爲政者とて事態の緊迫を傍觀していたわけではなかった。いよいよ義倉を開いて應急米の放出が命ぜられる。だが帳簿の上では見ごとに出納（播種用に特に貸し出すことがある）が整理されていたにもかかわらず、倉庫の中はもぬけの空であって、あわてて追加徴收をしようとすれば、富裕階級は金錢で買收してまんまと免れ、結局上司から廻付された官印公文のいかめしい通牒は空手形と化すわけである。

〔伴讀書〕磨滅盡諸豪壯。斷送了些閑浮浪。抱子攜男扶笻杖。尫羸傴僂如蝦樣。一絲好（兩）氣沿途創。閣（任擱）淚汪汪。

〔貨郎兒（兒）〕餓莩成行街上。乞出攔門鬬搶。便財主每也懷金鵠立待其亡。感謝這監司主張。似汲黯開倉。披星戴月熱中腸。濟與糶親臨發放。見孤孀疾病無歸向。差醫煮粥分廂巷。更把贓輸錢分例米多般兒區處約（的）最優長。衆飢民共仰。似枯木逢春、萌芽再長。

屈強の男もみな閉口たれて、やくざ仲間もほとほと參る。男兒（こども）ひきつれ竹杖（つえ）にすがりつ、えびもさながら弱りかがみ、息たえだえに路傍に病みて、しとど涙に泣きぬれぬ。

街路は生けるむくろの列、もの乞いしてはおもてに出れば、門（かど）べふさいで奪いあい。長者たちさえ黄金（こがね）いだきつ、むなしく最後をまつばかり、かたじけなくもこの時に、監司さまのはからいあり、汲黯（漢代の名知事）開倉もかくやとばかり、晝夜わかたぬ熱きみこころ、放出救濟みずから指令、みなし子に後家、病めるひとびと、よるべなきもの眼にしとまれば、醫者さしむけるや粥のたき出し、巷ちまたに分ち遣る、非常金やら非常米もて、至れり盡せりのとりさばき、飢えたる民ぐさみな仰ぐ、枯木に春のめぐり來て、木の芽ふたたび萌ゆるごと。

期待された義倉の開放も、汚吏とボスの介在ですべて無實に歸し、到るところ生ける屍の群、それはまさに地獄圖繪というべく、終には富裕階級の中にも萬事休する者が出現するという、最悪の段階が訪れる。かくて、はじめて高監司の裁斷が下され、人人のうえにほのぼのと光りが射しそめるわけである。「贓輸錢」は「贓罰錢」ともいい、贓金・罰金などを官に保管した非常用のものであり、「分例米」は主として驛使用に準備された常備米である。

なお原文では、〔貨郎兒〕曲に續いて〔叨叨令〕の一曲があり、富める者はますますふくらみ、貧しき者は窮迫のどん底に追いやられる甚だしい矛盾を、兩者交錯對照させて示し、人民たちの歎きをしみじみと代辯しているが、この曲の位置は、任訥氏も疑うように確かにおかしい。少くとも、高監司が登場する〔貨郎兒〕曲よりは前におかれるべきで、元曲聯套の體例よりすれば、〔滾繡毬〕曲の次にあるのが、最もふさわしい。

〔叨叨令〕有錢的販米谷（任穀）置田莊添生放。無錢的少過活分骨肉無承望。有錢的納寵妾買人口偏興旺。無錢的受飢餒塡溝壑遭災障。小民好苦也麽哥、小民好苦也麽哥、便秋收鬻妻賣子家私喪。

金もちやからは米穀し入れ、田畑買いこみつのる横暴（?）、金なきやからは鍋かまなくし、親身（しんみ）に別れておさきまっ暗、金もちやからは妾をかこい、奴婢買い入れてますます繁昌、金なきやからは飢えをしのび、かばねさらして大厄にあう、ほんにつらいは平民どもよ、ほんにつらいは平民どもよ、みのりの秋が到來すとて、妻子ひさいで家財うしなう。

〔貨郎兒〕曲をうけて、以下の三曲はすべて高監司の施政人格をたたえ、作者の表現もようやく冷靜をとり戻し、また現實の描寫から遠ざかるにつれて、文言的要素も次第に濃くなって來る。

〔三煞〕這相公愛民憂國無偏黨。發政施仁有激昂。恤老憐貧、視民如子、起死回生、扶弱摧強。萬萬人感恩知德、刻骨銘心、恨不得展革（草）垂韁。覆盆之下、同受太陽光。

〔二〕天生社稷眞卿相。才稱朝廷作棟梁。這相公主見宏深、秉心仁恕、治政公平、涖事慈祥。可與蕭曹比竝、伊傅齊肩、周召班行。紫泥宣詔、花襯馬蹄忙。

〔一〕願得早居玉筍朝班上。佇看金甌姓字香。入闕朝京、攀龍附鳳、和鼎調羹、論道興邦、受用取貂蟬濟楚、衮繡崢嶸、珂珮丁當。普天下萬民樂業、都知是前任繡衣郎。

このお殿さま、民いとおしみ國憂い、えこひいきのさらになく、仁政ほどこし氣慨あり、老いと貧しき憐みて、民はわが子もさながらに、死せる者をば蘇らせ、強きをくじき弱者のみかた、萬民きみの恩德を、感じて胸にきざみつけ、いつかご恩を報いばや、望み絶ちたる暗やみに、惠みのひかり浴びたれば。

きみ生まれながらに國の重臣、棟梁の才とたたえらる。心ばえの寬くして、仁恕の心ゆるぎなく、民を治めて公平に、慈愛あふるるとりさばき、この君こそは蕭何・曹參や、伊尹・傅說や周公・召公と列ぶべし。いつか敕詔のくだされて、手綱とる手に花吹雪。

きみ朝臣の列に入り、その名黃金の杯に、香る日の來るただ待たる。都に入りて九重の、大君たすく宰相の、政權にぎり國おこす、國政論ずるその日こそ、貂蟬の冠りいかめしく、きらの衣裙おび玉の、音もさやけき身分なり。業たのしみ安住する、あめが下なる民ぐさも、この君こそは前任の、繡衣郎なること忘るまじ。

三曲を通じて、仁愛の心あつく公平正直のひと高監司こそは、國家の大任をになうべき宰相たるにふさわしいこと、そしてその夢が早期に實現せんことを期待し、終始儀禮的な讚辭が羅列しているが、ここで一つ看過してはならぬのは〔一煞〕曲の末句である。高監司が將來宰相の榮位を享受される時には、太平に安住する萬民も、みなそれが「前任の繡衣郎」であったことを忘れまいという意に解されるから、高氏の現職は「繡衣郎」であると見なさねばならぬ。「繡衣郎」とは、漢代の繡衣侍御史に本づき、「繡衣」二字の語感が詩語を形成するに適するためか、唐詩*では「侍御史」（御史臺の次官）を指して使用される。

*たとえば岑參の「趙少尹南亭送鄭侍御歸東臺」詩の「紅亭酒甕香、白面繡衣郎」や杜甫の「送長孫侍御赴武威」詩の「繡衣黃面郎、騎向交河道」はみなそうである。

唐詩に定着したこの詩語は、たとえ元代に降っても、侍御史以外を指して使われる可能性はまずなかろう。そこで想像されることは、この俗曲が高監司に捧げられた時は、その人自身はすでに侍御史に榮轉して、赴任する直前でなかったかということである。もしそうであるならば、これは高監司が何人であるかを知る、一つの有力な手がかりになるわけである。それはしばらくおいて、最後の曲に移ろう。

〔尾聲〕相門出相前人獎。官上加官後代昌。活彼生靈恩不忘、粒我烝民得（任德）怎償。父老兒童細較量。樵叟漁夫曹論講。共說東湖柳岸傍。那里清幽更舒暢。靠着雲卿蘇圃場。與徐孺子流芳把清況（？）。蓋一座祠堂人供養。立一統碑碣字數行。將德政因由都載上。使萬萬代官民見時節想。

宰相の家に宰相出で、親なる人のたたえらる、官上官を重ねゆき、子なる人の榮えあり。かの生靈（ひとびと）を蘇生せる、恩義のほどは忘られじ、わが烝民（たみぐさ）を救われし、恩德いかで報い得ん。父老わらべのはからいて、漁樵のやからも談合し、柳おいたつ東湖のほとり、しずけくも又ひろき地の、蘇雲卿（宋代の人、野菜つくりの名手）の畑あと近く、徐孺子（後漢の賢人徐穉）とほまれ競うべく、祠堂きずきてまつり守（も）り、碑石も立てて德政の、仔細を刻みつけたれば、よろづ世ののち官民の、讀みてはその人しのぶらむ。

高監司の仁政に蘇生した人民たちは、その恩徳が忘られぬまま、自發的に相談してささやかな力をよせ集め、南昌城内由緒ある東湖の畔（地志によれば徐穉の祠堂墓地がある）に、祠堂と德政碑を建設したというのである。『南昌府志』その他の地志を翻いても、今日それらの遺跡を尋ねる手がかりはもはや發見されないが、ただ德政碑については、元人聶古柏（生卒未詳）の「題參政高公荒政碑」という左の如き七言古體の詩が『皇元風雅』（前集二）に残っている。

廬山插天千仞靑。明公高節逾稜層。西江月冷秋無際。明公此心淸徹底。厭渠道上豺虎多。手搏不待弓與戈。前年魃虐徧南國。飢者以充僵者立。洪州父老遮道傍。上書乞留涕泗滂。豐碑大字記荒政。要使遺愛如甘棠。我來觀風聞此語。未見儀容心已許。願公從此召赴中書堂。早爲四海蒼生作霖雨。

その詩題からは、高監司がのちに果たして中書省に入って國政に參與したことが知られるし、またこの〔尾聲〕曲の頭二句からいま一つの手がかりが得られる。つまり「相門出相」も「官上加官」も、共に成語であるが、高監司の父祖はたとえ宰相ならずとも、國家の名臣であったこと、そして「後代」なる子孫、高監司またはその子がつぎつぎと官途を昇進していったことが知られる。

さて、この作品は一體いつの事態を詠んだものであろうか。ここに描かれたのは、いつの世にもありがちの、單なる飢饉の様相でしかないが、實はより重要な第二の作品の時期を定めるためには、この作品の制作時をぜひ知らなくてはならない。その場あい、もしも高監司の名まえと閲歴がすでに明らかであるならば、それも極めて簡單であろうが、通り一ぺんの調査では、それと確認しうる人物は見あたらない。とすれば、この上は作者の側を探るほかなく、作者の生平が洗われ、もしも彼の古洪——江西省南昌の附近にいた期間を限定しうるなら、おのずからこの問題は解決されるだろう。

作者劉時中については、まず元曲作家の過去帳ともいうべき鍾嗣成（繼先）の『錄鬼簿』（天一閣本・一三三〇年序）をひもとくと、その卷頭の「前輩名公樂章傳於世者」の條下に「劉時中待制」と見え、ふしぎなことには、無名氏の『錄鬼簿續編』の末尾近くにも、再び劉時中の名が擧げられている。とにかく、そのいずれにも略傳はなく、彼についてやや詳しい事がわかるのは、顧嗣立の『元詩選』（三集戊、一七二〇年刊）に見える數行の略傳である。むろん、正史には立傳されず、史書關係では邵遠平の『元史類編』三十六（一七九七年刊）と曾廉の『元書』八十九（一九一一年刊）に至って、おそらく『元詩選』に據ったらしい兩三行の略傳が收められたに過ぎない。それらに據れば、彼の生涯において注目すべきことは、元初の文章の權威姚燧（端甫、號は牧庵、一二三八～一三一四）の門人であり、師の年譜（『姚牧庵集』附錄）の撰者でさえあったということである。その方面の資料をたぐりよせつつ、以下彼の生平を考察してみよう。

劉時中、その名は致、逋齋と號した。逋齋という號は、『陽春白雪』（前集二）に收められた彼の作品の原注と、同じ編者のいま一つの散曲選集『太平樂府』（一三五一年刊）の卷頭「作者姓氏」の項に見えるだけである。

家世については、姚燧が作った彼の父の墓誌銘（廣州懷集令劉君墓誌銘、『姚牧庵集』二十八）があるので、やや詳しいことがわかる。それに據れば、本籍は「石州寧鄉」とあるから、今の山西省中陽縣である。曾祖父の劉開は元帥府の參謀、祖父なる汝欽は馮姓の女をめとり、彼の父彥文を生んだ。父のあざなは子章、李姓の女を迎えて、彼と二人の男兒および二人の女兒を生んだ。父は二十八歳で仕官し、中統三年（一二六二）、宰相にかしずく知印の職に就き、やがて北京行省の承發管勾をつとめたが、行省廢止（『元史』百官志によれば至元二年〈一二六五〉）とともに辭職して歸鄉、その後十五年近くは、村塾の教師として自適し、ほとんど官途に望みを絶ったかに見えた。しかし、至正十三・四年ごろ、かつての同僚で鄉里が近い許楫（公度）が、知印時代に彥文を知遇してくれた江南平定の功勞者、そのころ荆湖行省の平章政事だった阿里海牙（一二二七～八六）に推擧しいわゆる「便宜施行」の處置で、湖南省郴州の錄事に採用された。當時は南宋平定直後とて、諸處に群盜が蜂起する不穩の邊區にあって、最初の四年は強行施策もならずに苦勞し、さらに三年を經て、初めて進義校尉（正八品）なる正式の職階を得て、遠く廣東省の北境懷集の縣令に赴任した。ここでも炎瘴の風土と匪賊の襲來に惱まされ、民兵の結成や被害者の救恤に奔走すること四年、至元二十六年（一二八九）ついに故鄉はるかなる任地に亡くなった。墓誌の記載は少しくあいまいで、父の死亡時の年齡は不明だが、およそ五十五・六歲と推定される。父の柩はその後ゆかりの地長沙の寺に移されたというから、遺族もその附近に假寓していたのだろう。なお、父には「玉亭小稿*」なる遺稿があったという。

* 『元詩選』の略傳では、誤って劉致その人の文集に擬している。

劉致はかような讀書人の家に、その長男として生をうけた。彼がいつ何處で生まれたかは、遺憾ながらそれを知る確かな資料がない。近人梁乙眞氏は生年に一二八〇年（至元十七年）を當てているが（一九三三年刊、『元明散曲小史』）、彼には二人の弟があり、女きょうだい*の一人ぐらいは彼より年少であるかもしれないから、父の卒年と推定享年をにらみあわせる時、さらに十年ばかりは溯る可能性もなくはない。

* もっとも、父の墓誌が書かれたと思われる大德二年（一二九八）には、二人とも他家に嫁しているから、ともに劉致の姉であるかもしれない。

彼の青年時に至るまでの生活は全く不明だが、父の死後その靈柩を守って長沙の附近に引きあげていたこと、そして元貞年間（一二九五～九六）には武昌に居住した（或は遊んだ）ことは、散曲〔水仙子〕（寓意武昌元貞）によって知られる。しかし、より確かなデートをもって彼が登場するには、大德二年（一二九八）を待たねばならない。彼の手になる「姚牧庵年譜」のその年の條下に、

致以是年始拜先生於潭。擧致湖南憲府吏云。

とあり、劉致はこの年長沙にやって來た姚燧を訪れて、自作の文章の批正を仰ぎ、同時に父の行狀出處を告げて、墓誌銘の制作を依賴した。その時、彼の文章にいたく感動した姚燧は、

讀之盡卷。賞其爲辭淸拔宏麗。爲之不已。可進乎古人之域。

とたたえ（前記墓誌銘）、その推擧によって湖南肅政廉訪司下の小吏に就いた。當時の廉訪使は、姚燧と共に元初文壇の雙璧とうたわれた盧摯（疎齋）だったらしい。前記年譜の翌大德三年（一二九九）の條下には、

平章劉公創甲第武昌。求三堂名竝記於先生。先生以淸風・垂紳・益壯名之。致時爲湖南憲府吏。疎齋除湘南憲。致乘傳請上。至武昌。與先生會。

とあり、彼は湖廣行省の平章政事劉國傑（國寶）が武昌に新築した邸宅で、師姚燧および肅政廉訪使なる盧摯と會し、分韻の詩を詠んでいるし、姚燧と盧摯との交渉も、年譜に據るかぎり、少くとも至元二十四年（一二八七）には始まっているから、おそらく老師は劉致をこの知己のもとに託したのであろう。この湖南憲府在職時代に、彼と交渉のあった人たちには、盧摯*をはじめ、長沙の名士張用道**（夢卿）、長沙出身の文人文矩***（子方）、その他鄧永年・安子擧らがある。

＊散曲〔折桂令〕「疏齋同賦木犀」

＊＊散曲〔折桂令〕「張肖齋總管席間」　肖齋が張用道であることは、劉將孫の『養吾齋集』三の「長沙萬卷樓記」でわかる。長沙の西城に豪壯な邸宅をかまえ、書畫書籍の蒐藏家として知られ、姚燧・盧摯はもとより、時の名士梁曾（貢父）らと親交があった。

＊＊＊散曲〔折桂令〕「同文子方飮南城即事」、〔朝天子〕「同文子方・鄧永年泛洞庭湖、宿鳳凰臺下」十首。又〔小桃紅〕「武昌歌妓魏氏春卿、色藝爲一時之冠、友人文子方爲刑曹郎、因公至武昌安子擧助教、會間見之、念念莫置、代作此贈之」三首。以

上みな『樂府群玉』一に收めてある。

さて、湖南憲府の吏から出發した彼が、同一行省の管下で鄰接する江西の南昌附近に移ったであろうことは、まず想像されやすい。『元詩選』の略傳には、

致初任永新州判。

とあり、『元書』もそれに從っているが、永新州は『元史』(地理志)に據れば江西吉安路に屬し、すでに湖南廉訪司の管下ではない。遺憾ながら、顧嗣立の據った所はなおつきとめかねるが、大德三年をさほど降らずに、彼の官籍は江西に移ったのでなかろうか。

もっとも、彼が正式官についた永新州は南昌から直線距離でもおよそ二五〇キロは隔っている。だが、劉致が明らかに南昌附近にいた證據は、幸いにも確かなデートをもって師の年譜中に現れる。その大德九年(一三〇五)の條下に、

先生六十八歲。居龍興。秋八月望日。至西山翠巖寺。同行僉憲郝子明・檢校閻子濟・儒學副提擧祝靜得與致。

とあり、師に隨伴して他の三氏と共に南昌附近の名刹に參詣し、そこでたがいに詩・詞を唱和し、その時劉致は師命によって、石刻に附すべき作品の草稿に麗筆を揮ったし、さらに、同じ年の九月には、閻・祝の二君と、師の西行を送りかたがた、呉城山*に行き、同様の清遊を試みている。

＊南昌西南新建の近くにある。

しかし、劉致に關する次の確かなデータは、年譜の至大元年(一三〇八)の條に飛躍する。

春二月。先生過高郵。有次致和杜紫微齊山詩。又有次韻贈李若水及留別東呂正字・登淮安城樓幷參錯和勉致・進德・無怠等詩。致侍舟行。至崔鎮水驛而別。

つまり、劉致は師姚燧を江蘇省の高郵に迎え、さらに水路北行する老師を省境近くまで見送っているから、彼の任地はもはや江北に移っているとしか考えられぬ。いかなる職についていたかは、もとより知るよしもないが、年譜の至大三年（一三一〇）の條下には、

　先生七十歳。是年擧致爲汴省掾。

とあり、再び師の推薦によって、開封に在った河南江北行省の屬官になったのも、その管下より抜擢されたことを語るであろう。

さらに翌四年（一三一一）の七月に、師の姚燧は杭州に遊んだが、その記載はないけれど、劉致も同行したと想像される散曲[*]が殘っている。

＊〔山坡羊〕「侍牧庵先生西湖夜飲」（『樂府群玉』一）

また、同じ年の十月には、翰林學士承旨に召された姚燧が、病氣のために赴任せず、長江を溯行して郢城（武昌）に歸るのを、儀眞（儀徵）まで見送っている。それが終に師弟の最後の別れとなり、姚燧は二年後の皇慶二年（一三一三）九月、七十六年の輝かしい生涯を閉じた。

「姚牧庵年譜」によって知りうる劉致自身の消息は以上に盡きるが、その後の彼については、すでに『陽春白雪』や『錄鬼簿』が傳える如く、彼はその生涯のいつの日にか翰林院待制になった。しかしそこに到達するまでには、彼の身分になお多少の變遷があったことが想像される。わたくしが知り得た彼の足どりは、さらに十餘年の後へと飛躍する。『元史』（祭祀志）によれば、至治二年（一三二二）九月に中書省において開かれた南郊祀に關する大會議には、中書平章事の買閭、御史中丞の曹立、禮部尙書の張埜、翰林學士の蔡文淵・袁桷・鄧文原、太常禮儀院使の王緯・田天澤らに伍して、太常禮儀院博士として劉致が列席している。

彼が中央官廳に入ったのは果たしていつか、むろんそれも定かでないが、當時のすぐれた詩人楊載（仲弘、一二七一～一三二三）の「送時中兄入京」なる七言古體は、或はその時の作でないかと思われる。

先生意氣非常流。有如鵰鶚厲九秋。讀書不肯守章句。經濟可許斯人儔。懷抱利器將遠遊。直往上國交公侯。王侯位高不下士。如以蛟龍視螻蟻。爲君莫斂光範書。以氣撼搖差可耳。功名倘來不足爲。丈夫須作遠大期。君不見麒麟閣上圖英俊。當或自閭閻……（以下原文缺く）

劉致の上京に大きな期待をかけて見おくったこの詩が、いつ何處で詠まれたかは、わたくしには最も興味ある問題だが、遺憾ながらこれもなお詳かにし得ない。楊載については、黃溍（晉卿）の「楊仲弘墓誌銘」（『金華黃先生文集』三十三）やその知友范椁（德機）の「翰林楊仲弘詩集序」があって、それらに據ると、彼は四十歲（一三一〇）近くまで杭州に住んで仕官しないでいたのを、そのころ田理問という人に中書省へ推薦されたにかかわらず辭退し、南臺の監察御史なる周馳（景遠）の強っての勸めでようやく上京したものの、たちまち母の死に遭うて歸杭、その後皇慶元年（一三一二）に賈國英の推擧で翰林國史院の編修官となり、『武宗實錄』の編纂に從事、それが完成（『元史』仁宗紀によれば同年十月）ののち間もなく海紅萬戶府（海道運糧萬戶府であろう）の照磨に轉じ、延祐二年（一三一五）三月には、元朝最初の科擧に及第して、承務郎なる職階を獲得、江西省浮梁の別駕に轉出したまま、至治三年（一三二三）任期滿ちて寧國路（宣城）總管府の推官に轉任のやさきに逝去した。したがって、劉致が開封の行省から再び江西省に轉出でもしない限り、兩人の交涉はすべて延祐二年（一三一五）以前でなければならぬが、劉致が汴省の屬官になった至大三年（一三一〇）以降で、楊載が首都以外に住んでいたのは、母の喪に服して杭州にあった皇慶元年（一三一二）以前の僅かな期間のみである。前記の如く、至大四年（一三一一）に、彼は師に隨伴して杭州に遊んだ形跡はあるが、次に掲げる楊載の「贈劉時中」なる五律こそは、その時の作でなかろうか。

騷雅誰能繼。居然屬大才。銳思羅宇宙。逸興走風雷。處勝輕流俗。名高震外臺。東郊乘大路。翼翼待龍媒。

吳越千餘里。君來按轡遊。群公虞罪戾。多士想風流。決事曾無壅。観民輒有憂。若人何可得。離別重添愁。

中國詩の表現はかなりおおらかであって、この詩は、千餘里を隔てる吳越と某地の、いずれの地點で詠まれたにしても通ずるであろうが、普通には千餘里のかなたから吳越に來遊した人が、そこを去るのを惜しんで詠んだと解される。實際にも、福建省浦城の出身である楊載は、父の代から杭州に定住しているから、この詩は杭州における作と見てよかろう。それに、詩的誇張というものを認めぬでないが、開封と杭州の距離もまさしく千餘里に該當するし、當時ようやく彼の名が*出先機關の方面で重きをなして來たことも肯ける。

*詩中の「外臺」は、普通には御史臺を意味するが、ここは行御史臺を指すか、又は杜佑の『通典』に「或謂州府云外臺」とあるのに従って、地方官界を指すとみてもよかろう。

右の五律をかりに至大四年（一三一一）の作とするなら、さきにあげた七古を同時の作と見ることは、作詩の態度からなんとしても無理である。それに、劉致には「蕭貞敏公謚議」なる一文が殘存し（蘇天爵編『國朝文類』四十八）、それは彼が太常禮儀院博士在職中の作でなければならない。貞敏公蕭𣂏は『元史』（一八九）に據れば大德十一年——一三〇七（『新元史』は至大元年—一三〇八に作る）に太子右諭德を拜命し、病軀をおして東宮に入ったが、間もなく病氣を理由に辭表を出したにかかわらず、右諭德のまま集賢學士國子祭酒に除せられてそれも固辭し、歸郷ののち卒したといわれる。したがってその卒年は、大德十一年にしろ至大元年にしろ、それを隔たることそう遠くはあるまい。近人姜亮夫氏は『元史』に據ってただちに大德十一年を擬しているが（『歷代名人年里碑傳總表』）、その當否はともかく、元朝では、必ずしも當人の死後ただちに謚號が贈られたとは限らぬようだから、當時江蘇省の某地か開封にいたことの明らかな劉致が、右の一文からすでに太常禮儀院に在籍したのでないかといぶかることは早計である。元朝における贈謚の實際がどのようであったか、それもぜひ専家の教示を待たねばならないが、いずれにしても死後はなはだしく遲れることは考えにくい。わたくしは、劉致の中央入りは、彼が師の姚燧と最後に會うた至大四年（一三一一）の十月から、かなり近い時期でなかったかと想像する。ただ、楊載がいずれの地で彼の上京を送り、前に掲げた七古を詠んだかは、依然としてわたくしには解けぬ謎である。

記述は少しく後もどりしたが、『元史』（祭祀志宗廟）は、さらに泰定元年（一三二四）正月の前後に、彼が宗廟の制に關する建議を行ったことを傳え、そのころ、なお太常禮儀院に在籍したことを知る。また、翌二年（一三二五）も少くとも首都にいたことは、彼の散曲*作品から想像できるが、その後の七・八年の足どりは、また杳として不明である。

＊〔折桂令〕「送王叔能赴湘南廉使」（『樂府群玉』一）。王叔能は王克敏で、『元史』本傳によればこの年に中央から轉出している。

というのは、次に確かな（しかしこれが最後の）デートをもって彼が現れるのは、至順三年（一三三二）を待たねばならぬからで、『姚牧庵集』の呉善（養浩）の序（一三三三年）には、

至順壬申。公之門人翰林待制劉公時中。始以公之全集。自中書移命江浙。以郡縣贍學餘錢。命工鋟木。大惠後學。予時承乏提擧江浙儒學。因獲董領其事。

とあって、劉致はその年、江浙行省管下の郡縣の文教費で師姚燧の全集を刊行するべく、中央の移牒をおびて杭州へやって來た。右の記載においては、彼の名にはすでに「翰林待制」（正五品）を冠しているから、泰定元年から至順三年に至る八年の空白は、彼の生涯における最高の官職というべき翰林待制としての活躍で満たさるべきであろう。そして彼が京師の名妓順時秀の美聲をたたえて「金簧玉管。鳳吟鸞鳴」とうたった（夏庭芝『青樓集』）というのも、この時期*であろう。

＊この期の散曲に〔山坡羊〕「燕城述懷」がある（『樂府群玉』一）。

しかしながら、この大才を抱いて文名高かった劉致も、官途は翰林待制を頂點に、やがて江浙行省の都事におちて不遇の最後を迎えねばならなかった。陶宗儀の『輟耕錄』（九）は、彼の死にまつわる一つのエピソードをわれわれに傳えてくれる。

王眉叟壽衍。號溪月。杭州人。出家爲道士。受知晉邸。後以弘文輔道粹德眞人。管領郡之開元宮。浙省都事劉君時中致者。海內名士也。旣卒。貧無以爲葬。躬往弔哭。周其遺孤。擧其柩。葬於德淸縣。與己之壽穴相近。春秋祭掃不怠。然此事行於異教中。尤不易得。

つまり、劉致が亡くなったとき、遺族は窮乏して埋葬もしかねていたのを、見かねた道士王壽衍が、自分の墓所近くに葬ってやったというのである。この記載は同時に彼の最終官が江浙行省の都事（從七品）であったことを教えてくれる。そういえば、前に揭げた吳善の序中における至順三年の事實も、すでに劉致が江浙行省の都事を拜命した後のことでありながら、より高い先任の官銜を用いた記載であるかもしれない。王眞人は、陳宜甫・馬祖常・楊載など當時の知名文人の間にもかなり廣い交游關係が認められるから、むろん劉致生前の知己であったろう。

右に見える劉致の死がはたしていつであったか、それも遺憾ながら確かめる資料を缺く。王壽衍が眞人の稱號を得て開元宮を宰領したのは至治元年（一三二一）で、彼は至正十年（一三五〇）まで生存している（『元詩選』略傳による）。しかし、劉致の死は、王眞人が逝去した至元十年より少くとも十二年は早かったと斷定される證據はある。それは、王眞人に從って開元宮にあった道士で、文人としても有名な張雨（伯雨　錢塘人、一二七七～一三四六）の「四賢帖」と題する七絕である（『句曲外史集』）。それにはまず、

四賢者。伯長袁侍講・伯庸馬中丞・伯生虞侍書・時中劉待制。玄卿裝潢。手書成軸。命予題識。遂卽虞公絕句韻。

書于後。

という序があり、

四明狂客已乘雲。　海内文章有二君。

可是戴華劉伯壽。　只今零落鳳凰群。

と詠まれている。その内容は、四賢のうち、四明の人なる侍講袁桷（一二六七～一三二七）はすでにこの世になく、他の三人も御史中丞の馬祖常（一二七九～一三三八）と奎章閣侍書學士なる虞集（一二七二～一三四八）が残るのみで、このたびまた翰林待制の劉致も冥界に名籍をつらねることになったという、奇しくもこの詩は劉致逝去直後の作である。

劉伯壽というのは、南宋のひと劉几で、宋の葉夢得の『石林燕語』（十）に、

劉祕書監几。字伯壽。磊落有氣節。善飲酒。洞音律。知保州。方春大集賓客。飲至夜分。忽告外有卒謀爲變者。几不問。益令折花。勸坐客盡戴。益酒行。密令人分捕。有頃皆捦至。几遂極飲達旦。人皆服之。號戴花劉使。

という如く、音樂の教養高く、後には敕命をうけて雅樂を制定した人で、常に歌妓を隨えて風流吟遊にふけったといわれるし（『宋史』本傳および『石林燕語』の後條）、かつは同姓のゆえに、劉致を彼に擬したのであろう。右の詩がいつ作られたか明かでないにしても、馬祖常の在世時であるからには、その卒年である至元四年（一三三八）以前でなければならず、これと前に引いた吳善の序に見える至順三年（一三三二）との中間あたり、つまり至元元年（一三三五）ごろを劉致の卒年と見て、大過はないと思う。ちなみに『錄鬼簿』はその巻頭の「前輩名公樂章傳於世者」の中に彼の名を擧げてはいるが、『錄鬼簿』が一おう成った至順元年（一三三〇）には、劉致はなお健在だったわけである。その編纂がいつであるか不明ながら、『錄鬼簿續編』の末尾にも再び彼の名が見えるのは、或は正編完成後も彼がなお數年生きて、制作活動をつづけていたからかも知れない。

彼の終焉の地杭州は、そのころ元曲盛行の中心が大都北京から移って、すでに絢爛たる曲文學の花を競い咲かせていた土地ではあり（吉川幸次郎博士『元雜劇研究』二二二頁）、陸續として生まれた南方出身の作家と、いまや北地から移住した作家たちの間に伍して、その先輩として彼の存在はかなり重きをなしていたと推察される。この時期の直接の交渉を想わせる人たちに、散曲專門の代表的作家である張可久*（小山）や、二つの散曲選集の編者楊朝英**のほか、郭振卿***・邱元謙・趙顯宏などが擧げられる。

*孫楷第氏『元曲家攷略』によれば、張可久は當時明らかに杭州にいた。彼には劉致に和した散曲、〔折桂令〕〔落梅風〕〔小桃紅〕がある。

**劉致には楊澹齋（朝英）に唱和したらしい、末句をひとしくする散曲〔清江引〕がある（『太平樂府』二）。

***彼には〔山坡羊〕曲で郭振卿の作に次韻した「西湖醉歌」「懷長沙」「懷武昌」がある。郭氏の本名はわからぬが、長沙時代の舊友であろう。また散曲〔山坡羊〕「與邱明公孤山遊飲」があって、この邱明公は姚燧の「顯州萬戶邱公神道碑」によって、劉致と交友のあった邱澤の子元謙とわかる（以上の散曲は『樂府群玉』一に収める）。趙顯宏も本名はわからぬが、劉致の作と末句を同じくした散曲〔清江引〕がある（『太平樂府』二）。

現存する彼の作品は、傳統文學方面では、僅かに前記の二古文と『元詩選』に收められた詩七首（うち三首は『皇元風雅』にも收める）を留めるに過ぎないが、散曲作品は套數（くみうた）三篇と小令（こうた）六十六首を數え、元人としては少い方ではない。それらには、眼を眩する絢爛さこそないが、壯重な響きを帶びた素樸な筆致の裏に、眞摯なものを包藏し、俗曲にありがちな、かりそめの感傷や戲態はほどんど見あたらない。俗曲の制作にさえひたむきな努力を注いだ彼であるから、その傳統文學作品の全貌も想像にあまりあろう。若き日の作品でさえ姚燧は評して「清拔宏麗」といい、中年の彼を詠じて楊載は「銳思羅宇宙。逸興走風雷」とたたえた。年とともにその激越雄壯な調べは高められ、當時の代表的文人袁桷・馬祖常・虞集と肩をならべて四賢に數えられるほどの、文壇的地位を獲得していった。そして、そのような彼の文學を成りたたせるものは、かつて楊載が「先生意氣非常流。有如鶻鶚厲九秋」と詠んだ如き彼の激しい性格、異教の王眞人を動かしさえしたあの役得を利するを屑しとせぬ正義感に燃えた彼の人間性であることも確かだし、わたくしが採りあげた二つの長篇散曲が生まれたのも、同じく楊載の詩中に見える「決事曾無壅。觀民輒有憂」の語と符應して、決してふしぎではないのである。ただ、そうした性格の人間は、ともすれば蹉跌する可能性が少くない。知友楊載の熱烈な期待にもかかわらず翰林待制を頂點に彼の榮進の路はふさがれて、一行省の清貧の都事として、その生涯を閉じねばならなかった裏面には、彼が正義感の命ずるままに行動した結果はからずも權力の壁につき當った、何かの事件がひそむのでないかと想像される。劉致には、七つの小曲からなる雙調の散曲「代馬訴冤」があり（『陽春白雪』後集五）、もしも戰場に用いるなら拔群のはたらきを發揮するであろう有能の駿馬が、ろばの群へおちて運搬用にこき使われる不平を、當の馬に代って訴えているが、これはまさしく非凡の才を抱きつつ重用されぬ彼自身の心境にほかならず、その第四曲の〔得勝令〕において

誰念我當日跳檀溪。救先主出重圍。誰念我單刀會隨着關羽、誰念我美良川扶持敬德。若論着今日。索輸與這驢群隊。果必有征敵。這驢毎怎用的。

と詠じ、かつての輝かしい功績をも忘れ、ろばの群に投じようとするうらみを述べているのは、なにか彼の左遷を暗示するかのようで、その晩年の作品たるを想わせる。

さて再び「上高監司」なる散曲の第一作にもどって、そこに描かれた事態はいつ頃のことであるかを考えてみよう。上述したところに據れば、作者劉致が南昌附近に居住した期間は、ゆるやかに見つもって大德三年（一二九八）より至大元年（一三〇八）までの十年間である。そもそも大德二年ごろから、飢饉の災害はほとんど全國的に續き、こと

に南方では大德六・七年が一つのピークを示している。『元史』(二十一)の「成宗紀」の大德七年の條には、

五月。太原・龍興・南康・袁・瑞・撫等路。高唐・南豐等州饑。減直糶糧五萬五千石。

とあり、同書の「五行志」にもほとんど同じ記載が見られる。かりに劉致が至治二年以後に、江西なる楊載の任地附近に再び轉出したという、きわめて考えにくい想定がゆるされても、至治二年以後の數年間には、聶古柏も「前年魃虐徧南國」と詠じたこの大飢饉は、少くとも正史の上には發見されない。おそらくこの作品は大德七年(一三〇三)に龍興路、すなわち南昌一帶をおそうた飢饉を詠んだもの、したがって同年の制作と推定してよかろう。

そして、彼がかかる俗曲を上司に捧げたについては、既に彼の文名がある程度認められていたことが想像されるほかに、彼が書法の達人であったことも、いくらかは關係しよう。陶宗儀の『書史會要』(七)には、

劉致字時中。河東人。官至翰林待制。風情高簡。蚤負聲譽。能篆。有所著復古糾繆編行于世。行草宗晉人。而不純熟。

と見える(『元史類編』はほとんどそのまま引く)し、すでに觸れた如く、雅遊の際に師の姚燧から石刻の草稿執筆を命ぜられたことも、それを裏書きするであろう。

最後に、高監司とは一たい何びとを指すのか、それを語らねば本稿の目的は達せられない。第一の作品などからたぐり寄せることのできた二三の手がかりをもとにさらに調査を進め、彼こそは、元朝における儒學復興の貢獻者高智耀の子なる高睿(一二四九~一三二四)その人でないかとわたくしは考えている。そこにたどりつくまでには、なお多少の考證が必要であり、殊に、はなはだしく難解な第二の作品にも關係することとて、それをも紹介した後のことにしなければならない。いましばらく時日を假りて、稿をあらためることにしたい。

(一九五四・八・三〇)

劉致作散曲「上高監司」續攷

十三四世紀・元のころ、かの雜劇とともに盛行した文學ジャンルに「散曲」がある。その選集の一つ『陽春白雪』（楊朝英編）には、古洪の劉時中と署名し、「上高監司」という副題をもつ、正宮調の二大長篇が收錄されている。すでにその副題が示すように、これら二篇のうたは、高という姓の肅政廉訪使（一時は提刑按察使とよばれた）に上呈した作品であって、現前の社會における二つの事件の詳細にわたる實態を內容とし、一はその事件に善處した長官への謝意を披瀝し、一はその事件に對する速かな解決の請願を目的としている。もしも文學史の問題として論ずるならば、二つの點において重要な意義をもつとおもわれる。すなわち、これは中國文學の傳統ででもある政治への強烈な關心の底流が、たまたま地表に露われた一つであるとともに、本來は酒席の間でうたわれる俗曲にすぎない表現形式「散曲」が、もはや疑うことのできぬ確固たる文學的地步を獲得したことをも物語るものである。

すでにわたくしは、その第一作品——ある年の飢饉という天災と、附帶的に發生した經濟攪亂という人災とに虐まれる、人民の二重苦を描く——について、その翻譯を紹介しつつ、併せて作者劉致の生涯と、この作品に關する若干の考證をおこなった（『東洋史硏究』一三ノ四）。ここには、その第二作品——官民結託のもとに行なわれる元の紙幣制度（鈔法）の攪亂を描く——の翻譯を紹介しつつ、最後に「高監司」の何びとであるかを檢討する。この第二作品は、およそ散曲・劇曲（元雜劇の歌詞の部分は、散曲の套曲—くみうた—と同質である）を通じて、元曲第一の長篇であり、全篇三十四の小曲より構成されている。その「正宮」というのは、元曲に用いられる北曲の十宮調（音階）の一であり、

〔端正好〕以下はこの宮調に所屬し、相異なるメロディをもった小曲の名稱を示す。なお、この散曲に到底して用いられた韻は、周德清『中原音韻』の第五部にあたる、u, ü の韻尾をもつ魚模韻で、本文中、押韻個處はすべて圈點で示しておいた。

つぎにテキストについて一言しておくと、およそつぎの五種が擧げられる。

元刊十巻本（南京國學圖書館藏）

殘元刊本（二巻のみ、同）

舊抄九巻本（北京圖書館藏、隋樹森校訂『新校九巻本陽春白雪』中華書局一九五七年刊）

隨庵叢書本（一九〇五年、徐乃昌影刻元刊十巻本、國學基本叢書影印本）

散曲叢刊本（一九三一年、任訥校訂、中華書局刊）

このうち、わたくしが目睹しえたのは、元刊本を除く三種にすぎないが、任訥・隋樹森兩氏の校語により、最も重要な元刊テキストの全貌を知りうるから、ここにはそれらをも利用して、わたくし自身が元刊・舊抄二本を適當に校訂した結果を示すことにする。

ところで、この作品は社會經濟・法制關係のまったく特殊な事象を描述しているために、その方面の難解な專門用語を少なからず含み、また、おそらくそれらの難解さに因づくであろう誤寫・誤刻も派生的に發生して、ますます難解の度を加えている。この作品の解明に幾らかでも役だつのは、いうまでもなく『元典章』であるが、實はそれとても問題個處の半ばを解決したというにすぎず、この工作を進めるにしたがって、少なからぬ事實の、ただ輪郭をめぐるだけで、ディテールをつかむことのできぬもどかしさ、近世の社會經濟乃至法制關係の用語の解明がほとんど放棄されていることのはらだたしさ、そしてみずからの、或いは個人の力の限界につき當たることの無念さ、それらが混合した一種いうにいわれぬ複雑なきもちを覺えぬわけにゆかず、到底なお衆目の前にさらす段階に到達していないことを思い知らされながらも、やはり、ここらで一おうまとめてみて、各方面專家の援助を仰ぎたいと考えたのである。

もちろん譯文は正確を期したが、なにぶん第一作品に數倍する難解個處――その十中八九までが誤寫・誤刻に因づくだろう――を含み、したがって全く想像にゆだねた譯文も少なからず、原文の用語をそのまま投げ出した個處さえ若干あって、その點は特に諒承を乞いたい。正確を期するといっても、あくまでも譯文は假りのもので、わたくしの目的は、この散曲を『元典章』など文學作品以外の資料の力を借りてどこまで理解しうるようにできるかということと、誤寫・誤刻によって原作が歪められた部分はどれだけあるかを明らかにする點にある。

つぎに、注釋もできるだけ詳細を期した。主に俗語と吏牘語に重點をおいたが、たとえば、「駈儈」のような文言も、『元典章』そのほか明代の法制書によく使用されるという意味で、また經書などに出る語句も、元曲において習用されるという意味で、ともに説明を加えておいた。

なお、この第二作品が描く事態は、わたくしが前稿で行なった考證に誤りない限り、大德七年（一三〇二）をさかのぼること遠からぬ時期のことと推定される。

〔正宮端正好〕既官府甚清明、採輿論聽分訴。據江西劇郡洪都。正該省憲親臨處。願英俊開言路。

おかみはいとも公正なれば、みなびとの意見をとりあげて、われらが陳情いれ給わん。ここ江西の劇郡――洪都〔南昌〕こそ、あたかも肅政廉訪司のおひざもと、英明のきみ願わくば、言論の路を開かれたし。

〔分訴〕説明、陳情、「分說」に同じ。

〔據〕元曲中の「據」は、一種獨特の用法をもつ。例えば、關漢卿作「謝天香」劇第二折〔一枝花〕「據妾身貌陋殘粧。誰教他大尹行將咱過奬。（みにくい器量のわたくしなのに、知事さまのもとべたほめさせたは誰でしょう）」や無名氏作「誶范叔」劇第三折須賈白「據先生義氣決然不在靈輒之後（あなたの義俠心は、決して靈輒に劣りませぬ）」のように、その下に來るもの乃至は事態をとり出して、その確實性を強調する。わたくしどもの『元曲選釋』（「金錢記」第二折）に「據猶實也。凡實之至確可據者」と注するゆえんである。さらに、この「據」字は『元典章』などの吏牘にも頻用せられ、それは「……については」と問題點を提起する場合に用いられているようにおもわれ、しばしば「(除)……外、據」という形で出現する。また、吏牘中には「所據……」という形も頻用され、それも「據」一字の場合とほとんど同じ用法か、或いは「問題點の……は」という用法、であるかにおもわれる。さらにまた吏牘中には、「所有」「一應」「應有」と同義の「應據」という語もあるが、以上の「據」がいずれも一連の關係にあることは、ほとんど疑いを容れない。

〔劇郡〕行政上の要衝。劇縣・劇邑・劇州・劇鎮もみなこれに類する。

〔省憲〕肅政廉訪司、または提刑按察司をいう。

〔滾繡毬〕庫藏中鈔本多、貼庫每弊怎除。縱（九巻本誤從）關防住誰不顧。壞鈔法恣意強圖。都是無廉恥賣買（二字當倒）人、有過犯駔儈徒。倚仗着幾文錢百般胡做。將官府覷得如無。則這素無行止喬男女。都整扮衣冠學士夫。一個個膽大心麄。

　庫には鈔本の多ければ、貼・庫らの惡事のぞかれず。たとえ嚴しく取り締まろうと、平氣のへいざ、幣制みだしあくなき橫暴。いずれも破廉恥の商人(あきゅうど)ばら、前科もちのブローカーやから、はした金をばたよりにし、はたらくふらちはさまざまにて、おかみの存在とんと無視。この素行よからぬろくでなしどもが、みな衣冠をととのえて、まねるは士人の身づくろい、いずれもふとい膽(きも)ったま。

〔鈔本〕紙幣（交鈔）發行の裏づけとなる準備金。『元典章』二〇・存留鈔本「俺的伴當每題說有、金銀是鈔的本有、根脚裏立鈔法時節、只交各路裏存留著做鈔本者、麼道立定來（われわれ同僚――中書省官人――が問題にして、『金銀は鈔の本(もと)であり、その初め幣制が設けられた時、各路に留めて鈔本とするように』と、定めておきました）」。もっとも、世祖の中統元年（一二六

○）七月に、中統元寶交鈔が造られた時は、絲（きぬ）を鈔本に定めた（『經世大典』序錄賦典鈔法・『元史』食貨志鈔法）が、同年十月には銀に改正、後には金も參加することになった。『元史』一二五・布魯海牙傳に「中統鈔法行、以金銀爲本」とある。

〔貼庫〕貼書（書吏のもとで吏業を習うもの）と庫子（下級倉役人）。『元典章』二一・贓罰開寫名件「委奏差郭天錫、鈐束各房管行貼書・經手・庫子・攢典、將贓罰文卷查勘到（奏差・郭天錫に委任し、各房の貼書・經手・庫子・攢典を取り締（かかり）まって、贓罰關係の書類を調査させた）」。

〔關防〕取り締まる。『吏文正續輯覽』「不許人作弊、謂之關防」。

〔過犯〕犯罪。

〔駔儈〕ブローカー、劉致の第一作品中の〔倘秀才〕曲に見える「牙子」の文語。『輟耕錄』十一「今人謂駔儈者爲牙郎」。

〔喬男女〕ろくでなし、くだらぬやつ。性と數の別なしに用いられる、元曲の習語。「男女」は奴隸、「喬」はにせもの、いかさまを意味する。したがって、喬樣勢・喬模樣（いやらしい様子）・喬才（いんちき野郎）など、大てい罵倒語として用いる。

〔倘秀才〕堪笑這沒見識街市匹夫。好打那好頑劣江湖伴侶。旋將表得（得德通用）官名相體（疑當稱之誤）呼。聲音多廝稱、字樣不尋俗。聽我一個個細數。

　げに笑止なは分別なき、かれら市井の凡夫ども。さても打つべきは手に負えぬ、かれら江湖の渡りもの。がらにもあらずおたがいが、呼びあう名まえはあざなと實名。その名多くは聞こえよろしく、字づらのほどもつきなみならず。どれ一一を披露もうさん。

〔頑劣〕わからずや。頑迷愚劣。

〔表德〕あざな。

〔官名〕字（あざな）や號に對して、正式の名をいう。「官」とは戸籍面に書かれる名だからであろう。無名氏作「隔江鬪智」劇第二折劉封上場詩「在下官名是劉封、表德喚做眞油嘴（それがし名まえは劉封、あなざは眞油嘴（へらずぐち）と申すもの）」。

〔尋俗〕「尋常」に同じ。子音を同じうする、いわゆる雙聲の語。

〔滾繡毬〕糶米的喚子良、賣肉的呼仲甫。做皮的是仲才邦輔。喚淸之必定開沽。賣油的喚仲明、賣鹽的稱士魯。號從簡是采帛行鋪。字敬先是魚鮓之徒。開張賣飯的是呼君寶、磨麵登羅底叫得（得德亦通）夫。何足云乎。

米屋の名は子良といい、肉屋の名は仲甫という。毛皮賣りは仲才・邦輔、淸之と名づけばかならず酒屋。油屋名づけて仲明といい、鹽屋名づけて士魯という。號（あざな）の從簡は呉服商、字の敬先は鮓ずし屋ふぜい、飯屋を開くは君寶といい、粉ひき粉ふるい（?）は德甫という。いや口にするもあほらしや。

〔開沽〕酒を賣ること。沽は「沽酒」の意。

〔行鋪〕店鋪をかまえた商店。おそらく、客旅（物資とともに移動する卸し商）に對する語だろう。『元典章』二〇・行用至元鈔法「街市諸行鋪戶・興販・客旅人等、如用中統寶鈔買賣諸物、止依舊價發賣（都市の諸もろの商店主・小賣人・旅商らは、もし中統寶鈔で物をあきなうには、ただ舊來の價格どおり賣ること）」。

〔登羅〕未詳、「羅」はふるいのすか。

〔倘秀才〕都結義（元刊本誤二）過如手足。但聚會分張耳目。探聽司縣何人可共處。那問它無根脚、只要肯出頭顱。扛扶着便補。

いずれも契る兄弟の、手足にまさる深い仲。よるとさわると手分けして、間諜（いぬ）さしむけて探り出す、司・縣の廳のどの人が、ぐるになってやれるかと。たとえ資格にかけようが、表面（おもて）に立つ氣さえあれば、かつぎ上げて役にあつ。

〔分張〕分かつ。吏牘用語とおもわれる。『元典章』五〇・盜掘祖宗墳墓財物「周九一・月卿所招、不合爲首糾合朱華一・劉千三・曾層二、將伯祖周左藏墳墓掘開、於戶首邊盜訖金銀器皿、分張破用（周九一・月卿の自供した罪狀——不とどきにも主犯となり、朱華一・劉千三・曾層二を糾合、伯祖なる周左藏の墓を開掘し、遺體のそばより金銀器皿を盗んで、分配費消したこと）」。

〔耳目〕間諜。『古今小説』三九・汪信之一死救全家「却説洪恭在太湖縣廣有耳目、聞風先已逃避無獲（さて、太湖縣では諜報がゆきとどいた洪恭は、うわさを聞いてとっくに逃げ、逮捕されませんでした）」。

〔司縣〕錄事司と縣公署。

〔根脚〕仕官に必要な出身・資格・履歴をいう。吏牘用語。『元典章』九・投下達魯花赤「如果無蒙古人呵、選揀有根脚的色目人委付者（もし蒙古人がなければ、出身資格のある色目人を選んで委任せよ）」。『元典章』五二・詐雕省印「中書省捉獲王容、許雕行省并中書省印信、學畫省官押字・行省保官沓示、賣與無根脚求仕人等（中書省が逮捕した王容は、行省及び中書省印を僞造し、省官の花押・行省保證官の沓示を模寫し、出身資格なき仕官希望者に賣却した）」。その本義は、やはり根本・根源であり、したがって「根脚裏」が副詞として、「起初・原來」の意味で頻用される（〔鈔本〕注參照）。

〔滾繡毬〕三二百定（錠定通用）費本錢、七八下（九巻本誤十）里去幹取。詐捏作曾編（元刊本作縮）卷假如名目。偷俸錢表裏相符。這一個圖小倒、那一個苟俸祿。把官錢視同己物。更很如盜跖之徒。官攢庫子均攤着要、弓手門軍那一個無。試説這廝每貪汚。

二三百錠の資本（もとで）つかい、四方八方にはたらきかけ、いんちき手段のでっち上げ、書類つくって帳づらあわせ、內外應じて俸給ぬすむ。こちらで小倒（?）たくらめば、あちらじゃ俸祿ただっとり、公金あたかもわがものがお。かの盜跖のやからをば、はるかにしのぐ惡らつさ。官・攢・庫子は山分けして取る、弓手（とりて）・門軍（しゅえい）もれなく分けまえ。いざやのべなん、やつらが貪欲汚濫ぶり。

〔七八下里〕四方八方。雙方は「兩下里・雙下里」、四方は「四下里」。

〔曾編卷〕曾字は或いは「會」の誤りであるかもしれない。

〔表裏相符〕表裏は役所の內外を意味する。『元典章』新集戸部・差役驗鼠尾糧數依次點差「表裏爲奸、侵漁爲害（內外呼應して不正をやり、使いこみをはたらく）」。

〔小倒〕未詳。のちの〔二煞〕〔一煞〕兩曲にも見える。「倒」は少なくとも倒換（交換）の意だろう。

〔盜跖〕春秋時代の大盜賊、俗語文學にしばしば引かれる。

〔官攢〕倉庫官と攢典。『吏文正續輯覽』に「官是倉庫之官、卽大使・副等。其吏謂之攢典」という。

〔均攤〕攤も均分する意。

〔弓手・門軍〕弓手は捕り手・巡査、門軍は把門軍官に同じ、警手・守衞、いずれも差役の一種として設けられている。


〔倘秀才〕提調官非無法度。爭奈蠹國賊操心太毒。從出本處先將科（疑當料之誤）鈔除。高低還分例、上下沒言語。貼庫每他便做了鈔主。

所轄官に法度あれど、手におえぬは、國を蝕む惡黨どもの、たくらみいかにも惡らつに過ぐ。官本を倉出（さつ）しする時に、はやくも料鈔（しんさつ）くすねとり、支拂う分例（てあて）に高下はあれど、上下のものに文句なし。貼・庫ら鈔主になりすます。


〔提調官〕取り締まり官、所轄官。

〔出本處〕「本」は官本、ここは交鈔そのものを指すだろう〔官本〕注參照。

〔料鈔〕「昏鈔」に對して、未使用の紙幣、新鈔をいう。『元典章』二〇・至元新格「凡遇人以昏鈔易換料鈔、皆須庫官監視司庫、對倒鈔人、眼同辨驗檢數（もし人が昏鈔を新鈔に交換するには、みなかならず庫官が司庫を監視して、昏鈔の交換者の前で、一同立ち會うて識別驗查、數量點檢をなすこと）」。

〔還〕支拂うことか。

〔分例〕公務員の公用出張などに支給される手當。米麪・酒肉などの食料、薪炭、馬匹の飼料、その他調味料などの雜用にあてる現金を含む。だから、それぞれを指して分例米・分例酒（食）・分例錢という。『元典章』一六の戶部「分例」の部門では、それらの規定を扱う。なお、劉致の第一作品中の〔貨郎兒〕曲にも「更把贓輸錢・分例米多般兒區處的最優長」と見える。

〔滾繡毬〕且說一年（九巻本作季）中事（疑當常之誤）例（九巻本誤到）錢、開作時各自與。庫子每隨高低預先除去。軍百戶十錠無虛。攢司五五拿、官人六六除。四（九巻本誤回）牌頭每一名是兩封足數。更有合干人把門軍弓手殊途。那里取官民兩便通行法、赤緊地（元刊本作他）賄賂單宜左道術。於汝安乎。

たとえば年間の常例錢は、開坐のおりにめいめい分與、庫子らすべて身分に應じ、前もってくすね去る。百戶の軍官は十錠に、びた一文もかけませぬ（?）。攢司は五五のわりで取り、官人は六六のわりで取る。四（よ）たりの牌頭はおのがじし、額面どおりがふた包み。同じ任務にたずさわる、把門軍（しゅえい）たちや弓手（とりて）らも、その分かちかたまちまちなり。官民雙方に利便ある、通行法とは聞いてあきれる。不正の金の操作こそ、まさに邪術にうってつけ。よくもいい氣でおれるもの。

〔事例錢〕事例は『元典章』などで一般に判例乃至條例を指して使われるから、「事例錢」という語はどうも成立しそうでなく、どこかに誤りがあるらしくおもわれる。とすれば、上の「事」字により多く疑いがかかり、いずれも草體の近似する點より、「分例錢」と「常例錢」が候補として擧げられる。まず「分例錢」は前曲で注記したように、官吏の公用に支給される手當（現物支給を含む）のうち、雜用にあてる現金の分をいう。つぎに「常例錢」は、『明律國字解』一四に「常例ト云ハ諸官府乇ニスル私ナリ下ヨリ定マリテ禮物ヲ出サスルヲ常例銀ト云ナリ」（原文のまま）とあるように、官吏が公用出張した際に、その隨員たちが彼らを接待する沿道の官廳のものに要求する金錢のことらしく、それが官廳の豫算に組まれることは、後の資料であるが、また湯顯祖作『還魂記』劇第二十一齣に、「我將衙門常例銀兩、助君遠行（わたしは役所の常例錢で、君の旅立ちの壯行をしよう）」とあることでわかる。なお、『常例』なる語は『知新錄』三二によれば北宋期より見え、また、『常例』乃至『常例銀兩』は、『水滸傳』や『警世通言』など明代の小說中にも見えている。ところで、これら二語の優劣については、すぐ上の曲に「分例」が現われる點よりすれば、常例錢の方にやや分があるようにおもわれる。

〔開作〕ふつうは「開坐」に作る、吏牘用語。條令や判決結果を列記すること。『元典章』二〇・禁治茶帖酒牌「如遇缺少零鈔、開坐各各料例（もしも小額紙幣が不足すれば、それぞれの料例を開坐する）」。『元典章』二〇・倒換昏鈔體例「定到江淮行省二十五樣昏鈔倒換體例、開作前去、仰依上施行（定められた江淮行省の『二十五樣の昏鈔交換條令』を開坐して送り、右の通り施行するよう申しつけよ)」。

〔軍百戸〕民戸百戸を領有する軍官。『元典章』五七・禁宰年少馬疋「如年紀大殘疾不中用的殺吃呵、於本管百戸・牌子頭官人毎根底、立著證見呵吃者（もしも、年をとり病弱で役にたたぬ馬匹を殺して食うときは、所管の百戸・牌子頭などの官人らから、證人を立てたら食べよ)」。

〔攢司〕攢典に同じか。『元典章』二一・庫院不設揀子「除合設庫官・庫子・秤子・攢司外、多設揀絲一名（當然設けるべき庫官・庫子・秤子・攢司のほかに、揀絲一名を増設する)」。

〔牌頭〕牌子頭ともいう。「牌子」は兵隊、「牌子頭」は下士官級をいう。『水滸傳』などの小説にも見える。

〔足錢〕内容が額面どおりの封錢であろう。例えば、百錢と稱しながら、實際は七十乃至九十錢しかないものがあるのに對し、百錢を百錢とするのを足百（陌）錢という。ただし、これはふつう貨幣についていわれる。

〔合干人〕關係者。例えば、犯罪などの一味をいう。

〔把門軍〕門軍に同じ。

〔那里取〕那裏有・那裏是に同じ、那は上聲。

〔赤緊地〕眞是・簡直是の意。

〔左道術〕邪術。『吏學指南』に「非正之術謂之左道、謂僻邪惑衆也」とある。『大宋宣和遺事』亨集「天子見了道、這和尚必是南方二會子左道術、使此妖法諕朕（この坊主はきっと南方二會子の左道術、この邪術を使って朕をおどしおる)」。

〔倘秀才〕爲甚但開庫諸人不伏。倒籌單先須計呪。苗子錢高低隨着鈔數。放小民三二百、報花戸一千餘。將官錢陪出。

　庫びらきといえばなぜ、みな人承服せぬのであろ。交換ふだはあらかじめ、かならず頼んで工面する。苗子錢の貸し高は、鈔數（さつかず）に呼應する、まことに貸すは小民の、二三百が報告では、花戸の千餘と記される、公金かりて肩がわり。

〔倒籌單〕未詳。ここの「倒」もおそらく倒換（交換）を意味しよう。「單」は菜單子・單據などの單で、紙片のことか。とすれば、昏鈔交換用の順番札のようなものを指すとおもわれる。もっとも、それだと語の構成はややへんではあるが。

〔計呪〕未詳。ただし、元刊本『琵琶記』や『劉知遠諸宮調』などでは「囑」字が祝・呪と通用されるから、吏牘用語の「計囑」であるかもしれない。『元典章』五三・人吏不得問事「府州司縣刑名詞訟・計囑陳訴、行省竝宣慰司已下衙門、輒差令史・宣使人等、與各處官司推勘（府・州・司・縣の刑名詞訟や計囑陳訴について、行省・宣慰司以下の官廳が、みだりに令史・宣使らを派遣して、各地の官司とともに取調べさせている）」。『元典章』新集戶部・儒學災傷田糧「或有十倍災傷、無錢計囑、却作成熟田糧拖缺之數（もし十倍の災害損傷があっても、計囑する錢がないと、反って成熟穀物の不足額にする）」。「計囑」とは、計較・囑付の略で、相談依頼することであろう。

〔苗子銭〕未詳。おそらく、つぎに見える苗米・苗糧と關係しよう。『元典章』二四・公使人糧衆戶均納「所據各戶合該稅石、依例概管合納苗米衆戶均納（問題の各戶が納めるべき稅糧は、規定に依り、苗米を納めるべき管下の衆戶に均しく納付させよ）」。『元典章』二一・禁約下鄉銷糧鈔「各處人戶送納苗糧、將所納糧數、乃獲到官鈔（各地の人戶が苗糧を納付すれば、納めた糧數に對し、政府の領收證をもらう）」。

〔放〕金を貸し出す。「擧債」の「擧」と同じ。『元典章』二七・放債取利三分「諸人擧放銭債、每貫月利三分（人人が金を貸し出す時は、每貫に月利三分）」。

〔花戶〕小畑行簡著『福惠全書語彙解』に「ねんぐをおさめるたみ」とある。花字の意味するところは未詳。『元典章』二四・弓手戶免差稅「巻內開出花戶姓名・糧數多少（書類には花戶の姓名・稅糧の數量を列記する）」。

〔陪〕賠に通用される。

ここに開庫というのは、昏鈔（ぼろさつ）を料鈔（あたらしいさつ）と交換するために、各處の平准行用鈔庫を開くことであって、至元十五年（一二七八）十月の「整治鈔法條畫」（『元典章』二〇）に、

鈔庫內倒換昏鈔、每一兩取要工墨三分（交鈔庫にて昏鈔を交換するには、一兩ごとに工墨三分を取る）。

とあるように、每兩三分の手數料を拂い、政府規定の昏爛程度に關する二十五とおりの條件（五〇五頁參照）にかな

えば、なにびとも自由に交換しえたはずである。ところが實際には、一日の交換數量に制限を加えたり、開庫せぬ日さえ出現するに至り、『元典章』(二〇・體察鈔庫停閉)に見える至元十八年(一二八二)五月の中書省劄付には、

今市肆行使、盡是昏鈔。雖有行用鈔庫、毎日止限倒換昏鈔四百定、更有不開庫之日、商賈不得新鈔、以致買賣凝滯、諸物踴貴。

今市場で行使されているのは昏鈔ばかりで、行用鈔庫があっても、毎日ただ昏鈔四百錠を交換するだけだし、開庫せぬ日もあり、商人の手に新鈔が入らず、その結果商賣が澁滯し、諸物價が高騰した。

とあるほか、翌二十年の中書省劄付にも行用庫の開庫せぬことがのべられているし、胡祗遹『紫山大全集』(二二)にも、

諸路官鈔庫、近年並不關。諸上司抑勒、不放支發。爲無倒換、官吏攢典、閉門閑坐、虚食月俸。因緣移易借貸、多有失陷。

とあり、やはり昏鈔の交換機能の停止を敍べている。

この曲にも「但開庫」——およそ開庫すれば——という表現が用いられている點より、やはり必ずしも毎日は開かれなかったものと見てよい。しかも、開庫の際には人人の承服しえない不正不法が公然と行なわれたのである。「倒籌單」の句は難解であるが、すでにその不正の第一段階に言及することは、まず疑いを容れぬ。さらに「苗子錢」も何を指すか不明であるが、昏鈔の數に應じて貸し出される金錢らしく、逆にいうと、庶民はこの「苗子錢」を借りなければ、昏鈔を交換してもらえなかったのではないか。おそらく、倉庫勤務の官人・胥吏らは、鈔本たる金銀や、交換するために用意された新鈔を横流しして、高利の金貸しをやっていたと推定される。『元典章』(二〇・整治鈔法)にも、

鈔庫官吏侵盜金銀寶鈔、出庫借貸、移易做買賣使用、見奉聖旨條畫斷罪。

鈔庫の官吏が金銀・寶鈔を侵盜し、出庫して貸し出したり、移動して商賣用に使ったりすれば、現在奉戴中の聖旨による法令にてらして斷罪せよ。

とあるのや、上に掲げた『紫山大全集』の文章の末尾も、それを指すものである。そしてかれら不正の役人らは、實際の貸し出しに水ましして報告書を書いたのであろう。「三二百」「一千餘」は、おそらく金額（單位は文か）についていうとおもわれるが、或いは人數とみることも許されるであろう。

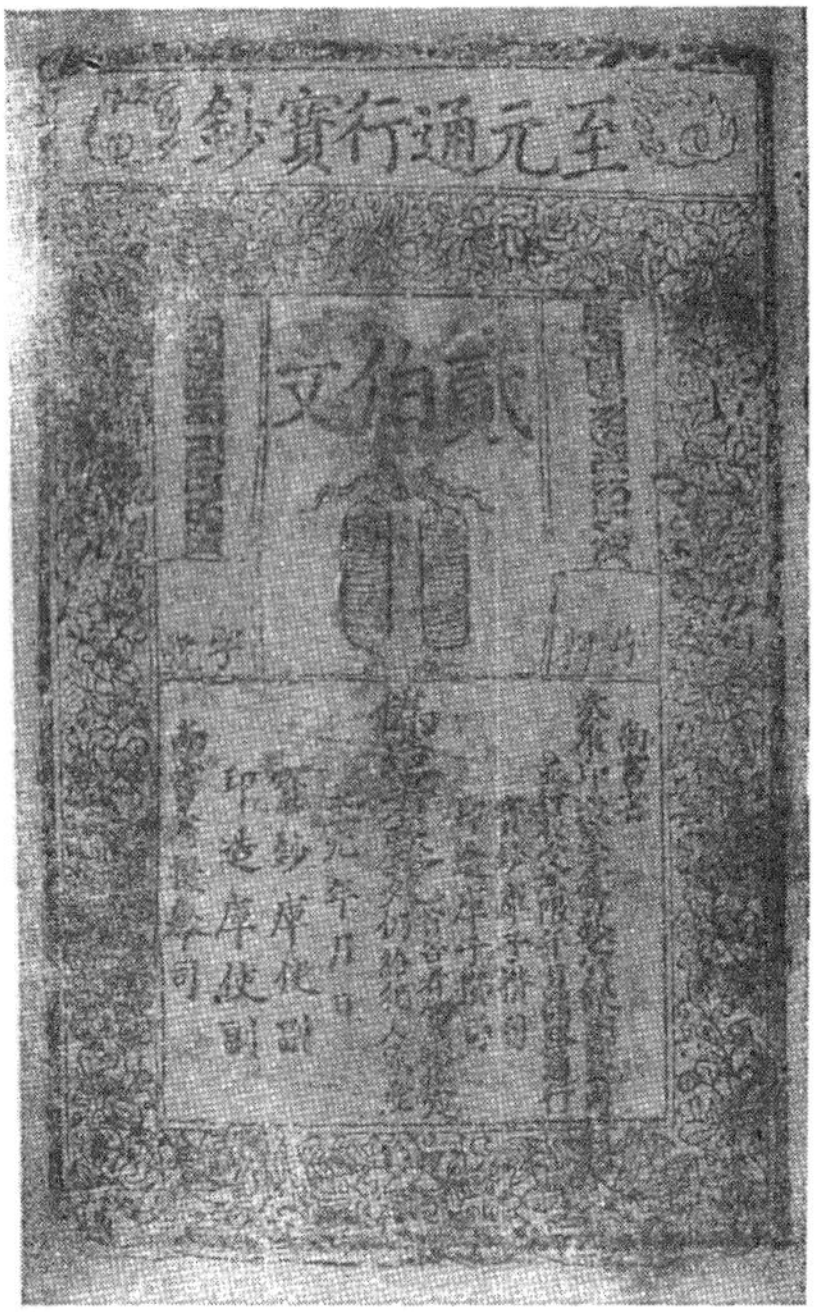

〔滾繡毬〕一任你叫得昏、等到午。佯呆着不睬不覷。他却整塊價捲在包袱。着纖如晃庫門興販的論百價數。都是眞楊州武昌客旅。窩藏着家裏安居。排的文語呼爲繡、假鈔公然喚做殊。這等兒三七價明估（抄本誤正）。

昏倒するほど喚こうが、午まで待とうがなんのその、とぼけ顔して眼もくれず、そのくせやつらはごっそりと、ふろしきのうち包みこむ。あわただしくも交鈔庫の、戸口にうろつく（?）商人は、百を單位で數えんばかり、いずれも眞州・揚州・武昌の客商の、家に隱まわれ僞さつ作り。文語つらぬを「刺繡」とよび、僞鈔おおっぴらで罷りとおる。こんな鈔が七三のわりで値ぶみさる（?）。

〔一任〕儘教・儘管に同じ。

〔叫得昏〕氣がとおくなるほど叫びたてる。「昏」は昏鈔の昏爛の意をもかよわせた措辭であろう。

〔瞅〕現代語の「理會」に同じ。二音節化すれば瞅睬という。

〔整塊價〕「價」は副詞を形成する語助。家・箇にも作る。「論百價」「三七價」「四六分價」などの價字は、みなそれである。

〔着纖如句〕未詳。句頭の三字に誤りがあろう。

〔興販〕賣りさばく。「興販的」は「客旅」の物資をさばく小賣人であろう。董君瑞作散曲「硬謁」（『太平樂府』九）「五車經典、七步文章、到處難興販（五車の經典、七步の文章が――該博な學問・優秀な文才――いずれの處でも賣りかねる）」。

〔窩藏〕かくまう。『吏學指南』に「謂隱匿作過者」とある。

〔喚做殊〕「殊」字未詳。ただし、つぎに擧げる「殊色」と關係するか、參考までに引いておく。『元典章』二〇・整治鈔法「如諸人將金銀到庫、依殊色隨卽收倒、不得添減殊色、非理刁蹬（もし人が金銀をもって交鈔庫にゆけば、殊色どおり直ちに收受交換せよ。殊色を增減して不正不法の行爲をしてはならぬ）」。もっとも、ここに見える「殊色」は、金銀の成分についていうことばのようだから、或いは全く無關係であるかもしれない。

〔明估〕未詳。估は「估計」（見つもる）か。


この曲では、開庫の日に、彼ら不正役人の貸し出しをうけず、ただ交換のみを求める人民たちのみじめさを敍べる。氣がとおくなるほど叫びたてても、またいかに長時間ねばっても、かれらは一顧もあたえられないのである。『元典章』（二〇、體察鈔庫停閉）には、

須要毎日於卯時開庫、申時收計、不得停滯、無得刁蹬。

必らず毎日午前六時に開庫し、午後二時に收納計算して、停滯することなく、無法なことをせぬよう。

とあるから、「正午まで」とは、開門前からだと半日を意味するわけである。

こうして一般の交換希望者が全くかえりみられないのに、一方ではまことにずうずうしくも、客商たちの手さきになる商人が大量に交換してもらうのを、まのあたり見せつけられる。しかも、その紙幣たるや、僞鈔なのである。

「窩藏着家裏安居」とは、僞鈔つくりについていったものである。『元典章』（二〇、造僞鈔不分首從處死）に、

今後印造僞鈔之人數內、起意的・雕板底・印鈔底・抄紙底・塡料號底・家裏安藏着印底・收買顏色物料底、俱是（疑當但之誤）同情僞造、皆合處死。

今後、僞鈔を印造したもののうち、主謀者・刻板者・抄紙者（部分的にコピーするもの）・料號（插圖參照）記入者・屋內に隱れて印刷する者・顏料材料の購入者など、およそ共謀僞造したものは、みな死刑に處すべし。

といい、ここに「家裏安藏着印底」というのが、「買賣蠻會斷令」および「挑鈔窩主罪名」の條では「窩藏印造」と書きかえられているし、「安藏雕造僞鈔」という表現もある（『元典章』二〇・兒首弟安藏造僞科罪）から、「安」も隱匿の意に近く、少なくとも「やすらかに」の意ではない。

最後の三句もまた難解であり、十分には分からぬ。「排的文語呼爲繡」とは、鈔の僞造工程における文言（插圖參照）を書きつらねる操作を、「繡」（刺繡する）という隱語で呼んだのではあるまいか。

〔倘秀才〕有揭字駝字櫬數。有赫（九卷本作背疑當挑字之形譌）心剜心異呼。有鈔脚頻成印上字模。半邊子兀（元刊本作尤亦通）自可、榿你鈔甚胡突（元刊本。誤笑）這等兒四六分價喚（疑當換之誤）取。

文字を改ざん、金額增した鈔あれば、施す細工の呼稱いろいろ、鈔の脚をつぎ足して、署名・書きはん刷るもあり。半片ならばまだしもまし、榿鈔（？）するとはでたらめ至極。かような鈔が、四六のわりで交換される（？）。

〔兀自〕元刊本の「尤（猶）自」に同じ。助字「還」とも同じ。

〔槌鈔〕未詳。のちの〔一煞〕曲にも見える。完全な僞造に關することか。

〔喚取〕「取」は語助。動詞のあとに語助として「取」を用いるのは、南方系のもの、たとえば戲文に多く、北曲系の雜劇や散曲には少ない。しかし、この散曲では押韻の關係で、かなりたくさん使われている。なお、ことばとしては「喚取」でも成立するが、ここは「換取」の誤りかとおもう。

この曲では、主として交鈔僞造のテクニックを敍べる。そもそも、僞鈔には二種類あって、木版印章などの全工程全材料にわたって僞造するもののほかに、「毀眞作僞」（『元典章』二〇・挑鈔再犯流遠屯種）とか「以眞作僞」（『元典章』二〇・侏儒挑鈔斷例）などといわれる、眞鈔の金額を改竄する僞造がある。この曲に見えるのは、すべて後者の場合である。

まず「揭字」は、すなわち後の〔一煞〕曲に見える「揭剝」であって、文字をけずり剝ぐ操作であろう。どうかすると、「駝」は剝字の誤りでないかともおもわれる。しかし、もしも「駝」がこのまま誤っていないとすれば、これは削ったあとにすみを盛りあげて金額を書く操作をいうのであろう。『元典章』（新集戶部提調鈔法）に、

監燒延祐四年秋季昏鈔官呈、於曹州合燒昏鈔內、檢閲出接補描改假僞等鈔。

延祐四年秋季の昏鈔燒却監督官の呈文にいう、曹州において燒かれる昏鈔中より、接補・描改・假僞の鈔を檢出した。

という、その「描改」にあたるだろう。

つぎに、「赫」は一本「背」に作るが、いずれも字形の近似よりする「挑」字の誤りであろう。『元典章』戶部には「挑鈔」の一門を立てており、その一條（二〇・住罷銀鈔銅錢使中統鈔）に、

挑剜裨湊寶鈔、以眞作僞者、初犯杖一百徒一年。

寶鈔を挑剜裨湊して、眞鈔で僞鈔を作るものは、初犯ならば杖罪一百、懲役一年。

と見える。しかし、「挑」・「剜」いずれもえぐりとる意で、これこそ「揭」あるいは「揭剝」なるテクニックに相當するかもしれぬ。

ただ、「心」とは何を指すのか不明だが、おそらく、交鈔の中心部すなわち金額面を指す隱語であって、「挑心」「剜心」（心臓をほじくる・えぐる）などと、僞造のテクニックスに種々あることを指すのが、「異呼」でなかろうか。

つぎに、第三句も理解しがたいものを含むが、交鈔の下部がすりきれて失われたのを接ぎ足す、すなわち、前揭引用文に見える「接補」乃至「裨湊」に相當する操作を行ない、署名・花押の類を印刷することであろう。もっとも、後に言及される「二十五様昏鈔倒換體例」（『元典章』二〇）にあっては、

若四字幷貫伯俱全、雖無半截、堪中倒換。

もし四字（金額を示す）と貫伯（さし錢の圖のことか、插圖參照）がともに完全なら、鈔の半分がなくても、交換してよろしい。

とある。

〔滾繡毬〕赴解時弊更多、作下人就做（元刊本誤似）夫。檢塊數幾曾詳數。止不過得南新（九巻本空一格）吏貼相符。那問它料不齊、數不足。連櫃（九巻本作簣）子一時扛去。怎教人心悅誠服。自古道人存政擧思它前輩、到今日法出姦生笑煞老夫。公道也私乎。

昏鈔（ほろさつ）輸送のその時は、悪事さらに多くして、用人（しもべ）が人足に早がわり。昏鈔（さつ）たばの檢査にも、いつかな數えあぐればこそ、吏・貼が互いに示しあい、……（?）するのが關のやま、品種の不そろいかつはまた、數の不足に容赦な

く、さっさとかつぎゆく櫃ぐるみ。これでは人が心から、なっとくしようはずもなし。「人存シ政擧ガリ、前輩思ブ」は昔がたり、ご時世うつりし只今は、法令出でて惡事生じ、この老夫を笑殺す。公道はたしてあるやいなや。

〔赴解〕「解」は護送すること。のちの解説の部分に擧げる『元史』も「解赴」に作っているが、吏牘ではふつう「起解」という（［一煞］曲參照）。ここも「赴」は字形の相似た「起」の誤りであるかもしれない。

〔止不過句〕「得南新」の三字は未詳、おそらく誤りあるものとおもわれる。「吏」・「貼」は胥吏と貼書。

〔料〕交鈔の品種を指すか。鈔面（插圖參照）の「料號」の料であろうし、「料鈔」の料でもあろう。「至元寶鈔」の場合は、二貫より五文に至る十一種が行なわれた（『元史』食貨志・鈔法）。同額紙幣ごとにそろえる手數を省いたのである。

〔自古道句〕『紫山大全集』二一「慮遠議公、人存政擧、兩盡其美也」。

以下の二曲では交換ずみの昏鈔を首都または行省所在地に輸送して焼却する際の不正を畧敍する。『元史』食貨志〔鈔法〕には、

所倒之鈔、毎季各路就令納課正官、解赴省部焚毀。隷行省者就焚之。

とあるし、『元典章』（二〇・昏鈔毎季焼納）には、

各路平准行用庫倒換昏鈔、隨即使訖退印、配成料例、庫官檢數、別無挑剜・接補・詐僞・短少、提調正官封記、毎季不過次季孟月十五日已裏、就委起納課程官、將引行用庫官・庫子、一同管押起運、前來焼納。

各路の平准行用庫は、昏鈔を交換すれば、直ちに退印（無效の印）を使い、料例に配合して分かち、庫官が數を點檢して、別に挑剜・接補・詐僞・數量不足などが認められねば、取締まりの長官が封印署名し、毎一季分は次季の初めの月十五日以内に、納税官に委任して、行用庫官・庫子と同行、一しょに管理護送して、焼納する。

とある、また、

本省爲不見各處巳解到省未燒昏鈔、隨省別無宣慰司、合無令隨省按察司、與管民路官一同檢點數足、就令舊設燒鈔庫燒毀云云。

該省（この場合は江淮行省を指す）は、行省へ輸送された各地の未焼却昏鈔は、その省に宣慰司がない場合、その省の按察司をして管民官と一緒に點檢させて、數量に不足がなければ、舊設の燒鈔庫で焼却せしむべきかどうかがわからぬので、云云。

という。曲中の「檢塊數」は、この焼却すべき昏鈔の束を點檢することである。

なお、この場合に輸送されるところは、江西行省の所在地、すなわちここ龍興路の治——南昌である。

〔倘秀才〕比及燒昏（九巻本誤紙）鈔先行擺布。散夫錢僻靜處俵與。暗號兒在燒餅中間覷有無。一名夫半錠、社長總收貯。燒得過便吹笛擂鼓。

いざ昏鈔（ほろさつ）の焼却には、事前にすべて手配する。人夫に支給の賃銀は、人なきところで分配し、祕密の記號が焼餅（シャオビン）の、うちにあるなし注意する。人夫ひとりに半錠あて、社長（しょうや）がすべてあずかりおき、昏鈔（さつ）焼きすめばどんちゃん騒ぎ。

〔比及……先〕……するより先に。

〔散夫錢〕人夫に支給する賃金。「散」は吏牘中によく見える「給散」の「散」である。

〔俵與〕「俵」は分かつ意。吏牘中には「俵散」もよく用いる。

この曲は、昏鈔焼却時における不法行爲をのべる。第三句の「暗號兒」がはたして何を意味するのか不明だが、要するに、不正商人と結託する庫官・庫子らの公金横領の口止め料として、焼却に従事する人たち——それは差役として課せられたのだろう、だからその監督者として社長も參加したとおもわれる——に、不當過分の賃銀乃至は賞與が支給せられたことを指すにちがいない。

〔塞鴻秋〕一家家傾銀注玉多豪富。一個個烹羊挾妓誇風度。撒（九巻本作撥）標手到處稱人物。粧旦色取去爲媳婦。朝朝寒食春、夜夜元宵暮。喫筵席喚做賽堂食、受用盡人間福。

　金銀珠玉を湯みずとつかい、いずれの家も豪勢なくらし、羊を料理し妓(おんな)兩わき、いずれのおとこも誇る見榮、ひきでものをばらまけば、到る處で旦那の評判、女役者を妻にめとり、日ごとにめぐる寒食の春、夜ごとにかさぬ元宵のゆうべ、やつらが開く酒宴の席は、「賽堂食」と呼びなされ、享受しつくすこの世の幸福(さいわい)。

〔撒標手〕難解の語である。「標手」は藝者に與えるひきで物（文言でいえば「纏頭」）の類をいうか、それを景氣よくばらまくことだろう。周憲王作「復落娼」劇第一折〔混江龍〕「今日個酒席中、求標手散了些美恩情、明日個大街頭花招子寫上個新雜劇。（今日は酒席に標手(ごほうび)もとめて、ふりまく美恩情(なさけ)、明日は目抜きに招子(ビラ)を飾り、書きこむ新外題(だしもの)）」。

〔粧旦色〕旦色は雜劇における役がら（脚色）の一つで女性役、「粧」は扮裝上演すること。雜劇の俳優は教坊所管の官妓が主體を占める。明の周憲王作「復落娼」劇第一折〔點絳唇〕「等不到十餘歲。將歌舞攻習。粧旦色爲娼妓。（十を幾つも出ぬうちより、音曲舞踊を見習うて、旦色(おやま)演じて藝者づとめ）」。

〔取〕娶に同じ。

〔朝朝寒食春、夜夜元宵暮〕日夜、寒食（冬至より一〇五日めの節句）か元宵節（一月十五日）のようなお祭り氣分の宴會が續くこと。『止園筆談』にも「朝朝寒食、夜夜元宵」の二句が見える。

〔賽堂食〕「堂食」は堂饌・堂餐ともいい、宰相が政廳で食べる豪華な料理。それにも匹敵する酒席をいう。

〔呆骨朶〕這賊毎也有難（元刊本誤誰）堪處。怎禁它強盗毎追（九巻本誤近）逐。要飯錢排日支持、索齎發無時横取。奈表裏通同做。有上下交征去。眞乃是源清流亦清、休（元刊本誤從）今後人除弊不除。

惡黨ども處置なき時あり。やつらがなんとも閉口するは、泥棒どもが跡つけまわし、飯代出せと日ごとのねばり、路銀よこせと常なるぶんどり。内と外とがぐるでたくらみ、上と下よりこもごもめしあぐ。げにも「源清ケレバ、流レモ清シ」といわれしとおり。よしやこののち人除かるも、弊なお除かれずと、ならねば幸せ。

〔排日〕毎日。馬致遠作「青衫涙」劇第一折〔混江龍〕「經板似粉頭排日喚、落葉似官身弔名差。（經文刷るように、しらくび日ごと聲がかかり、落ちる木の葉と、名指しでよばれるお座敷づとめ）」。

〔齎發〕壯行のかどでに盤纏（路用・小づかい）として贈る金品。

〔征〕「徵」と通用する。

〔源清流亦清〕『韓詩外傳』五「君者民之源也。源清則流清、源濁則流濁」（『元典章』五・臺察咨禀等事「源清則流清、百官自正」）。

まことに興味あることに、この曲は、彼らの不正の弱點に乘ずるダニの存在に言及する。しかも、惡黨にたかる惡黨の行爲も、また組織的であることを、「奈表裏云々」以下の二句は物語るであろう。

〔脫布衫〕有聰明正直嘉謨。安得不剪其繁蕪。成就了閭閻小夫。壞盡了國家法度。

聰明にして公正なる、施策をいだきたまうれば、惡黨どものはびこりを、いかで絶たずにおかれよう。巷のおのこに名を成さしめては、國の法度（おきて）が潰え去る。

〔閭閻小夫〕杜甫「復愁十二首」の第一首に「胡虜何曾盛。干戈不肯休。閭閻聽小子。談笑覓封侯」という。第二・四句も元曲中にしばしば引用される。

〔小梁州〕這廝毎玩法欺公膽氣麄。恰便似餓虎當途。二十五等則例盡皆無。難着目(元刊本誤日)。他道陪鈔待何如(二字元刊本誤倒)。

〔么〕一等無辜被害這(疑當遭之誤)羞辱。廝攀指一地里胡突。自有他(九巻本誤地)通神物。見如今虛其府庫。好教它鞭背出蟲蛆。

おかみを侮り法もてあそぶ、こやつら膽(きも)のふとくして、げにも道にのさばる餓えし虎。二十五等の條令も、いまやことごとく無視(なみ)されぬ。まこと手に負えぬやからにて、「辨償するに事かかず」、これぞやつらの言いぐさなり。

罪なき民こそいい迷惑、害をこうむり恥にあう、あまりにひどいでたらめの、やつらに犯人呼ばわりされ。萬能のお寶ありながら、いまや倉庫はもぬけのから。げにもやつらを懲らしめて、蛆わくほどに背なを打たばや。

〔餓虎當途〕成語。無名氏作「飛刀對箭」第二折〔滾綉毬〕「恰便似餓虎當途」。

〔難着目〕この句（平平仄）は、元曲の例に徴すると、例外なく押韻しているから、「日」に作るテキストは誤りと斷定される。しかし、「着目」でもなお理解にくるしむ。或いは「捉摸」の音通ではあるまいか。王實甫作『西廂記』劇第二本第三折〔殿前歡〕「到如今難着莫。老夫人謊到天來大（いまとなりては歯がたたぬ、奥がたさまのでかいうそ）」。王季思氏の注に「着莫卽捉摸、難捉摸、謂事變莫測也」とある。

〔攀指〕ふつうは二字を倒して用いる。犯人だと指定すること。吏牘用語。

〔一地里〕一ずに。

〔胡突〕糊塗に同じ。

〔通神物〕錢の異稱。『水滸傳』九「有錢可以通神（お金があればなんでもできる）」。諺にも「錢能通神」とある（『中華諺海』）。

この曲も、解說を必要としよう。まず、「二十五等則例」とは、新鈔との交換が認められる昏鈔の昏爛程度を規定

したもので、『元典章』（二〇・倒換昏鈔體例）に列擧されている。一例を擧げれば、

一様、二貫文省幷貫伯倶全、損去鈔張下截。前件議得、鈔張止憑上截貫伯行使。若四字幷貫伯倶全、雖無下截、堪中倒換。

一例、「二貫文省」と貫伯がみな完全であり、鈔紙の下半が破損しているもの。前件につき、つぎの如く議定した――交鈔はただ上半分の貫伯を證據として行使されるから、もし四字と貫伯が完全なら、下半分がなくても、交換してよい。

といったもので、この規定はもっぱら中統鈔について、具體的に説いたものである。かれら悪黨の前にはかような規定も完全に影を沒し、交換にたえぬ鈔をへいきで受納する。そして、萬一僞鈔や交換にたえぬ昏鈔が發見された場合でも、彼らは責任者として賠償すればよいという考えで、賠償してなお文句があるのかというのが、どうやら末句の意味するところらしい。『元典章』（二〇・昏鈔追陪好鈔不燒）に見える御史臺の咨文には、

湖廣行省監燒昏鈔、中間多有檢出裨湊假僞挑剜接補短少鈔數、著落當該庫官・庫子追陪好鈔到官、隨與昏鈔通袞入爐、燒毀了當。

湖廣行省が監督して燒却した昏鈔中に、裨湊・假僞・挑剜・接補などの僞鈔や數量不足を檢出したので、當該の庫官・庫子の責任に歸して、賠償として眞鈔を官に出させ、ただちに昏鈔と一しょに爐に入れて、とどこおりなく燒棄した。

とある。この場合は、賠償された眞鈔が昏鈔と燒かれることを問題としているのだが、それらの僞鈔の混入や數量不足の犯人が、庫官・庫子自身であると判明すれば、もちろん相當の罪に問われねばならない。

しかし、もし不正が發見された場合でも、彼等は賠償すればそれまでとうそぶき、その罪をば、なんら覺えのない

人民に着せようとする。〔公篇〕曲はそのことを指摘し、いかに憎んでも餘りあるかれらの不正行爲に、作者劉致の義憤はいよいよ奔騰するのである。

〔十二月〕不是我論（二字元刊本誤倒）黃數黑、怎禁它惡紫奪朱。爭奈何人心不古。出落着馬牛襟裾。口將言而囁嚅。足欲進而趦趄。

わたくしなどがかれこれと、言（こと）あぐすじではないけれど、げにもしゃくなは紫の、朱を奪うが憎らしく、いかんせん世の人の、こころ素朴を失いて、人間（ひと）の衣裳まといたる、牛馬の様相（さま）を呈したり。口に言わんとして口ごもり、足進まんとしてためらいぬ。

〔惡紫奪朱〕奸佞の人間が用いられて、正義の人が退けられること。『論語』陽貨篇「子曰、惡紫之奪朱也」。元曲習用の常語。

〔出落〕以下の事態が顯著なこと。元曲の習語。

〔馬牛襟裾〕牛馬が人間の衣裝をつけたような、無知無禮の徒をいう。韓愈「符讀書城南」詩「人不通古今。馬牛而襟裾」。無名氏作「學案齊眉」劇第一折〔賺煞〕「教人道這喬男女。則是些牛馬襟裾。（さぞや人に言われなん、あのろくでなしこそは、牛馬が人の衣装まとえりと）」。

〔囁嚅〕語ろうとして口ごもる形容。

〔趦趄〕進もうとしてためらう形容。「趦」は「趑」に同じ。二語ともに發聲を同じうする二音で構成された、いわゆる雙聲の擬態語である。

〔堯民歌〕想商鞅徙木意何如。漢國蕭何斷其初。法則有準使民服。期于無刑佐皇圖。說與。當途。無毒不丈夫。爲如如把平生誤。

三丈の木を移させし、商鞅の意圖これいかん、漢の蕭何が初めをば、斷ちしゆえんを考うに、法の施行に信あれば、國たみここに承服し、刑のなきを期するこそ、皇圖をたすくるみちなれば、要路の人にもの申す、毒ありてこそ丈夫（おとど）なれ、……（?）として、とるべき道を誤りたまう。

〔商鞅徙木〕秦の商鞅が法の信實性を示した故事。『史記』六八・商君傳「令既具、未布。恐民之不信、已乃立三丈之木於國都市南門、募民有能徙置北門者、予十金。民怪之、莫敢徙。復曰、能徙者、予五十金。有一人徙之。輒予五十金、以明不欺。卒下令、令行於民朞年」。

〔蕭何斷其初〕元曲では成語「君子斷其初」が習用される。君子は物ごとの最初において決斷力をふるうことをいう。蕭何についてのそれは、おそらくかつて自ずから推擧しておきながら、謀叛した韓信をみずから處斷した事實を指すであろう。

〔期于無刑〕『書經』大禹謨「刑期于無刑、民協于中」。『元典章』にもしばしば引かれる。

〔無毒不丈夫〕「恨小非君子」と對句を構成する成語。あくどいところがなければ眞の男とはいえない。

〔爲如如句〕句頭の三字に誤りがあるとおもう。この句は五字句で韻律は「仄仄平平仄」の形をとり、「爲如如」のうち一字を襯字に作るにしても、平聲である二字の「如」のうちいずれかは誤りであろう。

〔耍孩兒・十三煞〕天開地闢由盤古。人物才分下土。傳之三代幣方行、有刀圭泉布從（元刊本作促）初。九府圜法俱周（九卷本誤用）制、三品堆金乃漢圖。止不過貿易通財物。這的是黎民命脈、朝世權術（元刊本作付）。

盤古の世より天地（あめつち）開け、人・物はじめて下土に分かる。夏殷周の三代に至り、錢幣はじめて行なわれ、刀圭・泉布ここにお目見え。九府の圜（えん）法は周の制度、三品堆（?）金は漢の政策。物資を取り引き流通させる、幣（おかね）の機能はそれだけなれど、これぞ民のいのち綱、はた世を治む權術なり。

〔刀圭・泉布〕いずれも古代貨幣、前者は刀の形をし、後者は凸字の形をする。

〔從初〕一本「促初」に作るが、ともに妥當を缺く。「從」「促」ともに誤りであろう。

〔九府圜法〕『漢書』食貨志に「太公立九府圜法」と見える。「九府」とは財幣を掌る九つの役所、「圜」は李奇の注によれば「銭也」、顔師古の注によれば「謂均而通也」とある。

〔三品堆金〕三品は金の三等級、黄金（金）白金（銀）赤金（銅）をいう。『書經』禹貢に「厥貢惟金三品」とある。ここの「堆」字は、どうかすると、「禹貢」の句の聯想から用いられた「惟」の字の誤りではなかろうか。

〔朝世權術〕この句にも、誤りがあるかもしれない。

〔十二〕蜀寇瑊二字元刊本誤冠城交子行、宋眞宗會子舉。都不如當今鈔法通商賈。配成五對爲官本、工墨三分任倒除。設制久無更故。民如按疑當安之誤堵。法比通衢。

　蜀の寇瑊より交子おこなわれ、宋の眞宗より會子おこなわるるも、いずれも如かず當今の、商賈に通ずるこの鈔法、五倍に配して官本さだめ、工墨三分で交換自由。この制久しく變更を見ず、民は堵ねに安んずるごと、法は街路に似たるかな。

〔寇瑊〕北宋の眞宗・仁宗朝の人。『宋史』三〇一薛田傳に、「民間以鐵錢重私爲券、以便交易、謂之交子。而富家專之、數致爭訟。田請置交子務、以権其出入。未報。及寇瑊守益州、卒奏用議。蜀人便之」とある。

〔交子・會子〕宋金時代に行なわれた紙幣の名稱。

〔五對〕未詳。

〔官本〕政府の出資金を指していう。このことばは、後の〔六煞〕曲においては、準備金としての鈔本を意味するし、ここでは交鈔を意味するだろう。『元典章』二二・私造酒麴依匿税例科斷「始立榷沽之時、官設酒庫、出備米麪工本、造酒發賣、諸人皆不得私自醞造、亦猶鹽場支用官本、竈戸煎鹽、發賣辦課（はじめて專賣制が設けられた時、官立の酒庫を設け、米麪・工本を出資して、酒を釀造發賣させ、なに人も私に釀造せぬようにしたのは、ちょうど鹽場で官本を支給して、竈戸に製鹽させ、發賣徴税するのと同じである」。『元典章』二〇・挑補鈔犯人罪名「大都在城王黑廝挑補鈔兩、赴庫倒換料鈔、蓋因提調官不爲用心鈔束、以致庫官・司庫循習舊弊、接受不堪等鈔。倒換官本（大都城内の王黑厮が鈔兩を挑補し、交鈔庫に行って料鈔と交換したのは、提調官が注意して取り締まらぬため、庫官・司庫が舊弊に習らい、無效の鈔をうけとって官本と交換するに至ったのである）」。この二例、前者のは出資金を意味し、後者のはまさに交鈔を意味する。
〔工墨〕工墨は手數料。五四〇頁解説を參照されたい。

この曲では、元の紙幣の前身である宋の交子・會子の起源に言及する。ここに見える劉致の説は、おそらく同時代の知識人たちの常識でもあろうが、わずかに實情と相違する。もちろん、『宋史』の完成（至正五年＝一三三九）以前であるから、それとは關係しないはずだが、前の注に引いた「薛田傳」の記事（『續資治通鑑長編』注に據れば『仁宗實錄』『兩朝食貨志』と一致する）そのものも、誤っている。すなわち、『續資治通鑑長編』（一〇一）に據ると、眞宗の大中祥符の末年（一〇一六）ごろ成都府の知事だった寇瑊は民營の交子の全廢を申請して聽かれず、後任の薛田が提議して、はじめて交子務が設けられたのである。また、會子の起源は、南宋高宗の紹興三十年（一一六〇）であって、眞宗はむしろ上記の交子に關係する。これらについては、加藤繁博士の詳密な研究（「交子の起源について」「南宋初期における見錢關子と交子及び會子」――『支那經濟史考證』下所收）が最もそなわっている。
つぎに問題になるのは、第四句である。「配成五對」は、わたくしの推定によれば、至元新鈔が中統鈔に對しても つ對價比率の一對五を指すのではないか。『元典章』（二〇、行用至元鈔法）に、
至元寶鈔一貫、當中統寶鈔五貫、新舊竝行、公私通用。
とあるし、また同じ條に、
至元寶鈔の一貫は、中統寶鈔の五貫にあたり、新舊ならび行使し、公私ともに通用すること。

民間將昏鈔赴平准庫、倒換至元寶鈔、以一折五。

民間人が昏鈔をたずさえて平准庫に赴き、至元寶鈔と交換する場合には、一を五に兩替えすること。

と見えるからである。

〔十二〕已自六十秋楮幣行、則（二字元刊本誤倒）這兩三年法度沮。被無知賊子（元刊本誤了）爲姦（元刊本誤撓）蠹。私更徹（疑當撤之誤）鏝（元刊本誤謾）心無愧、那想官有嚴刑罪必誅。忒無忌憚無憂懼。伱道是成家大寶、怎（元刊本誤怨）想是取命官符。

紙幣おこなわれてすでに六十（むそ）とせ、この兩三年は法度みださる。憎き毛蟲の無知なる惡黨（やから）が、傍若無人に鈔（さつ）びらきりて、心に恥ずるいろとてもなく、罪あらば必らず誅す、嚴しき法令おもわばこそ、はばかり恐れもさらさらなし。さぞなんじらのつもりでは、「身代きずくお寶」が、これぞはからん、「命おめしの官符（おふだ）」なり。

〔私更句〕この句は下句と對句を形成するから、第二字は平聲でなければならず、「更」字は誤りと斷定される。「撤鏝」は戲曲・小說類に見え、金錢を亂費する意の、くるわ言葉である。「鏝」は幕ともいい、「字」に對して貨幣のうら、轉じて錢の稱。

この曲によれば、元朝に入り「楮幣」が行なわれて以來六十年を經過したということになる。『元史』（二・太宗紀）に據れば、その八年（一二三六）正月の條には、

詔印造交鈔行之。

と見え、それは于元の提案による（『元史』一四六・耶律楚材傳）。「六十秋」というのは、もちろん概數であって、これを正直にうけとって、この作品の制作時を嚴密に十三世紀末に擬する必要はないであろう。

〔十〕窮漢毎（元刊本作刀）將綽號稱、把頭毎表德（元刊本作傳）呼。巴不得登時事了乾回付。向庫中鑽刺眞強盜。却不財上分明大丈夫。壞盡今時務。怕不你人心姦巧、爭念有造物乘除。

賤のおのこらあだ名で呼べば、把頭どもが字（あざな）で呼ばわる。手ばやくしまつし形ばかりに、もどす間もいともどかしく、倉庫にもぐりてまことのどろぼう、財にきれいな大丈夫（おとこ）でござる。あくまで亂すご時世の、悪にたけたる根性にて、天の裁きをおもわばこそ。

〔把頭〕おそらく差役としての職名だろう。『元典章』二二・犯界食餘鹽貨「延祐四年正月十九日、用中統鈔一兩、（於？）涪州文把頭處、買到蜀鹽一觔四兩（延祐四年正月十九日、中統鈔一兩で、涪州の文把頭のところより蜀鹽一斤四兩を買った）」。

〔巴不得〕待ちかねる。盼不到に同じ。

〔鑽刺〕きりで刺す義から引申し「運動する、とり入る」という抽象的な用法が一般的であるが、ここではむしろ原義に近く、財物を求めてもぐりこむ意であろう。なお、抽象的な用法における「刺」を、「名帖」の意に解する説（作家出版社刊『醒世恆言』二および古典文學出版社刊『初刻拍案驚奇』一〇などの註）は、おそらく誤りであって、「刺」はやはり具體的な用法におけるように、動詞であろう。

〔却不〕反語、豈不に同じ。

〔財上分明大丈夫〕俗諺。金銭財物にあいまいな面をもたぬのが眞のおとこというもの。石君寶作「秋胡戲妻」劇第三折〔耍孩兒〕「哎你個富家郎慣使珍珠。倚仗着囊中有鈔多聲勢、豈不聞財上分明大丈夫。（やれまあ、富豪のだんなのおまえさん、いつも珠玉にものいわせ、財布のさつをばかさにきて、はな息あらくふるまえど、財にきれいが男じゃないか）」。

〔時務〕文言では當世の急務とか四季の農務という意味で使われるが、元曲では「不辨時務」が「不辨（識）高低」「不分皂白」「不識進退」などとほとんど變りなく、「ものを識らぬ」「無分別」の意で習用されるし、武漢臣作「老生兒」劇第三折引孫白「冬至來一百五日、正是那寒食時務（冬至から百五日めが、ちょうど寒食の日です）」や無名氏作「東堂老」劇第三折〔粉蝶兒〕「誰家個年小無徒。他生在無憂愁太平時務。（いずこのちんぴら無頼漢、憂愁（きが）なき太平のご時世に生まれ來て）」などの「時務」は、ほとんど俗語化して、單に「時」「時世」の意である。ここもそうであろう。

〔乘除〕裁き、裁量。

この曲では、ふたたび昏鈔倒換の狀景を敍べるようにおもわれる。この第二作品の特徴は、作者の怒りに起因するのか、全體としての構成があまり考慮されておらず、しばしば事態の描寫が中斷されるかとおもうと、また突如として續く、という點にある。これはこの作品の缺點ともいえるが、そのために一種の反覆に似た執拗感が生まれていることも、また否定できない。

〔九〕覥乘孛模樣哏、扭蠻腰禮儀踈。不疼錢一地里胡分付。宰頭羊日日羔兒會、沒（任校云、沒疑是設之誤）手（疑臺字）盞朝朝仕女圖。怯薛回家去。一個個欺淩親戚。眇視鄉閭。

醜い首をふりたてて（?）、その姿のむくつけさ、ずんどうの腰をくねらせて、そのふるまいのはしたなさ。ぜに金惜しまずやたらの注文、屠る羊は最上等、日ごとに開く羔兒會、設く酒杯はお臺つき、日ごとくりのぶ美女繪巻、家にもどるは千鳥足。親戚（みうち）のものにいばりちらし、近所の衆をばかにする。

〔覥乘孛〕これも難解の句だが、やはり誤りがあろう。「覥」は二音節化すると「覥覥」(mian-dian)、韻尾を同じうするいわゆる疊韻の擬態語で、羞じらって紅くなる形容。「孛」は任訥氏のテキストでは「頳」に作る。すなわち「脖」であるが、かりにそれを認めるとしても、「乘」もこのままでは讀めぬ。「乘孛」は下句の「蠻腰」に對する點を考慮すると、同様に身體の一部分であり、かつ、一種の罵倒語でなければならぬ。「乘」はおそらく字形の近似する「乖」か「喬」の誤りと推定される。

〔疼錢〕「疼」は「疼熱」ともいう。熱愛、愛惜の意。

〔羔兒會〕豪華な宴會を指して、元曲中に習用される。「羔兒」は「羊羔」に同じく美酒の名。『事物紺珠』「羊羔酒出汾州、色白瑩、饒風味」。

〔沒手盞〕上句と對句を構成するから、「頭羊」（上等の羊）に對する「手盞」は、また上等の酒器でなければならぬ。とすれば、おそらく草體の近似する「臺盞」であろう。楊顯之作「瀟湘雨」劇第二折崔甸士白に「這個是我家買到的奴婢、爲他偸了我家的銀壺・臺盞、他走了（こいつはわたしの家で買うた奴婢ですが、うちの銀とくりと臺盞を盗んだために逃げました）」と見える。臺つきの杯の類であろう。

〔仕女圖〕仕女は「士女」にも作り、「公子」に對して、官僚や良家の令嬢をいう。ただし「仕女圖」は一般に美人圖をいい、元曲中に好んで用いられる。無名氏作「擧案齊眉」劇第三折〔鬪鵪鶉〕「我本生長在仕女圖中、到今日權充在傭工隊裏。（わたしはもと、美女繪巻のうちに生い立ちしも、今日はしばし日傭の仲間入り）」。

〔怯薛〕『元史』九九・兵志に「怯薛者、猶言番直宿衞也」と見えるように、二字は蒙古語 Keshik の標音。「恩寵」の意から、蒙古國家の親衞組織を指していう。しかし、ここは趔趄（lie-qie）と同義の擬態語ではなかろうか。馬致遠作「任風子」劇第二折〔端正好〕「尙兀自脚趔趄醉眼模糊。（なおも足はよろめき醉眼もうろう）」。

〔八〕沒高低妾與妻、無分限兒共女。及時打扮衠（元刊本誤衙）珠玉。雞頭般珠子緣鞋口、火炭似眞金裹腦梳。服色例休題取。打扮得怕不賽夫（元刊本誤天）人樣子、脫不了市輩規模。

妾と妻に上下なく、男兒（おのこ）と女兒（めのこ）に分際（けじめ）なし。珠玉づくめのニュー・モード、鞋（くつ）の口をふちどりて、雞頭（とさか）いろなす珠（たま）かざり、頭上にかざす櫛おおう、炭火いろなす純金側。服色規定をもち出すなかれ、その身なりつくろいが、奥方ぶりをしのごうとも、抜けきれぬは町人ふぜい。

〔衠〕もっぱら。

〔服色例〕『元典章』二九の「服色」門の數條では、官僚から僧侶・娼妓に至るまでの服色規定が問題になっている。

〔題取〕「題」は「提」に同じ、「取」は語助。「休題取」は、服色規定をもち出して問題にするにも及ばぬ、いかに奥方氣どりであろうと、すぐお里が知れるほどだから、というのである。

〔怕不〕反語。豈不に同じ。

〔夫人〕官僚の妻に與えられる資格稱號。小説戲曲では、大てい「夫人縣君」と連用して使われる。

〔七〕他那想赴京師關本時、受官差在旅途。耽驚受怕過朝暮。受了五十四站風波苦。虧殺（二字元刊本誤倒）數百千程遞運夫。哏生受哏擔（元刊本作搭）負。廣費了些首思分例、倒換了些沿路（九巻本作途）文書。

やつらが想いみればこそ、鈔本交付に都へのぼり、公用出張の旅にありて、おっかなびっくり過ごす明けくれ。五十四宿、風波の苦労、運送夫をば労らわし、たどる行程いく百千、きつい辛苦、きつい重荷、首思・分例をふんだんに費消、沿路の手形もたびたび取り換う。

〔關本〕「關」は「關支（交付する）」、やはり吏牘用語。「本」は「官本」または「鈔本」、ここでは、準備金たる金銀を指す。『元典章』三十六・品従鋪馬例「各路交鈔庫官・庫子赴都、關支鈔本、解納昏鈔、鋪馬已有定例（各路交鈔庫の庫官・庫子が首都に赴いて、鈔本を交付したり、昏鈔を送納する際、その鋪馬については、すでに規定がある）」。

〔五十四站〕「站」は「驛站」、宿場。經路は不明だが、江西省南昌より大都（北京）まで五十四の宿場があったことがわかる。

〔虧殺〕「虧」は迷惑かける、おかげをこうむること。「殺」は動作・狀態が極點に至ることをいう。

〔哏〕「佷」に同じ。

〔生受〕苦労する、迷惑する。

〔首思〕蒙古語 Suhsu の標音。公務出張者に支給される食糧その他の手當をいう。「分例」に同じ。

さて、前の數曲で、幣制攪亂の不當利得によって私腹を肥やした悪黨たち一家の、來る日も來る日も續くぜいたく三昧を描いた作者は、反射的に、幣制の安定維持に生命かけて努力する人たちのうえを想起して、以下の二曲にうたいあげるのである。すなわち、これらの曲では、幾山河を隔てた南昌から大都（北京）までのはるかな道程を、五十四宿場の泊りを重ねつつ、官本（この場合は鈔本と同じ）たる金銀を護送する誠實な公務員と、かれらに奉仕する數えきれぬ義務勞役者の勞苦が、歌詠の對象となっている。

ところで、鈔本たる金銀は、前に引用した例（五三三頁參照）に見る如く、鈔法制定の當初から、各路で保管することになっていたようだが、たとえば『元典章』（二〇・鈔本休擅支動）に、

福建行省准尚書省咨、至元二十五年十二月二十日、欽奉聖旨節該、鈔本根底、休交動者、麼道、欽此。

福建行省は、つぎの尚書省咨文を受けた、「至元二十五年（一二八八）十二月に欽奉した聖旨の節該（あらまし）にいう、鈔本は移動させぬよう。これを欽奉せよ」。

とあることは、逆にその移動が行なわれていたことを示すし、前に引用した『元典章』（二〇・存留鈔本）に見える、至元二十八年十二月六日の中書省官の上奏中に、

江南・腹裏鈔買到的隨路平准庫裏有的金銀、去年桑哥等奏了、交將的這裏來者、麼道奏了來。

江南・腹裏――中央直轄地域――の、鈔で買った各路平准庫内にある金銀は、昨年サンガらが奏上して、「ここ――ふつうは腹裏を指すが、大都をいうか――へもって來させるよう」と申しました。

とあり、至元二十七年（一二九〇）には宰相サンガの意見で、明きらかに首都へ輸送されたことがわかるが、その翌年には、鈔法制定當初のしきたりに歸るようにとの右の中書省官の進言が裁可されている。しかし、この散曲の物語るところは、その後もふたたびサンガの如き意見がいれられて、鈔本の首都輸送が復活したのである。

〔六〕到省庫中將官本收得無疎虞。朱鈔足。那時才得安心緒。常想着半江春水番風浪、愁得一夜秋霜染鬢鬚。歷重難博得個根基固。少甚命不快遭逢賊寇、霎時間送了身軀。

省庫にゆきて官本を、とどこおりなく收納し、朱鈔（うけしょう）そろうたその時こそ、はじめて胸を撫でおろす。おもいは常

に半江の、風浪さわぐ春の水、愁うるあまり一夜にて、秋霜に染まる鬢とひげ、重なる険難ふみこえて、わが身の地位は固まれど、命運の拙うして、賊徒に遭いてつかの間に、身まかることもなからんや。

〔朱鈔〕「硃鈔」にも作る。硃で書かれた政府側の領收證。ふつう税糧を納めた時に交付される。『元典章』二四・徴納税糧「如糧送納到倉、當日卽便出給朱鈔（もし税糧が倉庫に送納されたら、當日ただちに朱鈔を出給せよ）」。この場合の「鈔」は紙幣ではない。『吏學指南』の「鈔書」の説明に「取也、謂官取其物、給與照驗也」とあるのが、それである。

〔少甚〕「少甚麼」ともいう。「不少」と同じ。

〔命不快〕不運不幸をいう慣用句。馬致遠作「陳摶高臥」劇第四折〔歩歩嬌〕「命不快遭逢着這火醉婆娘。（まことの運の拙くて、醉いどれ女の群に會う）」。

〔霎時間〕寸時に。

〔送〕「斷送」ともいう。命を失うこと。

〔五〕論宣差清(元刊本誤情)如酌貪泉呉隱之、廉似還桑椹趙判府。則爲忒慈仁反被相欺侮。毎持大體諸人服。若說私心半點無。本棟梁材若早使居朝輔。肯(九巻本作貴)甦民瘼。不事苞苴。

　勅命うけて民治む、その清明は貪泉を、酌みし呉隱之うちしのぎ、その廉潔は桑の椹を、返しし趙判府にまさりたり。あまりに慈愛の深きゆえ、反って侮り受けらるる、つねに正しき方針とり、みな人こころ従いぬ、私心といえばみじんもなし。もともと棟梁の材にして、早に朝輔の臣たらば、まいないをば退けて、民の悩みを救われけん。

〔宣差〕「宣使・奏差」の略か。

〔呉隱之〕晉の良吏。『晉書』良吏傳「介立有清操、爲廣州刺史。未到州二十里、有水曰貪泉、飲者懷無厭之欲。隱之酌而飲之、賦詩曰、古人云此水、一歃懷千金、試使夷齊飲、終當不易心。在州清操踰厲」。

〔趙判府〕未詳、「判府」は官稱であろう。

〔四〕急宜將法變更、但因循弊若初。嚴刑峻法休輕恕。則遣二攢司過似蛇呑象。再差十大戶猶如插翅虎。一半兒弓手先芟（九巻本空一格）去。合干人同知數目。把門軍切禁科需。

早きがうち方針かえらるべく、もしかりそめの手をうたば、その弊害は元どおり。法の施行を嚴しうし、なさけ容赦は無用なり。象呑む蛇にもいやまさる、攢司二人は配置換え、羽（はね）ある虎にも喩えらる、十たりの大戶も轉出させ、弓手の半ばをまず整理、同じき任務にあるものは、ひとしく數量知らしめて、嚴に禁ぜよ把門軍（しゅえいら）の、無法むたいの取りたてを。

〔因循〕ほとんど俗語化して「因循苟且」と連用。いい加減にすること。

〔蛇呑象〕もと『楚辭』天問の「靈蛇呑象」に出るようだが、俗用としては、貪欲あくなき喩えに用いる。第一作品中の〔倘秀才〕曲にも「呑象心腸歹伎倆」と見える。

〔大戶〕多額の税糧を納める富裕戶。

〔插翅虎〕つばさのある虎、鬼に金棒。『水滸傳』の英雄雷横のあだ名でもある。

〔科需〕わりつけて取る意か。おそらく「科要」「科索」と同じであろう。『元典章』二五・投下五戶（絲）不科要「據各投下分撥到民戶、除五戶絲外、不揀甚麼、不交科要（各投下に分割せられた民戶からは、五戶絲のほかは、いかなるものも取りたてさせない）」。

以下の四曲は、肅清に關する具體策をのべているようだが、理解に苦しむ個處も少なくない。たとえば、この曲の「二攢司」と「十大戶」を、わたくしが肅清されるべき對象と見たのは、「蛇呑象」ということばの語感に因づくが、はたしてそれでよいのか。「遣」「差」や「插翅虎」に關する限りは、むしろ肅清のために新しく差遣任命されるものと考えたいのだが、貪欲を喩える「蛇呑象」はどうしても悪黨の形容でなければならぬようにおもわれる。

〔三〕提調官免罪名、鈔法房選吏胥。攢典俸多的元刊本誤田路吏差着做。廉能州吏從新點、貪濫軍官合減除。准九巻本作住倉庫先九巻本作無陞補。從今倒鈔各分行鋪。明寫坊隅。

所轄官は罪に問わるな、鈔法がかりは胥吏をば吟味。俸給高き攢典は、路吏をさしむけ任命されよ。廉潔にして有能の、州吏を新たに役づけて、貪欲にして汚れたる、軍官どもは馘首され、昇進任命の優先を、倉庫官吏に認むべし。いまより鈔(さつ)の交換は、おのおの店鋪に分けしらせ、街の角に明示せよ。

〔點〕「點差」ともいう。「點」は「點名」、名指して役に充てる。

〔二〕逐戸兒編褙九巻本作楷成料例來、各分旬疑當間之誤將勘合書。逐張兒背印拘鈐住九巻本誤佳。即時支料還元主。本日交昏入九巻本誤人庫府。另有細說、直至起解時才方取。免得它撐船小倒。提調官封鎖無虞。

戸ごとに料例つくろいなし、おのおの分かち割り證とる。一葉ごとに背印し(?)、しかと不正を禁止する。(開庫のおりは)ただちに料鈔支給して、もち主に拂い出し。その日に昏鈔ととり換えて、倉庫のうちに納め入れ、その件については、別に詳説する。輸送のおりまで取り出さず。船漕いでの小倒(?)も、かくせばすべて免がれん。提調の官も封鎖して、おそれなしといおうもの。

〔編褙〕「褙」は「表褙」(表装する)。

〔料例〕よくわからないが、交鈔の品種(料)別について書かれた規定をいうか。『元典章』二〇・禁治茶帖酒牌「卑職參詳、宜於印造寶鈔一十一等料例內斟酌、多降下六料零鈔、發付隨處官庫、仍令提點正官厘勒庫官・庫子人等、常川開庫、聽從人戸隨意倒換。……都省咨請、如遇缺少零鈔、開坐各各料例、預爲差官齎咨、赴都關撥（本官が參詳するに、寶鈔印造の十一等の料例について斟酌し、六料の小額鈔（さつ）を多數降下して、各地の官庫に發付、なお提點の長官をして庫官・庫子らを監督しつつ、常時開庫させ、人戸が隨意に交換するにまかせるがよい。……都省より咨文にて請求、もし小額鈔（さつ）が不足すれば、それぞれの料例を列記し、まえもって官を差遣して咨文をとどけさせ、首都に赴いて交付してもらうこと）」。

〔分旬〕「旬」は「間」の誤りか、「分間」は「分揀」にも作る。分かつこと。

〔勘合〕『吏學指南』に「即古之符契也」とあるし、『明律國字解』には「勘合トハヲシキリ也、物ヲ受取ニモ渡スニモ切手ト帳面トヲシキリシテ切手ヲ渡ス也」とある。割り印を押して、二つに分かつ手續をいう。ここは、捺印の代りに筆で書くのであろう。

〔背印〕未詳。

〔支料〕下句の「交昏」（昏鈔を交換する）とにらみあわせると、料鈔を支拂うことか。

〔起解〕輸送する。

〔撑船小倒〕小倒はすでに〔滾繡毬〕曲（五三六頁）に見え、金錢をくすねる不正行爲らしいが、それがなぜ「撑船」と關係するのか、全く不明である。或いは「船」が何かの字の誤りではなかろうか。

〔一〕緊拘收在庫官、切關防起解夫。鈔面上與（疑衍）官攢俱各親標署。庫官但該一貫須黥（元刊本作點）配、庫子折莫（元刊本作算）三錢便斷除。滿百錠（元刊本作定）皆抄估。搥鈔的揭剝的不怕它人心似鐵、小倒的興販的明放着官法如爐。

庫役人をばきびしく拘禁、護送人夫をしかと取り締まる。鈔（さつ）のうえには庫官と攢司が、ともに親しく署名せよ。庫官の不正は一貫でも、かならずいれずみ流しもの、庫子の不正は三錢でも、ただちに處分おはらいばこ。もし百錠にみつるなら、家產沒收賣りたてよ。僞鈔（にせさつ）つくりのおのこらが、鐵なす心臟もとうが平氣、不正はたらく商人どもに、爐なす官法がひかえおり。

〔拘收〕ふつうには「拘收弓手軍器」（『元典章』三五）とか、「拘收員牌（メダル）」（同上二九）などのように、物品をめしあげることで、人間に用いることは少ない。ここは「拘鈐」（とりしまる）に同じか。

〔與〕略體「与」と「上」とは字形が似ている。前後の意味からいうと、ない方がよい（圖版參照）。

〔該〕該當する。『元典章』新集・戶部・延祐五年整治茶課「茶貨始自至元十三年呂都督管辦該中統鈔一千二百餘錠（茶貨は至元十三年に呂都督が扱った中統鈔相當額千二百餘錠より始まる）」。なお、「但」は「凡」に同じ。

〔折莫〕「遮莫・者莫・折末・折麼」など皆同じ。「儘管・假如」などと訓詁される助字。詳しくは張相『詩詞曲語辭滙釋』（一四三頁以下）を參照されたい。なお、元刊本の「折算」（「折」は「准折」ともいい、換算・兩替すること）も、かろうじて通ずる。いずれかが誤りであろうが、いずれがよいとも斷定しきれぬものがある。

〔斷除〕「斷罪除名」の略。吏牘用語。判決を下して職籍より除く。『元典章』二〇・行省燒昏鈔例「庫官違犯、斷罪除名」。

〔抄估〕「抄」は「抄沒・抄扎（人間をも含む財産の沒收をいう）」。「估」は「估計（見つもる・算定する）」だが、ここでは「估賣（評價して賣りたてる）」の意か。

〔人心似鐵、官法如爐〕成語。王仲文作「救孝子」劇第三折（四煞）「方信道人心似鐵、您也忒官法如爐。（なるほど、人の心が鐵に似るも、そなたらが官法は爐のごとし）」。

〔明放着〕「明」は「現」にも作る。その下に置かれる事物が嚴然と存在して動かしがたいことを示す慣用語。


〔尾〕怱靑天開眼覷。這紅巾合命殂。且擧其綱、若不怕傷時務。他日陳言終細數。

たちまちにして靑天の、まなこ開きてながめ給えば、この紅巾の惡黨も、命ここにほろぶべし。ここには一まず大綱を擧げ、時務を傷（そこな）うおそれのなくば、日を改めて詳述せん。


〔紅巾〕この語の發生時期は不明だが、必ずしも元末に蜂起した紅巾の賊を指すのではない。鈔法の亂脈と關係する「紅巾」に、『輟耕錄』二三に引用され、京師より江南に流行した、作者不明の散曲（醉太平）曲が見えるから、以下に紹介しておく。

堂堂大元。姦佞專權。開河變鈔禍根源。惹紅巾萬千。官法濫、刑法重、黎民怨。人喫人、鈔買鈔、何曾見。賊做官、官做賊、混愚賢。哀哉可憐。

ここに「鈔買鈔」というのは、いわゆる「眞を以て僞と作す」ために、交換が不可能な程度に昏爛した昏鈔を、安い價格で買いとることを指すのであるまいか。

以上に紹介したのが、劉致の「上高監司」と題する第二作品の全貌であるが、最後にぜひとも解決しておきたいのは、劉致が二度まで長篇の散曲作品を上呈した高監司とは、一たい誰であるのかという問題である。それを解決するには、すでに前稿で指摘しておいたとおり、幾つかの鍵が幸いにもわれわれに提供されている。

一、大德七年（一三〇三）ごろまでに、在南昌の江西湖東肅政廉訪使であること。前稿でおこなったわたくしの考證に據れば、作者劉致が南昌またはその附近に居住した期間は、かなりゆるやかに見つもって、大德二年（一二九八）より至大元年（一三〇八）に至る十年間だが、第一作品が、すでに考證したように大德七年（一三〇三）ごろの作品だとすると、高監司の在任期間はそれ以前でなければならない。

二、大德七年ごろに御史臺乃至行御史臺の侍御史に榮轉していること。第一作品の〔一煞〕曲には、高氏が將來かならず參政の座に出世するであろうことを想像してうたい、そのあとで、

普天下萬民樂業、都知是前任繡衣郎。

業(なりわい)たのしみ安住する、あめが下なる民ぐさも、この君こそは前任の、繡衣郎なるを忘るまじ。

と詠むが、第一作品はどうやら、高氏が繡衣郎すなわち侍御史に榮轉する直前に上呈されたらしい、からである。

三、父祖および子孫も、官僚としてかなりの地位にあること。これも、第一作品の〔尾聲〕曲に、

相門出相前人奬。官上加官後代昌。

宰相の家に宰相出で、親なる人のたたえらる。官上官を重ねゆき、子なる人の榮えあり。

とあるのに因づく。「相門出相」は成語であるから、必ずしも、その家が文字どおり宰相の家門であることを要しないまでも、父祖が少なくとも國家の重臣であることは、要求されるであろう。ただ、「後代」は必ずしも高監司の子孫でなくても、高監司自身を指すと見られぬこともない。

四、後に、劉致の第一作品における豫言が適中して、參知政事に任命されていること。これも前稿に引用したように、聶古柏の詩「題參政高公荒政碑」(『皇元風雅前集』二)が明らかに、第一作品に描かれた、南昌における高氏の善政をたたえたものである、からである。

さてこの四つの條件を滿足せしめる高姓の人を、『元史』とその周邊に求める時、確實にこの人だと斷定しうる人物を探し出すことは、遺憾ながら終に不可能である。

まず、最も動かし難い確かな事實であり、最も重要な條件でもある「參知政事」の高姓を求めると、おそらく『元史』をひもとく人なら必ず高興(一二四五―一三一四)を擧げるだろう。彼は『元史』(一六二)の本傳に據れば、かずかずの功績をきずき、最後は左丞相を拜して、仁宗の恩寵に包まれて死んでいる。しかしながら、その生涯を通じて中書省關係を轉々し、すでに至元二十三年(一二八六)には最初の參知政事(江淮行省)を拜命、さらに江西・福建兩行省を經て、大德三年(一二九九)には江浙行省平章政事、同八年には平章政事を兼ねつつ樞密副使に就任しているから、前揭の十年間に江西湖東肅政廉訪使だった可能性は全くない。それに、彼の家は祖父以來、農を業としたから、第三の條件にも合わない。

そこでつぎに擧げられるのは、高昉(一二六四―一三二八)である。『元史』は「宰相年表」に彼の名を掲げながら、どうしたわけか立傳を忘れている。その輝かしい生涯は、『新元史』が全面的に據った蘇天爵の「高公神道碑」(『滋溪文稿』一一)に詳しい。まず、集賢院設立(「百官志」によれば、至元二十二年〈一二八五〉に翰林國史院より分離した)とともにその屬官に選ばれ、本省の官を轉轉したのち、一たん潭州路（湖南省長沙）總管に轉出、武宗の卽位とともに中政院同知に召されたのもつかの間、至大元年（一三〇八）には忽ち中書參知政事を拜命した。つづいて本省と行省の參政を累任、特に仁宗のおぼえめでたくて延祐五年（一三一八）には右丞に進み、その後、權臣鐵不迭兒に抗して罪に問われかけたが、終に行省の平章政事に至った。その參政就任の時期は、わたくしが想定する「高監司」のそれよりやや早いが、といって矛盾するわけではない。また、「神道碑」に據れば、長男の履は江浙行省左右司郎中、次男の恆は河間路總管治中になっているから、劉致の散曲制作時に「後代昌ゆ」る兆があった、と見られぬこともない。しかし、彼の父昂は一縣尉にすぎなかったから、やはり第三の條件には合わぬし、高昉の官歴の潭州路總官と參政の中間に、廉訪使と侍御史をおしこむ無謀は、また時間的にいっても斷じて許されぬだろう。かくて、われわれは高昉も高監司の候補としては失格であることを、認めざるを得ないのである。ただ、彼の事績をながめわたす時、すでにのべた權臣への抗爭のほかにも、不正不義を許せぬ熱情と積極行動が見られるので、參考までに左に列擧しておこう。

還爲禮部郎中。奉詔慮囚燕南。活冤獄若干人。

遷禮部侍郎。浙西豪民。卽所居爲佛廬。擧度爲僧尼。號其教曰白雲宗。日誘惡少。肆爲不法。奪民田宅。奴人子女。郡縣不勝其擾。中書以聞。公承命按治。凡得民田廬若干。所還爲民者若干人。賄賂沒官者若干萬。浙民大快。

公爲左司郎中。贊畫政務居多。嘗以言忤權貴。出爲潭州路總管。潭爲湖南大郡。訟牒塡委。公決治明允。頃之訟亦衰止。郡吏求補者衆。公曰。以所決事試其可用者。得數十人。部民有詐稱敕制者。逮繫數百。公詳讞之。止坐二人。餘皆釋不問。貴官傔從。恃勢擾民。公痛繩以法。部內淸整。憲司以治最聞。潭人方樂公政。

さて以上の如く「參知政事」の資格のみで高監司を探すことが困難となれば、一おう他の條件に重點をおくことも必要であろう。もしそれが許される時、われわれの照明は元朝建設期の名臣高智耀の子である高睿（一二四九―一三二四）を捕捉する。彼の父智耀は、『元史』（一二五）や『輟耕録』（二）に據ると、儒學復興の功勞者であり、また御史臺設立の提案者として、世祖のおぼえめでたかったというし、彼の子納麟も、官は太尉に至り、江南行臺の御史大夫をつとめたというから、第三の條件は滿たすものと考える。つぎに、高睿自身の經歷をみると、『元史』（一二五）の本傳に據るかぎり、浙西道廉訪使から江南行臺侍御史を拜命、さらに御史中丞に昇進し、一時淮東道肅政廉訪使に轉出したけれど、その後御史中丞に復任して、死に至っている。『元史』の紀事はすべてデートを缺くが、江南行臺侍御史に榮轉した時期が大德七年ごろであったとしても、時間的な矛盾はまずないであろう。かくて、第二の條件も一おう滿たされるものと考える。そこで、かりに第四の條件を慮外におくならば、『元史』の高睿傳における浙西道肅政廉訪使と江南行臺侍御史との間に、「江西湖東肅政廉訪使」の一時期が脱落していると、見てもよかろう。しかし、前にも言ったとおり、第四の條件は最も重要かつ最も正確な事實であって、これを無視するわけにはゆかぬ。まことに遺憾ながら、『元史』の本傳には彼の參知政事拜命の紀事がない。それにもかかわらず、わたくしが高睿を「高監司」の有力な候補の位置から追放しえないのは、右の二條件を滿たすばかりではない。彼もまた、不正不法に對しての斷乎たる糾彈の事實のかずかずがその本傳に見られるからである。まことに消極的な傍證であるが、ふたたび、參考までに列擧しておく。

除嘉興路總管。境内有宿盜。白晝掠民財。捕者積十數輩。莫敢近。睿下令。不旬日生擒之。一郡以寧。擢江東道提刑按察使。部内草竊陸梁。聲言圍宣城。郡將怯懦。城門不開。睿召責之曰。寇勢方熾。官先示弱。民何所憑。卽命密治兵衞。而洞開城門。聽民出入貿易自便。既而寇以有備不敢進。遂討平之。遷浙西道肅政廉訪使。鹽官州民有連結黨與。持郡邑短長。其目曰十老。吏莫敢問。睿悉按以法。闔境快之。

除淮東道肅政廉訪使。盜竊眞州庫鈔三萬緡。有司大索。追逮平民數百人。吏因爲奸利。睿躬自詳讞。而得其情。即縱遣之。未幾。果得眞盜。

ここに見える、いささかの妥協も許さぬ不正への挑戰こそ、劉致の第一作品に描かれた高監司の面目とまさに彷彿たるものがある。「高睿傳」の末尾に參知政事拜命の紀事を加えることは、はたして許されぬことであろうか。

なお、最後に付記しておきたいのは、元の侯克中の『艮齋詩集』（五）に、いずれも「寄飛卿高參政」と題する二首の七律が見えることである。この作者については、すでに吉川幸次郎博士に詳しい考證があり（『元雜劇研究』一四七―五二頁）、大德十一年（一三〇六）ごろ彼は九十餘歳であったという。ただ、彼の作品の重心は十三世紀後半にあるようだから、あまり期待はかけられぬものの、「飛卿」は高興（功起）や高昉（顯卿）の普通に知られるあざなではないため、萬一をおもうて、右の二首をも紹介しておこう。

白璧輕投反見疑。刻舟求劍一何癡。
垂垂素髮催人老。耿耿丹心敢自欺。
千古是非無處問。六經模楷有餘師。
巖巖節彼南山下。應被高明笑此詩。

自古人間行路難。壽陵況復學邯鄲。
杏桃豔豔爭春色。松柏森森傲歲寒。
白髮等閑催我老。朱絃疏越向誰彈。
何時把臂傾尊酒。燈火西窗語夜闌。

（追記）插圖は至元寶鈔原版の墨拓で、蔡美彪氏の所藏にかかる（科學出版社刊『八思巴字與元代漢語』掲載）が、いま借用するにあたり、裏文字を正常にもどした。記して謝意を表する。

（一九六〇・一二・一九）

諸宮調・散曲

一、諸宮調

諸宮調の發生と流行

十一世紀の後半、北宋の神宗・哲宗朝（一〇六八－九三）のことである。首都の汴京すなわち河南省開封には、東京の淺草のような盛り場が、すでに大規模なものに育っていた。宋代に入って太平の世がつづくと、市民の經濟生活もゆたかになり、都市には民主的な空氣がたちこめていた。その市民を對象とする各種の演藝小屋（瓦肆または瓦舍）が、この盛り場に櫛比していた。ふつうの演劇こそ未成育の段階にあったが、各種の人形芝居（傀儡戯や影戯）は、すでに技術的には今日の水準に達していたし、講談（講史）や人情ばなし（説話）をはじめ、歌曲・サーカス・曲技など、さまざまのジャンルが客を呼んでいた。なかには、五更というから、未明に開演するものもある盛況だった。

これら民衆あいての演藝のなかで、琵琶の伴奏で一人が口演する語り物ジャンルが、生まれたてのせいもあり、壓倒的な人氣を呼んでいた。わが國の平家琵琶の雅趣はないが、浪曲よりは遙かに品のよいこの演藝は、民衆だけでなく、士大夫階級をも聽衆に巻きこんだ。この語り物ジャンルが、すなわち〈諸宮調〉である。

〈諸宮調〉はうた（曲）とせりふ（白）の連鎖形式をもつ點、浪曲に類似する。ただ、その歌詞の部分は、〈宮調〉とよぶ十幾つかの音階に分かれた、北方音樂系の短いメロディの組み歌〈套曲〉より成る。各種の〈宮調〉に屬する組み歌を中心としてうたい語られるので、〈諸宮調〉の名稱が生まれたという。創始者は山西省の澤州、いまの晉城縣出身の藝人で、藝名を孔三傳という(王灼『碧雞漫志』巻二)。哲宗のつぎには藝術愛好家として、また風流天子として世評の高い徽宗が即位したが、孔三傳はこの皇帝の治世の前半、崇寧・大觀年間(一一〇二―一一一〇)にもなお〈諸宮調〉語りの名人として活躍している(孟元老『東京夢華錄』巻五)。

〈諸宮調〉ジャンルは、當時よほど新鮮な感じをあたえたらしく、士大夫階級の好尙にも投じ、かれらまで口誦することができたという。しかも、このジャンルの誕生を契機として、士大夫階級の文學〈詞〉にあっても、滑稽詼諧を主とする卑俗な嘲詼詞の制作がさかんになったともいう(『碧雞漫志』巻二)。なおこの嘲詼詞は、のちに說く〈散曲〉とも關聯をもつものである。

〈諸宮調〉ジャンルは、以後、南宋・金・元三朝に繼承され、元末のころ衰滅してしまったらしい。そして、現在も行なわれている〈彈詞〉に繼承または交替されてゆく。だが、歌詞の形式はもはやまったく別物であるから、〈彈詞〉の直接の源流ではないかもしれない。

諸宮調の形體的特徵

既述のとおり、歌詞の部分は同じ〈宮調〉に屬する短いメロディの組み歌〈套曲〉より成る。この組み歌を構成する個々のメロディには、〈詞〉のそれもあり、同じく前後二段に分かれたものが多い。そのほか民間の俗曲、他の民衆演藝に用いる歌曲(たとえば影繪芝居や即席詩〈合生〉)など、さまざまのものが採用され、きわめて變化に富んでいる。だが、〈詞〉のメロディを繼承した場合も、句格はすでに長幅化して、必ずしも同じでない。だから、そこにメロディの卑俗化ないし親近化を想定してよかろう。

これらの組み歌はすべて一類の韻字で押韻せねばならないし、〈諸宮調〉はすでに庶民を主なる對象として、耳で聴かせる演藝である。そのことは必然的に歌曲の押韻に革命をもたらした。すなわち、詩・詞など傳統的韻文における、聲調（平・仄）を嚴別する韻類を放棄させ、あくまで現實音によりつつ、ここに四聲を通押する韻類の簡易化が實現した。

韻文における革命はそれだけでない。庶民を對象とするこのジャンルでは、口語がはじめて文學用語として登場する。口語の使用は、實は敦煌（とんこう）の〈變文〉以下、庶民に關聯する文學ジャンルでは、早くから始まっていた。また、傳統文學にあっても、〈詞〉とくに既述の嘲謔的作品において、非公式に使用されていた。それが今や公認されたのである。それとともに〈襯字（しんじ）〉の使用も寛大になった。

〈襯字（しんじ）〉とは、正式のメロディにのらぬ付加的な歌詞の文字をいう。〈諸宮調〉の歌曲は〈詞〉や後述の〈散曲〉と同じく、個々のメロディはすべて基本的な句格が固定している。すなわち、二言から七言に至る長短不同の句で構成され、すべてメロディに應じた韻律が支配している。この固定したメロディの間隙を縫って付加される文字が〈襯字〉である。たとえば、次の例における傍線部分がそれにあたる。

凜凜地身材七尺五、一隻手把秀才捽住。
吃搭搭地拖將柳陰裏去。

（『西廂記諸宮調』）

〈襯字〉の使用は、實は〈詞〉の場合にも認められているが、たぶん音樂の關係から、きわめて稀である。それが〈諸宮調〉の歌詞では、かなり自由に使用された。本來メロディにのらぬ部分であるから、早口に歌われたに相違ない。その結果、リズムにも緩速の變化が生まれ、その點でも卑俗化・親近化が推進される。また、〈襯字〉使用の慣用はなによりも、枠をはめられた韻文における口語的表現を容易にした。もっとも、逆に口語の驅使が〈襯字〉の使用における慣用を促したかもしれないのだが。〈諸宮調〉ジャンルがえた上記の諸條件は、やがて元代の〈雜劇〉や〈散曲〉に直接うけ繼がれてゆく。〈雜劇〉の各幕（折）の中心を占める組み歌〈套曲〉や、獨立の歌曲ジャンルとしては〈散曲〉のみがもつ〈套數〉形式は、あきらかに〈諸宮調〉が生みの親である。〈諸宮調〉はしばしば元曲の母胎であるといわれるが、この點にも文學史的な意義が認められる。

諸宮調の作品とその文學

〈諸宮調〉ジャンルによる現存作品は、きわめて乏しい。民衆を主なる對象として口語をも用語とする作品は、〈元曲〉以前にあっては、傳統文學の擔當者士大夫たちから卑俗視され、したがって容易に散佚する運命を擔っていた。〈諸宮調〉の場合も例外でない。完全な形で傳存するものはただ一つ、金の章宗朝（一一九〇－一二〇八）の董解元（とうかいげん）作『西廂記（せいしょうき）諸宮調』がある。そのほかには、中間のおよそ三分の二を失う同じ金代の作者不明『劉知遠（りゅうちえん）諸宮調』と、歌詞のみ大半をとどめる元の王伯成作『天寶遺事諸宮調』があるにすぎない。

實は、〈諸宮調〉の形體ないし文學を語りうるのも、『西廂記諸宮調』が完全な形で現存しえたからであり、この項では〈諸宮調〉の文學というより、むしろ『西廂記諸宮調』論に傾くことを諒承されたい。

この作品は、作者の姓を冠してふつう『董西廂（とうせいしょう）』とよばれる。この呼稱は、元曲の長篇傑作、王實甫（おうじつぽ）作『西廂記』（王西廂）と區別するために生まれた。この事實が示すように、『董西廂』はなによりも元曲『西廂記』の藍（らん）本としての意義をもつ。しかも、單なる藍本ではない。テーマとストーリーおよび登場人物の性格などの諸點において、王實甫がほとんど改變を必要とせぬまで、ここにはみごとなロマンが生まれている。王實甫はその逞しい筆力で、はるかに美しく活潑な歌詞をつづり、『董西廂』が志向したものを強調し、語り物を歌劇に改編する努力をはらえばよかった。

『董西廂』にほぼ定着した「西廂物語」は、はるかに唐の元稹（げんじん）（七七九―八三一）の小説「會眞記（鶯鶯傳）」に基づく。原據は、山西省の名刹（さつ）にくりひろげられた宰相令嬢と一介の書生のロマンスを語る、元稹の自傳的小説として知られている。旅先のゆきずりに芽生えた戀が、小間使いの仲介で進展し、密會を暗示する詩をうけた男が、月光に濡れつつ垣を跳びこえて西の廂（むね）にしのびこむと、意外にも女から手きびしく不德を叱責される。しかも數日後の深更、突如として女の方から戀をかなえに現われる。かくて忍び逢うこと數か月、受驗期が迫った男は上京し、その後も便りが交わされる。しかし、ふとしたおりの男の反省が原因で、ふたりはそのまま永別する。

元稹の麗筆は中國文言の特性を活かして、讀者をしばしば夢幻の境にいざない、また悲劇的な結末もこの戀物語を餘情つきぬものにしている。ただ、悲劇的結末をもたらす理由として作者が男に語らせたものは、ゆくすえ妻としたとき、自分には女の魔性が制御しえまいという危惧であり、自他の幸福のために身を引くというのである。それはそれなりに客觀性をもつであろうが、それならヒロインの魔性の破滅をもたらすべき可能性が、もっと描かれていなければならない。その點が足りぬため、この反省には男のエゴイズムの臭氣がただよう。だから、元稹の小說はかおり高い名作でありながら、三世紀を經た北宋末に、士大夫官僚たちの酒宴の座興として、十二篇の詞を點綴して歌われたとき（趙德麟「商調蝶戀花」）、最後の部分は容赦なく削除された。と同時に、この物語は民間に潛入して、ただ一つの道をまっしぐらに突き進んだ。それは生ける物のごとくにすくすくと成長した。やがてわれわれの眼前に現われたとき、そこには封建禮教に抗する戀愛をテーマとして、なべての人が共感しうる形で、ぞんぶんにふくらんだ虛構が生まれていた。それが『西廂記諸宮調』である。

この作品は、きびしく非情な封建禮教下の戀の、進展と障碍がえがく複雑な起伏線上に展開される。まず、戀愛を阻む禮教の象徴に宰相未亡人を、禮教に抗する人間性のそれに小間使い紅娘をすえ、かれら兩極の間に戀の當事者を介在させた。戀愛の進行過程にあっては、禮教は當事者のひとり宰相の令嬢鶯鶯(おうおう)の胸中をも色濃くかげらしていた。だから、主要な登場人物の性格が、テーマに卽してそれぞれに色あいを異にし、その異なる性格の衝突が、この語り物のおもしろさを形成している。特に、戀愛には大膽であっても策に缺けたインテリ青年、戀の虜となりながら禮教の假面をなかなか捨てきれぬ令嬢。この當事者ふたりを別個にあやつり、かつ禮教の化身、未亡人を壓倒する小間使い。それらの對立が生む一種の秩序の顚倒が、みごとに人生の眞實を描き出している。

物語はおよそ四つの波瀾を經て團圓に至る。しかも、この大きな波を高める過程にあっても、多數の小さな波を作者は用意した。その波は禮教に抗する戀愛の成就に對する希望と危惧の二つの方向を取り、そのいずれもがみごとに裏切られて、急速に下降または上昇する。その裏切りかたはまことに巧妙で自然である。このような裏切りを重ねて徐々に事件を高潮させ、最後まで緊張をゆるめずに團圓へみちびく手法は、きわめて印象的であり異色である。すなわち、『董西廂』はストーリーの推進過程における〈裏切りの文學〉といってよいであろう。

さらに、この波瀾にとむ物語を展開するうえに用いた、雅俗の表現を巧みに使い分けた歌詞の活潑さは、〈元曲〉の先聲たる出來ばえを示している。

〔般涉調・沁園春〕是夜鶯鶯、半晌無言、兩眉暗鎖。多時方喚得鶯鶯至、羞低着粉頸、愁斂着雙蛾。桃臉兒通紅、櫻唇兒靑紫、玉筍纖纖不住搓。不忍見盈盈地粉淚

(うた)この夜ふけ、鶯鶯しばしことばなく、雙の眉ねくもらせり。母に呼ばれて鶯鶯の、姿みせるにひまどりぬ。白きうなじ羞じらい垂れ、眉ね憂いにひそめつつ、桃なす頰をあけに染め、櫻桃の口いろあせぬ。なよ筍(たけ)の指もじもじと、あふれる涙に白粉とけ、あわれ

淹損鈿窩。〇六十餘歳的婆婆。道千萬擔饒我女呵。子母腸肚終須熱、着言方便、撫恤求和。事到而今已裝不卸、潑水難收怎奈何。都閑事、這一場出醜、着甚達摩。

〔尾〕便不辱你爺、便不羞見我。我還待送斷你子箇。却又子母情腸意不過。

夫人曰、事已如此、未審汝本意何似。願則以汝妻生。不願則從今斷絶。鶯鶯待道不願來、是言與心違。待道願來後、對娘怎出口、卒無詞對。夫人又問。

〔雙調・荳葉黄〕我孩兒安心、省可煩惱。這事體休聲揚、着人看不好。怕你箇室家是廝落。你好好承當、咱好好的商量、我管不錯。有的言語對面評度。凡百如何老婆斟酌。女孩兒家見問着。半晌無言、欲語還羞把不定心兒跳。

花鈿の飾りも臺なし。〇六十路こえた老婆はいう、「ゆめゆめむすめ許さんや」。さすがに血を分く親子の仲、ことばやわらげいたわりて、よきようにはかり、まるめかかる。「今となっては、乗りかかった馬じゃもの。せんないものは覆水の、盆に返らぬ喩えどおり。すべてはあだじゃ、このでかい恥さらし、拭うすべもありませぬ。

なき父さまの面目つぶし、あたしに會わす顔もあるまい。そなたの一生葬りたいが、さりとて親子の情にほだされる」。

（せりふ）奥がたが申された、「かくなったうえは、そなたの本心如何が問題。望みとあらば、そなたを張生に嫁がせましょう。いやとあらば、今後はきっぱり縁切りましょう」。鶯鶯はいやといおうものなら、口と腹とがうらはら、望むといおうにも、母さま前にしてはいいかね、結局返事がない。奥がたはまたも尋ねた。

（うた）「むすめや安心おし、なにも心配いらぬこと。このことが表ざたとなり、世間に知れてはまずかろう。ゆくすえ夫となる人に、さげすまれても困ります。そちがちゃんと白状すりゃ、あたしもちゃんと話に乗ろ。きっと悪うははかるまい。申し分があるのなら、顔つき合わせ相談しよう。いかにこみいった事だとて、このかあさんが取り計らおう」。問われてむすめしばしは無言、いおうとするが

〔尾〕可憎的媚臉兒通紅了。對夫人不敢分明道。猛吐了舌尖兒背背地笑。

面はゆく、胸のさわぎも抑えかねる。可愛い顔をまっ赤にして、母に面と向こうては、はっきり打ちあけるのもはばかられ、舌の先をつと出して、知られぬようにうち笑う。

この一段は、戀人たちの密會が露見し、小間使いの抗議によってやむなく結婚を承認した未亡人が、むすめを呼んで本心を確かめるくだりである。禮教の化身たる未亡人の、やはり人の母でもある内心の格鬪を示す談話と、宰相の家庭に嚴しくもまた甘やかされて育ったむすめの姿をいきいきと描いている。

『劉知遠諸宮調』は『董西廂』に先だつ作品で、一種の劇作家グループの集體創作を想わせる。早くにロシア探檢隊に發見され、レニングラード學士院に所藏されていたのが、わが狩野直喜博士の盡力で再び世に出る機會をもった。この作品は五代漢の高祖の出世物語で、糟糠の妻李三娘との離合が全篇をつらぬくテーマとなっている。しかし、探檢隊が偶然に發見した殘缺本であることが物語るように、これは殘るべくして殘った作品でない。歌詞にみられる表現力は、『董西廂』と比較にならぬ稚拙を示し、ストーリーの展開にも不自然さがめだつ。ただいかにも民衆のものらしく、空想の翼をのほうずに翔けらせた内容は、すでに佚した劉唐卿の元曲「李三娘痲地捧印」や、作者不明の明初の南曲『白兎記』の藍本として、多くの示唆をあたえてくれる。また、文學的價値こそ低いが、口語史の資料としては貴重な存在である。

『天寶遺事諸宮調』は元代における唯一の作品である。作者王伯成は元曲初期の作家で、馬致遠の親友であり、「李太白貶夜郎」雜劇も現存する。まず、『雍熙樂府』の各巻に散在する歌詞を原作の順序に還す工作は、早くわが國の倉石武四郎博士に（未刊）、近くは吉川幸次郎博士に（『展望』一九六五年十一月號「天寶遺事」）よって試みられた。また、本國にあっても、任訥（未刊）・鄭振鐸（『宋金元諸宮調考』）・趙景深（『雍熙樂府探原』）・馮沅君（『天寶遺事輯本題記』）

の諸氏の試みがある。

この作品は、爛熟しきった唐帝國の崩壊を背景として、玄宗と楊貴妃の情事を描く。作者は稗史にもとづく楊貴妃と安祿山の私通事件を導入して、この三角關係が安祿山の謀叛にもつながる設定のもとに、巧みに虚構をふくらませて、すぐれたロマンを展開している。特に、文言と口語が調和した歌詞は、この物語の内容を精彩あらしめている。

二、散　曲

散曲の性格

〈散曲〉は十三世紀の前半ごろ、元朝の統治下の華北に發生した歌曲ジャンルで、いわば端唄・小唄の類にあたる。その形體は、同時の歌劇、すなわち〈元雜劇〉の歌詞の部分と全く同質であり、それが分離獨立したとしてこの名稱があるという。元代では北方系音樂（北曲）を基調とし、のちには南方系音樂（南曲）との交流（南北合套）、南方系音樂のみという音樂面の變遷はあったが、およそ元・明二朝にかけて廣汎に行なわれ、先行する歌曲ジャンル〈詞〉とほとんどその位置を交替した。この事實が示すように、〈散曲〉は〈詞〉と誕生の場や效用を發する場を同じくする。また、既成のメロディに合わせて作詞され、音樂の伴奏によって、酒宴の席などで實際に歌われる點も、〈詞〉とかわりがない。だから、二つのジャンルは、本質的に同じだということができる。

このように酒席の座興に供せられた歌曲が、特に元代にあっては、當時の戲曲と相俟ち、特異な文學を創造して〈元曲〉と總稱された。そういえば〈詞〉も元來は單なる端唄にすぎなかったものが、中國文言の機能を極端に活かして、やはり特異な抒情詩を創造した。その〈詞〉と本質的に同じ歌曲であるから、散曲もおのずから〈詞〉の志向した唯美主義的詠歌を演繹し、その方面でも少なからぬ佳作を生みはした。しかし、元人の〈散曲〉作品には、むしろ〈詞〉の志向に反して、それとは全く異質の新しい文學の世界を開拓したものが生まれた。筆者はむしろこの點にこそ、〈散曲〉ジャンルの眞價を認めるべきだと考える。

〈散曲〉になにゆえ〈詞〉と相反する志向が生まれたかは、〈元雜劇〉をみごとに開花させた客觀條件と同じ條件のほかに、このジャンルが新たに獲得した形式面の諸條件が、やはり密接に關係するだろう。

散曲形體の特徴

〈散曲〉が新たに獲得した條件の多くは、すでに説いた〈諸宮調〉ジャンルの歌詞の部分におけるそれと、ほとんど重複する。ただ、諸宮調はあくまで民衆を對象とする語り物ジャンルであり、〈散曲〉は士大夫階級の間に行なわれる獨立の歌曲ジャンルである。だから、〈諸宮調〉の歌詞における變化は、ここではその革命的意義がより大きいといえるだろう。

〈散曲〉は〈詞〉と同じく〈小令〉とよぶ短篇形式（メロディ）のほかに、同一〈宮調〉に屬する短いメロディの組み歌、すなわち〈套數（とうすう）〉とよぶ長篇形式を新たに加えた。この形式も實は、前代の宮廷や道觀における歌舞曲で用いられ、それらの作品も〈詞〉の範疇に屬せしめている。しかし、普通に〈詞〉とよばれるものは、前後二段より成る〈小令〉形式のみが用いられた。〈散曲〉はこの長篇形式を、むしろ間接には〈諸宮調〉、直接には〈元雜劇〉などの民衆を對象とする演藝から得たのである。と同時に、現實音にもとづく單純化された四聲通押の韻類（周德清『中原音韻』十九部）や、口語の使用、〈襯字〉の使用などの自由をも繼承した。繼承しただけではない。やはり音樂と關連するのだろうが、それらの自由は增大した感がある。ことに〈詞〉のメロディの後退と新たな北方音樂系メロディの増加がめだつ。しかも、二世紀ちかい口語による韻文の鍛錬が、新たな才能をえて一齊に結實したのである。

散曲の開花

〈散曲〉はまず〈詞〉の連續または亞流として出發した。さらにいうなら、メロディや伴奏樂器など音樂面の變化を除けば、開始當時に兩者を嚴別する意識はなかったかもしれない。鍾嗣成の『錄鬼簿』の巻頭には、散曲作者の名を列擧しており、そこには元朝の名臣劉秉忠（一二一七―七五）・史天澤（一二〇五―七五）・張弘範（一二三八―八〇）・不忽木・曹克明（一二七一―一三三五）らや、傳統文壇で重きをなした元好問（一一九〇―一二五七）・姚燧（一二三九―一三一四）・盧摯・趙孟頫（一二五四―一三二二）・薩都剌（一三〇八―？）・虞集（一二七二―一三四八）らの名公を網羅している。

かれらの作品で殘存するものは少ないが、わずかな例に徴するかぎり、ことに初期の作品は發想・表現ともに詞的である。すなわち、題材の選擇や詠歌の態度に唯美主義を堅持し、事態や感情を頂點的ないし包藏的に表現する。用語はなお文語を主體とし、したがって〈襯字〉の使用も少ない。このような詞的發想の作品は、散曲全期を通じてみられる。元代では馮子振（一二五七―一三一五）・張可久・徐再思・貫雲石らが、作風の差違はあるが、專家として擧げられる。

しかし、散曲が〈套數〉という長篇形式と、口語という自由な用語を得たことの自覺をもった作者たちは、〈詞〉とおなじテーマを選びながら、發想・表現に〈散曲〉獨自のものを示した。たとえば、庾天錫の套數「思情」は、秋の季節に觸發された戀人への思慕という陳腐なテーマを選びながら、その情のたゆたい搖れるさまを克明に寫しとることに成功している。

この作品のように感情の複雜微妙な起伏を克明に描くことは、戀愛感情ばかりでなく、より日常的な衝動をも素材として、歌曲のうちにもちこんだ。その代表作が、馬致遠の「借馬」である。

この作品は、大切な愛馬を心ない人に貸す心情をめんめんと綴ったものである。愛馬に對するこまやかな愛情と無神經な人間に對する憤懣は、全篇を通して執拗なまでにうねり、交錯して讀むものの胸を搖さぶらずにはおかない。以下に中間の數曲を略して紹介しておく。

〔般涉調耍孩兒〕近來時買得匹蒲梢騎。氣命兒般看承愛惜。逐宵上草料數十番、喂飼得膘息胖肥。但有些穢汙却早忙刷洗。微有些辛勤便下騎。有那等無知輩。出言要借、對面難推。

〔七煞〕懶設設牽下槽、意遲遲背後隨。氣忿忿懶把鞍來鞴。我沈吟了半晌語不語、不曉事頽人知不知。他又不是不精細。道不得他人弓莫挽、他人馬休騎。

〔六〕不騎呵西棚下涼處拴、騎時節揀地皮平處騎。將青青嫩草頻頻的喂。歇時節肚帶鬆鬆放、怕坐的困尻包兒款款移。勤

ちかごろ買った一頭のアラビヤ馬。守り本尊さながらに、眼をかけて大事にし、夜ごと飼いばも何十回、みごとに肉づき肥らせた。ほんの僅かの汚れにも、急いでブラシかけ洗います。ちょっぴりしんどいめにあわせれば、さっそく下りてやりまする。あの無分別のやからが、ぬけぬけ貸せといいおった。面と向こうて斷りもならぬ。

不承たらたら小屋から出し、しぶしぶ馬の後につき、ぷりぷり鞍をおくのものうい。わたしはしばし沈みこみ、口をきくどころじゃない。わからずやの頓馬めは、こちの氣もちをてんと知らぬ。やつとて氣のきかん男じゃなし。下世話にもいうであろ、他人の弓は挽くでない。他人の馬には乗るでない。

乗らぬ時は日除けの下、涼しい場所につなぎとめ、乗るなら、地面の平らをえらぶ。靑靑した若草を、食わせることもしきりです。休む時には腹帶を、ぐんとゆるめてやりまする、もしや疲れはしま

覰着鞍和轡。牢踏着寶鐙、前口兒休提。

いかと、お尻をそろりとずらせます。鞍や轡は特別に、念を入れて調べます。しっかと鐙をふんまえて、前口をひかぬ（？）ようにします。

……………………

〔二〕不借時惡了弟兄、不借時反了面皮。馬兒行囑付叮嚀記。鞍心馬戶將伊打、刷子去刀莫作疑。則嘆的一聲長吁氣。哀哀怨怨、切切悲悲。

貸さねば兄弟がまずうなる、貸さねば嫌な顔もしよう。それで馬に申しつける、くれぐれも忘れるな。あの間抜けめがそなたを、打てばなんの躊躇があろ。一こえながーいため息つけ、いと哀しげに、いと切なげに。

〔一〕早晨間借與他、日平西盼望你。倚門專等來家內。柔腸寸寸因他斷、側耳頻頻聽你嘶。道一聲好去、早兩泪雙垂。

朝も早からやつに貸し、日ぐれ時まで待ちあぐね、門に倚りそいひたすら待つ、そちが家に入るまで。やつのおかげで腹わたずたずた。そちの嘶き聞こうとて、耳傾けることしきりだろ。さあ行っといでの一聲で、雙の眼からは早くも涙。

〔尾〕沒道理沒道理。忒下的忒下的。恰才說來的話君專記。一口氣不違借與了你。

無茶だ無茶だ、よくもよくも、先刻申したことどもを、しかと憶えておきなされ。ちっとも嫌な顔もせず、おまえさんに貸したんだもの。

かような日常的・現實的な情の表白自體が、すでに唯美主義文學の〈詞〉ではタブーであった。だが、〈散曲〉はあえて人間のあらゆる情の發動をとりあげ、より多く口語を驅使して、それの微妙なあやを克明に描き出す。そのような態度は、人間のうえに起きるさまざまな事實に對する鋭い觀察を要求する。もはやなにが美しいかより、なにが眞實であるかの凝視である。あるいは眞實こそまことの美だという文學理念を生む。かくて〈散曲〉は、題材だけでなく、詠歌の態度においても、もはやソフト・フォーカス的描寫を放棄して、むしろ事實をありのままに描出するシャープなレンズをえらぶ。この、人間の眞實を見失うまいとして、美醜を問わずにさまざまの事態や感情を克明に寫しとる志向は、やがて〈散曲〉を社會詩に一歩接近させるに至る。その過程を示すために、筆者は〈詠物詩〉という一つの座標をえらんでみた。なぜなら、六朝期に獨立的性格をもった〈詠物詩〉は、實はサロンの文學であった。ここに問題とする〈散曲〉、そして先行する〈詞〉も、やはりサロンの文學として、〈詠物詩〉の制作がさかんであったから。

散曲における詠物詩の展開

六朝期にいちおうの定着をみた〈詠物詩〉には、三つの特徴が指摘される。

(1) 詠歌の對象である〈物〉(四季や節日、あるいは人間をも含む)は、風流の遊びの對象乃至サロン周邊の事物に限られる。

(2) 必ずしも特定の時點・場所における〈物〉の感動を詠むのでなく、むしろ〈物〉一般をうたう。だから、〈詠物詩〉はしばしば〈物づくし〉の形をとる。

(3) 對象である〈物〉はしばしば擬人化され、擬人化された〈物〉の感情が附帶的にうたわれる。

六朝期の〈詠物詩〉に指摘せられる上記の特徴が、實に數世紀をへだてた〈詞〉や〈散曲〉のそれにもかなり顯著なことは、やはりそれらがサロンの遊戯文學であるからだろう。まず、對象については、〈詞〉はヴァラエティに富むことのほか、基本的にはほとんど變りがない。それに對して〈散曲〉には、より奇異な題材、必ずしも美しからざる題材を選ぶ傾向が看取され、したがって詠歌において嘲謔的態度が増大する。また、〈物〉一般を詠んだり、對象を擬人化することは、〈詞〉よりも〈散曲〉に繼承される。〈詞〉の場合は、むしろ對象に誘發されたみずからの情をうたうことが多い。

〈散曲〉における〈詠物詩〉は、やがて套數作品において、大きく展開しはじめた。〈詠物詩〉は對象たる一つの〈物〉に密着して、これを詠むものであるのに、〈物〉の感覺を通して、むしろ人間に焦點をあわせはじめた。睢玄明(すいげんめい)の套數「詠鼓」がそうである。この作品は、一座を形成する樂官の太鼓が、かれらに酷使される不平を鳴らす形をとり、太鼓の縁語などを巧みに用いて、嘲謔的態度もあらわである。しかし、主題は太鼓そのものより、太鼓をあやつる人間どもに移り、そこには人間のエゴイズムが描かれていておもしろい。

この作品の志向を一歩前進させたのが、姚守中(ようしゅちゅう)「牛訴冤」・曾瑞(そうずい)「羊訴冤」・劉致(りゅうち)「代馬訴冤」の三套數である。これら三篇はもはや詠物詩であることを標榜していないが、みな〈物づくし〉の體裁をとる點だけでも、〈詠物詩〉の變形したものだとわかる。いずれも擬人化された家畜が、日ごろ人間に寄與しながら不法に屠殺される不平をのべた異色の作品である。

そのうち特に注目すべき作品は、「牛訴冤」である。そこでは、後漢の宰相丙吉が社會視察の途上、街道に喘ぐ牛を見て反省する有名な故事を利用しつつ、元朝の牛馬密殺禁止令の施行をおりこみ、一種の現實諷刺に踏み入っている。全篇十六曲より成るうちの、中間の三曲を引用しておこう。

〔滿庭芳〕衙冤負屈。春工辦足。却待閑居。圈門前見兩個人來覷。多應是將我窺

これは無法な濡れ衣です。春の耕作みっちり果たし、いざのんびりやろうとしたら、牛舎(こや)のまえに顔出すふたりのおとこ。ひとりは

圖。一個曾受戒南莊上的忻都。一箇是累經斷北灃王屠。好教我心驚慮。若是將咱賣與。一命在須臾。

〔十二月〕心中畏懼。意下躊躇。莫不待將我釁鐘、不忍其觳觫。那思想耕牛爲主。他則是嗜利而圖。被這廝添錢買我離桑樞。不覩是牽咱過前途。一聲頻嘆氣長吁。兩眼恓惶泪如珠。凶徒。凶徒。貪財性狠毒。綁我在將軍柱。

〔耍孩兒〕只見他手持刀器將咱覷。諕得我戰撲速魂歸地府。登時間滿地血模糊。碎分張骨肉皮膚。尖刀兒割下薄刀兒切、官秤稱來私秤上估。應捕人在傍邊覷。張彈壓先抬了膊項、李弓兵強要了胸脯。

縄めうけた南村のヒンド、ひとりは前科數犯の北の里の肉屋の王(わん)。おかげでおいらびっくり仰天。もしもやつらに賣り渡されたら、命はまさに風前のともしび。

胸はドキドキ氣はそぞろ。きっと鐘に血ぬるのだろ。その觳觫(こくそく)に忍びずとやら。耕牛大事もとんと平氣、ただ金もうけの一點ばり。到頭やつらにはずんで買われ、しずの苫屋(とまや)を後にして、わからずやに牽かれて先急ぐ。一聲ふーッと長いため息、雙の眼からは眞珠の涙。悪黨め悪黨め、欲ばり根性のあくどいやつ、おいらをしばる將軍柱。

見ればやつめは手に刃物、おいらをぐっと睨みつく。たまげたおいらブルルッと、魂(たま)は早くも冥土ゆき。たちまち一めん血しおの海、骨・肉・皮を細かに分け、尖った包丁で大ざきし、薄刃つかって刺身切り。公定秤(ばかり)で買いあげて、いんちき秤で賣りさばく。召し捕り役が傍で見物、張目明しはロースかっさらい、李捕り手は胸肉(むなじし)ぶんどる。

散曲における社會詩

さて、このような作品が生まれると、社會詩の誕生はもはや時間の問題である。劉致の「上高監司」と題する套數二篇がそれである。この二篇は、題名が示すように、高姓の肅政廉訪使（省長にあたる）に獻呈した作品である。このことは同時に、〈散曲〉ジャンルの地位の向上と、それが歌う歌から讀む歌へと移行していったことをも示す。第一作品は、飢饉とそれに伴う經濟攪亂の二重苦に喘ぐ人民の痛苦をうたい、かれらを焦熱地獄より救った長官への感謝をつづる。第二作品は、元朝幣制（鈔法）の不備に乘じた官民共謀の經濟攪亂をうたい、同じ長官へ肅清を歎願したもの。作者の人民に對する同情と不逞の徒に向けた憎惡のあやなす波は、兩篇を通じてここでも執拗なうねりをくり返す。その生ま生ましい描寫は、やはり口語の驅使に負うところが多いとおもわれる。以下に、第一作品の中心部分を紹介しておこう。

〔滾繡毬〕甑生塵老弱飢、米如珠少壯荒。有金銀那里每典當。盡枵腹高臥斜陽。剝榆樹餐、挑野菜嘗。喫黃不老勝如熊掌。蕨根粉以代餱糧。鵝腸苦菜連根煮、荻筍蘆蒿帶葉哇。則留下杞柳株樟。

釜に塵つみ老幼飢え、眞珠の米つぶ壯者もひもじ。金銀いだけど食糧に、換えるにすべなく今はただ、腹ひしゃげて夕日にねそべる。楡の木肌を剝いでは食らい、野草つみ取り試してみる。黃不老さえ熊掌（ごちそう）しのぎ、わらび粉でさえ乾し飯の代用。鵝腸、苦菜は根ぐるみ煮こみ、荻や葦の芽は葉ぐるみくらう。あとに殘るは柳とくすの木。

〔倘秀才〕或是捶麻柘稠調豆漿。或是煮麥麩稀和細糖。他每早合掌擎拳謝上蒼。一個個黃如經紙、一個個瘦似豺狼。塡街臥巷。

麻の芯を叩いて豆乳、ふすま煮つめてあめ湯もどき。それでも手に入りゃ天への感謝、兩手合わせて伏し拜む。もろ人の顏は經紙より黃いろく、狼しのぎ瘦せさらぼうて、ちまたちまたに橫たわる。

〔滾繡毬〕偸宰了些鬧角牛、盜斫了些大

水牛ぬすんで屠りころし、桑の大葉をこっそり切り去る。えやみ

葉桑。遭時疫無棺活葬。賤賣了些家業田莊。嫡親兒共女、等閑參與商。痛分離是何情況。乳哺兒沒人要撇入長江。那里取廚中剩飯杯中酒、看了些河裏孩兒岸上娘。不由我不哽咽悲傷。

にかかって死人が出れば、棺桶なしでむざと葬る。家財田畑(でん)みなたたき賣り、血に連がれる子どもどうしが、むざんや散り散り生き別れ、見るに忍びぬ別離の歎き。乳呑み子いまや持てあまし、長江(かわ)の中へ投げ捨てる。くりやの殘飯さかずきの、一しずくさえないがゆえ、河中の子ども岸べの母、それを眺めておもわずも、われはむせびてもらい泣く。

しかし、實をいえば、劉致の二篇のほかに、本格的な社會詩は生まれなかった。そこにはやはり、本來酒席の座興としてあったこのジャンルの限界があるようにも思われる。

明代の散曲

筆者は明代の散曲についても言及する義務があったろう。だが、明代の散曲は元末の作品がすでにそうであるように、散曲ジャンルがせっかく獲得した、人間の眞實を見失うまいとする鋭い眼光を失って、むしろ〈詞〉の唯美主義へ復歸する志向をしめすかにみえる。同じ時期の戲曲の多くが、元雜劇が發見して展開した、人間の普遍の眞實を描く虛構の價値を忘却して、次第に不健全化して行った趨勢と、なにか相通ずるものがあるようにおもわれる。

むろん、明代の散曲にも、〈詞〉の連續または亞流として、たとえば、王九思（一四六八―一五五一）・李開先（一五〇一―一六八）・馮惟敏(ふういびん)（一五一一―一八〇?）・金鑾(きんらん)（?）・楊愼（一四八八―一五五九）・祝允明(しゅくいんめい)（一四六〇―一五二八）らが制作を競った。だが、それらが中國の文學史上に占める位置はささやかである。筆者が明代の散曲を問題にせぬのは、〈詞〉の文學において清代の詞をあまり重視せぬのと一般である。中國の文學にあっては、そのジャンルの特徴が認識された時、そこにたくましい文學精神が作用すると、強烈に燃燒して感動をよぶ作品が生まれる。傳統詩における杜甫の律詩がその典型である。

演劇の流行

演劇の流れ

中國における演劇の芽ばえは、さすがに老大國にふさわしく、紀元前なお數百年をさかのぼる戰國期の神に仕えた巫女の歌舞と、王者に召しかかえられた倡優（つれづれをなぐさめる一種の俳優）のものまねとに見いだすことができる。しかし、その歌舞がわが國にも傳來した「蘭陵王」のような歌舞戲に成長したのは、六朝も末の七世紀初めであるし、二人の俳優の滑稽問答を主とする「參軍戲」の誕生も、八世紀、唐の玄宗朝（在位七一三－五五）をまたねばならない。これら歌舞戲と滑稽戲の二つの流れは、いずれも常に宮廷とともにあった。少なくとも文獻から考えるかぎりはそうであった。

一應發達した歌舞戲のその後の流れはかえってわからない。われわれがもう一つの流れをふたたび確認しうるのは、十一、二紀の交わり、北宋の首都汴京（開封）においてである。そこでは「雜劇」というシンプルな演劇が、やはり宮廷の行事に奉仕したほか、新たに擡頭した市民階層の要望にこたえて、市井にも進出し、盛り場に常設された小屋（勾欄）で、後世の小說の源流をなす「說話」（人情ばなし）や「講史」（講談）、わが平家琵琶に似た語り物「諸宮調」、木偶や影繪による人形芝居「傀儡戲」「影戲」などと競演し、早朝から客を集めていた。これはまぎれもなく唐の「參軍戲」の子孫である。役がらこそ四、五種類に增してはいるが、四世紀も經過しながら、なお滑稽戲の域を脫しえぬのろい歩みを、中國の演劇は歩んでいたのである。だが、演劇が庶民の所有に歸したということは、一つの大きな轉機であり、ここにはじめて、それの急速な展開が期待されるにいたった。

元雜劇誕生の前夜

しかし、繁栄を續けた北宋の首都は、十二世紀の初め金軍の攻撃を受けて陥落し、政府はその文化もろとも南方に向かい、一一三八年には臨安すなわち浙江省杭州に遷都を餘儀なくされた。そしてその新しい盛り場には、南渡に同行した藝人や俳優たちによって、各種の演劇が再建された。もちろん雜劇もその例外ではなかった。一方、金に占領された華北では、かつての北宋雜劇が、いつの間にか「院本」と改稱された。院本とは、當時の演劇の俳優（教坊司に所屬する官妓や男優たち）が収容された行院の脚本を意味するという。それが北宋の雜劇と本質的に同じだとわかるのは、兩者の上演形式や役がら名の一致にもとづく。殘念なことに、脚本が現存しないので詳細を知りかねるが、後の演劇ジャンルの脚本中にはさまれた院本のなごりなどから、それは二人ないし四人による滑稽問答があって、その中間や終りに各自一、二首の歌をうたう茶番劇に似たものであったらしい。しかし、それらが單なる駄洒落に終らず、ときとして人間の弱點に觸れた鋭い諷刺をも試みたことは、周密の『武林舊事』や陶宗儀の『輟耕録』に収録されたおびただしい外題と、後の演劇ジャンルの脚本に踏襲されたプロットとをにらみ合わせることによって、十分に想像されるし、茶番劇から一歩前進して多少まとまったストーリーをもつ作品が出現したことも、同じく想像することができる。すでに杭州の盛り場では、「傀儡戲」や「影戲」などの人形による演劇が、技術的には今日の段階に達し、内容的にも雜劇・院本に先んじていたというのに、また、人間が人形の代りをつとめる「肉傀儡」さえ發生していたというのに、俳優による演劇がいつまでも茶番劇の域にとどまっているはずはなかった。

歌劇の誕生

十三世紀初め、けたたましい馬蹄の響きとともにモンゴルの一角に巻き起った砂塵は、たちまち華北の地を、ついでは中國全土をもおおい、われわれはまたしても演劇のゆくえを見失う。しかし華北の砂塵がはれたすきまから、まったく突如として、だがその出現がすでに約束されていた中國最初の本格的な演劇が、同じ「雜劇」の名のもとに、元の首都大都（北京）の盛り場の人氣をさらっているのを發見する。それは、琵琶を主樂器とし、箏・三弦・拍板などの伴奏による歌劇で、その調べは北方人の性格を反映し、力強くピッチも急であった。名は同じでも、似ても似つかぬ完全な演劇であり、宋雜劇で主導的だった道化役は、すでに從屬的位置にかえり、末（たちやく）、旦（おやま）、淨（道化役だが惡の要素に富む）、丑（道化役だが輕い）を中心に、役がらはきわめて多様に分化しているし、性格をあらわすくまどりもすでに發達している。

形式面における制約

すべての脚本は四幕（折といい幕はない）からなり、歌い手は男女いずれかの主役一人に限る。この二つの約束がまずきびしく要求される。ある文學史家は、制約のない自由な形式にくらべて、これを原始的だと斷定するが、はたしてそうであろうか。各幕の中心をなす一〇首前後の組み歌は、一定の音階に屬し、一類の韻字で押韻しなければならず、その音階と用韻も幕ごとにかえられる。ただし、發音は音韻組織のシンプルな現實の北方音に從い、また聲調のわくも除かれたから、脚韻の種類は畫期的に整理された。この歌詞の形式は、明らかに先行の語り物のジャンル「諸宮調」に影響されたものである。畫期的なのはそれだけではない。既成のメロディーに合わせてつくられた歌詞では、伴奏に關係するのであろうか、メロディーにのらない句格外のことばの使用が、かなり自由に許された結果、韻文における口語的表現にも革命がおきた。たづなをとられた荒馬のような獨自の活潑な文體が生れたのである。あたかもよし、北宋以來、大衆演藝の發達が促した新たな文學用語、口語を驅使する鍛錬が、いまや結實期に到達していた。

戲曲文學の開花

さらに、作者の面にも新しい狀況が發生した。かれらはたいてい「書會」という一種の作家クラブに屬して專門化したが、異民族に支配された元朝では、國家試驗の廢止によって、唐以來廣く開放された官僚への門が閉ざされ、滿たされぬ思いをいだく有爲のインテリが、多數これに投じてたぎる情熱のはけ口を劇作に見いだした。

このように、形體そのものに內在する條件とか、作者の側に生じた新しい事態、そのほか過去の中國、とくにインテリ層を不當に拘束した儒教勢力の後退など、さまざまの條件が總合して、ここに新鮮潑剌（はつらつ）とした戲曲文學がいっせいに花開いた。それは元朝の文學をも代表する評價を得て、一般に「元曲」とよばれる。

形式の活用と克服

この場合、雜劇の形式面におけるきびしい制約は、作者にとり大きな障害であったことはもちろんだが、結果的にみて、それはむしろ、かれらの制作欲を刺激したようだし、不自由なその形式にも、實は意外にプラスする面があった。たとえば四幕の規定は、作者にストーリーのむなしい錯綜（さくそう）を早く斷念させ、手ごろな事件をほどよく緊張に導いて解決するという方向の工夫を促し、ちょうど中國の近體詩（律詩や絕句）における四段構造に似て、それはそうするのに最もつごうのよい形式ででもあった。われわれは幕數に制限がない次代の演劇「南戲」（南曲）の作者たちが、ただ事件の「奇」を求めることに專心して（「傳奇」という別名はその性格を語るものである）、むやみに不自然なプロットを積み重ね、眞實を寫すことから、しだいに遠ざかっていったことを想起する。つぎに、歌い手を主役一人に限定したことも、作詞という劇作の最も困難な段階において、好みと能力に應じた一個の性格に全力を集中しうる利便を作者に與えた。こうして元雜劇の作者はきびしい制約をも逆に活用したり、不屈の氣魄でこれを克服した。

題材と表現

かれらの共通の特徴として、題材を過去の事件や既成の物語に借りた。しかしその上にあぐらをかくのでなく、構成・布置とか細部のプロットなど、演劇としての配慮を加えることにたいへんな努力を拂ったばかりか、なによりも眞實を寫す意欲に燃える作者たちは、全體に現實的な表現を試み、いつの世にも變らぬ人間の美しさ、みにくさを、あるいは素朴にあるいは華麗に、だがいずれも躍動した筆で生き生きと描きあげ、そこには、前代の演劇から受け繼いだ諷刺の血が力強く脈打ち、またすべての人間が獲得すべきあすの幸福への信頼にもとづく明るさもみなぎり、しばしば庶民の夢も託された。そうした生氣ある作品は、十四世紀初めにわたる雜劇の北京中心時代に集中した。最も多作な關漢卿（一二三〇—八〇）は、また最も傑出した作家で、多様な題材をみごとに消化し、とくに無實の處刑に抗する若後家の悲痛な叫びをつづった「竇娥冤」をはじめ、「救風塵」「詐妮子」「金線池」など市井の聰明な女性を主人公に選んで人生を諷刺し、王實甫の破格の長編『西廂記』は戀愛を扱いながら、單なる才子佳人の離合に終らず、封建禮教に對する抗爭のテーマをはっきり打ち出し、後世にも影響を與え、馬致遠はその洗練された歌詞によって、帝王の悲戀を描いた名作「漢宮秋」をはじめ、元曲に特有な道教劇の傑作を獨占した。かれら巨匠を中心に白樸（一二二六—八五）・楊顯之・鄭廷玉・紀君祥らも、それぞれ個性ある作品を生んだほか、俳優をも兼ねる張國賓および少なからぬ無名氏の世話物に描かれた庶民のこまやかな眞實は、また別種の感動をよんだ。

南方系の歌劇「南戲」

しかし、十四世紀の二〇年以後（?）雜劇の中心が杭州に移ると、かつて雜劇作品を異色あるものにした客觀條件にも變化がおこり、鄭光祖・喬吉をリーダーとする作者たちは、ひたすら歌詞の外面的な美しさを追い、それはそれで一種のたくましさを覺えしめたが、もはや元曲本來のものではなく、ことに眞實を寫す意欲の冷却は、作品全體から生氣を奪い、やがては雜劇そのものの衰運を招いた。あたかも元末のころ、杭州では、かつて元雜劇と相前後して發達した、もと溫州（浙江）の地方劇を母體とする南方系の歌劇形體「南戲」（南曲）が、高明の『琵琶記』という名作を得て擡頭の機運にあり、それがやがて雜劇と位置を取り換えるのである。

書評

影弘治刊本『西廂記』五巻　上海　商務印書館　一九五五年七月　二冊　百六十一葉
王季思校注『西廂記』　北京新文藝出版社　一九五四年六月　二五〇頁
呉曉鈴校註『西廂記』　北京作家出版社　一九五四年十二月刊　一六七頁
王季思『從鶯鶯傳到西廂記』　上海古典文學出版社　一九五五年九月　七〇頁

かつてわたくしは、元雜劇『西廂記』のテキスト批判を試み（a一九四九年一月養徳社刊『ビブリア』一輯所收「西廂記板本考」前篇、本巻一七三頁に「『西廂記』板本の研究（上）」として收録、b一九五一年三月刊『日本中國學會報』二所收「西廂記諸本の信憑性」、本巻二三一頁に「『西廂記』板本の研究（下）」として收録）、この古劇の完全に信憑しうるテキストは、形式・内容の兩面からみて一本も現存せぬことを結論し、最後に、

元刊本の出現はおろか、嘉靖以前（―一五二二）の板本さえもはや期待できぬ現在では、とにかくこれらの完全には信用し得ない諸本の秀れた點をえらび、幸いにもなお元刊本を含めて多數残存する他の元劇を參酌しつつ、それがあるべき姿の復元を圖るほかない。

と述べた。これらの論文では、十年に及ぶ共同研究に參加して、いささか元雜劇一般を識ったというおろかな自負が、時として客観的な考察を誤らせ、わたくしは少からぬ誤謬を犯してはいるけれど、少くともこの結論は、その後も信じて疑わなかった。

ところが一昨年、その嘉靖年間をはるかに遡る弘治本『西廂記』が北京大學に所藏され、しかもその影印本が出版されると知って、新たなる驚きにうたれたわたくしは、一日も早くその內容を知りたい焦燥にかられた。それから一年有餘、ようやくわれわれの手にもとどく日が實現して、それをわたくしは貪り翻いた。弘治本の覆刊と相前後して、中國ではこの古劇の校註本や論著も相次いで出現したので、それらの紹介を思いたったわけである。

影弘治刊本『西廂記』

標題の全貌は『新刊大字魁本全相參訂奇妙註釋西廂記』という。「魁本」と稱する如く二四×四〇センチ、版面だけでも一六×二五センチを擁する大型本で、卷頭三十葉（うち二葉を缺く）は西廂故事に關する元明の詩文を收め、本文の上欄には「全相」の文字どおり全葉にわたって插圖を揭げる。但し繪そのものはなお稚拙に屬する。奧刷りの木記に據れば、弘治戊午すなわち十一年（一四九八）季冬に北京の岳氏が刊刻したものである。

從來知られるテキストで現存する最古のものは、すべて萬曆（一五七三―一六一九）刊本で、萬曆七年（一五七九）刊の胡小山本（德富猪一郎氏藏）などは、その早い方に屬するであろう。ただ、現存はせぬが文獻的に最古の刊本といわれるものに、王伯良が參校した嘉靖二十二年（一五四三）序の「碧筠齋本」がある。ほかに、凌初成が明末に覆刻した自稱「周憲王本」もあるが、これは一種の僞本である疑いがもたれる（拙稿b參照）ので一おう論外に置けば、この弘治本は、現在知られる最古のテキストより、ちょうど半世紀も古いわけである。

わたくしは、雜劇『西廂記』が幕數をはじめ幾つかの點で戲文に近似した破格を犯しており、かつ戲文盛行期にも上演と愛讀が絕えなかったために、特に南戲的な改竄が重ねられたことを想像し（實際にも萬曆以降の二卷形式の諸刊本には、その痕跡が歷然である）、この作品の場あいにも、たとえば『元曲選』本の雜劇とそれ以前の元刊を含めた古本との差異、または陳眉公本の戯文『琵琶記』と元刊本といわれるそれとの距離の如きものを考える。それゆえ、この弘治本の出現には大きな期待がもたれたわけであるが、一おうの對校を了えて、實はすっかり失望した。形式面における唯一つの點を除いて、それは原作に大きく歩みよる何ものをも示すでなく、むしろ從來のテキスト群に屬するものに過ぎない。後に觸れる王季思・吳曉鈴兩氏の校註本がこれを底本に選ばなかった理由もほぼ諒解された。

さて、弘治本の唯一つの秀れた點というのは、五卷形式における第二本の五折（幕）構成である。周知の如く『西廂記』は通常雜劇を五本つみ重ねた文字通り破格の體裁をもち、現存テキスト中でも王伯良・凌初成・金聖嘆・毛西河の諸本、および現存はせぬが王伯良の參校した碧筠齋・朱石津の二本も五卷形式を具えるが、その第二本がもともと五折を構成すべき五套曲を擁するにも拘らず、杜確に救援を要請する荒法師惠明の正宮套曲を中心に一折を分出するテキストは、從來皆無であった。それは、雜劇が四折から構成されねばならぬという原則に拘泥して、例外の存在を知らなかった誤りであり、その結果、五本形式のテキストでさえ、これをば、本來その鐵則を緩和するための短い幕を呼ぶ「楔子」に當てるか、第一折に包括させた。いまや、弘治本はその原形をば實際に示してくれたのである。

しかるに、それに關する限り秀れたテキストを想わせた弘治本も、他の點では少からぬ醜態を暴露する。例えば、「折」の區分について現存各本と次のような異同を示す。

○第二本第二折〔潔朝鬼門道叫〕より　○同第三折夫人の白「先生大師之恩云云」より　○同第四折〔雙調〕套曲より　○同第五折紅娘の白「妾見先生有囊琴云云」より　○第三本第三折〔雙調〕套曲前の鶯鶯の白より　○第五本第四折張生登場より。

實は、從來のテキストにはこの點に關する異同がほとんどなかったので、當初はいささか期待をかけたのだが、最初の例を除いては、例えば對話を兩折に隔離するなど、一見にして明瞭な、愚劣な處置ばかりである。ただ最初の例のみは、多少その可能性が考えられるが、それが考えられるほどに、各本の區分にも無理があり、結局はこの前後における白の部分や細部のプロットに、後人の改竄が疑われるのみで、弘治本の區分も、積極的に支持しうるものではない。

また、弘治本にも南戯的な改竄の手が伸びていたとわかるのは、一折を通じて主役一人が獨唱する、雜劇のいま一つの鐵則が犯されて、意外に參唱曲が多い點である。この鐵則もかなり嚴重で、雜劇で參唱が許される場あいは、幾つかの條件が附帶する（拙稿a、一二七頁）。但し、『西廂記』の第一本楔子・第四本第四折・第五本第四折は別に問題があるので、それを除くとしても、弘治本にはなお次のような參唱曲が見える。

○第一本第二折〔耍*孩兒〕〔五*煞〕　○同第四折〔錦上花〕〔么〕　○第二本第二折〔醉*春風〕〔脫*布衫〕〔快活三〕　○同第四折〔慶宣和〕〔鴈兒落〕〔得勝令〕〔江兒水〕　○同第五折〔麻*郎兒〕〔么*〕　○第四本第三折〔四*邊靜〕〔耍*孩兒〕　○第五本第三折〔掛金索〕

ことに＊印を付したものは、他のテキストにも全く見られぬ參唱例であって、われわれは、南戯の盛行期を生き續けた雜劇『西廂記』の不幸が、南戯の隆盛に拍車を加えたといわれる崑曲發生（嘉靖初年という）以前に始まっていたことを、いまあらためて知るのである。

そのほか弘治本では、役わり名、すなわち脚色について、例えば同じ一折中における張生に「末」「生」の兩刀を使ったり、或は登退場を示すとがきの「上・下」を隨處に缺いたり、などの不統一がひどくめだつ。

ところでわたくしは、最も重要な本文の異同をこれまで問題にしなかったが、それは弘治本のみの秀れた異同が全くなくて、むしろ愚劣な誤りが少からず發見されるからである。ただ一つわたくしにとって興味深いことは、このテキストが、五巻形式を具えた王伯良本（それが據った碧筠齋・朱石津二本を含む）と、二巻形式をもつ陳眉公・李卓吾二本などの南戯系本（『六十種曲』の原本もそれに屬する。戯文の體裁に變えられているので、拙論中でかりにかく名づけた）との、かなり判然と分たれた二系統のテキスト群に、ほぼ同じ比率で跨ることである。と同時にこのテキストは、『雍熙樂府』所收の歌詞にも、また淩初成本にも、ある程度の近似を示し、特に後者にのみ見える第三本第四折の院本插演を示すとがき

〔潔引太醫上。雙鬬醫科範了。下〕

が、やはり弘治本にもあって、淩初成の創作にしては巧み過ぎると思われた疑念が、ここに解消した。

また弘治本の第五本第二折の末尾には、他のテキストに全く見えない、

〔旦同歡郎上云〕近聞張生。一擧及第。得了探花郎。未曾除授何處掌權。今日乃是六月十五日。請神歸殿。歡郎快去收拾香紙轎馬。我和人同去。前面神祠祈筊。保庇他人。皆是我心之願也。（句點は原本のまま）

という、鶯鶯が張生の安泰を祈願しにいく短い一場が多いが、これはいかにも明人が考えつきそうな不必要なプロットであり、その文章も、元雜劇の白にしてはどこか異常が想われて、それを缺く他のテキストにむしろ同意される。要するに弘治本の本文も、從來の代表的テキストの間を出入するに過ぎず、強いて古色を留めるものといえば、淩本第二本第四折の張生の白「小生卽當（一本日または目に作る）告退」と、それにつづく夫人の白「卽日（一本今に作る）有書赴京喚去了」の卽當・卽日を、弘治本がともに卽目（『二程語錄』や『董西廂』、『永樂大典』戯文に見える古い俗語）に作るぐらいが、ほぼ確實なそれであるまいか。

では、わたくしの想定する『西廂記』の原形は、あまりに主觀に過ぎるのであろうか。どうもそういうふうに考えられない。結局わたくしは、本稿の最初に引いたかつての言葉の「嘉靖」を「弘治」に塗りかえて、再びここにくり返してよかろうと思う。

王・吳兩氏の校注本「西廂記」

王氏の方は附錄として元稹の「會眞記」、趙令時の「鼓子詞」、明人の「西廂百詠」および王實甫の「芙蓉亭」「販茶船」二劇の佚文をも收める。

まず兩氏の本文校訂についていうと、王氏は凌初成本（暖紅室刊）に據り、不妥の個處を王伯良・毛西河・六十種曲の三本および『雍熙樂府』所收の曲文で校訂したといい（後記）、吳氏の方は、王・凌二本を底本としつつ、九種の明刊本をも參照し、異常な相違個處は弘治本と『雍熙樂府』に據って定めたという（前記）。實際にも、王氏がほとんど全面的に凌本に據るに對し、吳氏は少からず古本の異同を採り入れている。凌本は、それが「周憲王本」であることをわたくしは否定したが、形式・内容兩面において、まだしも元雜劇の一般に近く、現存テキスト中ではなお善本たるを失わぬと思うから、これを底本にすることは贊成である。そして兩氏の校訂も一おう滿足すべきものであるが、古い刊本の弘治本や『雍熙樂府』に引かれすぎる吳氏のより、わたくしはむしろ凌本に傾倒される王氏の方に好感がもたれ、かつそれは久しきにわたる不斷の努力を想わせて精密周到である。

しかし、兩氏の校註本では、王・凌二本に從って、第二本の第二・三折間に位置する楔子を構成すべき〔賞花時〕二曲が無視されているのは、はたして妥當であろうか。この二曲は、さきにも觸れた第二折の唱者でもある惠明が、杜確のもとに使いして唱う歌詞で、そのあと杜確の賊徒平定の場につづき、もとの普救寺にもどる張生との邂逅の場もあって、そこまでを第二折に包括したい氣もするし、先人も俗人による二曲の增添を疑っている。しかし、だからといってこれを全然無視するに、いささか躊躇される理由がひそむ。すでに拙論（a）においても觸れたように、作者王實甫がこの破格の長篇を思いたった意圖の一つとして、彼が『中原音韻』十九部の韻類をばあますなく各幕の歌詞に用いようとしたことが、考えられるからである。そのために彼は、長套の曲に使うことは困難とされる、いわゆる險韻の監咸・侵尋二種の閉口韻をさえ、おのおの一幕を形成する套曲に使用して、しかも何びとも及びがたい成果を擧げた。したがって、同じく險韻に屬する桓歡韻を用いたこの二曲も、かなり原作の可能性が濃いのである。少くとも現在の段階では、右の二曲を保存しておいた方が穩當であろうと、わたくしは考える。もちろん、新出の弘治本には二曲がある。

つぎは、問題の第二本における幕構成についてみる。吳氏のテキストは、弘治本に據って五折に分つ（但し第二折の初めのみ弘治本に從う）が、王氏のそれがなお凌本を踏襲して、一折を形成すべき正宮套曲を中心とする部分を楔子にしているのは、まことに惜しまれる。ついでに一言するが、王氏は底本に凌本の原刊本（いわゆる即空觀本）を使用しなかったために、特に校訂に關するむだな註を施している。例えば、七八頁〔二七〕の「休傒倖」について、

休，原本作伏，茲從六十種傳奇本。

とあるのは、暖紅室本（および文求堂影刊石印本）の誤りに過ぎず、明刻の凌本（京都大學所藏）はまさしく「休」に作っている。同じ例は八六頁〔一九〕・八八頁〔二二〕・九〇頁〔四四〕・一〇〇頁〔三〕にも見られる。また同氏の書一六六頁、および吳氏の書一六一頁の曲牌〔落梅花〕の「花」は、同じ一套中のいま一つのそれのように「風」に作るべきである。宋元の俗體で兩字が近似するところから來た誤りである。

最後に、兩氏の註解についてのべると、吳氏のは數も少く、初學を對象とする目的からほとんど考據を示さずに結論のみを提供し、時としては單に「ここでは……の意味」という、一般戲曲や小說の讀解に役だたぬものも少くない。

それに對して王氏の書は、一九四四年の『西廂五劇注』（浙江龍泉龍吟書店刊）と一九四九年の『集評校註西廂記』（上海開明書店刊）に續く第三次修正本だけあって、廣汎にわたる用例と文獻の蒐集の上に立ち、ここでも周到詳密を

極める。少くとも雑劇『西廂記』について、かつてこれほどに良心的な註釋はなかったであろう。それは初學にも理解しうる親切さをもつし、同時に專門の學究をも滿足させてくれる。殊に王氏の註には、例えば三〇頁〔五一〕「奇擎」の、

奇字僅以助音，不取其義。蓋奇係擎之聲母，擎字長言之，卽成奇擎二音。謂擎曰奇擎，猶謂賺曰啜賺，哄曰和哄，白曰拔白。金元方言此例極多，蓋單字不便口語，漸多綴以音近、義近、或形近之字，使成連綿字也。

の如き、口語の場あいに特に顯著な造語における特徴（特に音聲面の）を指摘したものが少くない。われわれの『元曲選釋』（第一・二集、京都大學人文科學研究所刊）も、それを重視するが、これは宋元期の口語に初めて接するもの、特に日本人には有益であろう。

〃ところで、王氏の註解にももちろん誤りがないわけでなく、その幾つかについては、すでに霍松林氏が「評新版西廂記〃的版本和注釋」（一九五五年九月刊『文學遺產增刊』一輯）中に指摘する。王氏ほどに用語全般の檢討を果たしていないわたくしに、十分な批判はしかねるが、王氏は、むしろ從來難解とされた語に對しては愼重なために、あまり問題を殘していないと思う。反ってその他のものに時として不注意な見解が見られる。例えば八七頁〔二一〕「卽世世」に、

狀言詞之甜蜜也。

とあるのは、同時に引用する周憲王の「小桃紅」劇の用例よりする「望文生義」の誤りで、氏は「積世」（老獪な）の語を失念している。また八八頁〔二三〕の「扢搭地把雙眉鎖納合」について、

扢搭、形容動作快速之詞。扢搭地、猶言卽刻裏。云云

とあるのは、考え過ぎであろう。以下に王氏も引くように「錠をおろす」ことを「納合」といい、「扢搭地」は「が

ちゃりと」という擬聲副詞でなければ、この表現のおもしろさは半減する。以上の二個處については、吳氏の方が反って誤っていない。しかし、おそらくは王氏の注釋をも參照したであろう吳氏の註解にも、また輕率な誤りが指摘される。例えば六五頁〔四〕の、

僂科――小輩、這裏當做「傢伙」解釋。

の如きは、たとえ用例がなくても「僂儸」な「科範」（わるだっしゃなやりぐち）でなくてはならぬし、六六頁〔一八〕の、

存坐――行動・動作。

は、それでも原文の「軟兀剌難存坐」の大意はさほど變らぬが、「存坐」の意はむしろ逆で「座席に落ちついている」こと、一句の意は「ぐんなりと席にいたたまれない」ことである。そのほか一九〇頁の〔九〕把似――正像、九〇頁〔四〕決撒――敗露・識破、被戳穿之類的意思、一〇四頁〔五〕計稟――捉摸、一二八頁〔六〕死臨侵地――沉默などは、みな望文生義による一種の誤譯であり、これらはむしろ王氏の註解が正しいであろう。

しかしながら、古劇『西廂記』は、ここにともかくもかつてない親切な校註本を得て、その用語の面も九分どおり解決されたといえる。今後における『西廂記』の註解は、すでにいくらかは試みられている、句・文全體としての把握に向わねばならぬであろう。

王季思著『從鶯鶯傳到西廂記』

これは、氏がかつて『人民文學』（一九五四年九月號）誌上に發表した「西廂記敍說」を增補したものであり、㈠元微之的鶯鶯傳・㈡從趙令時到董解元・㈢王實甫和西廂記・㈣西廂記塑造的人物・㈤西廂記語言的運用・㈥小結の六章

七〇頁より成る。まずその内容を紹介すると、一章では『西廂記』の源流「鶯鶯傳」について、唐代社會の士大夫の實態をも示しつつ、この作品が作者の意圖に反して、封建士大夫の異性に對する殘忍とエゴイズムを暴露した反面、同じ社會に生きる女性の性格（著者は「深沈」で形容する）の哀れさが、むしろみごとに描かれていることを述べ、二章では、それが語り物「鼓子詞」に至って、原作者のエゴイスティックな考えがまず否定され、やがて民間に浸透して、全く人民の立場における改編が進展し、それが『董西廂』に一おう定着したことを語る。以下はすべて雜劇についてのべ、三章では主として作者の問題、王實甫の活躍期とこの戲曲の制作年代などを論じ、四・五章では登場人物の、相異なる社會地位・生活環境によって形成された相異なる性格の巧みな描き分けや、その文章が周德清の理想とする「文而不文、俗而不俗」に合致することを中心に、その文學について語る。そしてそれらが、おおかたの共感と理解を得る態度で語られ、ここでも「會眞記」や「鼓子詞」の全文を註釋つきで引くなど、細かな配慮がこらされている。

ところで、まず王氏の功績として指摘すべきことは、この戲曲の制作年代をも含む、作者王實甫の活躍期の推定であろう。本書第三章（および校註本の後記）に據ると、雜劇『西廂記』はほぼ大德年間（一二九七—一三〇七）に作られたという。氏の指摘する根據は、第五本第四折すなわち全劇の幕切れ近く唱われる〔清江引〕曲の首句が、金聖嘆本のみだが「謝當今垂簾雙聖主」に作る點である。元雜劇では幕切れ直前の曲で上演時の天子を祝福するのが常であり、一方『元史』「后妃傳」に據ると、大德年間には時の天子成宗が多病のため卜魯罕皇后が政事を代行した事實があるので、おそらくこの作品は右期間中に作られたろうとする。そしてまた、同じ作者の他の作品「麗春堂」の第三折の歌詞に白無咎（一二四八—一三二八）の散曲〔鸚鵡曲〕から引用した三句が見え、一方散曲選集『太平樂府』一に收めた、馮子振が白の作に和した同名曲の序から、それは大德六年（一三〇二）に作られたこと及び白の曲が當時流行していたことも分るので、王實甫の活躍期はやはり大徳年間前後であり、關漢卿・白仁甫らよりやや遲れると推斷する。これはまことにすばらしい發見であり、指摘である。「名は德信、大都（北京）の人」というほか確かな證據もないままに、ただ漠然と雜劇創始期の作家と信ぜられていた王實甫が、ようやくライトに捕捉されたわけである。もっとも、近年孫楷第氏がその『元曲家攷略』（一九五三年三月上海上雜出版社刊）において、彼を元朝の名臣王結の父に擬したが、出身地に問題があるため、その說はなお一般には容認されていない。

とにかく王氏の發見にわたくしはひどく敬服したのであるが、一方、その根據である金聖嘆本は、すでに定評のあるように、王實甫の原作を全面的に塗りつぶしたテキストであること、および『西廂記』の終幕は形式面で種種の破格を犯して、なお多くの問題を含むことが、いささか不安にも思われた。前の點については、わたくしも金本を對校した結果、それは概して王伯良本に近く、だから王氏もいうように（四一頁註七）、金聖嘆の底本は王伯良の據った古本の一つであったかもしれぬし、それに「垂簾雙聖主」は、彼が捏造したと考えるには餘りに巧み過ぎている。また後の點については、實は拙論（a）において、〔淸江引〕をも含む末尾の數曲が、元刊本や古本を殘す一般雜劇の形式と合わぬことを根據に、その原作を否定したのであるが、或は、上演に際して隨時かかる祝福曲が添加されたことを認めねばならぬであろう。それにしても、祝福曲はあくまで上演時のものであって、原作者がそれをも作ったかはなお疑問であるし、まして幾多の天子の治下に上演を重ねたであろうこの名劇が、一朝に限定されたこの句を保ち續けて來たことは、全くふしぎといわねばならない。他の雜劇の、元刊本と元曲選本の間に橫わるあの距離に拘泥するわたくしは、王氏の說に敬服しつつも、なおこのような疑念を拭い得ないでいる。

さらに王氏の業績について注意すべきは、氏が、後人によるこの作品の書きかえが明代中葉までに絶えず進行したことを指摘したついでに、現存の曲文より失われたプロットの推定をしている點である（四一頁註一二）。同時に王氏は校註本において、附錄「西廂百詠」中の幾首かのプロットが、雜劇と一致せずして、諸宮調と一致すること、および別の幾首かは、諸宮調・雜劇のいずれとも一致せぬことを指摘し、後者はすでに佚した別の根據によることを想像する。『西廂記』の改竄のはげしさを想像するわたくしも、かつてこの點に注目し、「西廂百詠」その他類似の古散曲のみに見えるプロットも、或は雜劇（または宋元南戲）の失われた部分と認定してよい、とさえ考えている。

ところで、この雜劇の白の部分に對する王氏の評價に、わたくしは少しく同意できない。氏はそれをば「『董西廂』の散文敍述の部分より著しく進步し、元人雜劇の特色を示すもの」というが、元來それにとってあまり重要でなく、文言的要素も多くて簡潔な、諸宮調の說白部分と、ほとんど口頭語に沿って綴られる雜劇の白を比較すれば、これは當然の結論である。單なる印象批評にとどまるが（もっとも比較分析もさほど難しくはなかろう）、わたくしは、『西廂記』の白の部分には、初期の元劇に特有の活潑さ暢達さ警拔さがいま一息足りぬように思われる。だからして、後任の改竄の最も甚だしいのも、むしろ白の部分であろうとさえ想像する。

さらにまた、王氏が作者王實甫の缺點として擧げた主張にも、いささか異論がある。その一つとして、氏は作者の不必要な「調書袋」、すなわち讀書人かぜを吹かせた點を突く。もちろん、その缺點はいくらか承認されるにしても、氏が指摘する、文字を識らぬと自稱する紅娘が張生や未亡人に對して經書を引いて逆襲する個處については、わたくしはむしろ作者の處置に同意する。讀書人ならぬ小間使が、讀書人なる相手の武器を利して攻擊する——元曲のいわゆる「拖刀計」である——皮肉さ、それこそは作者がこころして企圖したものであり、その皮肉のおかしみが聽衆に事の矛盾を全く意識させない、これは古典劇の誇張なのであり、一劇のテーマを強調するにやくだつ健全な處置でもある。それを矛盾と呼ぶならば、紅娘が唱う歌詞全體も、すでに甚だしい矛盾を含むものではないか。

そしてこれは、第三者（語り手）の說明も可能な語り物から、それの全く許されない戲劇に改編される當初から定められた、紅娘の性格強調の一つの方向であって、さればこそ後には、紅娘に數倍わをかけた「文傷傷」（ペダンティック）な「梅香」（小間使）が舞臺に出現するのである（鄭德輝作「傷梅香」劇）。もっともそれは、過ぎたるは及ばざる實例を一つ加えただけだったが。

このように、わたくしは僅かの不滿を王氏の書に覺えたけれども、全體としてそれは甚だ着實で親切な、『西廂記』研究にプラスすること少くない好著であるとおもう。

田仲さんの勞作（田仲一成編『清代地方戲曲資料集』評）

ことしの三月ごろ、やはり學園のあらしにあふられて、われわれの研究所でも表看板とする共同研究のあり方が問いなおされることになった。現在もなお續行しつつあるみぎの討論の初期段階で、作業と研究の關係が議題にのぼった。研究と稱しながら實は單なる作業に終始しているケースが多いのではないか、という問題である。むろん、そのようなことが研究所の研究者として許されていいはずはない。

われわれが對象とする古典學、ことに長久の歷史と廣大な地域を擁する中國の場合は、どうしても作業部分に比重のかかる基礎研究が必要である。この研究所のように、本國の第一級圖書館にも匹敵しうる尨大な文獻資料をもつところでは、ほんらい不可缺なテクストの校勘とか零碎な資料による考證とかが、十分に可能である。それはあくまで正常な研究意欲と問題意識を失なわずに進められるべきで、これらの着實精確な基礎の上に築かれた研究こそ、眞に信頼するに足るものとなりうる。ところが反面、テクストの校勘とか資料の蒐集とかに耽溺すると、作業部分が多きを占めるこの基礎的研究に安住して、學問の眞の對象を見失なう危險がある。われわれの機關でも從來の研究に筆者を含めて、みぎの疑問をまねくケースがたしかにあった。

さて、筆者は偶然にも、『東洋學文獻センター叢刊』第二・三輯、田仲一成氏『清代地方劇資料集』に關係することになった。資料の蒐集といっても中國學の場合は、コピー機器の進歩した今日でも、右から左へ簡單に提供しうる性質のものではない。この國の古典では、まずおおむね句讀を施すことが要求される。それには蒐集者自身が資料を消化しえていなければならないし、したがって、みずからにその資料を利用する姿勢がなければならない。

筆者が田仲さんの勞作を讀んだのは、「元曲」を中心とする中國の戲曲乃至演劇を專門とすることにも因るが、この場合はむしろ別の理由のほうがまさっていた。すなわち、筆者は十年ばかり前に、本所の故安部健夫博士が遺された『元典章』のしごとを背負いこみ、本命の研究を進めるかたわら、少なからず苦汁を呑まされた吏牘文にも、關心があったからである。といっても、清代の吏牘文には初めて接したのだが、よくみれば、語彙の違いを除き、その文體には數世紀をへだてる『元典章』との距離があまり認められない。おもわず全體に眼を通すきもちが湧いた。

むろん、吏牘文も中國文であるが、それの解讀には特殊な習練が要る。たいへん失禮ないいかただが、わが國の中國學者の間には、同文のゆえに、中國文（あるいは漢文）は御し易いという錯覺がいまなお根づよい。いわば外國語であることの意識が稀薄なのである。そういう意識の人たちの盲點を、吏牘文はみごとに突く。一つは中國文言に普遍なリズムの尊重であり、いま一つは俗語（口語）の混用である。

中國語は基本的に單音節語であり、孤立語である。この二つの特性が文章構成にあたって、つねにリズムの流暢、すなわち音節の調和を要請する。吏牘文は文學意圖をむしろ拒否する文章であり、それを操る胥吏も文學者ではないが、中國語の必然といおうか、この實用文體にあっても素樸な形でリズムが尊重され、四六文的な偶數言（音節）が重疊される。むろん、その間に奇數言の句を混えて單調を破ることもあるが、基調はあくまでそうである。したがって、吏牘文が訓讀法でよまれると、しばしばリズムが無視されて、句讀の誤りを犯す。

また、あまり氣づかれていないことだがいわゆる吏牘語は俗語的性格をもつ。その原因についてはなお檢討を要するが、たとえば供述書を俗語で作成することの必要、文言の概念規定のあいまいさ、胥吏の教養など實務面からの要請のほか、より根本的には文學を目的とする文章との嚴別などが考えられよう。それはともかく、過去の中國では、傳統文學である詩文については、『佩文韻府』などの用語例を集めた著作があるが、文學用語と意識されぬ吏牘語は、それからほとんど排除されている。それに辭典の類も、吏牘語に關する限りきわめて不備で用をなさない。

みぎの二つの盲點がやはり田仲さんにも過誤を犯させた。もっとも、田仲さんは現代語に堪能だが、雅俗混淆の文體にとまどわれたらしい。とともに、失禮ながら、校勘に對するあまさも、原書や自身のミスコピーを見落させたとおもう。だが、それよりも筆者が指摘したいのは、實は、すでに言及した蒐集者としての姿勢についてである。ここで筆者は、みずからのにがい體驗を告白しなければならない。

既述のように安部博士の遺業をついだ筆者は、數年まえ『元典章』校定本の第一册を上梓した。まもなく、この最初のしごとが誤り多いことに氣づいたのは、ほかならぬ筆者自身であった。筆者とても、出版に至るまでには、本命のしごとも半ば放擲して、前後三、四年の歳月を『元典章』との格鬪に費消した。しかし、この段階における筆者の胸底には、自分はあくまで專家でない、判例集など文學研究と無縁であるという考えが横たわっていたし、俗語文獻はかなり讀めるという自負があった。まことにおそろしい、この二つの安易な氣もちが拭いがたい過誤を犯させたのである。筆者はあらためて一年あまり、每週一回數時間を割いて、『元典章』を利用する專門の若い學生とともに、既刊の一册を檢討しなおし、相次いで發見されるみずからの過失に、冷汗を浴びる想いに耐えた。このようなにがい體驗がまだなまなましい際に、田仲さんのしごとに接しただけに、田仲さんの相似た姿勢がありありと感ぜられた。幸いに筆者は、この研究所の前身東方文化研究所の時期に『尙書正義』『毛詩正義』および「元曲」などの會讀に參加して、碩學たちの指導のもとで校勘の神髓にふれえた。ことに、異本の多い「元曲」の校勘では、みずから長い經驗もかさねた。こうして、校勘學の要領をほぼ體得していたおかげで、田仲さんの過誤を少なからず指摘することができた。そこで、さし出がましいと思わぬでもなかったが、續刊されることでもあり、姉妹研究所のしごとでもあるので、訂正の結果を田仲さんのもとに送付した。昨夏のことである。居所不明で回送されたのを轉任とは知らず、そのままむなしく二、三か月が過ぎたある學會の席上、尾上兼英氏の紹介ではじめて田仲さんに會うことができた。數日後、田仲さんは熊本へ歸任の途中、わざわざ京都で下車して研究室の門を叩かれた。筆者はみずからのにがい體驗を語るとともに、吏牘文解讀の要領を披露しつつ誤謬個處を指摘した。そのおり、續集の校正刷りをみてほしいと依頼され、もはや後へは退けなくなった。

二か月後にとどいた校正刷りの分量には一瞬たじろいだが、あの謙虚で篤實な人がらを想い、勇を鼓して眼を通しはじめた。これは驚いたことに、見違えるばかりの進歩である。その後の努力がひしと感ぜられる。筆者には淸代の吏牘語の一々を檢討する暇はとてもないので、およそ完全にはほど遠いことしか果たし得なかったが、かなりの時間を割いて訂正してあげた。一週間ばかり後、田仲さんはまたも熊本からかけつけ、校正刷りを受けとったその足で、引用原書を再調査するために東上された。やがてとどいた續集には、前集の微細な個處に及ぶ訂誤表が附錄されている。過ちを改むるに少しも憚ることのなかった田仲さんの態度に、さわやかな共感を覺えるとともに、敬服の念をもあらたにした。

みぎは田仲さんのしごとと關係をもった經緯にすぎない。筆者はもともと本稿で、田仲さんの勞作の利用價値を說くつもりであったし、それが編集者の希望でもあった。しかし、あたえられた紙數はすでに超過し、それに、そのことは、淸代演劇史研究の一環としてやはり田仲さんに委ねるべきだともおもう。筆者はただ終りに、田仲さんの率直な、ちかごろ流行することばである、自己批判と決意をつたえて、その學業の前進に期待しよう。

「わたくしらの大學時代は、K教授をつきあげて、なにかと新しい時代の作品がカリキュラムに組まれるよう強要しました。おかげで、いま古文に對する自信を缺き、後悔しています。これからしゃにむにがんばります」

元曲のことども

大學の三回生の頃だった。今はあの溫容に接しうる望みも空しくなった傅芸子先生の講義に、元曲「倩女離魂」が選ばれ、私は初めて『元曲選』を——といっても世界書局で出版されたばかりの洋綴本二冊だが——手に入れた。これが、私が元曲と因縁をもった最初である。しかし傅先生の講義は、古い文學史以外に何ら豫備知識のないわれわれには高遠すぎて、實はさっぱり要領が得られなかった。テンポがのろい當時の中國文學科の教程では、現代文すらなお十分には讀めず、ことに怠けものの私など、ほとんど言々句々疑問だらけ、それでも先生は言葉で説明してもわかりかねる場あいが多いため、例の文言で書いて下さるがとても追っつかず、文脈に至っては更につかめない。講義はなお南曲『還魂記』の數齣と續いたが、せっかくの名作もやはり猫に小判、ただただ、なんと解りにくいものだろうの感を深めたばかりで、遂にこんなものは生涯二度とやるまいと心に決めたのが、正直な告白である。

ところがなんとその私が元曲の共同研究に招かれて、それと取っ組むことになったのである。

だから當初の私はまったく五里霧中、いま研究室に分類されている語彙のカード四萬餘を明け暮れ書きながら、なんとか早く、少しでも讀めるようにとあせりにあせった。やがて吉川先生から、語彙を拾うべく『元曲選』の一册を與えられた時も、さあどれだけが俗語か見當がつかぬ、いま想い返しても冷汗ものである。しかし、消え入りたい思いをくり返しつつ、會讀の當番を三回ばかりつとめ上げた頃から、ようやく元曲讀解の要領も少しはわかりはじめ、これは又なんとすばらしい、活き活きとした文學であろうかとも感じはじめ、この仕事に從う歡喜も滾々とたぎって來た。爾來十年にも近く、ことにあの總力戰とやらに國民全體が驅りたてられた旋風のただ中においてさえ、吉川、入矢兩研究員の驥尾に附して、この光榮ある仕事にいそしみ得たことは幸福であった。だが、想えば私自身はこの仕事に實は何ほどの力も致していない。むしろなくもがなのアルバイトをわずかに提供したに過ぎないことを、今もって申譯なく思っている。

しかし、私の一生の最も大きい部分を過したといえよう、この仕事にまつわる想い出はやはり盡きない。廣島に原爆が落ちた後でさえ、白晝空襲警報下の研究室で『元曲選釋』作成の席に、榮養失調の身體を鞭うちながら連なったこと、實は吉川先生の凄い氣魄にのみ引きずられつつ。また、昭和十九年の春淺く、故安田、入矢の兩兄と北京に過した際、一日孫楷第先生を訪れて談たまたま元曲に及び、孫先生が貴重な元曲の異本數十種の校本を作っておかれることを聞き、その轉寫のお許しを願い出たところ、みすぼらしい服をまとわれた先生のあの安物の煙草のにおいに滿ちた口から、快諾のお言葉を頂いた時の感激と歡喜は今なお忘れられない。また、互いに夢にまで見る中國の誠實の友魏敷訓さんを知ったのも、この仕事においてであった。

かくて、私の想いは又しても竹のカーテンのあなたに馳せゆき、兩國の交りの常態に復する日の到來がひたすら待ち望まれるのである。

元曲と能

對談〔田中謙二・郡司正勝・菅　泰男・梅原　猛〈司會〉〕より抜粋

梅原　きょうは藝能、特に戯曲、お芝居の問題を考えていきたいと思います。

　中國から日本に傳わりました藝能といたしまして、伎樂（ぎがく）だの、舞樂だの、猿樂だのというようなものがありますが、中國において最も優れた戯曲が生れたのは、大體元（げん）のころの元曲というものだといわれるのです。それは十三世紀のころですが、それより少しあとに日本において、日本の最も優れた演劇だといわれる能というものができた。そして同時にまた日本では歌舞伎というものがその後生れた。この元曲と能と歌舞伎を比較することによりまして、中國の演劇と日本の演劇がどう違うかということを明らかにして、同時に、どこが共通で、ヨーロッパの演劇とどうちがうのかというような問題を、きょうは考えていきたいと思います。

　そこで最初に、元曲と申しましてもわれわれはあまり知らないわけですから、元曲につきまして、京都大學の田中先生にお話をお伺いしたいと思います。

田中　最初にちょっとお斷わりしておきます。元曲というのは、實は文學史上の呼稱でありまして、歌劇形體としては雜劇とよびます。ただしこの雜劇という呼稱は、元に先だつ金代のシンプルな演劇形體をも指しますので、今日では特に元雜劇と呼んで、區別しております。私今は便宜上そういう形體面をも含めて元曲と呼ばせていただきます。

元曲はいまから六百五十年ばかり前、蒙古の統治下にありました華北に發生した歌劇でございます。はじめはその首都であります大都、つまりただいまの北京、後に元が南宋を亡ぼしますと、その舊都の杭州に中心が移りますが、ともかくも元一代を通じて行われた歌劇でございます。

元曲には、幕が使われませんし、背景とか舞臺装置とかもほとんどありません。わずかに、手に持つ程度のかなり象徴的な小道具があったようで、すべての状況設定は、セリフと歌とこなしによって示されます。その點、わが國の能などとたいへん似ております。それから中心をなす歌は、先にメロディがきまり、その中から選擇して作詞されます。ですから、作曲が作詞に先行するわけでございます。伴奏樂器は、笛または絃樂器が中心になり、リズムをとるために、太鼓とか、拍板（はくはん）とよぶ一種のカスタネットが用いられます。

元曲の舞臺模型

次に舞臺でございますが、おなじ時代の端唄（散曲）の資料によりますと、鐘樓の形をしていたといわれております。

上の寫眞は、つい十年ばかり前に、山西省の演劇關係者の墓から出た模型（ミニチュア）で、一二一〇年の日付をもっております。大體こういう形をしていたとお考えになっていいと思います。それから、やはり同じ山西省ですが、元のころに建立されました寺院にただ今も舞臺が残っております。こういったところでも上演されました。

次に俳優です。元曲に先だつ宋（そう）・金時代のシンプルな演劇もそうですが、教坊とよびます官營の演舞場、いわば遊廓の藝者および、専門の男優によって上演されました。それから地方にまいりますと、各地を巡業する一座もあったようです。上の寫眞は元代に建立された寺に残る一座の壁畫でございます。

元曲一座の壁畫

さて元曲は、本格的な演劇形體としては中國で最初に生れたものですし、脚本、それも相當量を殘す最初の演劇です。普通にわれわれが利用しますテキストとしては、明代に整理されました、『元曲選』という百篇の脚本を收めたものがございます。

このような本格的な演劇として最初に生れました元曲が、實は、文學として、最も優れたものであると申せます。この形體には、二つのきびしい約束があります。

その一つは、すべての脚本は四つの部分、かりに四幕といっておきますが、すべて四幕の構成をもつということ。したがってこれは、中國の演劇形體としては、短篇形式に屬します。それから、いま一つの約束は、歌を擔當する者が主役の一人に限られていることです。男または女の、ただ一人が全體を通してうたうのが原則で、ほかの役柄はセリフしか申せません。ですからしぜん、主役の比重が非常に大きいことになります。

この二つはたいへんきびしい約束ですが、この約束のあったことが、逆にこのジャンルが優れた作品を生むことに寄與したようにも思います。つまり、短篇形式であることが、作者に複雑な筋をあきらめさせます。それから、四つの部分から構成されておりますことは、ちょうど傳統詩におきます起承轉結というあの要領を想起させます。そして、適當量のストーリーをたくみに緊張に導き、あるいは高潮させて解決する、そういう點で非常に都合のいいようにできているわけです。そのために、構成の非常に緊密な作品がたくさん生れました。

もう一つ、この演劇形體にとって重要なことは、文學用語としてせりふはもちろん、歌詞にも口語がはじめて堂々と使われたということです。實は、口語の使用は、やはり庶民を對象とする語り物その他、前代の演藝に始まっております。しかし元曲の段階になりますと、口語の機能というものがはっきり認識され、たとえば現實感覺に富むとか、事態や感情の微細な面をえがき出すことに適しているとか、そういった反省と自覺を經て、そこで、それをたくみに生かしつつ、たいへん活潑な歌詞をつくり上げています。またそのことが、元曲の文學に寫實の方向をとらせているようにも思います。

次に元曲の文學としての特徴でございますが一言で申しますと、元曲の作者たちはたいへん豊かな空想力を驅使して、健全な虚構を生み出した點です――健全と申しましても、けっして道徳的な意味ではございません。あらゆる意味で健全な虚構を生み出して、人間の普遍の眞實を寫しとっている點にあろうかと思います。

さっそく一つの例をあげましょう。それは十三世紀後半の關漢卿という元曲第一の作者の「竇娥冤」という芝居です。竇娥と申しますのはヒロインの名前で、この外題は竇娥の濡れ衣ということになります。この芝居は明末の袁于令という人によって『金鎖記』という長編の戯曲に改編され、その改編されましたものが今日の京劇にも傳わって、「六月雪」とよばれております。

元曲の中には、過去の史實とか既成の物語とかによったものがたいへん多うございます。しかし、元曲の作者たちはそれをそのままに決してえがきません。必ずなにかテーマをうち立てて、かなり現實を照射しながら、たいへん健全な虚構をつくりあげます。

「竇娥冤」という作品も、二千年ばかり前の史實に據っております。ある村に姑と嫁のふたりが暮しておりました。嫁があまり親切に仕えてくれますので、姑はかえっていじらしくなり、とうとう自殺いたします。ところが、勘違いした實の娘が、母殺しの罪で嫁を訴えます。結局、嫁は無實のままに處刑されますが、その後に三年の旱魃（かんばつ）という異變が起ります。

作者の關漢卿は、この史實によりながら、惡代官の不正政治に對する抵抗というテーマをうち立てます。そして、それを盛り上げるために、やや複雑な虚構を生み出しました。

ある中年のインテリが七つの娘を抱えて、やもめ暮しをしております。この男は、生活苦のあまり、金貸しばあさんから借金いたします。ところが、その借金がたちまち倍にふくれあがる。そこで決心して、借金の清算のために、娘をばあさんの手に賣り渡し、自分は官吏試驗を受けに上京いたします。娘のほうはいわゆる子飼いの嫁、童養媳（トンヤンシイ）といって、つい解放前まであった制度でございますが、その子飼いの嫁として育った娘は、ばあさんの一人息子と結婚いたします。ところが、一年もたたないまに夫に先だたれます。

さて、この後家暮しの二人のところに、一つの事件が起ります。ある日、姑は借金の催促に城下に出まして、やぶ醫者のところにまいります。やぶ醫者はうまくばあさんを郊外に誘い出し、首を締めて殺そうとします。すると、ちょうどそこへ百姓の父子（おやこ）が通りかかり、ばあさんは救われます。ところが、ばあさんの家庭事情を知った父子は、自分らもやもめ暮しであるのをいいことに、押しかけむこをきめこもうとします。むろん竇娥はいうことを聞きません。對峙狀態が續いておりますうちに、ばあさんが病氣になります。ある日のこと、押しかけむこの息子のほうがスープに毒を盛って、ばあさんを殺そうといたしますが、間違って、自分の父親が飲んで死にます。すると息子は、竇娥に人殺しの罪を着せて、もし自分と結婚するならいいが、でなければ告訴してやるとおどします。竇娥は頑として承知しません。結局、かの女はワイロをつかまされた惡代官のために處刑されるわけですが、處刑の際に彼女は三つの宣言をいたします。自分が無實である證據に、自分の血はそばに立ててある旗をかけのぼるだろう。また、この眞夏に雪が降るだろう。さらに、このあと三年間の旱魃が續くだろうと。彼女の宣言はいずれも實現いたします。

この事件は結局は、竇娥の無實がやがて知事に出世した彼女の父によって晴らされる、そういった形でハッピーエンドに終ります。

さて、もとの史實は、このようにずいぶんふくれあがったわけです。作者は、テーマに添って、竇娥の性格を強調するために、押しかけむこのプロットを設けます。それだけではなくて、竇娥はさらに姑の妥協をも許しません。ばあさんが親子を連れて戻りましたときに、こういう皮肉な歌を浴びせます。


「まがつかみを避けて良き日を選び、佛壇にお線香を供えて式を擧げるおつもりだろが、櫛けずった霜なす白髪に、あかねなす角かくしがさぞお似合いのことでしょう。

なるほど、娘の子はいつまでも家に置いておくものではない。あなたはただいま六十の身そら、下世話にも申しますよ、人は中年になると萬事おしまいとやら、かつてのご主人とのえにしもたちまち帳消し、新たな夫婦がちゃんと意氣投合、これじゃ世間のもの笑いになるばかり」


この歌詞はほとんど口語でつづられており、民衆にも十分理解しうるものです。

この歌詞の諷刺の痛烈さは、ここに使われた二つのことわざにあります。つまり、二つのことわざは本來使われるべき場と違ったところで使われているのです。まず、第一のことわざは、娘はいつまでも嫁づけずに家に置いておくべきじゃない。オールド・ミスにすると、お互いに仇がたきの中になるということわざ、それを六十の婆さんに適用しました。またもう一つは、人は中年になると肉體的にだめになる、いつまでも子孫のために牛・馬のように働くべきでなく、樂隠居すべきだ、そういう意味をこめたもので、それをば、六十になってもなかなか達者で困りものだと逆説的な使い方をしたわけです。このように二つのことわざを、本來と違った場で使ったことが、ふしぎな活潑さをこの歌詞に與え、痛烈な諷刺をつくり上げているわけです。

こうしてヒロインは、姑、押しかけむこ、悪代官というように、漸増的に妥協をこばみ、事件は、處刑の場のクライマックスに導かれるわけであります。

ここで私が特に興味をもちますのは、六十のばあさんが、もはや妥協どころでなく、入りむこを得て浮き浮きそわそわしている、そういったこまかな眞實を見のがすことなく、それを諷刺するプロットを加えた點です。このようなこまかな眞實の發掘は、元曲の隨所に見出されます。

それは、いわば中國の傳統的な演劇精神であり、たとえば『史記』の「滑稽列傳」に語られております俳優、かれらは、君主のとぎをするのが本來の職業でありながら、しばしばその職業を利用して、君主の現實を諷刺いたします。そういう榮光ある傳統は、ずっと元曲の生れる直前のシンプルな演劇にまで連綿と傳わっており、この本格的な最初の演劇「元曲」は直接それを受け繼いだと思います。名稱も、雜劇といって同じであること。それから百年を隔てておりますのに俳優の服裝も非常に似ております。

ところで、どうしてこのような演劇がこの時代に生れたかということを簡單に申しそえます。

それは一つには、蒙古の朝廷がたいへん音曲を好んだこと、それからもう一つの重要なことは、この時代に科擧(かきょ)という官吏試驗が廢止され、そのために仕官の道をとざされました有能なインテリが、もっぱらこの方面に才能のはけ口を求めましたこと、そのほかにも、中國の儒教的な禮教社會が一時的に崩壞したことなども考えられましょう。

元曲はやがて、南方系の長篇の歌劇形體「南曲」とほぼ位置を交代いたします。そして明・清二朝にかけては、この長篇形體が優先するわけですが、せっかく元曲の作者が得ました空想の翼の自由なはばたきにも、この時期に至りますとなんだか異常音が聞えます。テーマは非常にあいまいになりますし、作者はこの長篇形體をもてあましているような感じで、むやみに異常な、不自然なプロットを加えてまいります。そして過去の史實とか既成の物語に取材しましたものも、元曲とは反對に、もとのものに忠實になろうとする傾向がはっきり見られます。その間には、もちろん名作も生れましたけれども、中國の演劇はあらゆる意味で健全性を失っていくように思われます。

なお一言つけ加えておきますが、元曲では用語の主體が口語でありますことでわかりますように、それは何よりも庶民のものでありました。吉川幸次郎博士の指摘にもありますように、たとい庶民の世界をえがいたものでなくても、それに付帯する感情は庶民的であります。ですから、元曲は舊中國を通じて最も庶民と密着していたものだと思います。ところで十年あまり前から、京劇をはじめ中國の舊劇は、人民たちからそっぽを向かれはじめました。その結果、舊劇の現代化工作が進められ、一九六四年あたりからは、まったく現代化された作品ばかり上演されております。つまりふるい器(うつわ)に新しい内容を盛ったもので、セリフも歌もたいへんわかりよくなりました。中國の舊劇はいまや再び人民に密着したものとなったわけです。

關於“王作關續說”

關於元雜劇《西廂記》的作者，明清以來，衆說不一。其中值得檢討的，乃是“王作關續說”。日本著名漢學家青木正兒博士在其《元人雜劇序說》中，鑒於第五本之曲詞與前四本相較，頗顯樸質，因而對該說大有首肯之意，而中國楊晦先生也據相似的理由，對該說豫以完全的肯定。然而我要提出兩箇理由，說明第五本與前四本，均是出自王實甫之手。

第一箇理由是中國俗文學重視大團圓結局的傳統。元雜劇的主要聽衆、觀衆（所謂人民大衆），卽使自己處於不幸的境遇，或者說，正是由於自己處於不遇的境況，反而期望在舞臺上出現的主人公們幸福。作家們也是要將這種希望寫入劇本的。關漢卿之最傑出的《竇娥冤》劇，雖說是元曲中最大的悲劇，也有一種大團圓樣式的結局。何况《西廂記》劇全以諸宮調《董西廂》爲藍本，元雜劇的聽衆、觀衆，自然也是期待着《董西廂》的大團圓結局在舞臺上再現。王實甫繼承了《董西廂》“反抗封建禮教，追求自由戀愛”的主題，更進一步使劇中主要人物的性格鮮明豐滿，其功績是不可否認的。然而他的情節關目，幾乎完全沿襲《董西廂》，我們討論的第五本，也與《董西廂》完全一致。如果這箇部分是成於關漢卿之手的話，自當在更警拔、巧妙的舞臺效果上下工夫的吧！

第二箇理由是關於用韻的問題。這雖極爲簡單，却是證明第五本實爲王實甫所作的決定性的證據。請看附表⑴，一目了然，《西廂記》的曲詞是用了周德淸《中原音韻》中十九部的全部韻類的。王實甫在創作這篇破格戲曲之際，有着在全部二十一折、五箇楔子的套曲中，使用元曲所有韻類的企圖，幷進行了實踐。這一點，直到用了魚模韻的第五本的末折（第二十一折），方始確立。

我曾調查過元曲的險韻，桓歡韻和三種閉口韻（卽侵尋、監咸、廉纖三韻）

屬此。我又發現明人賈仲明所作《蕭淑蘭》劇，其全劇四折中曾嘗試使用過這四種險韻。這四種險韻極不好用，《元曲選》所收九十九種劇（除《蕭淑蘭》）三百九十七折的套曲，以及七十一箇楔子的曲子中，再沒有一箇用例。此外試檢討一下關漢卿的用韻狀況。請看附表(2)，現存他的雜劇作品十七種、佚文三折，共八十二套曲子中，四種險韻不用說，連東鍾、家麻這兩種韻也沒使用。王實甫在《西廂記》中，使用了全部這四種險韻，而侵尋、監咸這兩種則用於長套中，都形成了出色的一幕。他別一箇戀愛劇《販茶船》的佚套中，則用廉纖韻，又制作了異色的唱詞。

對險韻挑戰，其實幷不只是王實甫，明人楊景賢所作《西游記》劇，也是一種破格長篇戲曲，其作者也作過同樣的嘗試。他在該劇全六本二十四折中，將四種險韻都用於套曲中。請看附表(3)。但是檢核他用韻的全部情況，顯得非常輕率、隨便。比如，相接的第四、第五兩折中，連着使用支思韻，同在第三本，隔開一折的第十、第十二兩折中，都用齊微韻等等，頗缺斟酌安排。不僅如此，全篇雖擁有二十四折、三箇楔子的長幅，但其作者却完全沒使用魚模、皆來、家麻三韻。

如將這些情況合起來參照，當可了解王實甫是怎樣一位有意欲的具有特色的戲曲作家了吧！我們可以斷定《西廂記》全部五本，均是成於王實甫一人之手。

參考資料

〔表１〕西廂記

第一本	楔子	（東鍾）
	一	先天
	二	江陽
	三	庚青
	四	蕭豪

〔表２〕關漢卿

齊微	14
尤侯	9
先天	8
江陽	6
魚模	6

〔表３〕西游記

第一本	楔子	（江陽）
	一	江陽
	二	尤侯
	三	眞文
	四	支思

第二本	五	眞文
	六	監咸
	楔子	桓歡
	七	（庚青）
	八	歌戈
	九	東鍾
第三本	楔子	廉纖
	十	支思
	十一	寒山
	十二	家麻
	十三	侵尋
第四本	楔子	（江陽）
	十四	皆來
	十五	尤侯
	十六	齊微
	十七	車遮
第五本	楔子	（皆來）
	十八	（尤侯）
	十九	（支思）
	二十	（眞文）
	二十一	魚模

眞文	6
車遮	5
庚青	5
皆來	4
蕭豪	3
支思	2
寒山	2
歌戈	2
東鍾	0
家麻	0
桓歡	0
侵尋	0
監咸	0
廉纖	0

第二本	五	（支思）
	六	齊微
	七	東鍾
	八	（江陽）
第三本	九	蕭豪
	十	（齊微）
	十一	（車遮）
	十二	（齊微）
第四本	楔子	（尤侯）
	十三	監咸
	十四	侵尋
	楔子	齊微
	十五	寒山
	十六	先天
第五本	十七	（江陽）
	十八	廉纖
	十九	歌戈
	二十	桓歡
第六本	二十一	（眞文）
	二十二	（先天）
	二十三	（江陽）
	二十四	（庚青）

〈魚模・皆來・家麻〉

参考論文

「元曲における險韻について」東方學報・京都二一二（1941年 9 月）（本卷147頁）
「中文譯：元曲中之險韻」紀庸譯　國文月刊六三（1948年 1 月）
「『西廂記』板本の研究」『ビブリア』創刊號（1949年 1 月）（本卷173頁）

A History of Japanese Studies of Yüan Drama

I

When four celebrated Chinese scholars visited Paris in 1829, Stanislas Julien (1799-1873), Professor at the Collège de France, was translating items of *Yüan-ch'ü-hsüan* 元曲選, having been interested in the subject by Le Père Prémare. Julian took the opportunity to ask Joseph Li, the most eminent among them, to clarify several points he could not understand. To his surprise, however, Li could not offer any clear explanation on "un seul passage."[1)]

Since his questions were said to concern verse, he was probably quoting from the conversational sections which are largely in colloquial language. It is understandable that Julian was surprised to find one of the greatest native scholars no less puzzled than himself.

This anecdote may seem to be a piece of mere gossip about the incidental embarrassment of these Chinese scholars. But something more significant is implied. Julian's surprise and Li's ignorance are not without reason, but indicate the difficulties of reading Yüan-chü which had long been neglected in Chinese literary tradition. There are basic factors which combined to make Chinese popular literature, especially Yüan-chü, unintelligible even to native Chinese scholars.

Chinese language has followed two distinguishable lines of historical

1) "L'Orphelin de le Chine," avant propos note, 1834

development: a written and a spoken language. Unlike most other languages, the Chinese written language, that is, the classical language, is used exclusively for writing. Since this written language was standardized in the classics of the respective genres, Chinese authors generally restricted themselves to this classical vocabulary. Accordingly, Chinese classicists find no difficulty even in understanding works of later authors. In contrast to the classical language, Chinese spoken language is pejoratively called, 'vulgar language' 俗語. As a language for everyday use, it is inadequate for expressing delicate artistic nuance and lacks structural possibilities for literary embellishment. (Chinese written language has been said to be especially flowery.)[2] Thus it was not considered to be a language worth perpetuating in literature. The Chinese 'gentry' 士大夫, who almost exclusively formed the literate classes, were convinced that it was not the medium through which they should exhibit their literary skills. Such were the general concepts of the spoken language until the birth of Yüan drama.

Yüan drama marks an epoch in the history of the literary appreciation of the Chinese spoken language, and is the first genre to make full and effective use of the spoken language, establishing it on an equal footing with the classical language. During Yüan, the gentry no more hesitated to participate in the composition of dramas which included much colloquial dialogue. These Yüan dramatists gradually became aware of the aesthetic effects of the colloquial language and endeavoured to exhaust its rich possibilities as a literary language. Thus Yüan drama developed as a new genre in Chinese literature synthesizing the literary merits of both languages.

2) Yoshikawa Kōjirō 吉川幸次郎, "Chūgoku Bunshōron" 中國文章論, *Chūgoku Sanbunron*, 1949

Like other languages, spoken Chinese is subject to constant change. Vocabulary becomes obsolete and eventually uninteligible. On the other hand, the written language remained virtually unchanged throughout its history. Thus, China, with her vast territory and long history, has dialects unintelligible between localities and generations. There is no irony, then, in native scholars finding a spoken language more difficult to understand.

There is another indigenous factor that adds mystery to the Chinese spoken language used in literature: the Chinese character. Chinese language, in principle, expresses a single concept in a monosyllabic "character." And generally speaking, the number of these characters increased to meet the demands of new vocabulary. Throughout history Chinese characters have preserved their fundamental ideographic nature, while ancient other scripts for example Egyptian hieroglyphics have followed the process of simplification towards phonograms. This ideographic nature of the character, with its universal quality, supported the written language in its historical role as the Chinese *lingua-franca*. Now, Chinese spoken language developed in isolation from the written language. As a solely oral means of communication, it exhibited subtle shades of dialectal shift both temporal and local. When the spoken language was rendered by classical ideographs, discrepancies were bound to occur. And so Yüan-ch'ü should not be construed on the basis of the literal meanings of the characters only, as may be done with the written language. The text is not to be read, but to be spoken or sung on the stage. For some colloquial expressions, unfortunately, there is insufficient reference material to establish the meaning, and one has to give up attempts at further study. Some items of Yüan drama vocabulary had become obsolete and unintelligible by late Ming when there was much

activity in publishing the texts of dramas and novels. Some Ming editors took the liberty to substitute difficult words in their texts simply because they did not understand them.[3)]

Understanding is further hindered by the adaptation of some sections in colloquial language to pre-existing melodies, resulting in unusual syntax. Especially complicating is the insertion of words called 'ch'ên-tzu' 襯字 in Yüan drama which are exempted from the melody and yet have a charming effect. Students of Yüan drama need acquaint themselves with the specific rules governing the relation between the text of a musical section and the melody itself. Without this, correct understanding of Yüan-ch'ü is impossible, regardless of one's knowledge of classical Chinese.

To return to our four scholars at Paris, most probably they were Chinese philosophers or historians in the traditional sense, and had mastered the 'Chinese classics' 經學 or the traditional curricula of a Chinese gentleman. In their circle, study of popular literature such as Yüan ch'ü was prohibited as being contradictory to the preparation for the National Examinations 科擧 and was even regarded as useless as a subject of study at all. It is quite possible that they had never had a chance to read Yüan ch'ü. To conclude, it is not without reason that they were unable to construe even "un seul passage" of Yüan ch'ü. Perhaps we have dwelt too long on this episode, but it is not unrelated with the history of studies on Yüan-ch'ü in Japan, which we shall see below.

---

3) It is conspicuous in the texts of *Hsi-hsiang-chi*

II

We have to start our review of Yüan-ch'ü studies with a hypothesis. Ogyū Sorai 荻生徂徠 (1667-1728), an eminent Confucian scholar says, "Noh was modelled after 'Yüan tsa-ch'ü 元雜劇, which had probably been taught by Yüan priests coming to Japan. The Japanese were unable to create even such a traditional art."[4] Arai Hakuseki 新井白石 (1657-1725), a noted scholar and a contemporary of Ogyū Sorai, also says, "'Denki' 傳奇 is a ballad form dealing with past events, to be sung in accompaniment with the dance. The chanting in Japanese 'sarugaku' 猿樂 is also an imitation of Yüan-ch'ü. …Even today, works such as *Yüan-ch'ü-hsüan* 元曲選 (Selections of Yüan-ch'ü) and *Pai-chung-ch'ü* 百種曲 (one hundred plays) are introduced into Japan."[5]

The same opinion is also expressed by Sorai's disciple, Dazai Shundai 太宰春臺 (1680-1747).[6] Further, this view was supported by modern sinologists such as Shichiri Shigeyasu 七里重惠, Nishimura Tenshū 西村天囚 (1865-1924), and Aoki Masaru 青木正兒 (1887-1964) as well as drama specialists like Kawatake Shigetoshi 河竹繁俊 (1889-1967).[7] On the other hand, there were some scholars in the field of Japanese literature such as

4) *Narubeshi* 南留別志

5) *Haiyu-ko* 俳優考

6) Dazai Shundai, *Dokugo* 獨語

7) Shichiri Shigeyasu, *Yokyoku to Genkyoku* 謠曲と元曲 (Yokyoku and Yüan-ch'ü), 1926; Nishimura Tenshu, *Nihon Sogakushi* 日本宋學史 (History of Sung studies in Japan), 1909; Aoki Masaru, *Kokubungaku to Shina Bungaku* 國文學と支那文學 (Japanese literature and Chinese literature), 1932; Kawatake Shigetoshi, *Kabuki-shi no Kenkyu* 歌舞伎史の研究 (A study of the history of Kabuki), 1943

Takano Tatsuyuki 高野辰之 (1875-1947) and Onoe Saishū 尾上柴舟 (1876-1957) who strongly opposed this view.[8]

If the Japanese 'noh' was actually an imitation of Yüan-ch'ü, we shall have to say that the study of Yüan-ch'ü in Japan started as early as the thirteenth or fourteenth century when 'tsa-chü' was prevalent in China. It was the time when many Buddhist monks studying at the 'Gozan' 五山 (five major zen temples in Kyoto and Kamakura) went to China, and more than ten Chinese scholar-priests came to Japan. It is most likely that these zen monks were attracted to this 'tsa-ch'ü, which is wholesome and impressive. In Chinese Buddhist temples there was a permanent stage built for dramatic performances on festive occasions. These Buddhist monks, Japanese or Chinese, were probably instrumental in the forming of the 'noh' play. Many points of resemblance between 'noh' and 'tsa-chü' have already been noticed, and it is generally known that 'noh' has a strong Buddhistic flavor.

However, here is no decisive evidence in the texts of 'noh' drama to prove that they were influenced by 'tsa-chü'. And, even if such a hypothesis could be verified, the earliest studies of Yüan-ch'ü in Japan would have had no relation to the introduction of the plays or their appreciation, since in those times 'tsa-ch'ü was merely something to be seen and listened to, and a long way from being an object of literary appreciation. It was not until the late Ming period when many dramas came to be published, that full-fledged study became possible in Japan.

---

8) Takano Tatuyuki, *Nihon Kayoshi* 日本歌謡史 (History of Japanese songs and ballads)

III

There is no evidence as to when Yüan-ch'ü texts were introduced to Japan. According to an official record[9] which gives the date of import of Chinese novels and dramas in spoken language, *Shui-hu-chuan* 水滸傳 was the earliest among novels, introduced in 1717, and *Hsi-hsiang-chi* 西廂記 among the dramas, introduced in 1721. The same source gives the date of import of *Yüan-ch'ü-hsüan* as 1762. However, taking account of the words of Ogyū Sorai and Arai Hakuseki quoted above, the actual date of import must have been earlier than the date given in the official record. It may even have been in the latter half of the seventeenth century.

Ogyū Sorai and Arai Hakuseki, who were the first Japanese to make any mention of Yüan-ch'ü, must have been well acquainted with its style. Nevertheless, even they failed to introduce the individual plays of Yüan-ch'ü, and it is questionable as to what extent they actually read the text of Yüan-ch'ü. Nishimura Tenshu suspects that Hakuseki in particular had never read the texts because he took *Yüan-ch'ü-hsüan* and *Yüan-jen Pai-chung-ch'ü* to be two different works. Ogyū Sorai, on the other hand, evidently read the *Hsi-hsiang-chi* as will be explained later. His deep interest in proficiency in the Chinese language would probably be commended even today. He was indeed exceptional among the scholars of Chinese studies in his time.

Scholars of Chinese studies in the Edo period were mostly Confucian

9) Ōba Osamu 大庭脩, *Edo-jidai ni okeru Karabune Mochiwatarisho no Kenkyū* 江戸時代における唐船持渡書の研究 (A study on the books imported by Chinese ships in the Edo period), 1967

scholars, poles apart from sinologists in the modern sense. They read Chinese by employing a special device called 'kundoku' method invented by the Japanese who used the same ideographic script as the Chinese. This method ovoided treating Chinese as a foreign language. The text is read by using conventional 'kun' pronunciation as well as the Chinese 'kan-on' pronunciation which had long existed in Japan, while the Chinese itself has undergone considerable change since then. The word order is rearranged to fit the Japanese language. Japan too came within the sphere of the Chinese literary language which, through this unusual procedure, now served as a common language. This 'kundoku' method is still in wide use in Japan, bewildering visiting foreigners. It is not only useful as a literary language, but also facilitates reading of the original text of Chinese classics written two thousand years ago with no more than the reading ability of a high school student.

The 'kundoku' method, however, is merely an expedient. As long as we adhere to this method, it is difficult for us to grasp the true functions of the Chinese language even in the case of the literary language. For the spoken language, this device is entirely useless. Hence, in the seventeenth century there naturally arose an opinion among scholars specializing in Chinese studies that Chinese should be read with Chinese pronunciation and in its original word order. Accordingly, the study of the Chinese became popular at the end of that century. Ogyū Sorai was one of the advocates of this movement. This enthusiasm for Chinese language studies was enhanced by the interpreters who had long been engaged in trade between Japan and China. Most of the novels and dramas written in spoken language were translated and introduced to Japan not by Confucian scholars like

Ogyū Sorai, but rather by linguists influenced by these interpreters. One of the most representative of these linguists was Okajima Kanzan 岡嶋冠山 (1674-1728). Born in Nagasaki, the only open port in Japan at that time, he took an interest in Chinese early in his youth. He became an interpreter, and first served the Yamaguchi clan as an official interpreter. Later he worked for Yanagizawa Yoshiyasu 柳澤吉保 (1658-1714) in Edo. Yanagizawa, absorbed in Zen, probably felt the necessity of reading the Zen analects correctly. He became a patron of Chinese studies, and formed an academic circle for the purpose of studying the Chinese language. It is said that the *Hsi-hsiang-chi* was read by this circle under the guidance of Okajima Kanzan. This may be the first record (early eighteenth century) of Yüan-ch'ü being read in Japan. Okajima is also well known as the translator of the *Shui-hu-chuan* and several other novels, but he does not seem to have translated dramas or *Yüan-ch'ü*.

Enthusiasm for translating Chinese popular literature reached its zenith in the mid-eighteenth century. Translation of novels written in colloquial language was especially conspicuous, exerting great influence upon Japanese novels, and so giving rise to a special type of novel called 'yomihon' 讀本 by such writers as Santō Kyōden 山東京傳 (1761-1816) and Takizawa Bakin 瀧澤馬琴 (1767-1848). There was no enthusiasm for drama, however. The only recorded translation of *Yüan-ch'ü* is a partial translation of the *Hsi-hsiang-chi* by Suiranshi 翠嵐子. However, among the dictionaries compiled to meet the interest in Chinese popular literature, there were the anonymous *Gekigo Shinyaku* 劇語審譯 (extant in manuscript), and records of a dictionary entitled *Zatsugeki Jikai* 雜劇字解 by Tako Shūkō 多湖秋江 (1709-1774) for the study of *Yüan-ch'ü*. Furthermore, there are citations from

the *Hsi-hsiang-chi* in *Zokugo-kai* 俗語解 by Sawada Issai 澤田一齋 (1700-1782) and *Shōsetsu Jii* 小説字彙 by Shūsuien 秋水園, which were dictionaries for novels reading. *Gekigo Shinyaku*, though not comprehensive, deals with all the plays in the *Yüan-ch'ü-hsüan*, and the accurate translations of each item of vocabulary show the editor's profound knowledge. Moreover, Oka Hakku 岡白駒 (1692-1767), a noted translator of Chinese novels, translated a part of the Japanese 'jōruri' 浄瑠璃 and 'yōkyoku' 謠曲 into Chinese.

Then, why was Yüan-ch'ü not enthusiastically taken up by the translators? The main reason must have been the difficulties mentioned above. The translators of Chinese popular literature in those times were mostly dilettantes like Oka Hakku, and therefore Yüan-ch'ü was too difficult for them to understand. There was another practical reason, i.e. the inaccessibility of the texts, especially the *Yüan-ch'ü-hsüan*, because of their high price. This is proved by the fact that among the plays of Yüan-ch'ü, only the *Hsi-hsiang-chi* was more generally read because the *Ti-liu-ts'ai-tzu-shu* 第六才子書, a version of *Hsi-hsiang-chi* revised by Chin Shêng-t'an 金聖歎 (1610-1661), having been very popular in China, was also available in Japan in several editions.

IV

In the Meiji period, when social stability was restored after internal turmoil, Western civilization surged in. Modern printing techniques were introduced and masterpieces of foreign literature were translated in rapid succession. First, in 1883 Shakespeare's "Julius Caesar" was translated,

followed by translations of other Western classics in the end of the nineteenth century. However, almost ninety percent of them were Shakespearian plays. On the other hand, among Chinese dramas including Yüan-ch'ü, the only translation of appear was the *Sei-sho-ki* (Hsi-hsiang-chi) by Okajima Kentarō 岡島獻太郎 in 1894 (published by Dandansha). Although it is based on the critical edition by Li Cho-wu 李卓吾, it is not a translation in the strict sense, since it covers only two-fifth of the text, and is a mere transliteration of the original into 'kundoku' style.

The literal treanslation of Chinese drama in those days cannot escape giving a sluggish impression when compared with that of Western literature, but there were a few zealous scholars who had been carrying on their studies quietly, for instance, Mori Kainan 森槐南 (1863-1911) and Kōda Rohan 幸田露伴 (1867-1947). Previously Chinese studies in Japan were called 'Kangaku' and centered upon Confucian studies. Literature was denied independence. Mori and Kōda, however, showed indefatigable zeal in literature despite their profound knowledge of 'Kangaku'. They were writers rather than scholars. They moved into the fields of drama and the novel. Mori, an expert in Chinese poetry, is noted for his books on these subjects. In the fifth chapter of *Sakushi-ho Kōwa* 作詩法講話 (Lectures on versification), Bunkaidō Shoten, 1911, he deals with drama and introduces the styles of Yüan-ch'ü. On the origin of Yüan-ch'ü literature, he states, "When an ode depicting man's nature was directed not only toward personal feelings of the poet, but also toward affairs of others, it naturally called for a longer style, and thus gave birth to suite verse." Mori further says, "As the social order based on the teaching of propriety disintegrated under the rule of the Mongolians, people who had cherished their own literature, and not satisfied

to serve the government as low officials, created new styles in the field of drama with an attempt to teach the uncultured barbarians Chinese customs and thought." In his later years Mori Kainan wrote several articles introducing Yüan-ch'ü works in the periodical *Kangaku* 漢學. Koda Rohan, together with his activities as a novelist, took great interest in Chinese novels, and wrote introductions to several Yüan-ch'ü plays.

V

Stimulated by these laborious works, the study of Yüan-ch'ü entered upon a new stage at the turn of the century. Together with the novel drama came to be included in the history of Chinese literature and lectures on drama were given at schools. These two closely linked phenomena prove that the study of Yüan-chü started its shift from dilettantism into academism.

It is generally said that the compilation of the history of Chinese literature in Japan was stimulated by that of the history of Japanese literature, which in turn was influenced by the arrival of European literature. The earliest work of the history of Chinese literature was Suematsu Kenchō 末松謙澄, *Shina Kobungaku Ryakushi* 支那古文學略史 (A short history of Chinese classical literature), Bungakusha, 1882, which was more a history of thought and sciences. The first history of literature in its strict sense was Kojō Teikichi 古城貞吉, *Shina Bungakushi* 支那文學史, Keizai Shuppansha, 1897. This work was the first history of Chinese literature ever compiled in the world including China, but unfortunately it has no reference to drama and the novel. Although the author intended to include them, he was insufficiently qualified and had to abandon these plans. This omission

was soon remedied by two studies subsequently published: Sasagawa Rinpū 笹川臨風 (1870-1949), *Shina Shōsetsu Gikyoku Shōshi* 支那小説戯曲小史 (A short history of the Chinese novel and drama), Tōka Shobō, 1897, and Miyazaki Shigekichi 宮崎繁吉, *Shina Kinsei Bungakushi* 支那近世文學史 (History of modern Chinese literature), s.d.

The former, although creditable considering its early publication, 18 years prior to Wang Kuo-wei's 王國維 (1877-1927) *Sung Yüan Hsi-ch'ü-shih* 宋元戲曲史 (A history of Sung and Yüan dramas), 1915, hardly contains any historical review. The description of Yüan-ch'ü is only general, based on the views of Ming critics. However, the author, Sasagawa, who seems to have been well acquainted with Western drama, spends one chapter on the *Hsi-hsiang-chi* to expound his own views. He criticized the *Hsi-hsiang-chi* severely by calling it a "comical tragedy," condemning the Part V as superfluous, commending only Hung-niang 紅娘, the match-maker of love, among the dramatis personnae, and finally saying that there is nothing worth mentioning except the beauty of the verses. Miyazaki's work seems to be a comprehensive treatment of literature since the Chin and Yüan periods, but the present writer is unable to introduce it since it has not been available.

Lectures on drama (Yüan-ch'ü) at universities started at the beginning of this century, a littel later than the compilation of the histories of literature. Although the exact date is not known, Tanaka Jugoken 田中従吾軒 and subsequently Mori Kainan started their lectures at Waseda College (the present Waseda University) and the Tokyo Imperial University respectively. These lectures were regarded as epochal in those days. It should be noted, however, that the subject of their lectures was the *Hsi-hsiang-chi*. The only works of Chinese drama kept even at the Library of

the Tokyo Imperial University were the *Hsi-hsiang-chi* and *Li-wêng Shih-chung-ch'ü* 笠翁十種曲. Under such conditions it was almost impossible to make a systematic survey, whether it be for the purpose of writing a history of literature or of giving a university lecture.

Moreover, as we have seen above, Japanese scholars who had engaged themselves in Chinese studies were mostly those influenced by the 'Kangaku' tradition, and the set-up of the educational institutions was itself based on the 'Kangaku' conception. For example, at the Tokyo Imperial University and Waseda University Chinese philosophy and literature had long been coupled together in the Department of Kangaku. Therefore a new system became requisite when a full-scale survey of Yüan-ch'ü and other popular literature was contemplated.

It was the establishment of the Department of Literature at Kyoto Imperial University in 1906 that first met this demand. Two separate lectureships in Chinese language and Chinese literature were founded, and Professor Kano Naoki 狩野直喜 (1868-1947) commenced his lecture on Chinese literature in 1908, four years earlier than the lectures at Tokyo Imperial University. Professor Kano had studied the Ch'ing methodology of historical study in China in 1899, and adopted the methods of Western orientology through his contact with the North China Branch of the Royal Asiatic Society in Shanghai. His broad scope included interest in Chinese popular literature, and he lectured on Yüan-ch'ü with a strict attitude, not overlooking a single word. He also made reference to French traslations even though they turned out to be not very helpful. His lecture on Yüan-ch'ü continued for some ten years. Several articles on Yüan-ch'u[10] included in his work *Shinagaku Bunsō* 支那學文叢 (Essays on Chinese studies),

Kōbundō, 1927, provide a detailed treatment of the important problems pertaining to the study of Yüan-ch'ü. Furthermore, it should be noted that Kano borrowed the Yüan edition of *Ku-chin tsa-chü san-shih-chung* 古今雜劇三十種 from Lo Chen-yü 羅振玉 in 1914, and had it restored by a Chinese engraver.

Tokyo Imperial University, on the other hand, reorganized the Department of Kangaku in 1903 by dividing it into two departments: Chinese Philosophy and Chinese Literature. Lectures on Chinese literature were actually initiated in 1912 upon the return of Professor Shionoya On 鹽谷溫 (1878-1963) who had been studying in China and Germany. Taking interest in the Chinese novel and drama early in his life, Professor Shionoya studied Yüan-ch'ü under the guidance of Yeh Tê-hui 葉德輝 (1863-1927) and Wang Kuo-wei while studying abroad. Therefore, he also chose Yüan-ch'ü as the text of his lecturers, and studied it thoroughly himself.

Thenceforth, the two Imperial Universities of Tokyo and Kyoto became centers for Chinese studies in Japan. They both adopted the Western methodology of Chinese studies, although the former was primarily based on the 'Kangaku' tradition and the latter on the Ch'ing methodology of historical research. And since Yüan-ch'ü together with other classics was selected as the teaching material coincidentally at both universities, the study of Yüan-ch'ü was launched. Yüan-ch'ü and other dramas came to be duly treated together with novels in the subsequent works on the history

10) "Suikoden to Shina-gikyoku" 水滸傳と支那戲曲 (*Shui-hu-chuan* and the Chinese drama); "Dokkyoku Sagen" 讀曲瑣言 (Remarks on Chinese Drama); "Biwakō wo Zairyō to shitaru Shina-gikyoku ni tsuite" 琵琶行を材料としたる支那戲曲について (On Chinese drama based upon "P'i-p'a-hsing); "Genkyoku no Yurai to Haku Jin-po no Godōu" 元曲の由來と白仁甫の梧桐雨 (The origin of Yüan-ch'ü and Pai Jen-fu's "Wu-t'ung-yü")

of Chinese literature. Moreover, there were publications of histories of drama such as *Shina Gikyoku-shi* 支那戲曲史 (History of Chinese drama), Kōdōkan, 1928, which is a collection of studies on the *Hsi-hsiang-chi* by Kubo Tenzui 久保天隨 (1875-1934), a writer who later became Professor at Taihoku (T'aipei) Imperial University.

Translations of Chinese drama, which had shown only slow progress, gradually appeared on the stage. In 1903 Kashima Shūsei 鹿島修正 wrote *Sei-shōki Hyōshaku* 西廂記評釋 (An annotated translation of *Hsi-hsiang-chi*), Aoki Sūzandō, for the use of scholars. This is a complete translation of *Ti-liu-ts'ai-tzu-shu*, including the commentary by Chin Shêng-t'an. However, this work was again a transliteration into the 'kundoku' style. By that time Western literary masterpieces were already being translated into plain spoken language, and especially in the field of drama translations of naturalistic plays had been giving stimulus to the theatrical reform movement ever since the turn of the century. It was therefore considered strange that only the translations of Chinese literature and particularly those of drama adhered to convention. Therefore, when Kanai Yasuzō 金井保三 published his work *Seishō Kageki* 西廂歌劇 (Hsi-hsiang-chi translated as an opera), Bunkyusha, in 1914, it could not escape giving the impression of being rather late. Kanai was a linguist of modern Chinese, entirely unrelated with 'Kangaku,' and his work was the first translation based upon a knowledge of modern Chinese language. It is indeed an epoch-making free translation following the style of Western opera, and well expresses the personality of the translator. What is to be regretted, however, is that the whole translation is in 'bungotai' (literary form). Miyahara Tamihei 宮原民平, a scholar of Chinese language who cooperated with Kanai,

further translated the plays in *Yüan-ch'ü-hsuan*, among which "Tou-ê-yüan" 竇娥冤 "Lao-shêng-erh" 老生兒, and "Ch'ien-nü-li-hun" 倩女離魂 were included in *Kotengeki Taikei* 古典劇體系[11] in 1925. In these translations 'kogotai' (colloquial form) was used for the first time for the dialogue, perhaps in conformity with the translations of other plays of the world, and thereby they became accessible to the general public. Miyahara Tamihei also translated *Hsi-hsiang-chi* in the 'kundoku' style for the use of scholars (*Kanbun Taisei* 漢文大成, Literature Section, vol. IX). Another interesting attempt was made by Shichiri Shigeyasu, who translated a part of "Tung-p'o-mêng" 東坡夢 in the 'yōkyoku' style. (cf. Appendix to *Yōkyoku to Genkyoku* 謠曲と元曲 1926)

VI

This was the situation in Yüan-ch'ü studies in Japan from the late Meiji period to the end of the Taisho period. Entering the Showa period, there was a remarkable advance. Aoki Masaru, a student of Kano Naoki, after laborious study under the guidance of the latter, produced a voluminous work entitled *Shina Kinsei Gikyokushi* 支那近世戲曲史 (History of Chinese drama in the modern period), Kōbundō, 1930 as a follow-up Wang Kuo-wei's *Sung-Yüan Hsi-ch'ü-shih*. Although he had plans to translate Yüan-ch'ü itself, he first wrote an introduction, which was published in 1937 with the title *Genjin Zatsugeki Josetsu* 元人雜劇序說 (An introduction to 'Yüan tsa-ch'ü), Kōbundō. This work, which offsets the weakpoints of

11) Later in 1928 these translations were included in *Sekai Gikyoku Zenshu* 世界戯曲全集 (Collections of dramas of the world).

Wang's history, was the first to discuss succinctly the individual plays of Yüan-ch'ü by classifying them according their styles. These two works of Aoki were later translated into Chinese and published. The long-cherished plans for translation, however, had to be postponed for another twenty years until 1957 owing to stress of other works, and even then, he could translate only three plays, "Wu-t'ung-yü" 梧桐雨, "Huo-lang-tan" 貨郎旦, and "Mo-ho-lo" 魔合羅, all compiled in *Genjin Zatsugeki* 元人雜劇, Shunjūsha.

Prior to this, in 1938, after teaching at Tōhoku Imperial University, Aoki became Senior Professor at the Department of Literature of his alma mater, Kyoto Imperial University. Just at that time Yoshikawa Kōjirō 吉川幸次郎, also a student of Kano Naoki, was leading a joint study for the revision of *Shang-shu chêng-i* 尙書正義 as a staff member of the Tōhō Bunka Kenkyūjo. Seizing the opportunity of Aoki's new appointment, Yoshikawa organized another study group to concentrate on Yüan-ch'ü, and drew up a project to compile a Yüan-ch'ü lexicon with the assistance of Professor Aoki. Among the members were Wei Fu-hsün 魏敷訓, Iriya Yoshitaka 入矢義高, and Tanaka Kenji 田中謙二. Thus, the joint study on Yüan-ch'ü was launched in April, 1939.

Contemporaneously in China, studies of drama were being carried on by such scholars as Wu Mei 吳梅, Chêng Chên-to 鄭振鐸, Jen Nê 任訥, Lu Chi-yeh 盧冀野, Chao Ching-shên 趙景深, and Wang Chi-ssu 王季思. However, their achievements, insofar as commentaries on Yüan ch'ü are concerned, were limited in number, T'ung Fei's 童斐 *Yüan-ch'ü-hsüan-chu* 元曲選註 being the only work published.

No dictionary was put out except for a part of *Tz'u-hai* 辭海 written by Chang Hsiang 張相. This tardiness was of course primarily due to the

difficulty of Yüan-ch'ü itself. In order to overcome this difficulty, it was deemed necessary, to adopt rigorous scientific methods in reading the vast corpus of material, and therefore to establish a system of collaboration. The joint study of Yüan-ch'ü presided over by Yoshikawa realized this system through careful planning. The group met once a week to read and discuss Yüan-ch'ü using the well-arranged *Yüan-ch'ü-hsüan* as the main text, referring at the same time to other materials. For this purpose they gathered as many photostats and manuscript copies as possible of works such as *Hsin-hsü ku-ming-chia tsa-chü-hsüan* 新續古名家雜劇選, *Hsi-chi-tzu tsa-chü-hsüan* 息機子雜劇選, *Yang-ch'un-tsou* 陽春奏, *Liu-chih-chi*, 柳枝集, *Lei-chiang-chi* 酹江集, etc. kept at the Peking Library, and before discussion compiled a collated chart of the verses of each work by punctuating them and denoting the 'ch'ên-tzu' according to the musical score. At the same time some forty-five thousand cards were made for colloquial terms and idiomatic expressions, and a thorough survey was made for difficult words and phrases by comparing all cases of their usage. For this purpose the group collected and referred to a vast number of colloquial expressions appearing in dramas, novels, and essays written since the Sung period as well as other materials related with spoken language.

As the joint study proceeded, the group published their first achievement in the form of a commentary in Chinese under the title "Doku Genkyokusen-ki" 讀元曲選記, which included the following plays: "Ch'en-t'uan kao-wo" 陳摶高臥, "Jên-fêng-tzu" 任風子, "Yü-hu-ch'un" 玉壺春, "Yü-ch'iao-chi" 漁樵記, "Mo-ho-luo" 魔合羅, "Yen-ch'ing-po-yü" 燕靑博魚, "Chiu-fêng-ch'ên" 救風塵, "T'ao-hua-nü" 桃花女, and "Hsieh-t'ien-hsiang" 謝天香[12].

---

12) *Tōhōgakuhō* (Kyoto) XI－XIII, 1940-'42

While leading this group, Yoshikawa was also carrying on his own parallel study, and successively presented his achievements in and after 1943.[13] These were later compiled into a book entitled *Gen-zatsugeki-Kenkyū* 元雜劇研究 (A study of Yüan drama), Iwanami Shoten, 1948. The author focuses his attention on the character of the audience and the writers of Yüan-ch'ü, regarding them as the factors which caused Yüan-ch'ü to become popular. He emphasizes the support of the intellectuals, who were not limited to those living in obscurity as have generally been believed, but also that of celebrated intellectuals who positively participated in creating these dramas. Further, he clarifies the force of the crude style as well as the vivid and realistic depiction of the verses from two aspects of structure and phraseology by referring to numerous examples. What is most characteristic of this work is that it laid special emphasis on the analysis of the merits of Yüan-ch'ü as a masterpiece of literary art which had empolyed spoken language for the first time. A Chinese translation of this work was also published later.

Around that time Yoshikawa produced two annotated translations, *Genkyoku Kinsenki* 元曲金錢記 (The Yüan drama "Chin-ch'ien-chi"), Chikuma Shobō, 1943, and *Genkyoku Kokkantei* 元曲酷寒亭 (The Yüan drama "K'u-han-t'ing"), Chikuma Shobō, 1948, which are also epochal works in plain, subtle and accurate translations. Works of other members of the study group were also published about the same time. They were Iriya Yoshitaka

13) "Gen Zatsugeki no Sakusha" 元雜劇の作者 (The authors of Yüan dramas), *Tōhōgakuhō*, XIII, 3, 4; "Gen Zatsugeki no Chōshū" 元雜劇の聽衆 (The audience of Yüan drama), *Tōyōshi Kenkyū* VII, 5; "Gen zatsugeki no Kōsei" 元雜劇の構成 (The style of Yüan drama), *Tōhōgakuhō* XV, 1; "Gen Zatsugeki no Yōgo 元雜劇の用語 (Phraseology in Yüan drama) *Tōhōgakuhō*, XV, 3; and "Gen Zatsugeki no Shiryō" 元雜劇の資料 (Material for the study of Yüan drama), *Shinagaku* XII, 1, 2

"Genkyoku Joji Zakkō" 元曲助字雑考（Auxiliary words in Yüan-ch'ü), *Tōhōgakuhō* XIV, 1, 1942, and Tanaka Kenji, "Genkyoku ni okeru Ken'in ni tsuite" 元曲における険韻について (On difficult rhymes in Yüan-ch'ü), *Tōhōgakuhō* XII, 2, 1940, and Tanaka, "Gen Zatsugeki no Daizai" 元雑劇の題材 (The themes of Yüan-ch'ü), *Tōhōgakuhō* XIII, 4, 1941.

In 1947 Yoshikawa was appointed Senior Professor at the Department of Chinese Literature of Kyoto University to succeed Professor Aoki, who had retired, and in the following year Tōhō Bunka Kenkyūjo was amalgamated with Jimbun Kagaku Kenkyūjo. However, the joint study of Yüan-ch'ü prceeded uninterrupted under the leadership of Iriya. After Iriya's appointment to the Senior Professorship of Chinese literature at Nagoya University, the project has been presided over by Tanaka to date.

Meanwhile, some eight plays or four-fifth of *Yüan-ch'ü-hsüan* in addition to *Hsi-hsiang-chi* have been read and discussed jointly by the group. However, since difficulties due to alternation of the leaders and members arose to hinder the compilation of the Yüan-ch'ü lexicon which had been originally contemplated, Professor Yoshikawa, the first leader of the group, decided to substitute it with the publication of a commentary entitled "Genkyoku-senshaku" 元曲選釋, which is an elaborated version of the previously published *Doku-Genkyokusen-ki* 讀元曲選記, together with the punctuated text of *Yüan-ch'ü-hsüan*. Commentaries on six plays were put out in 1951 and 1952 in the first and second volumes. They consist of "Han-kung-ch'iu" 漢宮秋, "Sha-kou ch'üan-fu" 殺狗勸夫, "Chin-ch'ien-chi" 金錢記, "Hsiao-hsiang-yü" 瀟湘雨, "Hu-t'ou-p'ai" 虎頭牌, and "Chin-hsien-ch'ih" 金線池. These works were favorably received as the first detailed and reliable commentaries on Yüan-ch'ü by both Japanese and Chinese scholars. The

publication of other plays has been suspended for various reasons, but it is expected that another six plays in the third and fourth volume of the series will be put out soon. Further, a concordance of these twelve plays (inclusive of the six to be published soon) with their Japanese translation is scheduled to be published in the near future.

Professor Shionoya, at the University of Tokyo, planned a complete translation of *Yüan-ch'ü-hsüan* as a by-product of his study of Yüan-ch'ü itself. He is reported to have completed the translation in 1945 with the cooperation of Sawaguchi Takeo 澤口剛雄, Tsuchiya Akiharu 土屋明治, Adachihara Yatsuka 足立原八束 and others. Among these translations some were published in commemoration of the retirement of Professor Shionoya. They were *Kokuyaku Genkyokusen So-shō-kō* 國譯元曲選・楚昭公 (A Japanese translation of "Yüan-ch'ü-hsüan Ch'u-chao-kung"), Meguro Shoten, 1939, and *Kokuyaku Genkyokusen*; *Genkyoku Gaisetsu*; *"Kankyūshū," "Sakku Kanpu"* 國譯元曲選・元曲概說・漢宮秋・殺狗勸夫 (A Japanese translation of Yüan-ch'ü "Han-kung-ch'iu," "Sha-kou ch'üan-fu" with an outline of Yüan-ch'ü) Meguro Shoten, 1940. These translations, however, were again in the 'kundoku' style. It was not until *Kayaku Seishōki* 歌譯西廂記 (Hsi-hsiang-chi metrically translated), Yōtokusha, 1958, a translation based upon a text revised by Shionoya himself, that modern Japanese speech was used for the translation. Even in this case, the dialogue of the play was written in the literary style (bungotai).

After the publication of the studies of Yüan-ch'ü at these two centers, especially those at Tōhō Bunka Kenkyūjo, scholars came to take interest in Yüan-ch'ü, and furthermore, as the members who had participated in the joint study gradually dispersed to other areas, there was more chance

for Yüan-ch'ü to be the subject of lectures at colleges other than the above-mentioned two universities. Moreover, more articles on Yüan-ch'ü appeared in print.

Among these articles, those dealing with the literary character of Yüan-ch'ü included Yoshida Tamako 吉田多満子, "Gen Zatsugeki no Kenkōsa no Ichimen" 元雑劇の健康さの一面（Healthy atmosphere felt in the Yüan drama), *Tōhōgaku* XIX, 1959, which points to the soundness of the life of the common people by describing the dramas about common life (sewamono) characteristic of Yüan-ch'ü; Hatano Tarō 波多野太郎, "Kan-kyūshū no Shudai ni tsuite"; 漢宮秋の主題について（The subject of "Han-kung-ch'iu), *Tōhōgaku* IX, 1953; Hatano, "Kan Kan-kei no Gikyoku ni tsuite－'Tō-ga-en' Bunseki" 關漢卿の戯曲について－「竇娥冤」分析（On Kuan Han-ch'ing's drama－An analysis of "Tou-e-yüan"), *Yokohama Shiritsu Daigaku Ronsō*, Jinbun Keiretsu, XII, 1, 1960; and Hatano, "Shūkogisaigeki no Shudai ni tsuite" 秋胡戯妻劇の主題について（Notes on the theme of "Ch'iu-hu-hsi-ch'i"), *Yokohama Shiritsu Daigaku Ronsō* XIV, 1, 1963. The three articles by Hatano discuss the themes of Yüan-ch'ü from the viewpoint of the social realism which dominates the literary world of the Peoples' Republic of China. Besides these, Iwaki Hideo 岩城秀夫, "Gen no Saibangeki ni okeru Hōjō ni tsuite" 元の裁判劇における包拯について (Paocheng in the Yüan trial dramas), *Yamaguchi Daigaku Bungaku Kaishi* X, 1, 1959; Tanaka Kenji, "Zatsugeki Seishōki ni okeru Jinbutsu Seikakuno Kyōchō" 雑劇西廂記における人物性格の強調（Characterizations in "Hsi-hsiang-chi"－A phase in the development of Yüan drama), *Tōhōgaku* XXII, 1961; Tanaka, "Zatsugeki Seishoki no Nangika" 雑劇西廂記の南戯化（The adaptation of the Yüan-ch'ü "Hsi-hsiang-chi" to southern style dramas),

Tōhōgakuho XXXVI, 1964 come under the same category.

Among these studies dealing with individual plays, Yoshikawa Kōjirō, "Kankyūshū Zatsugeki no Bungakusei" 漢宮秋雜劇の文學性 (The literary merit of Han-kung-ch'iu), *Nihon Chūgokugakkai-hū* XVII, is an extremely persuasive article based upon profound scholarship and sound and close logic, and indicative of the high standard of Yüan-ch'ü studies in Japan. Articles dealing with style and dramaturgy include Iwaki Hideo 岩城秀夫, "Gen Zatsugeki no Kōsei ni kansuru Kisogainen no Saikentō" 元雜劇の構成に關する基礎概念の再檢討 (Re-examination of the basic concepts concerning the structure of Yüan dramas), *Yamaguchi Daigaku Bungaku Kaishi*, XII, 1, XIII, 1, 1961, '62; Oka Haruo 岡晴夫, "Gen Zatsugeki Sakkō-kō" 元雜劇做工考 (A study of the action in Yüan drama), *Geibun Kenkyū* XVII, 1964.

Among articles on textual criticism there are: Tanaka Kenji "Seishōki-hanpon no Kenkyū" 西廂記板本の硏究 (A study of the versions of *Hsi-hsiang-chi*), *Biblia* I, 1951; Tanaka, "Seishōki-shohon no Shinpyōsei" 西廂記諸本の信憑性 (The authenticity of the various editions of *Hsi-hsiang-chi*), *Nihon Chūgokugakkai-hō* II, 1952; Iwaki Hideo, "Genkan Kokon Zatsugeki San-jusshu no Ruden" 元刊古今雜劇三十種の流傳 (History of the transmission of the Yüan edition of thirty Yüan dramas), *Chūgoku Bungaku-hō* XIV, 1962, and Denda Akira 傳田章, "Manreki-ban Seishōki no Keitō to sono Seikaku" 萬曆版西廂記の系統とその性格 (On the affinity and character of *Hsi-hsiang-chi* of the Wan-li edition), *Tōhōgaku*, XXXI, 1965. The only new "translations of Yüan-ch'ü" produced during the recent period aside from Aoki Masaru's above-mentioned translations of "Wu-t'ung-yü," "Huo-lang-tan," and "Mo-ho-lo" in *Genjin Zatugeki* were Tanaka Kenji's translations of "Chiu-fêng-ch'ên" 救風塵, "T'ieh-kuai-li" 鐵拐李, and "Ho-han-shan" 合

汗衫 in *Chūgoku Koten Bungaku Zenshū－Gikyoku-hen* 中國古典文學全集－戲曲篇（Collections of Chinese classical literature), Heibonsha, 1959. (This also includes Aoki's "Mo-ho-lo.") This scarcity of translations of dramas is far from satisfactory when compared with the boom of translations of Chinese classics witnessed in Japan in the 1950s.

In Japan there have hardly been any scholars studying 'san-ch'ü 散曲', which is closely related with Yüan-ch'ü. However, as the study of 'tsa-chü' advanced, san-ch'ü gradually attracted attention. Tanaka Kenji, in "Ryū-chi-saku sankyoku 'Jō-Kō-kanshi'kō" 劉致作散曲「上高監司」攷（A study on Liu Chih's "Shang-Kao-chien-ssŭ"), *Tōyōshi Kenkyū*, XIII, 2, 1954, and its continuation in *Tōhōgakuhō* XXXVI, 1961 attempted an annotated translation and study of the author and related problems of two long and difficult 'san-chü' known as social poetry. Moreover, he made an analysis of the literary character of a representative san-chü in an article "Sankyoku 'Kōso Kankyō' kō" 散曲「高祖還鄉」攷（A study on the san-chü "Kao-tsu huan-hsiang"), *Yoshikawa-hakase Taikyū-kinen Ronbunshū*, Chikuma Shobō, 1968. Tamori Noboru 田森襄, who specializes in san-chü, has written the following articles on the personality and works of san-chü writers: "Ba Chien Zakkō" 馬致遠雜考（Notes on Ma Chih-yüan), *Saitama Daigaku Kiyō*, VI, 1957; "Kan San-sai-kō" 貫酸齋考（A study on Kuan Suan-chai), *Saitama Daigaku Kiyō* X, 1961; "Ba Kō-fu no Ryakuden" 馬昂夫の略傳（A short biography of Ma Ang-fu), *Tokyo Shinagakkai-hō* IX, 1963. Ogawa Yōichi 小川陽一 also wrote "To Zen-fu 'Sōka-fu-shiki-kōran' Yakuchū" 杜善夫「莊家不識构闌」(An annotated translation of "Chuang-chia-pu-shih-kou-lan," *Shūkan Tōyōgaku* XVIII, 1967.

VII

To sum up, although the study of Yüan-ch'ü in Japan started in the Edo period early in the eighteenth century it had long been subject to dilettantism, since the colloquial style of this type of literature was not acknowledged as orthodox by the 'Kangaku' school. Only at the end of the Meiji period or at the beginning of this century did it attract to academic attention, and made great advance with the launching of the joint study at Tōhō Bunka Kenkyujo in 1939. There still remains much to be acomplished.

We look forward in the future to conscientious studies which, as Yoshikawa has attempted, analyze the absolute value of the plays of Yüan-ch'ü, and also plain and accurate translations of Yüan ch'ü which will further render the drama accessible to the general reader.

解　題

本卷には、田中謙二博士の業績の中、曲に關するものを收める。以下、初出文獻をあげつつ、ジャンルごとに解題を加えてみたい。

一、『董解元西廂記』に關するもの

「文學としての『董西廂』」上・下

『中國文學報』一・二（一九五四年十月・一九五五年四月）掲載。

從來あまり研究されることのなかった『董解元西廂記』について、日本ではじめて本格的に論じた論文である。單に議論としてすぐれるのみならず、かかる作品の存在を廣く知らしめたという點でも重要な價値を持つ。『董解元西廂記』は、博士にとって常に重要な研究對象であり續けた作品であり、本論文以外にも「『董西廂』に見える俗語の助字」（『東方學報（京都）』十八（一九五〇年三月）、後に『ことばと文學』（汲古書院一九九三）所收）を著しておられる。また、最近博士の受業生一同により、『董西廂』の全譯注を含む詳細な研究『董解元西廂記諸宮調研究』（赤松紀彦・井上泰山・金文京・小松謙・高橋繁樹・高橋文治共著、汲古書院一九九八）が刊行された。

二、院本に關するもの

「院本考——その演劇理念の志向するもの」

『日本中國學會報』二十(一九六七年十二月)掲載。

元雜劇に先行する劇種でありながら、ほとんど文獻に痕跡をとどめていない宋代雜劇と金代院本について、精密な探求を行い、その實態を相當程度まで明らかにした勞作である。同じテーマを扱った先行業績としては、文中でもふれられている胡忌氏の『宋金雜劇考』があるが、この論文は院本の内容を具體的に解明し、さらにその特徴を分析したという點で、胡氏とは異なった價値を持つ。田中博士による中國演劇史の中に院本を位置づけた通史的な議論としては、『戲曲集』上(『中國古典文學大系』52(平凡社一九七〇))の解說がある。

三、雜劇に關するもの

「元雜劇の題材」

『東方學報(京都)』十三—四(一九四三年九月)掲載。

「元劇における布置の一例」

『支那學』十二—五(一九四七年八月)掲載。

「元人の戀愛劇における二つの流れ」

『東光』三(一九四八年一月)掲載。

「元曲における險韻について」

『東方學報(京都)』十二—二(一九四一年九月)掲載。

「關漢卿生平年代論爭のあと」

『中國文學報』十二（一九六〇年四月）

元雜劇こそは、田中博士がその長い研究生活を通して、常に中心に据えてこられたテーマであった。ここに收めた文のうち、前の四本の論文は、比較的早い時期に博士が元雜劇全般を論じられたものである。題名からも明らかなように、論點は題材・內容・用韻と多岐にわたり、その後の研究の基礎をなしたものということができよう。この後博士は、元雜劇中の最重要作品というべき『西廂記』の研究、更には一連の雜劇の翻譯と、研究を進めていかれた。その成果としては、本卷に收めた『西廂記』關係の論文のほか、『西廂記』と「救風塵」「竇娥冤」「鐵拐李」「合汗衫」の譯を收め、元雜劇全體に關する詳細な解說を付した『戲曲集』上（『中國古典文學大系』52〔平凡社一九七〇〕）、池田大伍氏の譯に校注を加えた『元曲五種』がある。またエッセー類としては、「元曲のおもしろさ」「元曲の共同研究にたずさわって」が『ことばと文學』に收められている。

最後にあげた「關漢卿生平年代論爭のあと」は、一九五八年に關漢卿の「戲曲創作七百年」記念行事が行われた際にたたかわされた論爭を紹介したものである。こうした決着困難な論爭においては、傍觀者といえども冷靜な立場を保つことは困難なものであるが、きわめて客觀的に各說を紹介し、その優劣を評價して、決して獨斷に陷ることがない博士の態度は、紹介者として理想的なものといえよう。

（小松　謙）

四、『西廂記』に關するもの

『西廂記』板本の研究（上）

『ビブリア』一（一九四九年一月）掲載。
『西廂記』板本の研究（下）（原題「西廂記諸本の信憑性」）
『日本中國學會報』二（一九五一年三月）掲載。
雑劇『西廂記』における人物性格の強調
『東方學』二十二（一九六一年七月）掲載。
雑劇『西廂記』の南戯化――西廂物語演變のゆくえ
『東方學報（京都）』三十六（一九六四年十月）掲載。

西廂記

勁草書房刊『中國の名著』（一九六一年十月）所收。

『西廂記』は明・清二代にわたって大いにもてはやされ、數多くのテキストを生んだ。はじめの二篇はそれらについての先驅的な研究であり、精緻な考察に基づいて、形式・內容兩面にわたって、この作品の原型が相當ゆがめられていることを明らかにしている。なお、第二の論文は、「西廂記諸本の信憑性」がその原題であるが、第一の論文の後篇として書かれたものであり、本著作集に收めるにあたって、題を改めた。

第三の論文は、博士にとってきわめて重要な研究對象であった『董解元西廂記』の後を承けて作られたこの作品が、登場人物の性格の面で、新たにどのような特徵を備えるにいたったかを論じたもの、また第四の論文は、明代以降、雑劇が衰えて南戯が流行する中で、この故事がどう變容していったかについて論じたもので、ともに、この作品に對する限りない情熱と深い洞察をそこに窺うことができる。

五、散曲に關するもの

元代散曲の研究

『東方學報（京都）』四十（一九六八年三月）掲載。

散曲「高祖還鄕」攷

筑摩書房刊『吉川博士退休記念中國文學論集』（一九六八年三月）所收。

劉致作散曲「上高監司」ノート

『中國語學研究會會報』一九（一九五三年十月）掲載。

劉致作散曲「上高監司」攷

『東洋史研究』一三―四（一九五四年十一月）掲載。

劉致作散曲「上高監司」續攷

『東方學報（京都）』三二（一九六一年三月）掲載。

雜劇と竝行して元代に隆盛をきわめた歌曲ジャンルである散曲は、難解をもって知られ、文學史において言及されることはあっても、これを正面から扱った論文は、我が國はもとより中國にあってもきわめて少ない。これら五篇の論文のうち、第一のものは、同じ歌曲のジャンルに屬する詞とは全く異なる、その文學としての特質を解明しようとしたもので、博士は「詠物詩」という新たな視點から、それを論じられている。第二篇以下は、この文學特有の諷刺をきかせた、社會詩ともいえる作品についての專論である。このうち、「劉致作散曲『上高監司』攷」は、『中國戲劇史論集』（江西人民出版社、一九八七年）に李平・江巨榮氏による翻譯が收められている。また、博士には別に、このジャンルのうち套數と呼ばれる長篇の作品十八篇の翻譯があり、『中國古典文學大系』二十『宋代詞集』（平凡社、一九七〇）

に収められているほか、この難解な作品群のもつ魅力をみごとに解き明かした『樂府　散曲』（『中國詩文選』二十二〔筑摩書房、一九八三〕）がある。

六、書評、概説など

諸宮調・散曲

大修館書店刊『中國文化叢書　文學概論』（一九六七年九月）所收。

演劇の流行

角川書店刊『圖説世界文化史大系』一七・中國Ⅲ（一九五八年八月）所收。

書評　影弘治刊本『西廂記』五卷／王季思校注『西廂記』／吳曉鈴校註『西廂記』／王季思『從鶯鶯傳到西廂記』

『中國文學報』四（一九五六年四月）掲載。

田仲さんの勞作（田仲一成編『清代地方戲曲資料集』評）

『センター通信（東京大學東洋文化研究所・東洋學文獻センター報）』四（一九六九年十二月）掲載。

元曲のことども

『京都大學人文科學研究所所報』二十（一九五一年四月）掲載。

元曲と能

新潮社刊『シンポジウム「日本と東洋文化」』（一九六九年七月）掲載より拔粹。

《西廂記》作者研究〝關于王作關續說〟

中國戲劇出版社刊『西廂記新論』（一九九二年八月）所收。

A History of Japanese Studies of Yuan Drama

『ACTA　ASIATICA』16（一九六九年二月）掲載。

以上は、諸宮調、雜劇、散曲に關する概説と書評、および外國語で書かれたこの分野に關する論考である。いずれもさほど長くはないが、隨所に博士ならではの見解がみられる。このうち「關于王作關續說」は、『西廂記』ゆかりの山西省永濟縣で一九九〇年に開催された『西廂記』研究首屆國際學術討論會での博士の報告に基づいている。

（赤松紀彦）

田中謙二著作集　第一卷

目　　錄

田中謙二著作集　第一卷
平成十二年八月二十八日發行
著　者　田　中　謙　二
編　者　著作集刊行委員會
發行者　石　坂　叡　志
印刷所　富士リプロ
　　　　モリモト印刷
發行所　汲　古　書　院
〒102-0072 東京都千代田區飯田橋二－五－四
電　話〇三（三二六五）九七六四
FAX〇三（三二二二）一八四五

ISBN4-7629-2653-1　C3390

KYUKO-SHOIN Co., ltd/TOKYO

田中謙二著作集　全三巻　總目次

第一巻

第二巻

第三卷